Das Buch

Jessica hat die Nase voll. Sie ist die Tochter zweier Hollywoodstars. Ihr Vater spielte James Bond wie niemand sonst, und ihre Mutter war das sexieste Bond-Girl aller Zeiten. Jessicas Jugend in Beverly Hills war alles andere als hart. Sobald sie den Namen ihres Vaters nennt, öffnet sich jede Tür für sie – wie langweilig! Doch jetzt will Jessica von diesem oberflächlichen Leben nichts mehr wissen. Hals über Kopf verlässt sie ihr funkelndes Zuhause und zieht nach London. Sie will allen beweisen, dass sie auch allein zurechtkommt.

Unter falschem Namen beginnt sie, als Assistentin für eine Fernsehsendung zu arbeiten. Dort begegnet sie ihrem sexy Kollegen Paul, der irgendwie ganz anders ist als die anderen Männer. Paul hasst Stars und ihre Allüren und kann nicht verstehen, warum ihnen immer alle hinterherlaufen. Auch von Jessica denkt er, sie würde sich von all dem Schein blenden lassen. Aber dann knistert es gewaltig zwischen den beiden, und Jessica fühlt sich endlich »normal«. Bis eines Tages alles rauskommt. Paul erfährt von Jessicas glamouröser Vergangenheit und ist zutiefst enttäuscht. Was soll sie jetzt nur machen?

Die Autorin

Jemma Forte arbeitete fürs Fernsehen, unter anderem fünf Jahre für den Disney Channel, außerdem für BBC und Channel 4. Eine Zeitlang war sie persönliche Assistentin einer berühmten Schauspielerin. Diese Erfahrung hat Jemma Forte zu ihrem Debüt *Die Göttin trägt Gucci* inspiriert. In ihrem zweiten Roman *London Kisses* konnte sie wieder auf frühere Erlebnisse aus ihrer Zeit mit den Stars zurückgreifen. Jemma Forte ist Anfang dreißig, verheiratet und hat zwei kleine Kinder.

Von Jemma Forte ist in unserem Hause bereits erschienen:

Die Göttin trägt Gucci

Jemma Forte

London Kisses

Roman

Aus dem Englischen von
Sybille Uplegger

Ullstein

Besuchen Sie uns im Internet:
www.ullstein-taschenbuch.de

FSC
www.fsc.org
MIX
Papier aus verantwortungsvollen Quellen
FSC® C006701

Deutsche Erstausgabe im Ullstein Taschenbuch
1. Auflage Oktober 2011

Titel der englischen Originalausgabe: *From London with Love*
(Penguin Books, London 2011)
Umschlaggestaltung: ZERO Werbeagentur, München
Titelabbildung: Mann, Frau, Geländer:
Getty Images/Robyn Neild
London: Getty Images/Eastnine
Satz: Pinkuin Satz und Datentechnik, Berlin
Gesetzt aus der Berkeley
Papier: Pamo Super von Arctic Paper Mochenwangen GmbH
Druck und Bindearbeiten: CPI – Ebner & Spiegel, Ulm
Printed in Germany
ISBN 978-3-548-28112-4

Für Lily und Freddie

Prolog Zwei Eltern – so viel haben wir alle gemeinsam, zumindest zum Zeitpunkt unserer Empfängnis. Danach gibt es natürlich keine Garantien mehr, wobei die meisten Menschen, die ein Baby in die Welt setzen, sich glücklicherweise nicht gleich danach verabschieden, sondern für die Frucht ihrer Lenden sorgen und sich an ihr erfreuen.

Das Elternsein – dieser Club nimmt jeden auf (sofern die Zeugungsfähigkeit es gestattet), und dennoch ist es ein großes Privileg, Mitglied zu sein. Es gibt weder eine Geld-zurück-Garantie noch eine Schnuppermitgliedschaft, dafür lockt man die Anwärter mit Versprechungen unvorstellbarer Freuden und Erfüllung. Genau aus diesem Grund wird die Warteliste immer voll sein.

Es war an einem Tag im Jahr 1984. Die Filmstars Edward Granger und Angelica Dupree ahnten noch nichts davon, aber sie würden schon bald von der Warteliste zu vollwertigen Mitgliedern aufrücken …

Das berühmte Paar war gerade in London und feierte dort die Premiere von Edwards neuestem James-Bond-Film. Bis zum errechneten Entbindungstermin waren es noch zwei Wochen, und die ganze Welt lag ihnen zu Füßen. (Nicht dass Angelica ihre Füße in den letzten Monaten zu Gesicht bekommen hätte.) Die bevorstehende Geburt ihres ersten Kindes erfüllte sie gleichermaßen mit Vorfreude und Angst, wobei Angelica in erster Linie darauf bedacht war, den Akt des Herauspressens hinter sich zu bringen. Der Rest, davon ging das Paar aus, würde ein Kinderspiel werden. Wie hätte es anders sein sollen? Sie waren reich, schön und erfolgreich in allem, was sie taten. Das Timing war nicht hundertprozentig ideal, aber Millionen von Menschen bekamen jeden Tag Babys. Wie schwer konnte das schon sein?

»Alles in Ordnung, Schatz?«, fragte Edward seine Frau. »Ist der Hocker nicht zu unbequem?«

»Mir geht's gut, ich bin bloß müde. Können wir bald gehen?«

»Natürlich«, antwortete er und legte schützend eine Hand auf den runden Bauch seiner Frau.

Genau in diesem Moment trat Edwards Agentin Jill Cunningham auf sie zu. Der Moment ungestörter Zweisamkeit war dahin. »Die Kritiker lieben dich!«, sagte sie mit unverhohlener Raffgier in der Stimme. »Morgen um diese Zeit werden wir zwei neue Filmdeals in der Tasche haben.«

»Wie schön«, antwortete Edward höflich. Er wollte Jill gerade nach ihren Getränkewünschen fragen, als eine Frau durch die Menge auf sie zukam. Sie sah aus, als würde sie vor lauter Aufregung gleich kollabieren. »Ich kann es nicht fassen, Sie sind es wirklich!«, quietschte sie und schlug sich die Hand vor den Mund. »James Bond, wie er leibt und lebt, und – o mein Gott! Tut mir leid, ich habe Sie zuerst gar nicht bemerkt. Angelica Dupree! Sie sehen noch viel umwerfender aus als im Film und … sie sind schwanger!«, platzte sie überflüssigerweise heraus.

»Freut mich, Sie kennenzulernen«, meinte Edward galant und ließ sich vom Barhocker gleiten, um seinen weiblichen Fan zu begrüßen. »Mit wem habe ich das Vergnügen?«

»Anita«, sagte die Frau kokett. »Oder sollte ich lieber sagen: Fletcher? Anita Fletcher?«

Edward warf den Kopf in den Nacken und lachte, als hätte er noch nie im Leben etwas so Komisches gehört. Angelica verkniff sich ein Schmunzeln.

»Also, Anita Fletcher, dann mal raus mit der Sprache: Wie fanden Sie den Film?«, war Edwards nächste Frage.

»Phantastisch, absolut phantastisch! Ich und meine Schwester, die ... auch hier irgendwo herumläuft ... jedenfalls sind wir riesige James-Bond-Fans, und wir haben ein Preisausschreiben gewonnen, deswegen durften wir heute Abend dabei sein, und es war einfach unglaublich! Der Bösewicht war herrlich, und das Bond-Girl erst ... Natürlich war sie nicht ganz so gut wie Sie im letzten Film«, fügte sie hastig, an Angelica gewandt, hinzu.

»Ich bitte Sie«, meinte Angelica bescheiden, obwohl die Frau zugegebenermaßen einen wunden Punkt getroffen hatte. Ausgerechnet jetzt schwanger zu werden, auf dem Gipfelpunkt einer glänzenden Karriere, war nicht ihr Plan gewesen. »James Bond muss immer wieder neue Gespielinnen haben, und außerdem würde ich im Moment sowieso nicht in meinen Bikini passen. Obwohl ich natürlich hoffe, zum nächsten Dreh wieder in Form zu sein.«

Jill Cunningham hatte eine Erwiderung auf der Zunge, schwieg aber. Als Edwards Agentin hatte sie den Ehrgeiz seiner jungen Frau stets mit Argwohn betrachtet. Sie wünschte wirklich, Angelica würde aufhören, ihren Mann ständig übertrumpfen zu wollen.

»Also, ich muss sagen, die Schwangerschaft steht Ihnen ausgezeichnet«, sagte derweil Anita Fletcher. »Wissen Sie schon, was es wird? Außer ein Baby natürlich.«

»Nein«, lautete Angelicas etwas einsilbige Antwort.

»Wirklich? Du liebe Zeit, als ich mit meinem Paul schwanger war, wusste ich von Anfang an, dass es ein Junge wird. Hat getreten wie ein Wilder.«

»Aha«, meinte Angelica mit einem matten Lächeln.

»Und wie hätten Sie ihn genannt, wenn er ein Mädchen geworden wäre?«, erkundigte sich Edward höflich.

»Lorraine.«

Das Lächeln verschwand aus Angelicas Gesicht. *»Mon dieu!«*, stieß sie in ihrer Muttersprache hervor.

»So schlimm ist Lorraine nun auch wieder nicht«, meinte Edward.

»Nein«, rief Angelica, die vor Scham am liebsten im Boden versunken wäre. »Mir ist ein Malheur passiert. Sieh nur!«

Edward folgte ihrem Blick nach unten. Ein feuchter Fleck breitete sich auf der pistazienfarbenen Seide ihres Kleides aus. »Angelica, Darling«, verkündete er, und seine blauen Augen blitzten. »Das ist kein Malheur. Deine Fruchtblase ist geplatzt. Wir bekommen ein Baby!«

Angelica starrte ihn eine Sekunde lang entgeistert an, dann schnappte sie nach Luft. In den kommenden Jahren würde sich Edward Granger immer wieder an diesen einen Augenblick erinnern. An den Augenblick, der einen freudigen Anfang und zugleich ein trauriges Ende markierte. An den für lange, lange Zeit letzten Augenblick, in dem sich Edward noch irgendeiner Sache in seinem Leben sicher war.

Sechsundzwanzig Jahre und drei Monate später
(um genau zu sein)

1 ++++ Jessica Granger saß hinter ihrem Schreibtisch und verstand die Welt nicht mehr. Seit einem knappen Monat arbeitete sie nun schon am Empfang einer der renommiertesten Kunstgalerien in Los Angeles, und obwohl man es gewiss nicht als sonderlich aufregend bezeichnen konnte, dazusitzen und das Telefon zu beantworten, machte ihr die Arbeit Spaß. Sie gab ihr einen Grund, morgens aufzustehen, und brachte einen wohltuenden Hauch von Normalität in ihr ansonsten ziemlich unnormales Leben.

Die Atmosphäre in der Galerie war feierlich und still wie in einer Bibliothek oder einer Kirche. Die Besucher unterhielten sich im ehrfürchtigen Flüsterton, obwohl Jessica es ihnen nicht verübelt hätte, wenn sie angesichts der aktuellen Ausstellung schreiend aus dem Gebäude gerannt wären.

An den Wänden hingen die Werke eines angesagten jungen Künstlers aus Deutschland. Insgesamt waren es acht riesige Leinwände, die mit fluoreszierenden Klecksen, grellbunten Farbschlieren sowie Gold- und Silbersprenkeln bedeckt waren. Aus irgendeinem Grund, den Jessica noch nicht ausgetüftelt hatte, schien dem Künstler diese Farborgie allerdings nicht gereicht zu haben, weswegen er die Leinwände darüber hinaus noch mit Büffeldung beschmiert hatte. Wie nicht anders zu erwarten, roch seine Kunst also ziemlich unangenehm. Um genau zu sein: Sie roch nach Scheiße.

Die wenigen Wochen, die Jessica in Gesellschaft dieser Bilder verbracht hatte, hatten ausgereicht, in ihr einen glühenden Hass auf sie zu wecken. Sie machten sie kribbelig, verursachten ihr Kopfschmerzen und waren insgesamt eine Beleidigung fürs Auge. Besucher schreckten instinktiv zurück, sobald ihnen das volle Ausmaß dieser »Kunst« bewusst wurde, und als eine ihrer Kolleginnen die Bilder als »Zumutung« bezeichnet hatte, hatte Jessica ihr aus vollem Herzen zugestimmt. Aber was verstand sie schon von solchen Dingen? In den Augen ihres Chefs Christopher waren sie es offensichtlich wert, die Wände seiner Galerie zu zieren. Und wie sich nun herausgestellt hatte, stand er mit dieser Meinung nicht alleine da.

»Unglaublich, oder?«, meinte Nick, der Controller, einer von mehreren Kollegen, die sich um Jessicas Schreibtisch versammelt hatten, um in fassungslosem Staunen die roten Punkte zu betrachten, die neben jedem einzelnen der acht Gemälde klebten.

»Unglaublich«, pflichtete Jessica ihm bei, während sie sich argwöhnisch im Raum umsah, als könnte jeden Augenblick Ashton Kutcher hinter einer Säule hervorspringen und »Punk'd!« rufen.

Genau in diesem Moment erschien Christopher höchstpersönlich auf der Bildfläche. »Guten Morgen, alle miteinander. Guten Morgen, Jessica, wie geht es Ihnen heute?«, erkundigte er sich überschwänglich.

»Äh, gut, Mr Starkey, danke«, stammelte Jessica, überrascht, dass er sie gesondert ansprach.

»Sehen Sie nur«, meinte er dramatisch. »Verkauft, verkauft, verkauft!«

»Meinen Riesenglückwunsch«, sagte Kate. Als Verkaufsleiterin war sie in erster Linie heilfroh darüber, dass sie nicht länger ihren guten Ruf aufs Spiel setzen musste, indem sie so tat, als gefielen ihr die Bilder. »Wer hat sie denn gekauft? Sind sie alle an denselben Kunden gegangen?«

»Jawohl«, sagte Christopher mit einem selbstgefälligen Lächeln. Wieder huschte sein vielsagender Blick zu Jessica.

Die wurde rot und bekam es mit der Angst zu tun. Hatte ihm etwa jemand gesteckt, was sie über die Bilder gesagt hatte?

»Und der hieß nicht zufällig Stevie Wonder?«, lachte Kate in der Überzeugung, dass nun, da sie die Machwerke endlich los waren, ein kleiner Scherz erlaubt sei.

Einige Kollegen lachten mit. Leider war Christopher nicht unter ihnen. »Nun, Kate, wir können von Glück sagen, dass nicht jeder Ihre engstirnige Kunstauffassung teilt«, meinte er indigniert, bevor er in Richtung Büro verschwand und ein betretenes Schweigen zurückließ. Einer nach dem anderen schlichen die Kollegen wieder an ihre Arbeit. Kate jedoch marschierte Christopher entschlossen hinterher. Sie sah aus, als suche sie Streit.

Wenige Minuten später tauchte sie wieder auf. »Also, vielleicht habe ich mich doch geirrt, was die Bilder betrifft«, meinte sie zaghaft zu Jessica. »Wenn man bedenkt, wie viel Arbeit hineingeflossen ist ... irgendwie sind sie doch ziemlich beeindruckend.«

Jessica sah von der Mailingliste auf, die sie gerade aktualisierte, und strich sich die blonden Haare hinter die Ohren. »Ja ... sicher, irgendwie schon.« Insgeheim war sie enttäuscht, dass Kate so wenig Rückgrat besaß. Nur weil ein wahnsinniger Einzeltäter die Bilder gekauft hatte, waren sie noch lange keine Kunst.

Aber wenigstens hatte Christopher endlich wieder gute Laune, und als er ein Weilchen später aus seinem Büro auftauchte, bot er Jessica sogar an, ihr von Starbucks einen Kaffee mitzubringen. Einerseits freute sie sich, dass ihr Arbeitseinsatz und ihr Bemühen, es dem Boss recht zu machen, endlich Würdigung fanden, andererseits fand sie sein Verhalten ein wenig verstörend. Als er dann auch noch schallend über eine Bemerkung lachte, die sie gemacht hatte, als hätte er noch nie im Leben etwas so Köstliches gehört, meldete sich urplötzlich ihr sechster Sinn, und sie wurde misstrauisch. Sobald Christopher wieder verschwunden war, wählte Jessica die Nummer ihrer besten Freundin Dulcie.

»Ich bin's«, zischte sie ins Headset. »Mein Tag ist total seltsam, und ich habe einen schrecklichen Verdacht. Du musst mir sagen, dass ich verrückt bin.«

»Erzähl's mir in einer Sekunde«, kam die Antwort. »Ich bin so froh, dass du angerufen hast. Ich habe gerade den Termin für die nächste Anprobe ausgemacht, notier dir also den zwanzigsten Juli in deinem Kalender, und, o mein Gott, du wirst nicht glauben, wen Kevin alles einladen will ...«

Fünf Minuten später bereute Jessica ernsthaft, Dulcie angerufen zu haben. Der Hochzeitswahnsinn hatte ihre Freundin fest im Griff. Sie selbst hatte noch kein einziges Wort dazwischengebracht, außerdem wartete in der Leitung ein zweiter Anruf, den sie unbedingt annehmen musste.

»Dulcie ...«

»Na ja, egal, jedenfalls bin ich so was von erleichtert wegen der Stühle. Ich wusste, dass du die Sache genauso siehst, und wenn ich das nächste Mal die Location besichtige, musst du unbedingt mitkommen, damit ...«

»*Dulcie.*«

»... wir dann gemeinsam entscheiden können ...«

»DULCIE!«

»Was?«

»Ich muss jetzt Schluss machen.«

Kurz darauf kam Techniker Rob mit einer Leiter vorbei. »Morgen, Jess«, grüßte er freundlich. »Ich wollte nur sagen, dass die Bilder für die nächste Ausstellung angekommen sind. Christopher meinte, wenn du möchtest, kannst du gerne in den Showroom gehen und einen Blick drauf werfen.«

»Okay«, sagte Jessica, die keine Ahnung hatte, was sie davon halten sollte. Sie sah Rob dabei zu, wie er auf seine Leiter stieg, die er unter einer der Lichtschienen aufgestellt hatte.

»Ein paar Tage noch, dann sind wir die Dinger los«, meinte sie verschwörerisch.

Von seiner erhöhten Position aus blickte Rob mit leicht verwirrter Miene auf sie herab. »Seid *ihr* die Dinger los, meinst du wohl«, sagte er und zwinkerte ihr zu.

Jessica stellten sich sämtliche Nackenhaare auf. »Wer hat die Bilder gekauft?«

»Keine Ahnung«, sagte Rob schnell. Zu schnell. Er log.

Jessica überlegte kurz, dann beschloss sie, ihre Taktik zu ändern. Sie hatte einen Verdacht – einen grauenhaften Verdacht, den sie um jeden Preis ausräumen musste. »Schon gut«, bluffte sie im Flüsterton. »Ich weiß Bescheid.«

»Wirklich?« Rob konzentrierte sich mehr als nötig auf seine Glühbirnen.

»Na klar«, meinte Jessica mit einer wegwerfenden Handbewegung, während sich ihr Puls sekündlich weiter beschleunigte.

»Wer hat's dir denn gesagt?«, wollte Rob wissen, als er wieder von der Leiter kletterte.

»Ach …«, meinte Jessica vage, wie um anzudeuten, dass er es wissen müsse.

»Christopher hat uns nämlich ausdrücklich verboten, es dir zu sagen. Er dachte wohl, du willst nicht, dass wir wissen, wer … na ja, du weißt schon … Obwohl ich gestehen muss«, fügte er mit zerknirschtem Gesicht hinzu, »dass ich mich richtig mies fühle, seitdem ich Bescheid weiß. Ich wollte dir noch sagen, dass ich wirklich nur Spaß gemacht habe, als ich die Bilder neulich als Monstrositäten bezeichnet habe.«

Jessica rutschte das Herz in die Hose. »Sicher«, sagte sie matt. »Mach dir darüber keinen Kopf. Ist doch klar, dass ich weiß, dass er … also mein …« Sie ließ den Rest des Satzes in der Luft hängen, weil sie immer noch hoffte, dass sie sich vielleicht irrte. Womöglich sah sie Gespenster?

»Dein … Vater?«, ergänzte Rob zögerlich.

»Mein Vater …« Keine Gespenster.

»Also«, meinte Rob, der plötzlich nervös wirkte, als fürchte er, zu viel gesagt zu haben. »Ich muss dann mal wieder, aber Jess …«

»Ja?«

»Kümmere dich nicht darum, was die anderen denken. Letztlich ist Kunst doch was völlig Subjektives.«

Jessica nickte mechanisch und zwang sich zu einem Lächeln. Als sie Rob zum Abschied winkte, hatte sie das Gefühl, dass es ein Abschied für immer sein würde. Wie konnte sie jetzt noch weiter hier arbeiten? Verzweiflung stieg in ihr auf. Sie kam sich gedemütigt und dumm vor. Noch ein Job, aus dem nichts geworden war, und jetzt musste sie dringend etwas zu Mittag essen, ihre Kündigung einreichen und sich überlegen, was sie wegen ihres Vaters unternehmen sollte, der sich immer und überall einmischte. Nicht unbedingt in dieser Reihenfolge.

2 ++++ Jessica knabberte nervös an einem Grissino, als ihr Handy zu vibrieren begann.

»Dulcie«, flüsterte sie. »Ich habe jetzt keine Zeit, ich bin bei Spago und warte auf Shawn.«

»Das macht doch nichts«, sagte Dulcie. »Da telefonieren doch alle auf dem Handy. Was wolltest du mir vorhin eigentlich sagen?«

Jessica sah sich im Restaurant um. »Na ja, also …«

»Ach, ganz kurz noch, Jess. Ich brauche unbedingt dein Input, welche Illustrierten ich wegen der Hochzeit ansprechen soll. Ich meine, die werden ja bestimmt drüber berichten wollen, oder?«

Mit einem Mal verspürte Jessica den überwältigenden Drang zu schreien: *»DAS INTERESSIERT DOCH KEINE SAU!*

Selbst ich, deine beste Freundin, würde mich lieber in ein rostiges Schwert stürzen, als noch ein Wort über deine Hochzeit hören zu müssen, denn wie unvorstellbar das auch in deinen Ohren klingen mag, ich habe ganz andere Probleme!« Die Heftigkeit ihrer aufgestauten Gefühle überraschte Jessica. Bis zu dieser Sekunde war ihr gar nicht klar gewesen, wie sehr Dulcies andauerndes Gerede über die Hochzeit ihr auf die Nerven ging. Dennoch entschied sie sich für eine etwas diplomatischere Antwort.

»Bestimmt, Dulcie. Ganz bestimmt.«

»Eben. Ich meine, wir reden hier von mir und Kev, und es kommen eine ganze Menge berühmter Gäste, insofern …«

Es gab nur eine Lösung. Jessica legte auf. Dann ließ sie den Kopf auf die Tischplatte sinken, um ihrer Verzweiflung für einen Augenblick freien Lauf zu lassen – etwas, das sie durchaus genoss, bis ihr Handy piepsend den Eingang einer neuen Textnachricht meldete. Sie drehte den Kopf zur Seite und hob eine Hand, um auf »Anzeigen« zu drücken.

DACHTE, WIR KÖNNTEN UNS BALD ZU EINEM JUNGGESELLINNENABSCHIEDSVORGLÜHABEND TREFFEN. WAS MEINST DU?

Jessica *meinte*, dass es bis zu Dulcies Hochzeit, die im nächsten Mai stattfinden sollte, noch ganze zwölf Monate waren, und dass jede Frau irgendwann eine Grenze erreicht hatte, ab der sie kein einziges »Jippie!« mehr über die Lippen brachte. Ein stummer Schrei entfaltete sich in ihrem Bauch, als sie sich aufsetzte, um eine Antwort zu tippen.

JIPPIE!

Jetzt blieb ihr nur noch Shawn, um ihr bei der Lösung ihres Dilemmas zu helfen – ein Umstand, der sie nicht gerade mit Zuversicht erfüllte. Vor allem, da er sich immer noch nicht hatte blicken lassen, was bei näherer Betrachtung ziemlich empörend war.

Ihr überlastetes Hirn brauchte dringend eine Auszeit, also angelte sich Jessica die aktuelle *Los Angeles Times* vom Nachbartisch, die ein Gast hatte liegen lassen. Sie blätterte darin und blieb schließlich auf Seite sieben an einem Artikel über britische Tradition und Lebensart hängen, in dem der Frage nachgegangen wurde, welche Aspekte der englischen Kultur die Amerikaner schätzten und welche nicht. Das historische Erbe, die Royals sowie ein Großteil der Popkultur – Musik, Kunst, Fernsehen – wurden einhellig gelobt. Andere Aspekte hingegen, wie die schlechte Zahnhygiene oder die englische Küche, fanden wenig Gnade vor amerikanischen Augen. Neben den üblichen Verdächtigen waren auf der Negativ-Liste auch noch ein paar etwas abseitigere Beispiele vertreten, so etwa die komplizierte Rechtschreibung mit all den überflüssigen Vokalen und Simon Cowells Kleidergeschmack.

Jessica musste schmunzeln. Sie empfand eine starke Verbundenheit mit England. Sie war dort geboren und hatte die ersten sieben Jahre ihres Lebens dort verbracht, bis ihr Vater den James Bond an den Nagel gehängt hatte und dem Lockruf Hollywoods über den großen Teich gefolgt war.

Während Jessica auf der Suche nach Shawn den Blick flüchtig durchs Restaurant schweifen ließ, erinnerte sie sich zum ersten Mal seit langem wieder daran, wie schwer es ihr damals gefallen war, England zu verlassen – ein Land, das sie als ihre Heimat betrachtet hatte. Ein seltsamer Gedanke. Inzwischen fühlte sie sich durch und durch als Kalifornierin und konnte sich gar nichts anderes mehr vorstellen als ihr sonnengeküsstes Leben in L. A.

Natürlich war sie im Laufe der Jahre noch oft in England gewesen, aber es war nicht dasselbe, wenn man gewissermaßen als Tourist hinflog. Wann immer Edward für einen Film die Werbetrommel rühren musste oder einfach mal wieder die Luft seiner alten Heimat schnuppern wollte, hatte sie ihn begleitet. Dabei hatte sie sich oft gefragt, wie es wohl wäre, eines Tages allein nach England zurückzukehren und das Land mit den Augen eines selbständigen Erwachsenen zu sehen, nicht mit denen eines Kindes. Sie hatte die doppelte Staatsbürgerschaft, auch einem längeren Aufenthalt stünde also nichts im Wege …

In diesem Augenblick durchrieselte Jessica eine seltsame Erregung, und sie betrachtete mit neu erwachtem Interesse die Bilder vom Buckingham Palace, von Fish-and-Chips-Buden und roten Doppeldeckerbussen. Eine warme Welle der Sehnsucht überrollte sie, als sie an einen ganz besonders schönen Urlaub in London bei ihrer Tante Pam zurückdachte. Vielleicht war es Zeit für einen Tapetenwechsel? Es wäre so schön, einfach mal rauszukommen und ihren englischen Wurzeln nachzuspüren. Außerdem würde ihr die Reise vielleicht Gelegenheit geben, endlich die Antworten auf einige wichtige Lebensfragen zu finden. Sie brauchte dringend neue Impulse. Was hielt sie noch hier in L. A.? Abgesehen von ihren Freundinnen, ihrem Freund und ihrem eigenen albernen Widerwillen, ein Wagnis einzugehen, weil sie Angst hatte, sie könnte scheitern?

Fünf Minuten später tauchte Shawn auf. Endlich. Die Tatsache, dass er sich ernsthaft verspätet hatte, schien ihn zu Jessicas Empörung nicht im Geringsten zu jucken. Allerdings erhielt seine großspurige Attitüde einen gehörigen Dämpfer, als er versuchte, sich einen Weg ins Restaurant zu bahnen, und der Türsteher ihn mit einem stämmigen Arm zurückhielt. Seltsam distanziert beobachtete Jessica, wie Shawn sich aufplusterte und mit dem Türsteher zu diskutieren begann. Irgendwann musste er ihren Namen erwähnt haben, denn das Verhalten des Türstehers änderte sich schlagartig. Shawn wurde durchgelassen, und Jessica seufzte. Plötzlich war sie alles andere als begeistert, ihn zu sehen.

»Hey, Baby«, trompetete er, als er wiegenden Schrittes auf ihren Tisch zukam. »Oho, die *L. A. Times*. Du hast nicht zufällig eine *InStyle* drunter versteckt?«

Was genau wollte er damit andeuten? »Ich habe gerade einen Artikel über England gelesen, der mich auf eine Idee gebracht hat«, antwortete sie, eisern bemüht, sich ihre schlechte Laune nicht anmerken zu lassen. Gott, wie sie es hasste, wenn Shawn den Blick durchs Restaurant gleiten ließ, um den Raum nach bekannten Gesichtern abzusuchen.

»Und was für eine wäre das?«, fragte er. Er wirkte kein bisschen interessiert, besaß aber immerhin den Anstand, seine Pupillen ein kleines Stück in ihre Richtung wandern zu lassen. Er war ein attraktiver Mann, daran bestand kein Zweifel, aber an diesem Tag konnte Jessica es nicht ertragen, wie künstlich alles an ihm aussah. Sein T-Shirt war so … *gebügelt*. Seine dunklen, mittellangen Haare waren zu einem ekligen Pferdeschwanz zurückgegelt, und seine Fingernägel sahen aus, als wäre er bei der Maniküre gewesen. Sie war sich ganz sicher, dass er bei ihrer ersten Begegnung nicht annähernd so gelackt ausgesehen hatte. Sie öffnete den Mund, um zu antworten, schloss ihn aber wieder, als sie sah, dass der Kellner ihren Tisch ansteuerte.

Er begrüßte sie wie eine alte Bekannte. »Guten Nachmittag, Miss Granger, Sie sehen fabelhaft aus heute, wenn ich mir die Bemerkung erlauben darf. Ganz der Vater.«

Jessica errötete. Sie war eine hübsche junge Frau, aber bei weitem nicht so gutaussehend wie ihre Eltern und lebte in permanenter Furcht vor den unvermeidlichen Vergleichen.

»Apropos, wie geht es Ihrem Vater eigentlich? Ich habe ihn schon eine ganze Weile nicht mehr hier gesehen.«

»Ihm geht es gut, er hat bloß viel zu tun«, murmelte Jessica und unterließ es zu erwähnen, *womit* ihr Vater viel zu tun hatte: das Leben seiner Tochter ins Chaos zu stürzen.

»Bitte richten Sie ihm meine Grüße aus«, sagte der Kellner,

nahm Jessicas Serviette vom Tisch, schüttelte sie mit einer geübten Handbewegung aus und legte sie in ihren Schoß. »Was kann ich Ihnen bringen?«

»Wir brauchen noch ein paar Minuten«, blaffte Shawn. Sein Tonfall machte deutlich, dass es sein empfindsames Ego verletzte, wie Luft behandelt zu werden.

Jessica ließ eine Sekunde verstreichen. »Also, ganz ehrlich, Shawn, *ich* warte schon seit Ewigkeiten hier und bin langsam am Verhungern. Ich nehme einen Caesar Salad mit extra Sardellen und ein Glas Eiswasser, danke.«

»Meine Güte, Jess, seit wann ist es so ein Drama, wenn du mal zwanzig Minuten warten musst?«, maulte Shawn. »Okay, ich nehme dasselbe, aber mit Light-Dressing und um Himmels willen ohne Sardellen. Ich kann diese schleimigen Scheißerchen nicht ausstehen«, fügte er hinzu, wobei er sich über seine rasend komische Alliteration amüsierte. »Fischatem ist der totale Abturner.«

Jessica nahm sich vor, jede letzte Sardellengräte auf ihrem Teller aufzuessen und ihn dann bei der erstbesten Gelegenheit anzuatmen. Der Kellner hatte sich ihre Bestellungen notiert und verschwand.

»Also, was ist los, Baby?«, fragte Shawn, der ihr Stirnrunzeln falsch gedeutet hatte. »Weswegen wolltest du mich so dringend zum Mittagessen treffen?«

Einen Moment lang spielte Jessica mit dem Gedanken, die Ereignisse vom Vormittag für sich zu behalten, aber letztlich war ihr Bedürfnis, sich jemandem anzuvertrauen, stärker. »Ach, Shawn«, begann sie. »Ich hatte einen grauenhaften Tag. Ich habe meinen Job gekündigt.«

»Warum? War dir langweilig?«

»Nein«, entgegnete Jessica ungehalten. »Ich habe gekündigt, weil ich rausgefunden habe, dass …« Sie schluckte, als ihr das ganze Ausmaß ihrer Verletztheit bewusst wurde. Sie blinzelte und starrte einen Augenblick lang an die Decke. Sie musste alles von Anfang an erzählen. »Weißt du noch, wie ich dir mal gesagt habe, dass Christopher immer so schlecht gelaunt und unfreundlich ist? Heute war er wie ausgewechselt, weil er die komplette Ausstellung verkauft hat. Er hat sich mir gegenüber vor Freundlichkeit geradezu überschlagen ...«

Shawn kippte auf seinem Stuhl ein Stück nach hinten und hob eine Braue. Jessica versuchte, sich davon nicht aus der Ruhe bringen zu lassen. »Was nur beweist, wie hoffnungslos naiv ich bin, weil Rob dann aus Versehen damit rausgerückt ist, *wer* die ganze Ausstellung gekauft hat ... du weißt schon, ich habe dir davon erzählt – die Bilder, von denen du gesagt hast, dass sie wie Alien-Kotze aussehen. Die mit dem Büffelmist. Jedenfalls stellte sich heraus, dass der mysteriöse Käufer, der sämtliche Bilder gekauft hat, niemand anders ist als ... mein Dad.« Jessica blickte auf ihre Hände herab. »Alle in der Galerie wussten Bescheid, und jetzt denken sie garantiert, dass ich meine Hand dabei im Spiel hatte, und das ist einfach furchtbar. Aber was mich am meisten ärgert, ist, dass er es einfach hinter meinem Rücken gemacht hat. Schon wieder! Obwohl ich ihn ausdrücklich gebeten habe, sich nicht in meine Angelegenheiten einzumischen.« Sie war fertig und wartete auf Anteilnahme.

»Cool«, sagte Shawn nickend und grinste breit. Dann, als er ihr langes Gesicht sah, fügte er hinzu: »Ach, komm schon, Jess, was hast du denn? Was ist so schlimm dran, dass dein Dad dir helfen will? Du solltest stolz sein auf deine Beziehungen, und ganz ehrlich, wenn ich du wäre, würde ich überhaupt nicht arbeiten, sondern mich ausruhen.«

»Ausruhen *wovon* denn?«, fragte Jessica leise. Sie war durcheinander, niedergeschlagen und frustriert. Wie konnte er nur so begriffsstutzig sein? Sie gab es auf. Es war dumm von ihr gewesen, mehr von Shawn zu erwarten. Es hatte einfach keinen Sinn, ihm irgendetwas erklären zu wollen. Er war schlicht und einfach zu beschränkt. Dann wurde Jessica bewusst, dass es vermutlich kein gutes Zeichen war, wenn man so über seinen Freund dachte. Sie räusperte sich. »Ach, vergiss es, ich kläre das später mit meinem Dad.« Plötzlich hatte sie es eilig, das Thema zu wechseln.

»Jess, das ist nicht fair … oh, warte kurz, ich brauch dringend ein Bier«, unterbrach Shawn sich selbst und schnippte allen Ernstes mit den Fingern, als ein Kellner vorübereilte.

In diesem Moment verfestigten sich die unzähligen Kleinigkeiten, die Jessica schon seit geraumer Zeit an ihrem »Freund« störten, zu einem großen, harten Klumpen. Ihr wurde schlagartig klar, dass sie Shawn nicht bloß nervig fand, sondern ihn regelrecht verachtete – was weniger ein Beweis ihrer Wankelmütigkeit war als vielmehr dafür, dass ihre Beziehung von Anfang an auf tönernen Füßen gestanden hatte. Der Kellner drehte sich im Zeitlupentempo um und lächelte in Jessicas Richtung, bevor er Shawn einen vernichtenden Blick zuwarf – jedenfalls so vernichtend, wie es die Rollenverteilung zwischen Gast und Kellner erlaubte.

»Kann ich etwas für Sie tun?«, fragte er frostig.

»Keine Ahnung. Können Sie?«, fragte Shawn zurück und lachte. »Bringen Sie mir ein Bier, und zwar ein eiskaltes.«

Es ist vorbei, dachte Jessica resigniert und empfand nichts als milde Erleichterung.

Shawn war unterdessen dabei, sich in Fahrt zu reden. »Du wirst immer gleich zickig, wenn es um deinen Vater geht, aber wie soll ich dir einen Rat geben, wenn ich ihn noch nicht mal kenne? Wir sind seit – was? – drei Monaten zusammen, und du hast immer noch keinen Ton davon gesagt, wann du mich deinen Eltern vorstellen willst. Man könnte fast meinen, ich wäre dir peinlich oder so.«

Siehe da, ein seltener Moment geistiger Klarheit.

»Wieso bist du so versessen darauf, meine Eltern kennenzulernen?«, fragte sie müde zurück, auch wenn sie die Antwort bereits kannte. »Die meisten Männer wären froh, wenn sie nicht gleich der Familie ihrer Freundin ihre Aufwartung machen müssten. Ich habe dir doch gesagt, wie viel Dad zu tun hat, und meine Mom sehe ich ja selbst so gut wie nie.«

Shawn suchte nach einem schlagkräftigen Gegenargument, was seine geistigen Fähigkeiten allerdings zu übersteigen schien. Also angelte er sich stattdessen einen Grissino und begann darauf herumzukauen wie ein eingeschnapptes Backenhörnchen. Jessica stierte ins Leere. Sie war es so satt, sich ihr ganzes Leben von einer einzigen Sache diktieren zu lassen: dass sie die Tochter von Edward Granger und Angelica Dupree war, auch bekannt als James Bond und Heavenly Melons, das heißeste Bondgirl aller Zeiten.

Plötzlich fiel ihr wieder ein, worüber sie nachgedacht hatte, bevor Shawn gekommen war. »Ich habe doch vorhin erwähnt, dass ich eine Idee hatte. Willst du wissen, was für eine?«, fragte sie ihren mürrisch vor sich hin starrenden Exfreund in spe. Ihr Tonfall war eine Herausforderung an ihn, nein zu sagen. Alles, was sie wollte, war, dass sich *ein* Mal, nur ein einziges Mal, irgendjemand dafür interessierte, was sie zu sagen hatte.

»Schieß los«, sagte Shawn großmütig.

Plötzlich musste Jessica mit den Tränen kämpfen. »Also, hier endet ja alles immer irgendwie in einer Katastrophe, deswegen ist es vielleicht Zeit, wegzugehen. Ich habe an England gedacht. London, genauer gesagt.«

Shawn sah sie forschend an, und einen kurzen Moment lang glaubte sie allen Ernstes, er wäre drauf und dran, echte Anteilnahme zu zeigen. Doch dann: »Cool! Ich bin dabei. Hast du nicht gesagt, deine Mom ist gerade in Europa? Wir könnten sie besuchen.«

Das war er. Der berühmte Tropfen, der das Fass zum Überlaufen bringt.

»Shawn«, sagte Jessica ruhig. Sie faltete die Zeitung zusammen und stand auf. »Das war keine Einladung. Es ist aus. Tut mir leid, aber ich kann unmöglich mit jemandem zusammen sein, der mich nur meiner Eltern wegen mag.«

Sie ging. Nicht ganz so würdevoll, wie ihr lieb gewesen wäre, aber immerhin.

3 ++++ Auf der anderen Seite des großen Teichs, in London, saß Mike Connor, seines Zeichens Produzent der *Bradley Mackintosh Show* für die BBC, in seinem Büro. Sein Team wartete nebenan. Was seine Mitarbeiter anging, bestand er für das wöchentliche Meeting auf absoluter Pünktlichkeit, er selbst allerdings ließ sie gerne ein bisschen zappeln – nur ein paar Minuten, damit sie nicht vergaßen, dass er ein vielbeschäftigter Mann war.

Er schlürfte seinen Caffè Latte. Verglichen mit seinem Zuhause war das Büro momentan ein Hafen himmlischer Ruhe, und er befürchtete, dass sich daran in absehbarer Zeit auch nichts ändern würde. Gott sei Dank lebte er nicht in Skandinavien. Irgendwo hatte er einmal gelesen, dass schwedische Männer ein ganzes Jahr Elternzeit nehmen durften. Der Journalist hatte darüber geschrieben, als sei das etwas Gutes. Ihm selbst allerdings hatten die zwei Wochen, die er seine kleine Tochter Grace bei Laune hatte halten müssen, während Diane, seine permanent in Tränen aufgelöste Frau, versuchte, eine Stillbeziehung zum jüngsten Familienmitglied aufzubauen, vollauf genügt. Er liebte seine Frau. Er vergötterte sie sogar. Aber neuerdings konnte er ihr nichts mehr recht machen. Es schien einfacher, sich so selten wie möglich in der Schusslinie aufzuhalten. Aus diesem Grund hatte er auch, obwohl für ihn die Arbeit de facto nicht vor zehn begann, einen dringenden Neun-Uhr-Termin erfunden. Zweifellos würde es in naher Zukunft noch mehr solche Termine geben. In der Stunde, bevor seine Kollegen eintrudelten, hatte er Sky News im Fernsehen geschaut und die Zeitung von vorne bis hinten durchgelesen. Pure Seligkeit.

Aber er musste auf der Hut sein. Seine Frau würde auf die Barrikaden gehen, sollte sie herausfinden, dass er sich dem morgendlichen Chaos, auch bekannt unter der verklärenden Bezeichnung »Familienleben«, durch faule Ausreden entzog.

Mit leicht zusammengekniffenen Augen scrollte er durch seine E-Mails. Seine Augäpfel fühlten sich an wie mit Sand gefüllt, weil er so wenig geschlafen hatte. Letzte Nacht hatte er Avas Geschrei sogar von der relativen Abgeschiedenheit des Gästezimmers aus gehört. Vielleicht würde er später sein Telefon umstellen, die Tür abschließen, den Kopf auf den Tisch legen und einen zwanzigminütigen Powernap machen. Nicht, dass er Diane davon erzählen würde. Seine Frau war momentan so übernächtigt, dass die bloße Erwähnung von jemandem, der überhaupt Schlaf bekam, bei ihr eine Hasstirade auslöste, und obwohl er nachvollziehen konnte, dass es schwierig für sie war, hatte sie keinen so stressigen, verantwortungsvollen Job wie er.

Trotzdem hatte ihm sein kurzer Heimurlaub vor Augen geführt, dass Diane zu Hause auch nicht gerade das süße Leben führte, das er sich manchmal vorstellte. Ehrlich gesagt war ihm schleierhaft, wie sie diese Hölle jeden Tag durchstand.

Mike wandte seine Aufmerksamkeit wieder seinem Posteingang zu, gerade als ihn eine interne Mail erreichte. Sie war von David Bridlington, dem Unterhaltungschef der BBC, der, wie es der Zufall wollte, zugleich Mikes Schwiegervater war. Besorgnis regte sich in ihm, während er sie überflog. Die Zufriedenheit, die er kurz zuvor noch empfunden hatte, verpuffte, und an ihre Stelle trat ein höchst unwillkommenes Gefühl von Stress. Verfluchte Einschaltquoten – sie waren die Geißel seiner Existenz. Diese Woche waren sie offenbar niedriger ausgefallen als erwartet. Er klickte gerade auf die nächste Mail, als ein Klopfen an der Tür ihn zusammenfahren ließ.

»Herein«, rief er barsch.

Kerry, seine temperamentvolle Bookerin, steckte den Kopf zur Tür herein. »Hi, Mike. Ich wollte nur sagen, es ist schon nach zwei.«

Nun, da die Tür offen stand, konnte Mike seine Mitarbeiter hören, die nebenan allmählich unruhig wurden. Aber er konnte es nicht leiden, wenn irgendjemand aus seinem Team ihm sagte, was er zu tun hatte.

»Ja, danke, Kerry, ich bin mir der Uhrzeit voll und ganz bewusst, aber manchmal kommen mir eben Dinge dazwischen, um die ich mich sofort kümmern muss, es sei denn, du möchtest, dass wir diese Woche nicht auf Sendung gehen?«, sagte er, sah sie dabei aber nicht an, sondern starrte angestrengt auf seinen Bildschirm, als sei das, was er dort las, eine Sache von höchster Wichtigkeit. Tatsächlich überflog er bloß eine Werbemail von Marks & Spencer, in der stand, ab kommenden Donnerstag gebe es zwanzig Prozent Rabatt auf sämtliche Artikel der Autograph Collection.

Kerry verstand den Wink und schloss die Tür hinter sich. Mike war wieder allein mit seinen Gedanken, die erstens um die Frage kreisten, ob ihm ein V- oder ein Rundhalsausschnitt besser stehen würde, und zweitens um das Problem, wie mit der Kritik seines Chefs in Bezug auf die Sendung der letzten Woche umzugehen sei.

Plötzlich fühlte er eine Woge des Selbstmitleids in sich aufsteigen. Sein Leben hätte viel aufregender, viel leidenschaftlicher sein sollen. Von der taffen, sexy Karrierefrau, die er geheiratet hatte, war nichts mehr übrig, stattdessen lief bei ihm zu Hause eine urzeitliche Höhlenbewohnerin herum, die anscheinend vergessen hatte, wie man sich die Beine rasierte oder dem Ehemann einen blies. Und jetzt würde er, statt sich später das ersehnte Nickerchen zu gönnen, höchstwahrscheinlich den Rest des Tages damit verbringen müssen, sich Sorgen über das bevorstehende Gespräch mit David zu machen. David, der sowieso ständig wegen irgendetwas auf ihm herumhackte. Mike wusste, dass er das nur tat, um sein astronomisches Gehalt zu rechtfertigen, und damit hatte er prinzipiell auch kein Problem, aber sein Schwiegervater wusste doch, dass Diane gerade ein Baby bekommen hatte und es daher bei ihnen zu Hause ein wenig drunter und drüber ging. Konnte er sich da nicht ausnahmsweise mal zurückhalten?

Aber Mike hatte keine Zeit, sich darüber den Kopf zu zerbrechen. Er musste ins Meeting, auch wenn ihm klar war, dass die meisten aus seinem Team nur ungern ihre Arbeit liegen ließen, um ihm zuzuhören, wie er seinen Frust an ihnen ausließ. Aber das war ihm egal. Die Meetings würden weiterhin stattfinden (es sei denn, er war zum Mittagessen eingeladen), ob es nun etwas Wichtiges zu besprechen gab oder nicht. Sei es auch nur, um alle in regelmäßigen Abständen daran zu erinnern, wer hier der Boss war. Und wenn ihnen das nicht passte, dann konnten sie ihn mal kreuzweise.

Dieser plötzliche Zornesschub verlieh ihm endlich den nötigen Antrieb. Es war sieben Minuten nach zwei. Zeit für seinen Auftritt.

4 ++++ Edward Granger ließ das Drehbuch fallen, lehnte sich auf seinem Liegestuhl zurück und hielt sein Gesicht einen köstlichen, faulen Augenblick lang in die Nachmittagssonne. Es waren noch mehrere Monate bis zum Drehbeginn, er hatte also genügend Zeit, seinen Text zu lernen. Er atmete tief ein und genoss das scharfe Salzaroma des Pazifiks, das die extreme Hitze etwas milderte und der Luft Frische verlieh. In ganz Kalifornien konnte man keine gesündere Luft atmen.

Von seinem Platz aus hatte er einen Blick über sein gesamtes Anwesen: das Haus im Kolonialstil, die weitläufigen, sorgsam angelegten Gärten, den riesigen Infinity-Pool und den privaten Strandabschnitt, der zu den begehrtesten Grundstücken Malibus gehörte. Obwohl er seit nunmehr einem Vierteljahrhundert ein gefeierter Schauspieler war, konnte Edward manchmal immer noch nicht fassen, wie gut er es hatte. Wahrscheinlich war dies eine Folge der langen Jahre, die er verbissen auf seinen Durchbruch hingearbeitet hatte. Die Rolle als 007 hatte ihn, wie es so schön hieß, über Nacht zum Star gemacht – eine Formulierung, die einer gewissen Ironie nicht entbehrte, wenn man an all die Bars dachte, in denen er gekellnert, oder die Baustellen, auf denen er geschuftet hatte. Ganz zu schweigen davon, wie lange er gebraucht hatte, um seine Familie davon zu überzeugen, dass Schauspielerei nicht nur etwas für »Schwuchteln« war.

Edward stieß leise auf und rückte den Bund seiner khakifarbenen Segelshorts zurecht, um seinem aufgeblähten Bauch ein wenig Erleichterung zu verschaffen. Er hatte vorzüglich zu Mittag gegessen, dabei allerdings weit mehr als seine erlaubte Kalorienzahl zu sich genommen. Er hatte sich sogar zwei Gläschen Merlot gegönnt. Dieses Ausscheren aus seinem strikten Ernährungsplan hatte er selbstverständlich prompt mit einem schlechten Gewissen bezahlt. Für seinen nächsten Film musste er in Topform sein, und allmählich lief ihm die Zeit davon. Aber wenn man nicht mal mit knapp fünfundsechzig hin und wieder über die Stränge schlagen durfte, wozu dann die ganze Plackerei? Das Rauschen des Ozeans war ungemein beruhigend, genau wie das Gefühl der Sonne auf seiner Haut, und ehe er es sich versah, war er drauf und dran, in einen wunderbar trägen Nachmittagsschlaf hinüberzugleiten.

»Schätzchen!«, kiekste eine Stimme und holte ihn jäh in die Wirklichkeit zurück. Wenn er sie einfach ignorierte, würde sie dann vielleicht wieder verschwinden?

»Schätzchen, spann den Schirm auf. Du weißt doch, dass du nicht in der prallen Sonne sitzen sollst. Ich wette, du hast dich nicht mal eingecremt!« Die tadelnde Stimme gehörte seiner Frau Betsey, die in all ihrer wogenden Pracht quer über den Rasen auf ihn zugestakst kam. Der Moment des Friedens war dahin.

Er seufzte innerlich.

»Hörst du mir überhaupt zu?«, fragte Betsey und beugte sich über ihn. Ihre braungebrannten, aufgepumpten Brüste füllten sein Blickfeld ganz und gar aus. Wie so oft steckten sie in einem Sport-BH. Dieses Exemplar war knallpink.

»Du bist ja kaum zu überhören«, entgegnete Edward, aber die Zuneigung in seinem Tonfall signalisierte, dass er ihr nicht böse war. Betsey beugte sich noch tiefer herab und strubbelte Edward durch seine dichte Silbermähne, in der immer noch ein Hauch von Blond lag. Dann schnappte sie sich die Flasche mit Sonnenmilch, die neben dem Liegestuhl lag, drückte sich einen Klecks in die Handfläche und begann, ihm das Gesicht einzureiben.

Edward blinzelte. Er hatte Sonnencreme ins rechte Auge bekommen, und es brannte wie Feuer. Betsey merkte nichts vom Unbehagen ihres Mannes, stattdessen schwang sie sich rittlings auf ihn und rutschte nach vorn, bis sie direkt auf seinem Schritt saß. Er stöhnte, aber nur, weil es ihm unbequem war.

»Heute ist Tag fünfzehn. Meine Eier sind reif und bereit zur Be-fruch-tung«, schnurrte sie. Sie konnte ja nicht wissen, dass sie in der Sekunde, in der sie das Wort »Eier« erwähnt hatte, jede Chance, ihren Mann in Wallung zu bringen, zunichtegemacht hatte. »Komm schon, Schätzchen«, fuhr sie fort, wobei sie Edward mit ihrer herrischen Art nicht zum ersten Mal an Miss Piggy erinnerte. »Lass uns Liebe machen.«

Mit dem einen Auge, das noch klar sehen konnte und nicht wie tausend Nadeln stach, warf Edward einen Blick auf das Dekolleté seiner Frau und trauerte im Stillen um den Busen, den sie früher gehabt hatte. Zwei wunderschöne, mittelgroße, natürliche Brüste waren es gewesen, und er hatte sie nur ansehen müssen, um seinen Blutfluss in die richtigen Bahnen zu lenken. Aber dann hatte Betsey darauf bestanden, sich unters Messer zu legen. Sie selbst war begeistert von dem Ergebnis und nahm an, dass Edward genauso empfand, aber für ihn stellten ihre neuen Aktivposten überhaupt keine Verlockung dar. Er betrachtete sie nachdenklich und bemühte sich, beim Anblick der perfekt geformten Kugeln so etwas wie Lust zu empfinden. Es gelang ihm nicht. Das waren keine Brüste mehr, sondern Titten, und sich in ihnen zu vergraben hatte jeden Reiz verloren.

»Und?«, sagte Betsey. »Was ist jetzt?«

Edward schluckte. »Vielleicht später, Liebling. Es klingt wirklich sehr verlockend, aber ich habe gerade erst gegessen, wahrscheinlich sollte ich erst mal verdauen ... Außerdem muss ich noch Text lernen«, fügte er hastig hinzu.

Betseys ungläubiger Gesichtsausdruck sprach Bände. Sie musste Edward nicht erst sagen, dass er wie ein alter Spießer geklungen hatte. Trotzdem ärgerte ihn der unausgesprochene Vorwurf – nicht zuletzt, weil er alt *war*. Wieder seufzte er. Zweifellos fragte sich Betsey, wie ein Mann Sex mit einer attraktiven Frau, die halb so alt war wie er, ausschlagen konnte. Er sah die mittlerweile vertraute Enttäuschung in ihren grünen Augen, doch dann erspähte er seine Haushälterin, die durch den Garten auf sie zukam.

»Ah, Consuela!«, rief er, wobei er Betsey vor lauter Erleichterung um ein Haar von seinem Schoß auf den Rasen befördert hätte. »Sie können Gedanken lesen. Jill kommt später mit dem Vertrag vorbei, ist es in Ordnung, wenn sie zum Essen bleibt?«

»Kein Problem, Mr G. Ich wollte Sie gerade fragen, ob Sie Kaffee möchten«, sagte sie, während eine schmollende Betsey an ihr vorbei in die entgegengesetzte Richtung davonrauschte, wobei ihr strammes, in Lycra verpacktes Hinterteil vor Wut förmlich bebte. Aufgebracht murmelte sie vor sich hin: »Verdauen … ich komm dir gleich mit verdauen …«

Edward tauschte einen leidgeprüften Blick mit seiner treuen Haushälterin, die lachend die Augen gen Himmel verdrehte.

»Kaffee wäre phantastisch, ich komme gleich rein und hole mir welchen«, sagte Edward. Consuela machte sich auf den Weg zurück zum Haus.

Edward war wieder allein. Er setzte sich auf und nestelte am Sonnenschirm herum. Seine gute Laune war verflogen. Er wusste ganz genau, dass sein Desinteresse an der Verrichtung, die früher einmal seine absolute Lieblingsbeschäftigung gewesen war, nicht allein mit Betseys Brüsten zu tun hatte. Seine legendäre Libido war schon seit geraumer Zeit nicht mehr die alte, aber bis vor kurzem hatte sie sich wenigstens noch wie ein alter Säufer taumelnd auf den Beinen gehalten. Endgültig auf die Bretter geschickt worden war sie erst, als Betsey aus heiterem Himmel ihre gemeinsam getroffene Entscheidung, keine Kinder bekommen zu wollen, über Bord geworfen hatte. Ein halbes Jahr war es mittlerweile her, dass sie ihn von ihrem Sinneswandel unterrichtet hatte – ganz nebenbei, als spräche sie davon, einen neuen Lippenstift auszuprobieren. Es war ein furchtbarer Schock für ihn gewesen. Wieso um alles in der Welt wollte sie sich von seinen greisenhaften Spermien befruchten lassen?

Seitdem war Betsey wie besessen. Kein Tag verging, ohne dass sie Edward erklärte, um welchen Tag ihres Zyklus es sich handelte, wie hoch ihre Temperatur war und ob ihr vaginaler Ausfluss die Konsistenz von Eiklar hatte. All das fand er verwirrend und auch ein wenig abstoßend, sie allerdings ignorierte seine Einwände komplett, als wären seine Worte nichts weiter als ein Summen in ihrem Ohr. Manchmal kam er sich tatsächlich wie eine Fliege vor, die in einem geschlossenen Raum gefangen war und immer wieder gegen die Scheibe flog.

Verärgert nahm Edward seine Lesebrille vom Tisch, hob sein Drehbuch wieder auf und blätterte zur nächsten Szene. Der Dialog war unsäglich banal, was ihn nur noch mehr deprimierte. Vor allem, als ihm klar wurde, dass es sich wieder mal um eine Szene handelte, die vorsah, dass er sein Hemd auszog.

»Dad!«

Edward beschirmte die Augen mit der Hand und sah seine über alles geliebte Tochter, die ums Haus herum auf ihn zukam. *Dies* war eine Unterbrechung, über die er sich freute. Sein Herz wurde ganz weit vor lauter Liebe, so wie jedes Mal, wenn er sie sah. Sie trug einen Jeansrock mit einem schlichten weißen Top und flache Sandalen mit bunten Steinen darauf. Ein silbernes Armband war ihr einziger Schmuck. Sie sah entzückend aus.

»Hi, Dad«, japste Jessica, die das letzte Stück gerannt war, so sehr sehnte sie sich nach einer Abkühlung im Pool. Sie war bereits dabei, sich Rock und Schuhe auszuziehen, bis sie schließlich in Höschen und Top vor ihm stand. »Ist doch okay, oder? Mir ist so heiß, und ich bin zu faul, meinen Bikini zu holen.«

»Tu dir keinen Zwang an«, sagte er in seiner geschmeidigen, durch und durch britischen Stimme. »Du bist früh dran. Ich dachte, du arbeitest heute in der Galerie?«

Doch Jessica war schon in den Pool gehechtet. Luftblasen stiegen an die Oberfläche, als sie die erste Bahn unter Wasser schwamm. Als sie am anderen Ende des Beckens wieder auftauchte, schob sie sich die Haare aus dem Gesicht und schniefte sich das Wasser aus der Nase, bevor sie antwortete: »Eigentlich war es auch so gedacht. Deswegen wollte ich auch mit dir reden. Wo ist Betsey?«

»Beim Workout«, antwortete Edward, und sein Blick ging hinüber zum Haus, wo er durch die gläsernen Türen sehen konnte, wie seine Frau ihren Körper beim Yoga zu den besorgniserregendsten Posen verrenkte.

Erneut tauchte Jessica vom Grund des Pools auf und schnappte nach Luft. »Sie macht im Moment ziemlich viel Sport, findest du nicht?«, fragte sie, bevor sie an die Seite schwamm, sich am Beckenrand hochstemmte und aus dem Pool kletterte.

»Mmmm«, brummte Edward vage und sah in den Ausschnitt seines rosafarbenen Hemds auf die kleine Schweißpfütze, die sich in der Mitte seiner Brust gesammelt hatte. Es stimmte: Je größer Betseys sexuelle Frustration, desto mehr Sport trieb sie. Zu dumm, dass er nicht einfach jemanden einstellen konnte, der ihre Bedürfnisse befriedigte, dachte er zerknirscht, und bei dieser unerhörten Vorstellung breitete sich ein kleines Lächeln auf seinen Zügen aus.

Jessica griff sich eins der flauschigen weißen Handtücher vom Stapel auf dem Tisch neben dem Pool und rubbelte sich die Beine ab, die, genau wie die ihres Vaters, mit Sommersprossen übersät waren. Mit ihren weichen blonden Haaren war Jessica äußerlich gesehen das genaue Gegenteil ihrer Mutter. Sie war ganz die Tochter ihres Vaters. Es war seine helle Haut, die sie geerbt hatte, seine blauen Augen und seine Gesichtszüge, obgleich sie bei ihr lange nicht so vollkommen aussahen wie bei ihm. Darüber hinaus hatte Jessica seinen stabilen Körperbau geerbt, auch wenn sie ihre Figur durch regelmäßigen Sport in Form hielt.

»Weswegen wolltest du denn mit mir sprechen?«

Jessica zog sich einen der Liegestühle heran und streckte sich lang aus. Sie legte die Stirn in Falten und überlegte, wo sie anfangen sollte. »Dad, ich habe rausgefunden, dass du der anonyme Sammler bist, der die ganze Ausstellung gekauft hat«, sagte sie mit erzwungener Ruhe. Erst jetzt zeigte sich in ihrem Gesicht die Gekränktheit angesichts seines Verrats.

Edward war sprachlos. Dann, als ihm klar wurde, dass er aufgeflogen war, öffnete er den Mund, um zu einer Erklärung anzusetzen, aber Jessica schnitt ihm das Wort ab. »Lass es einfach. Ich weiß ja, du machst das nur, weil du mich liebhast, aber kannst du dir vorstellen, wie dämlich ich mir vorkomme, wenn ich daran denke, dass alle in der Galerie Bescheid wussten, nur ich nicht?«

Zu seinem Ärger spürte Edward, wie er rot wurde. Verdammt. Wie hatte sie es herausgefunden?

»Ich habe dir von Anfang an gesagt, dass ich nicht will, dass die Leute wissen, wer ich bin, und dass ich nur dieses eine Mal etwas aus eigener Kraft schaffen möchte – allein. Warum hast du das gemacht?« Ihre Stimme brach.

»Weil du dich so unwohl gefühlt hast?«, sagte Edward unsicher. »Du hast gesagt, dein Chef ist immer schlecht gelaunt, deswegen wollte ich dir helfen.«

»Ich *habe* mich nicht unwohl gefühlt!«, rief Jessica frustriert. »Ich war total begeistert! Ich konnte kaum fassen, dass jemand mal gemein zu mir ist, das kommt ja sonst nicht vor. Ich habe mich darüber *gefreut*, dass ich endlich mal die Gelegenheit hatte, jemanden durch harte Arbeit von mir zu überzeugen.«

Edward schluckte. Er hatte seine Tochter noch nie so aufgewühlt erlebt.

»Und außerdem«, fuhr sie fort, während sie ihr Oberteil auswrang, »stellst du es so hin, als hätte ich dich um Hilfe gebeten, was überhaupt nicht stimmt. Ich habe den ganzen Weg hierher darüber nachgedacht – darüber, wie du mich ständig ›retten‹ willst. Weißt du noch, als wir gerade hergezogen waren und ich Schwierigkeiten hatte, in der Grundschule Freunde zu finden?«

»Ja …«, erwiderte Edward nervös, während er sich verzweifelt daran zu erinnern versuchte, welches elterliche Verbrechen er all die Jahre zuvor wohl begangen haben könnte.

»Statt es mir zu überlassen, selbst Anschluss zu finden, hast du meine ganze Klasse zu einer Weihnachtsparty eingeladen. Du hast wer weiß wie viel Geld dafür ausgegeben, unser Haus in ein Winterwunderland zu verwandeln, und auf einmal hatte ich mehr Freunde, als ich zählen konnte. Für dich war das Problem damit gelöst, aber die meisten *waren* gar keine echten Freunde, sie wollten bloß in unserem tollen Haus rumhängen. Und dann, auf der Highschool –« Jessica hatte sich warmgeredet und gab ihrem Vater nicht die Chance, sich zu rechtfertigen. »Irgendwann muss ich dir gegenüber mal erwähnt haben, dass ich traurig war, weil ich es nicht ins Cheerleader-Team geschafft hatte. Und was ist dann passiert?«

Edward zuckte beschämt mit den Schultern.

»Du hast der Schule eine Unsumme für neue Sportgeräte gespendet. Du bist von deinem Dreh – wo auch immer der gerade war – zurückgeflogen, bist in deinem Aston Martin vorgefahren und hast wie ein Wahnsinniger mit meinen Lehrerinnen geflirtet. Und dann – hey! – war ich auf einmal Cheerleaderin. Und weißt du, was das Schlimmste ist?«, sagte Jessica, die nun, da die Schleusentore einmal geöffnet waren, der Flut an Wut und Scham, die sich über die Jahre hinweg aufgestaut hatte, keinen Einhalt mehr gebieten konnte. »Ich weiß ja, dass du es immer nur gut meinst, aber ich kann nicht *ein* Mal was für mich selbst machen wie normale Leute. Mein Leben ist kein Film, Dad. Tut mir leid, wenn das undankbar klingt, aber das Einzige, wovor ich je ›gerettet‹ werden musste, bist du!«

Edward zuckte zurück.

»Nein, so war das nicht gemeint«, sagte Jessica hastig, die ihre harten Worte sofort bereute. »Aber du bist einfach so was von *peinlich.*«

»Wirklich?«

»Ja, wirklich. Ich bin nicht wie Dulcie oder Paris oder Nicole. Ich hasse es, im Rampenlicht zu stehen, und ehrlich gesagt möchte ich einmal, nur ein Mal, eine Unterhaltung führen oder eine Arbeit machen, ohne dass mir dieser blöde James Bond dazwischenfunkt!«

»Verstehe«, sagte Edward, der sich wie ein Idiot vorkam. Jedenfalls lange nicht so geschmeidig wie in seinen Filmen.

»Ich bin unglücklich«, gestand Jessica stockend, und plötzlich hatte Edward eine Heidenangst davor, was seine Tochter als Nächstes sagen würde.

»Unglücklich?«, meinte er jovial und mit einer Armbewegung, die die luxuriöse Umgebung, den azurblauen Himmel und auch den Krug mit Eistee mit einschloss, der vor ihnen auf dem Tisch stand und darauf wartete, eingeschenkt zu werden.

Aber Jessica ließ sich nicht ablenken.

»Und du bist schuld daran.« Sie sah ihrem Vater direkt ins Gesicht. »Ich musste mich noch nie um irgendwas bemühen, aber es wird höchste Zeit. Wie soll ich sonst jemals rausfinden, was ich mit meinem Leben anfangen möchte oder wozu ich überhaupt fähig bin? Im Moment habe ich überhaupt keinen Lebenszweck, und jedes Mal, wenn ich versuche, mir was aufzubauen, dann klappt entweder alles wie am Schnürchen, weil du mein Vater bist, oder du mischst dich früher oder später ein, und dann kommt mir alles, was ich versuche, irgendwie total … sinnlos vor.«

Edward sah die ernste Miene seiner Tochter, und sein Herz füllte sich mit einer fast schmerzhaften Liebe. Jessica war ein tolles Mädchen, trotz der eher unkonventionellen Art, wie sie aufgewachsen war. Aber so sehr er sie auch beschützen und auf sie aufpassen und sie für den Rest seiner Tage bei sich behalten wollte – offensichtlich hatte sie andere Bedürfnisse.

Er überlegte sich seinen nächsten Vorstoß sehr gründlich. »Diese Benefizveranstaltung letzten Monat«, begann er ruhig. Seine tiefe Stimme ließ nicht erahnen, wie aufgewühlt er war. »Jen Petersen hat gesagt, dass du ein wahres Organisationstalent bist und dass sie ohne dich niemals so viel Geld gesammelt und so viele junge Leute begeistert hätte.«

Als Antwort darauf bedachte Jessica ihn mit einem Blick,

den er nicht zu deuten wusste. Dann füllten sich zu seinem großen Entsetzen ihre Augen mit Tränen. »Dad, kapierst du es nicht? Für das Organisationskomitee war ich einzig und allein nur deshalb von Wert, weil ich die Tochter von Edward Granger bin. Und außerdem zählt das Lob von Jen Petersen nicht. Sie versucht seit zwanzig Jahren, dich ins Bett zu kriegen.«

»Im Ernst?«, sagte Edward und machte ein zufriedenes Gesicht, bevor ihm klar wurde, dass dies nicht das Thema war. »Okay, vielleicht war das kein so gutes Beispiel«, lenkte er ein. »Und ich sehe ein, dass ich diese Bilder niemals hätte kaufen dürfen. Ich hätte darauf vertrauen sollen, dass du selber mit diesem unausstehlichen Typen klarkommst …«

Verärgert schüttelte Jessica den Kopf. »Nur weil er sich nicht einen abgebrochen hat, nett zu mir zu sein, war er noch lange nicht unausstehlich. Er hatte bloß von seiner letzten Ausstellung nichts verkauft, und deswegen stand er unter Stress.«

»Ich würde auch unter Stress stehen, wenn ich acht Bilder mit Kuhscheiße an den Mann bringen müsste«, meinte Edward trocken.

Jessica lächelte gequält. »Die Tatsache, dass du die Bilder schrecklich findest, macht es für mich nicht unbedingt besser. Pass auf, ich weiß, dass ich mich zu lange in Watte habe packen lassen, aber vielleicht liegt das auch daran, dass … na ja, dass Mom eben die meiste Zeit nicht da war … und ich weiß nicht …« Unter dem Sonnenschirm und in triefnasser Unterwäsche wurde ihr allmählich kalt. Sie stand auf und stellte sich in die Sonne. Es war Zeit, mit dem Eigentlichen herauszurücken.

»Ich will zurück nach England … allein, und nicht bloß für einen Urlaub. Da drüben weiß niemand, wer ich bin, also passe ich ausgezeichnet dorthin, weil *ich* es nämlich auch nicht weiß. Außerdem werde ich unter falschem Namen leben. So kann ich versuchen, einen normalen Job zu bekommen und etwas aus eigener Kraft zu erreichen. Ich muss das machen, und ich will keine finanzielle Unterstützung von dir. Ich nehme ein paar tausend Dollar als Startkapital mit, aber mehr nicht.«

In einem Versuch, wieder Herr der Lage zu werden, erhob sich Edward von seinem Liegestuhl und richtete sich zu seiner vollen Größe von einem Meter dreiundneunzig auf. »Schätzchen, ich verstehe deine Haltung, und vielleicht ist es wirklich an der Zeit, dass du ein bisschen selbständiger wirst, aber wir sollten nichts überstürzen. England steht jedenfalls nicht zur Debatte«, fügte er mit einem nervösen Lachen hinzu und legte ihr die Hände auf die Schultern.

Jessica entzog sich seiner Berührung. Sie kochte vor Wut. »Du hörst mir überhaupt nicht zu! Ich *frage* dich nicht, ob ich gehen kann, ich *sage* es dir!« Damit drehte sie sich um und rannte zum Haus.

Edward ließ sich müde auf seinen Liegestuhl sinken. Alle Frauen in seinem Leben schienen den Verstand verloren zu haben. War ein bisschen Ruhe und Frieden denn wirklich zu viel verlangt? Während er widerstrebend aufstand, um Jessica nachzugehen, verfluchte er – gewissermaßen aus alter Gewohnheit – seine Exfrau. Wenn Angelica ihn damals nicht verlassen hätte, dann müsste er sich jetzt nicht alleine um alles kümmern. Dann kam ihm ein Gedanke. Hatte Jill nicht erwähnt, dass Angelica den Sommer über in England sein würde? Mit einem Mal fühlte Edward Panik in sich aufsteigen, und er beschleunigte seine Schritte. Steckte am Ende mehr hinter dieser Reise, als seine Tochter ihm gesagt hatte?

5 + + + + Paul Fletcher, Chefautor der *Bradley Mackintosh Show*, betrat das überfüllte Produktionsbüro. Auf der Suche nach seinem besten Freund Luke und seinen Kolleginnen

Kerry, Natasha, Isy und Vanessa ließ er den Blick durch den Raum schweifen. Sie hatten sich in die hinterste Ecke verzogen, so dass er sich, über zahlreiche Kollegen und deren Taschen hinweg, quer durch den ganzen Raum drängeln musste.

»'tschuldigung, sorry, danke … sorry … Okay, Luft anhalten, Kerry«, sagte er, als Kerry das letzte verbliebene Hindernis zwischen ihm und einem freien Stehplatz war.

»Verdammt noch mal«, ächzte sie, als Paul sich an ihrem ausladenden Busen vorbeiquetschte. »Ich stehe ja schließlich überhaupt gar nicht hier oder so.«

»Da stehst du doch drauf«, witzelte Luke. »So viel Action hattest du seit Jahren nicht.«

»Ich kann dich beruhigen, Kerry. Ich trage ein Kondom, du bist also mit Sicherheit nicht schwanger«, flachste Paul ungerührt.

Natasha, Isy und Vanessa gackerten.

»Keine Sorge«, meinte Kerry wehmütig. »Eine Schwangerschaft ist etwas, was ich ganz sicher ausschließen kann. So wie mein Liebesleben momentan aussieht, würde es mich nicht wundern, wenn da unten schon alles verschrumpelt wäre.«

»Verschrumpelt?«, fragte die dunkelhaarige Isy alarmiert. Die Junior-Researcherin saß zu Kerrys Füßen auf dem Boden und trug mehr Schmuck am Körper als Mr T. »So was kann doch nicht wirklich passieren, oder?«

»Mein Gott«, sagte Paul gutmütig. »Nein, Isy, das kann nicht wirklich passieren. Wo bleibt denn Mike, der faule Hund? Der ist ja heute noch später dran als sonst.«

»Ich war gerade bei ihm, um ihn zu erinnern«, sagte Kerry, die sich Zöpfchen in ihren dunklen Lockenpony flocht und dabei wie verrückt schielte. »Aber er war noch mit seinem Computer beschäftigt.«

»Ich vergaß. Mike ist ein vielbeschäftigter Mann«, höhnte Paul. »Wahrscheinlich hat er sich eine Hose aus dem Next-

Katalog bestellt, sich die Nasenhaare gescheitelt oder eine Rundmail an seine Kumpels geschrieben, um sich fürs Wochenende zu einer Bumstour zu verabreden.«

»Du hast echt ein Problem mit ihm, oder?«, meinte Vanessa in ihrem schweren Liverpool-Dialekt. »Was hat er dir getan?«

»Mich zu Tode gelangweilt. Mich warten lassen, während ich Moderationstexte hätte schreiben können. Mich ungefähr fünfzig Mal darauf hingewiesen, dass er studiert hat und ich nicht. Und er versagt in seinem Job, kriegt aber nie eins auf die Mütze, weil er mit der Tochter vom Chef verheiratet ist«, zählte Paul auf.

»Du bist gemein«, sagte Natasha mit einem Lächeln. »Mike ist schon in Ordnung. Wenigstens sieht er gut aus.«

Paul schielte unauffällig zu Natasha hinüber und versuchte abzuschätzen, ob ihre letzte Bemerkung eine Spitze gegen ihn gewesen war. Im vergangenen Winter waren sie für einige Monate zusammen gewesen, bis Natasha auf denkbar grausame Art mit ihm Schluss gemacht hatte: ohne Vorwarnung und per SMS. (Das war der Teil, der am meisten weh getan hatte.) Danach war Paul, auch wenn er lieber gestorben wäre, als es zuzugeben, eine Zeitlang richtiggehend depressiv gewesen.

Natashas herzförmiges Gesicht und ihre großen grünen Augen waren ein Bild der Unschuld, und obwohl Paul wusste, dass sie ihn nur für eifersüchtig halten würde, wenn er etwas erwiderte, konnte er sich doch nicht zurückhalten. »Ich habe noch nie verstanden, was ihr Frauen an ihm findet. Seit er von seiner Baby-Auszeit wieder da ist, macht er mich wahnsinnig. Ich hatte noch nie so viele völlig hirnrissige Skriptänderungen. Ganz ehrlich, ich kann es gar nicht erwarten, bis er endlich in Urlaub fährt, damit wir wieder in Ruhe unsere Arbeit machen können. Der Typ ist eine absolute Hohlfrucht.«

Keiner seiner Kollegen schenkte der Tirade allzu große

Beachtung. Paul hatte sich auf Mike eingeschossen, und man musste kein Genie sein, um zu wissen, warum: Paul stand auf Natasha, Natasha stand auf Mike, Mike stand auf sich selbst.

»Wer hat auf sieben Minuten gewettet?«, rief Luke plötzlich quer durch den Raum.

»Ich!«, dröhnte Penny, die Produktionsassistentin, in ihrer unverwechselbaren Gin-gebeizten Stimme vom anderen Ende des Büros aus. »Wer sagt siebeneinhalb?«

Chefvisagist Robbie warf einen Blick auf den Zettel, den er in der Hand hielt. »Oh, das bin ich. Also, Mike, komm schon, wir warten!«

»Ich glaube, wenn du wüsstest, was für einen Stress Mike zu Hause hat, wärst du ein bisschen nachsichtiger«, meinte Kerry, kramte ein Fläschchen Nagellack aus ihrer Tasche und schüttelte es kräftig. »Ehrlich, seine Frau meckert die ganze Zeit nur an ihm rum. Sie ruft fast jeden Tag an, um sich zu vergewissern, dass er nicht heimlich im Pub ist, und vorgestern ...«

Aber sie kam nicht dazu, ihren Satz zu beenden, denn in diesem Moment betrat Mike den Raum. Zwanzig Augenpaare wanderten automatisch zur Uhr an der Wand, die acht Minuten nach zwei anzeigte. Robbie schaute von der Uhr auf seinen Zettel. Als er aufsah, blickte er in ein Meer erwartungsvoller Gesichter. Mit den Lippen formte er, für alle gut sichtbar, die Worte »Glückwunsch, Hassan!«. Hassan glühte vor Stolz, alle anderen hingegen machten mürrische Gesichter. Der Buchhalter gewann fast jedes Mal den Pott.

»Hi, Leute«, sagte Mike und versuchte sich den Anschein zu geben, er sei abgehetzt. »Tut mir leid wegen der Verspätung, diese Woche war Land unter, und ich habe schon gedacht, ich muss meinen Urlaub absagen. Aber irgendwie habe ich alles wieder hingebogen, also lasst uns keine Zeit verlieren.«

Paul rollte in abgrundtiefer Verachtung mit den Augen.

»Erster Punkt auf der Tagesordnung«, begann Mike. »Morgen habe ich einen Termin bei David Bridlington wegen der Quoten. Kerry, wen haben wir für die nächsten Wochen gebucht?«

»Okay«, meinte Kerry trübsinnig und begann in ihren Aufzeichnungen zu blättern. Das Thema Quoten verhieß für sie selten etwas Gutes. »Also, für diese Woche haben wir Jamie Oliver …«

»Ausgezeichnet«, sagte Mike.

»Dann Jane MacDonald.«

»Mmmnah«, machte Mike.

»Und Juliette Binoche. Was die Woche danach angeht, gibt es noch ein paar Fragezeichen. Ich denke, Michael Sheen ist uns sicher, aber die anderen Gäste, die ich gebucht hatte, haben abgesagt.«

»Das ist der Super-Gau!«, brauste Mike auf. »Ich hoffe, du hast einen Plan B.«

Kerry fragte sich, ob es vielleicht voreilig gewesen war, Mike vor Paul in Schutz zu nehmen. Sie funkelte ihren Chef trotzig an. »Mein Plan B besteht darin, die besten Gäste zu buchen, die ich kriegen kann«, gab sie zurück. »Ich habe schon überall meine Fühler ausgestreckt, und ich hoffe, dass –«

»Mit einem Wort, ich soll David davon überzeugen, dass die Quote keinerlei Problem darstellt, obwohl wir für die Sendung in vierzehn Tagen nicht mal Gäste haben?«

»Schwiegerpapa wird's schon verstehen«, murmelte Paul in Lukes Ohr, was ihm einen bösen Blick von Mike einbrachte, der wusste, dass über ihn gesprochen wurde.

»Doch nur weil es Absagen gab, mit denen keiner rechnen konnte. Es ist nicht leicht, jede Woche aufs Neue hochkarätige Gäste zu finden«, rechtfertigte sich Kerry. Manchmal fand sie, dass sie einen sehr undankbaren Job hatte. »Mag sein, dass ich mit die besten Kontakte in der Branche habe, aber was ich *nicht* habe, ist ein Zauberstab, außerdem muss ich die gesamte Arbeit alleine machen, was bei einer Sendung von der Größenordnung eigentlich nicht üblich ist.«

»Zeig's ihm!«, rief Luke.

»Ach, sei nicht so ein Arsch, Luke«, schnauzte Kerry.

»Okay, okay«, versuchte Mike sie zu beschwichtigen. »Ich verstehe deinen Standpunkt, Kerry, aber wir *müssen* nun mal für jede Woche hochkarätige Gäste finden, sonst können wir den Laden dichtmachen. Wenn du also ernsthaft glaubst, dass du Hilfe brauchst, damit es besser klappt, dann müssen wir uns eben zusammensetzen und darüber nachdenken, ob wir vielleicht eine Assistentin für dich einstellen können. Obwohl ich dir jetzt schon sagen kann, dass wir so gut wie kein Budget dafür haben.«

»Stimmt«, meldete sich Hassan zu Wort. »Im Augenblick gibt es ganz andere Prioritäten.«

Irgendetwas in Kerry explodierte. Seit mittlerweile anderthalb Jahren riss sie sich für diese Show den Allerwertesten auf. Wenn die Quote gut war, bekam sie dafür kein Dankeschön zu hören, und wenn sie schlecht war, droschen alle auf sie ein. Allmählich hatte sie die Nase gestrichen voll. Zu ihrem Entsetzen wurde ihr klar, dass sie kurz davor war, in Tränen auszubrechen, also stand sie auf und floh aus dem Raum. Der Rest des Teams sah ihr mit offenem Mund nach.

»Ich meinte ja nur«, maulte Hassan.

»Das sieht ihr aber gar nicht ähnlich, oder?«, sagte Mike im Bemühen, die Situation wieder unter Kontrolle zu bekommen. »Ob es mal wieder so weit ist?« Er sah in die Runde und hielt kurz inne, um jedem die Gelegenheit zu geben, über diesen köstlichen Scherz zu lachen. »Ihr wisst schon – vielleicht hat sie die Maler im Haus?«

Ein beinahe gespenstisches Schweigen senkte sich über den Raum, und Mike hörte auf zu grinsen, als ihm klar wurde, dass niemand lachte. Vielleicht war die Formulierung doch etwas unglücklich gewesen?

»Soll ich nach ihr schauen?«, erbot sich Isy.

»Äh, ja, bitte, Isabel, wenn du so freundlich wärst«, sagte Mike und räusperte sich. »Also … weiter im Text.«

Auf dem Damenklo hielt Isy eine tränenüberströmte Kerry im Arm.

»Besser, Maus?«

»Ja, geht schon«, schniefte Kerry. Der Heulkrampf hatte gutgetan. »Wenn Mike das mit der Assistentin ernst gemeint hat, dann werde ich ihn jetzt drauf festnageln, das schwöre ich dir. Ich bettle schon ein ganzes Jahr.«

»Hm«, machte Isy, während sie nachdenklich ihre Haarspitzen auf Spliss untersuchte. »Übrigens, nachdem du weg warst, hat Mike einen Witz gemacht, von wegen, dass du deine Tage hättest. Unmöglich, oder?«

»Blöder Sexist«, schimpfte Kerry.

»Wem sagst du das. Aber stimmt's denn?«

»Natürlich. Komm, lass uns gehen. Ich muss zu Hassan, und sobald ich dem das nötige Kleingeld aus dem Kreuz geleiert hab, werde ich zu Mike gehen und ihm sagen, dass ich mir eine Assistentin besorgen werde, ob es ihm nun passt oder nicht.«

6 ++++ Gedankenversunken stieg Edward Granger in seinem Haus die große Treppe hinauf. Oben angekommen, blieb er einen Moment lang stehen, bevor er sich, aus einer puren Laune heraus, flach mit dem Rücken gegen die Wand presste. Einen Arm an der Seite, in der rechten Hand die imaginäre Waffe, ließ er den Blick durch den geräumigen Flur schweifen. Die Tür zu seinem luxuriösen Schlafzimmer stand offen, wie um ihn zu verlocken, alles stehen und liegen zu lassen und sich eine Mütze Schlaf zu gönnen. Aber das hätte

Betsey bestimmt nur als Einladung verstanden, über ihn herzufallen.

Edward stieß hörbar die Luft aus und ließ die Waffe sinken. Also schön. Er würde einfach das tun, was er immer tat, wenn elterliches Fingerspitzengefühl gefragt war: Augen zu und durch.

Leise klopfte er an Jessicas Tür. Sie hörte Musik, so dass er noch ein zweites Mal lauter klopfen musste.

»Jess, mach die Tür auf. Ich weiß, du fühlst dich von mir manchmal ein bisschen erdrückt, aber das tue ich doch nur, weil du mir so wichtig bist. Das mit den Bildern tut mir aufrichtig leid. Ich dachte, es würde dir helfen, aber ich gebe zu, dass ich mich geirrt habe, und … es tut mir leid.«

Jessica öffnete die Tür. Sie hatte sich ein kurzes Kleid angezogen und ein Handtuch wie einen Turban um die Haare geschlungen. Sie schenkte ihm ein zittriges Lächeln. »Schon gut«, brummte sie. »Komm halt rein, bevor du wieder deine ›Sonst trete ich die Tür ein‹-Nummer abziehst.«

»Als du klein warst, fandest du die immer toll«, bemerkte Edward und folgte seiner Tochter ins Zimmer. Jessica hatte in ihren Kleidern gewühlt und sogar schon einen Koffer bereitgestellt. Edward durchzuckte der Gedanke, dass er vor Jessicas Abreise vor allem deshalb solche Angst hatte, weil das bedeuten würde, dass er dann mit Betsey ganz allein wäre. Als er sich auf das kleine weiße Sofa am Fußende des Betts fallen ließ, grinste Jessica.

»Was?«, sagte er, aber er war froh, dass sie lachte.

»Nichts, nur das Lied«, sagte sie und zeigte auf ihren iPod, bevor sie sich das Handtuch vom Kopf zog und anfing, sich die Haare trockenzurubbeln. »Die Pet Shop Boys. ›What have I done to deserve this‹.«

»Ungemein komisch«, sagte Edward. Eine nicht unangenehme, aber gedankenschwere Stille senkte sich über sie, während beide überlegten, was sie als Nächstes sagen sollten.

Am Ende war es Jessica, die zuerst die richtigen Worte fand. Sie warf das nasse Handtuch aufs Bett. »Dad, ich weiß, dass ich unheimliches Glück gehabt habe im Leben und dass du der tollste Vater bist, den man überhaupt haben kann. Das weißt du auch, oder?«

Edward nickte und versuchte tapfer, sich nicht von seinen Gefühlen übermannen zu lassen.

»Aber ich bin jetzt sechsundzwanzig, und ich muss endlich mal ein bisschen was von der Welt sehen. Als du sechsundzwanzig warst, warst du längst zu Hause ausgezogen und hattest zwei Jobs, während du auf deinen Durchbruch als Schauspieler gewartet hast. Als Mom sechsundzwanzig war, hatte sie schon Heavenly Melons gespielt, sie hatte mich bekommen, dich geheiratet und stand kurz davor, die Scheidung einzureichen. Und was habe ich vorzuweisen? Rein gar nichts.«

»Du urteilst ein bisschen zu hart«, widersprach Edward. »Die wenigsten Leute haben mit sechsundzwanzig schon ihr ganzes Leben auf die Reihe bekommen. Außerdem kannst du dir deine Mutter wohl kaum zum Vorbild nehmen. Trifft sie sich übrigens noch mit diesem Primaten, Graydon Matthews?«

»Keine Ahnung, was das hiermit zu tun hat, aber ja, ich glaube schon. Aber darum geht es doch jetzt gar nicht«, fuhr Jessica frustriert fort. »Ob gut oder schlecht, jedenfalls hat Mom *irgendwas* gemacht. Wohingegen ich überhaupt nichts machen *muss*. Wenn ich wollte, könnte ich mich in ein komplettes Dummchen verwandeln, das den ganzen Tag nur shoppt und Partys feiert. So jemand möchte ich nicht sein.«

Edward versuchte, diplomatisch zu antworten. »Lass es dir gesagt sein, harte Arbeit ist absolut überbewertet.«

»Das glaube ich, aber sollte ich die Erfahrung nicht selbst machen dürfen?«

Darauf wusste Edward nichts zu erwidern, also änderte er

seine Taktik. »Hat das mit Dulcie zu tun? Vincent erwähnte, dass sie ziemlich auf ihre Hochzeitsplanung fixiert ist, und mir ist aufgefallen, dass ihr euch in letzter Zeit nicht oft gesehen habt.«

Jessica ließ sich aufs Bett fallen. »Nein, das hat absolut nichts mit Dulcie zu tun …«, sagte sie und hielt gerade lange genug inne, um in Edward den Verdacht zu wecken, dass sie nicht ganz die Wahrheit sprach. »Wirklich nicht«, beharrte sie. »Zugegeben, Dulcie ist in letzter Zeit ein bisschen … komisch wegen der Hochzeit, und ehrlich gesagt hab ich keine Ahnung, warum sie überhaupt so überstürzt heiraten muss, aber dass ich nach England will, hat ganz andere Gründe.«

Jessicas beste Freundin Dulcie Malone war die Tochter des berühmten Sängers Vincent Malone, Edwards engstem und ältestem Vertrauten. Jessica und Dulcie waren praktisch zusammen aufgewachsen. Sie waren wie Schwestern, und dennoch gab es Dinge, über die sie gänzlich unterschiedlicher Ansicht waren. Wie man damit umging, einen berühmten Vater zu haben, war nur eins davon. Seit einiger Zeit wurde Jessica das Gefühl nicht los, sie hätten sich immer weiter auseinandergelebt. Differenzen, die sie früher für vollkommen unwichtig gehalten hatte, waren immer größer geworden, bis sie mittlerweile unüberwindbar schienen.

Edward, dem die nachdenkliche Miene seiner Tochter nicht entgangen war, stand vom Sofa auf und setzte sich neben sie aufs Bett. »Okay«, sagte er. »Erstens, Jess, kommt deine Idee, nach England zu gehen, für mich ziemlich plötzlich. Deswegen ist meine erste Reaktion anders ausgefallen, als du dir vielleicht erhofft hast. Das tut mir leid, aber bitte versteh, dass ich es überhaupt erst mal verarbeiten muss.«

Jessica zuckte die Schultern, ließ es aber zu, dass ihr Vater den Arm um sie legte, und schmiegte sich an ihn.

»Zweitens möchte ich, dass du glücklich bist. Wenn du also unbedingt nach England fliegen willst, dann von mir aus. Aber ich wüsste gerne mehr über deine Pläne. Wo willst du zum Beispiel wohnen? Wenn ich einen Vorschlag machen darf, warum fragst du nicht Pam, ob du bei ihr bleiben kannst, zumindest bis du dich eingelebt hast? Ich könnte sie schnell anrufen, bevor sie ins Bett geht – nur, um zu hören, was sie dazu sagt. Sie freut sich bestimmt, wenn du sie besuchst, und es wird ohnehin höchste Zeit, dass ihr euch wiederseht.«

Jessica konnte sich ein Schmunzeln nicht verkneifen. Sie liebte ihre Tante Pam und hatte sie die letzten Jahre über sehr vermisst. Pamela hatte Flugangst, und es gab keine Beruhigungspille, die stark genug war, um sie sicher über den Atlantik zu befördern. Aber bei ihr einzuziehen wäre keine Lösung. »Ich glaube nicht, Dad. Es hört sich toll an, aber ich will es mir nicht zu leicht machen. Ich habe gesagt, dass ich es alleine schaffen will, und das habe ich ernst gemeint, also werde ich das machen, was normale Leute auch machen, wenn sie ins Ausland gehen.«

»Nämlich?«, fragte Edward bang, während er sich seine Tochter in einer verlausten Herberge vorstellte.

»Ins Hotel gehen. Ich nehme mir ein Zimmer im Dorchester. Nicht das Penthouse, ein ganz normales Einzelzimmer«, sagte sie entschlossen, stand auf und ging zu ihrem iPod, um den nächsten Song zu überspringen.

»Ah, verstehe«, sagte Edward gedehnt. »Ja, das kann man wohl als … normal bezeichnen … ich meine, wenn es wirklich das ist, was du willst.«

»Ja, ist es.«

»Also gut«, sagte Edward, der Mühe hatte, sich das Schmunzeln zu verkneifen. Er hoffte nur, dass seine Tochter nicht vergaß, ihre Kreditkarte einzupacken. »Und wann soll's losgehen?«

»So bald wie möglich. Morgen vielleicht?«

»Morgen?«, stieß Edward hervor. »Bist du von allen guten Geistern verlassen? Mein Gott, Jess, seit wann bist du so draufgängerisch?«

Jessica hatte keine Ahnung, aber nach all den Monaten, die sie sich mit dieser Malaise herumgetragen hatte, war sie so froh, endlich einen Plan zu haben, dass sie keine Sekunde mehr vergeuden wollte. Sie zuckte die Achseln und grinste.

»Was ist mit deinen Freunden? Willst du dich nicht von ihnen verabschieden?« Edward fuhr sich durch die Haare und rieb sich den Nacken, so wie er es immer tat, wenn er gestresst war. »Ich weiß, dass ihr euch in letzter Zeit nicht so gut verstanden habt, aber Dulcie wäre mit Sicherheit am Boden zerstört, wenn du einfach klammheimlich verschwinden würdest.«

»Schon gut, schon gut«, sagte Jessica und lachte. »Dulcie hat sowieso bald ihren Junggesellinnen-Abschieds-Vorglühabend, bis dahin bleibe ich noch.« Ihr Vater war ganz durch den Wind, ein klares Indiz dafür, dass er ihr Vorhaben ernst nahm. Und *das* wiederum war ein Indiz dafür, dass es wirklich passieren würde, wodurch sich plötzlich alles ganz real und aufregend anfühlte.

»Und was ist mit meiner Geburtstagsfeier?«

»Die ist ja erst im September, bis dahin sind es noch vier Monate. Natürlich komme ich für die Feier zurück, aber eine Sache wäre da noch.« In Jessicas Stimme schwang eine Spur Trotz mit. Sie wusste, dass sie ein für ihren Vater sehr sensibles Thema ansprach.

»Und das wäre?«

»Ich glaube, Mom ist bald in London.«

»Aha«, lautete Edwards neutrale Antwort.

»Und ich weiß, dass es noch gar nicht so lange her ist, dass wir uns gesehen haben, aber vielleicht wäre es gut, sich mal auf neutralem Boden zu treffen.«

»Willst du deswegen nach England?«

»Nein«, antwortete Jessica, ohne zu zögern. »Absolut

nicht. Ich habe überhaupt gerade erst festgestellt, dass sie in London ist, als ich mir ihren Drehplan angesehen habe. Aber da sie nun mal dort sein wird, finde ich, dass ich mich bei ihr melden sollte, oder? Natürlich nur, wenn du nichts dagegen hast. Wenn es dir lieber ist, dass ich es nicht mache, dann … du weißt schon, dann ist es auch okay.«

Edward schluckte. Mit anhören zu müssen, wie seine Tochter ihn um die Erlaubnis bat, ihre eigene Mutter sehen zu dürfen, machte ihn unsagbar traurig. »Schatz, du kannst deine Mutter sehen, wann immer du möchtest. Du bist erwachsen und musst mich nicht um Erlaubnis fragen.«

»Aber ich möchte, dass es für dich okay ist«, murmelte Jessica, hin- und hergerissen.

»Das ist es doch auch. Ich freue mich«, fügte er hinzu, auch wenn er fast an den Worten erstickt wäre.

»Wirklich?«

»Hundertprozentig.« Edward fragte sich, wie es so weit hatte kommen können.

»Gut«, sagte Jessica, die versuchte, ganz beiläufig zu klingen. »Mal sehen, ob überhaupt was draus wird.«

In diesem Moment steckte Betsey den Kopf zur Tür herein. »Hi«, sagte sie und beehrte Jessica mit einem ebenso flüchtigen wie falschen Lächeln, bevor sie sich an Edward wandte. »Schätzchen, könnte ich dich kurz sprechen … in unserem Schlafzimmer?« Sie hob vielsagend eine Braue und lockte ihn mit einer langen, pink lackierten Kralle.

Igitt, dachte Jessica. Sie wusste ganz genau, was ihre Stiefmutter wollte. Obwohl sie sich die letzten sechsundzwanzig Jahre nach einem kleinen Geschwisterchen gesehnt hatte, war sie nicht sicher, ob sie bereit war für eine Ausgeburt Betseys, zumal ein Blinder sehen konnte, dass ihr Vater von der Idee auch nicht viel hielt. Aber das war nicht ihre Angelegenheit. Sie wollte sich nicht länger vom Leben ihres Vaters einschränken lassen. Noch ein Grund, der für eine baldige Abreise sprach.

»Eine Minute, Betsey«, sagte Edward ungehalten, woraufhin seine Frau wütend davonstolzierte und die Tür mit lautem Knall hinter sich zuwarf. Edward schien vor Jessicas Augen zu schrumpfen und wirkte auf einmal nicht nur niedergeschlagen, sondern auch sehr alt. Sie nahm ihn in die Arme. Er würde ihr fehlen.

Edward erwiderte die Umarmung, dann räusperte er sich. »Also, wenn du in England nicht Jessica Granger heißen willst, wie denn dann?«

Jessica grinste. »Ich dachte mir, ich benutze einfach deinen richtigen Nachnamen. Gestatten: Bender. Jessica Bender.«

7 ++++ Mehrere Tage und einen Transatlantikflug später klappte Jessica benommen erst ein Auge auf, dann das andere. Sie hatte tief und fest geschlafen und wusste im ersten Moment gar nicht, wo sie war. Allmählich wurde die Welt um sie herum schärfer. Stimmt, sie lag in ihrem Zimmer im Hotel Dorchester in London.

Noch ganz verschlafen streckte sie sich. Sie liebte das Dorchester. Es war vielleicht nicht ganz so Rock'n'Roll wie das Sanderson oder das Mayfair, aber es war zutiefst britisch, herrlich luxuriös und erinnerte mit seinem Art-déco-Interieur an die goldenen Zwanzigerjahre. Allerdings war sie bislang noch nie in einem gewöhnlichen Einzelzimmer abgestiegen. Es war längst nicht so geräumig wie die Suiten. Der Platz im Schrank reichte kaum aus, um all ihre Kleider darin unterzubringen, aber das Bett war himmlisch bequem, und der Blick auf den Hyde Park phänomenal. Das Einzige, was sie störte, waren die leisen Zweifel, die ihr kurz nach der Ankunft gekommen waren. Sie hatte bemerkt, dass die überwältigende Mehrheit der Hotelgäste entweder wesentlich älter, sehr reich oder geschäftlich unterwegs war, und sich gefragt, ob ihr Aufenthalt hier wirklich etwas so Normales war, wie sie angenommen hatte.

Sie war sogar in der Economy-Class geflogen, eine neue und aufregende Erfahrung. Darauf hatte sie bestanden, denn es war ihr ernst mit dem Vorsatz, ihr privilegiertes Leben hinter sich zu lassen. Während des Landeanflugs hatte sie aus dem Fenster auf die Decke grauer, regenschwerer Wolken geblickt, die sie in Heathrow erwartete. Die übrigen Passagiere hatten angesichts des trüben Wetters ein Gesicht gemacht, als wollten sie sofort umkehren und den nächsten Flieger zurück in die Staaten nehmen, aber Jessica war erfüllt von freudiger Erwartung und dem Gefühl, dass dieses Abenteuer, auf das sie sich eingelassen hatte, genau das Richtige war. Sie brauchte nicht nur eine Auszeit von ihrem Vater, sondern auch von Los Angeles. L.A. war eine gnadenlose Stadt, in der es immer nur darum ging, sich durchzubeißen und ganz nach oben zu kommen. In London konnte sie neu anfangen und die Last ihrer Identität endlich abschütteln. Bereits in der Luft hatte sie das Gefühl gehabt, als würden all die Jahre, in denen sie schuldbewusst ihre Privilegien genossen hatte, von ihr abfallen wie Kalkablagerungen. Auch wenn sie zugegebenermaßen die Beinfreiheit der ersten Klasse vermisst hatte …

Schade nur, dass sie nicht mehr dazu gekommen war, Dulcie persönlich zu sagen, dass sie Amerika verlassen würde. Sie hatte es mehrmals versucht, aber es war unmöglich gewesen, auch nur ein Wort mit ihrer Freundin zu wechseln, das nichts mit der Hochzeit zu tun hatte. Nicht einmal auf dem Junggesellinnen-Abschieds-Vorglühabend. Ihre Freundschaft ging definitiv den Bach runter, und obwohl diese Erkenntnis Jessica ziemlich traurig stimmte, wusste sie nicht, was sie dagegen hätte tun sollen. Außer Dulcie an einen Stuhl zu fesseln, damit sie keine andere Wahl hatte, als ihr zuzuhören. Aber zu solchen Maßnahmen hatte sie nicht greifen wollen, und so würde Dulcie eben auf die harte Tour erfahren, dass

Jessica weg war. Wenn sie das nächste Mal anriefe, um über ihre Hochzeit zu plaudern, wäre Jessica längst in London.

In der Zwischenzeit brauchte sie dringend einen Job. Das war schwieriger, als sie gedacht hatte. Sie hatte sich mit Feuereifer in die Stellensuche gestürzt, aber bislang waren hunderte von Telefonaten und E-Mails an potentielle Arbeitgeber und Zeitarbeitsfirmen erfolglos geblieben. Trotzdem wollte sie nicht so schnell aufgeben und hatte beschlossen, an diesem Tag zusammen mit Pam – als moralische Unterstützung – auf der Suche nach einem Job die Läden im näheren Umkreis des Hotels abzuklappern. Vielleicht würde das ja etwas bringen. Sobald sie gefrühstückt hatte. Sie streckte einen Arm unter der Bettdecke hervor und tastete nach dem Telefon. »Zimmerservice, bitte. Hallo, könnte ich ein Omelett, einen Kaffee, den Obstteller und ein Glas O-Saft haben? Zimmernummer – ach so, das wissen Sie schon. Alles klar, vielen Dank.«

Fünfundvierzig Minuten später verließ Jessica ihr Zimmer und strebte zu den Fahrstühlen. Sie war bereit, es mit der Welt aufzunehmen. In ihrem schwarzen Hosenanzug fühlte sie sich seriös, gepflegt und vor allem: anstellbar. Pünktlich wie immer, wartete Pam bereits in der Lobby auf sie. Jessica lächelte, als sie zu ihr trat, um sie zu begrüßen.

»Guten Morgen, Liebes, du siehst umwerfend aus.«

Lächelnd hakte sich Jessica bei ihrer Tante unter. »Du auch. Vielen Dank noch mal, dass du mitkommst.«

»Es ist mir ein Vergnügen.«

Der Mai neigte sich dem Ende zu, und als sie aus dem Hotel in den warmen Sonnenschein hinaustraten, regte sich in Jessica nicht zum ersten Mal eine tiefe Dankbarkeit dafür, dass sie Pam an ihrer Seite hatte. Ihre Tante war immer noch genauso herzlich, wie Jessica sie in Erinnerung hatte, und sie gab ihr in diesem fremden Land das gute Gefühl, zu Hause zu sein. Gleich als sie sich am Flughafen begrüßt hatten, war

Jessica aufgefallen, dass sie wohl den Großteil ihres Erbguts von ihrer Tante mitbekommen hatte. Wahrscheinlich war sie früher noch zu jung gewesen, um die Ähnlichkeit zwischen ihnen wirklich würdigen zu können, aber jetzt empfand sie es als große Erleichterung, als wäre ein Geheimnis endlich gelüftet worden.

Pamela war, was man gemeinhin als aparte Erscheinung bezeichnet hätte. Sie strahlte, nicht zuletzt wegen ihrer exquisiten Garderobe, eine Art adretten Glamour aus. An diesem Tag trug sie ein violettes Kostüm, dunkelblaue Pumps von Russell & Bromley und eine farblich passende Handtasche. Ihre Nägel waren – ihr Markenzeichen – in einem Roséton lackiert, und ihr silbergraues Haar war perfekt geföhnt. Es glänzte im Sonnenschein, als sie auf die Park Lane hinaustraten.

»Also gut, wohin soll es gehen?«, wollte Pam wissen, als der Portier den Arm hob, um ihnen ein Taxi heranzuwinken. »Was steht als Erstes auf deiner Agenda?«

»Ist schon gut, danke«, sagte Jessica, an den Portier gewandt. »Heute machen wir es auf die Londoner Art und gehen zu Fuß.« Sie war beschwingt und voller Tatendrang. »Wir laufen einfach, bis wir etwas sehen, das uns zusagt.«

»Nun denn«, meinte Pam pragmatisch. »Der Plan ist wohl so gut wie jeder andere. Etwas, das uns zusagt.«

Zwei Stunden später allerdings, als Jessica zum ungezählten Male erschöpft und niedergeschlagen aus einem Laden trat, war von der anfänglichen Begeisterung nicht mehr viel übrig. Pam, die draußen auf dem Gehsteig auf sie gewartet hatte, hob fragend die Brauen. »Und?«

Jessica schüttelte bloß den Kopf.

»Gut«, sagte Pam und zeigte auf einen Coffeeshop. »Dort hinein.«

»Können wir den nicht vielleicht auslassen? Ich wette, die haben auch keine freie Stelle, und ich brauche dringend eine Pause«, jammerte Jessica.

Pam schnaufte. »Was ich brauche, ist ein Caffè Latte und ein dickes, fettes Plunderteilchen!«

»Oh«, sagte Jessica, bevor sie ihrer Tante trübsinnig ins Café folgte.

Bei einer Tasse stärkendem Kaffee zogen Jessica und Pam Bilanz.

»So ganz bin ich nicht davon überzeugt, dass zielloses Herumwandern die richtige Methode ist, um einen Job zu finden, Liebes«, meinte Pam. »Vielleicht brauchst du einen Schlachtplan.«

»Ja, wahrscheinlich war ich ein bisschen zu naiv«, räumte Jessica ein. »Aber ich habe nicht damit gerechnet, dass die Leute mich so von oben herab behandeln. Der Cafébesitzer eben war unausstehlich. Man sagt doch immer, in London seien alle freundlich.«

Pam betrachtete ihre Nichte nachdenklich. »Schau mal, im Moment sind die Zeiten schlecht, deswegen darfst du nicht enttäuscht sein, wenn du nach einem Vormittag noch keinen Job gefunden hast. Ohne die Hilfe deines Vaters wird es schwer werden für dich, aber denk andererseits auch an die Freiheit, die du jetzt hast, und bemüh dich, herauszufinden, was du wirklich willst.«

»Das ist es ja gerade«, sagte Jessica hilflos. »Deswegen bin ich ja überhaupt erst aus L. A. weggegangen – weil ich *nicht* weiß, was ich will. Ich hatte irgendwie gehofft, hier würde alles anders werden.«

»Das wird es auch«, sagte Pam mit Überzeugung. »Du musst dem Schicksal eben ein bisschen auf die Sprünge helfen. Bernard hat immer gesagt, man bekommt das vom Leben zurück, was man hineinsteckt. Also wirf nicht gleich die Flinte ins Korn. Bleib dran, und irgendwann bekommst du deine Chance. In der Zwischenzeit genieße ich deine Gesellschaft. Du tust mir richtig gut, ehrlich.«

Jessica lächelte. »Ich finde es so schade, dass ich mich nicht mehr an Onkel Bernard erinnern kann. Es klingt, als wäre er ein toller Mensch gewesen.«

»Das war er auch«, sagte Pam schlicht.

Ein Schweigen folgte, in dem beide ihren eigenen Gedanken nachhingen und Pam sich über ihr Plunderteilchen hermachte.

»Dass Dad alle fünf Minuten anruft, um zu fragen, ob ich schon was gefunden hab, ist auch nicht gerade hilfreich«, meinte Jessica irgendwann.

»Ich weiß«, sagte Pam und nickte nachdrücklich, während sie sich mit der Serviette den Zuckerguss von der Lippe tupfte. »Bei mir meldet er sich auch jeden Tag, um sich zu erkundigen, ob es dir gutgeht – normalerweise immer gerade dann, wenn ich *Come Dine With Me* sehen will. Ehrlich, ich kann gut nachvollziehen, warum du die Flucht ergriffen hast, Liebes. Der eine Elternteil mischt sich viel zu oft ein, und der andere gar nicht.«

Bei dieser Spitze gegen ihre Mutter zuckte Jessica innerlich zusammen, und ihr Kopf begann auf Hochtouren zu arbeiten, während sie überlegte, ob sie Pam gegenüber erwähnen sollte, dass sie sich für den nächsten Tag mit dem Objekt ihrer Verachtung zum Frühstück verabredet hatte. Wahrscheinlich besser nicht. Pams Miene nach zu urteilen, würde sie davon Verdauungsstörungen bekommen.

8 ++++ Am nächsten Morgen betrat Jessica den opulenten Speisesaal des Hotels. Hier wurde allmorgendlich das Frühstück serviert, für Jessica allerdings war es das erste Mal, dass sie es nicht in ihrem Zimmer einnahm. Angelica hatte sich für halb zehn mit ihr hier verabredet. Instinktiv musterte Jessica die anderen Gäste. Wie viele von ihnen würden reagieren, wenn ihre Mutter hereinkam? Wie viele würden hinter vorgehaltener Hand tuscheln? Wie viele wären kühn oder neugierig genug, an ihren Tisch zu kommen? Fragen, die sie sich schon ihr ganzes Leben stellte.

»Guten Morgen, Ms Bender. Einen Tisch für eine Person?«, fragte der Chef de Rang.

»Äh, nein, eigentlich bin ich mit meiner ... bin ich um halb zehn mit jemandem verabredet.«

»Wie Sie wünschen«, sagte der Mann. »In dem Fall möchten Sie vielleicht hier neben dem ...« Er geriet ins Stocken und verstummte schließlich, als draußen in der Lobby plötzlich ein Tumult ausbrach.

Jessica folgte seinem Blick. »Das wäre dann wohl mein Gast«, sagte sie schicksalsergeben. Offenbar hatten Paparazzi Wind von Angelicas Ankunft bekommen. Warum konnte ein Frühstück nicht einfach nur ein Frühstück sein?

»Verzeihen Sie, Madam«, fuhr der Chef de Rang fort. »Ich weiß nicht genau, was dort draußen los ist, aber wenn Sie sich jetzt zu Ihrem Tisch begeben m...«

Wieder schaffte er es nicht, den Satz zu Ende zu führen, denn gerade in diesem Moment tauchte eine ganze Traube Hotelangestellter in der Tür zum Speisesaal auf, die sich ganz offensichtlich um jemanden in ihrer Mitte bemühten. Irgendwann lichteten sich die Reihen, bis schließlich nur noch der Grund des Aufruhrs übrig blieb. Mittlerweile reckten alle im Saal die Hälse. Es war ein gewohnt spektakulärer Auftritt. Jessica konnte den Leuten ihre Neugier nicht verübeln.

Mit ihren achtundvierzig Jahren war Angelica Dupree noch immer bildschön. Die glänzenden braunen Haare fielen ihr in sanften Wellen den Rücken hinab. Kupferne Highlights deckten gekonnt das in ihrem Alter unvermeidliche Grau ab. Als Angelica nun nach ihrer Tochter Ausschau hielt, wie immer umwerfend elegant in weißer Seidenbluse, einem Rock aus dem allerfeinsten karamellfarbenen Wildleder und cremefarbenen Jimmy-Choo-Stiefeln, empfand Jessica eine seltsame Mischung aus Stolz, Trauer und so etwas wie Ehrfurcht.

»Jessica!«, hauchte Angelica, als sie ihre Tochter entdeckt hatte, die unschlüssig und halb von einer Palme in einer chinesischen Vase verdeckt in der Ecke stand. »Es ist so schön, dich zu sehen!« Leicht befangen eilte sie durch den Saal. Selbst die abgeklärtesten Gäste glotzten ihr hinterher. Die Männer freuten sich über den unerwarteten Anblick der berühmten Heavenly Melons, während die Frauen sie nach Zeichen des Älterwerdens absuchten, über die sie sich später die Mäuler zerreißen konnten.

»Ich freue mich auch, Mom«, sagte Jessica, die sich in Jeans und ihrem schlichten Top regelrecht abgerissen vorkam. Angelica küsste ihre Tochter auf beide Wangen. Sie wollte sich unbedingt so schnell wie möglich setzen, damit man sie nicht länger anstarrte, daher war sie heilfroh, als sie ohne weitere Verzögerung zu ihrem Tisch begleitet wurden.

»Wir warten noch auf Graydon Matthews«, teilte Angelica dem Kellner in ihrem französisch gefärbten Englisch mit. »Lassen Sie das dritte Gedeck ruhig liegen, vielen Dank. So, Jessica, wie geht es dir? Du musst mir alles erzählen. Ich will unbedingt wissen, was du hier bis jetzt so getrieben hast.«

Jessica bemühte sich, nicht zu zeigen, wie gekränkt sie war. Sie hatte ihre Mutter seit Monaten nicht gesehen – musste sie da unbedingt ihren widerwärtigen Freund mitbringen?

»Was ist los?«, wollte Angelica wissen, der die beleidigte Miene ihrer Tochter nicht entgangen war.

»Nichts. Wo ist Graydon denn? Seid ihr nicht zusammen gekommen?«

»Er musste noch mal kurz verschwinden. Es macht dir doch nichts aus, dass er mit dabei ist, oder? Als ich ihm gesagt habe, dass wir verabredet sind, wollte er dich unbedingt sehen.«

»Ja«, sagte Jessica, obwohl sie ihrer Mutter kein Wort glaubte. Wahrscheinlicher war, dass er Angelica einfach nur überwachen wollte. Jessica hatte immer schon den Verdacht gehabt, dass Graydon ihre Mutter kontrollierte, wenngleich auf eine passiv-aggressive Art und Weise, die schwer zu beschreiben war.

»Vielleicht hätte ich ihn nicht mitbringen sollen. Es tut mir leid, wenn ich dich damit gekränkt habe, Jessica, aber ich wünsche mir so sehr, dass ihr euch ein bisschen besser kennenlernt.«

»Warum?«, fragte Jessica, obwohl sie es eigentlich gar nicht wissen wollte.

»Hör mal, ich weiß, dass du dich ungern auf jemand Neuen einlässt, für den Fall, dass später dann doch nichts daraus wird, aber diesmal glaube ich ganz fest daran, dass es funktionieren wird. Ich hoffe es wenigstens. Er ist ein anständiger Mann.«

»Ist er das?« Jessica hatte beschlossen, Graydons Abwesenheit dazu zu nutzen, Klartext zu reden. »Mir ist nicht aufgefallen, dass du dich in seiner Gegenwart besonders gut amüsieren würdest.«

»Nun, ich hatte bereits eine Beziehung, in der ich die ganze Zeit gelacht habe. Was daraus geworden ist, sieht man ja«, scherzte Angelica bitter. »Entschuldige«, fügte sie dann sanfter hinzu. »Ich weiß selbst, dass Graydon nicht denselben Humor hat wie dein Vater, aber er hat andere Qualitäten, die wahrscheinlich viel wichtiger sind.«

Wie zum Beispiel die Fähigkeit, aus jeder Körperöffnung Haare sprießen zu lassen und dabei gleichzeitig eine Glatze zu bekommen?

»Er ist zuverlässig, und er passt auf mich auf.«

»Aha«, sagte Jessica nur.

»Wie auch immer. Genug davon. Ich möchte wissen, wie es dir geht.« Angelica wollte verhindern, dass ihr Treffen gleich unter schlechten Vorzeichen begann. »Wie lange hast du denn vor zu bleiben? Ich muss gestehen, ich war ein bisschen beleidigt, dass ich von deinen Plänen, nach England zu kommen, nur durch Jill erfahren habe.«

»Ist das nicht ein bisschen scheinheilig? Schließlich warst du Ewigkeiten lang in Marokko«, gab Jessica zurück. Angelica hatte dort die letzten Monate über an einem französischen Low-Budget-Film gearbeitet. Während dieser Zeit hatte sie sich selbst für ihre Verhältnisse äußerst rar gemacht.

»Aber du hattest doch meine Nummer, du hättest mich jederzeit anrufen können. Ich habe angenommen, du meldest dich nicht, weil …«

»Weil was?«

Angelica seufzte. Wie immer hatte Jessica moralisch gesehen die Oberhand. Es stand ihr in der Tat nicht zu, irgendwelche Erwartungen an ihre Tochter zu stellen. Das Recht hatte sie vor vielen Jahren abgegeben. »Es tut mir leid. Lass uns noch mal von vorne anfangen, ja? Erzähl mir, was dich dazu bewogen hat, hierherzukommen.«

»Okay«, sagte Jessica leicht genervt. »Na ja, ich würde sagen, anfangs wollte ich einfach nur weg aus L. A. Auf eigenen Füßen stehen, wenn du weißt, was ich meine.«

»Natürlich.« Angelica nickte.

»Plus, Dulcie heiratet bald, und bei ihr dreht sich gerade alles nur noch um die Hochzeit …«

»Nun, das wird ein großer Tag für sie, *non*?«

»Ja, aber man fragt sich schon, warum sie es so eilig hat. Sie kennen sich doch erst seit eineinhalb Jahren.«

»Vielleicht liebt sie ihn?«, mutmaßte Angelica.

»Bestimmt tut sie das – im Moment jedenfalls«, gab Jessica zurück. »Aber heißt das, dass sie sich auf etwas einlassen sollte, das von vorneherein keine Zukunft hat?«

»Das gilt nicht für jeden.«

Jessica starrte ihre Mutter frustriert an. Wieso dachte eine Frau, die nicht mal mit dem Vater ihres Kindes redete und die mit jemandem zusammen war, der ihr keinen Funken

Respekt entgegenbrachte, dass sie das Recht hatte, anderen kluge Ratschläge zu erteilen? »Ist ja auch egal«, wiegelte sie ab, fest entschlossen, das Thema zu wechseln. »Damit hat es auch gar nichts zu tun. Ich habe bloß gemerkt, dass ich zur Abwechslung mal ein normales Leben führen will.«

Angelica konnte sich nicht helfen. Reflexartig schaute sie sich in ihrer luxuriösen Umgebung um.

»Was?«, sagte Jessica, die sich über die Reaktion ihrer Mutter ärgerte. »Schließlich habe ich mir keine Suite genommen oder so. Und ich habe Rabatt bekommen.«

»Ich habe doch gar nichts gesagt«, versuchte Angelica ihre Tochter zu beschwichtigen. »Reg dich nicht so auf.«

Jessica schwieg. Sie wusste, dass sie sich unmöglich benahm. Das Treffen schien genau so zu laufen wie alle anderen Treffen zuvor. Niemand konnte sie so schnell in einen bockigen Teenager zurückverwandeln wie ihre Mutter. »Ich weiß, dass das hier ein ziemlich nobles Hotel ist, aber ich tue, was ich kann. Pamela und ich sind gestern sogar die Straßen abgelaufen und haben versucht, einen Job für mich zu finden. Nicht, dass es viel gebracht hätte.«

»Pamela? Du meinst deine Tante Pamela? Edwards Schwester?«

»Ja, wir machen viel zusammen. Sie ist echt nett.«

Angelica mimte Zustimmung, obwohl sie selbst vor vielen Jahren an ihrer Schwägerin eine ganz andere Seite kennengelernt hatte. Damals hatte Pam, genau wie alle anderen, sie für die Schuldige gehalten. Und das hatte sie Angelica auch deutlich spüren lassen.

Jessica verengte ihre Augen zu Schlitzen. »Was denn? Was hast du gegen Pam?«

»Nichts«, antwortete Angelica hastig.

»Da ist doch was«, beharrte Jessica. »Das merke ich doch genau.«

»Es ist nichts … ehrlich, das ist alles Jahre her«, sagte Angelica. »Wie auch immer, du hast recht, sie ist sehr nett, und ich bin froh, dass ihr euch näher kennenlernt. Ich weiß noch, dass sie und Bernard unbedingt Kinder haben wollten. Hat es denn am Ende noch geklappt?«

Jessica schüttelte den Kopf.

»Das ist schade. Sie wäre bestimmt eine großartige Mutter gewesen.«

Die Bemerkung hing eine Weile zwischen ihnen in der Luft.

»Ich habe mir sogar einen anderen Namen zugelegt«, meinte Jessica schließlich, tapfer bemüht, die Unbeholfenheit zwischen ihnen zu überwinden. »Ich will es wirklich auf eigene Faust versuchen.«

»Ich bin sehr stolz auf dich, Jessica, ganz ehrlich. Welchen Namen hast du dir denn ausgesucht?«

»Bender.«

»Oh.« Angelica war überrascht. Nach all den Jahren den Nachnamen ihres Exmannes zu hören war regelrecht ein Schock.

Der Kellner trat an ihren Tisch. »Kann ich Ihnen etwas bringen, die Damen, oder möchten Sie noch auf Mr Matthews warten?«

»Nein, wir bestellen schon mal«, entschied Angelica. »Ich hätte gerne zwei Eier im Glas, ein bisschen Vollkorntoast mit Butter und einen schwarzen Tee. Jessica?«

»Ein Omelett bitte und ein Glas Kräutertee.«

Der Kellner notierte sich ihre Wünsche.

»Wo steckt Graydon überhaupt?«, wollte Jessica wissen. »Er braucht ganz schön lange.«

Angelica machte ein peinlich berührtes Gesicht, schien aber keine Antwort geben zu wollen, solange der Kellner in Hörweite war. »Er kommt sicher gleich«, murmelte sie.

»Hast du nicht gesagt, er ist auf der Toilette? Dafür ist er aber schon ziemlich lange weg.«

Angelica stieß einen angespannten Seufzer aus. »Lass es gut sein, Jessica.«

»Was ist denn?«, fragte Jessica unschuldig.

Angelica schnalzte mit der Zunge, dann wartete sie noch eine Sekunde, um sicherzugehen, dass niemand sie hören konnte, bevor sie antwortete: »Ich habe dir doch gewiss schon von Graydons kleinem Problem erzählt, oder?«

»Nein …«, sagte Jessica, die nicht sicher war, ob sie es jetzt überhaupt noch wissen wollte.

»Wirklich nicht? Ich habe dir nicht von seinen … Schwierigkeiten erzählt?«

»Schwierigkeiten?«, fragte Jessica verständnislos.

Angelica sah Jessica direkt in die Augen, als wäge sie ab, wie viel sie offenbaren sollte. Dann lehnte sie sich über den Tisch. »Ganz ehrlich, langsam bin ich mit meinem Latein am Ende. Graydon hat ein Problem damit, an öffentlichen Orten zu … gehen.«

»Okay«, sagte Jessica gedehnt und hoffte inständig, dass ihre Mutter es dabei belassen würde. Doch nun, da sie einmal angefangen hatte, schien Angelica es nicht eilig zu haben, das Thema fallenzulassen.

»Ich meine es ganz ernst. Das hatte er schon als Kind. Damit er überhaupt gehen kann, muss er ganz bestimmte Rituale vollziehen, weißt du? Er muss zum Beispiel komplett nackt sein, es ist sehr bizarr.«

»Wie bitte?«

»Er muss erst jedes einzelne Kleidungsstück ablegen, sogar seine Uhr, bevor er … sein Geschäft verrichten kann. Zu Hause geht das ja noch, aber wenn wir unterwegs sind, stellt uns das vor ziemlich große Herausforderungen.«

Jessica fragte sich einen Moment lang, ob sie von derselben Sache sprachen. »Im Ernst? Du willst mir sagen, dass Graydon sich nackt ausziehen muss, bevor er ein Ei legen kann?«

»Schhh!«, sagte Angelica und fuchtelte mit der Hand.

»Jetzt schau doch nicht so, Jessica. Das macht ihm wirklich schwer zu schaffen. Sein Therapeut sagt, dass er unter einer ausgeprägten analen Fixation leidet.«

Jessicas Gesicht verzog sich in einer Mischung aus Belustigung und Ekel.

»Wenn du so unreif bist, dann ist es besser, wir reden nicht weiter darüber«, sagte Angelica, die bereute, das Thema angeschnitten zu haben. »Sprechen wir von etwas anderem. Wie geht es deinem Vater?« Ihr Tonfall änderte sich so unmerklich, dass es niemandem außer Jessica überhaupt aufgefallen wäre.

»Gut«, sagte Jessica, die noch immer mit dem Lachen kämpfte.

»Hat er für seinen Geburtstag irgendetwas geplant?«

»Eine Party.« Jessica hatte die Erfahrung gemacht, dass es, wann immer sie mit einem Elternteil über den anderen sprach, das Klügste war, möglichst wenig ins Detail zu gehen. Diese Kunst der Einsilbigkeit hatte sie in vielen langen Jahren perfektioniert.

»Ah, das wird bestimmt schön«, meinte Angelica wenig überzeugend. Dabei machte sie ein Gesicht, als wünschte sie, die Pestilenz möge über sämtliche Partygäste kommen. Dann: »Du hast mir wirklich gefehlt, Jessica ...«

Jessica wollte sagen: »Du mir auch«, aber plötzlich klebte ihr die Zunge am Gaumen. »Na, jetzt bin ich ja hier«, meinte sie lahm.

»Und ich wollte dich wirklich nicht so angehen wegen ... oh, sieh nur, da ist Graydon!«

Jessica sah sich um, und tatsächlich: Da war er, und er sah noch genauso selbstgefällig und bemüht machohaft aus wie beim letzten Mal. Graydon Matthews war ein einflussreicher Geschäftsmann aus New York, der jedes Jahr am New York Marathon teilnahm, dreimal die Woche Squash spielte und den Tag mit einer kalten Dusche begann. Trotz dieser und vieler anderer kerniger Gewohnheiten war er ein unglaublich penibler Mann, dem Unordnung ein Graus war und der es hasste, wenn irgendetwas oder irgendjemand weniger als absolut geleckt aussah. Manchmal wirkte er dadurch ein bisschen tuntig – wogegen er sich selbstverständlich strikt verwahrt hätte. Wenn er nicht gerade sportelte, trug er Anzüge mit speziell angefertigten Schuhen, die ihn größer erscheinen ließen. Denn Graydon Matthews' Körpergröße konnte nicht ganz mit der seines Egos mithalten. Der Tag, an dem er hatte einsehen müssen, dass er niemals größer sein würde als einen Meter siebzig, war der schwärzeste seines Lebens gewesen. Sein Lieblingsschauspieler war Tom Cruise.

Obwohl er bullig, haarig und schleimig war, flößte er den Menschen in seiner Umgebung einen gewissen Respekt ein. Aber jetzt, da Jessica wusste, dass er die letzte halbe Stunde über nackt auf dem Klo gehockt und vergeblich versucht hatte, sein großes Geschäft zu erledigen, war ihre Sicht auf ihn für immer verändert.

»Ladys«, sagte Graydon aalglatt und küsste Angelica auf die Wange, bevor er Jessica durch die Haare strubbelte. Jessica fiel auf, dass auf jedem seiner Finger ein kleines Haarbüschel wuchs, direkt unter dem Knöchel. Sie hoffte, dass er sich die Hände gewaschen hatte.

»Schön, dich zu sehen, Jessica. Geht es dir gut?«

»Ja, danke«, sagte sie mechanisch. »Und dir?«

»Nicht schlecht, danke der Nachfrage. Obwohl ich froh bin, dass der Dreh deiner Mutter in Marokko endlich vorbei ist. Viel zu heiß für mich da unten, und das Essen war auch nicht ganz mein Fall.«

»Das kann ich mir vorstellen«, sagte Jessica. »Ich wette, du musstest höllisch aufpassen, dass du dir keinen verdorbenen Magen geholt hast.«

»Ah!«, rief Angelica laut. »Da ist unser Frühstück. Wunderbar, ich bin schon am Verhungern.«

»Schon wieder Eier, Schatz?«, sagte Graydon missbilligend, als der Kellner die Teller vor sie hinstellte. »Du musst wirklich damit aufhören, dir ständig Eier zu bestellen. Sie sind Gift für deinen Cholesterinspiegel, und dick machen sie auch. Du weißt bestimmt, wie das ist, Jessica. Eine Frau muss auf ihre Figur achten, vor allem wenn sie so hübsch ist wie du, was, mein Täubchen?«, sagte er und langte unter den Tisch, um dort wer weiß was mit Angelica anzustellen.

»Sicher«, hauchte Jessica matt.

»In meinem nächsten Film werden die Zuschauer vielleicht ausnahmsweise mal auf etwas anderes achten als auf meine Figur«, meinte Angelica leicht säuerlich.

»Aber natürlich«, sagte Graydon. »Kein Grund, so empfindlich zu werden«, sagte er und zwinkerte Jessica verschwörerisch zu, was in ihr lediglich den Wunsch weckte, ihm eine reinzuhauen.

»Oh!«, rief Angelica plötzlich. »Jessica, das habe ich ganz vergessen. Ich habe noch ein kleines Präsent für dich. Man hat es mir neulich geschickt, aber ich glaube nicht, dass ich hingehen kann, weil ich in ein paar Tagen nach L.A. fliege. Ich habe gerade erst erfahren, dass das Studio noch ein paar Szenen nachdrehen will, deswegen …«

»Davon hast du mir gar nichts gesagt«, klagte Graydon betroffen. »Wann denn?«

»Bald, aber es ist nicht für lange«, besänftigte Angelica ihn.

»Aber ich kann nicht mitkommen. Du weißt doch, dass dieser große Deal ansteht, und ich muss nach New York, um alles abzuwickeln.«

»Das macht doch nichts«, sagte Angelica ungehalten. »Was ich sagen wollte …«

»Ich will für dich da sein«, beharrte er.

Jessica schob sich die Hände unter ihre Oberschenkel.

»Das bist du doch«, sagte Angelica und lächelte Graydon

aufmunternd an. Es war klar, dass sie sich Jessica zuwenden wollte. »Wenn du dieses eine Mal nicht mitkommen kannst, *c'est la vie*. Ich werde es überleben, ich bin eine erwachsene Frau …«

»Ich finde, dass ich dich begleiten sollte. Zum einen gefällt mir dieser Regisseur nicht, und außerdem …«

»Vielleicht könntet ihr das ja später besprechen«, hörte Jessica sich mit kühler Stimme sagen. »Schließlich habe ich meine Mutter lange nicht mehr gesehen.«

»Oje, natürlich«, sagte Graydon eingeschnappt. »Bin ich zu raumgreifend?«

»Wie dem auch sei«, meinte Angelica, die sehr bestürzt darüber war, wie sich das Treffen mit ihrer Tochter entwickelt hatte. »Das hier ist jedenfalls für dich.« Sie zog eine große cremefarbene Karte aus ihrer Clutch hervor und reichte sie über den Tisch.

Jessica betrachtete die Karte ohne große Begeisterung. Es war eine Einladung zum privaten Erlebnis-Shopping bei Jimmy Choo. Wobei in diesem Fall »Shopping« ein Euphemismus war für »Nimm alles, was du willst, ohne zu bezahlen«. »Vielen Dank«, murmelte sie halbherzig.

»Ich dachte, du freust dich. Die Modelle diese Saison sind ganz phantastisch, eine ihrer besten Kollektionen bisher, aber weil ich keine Zeit haben werde, habe ich sie angerufen und ihnen gesagt, dass du vorbeikommst.«

»Ist hier jemand vielleicht ein kleines bisschen undankbar?«, warf Graydon überflüssigerweise ein.

»Ich bin *sehr* dankbar«, sagte Jessica aggressiv. *Er* hätte dankbar sein sollen, dass sie ihn nicht gefragt hatte, wie seine Klositzung gelaufen war. »Ich freue mich schon auf …« Sie geriet ins Stocken. Eine ältere Dame hatte den Speisesaal betreten, und wenn sie es nicht besser gewusst hätte, so hätte sie schwören können, es sei ihre Tante Pam.

O Gott, es *war* ihre Tante Pam.

»Jessica!«, rief die Frau, als sie sie entdeckt hatte. »Juhu, ich bin es. Sie haben mir gesagt, dass du hier bist. Ich bin gleich ins Taxi gesprungen und hergefahren, weil ich Neuigkeiten für dich habe …« Als sie sich dem Tisch näherte, verebbte ihre Stimme.

»Oh«, sagte sie nur noch und machte ein entsetztes Gesicht, als sie sah, wer noch am Tisch saß. Die Frau, die sie seit dreiundzwanzig Jahren nicht gesehen hatte. Die Frau, die ihrem Bruder das Herz gebrochen und ihr eigenes Kind im Stich gelassen hatte. Die Frau, der sie nie verziehen hatte.

»Ich hatte keine Ahnung, dass *du* hier bist«, sagte sie steif. Auf ihren Wangen brannten zwei rote Flecken.

»Hallo, Pamela«, sagte Angelica leise. Scham spiegelte sich auf ihrem Gesicht. Scham und noch etwas anderes, das wesentlich schwerer zu deuten war.

»Jessica«, sagte Pam, Angelicas Begrüßung komplett ignorierend. »Ich lasse dich in Ruhe frühstücken. Warum rufst du mich später nicht an, wenn du Zeit hast?«

»Ich glaube, das wird nicht nötig sein«, mischte sich Graydon ins Gespräch. Er stand auf und schob seinen Stuhl zurück. »Komm, Angelica, wir sollten Jessica jetzt allein lassen, ganz offensichtlich hat sie wichtige Dinge zu besprechen, und wir müssen sowieso los. Außerdem habe ich gleich ein Meeting.«

»Aber ich würde gerne noch ein bisschen bleiben. Ich habe Jessica so lange nicht …«

In diesem Moment schoss Graydon Angelica einen warnenden Blick zu, und Jessica wurde klar, dass er die ganze Zeit wahrscheinlich nur auf eine Ausrede gewartet hatte, die es ihm ermöglichen würde zu verschwinden. Ihre Mutter ruderte sofort zurück. »Wahrscheinlich hast du recht. Also gut, wir sprechen uns bald, Liebes.«

Jessica konnte nicht fassen, wie schnell ihre Mutter klein beigab. Sie öffnete den Mund, um zu protestieren, aber ehe sie auch nur einen Satz formulieren konnte, hatte Angelica ihr schon einen Kuss auf beide Wangen gedrückt, ihre Sachen aufgehoben und war davongerauscht. Die Art und Weise, wie Graydon sie dabei am Ellbogen festhielt, weckte tiefes Unbehagen in Jessica. Er schob sie derartig schnell aus dem Saal, dass sie nicht einmal die Frau bemerkte, die auf der Jagd nach einem Autogramm hinter ihr herlief.

Als sie verschwunden waren, bebte Pam vor Empörung. Jessica schluckte und blinzelte heftig.

»Es tut mir so leid, Liebes«, sagte Pam mitfühlend. »Wenn ich gewusst hätte, dass sie hier ist, wäre ich nie gekommen. Ich weiß, dass du deine Mutter eine Ewigkeit lang nicht gesehen hast, und jetzt habe ich dir alles verdorben.«

»Halb so schlimm«, meinte Jessica betont munter.

»Nein.« Pam schüttelte den Kopf. »Ganz ehrlich, jedes Mal, wenn es brenzlig wird, kneift sie. Und wer war überhaupt dieser Gorilla, den sie bei sich hatte?«

Jessica antwortete nicht. Sie starrte ins Leere und versuchte, gegen das schmerzliche Gefühl in ihrem Innern anzukämpfen, von ihrer Mutter als kleines Mädchen verlassen worden zu sein.

Pam tat der Kummer ihrer Nichte in der Seele weh. »Es tut mir leid, Liebes, das war unangebracht. Lass uns das Ganze vergessen, ja? Ich bin hergekommen, weil ich gute Neuigkeiten für dich habe.«

»Echt?«, sagte Jessica, die heldenhaft versuchte, den Gedanken abzuschütteln, dass sie wohl eine Therapie nötig hätte. »Was denn für Neuigkeiten?«

»Also«, begann Pam, während sie sich auf dem Stuhl niederließ, den Angelica kurz zuvor verlassen hatte. »Ich habe mich gestern Abend mit meiner Freundin Jean unterhalten, und vielleicht habe ich dabei auch erwähnt, dass du nach einem Job suchst. Jedenfalls hat sie mich heute Morgen angerufen, und offenbar hat die Tochter ihrer Freundin eine Nichte, die eine Assistentin sucht. Sie heißt Kerry, wenn ich mich recht erinnere, und sie arbeitet bei der *Bradley Mackintosh Show*. Wie auch immer, ich habe ihre Durchwahl«, sagte Pam aufgeregt. »Du kannst sie anrufen und einen Vorstellungstermin vereinbaren.«

Jessica ließ die Gelegenheit ein paar Sekunden vor sich in der Luft baumeln, bevor sie danach griff. »Ist das die Show, die wir neulich gesehen haben? Die, von der ich dachte, dass Vincent schon mal in ihr zu Gast war?«

»Genau die«, sagte Pam eifrig. »Das Gehalt wäre natürlich miserabel, und vielleicht findest du es ja auch schrecklich, mit all diesen Medienfritzen zusammenzuarbeiten …«

»Ach …«

»Aber es ist ein richtiger Job, und wenn du es schaffst, einen Vorstellungstermin zu bekommen, kriegst du ihn garantiert.«

Pams Begeisterung war ansteckend. Hoffnung und Aufregung begannen in ihrem Bauch zu kribbeln und breiteten sich schließlich in ihrem ganzen Körper aus, als hätte ihr jemand eine Spritze mit Optimismus verpasst. Sie würde sich diese Gelegenheit nicht von der Enttäuschung über ihre Mutter verderben lassen.

»Vielen, vielen Dank, Pam«, sagte sie, als die Bedeutung der Neuigkeit zu ihr durchgesickert war. Dann stand sie spontan auf, ging um den Tisch herum und schnappte sich ihre Tante – sehr zu deren Überraschung – zu einer dicken, festen Umarmung. »Ich hab dich lieb«, sagte sie in Pams großen Busen und atmete ihren Guerlain-Duft ein.

»Ich dich auch«, flüsterte Pam bewegt. »So, und jetzt lass uns diese Kerry anrufen.«

9 + + + + Am nächsten Tag saß Jessica in der U-Bahn, bewaffnet mit einem *A to Z* sowie ihrer nagelneuen Netzkarte, zu deren Anschaffung Pam ihr geraten hatte. Sie war stolz auf sich. Wenn ihre Mutter oder ihr Vater sie hätte sehen können, wie sie ganz allein nach White City fuhr, auf einer Route, die sie selbst ausgetüftelt hatte, ohne auch nur einen Menschen nach dem Weg zu fragen! Das war eine beachtliche Leistung, wie sie fand. In L.A. war sie nie mit öffentlichen Verkehrsmitteln gefahren, und zum ersten Mal in ihrem Leben empfand sie ein Gefühl wahrer Unabhängigkeit.

Während der Zug durch den Tunnel ruckelte, kam Jessica zu der Erkenntnis, dass die U-Bahn der ideale Ort war, um Leute zu beobachten. In L.A. wagten nur die Angehörigen der unteren Gesellschaftsschichten – Gangmitglieder, Leute mit lebenden Hühnern unter dem Arm oder illegale Einwanderer –, den Bus zu nehmen. In London hingegen war es ein Querschnitt der Bevölkerung, der sich per öffentlichem Nahverkehr durch die Stadt bewegte.

Sie war fast ein bisschen traurig, als der Zug schließlich White City erreichte. Die Reise war schon zu Ende. Als sie aus der Untergrundstation ins Freie trat, fand sie sich direkt vor dem Gebäude der BBC wieder.

Jessica schluckte. Beim Fernsehen zu arbeiten war vielleicht nicht ihr Lebenstraum, aber wenn sie für den Moment nichts anderes finden konnte, dann war die BBC sicher die ideale Adresse. Der Sender war auf der ganzen Welt bekannt, und als sie die gigantischen Ausmaße des kreisrunden Gebäudes in sich aufnahm, spürte sie, wie ihr Herz heftiger schlug. Nervös überquerte sie die Straße – und erinnerte sich in letzter Sekunde daran, zuerst nach rechts zu schauen und dann nach links. Sie betrat das Gebäude durch eine gläserne Drehtür, die sie in einen riesigen Empfangsbereich ausspuckte, und ging auf einen der Tresen zu.

»Kann ich Ihnen helfen?«, fragte eine Frau in Uniform.

»Ja, ich habe um elf ein Vorstellungsgespräch bei Kerry Taylor von der *Bradley Mackintosh Show* …«

»Und der Name?«

Jessica Gr… Bender.«

»Grebender?«

»Bender.«

Die Frau warf ihr einen Blick zu, den man nur als argwöhnisch bezeichnen konnte, dann nahm sie den Hörer ab. »Hallo, ich habe hier eine Miss Bender, die einen Termin bei Kerry hat? Nehmen Sie Platz«, sagte sie zu Jessica, ohne sich die Mühe zu machen, noch mal aufzusehen.

»Danke«, sagte Jessica, ging zu der schwarzledernen Sitzgruppe in der Mitte der Halle und nahm sich eine Ausgabe der *Aerial*, des Hausmagazins der BBC.

In der Lobby wimmelte es von Menschen, die kamen und gingen, und nachdem sie festgestellt hatte, dass die *Aerial* keinerlei für sie interessante Artikel enthielt und sie ohnehin viel zu nervös war, um darin zu lesen, vertrieb sie sich erneut die Zeit damit, Leute zu beobachten. War sie vielleicht zu schick angezogen? Sie trug flache Pumps zu einer engen Caprihose aus schwarzem Jeansstoff, dazu ein weißgestreiftes, schmal geschnittenes Shirt – wirklich nichts Besonderes, und dennoch sah sie im Vergleich zu einigen der Leute, die am Sicherheitsmann vorbeihasteten, geradezu aufgedonnert aus.

Kurz darauf kam eine Frau auf sie zu, die sich ganz offensichtlich von ihrer Kleidergröße nicht in der Auswahl ihrer Garderobe einschränken ließ.

»Du bist Jessica?«, wollte sie wissen.

»Ja«, erwiderte Jessica, sprang auf und schüttelte ihr voller Elan die Hand.

»Freut mich«, sagte die Frau mit deutlich weniger Begeisterung und zog die Hand aus Jessicas Griff. »Ich bin Kerry, magst du mitkommen?«

»Klar«, sagte Jessica eifrig. »Es ist wirklich toll, dich kennenzulernen. Ich habe mich so gefreut, als du gesagt hast, dass ich vorbeikommen darf. Ich vermute mal, du hattest schon ziemlich viele Leute zum Vorstellungsgespräch da?«

»Ja«, war alles, was Kerry sagte. Bestimmt wollte das Mädchen bloß höflich sein, aber sie hatte in der Tat den ganzen Vormittag mit Vorstellungsgesprächen verbracht und wollte nicht mehr darüber reden als unbedingt nötig.

Mit flatternden Nerven folgte Jessica Kerry durchs Gebäude, bis sie zu einer Reihe von Aufzügen gelangten. Als wolle sie wiedergutmachen, dass sie Jessicas Versuch, ein Gespräch anzuknüpfen, abgeblockt hatte, fragte Kerry plötzlich: »Am Telefon hast du gesagt, dass du nicht viel Erfahrung mit der Arbeit beim Fernsehen hast?«

»Das stimmt«, sagte Jessica aufrichtig. »Wobei das ja wahrscheinlich bei den meisten Leuten der Fall sein dürfte, die es sich leisten können, für so wenig Geld zu arbeiten, oder?«

»Ja … mag sein«, sagte Kerry, die dieser Kommentar ein wenig verblüffte, obwohl sie zugeben musste, dass Jessica den Nagel auf den Kopf getroffen hatte. Viele der Bewerber, die sie bis jetzt interviewt hatte, kamen frisch von der Uni, hatten Namen wie Hugo oder Fenella und ganz eindeutig Eltern im Rücken, die wohlhabend genug waren, um ihre Sprösslinge beim miserabel bezahlten Start in den Beruf zu unterstützen. »Trotzdem frage ich mich, wieso du dich beworben hast, wenn du über keinerlei Erfahrung verfügst. Willst du Moderatorin werden?«

»Um Gottes willen, nein!«, sagte Jessica mit Nachdruck. »Ich kann mir nichts Schlimmeres vorstellen.«

Kerry nickte. Nun, das immerhin sprach für sie. Die letzte Bewerberin, eine unerträglich überschäumende junge Frau mit Namen Bonnie, hatte gleich ihr Demoband mitgebracht. Kerry konnte mit überschäumenden Menschen nichts anfangen, und ganz bestimmt würde sie mit niemandem arbeiten, der den Job als ein einziges langes Vorsprechen ansah. Sie hatte Bonnie auf schnellstem Weg hinauskomplimentiert.

»Um ganz ehrlich zu sein«, sagte Jessica im Bemühen, das Schweigen zu füllen, das sich erneut zwischen ihnen ausgebreitet hatte, »war es nie wirklich mein Wunsch, beim Fernsehen anzufangen. Ich möchte nur unbedingt gerne in einem Büro arbeiten.«

Darauf reagierte Kerry zunächst mit Erstaunen, dann mit Verärgerung. »Ist dir klar, wie viele Bewerber sich nach einem Vorstellungstermin für diesen Job die Finger geleckt haben?«, fragte sie. »Hast du überhaupt eine Ahnung, was für eine einmalige Gelegenheit das ist? Nur weil ich niemanden mit überzogenen Karrierevorstellungen auf dieser Assistentenstelle haben will, heißt das noch lange nicht, dass man keinerlei Interesse an der Branche mitbringen muss.«

»Oh, klar, natürlich.« Jessica wurde rot. Der Aufzug kam, und sie stiegen ein. »Ich weiß gar nicht genau, warum ich das gesagt habe. Was ich gemeint habe, war wohl, dass ich mich auf die Herausforderung freue, anderen Menschen eine Hilfe sein zu können.«

Kerrys Irritation wuchs. Sie hatte die letzten zwei Wochen damit verbracht, tausende von Lebensläufen zu sichten und auf einen Stapel vielversprechender Bewerber und Bewerberinnen einzudampfen. Den ganzen Vormittag lang hatte sie sich mit irgendwelchen Armleuchtern herumschlagen müssen, die alle aus irgendeinem Grund für die Stelle völlig ungeeignet waren. Zu bemüht, zu ehrgeizig, zu unerfahren, zu schüchtern oder zu nervig. Und jetzt kam dieses amerikanische Mädchen daher (das jemanden kannte, der ihre Tante kannte oder so ähnlich) und tat so, als wäre sie so verdammt cool, dass sie es nicht mal nötig hatte, bei der Aussicht auf die Berühmtheiten, die sie treffen würde, *sollte* sie die Stelle bekommen, auch nur ein Fünkchen Begeisterung zu zeigen. War das denn etwa gar nichts?

Auf dem Weg nach oben überlegte Kerry, was zu tun war. Sollte sie dieser komischen Amerikanerin sagen, sie solle sich vom Acker machen und ihr nicht länger die Zeit stehlen? Andererseits: Konnte sie es sich leisten, eine neue Suche nach geeigneten Kandidaten zu starten? Aufgrund des mageren Budgets, das man ihr zur Verfügung gestellt hatte, rannten ihr die Leute mit Berufserfahrung nicht gerade die Türen ein. Vielleicht sollte sie einfach in den sauren Apfel beißen und dem Mädchen eine Chance geben?

Die beiden beäugten sich eine Weile argwöhnisch.

»Okay«, sagte Kerry schließlich, als die Fahrstuhltüren aufglitten. »Da wären wir. Komm mit rein, dann unterhalten wir uns. Obwohl du vielleicht wenigstens so tun könntest, als würdest du dich fürs Fernsehen interessieren. Oder sollen wir die Sache gleich abbrechen? Mir persönlich ist das wurscht.«

Jessica schluckte.

»Im Ernst«, sagte Kerry, die sich warmgeredet hatte. »Ich weiß, das Gehalt ist ein Hohn, aber wir reden hier von einer unserer Vorzeigeshows im Unterhaltungssegment, und wenn dir das hier alles zu blöd ist, dann sag's lieber gleich, denn ganz ehrlich, ich bin kurz davor, es selbst zu tun.«

Wow. So hatte noch nie jemand mit Jessica gesprochen. Noch nie in ihrem ganzen Leben. Bizarrerweise gefiel es ihr. Vielleicht war sie masochistisch veranlagt?

»Ich *bin* interessiert«, sagte sie mit Nachdruck. »Ehrlich.«

»Dann komm«, sagte Kerry. »Aber Schluss mit dem Bullshit, kapiert?«

Sie bog nach links ab, und Jessica folgte ihr demütig. Kurz darauf gelangten sie an eine Tür mit der Aufschrift Bradley Mackintosh Show.

»Da wären wir«, verkündete Kerry eine Idee freundlicher, bevor sie die Tür aufstieß und den Blick in ein ziemlich durchschnittlich aussehendes Großraumbüro freigab. Es wimmelte von Leuten, die alle sehr beschäftigt an ihren Rechnern saßen oder sich besprachen.

»Wir gehen in Mikes Büro. Er ist nicht da, wir sind also ungestört.« Als Jessica hinter Kerry herging, fragte sie sich, wie um alles in der Welt Leute ohne Beziehungen solche Bewerbungsgespräche durchstanden, ohne dabei in Tränen auszubrechen.

Paul Fletcher war gerade dabei, die Endfassung der Moderationstexte für diese Woche an Bradley Mackintosh zu mailen, so wie er es jeden Dienstag tat. Dies war so vorgesehen, damit der beliebteste Talkmaster der Nation den ganzen Mittwoch Zeit hatte, sich mit dem Text vertraut zu machen, so dass er zur Aufzeichnung am Donnerstag perfekt saß. Doch Bradley war ein alter Hase, und in der Regel genügte es ihm, das Skript kurz zu überfliegen, während er in der Maske saß, sein Gesicht mit Foundation verspachtelt und die kahle Stelle an seinem Hinterkopf mit Haar aus der Sprühdose kaschiert wurde. (Ja, es gab tatsächlich Haar aus der Sprühdose.) Paul drückte auf »Senden« und rieb sich dann mit beiden Händen übers Gesicht. Zeit für eine Tasse Tee.

Er stieß sich auf seinem Drehstuhl vom Schreibtisch ab, gerade als er Kerry ins Büro kommen sah. Hinter ihr tauchte eine attraktive Blondine auf, die ein gestreiftes Matrosenshirt und enge Capri-Jeans trug. Sie sah unglaublich gesund aus. Ja, gesund war das richtige Wort, fand Paul. Ihre Haut … leuchtete förmlich … und ihre Gliedmaßen waren durchtrainiert, und obwohl ihr Hintern beileibe nicht klein zu nennen war, hatte Paul doch das Gefühl, dass er nicht das kleinste bisschen schwabbeln würde, wenn man ihn drückte. Paul grinste. Frischfleisch war im Büro stets willkommen. Er rollte auf seinem Stuhl weiter in Richtung Wasserkocher, doch als er zurück an seinen Schreibtisch kam, waren Kerry und das Mädchen bereits in Mikes Büro verschwunden, so dass seine Neugier vorerst unbefriedigt blieb.

In Mikes Büro hatte Kerry derweil Notizblock und Stift gezückt und machte Ernst.

»Also, wie war noch mal dein vollständiger Name?«

»Jessica … Bender.«

»Okay, Jessica, was sagst du zu unserer Show?«

Jessica räusperte sich. »Ich finde sie toll. Ich habe vor ein paar Tagen mal kurz reingeschaut, und sie hat mir wirklich gut gefallen.«

Kerry stöhnte. »Nichts für ungut, aber du kannst nicht zu einem Vorstellungsgespräch kommen, ohne auch nur die geringste Meinung zu der Sendung zu haben, für die du arbeiten möchtest. Hast du dir keine Notizen gemacht?«

»Na ja – nein. Natürlich *hätte* ich mir welche gemacht, wenn ich vorher gewusst hätte, dass ich ein Vorstellungsgespräch bekomme. Aber als ich die Show gesehen habe, habe ich mich gar nicht richtig darauf konzentriert, weil ich bei meiner Tante war und wir gerade zu Abend gegessen haben und …«

»Wie schön«, sagte Kerry spitz. »Ich hoffe, es hat geschmeckt.«

»Ich dachte, es geht darum, dir beim Buchen der Gäste zu helfen«, sagte Jessica, die langsam genug davon hatte, wie Kerry mit ihr sprach. Es war ja fast so, als *wollte* sie, dass das Gespräch in die Hose ging.

»Ja und?«

»Also ist meine Meinung zu der Show doch sowieso nicht von Belang, oder?«

Diese Argumentation schien Kerry zu überraschen, aber nicht unbedingt zu verärgern. Offenbar konnte sie gut damit umgehen, wenn man unverblümt mit ihr sprach.

»Ich will ganz ehrlich sein«, fuhr Jessica fort. »Ich bin gerade erst aus den USA nach England gekommen …«

»Hätte ich nie vermutet.«

»Deswegen kenne ich mich mit der Show noch nicht so gut aus. Aber trotzdem weiß ich, dass sie ziemlich bekannt ist und dass es ein Privileg wäre, hier zu arbeiten. Die Show ist mir übrigens schon aus den Staaten ein Begriff. Ich bin sogar ziemlich sicher, dass ihr mal Vincent Malone zu Gast hattet, stimmt's?«

Kerry nickte verwundert.

Jessica erinnerte sich daran, dass Vincent ihr einmal davon erzählt hatte. Hatte er nicht gesagt, dass Bradley Mackintosh für seinen respektlosen Umgang mit den Gästen bekannt war und dass man ihn entweder liebte oder hasste? »Ja, ich habe … in der Presse davon gelesen. Wie auch immer, ich möchte den Job wirklich sehr gerne haben. Ich lerne schnell, und wenn es um Prominente geht, habe ich durchaus Erfahrung, weil ich in den Staaten schon mit vielen … zu tun hatte.«

»Ach ja? Wo denn?«

»Ich habe ein Praktikum bei … Fox Films gemacht«, sagte Jessica aufs Geratewohl, obwohl die Antwort selbst in ihren Ohren mehr wie eine Frage klang.

Kerry sah sie scharf an. »Ich will ganz ehrlich zu dir sein, Jessica. Ich suche jemandem, der mit der Show vertraut ist und mir brauchbare Vorschläge für zukünftige Gäste liefern kann. Diese Person muss mir außerdem dabei helfen können, die Gäste zu buchen, das bedeutet, sie darf keinerlei Scheu vor wichtigen Agenten und PR-Leuten haben. Mit anderen Worten: Sie muss in der Lage sein, mit Leuten umzugehen, die ihre eigene Großmutter für eine höhere Gage verschachern würden, und ich bin mir einfach nicht sicher, ob …«

Jessica überlegte blitzschnell. »Leute wie Dolores Rainer? Oder Jill Cunningham? Oder Max Steadman?« Sie ratterte die Namen einiger der berühmtesten Agenten Hollywoods herunter, von denen sie jeden einzelnen persönlich kannte, weil sie sowohl für ihre Mutter, ihren Vater als auch Vincent tätig waren.

Kerry blieb kurz der Mund offen stehen, aber sie fing sich sofort wieder. »Sieh einer an, du hast dich also doch kundig gemacht. Auch wenn du damit vielleicht ein bisschen hoch gegriffen hast. Natürlich versuche ich, jede Woche mindestens einen international bekannten Gast in die Show zu bekommen, aber manchmal ist es einfach nicht möglich. Für die nächste Sendung sind wir ziemlich gut aufgestellt, wir haben den Moderator Jeff Bates, dann Kate Templeton, was natürlich super ist, und Alan Carr.«

Jessica nickte heftig, auch wenn sie nur einen der drei Namen kannte. Kate Templeton war im Moment sehr gefragt. Was ihre Erfolge an den Kinokassen anging, konnte sie es in den USA sogar mit Jennifer Aniston aufnehmen. Edward hatte in einem ihrer Filme eine Nebenrolle gespielt und wusste nur Gutes über sie zu berichten. Offenbar war sie wirklich nett, wenngleich ihre Managerin ein alter Drachen sein musste.

»Das klingt toll. Eine Talkshow ist ja immer nur so gut wie ihre Gäste. Bestimmt ist dein Job echt hart.«

Kerry war geschmeichelt. Genau das hatte sie insgeheim schon immer gedacht. Es tat gut, es von jemand anderem zu hören.

»Hast du vielleicht eine DVD, die ich mir anschauen könnte?«

»Äh, sicher«, sagte Kerry, die sich von Jessicas dramatischer Wandlung von nervig und ahnungslos in scharfsinnig und direkt ein wenig überrumpelt fühlte. »Du kannst dir die Sendung von vor vierzehn Tagen ansehen. Auf die bin ich ziemlich stolz. Michael Sheen war unser Hauptgast, und dann hatten wir noch Dawn French … aus *French and Saunders* … *The Vicar of Dibley*?«, fragte sie, als sie Jessicas verständnislosen Blick auffing. »Ist ja auch egal. Viel Spaß beim Anschauen, ich gucke in der Zwischenzeit mal, ob ich jemanden finde, der uns eine Tasse Tee macht.«

»Ach, danke, nicht nötig. Ich bin kein großer Teetrinker.«

Diese Yankees, dachte Kerry, aber als sie Mikes Büro verließ, ertappte sie sich bei einem Lächeln. Dass Jessica diese Agentennamen einfach so aus dem Hut gezaubert hatte …

Fünfzehn Minuten später kam Kerry mit einer Tasse Tee sowie Paul und Luke im Schlepptau wieder zurück. Die beiden hatten sie überredet, mitkommen und einen Blick auf den potentiellen Neuzugang werfen zu dürfen.

»Und? Wie läuft's so?«, erkundigte sich Kerry, als sie die Tür mit der Schulter aufstieß, um ihren Tee nicht zu verschütten. »Das sind übrigens Paul und Luke.«

»Hi«, sagte Jessica herzlich. »Freut mich total.«

»Gleichfalls«, sagte Luke.

»Also, was meinst du?« Kerry zeigte fragend auf den Bildschirm.

»Ach Gottchen, also, diese Frau, Dawn French, die war echt der Hammer. Genial, wie sie Bradley Mackintosh mit ihrem Schinkenklopfer in Verlegenheit gebracht hat.«

»Mit ihrem *was*?«, fragte Paul, der vergeblich versuchte, ein Grinsen zu unterdrücken.

»Schinkenklopfer«, wiederholte Jessica. »Das war super«, fuhr sie deutlich verunsichert fort. »Echt komisch.«

»Du hättest es vor dem Schnitt sehen sollen. Dann hättest du richtig gelacht«, meinte Kerry trocken, wobei sie versuchte, Luke zu übertönen, der mit einem Lachanfall kämpfte.

»Ja?«, sagte Jessica und schielte nervös zu Luke.

»Aber hallo«, sagte Paul, bevor er sich zu Luke beugte und leise hinzufügte, so dass nur sein Freund es hören konnte: »Du Freak.«

»Mann, ich hoffe, du kriegst den Job«, schnaubte Luke. »Wir werden tierisch Spaß haben.«

Kerry schnalzte tadelnd mit der Zunge und sah die beiden Männer böse an. Sie hatte beschlossen, Jessica eine Chance zu geben. Ihr Mangel an Zynismus und Verstellung hatte etwas Erfrischendes und Liebenswertes. Außerdem wäre ihr Leben um einiges leichter gewesen, wenn jeder im Team der Sendung so viel Begeisterung entgegengebracht hätte wie sie. »Ich bin froh, dass es dir gefallen hat«, sagte sie.

»Eine supertolle Show.«

»Du bist Amerikanerin«, stellte Paul fest.

»Halb Engländerin, halb Französin, um genau zu sein, aber wir sind in die Staaten gezogen, als ich sieben war«, antwortete Jessica schüchtern.

»Das erklärt einiges.«

Jessica sah mit großen, fragenden Augen zwischen Paul und Kerry hin und her.

»Wir hier sind ein wenig begeisterungsresistenter als ihr da drüben«, klärte Paul sie auf.

»Begeisterungs- was?«

»Resistenter.«

Als sie Jessicas ratlose Miene sah, beschloss Kerry, dem Elend ein Ende zu machen. »Gut, also, vielen Dank euch beiden, aber jetzt möchte ich mich noch ein bisschen mit Jessica unterhalten. Bis nachher dann«, sagte sie und schob die beiden zurück in Richtung Großraumbüro. Luke war als Erster draußen und blökte so laut, dass die gesamte Mannschaft es hören konnte: »Wem darf ich auf den Schinken klopfen?«

»Beachte sie gar nicht«, sagte Kerry und schloss die Tür. »Wenn sie zusammen sind, was leider fast immer der Fall ist, benehmen sie sich wie kleine Jungs. Sie wohnen in einer WG«, fügte sie erklärend hinzu. »Wahrscheinlich glaubst du mir das jetzt nicht, aber Paul gilt als einer der talentiertesten Comedy-Autoren bei der BBC. Wie auch immer, ich bräuchte dann noch ein paar Angaben von dir, denn ganz ehrlich, wenn du es mit Agentinnen wie Jill Cunningham aufnehmen kannst, bist du dein Gewicht in Gold wert. Nicht, dass dein Gehaltsscheck das in irgendeiner Form reflektieren wird.«

»Oh, aha …«

»Also, was ich dir sagen will, ist Folgendes: Von mir aus und wenn du den Job noch haben willst, kannst du nächsten Montag anfangen. Ehrlich gesagt warst du bis jetzt die Einzige, die der Aufgabe halbwegs gewachsen zu sein scheint, und ich glaube, wir werden ganz gut miteinander auskommen.«

»Ach du meine Güte!«, stammelte Jessica, die gar nicht glauben konnte, wie schnell das alles passiert war. Was für ein verrückter Tag. Einerseits war sie sich ziemlich sicher, dass dieser Paul und sein Kumpel Luke sich gerade gnadenlos über sie lustig gemacht hatten, aber andererseits hatte jemand, der weder wusste noch sich darum scherte, wer sie war, ihr soeben einen Job angeboten. Einen schlecht bezahlten Job, bei dem sie für eine Show arbeiten musste, in der sich alles um Prominente drehte, denen sie ja eigentlich hatte entkommen wollen – aber es war ein Job. In England. Bei der BBC. Auf einmal fühlte sie sich schrecklich erschöpft und überfordert.

»Also, bist du dabei?«

»O ja. Das ist der Wahnsinn, vielen Dank!«, sagte Jessica und fuhr sich mit den Mittelfingern unter den Augen entlang, um ihr verschmiertes Augen-Make-up wegzuwischen. Dann lächelte sie. Sie war definitiv dabei. Ob sie ihrem neuen Job allerdings gewachsen sein würde, das war eine ganz andere Frage – eine, auf die sie, wenn die letzten zehn Minuten irgendwie als Maßstab gelten konnten, vermutlich schneller eine Antwort bekommen würde, als ihr lieb war.

10 ++++ An diesem Abend kehrte Jessica nach einem ausgiebigen Workout im hoteleigenen Fitnessraum in ihr Zimmer zurück. Es war ein ereignisreicher Tag gewesen, und sie hatte einiges davon ausschwitzen müssen. Sie schmunzelte. Pams Jubelschreie klangen ihr immer noch in den Ohren. Sie hatte ihre Tante kurz zuvor angerufen, um ihr zu sagen, dass sie die Stelle bekommen hatte. Pam war wirklich unheimlich nett, und Jessica überlegte, ob sie das Angebot, bei ihr in Hampstead einzuziehen, nicht doch annehmen sollte. Sie hatte nicht damit gerechnet, dass ihr Gehalt hoch sein würde, aber als Kerry ihr den exakten Betrag genannt hatte, war das trotz allem ein herber Schlag gewesen. Sie würde pro Woche weniger verdienen, als sie im Augenblick für eine einzige Nacht im Hotel bezahlte.

Sie schaltete den Fernseher ein. Jetzt, wo das Adrenalin, das sie den ganzen Tag über in höchster Anspannung gehalten hatte, verbraucht war, fühlte sie sich hundemüde, und wenn sie ganz ehrlich war, hatte sie auch ein bisschen Angst vor dem, was der Montag bringen würde. All die Zweifel, die sie zu Beginn ihres Abenteuers geplagt hatten, waren wieder da. Wie in aller Welt sollte sie das bloß durchziehen? Sie hatte noch nie in ihrem Leben einen vergleichbaren Job gehabt, und ihre neuen Kollegen waren regelrecht furchteinflößend.

Sie starrte auf den Bildschirm. Eine britische Serie mit dem Titel *EastEnders* hatte gerade angefangen. Jessica hatte seit ihrer Ankunft in London schon mehrere Folgen gesehen und war fasziniert. Obwohl es ihr fast ein wenig surreal erschien, ganz normale Leute im Fernsehen ganz normale Dinge tun zu sehen. Das war fast noch surrealer als die überzogenen Plots, grellen Farben und schnellen Schnitte der Soaps, die sie aus Amerika kannte.

Zehn Minuten später kam Jessica zu dem Schluss, dass *EastEnders* ihr nicht dabei helfen würde, ihre Nervosität zu bekämpfen. Im Gegenteil, einige der forscheren weiblichen Charaktere erinnerten sie bloß an Kerry. Also schaltete sie den Fernseher wieder aus und griff stattdessen zum Telefon, um ihren Vater anzurufen. Sie sehnte sich danach, seine Stimme zu hören, außerdem wollte sie ihm unbedingt von ihrem neuen Job erzählen. Nicht, dass sie ihm verraten würde, wo sie arbeitete, sonst hätte er ihr wahrscheinlich schneller eine Beförderung samt Gehaltserhöhung verschafft, als sie »Halt dich da raus« sagen konnte.

»Hi, Dad? Ich bin's …«

Eine halbe Stunde später legte Edward in Malibu den Hörer auf. Seit langem hatte er sich nicht mehr so gut gefühlt. Es war wundervoll gewesen, sich ausführlich mit Jessica zu unterhalten, außerdem vermutete er, dass der Job, den sie bekommen hatte, so gut wie ein Rückflugticket war. Er wusste aus eigener Erfahrung, wie hart es war, als Assistent beim Fernsehen zu arbeiten. Mit ein bisschen Glück würde sie also schon bald einsehen, wie gut sie es zu Hause hatte, und zu ihm zurückkommen. Das hoffte er wenigstens. Sie fehlte ihm so.

Er schob die Gedanken an Jessica für den Moment beiseite und streckte sich, bevor er sich auf den Weg nach oben machte, um sich für seinen großen Tag umzuziehen. Heute sollte er einen Stern auf dem Hollywood Walk of Fame bekommen, und es wäre schön, sich endlich mal wieder wie der Filmstar Edward Granger zu fühlen. Das war schon ziemlich lange her.

Beschwingt betrat er das Schlafzimmer, wo Betsey sich in aufreizender Pose auf dem Bett räkelte. Sie trug ein schwarzes Negligé und sonst nichts. Das Herz wurde ihm schwer.

»Hi, Baby«, schnurrte sie. »Komm und hol mich.«

Sein erster Impuls war, irgendeine Entschuldigung zu stammeln, aber bei längerem Nachdenken kam er zu dem Schluss, dass ein bisschen Sex vielleicht gar nicht das Schlechteste wäre. In dem schwarzen Fummel sah sie wirklich ziemlich scharf aus, und danach hätte er sie wenigstens eine Zeitlang vom Hals.

Wenige Minuten später war sein Hals nicht der einzige Körperteil, von dem Edward wünschte, seine Frau möge von ihm ablassen. Betsey derweil versuchte ihr Äußerstes, sich von der Leidenschaft des Augenblicks mitreißen zu lassen. Sie war zutiefst dankbar, dass überhaupt etwas passierte, nachdem sie Edward tagelang vergeblich angebettelt hatte, nichtsdestotrotz war sie enttäuscht, dass das Einzige, was wirklich so etwas wie Erregung in ihr auslöste, ihre eigenen Brüste waren, denen sie im Spiegel dabei zusah, wie sie auf und ab hüpften. Einen Moment lang machte sie sich ernsthaft Sorgen um den Zustand ihrer Ehe, aber sie beeilte sich, das Gefühl zu unterdrücken. Körperliche Liebe brachte Paare einander wieder näher, und Babys erst recht. Das war hinlänglich bekannt.

»O ja!«, stöhnte sie. »O ja, o ja, o ja!« Sie warf den Kopf ein bisschen hin und her und tat das, was jemand, den die Leidenschaft übermannt hatte, im Allgemeinen so tat, in der Hoffnung, dass sich dabei irgendwann echte Gefühle einstellen würden. Zwischendrin öffnete sie ein Auge, um zu sehen, wie es Edward ging. Ihre Blicke trafen sich kurz, und einmal mehr wurde ihr klar, wie fremd sie sich eigentlich waren. Frustriert klappte sie das Auge wieder zu. Sie hatte genug gesehen, um zu merken, dass Edwards Miene nichts mit Erregung zu tun hatte. Er sah genauso aus, wie wenn er seine Socken anzog oder sich die Nasenhaare zupfte.

Betsey schaltete einen Gang höher. »O mein Gott, o mein Gott, o mein Gott!«, kreischte sie und ritt ihren Ehemann so unerbittlich wie ein Cowboy seinen Bronco. Wieder öffnete sie ein Auge, während ihr Kopf wild herumflog. Mittlerweile hatte Edwards Gesicht einen Ausdruck der Besorgnis, ja sogar des Entsetzens angenommen. Je schneller sie dies hier über die Bühne brachte, desto glücklicher wären sie beide.

Eineinhalb Minuten später stand Edward splitterfasernackt am Fuß des Betts und sah zu, wie in seinem fernsteuerbaren Hightech-Kleiderschrank die Anzüge an ihm vorbeiglitten. »Äh, wie war es denn für dich, Liebling? War es … gut? Also, bist du … du weißt schon?«

Betsey, die es nicht ausstehen konnte, wenn Edward so prüde war, zog sich die Decke bis unter die Achseln hoch und überlegte kurz, bevor sie antwortete. »Nein, aber das macht nichts. Ich bin einfach nur froh, dass wir es überhaupt mal wieder gemacht haben. Ich hatte schon befürchtet, dass du überhaupt keinen Sex mehr haben willst.«

»Wie kommst du denn darauf?«, sagte Edward, jedoch ohne große Überzeugungskraft. Mit ein bisschen Glück würden seine ehelichen Pflichten jetzt einen Monat ruhen.

Er nahm einen Savile-Row-Zweiteiler von der Kleiderstange und wandte sich zum Bett. Betsey konnte nicht umhin zu bemerken, dass seine Hoden die Drehung einen Sekundenbruchteil später vollendeten. Sie wandte den Blick ab und konzentrierte sich stattdessen auf Edwards Gesicht, als dieser den Anzug fragend in die Höhe hielt. »Was meinst du? Den hier? Oder soll ich einfach meinen Blazer und die beige Popelinehose anziehen?«

Betsey konnte nicht glauben, dass sie mit einem Mann verheiratet war, der in aller Ernsthaftigkeit Worte wie »beige Popelinehose« über die Lippen brachte. Außerdem ertappte sie sich bei dem Gedanken, dass ihr ganz egal war, was er anzog, solange er es nur schnell machte. Der strahlende Sonnenschein, der durch die Fenster hereinfiel, ließ ihn in einem sehr unvorteilhaften Licht erscheinen und zwang sie, sich mit einer bitteren Wahrheit auseinanderzusetzen: Ihr Mann, wie attraktiv er auch noch immer sein mochte, hatte definitiv seine besten Jahre hinter sich. Aus dem Filetsteak war ein Nackenkotelett geworden.

»Nimm den Anzug, Schatz. Er passt viel besser zu deinem Image als Blazer und Hosen. Überlass so was Roger Moore.«

11 ++++ Jessicas erster Tag als Kerrys Assistentin war ein Junitag und dämmerte sonnig und strahlend schön herauf. Das wusste sie deshalb so genau, weil sie bereits in aller Herrgottsfrühe im Hyde Park joggen gewesen war. In L.A. fand niemand an einer solchen Aktivität etwas Bemerkenswertes, aber als sie Kerry gegenüber später erwähnte, wie viel Spaß ihr das Laufen gemacht habe, reagierte diese mit einem

Entsetzen, als hätte Jessica ihr eröffnet, sie sei gerade von einem netten, kleinen Amoklauf zurückgekommen.

»Aha«, meinte Kerry, als hätte Jessica etwas ganz und gar Geschmackloses gesagt. »Na ja, jeder so, wie er mag.«

An diesem Tag trug Kerry schwarze dreiviertellange Leggings mit einer recht unförmigen, sackartigen Tunika, die von einem breiten Gürtel um die Hüften gerafft wurde. Ihre Haare waren zerstrubbelt, was ihr aber gut stand, und am Handgelenk trug sie ein klobiges Armband aus Holz. »Okay, ich zeige dir, wo du sitzt. Dein Schreibtisch ist gleich neben meinem, und daneben ... ah, da ist Natasha, unsere Researcherin. Tash, das ist Jessica, meine neue Assistentin.«

»Hi«, sagte Jessica scheu.

»Hallo«, sagte Natasha, stellte ihre Tasche auf ihrem Schreibtisch ab und ließ sich die Jeansjacke von den Schultern gleiten. Sie musterte Jessica von oben bis unten mit modisch geschultem Blick, fand aber nichts an ihr auszusetzen. Jessicas kurzer Khakirock, die Ballerinas und das Langarmshirt sahen vielleicht etwas langweilig aus, machten aber einen qualitativ hochwertigen Eindruck. Natasha hob eine Braue und fragte sich, was ihre männlichen Kollegen wohl von der Neuen halten würden. Sie war hübsch, aber nicht so hübsch wie sie selbst. »Dein Rock ist cool, wo hast du den her?«

»Äh, ich weiß nicht mehr genau«, stotterte Jessica, die selbstverständlich noch genau wusste, dass Angelica ihr den Rock bei Comme des Garçons in Paris gekauft hatte. »Gap, glaube ich.« Sie wusste selbst nicht, warum sie sich die Mühe machte zu lügen.

»Komm, ich stell dich jetzt Mike vor«, unterbrach Kerry das Gespräch und rettete Jessica damit vor weiterer Begutachtung. Sie schob sie quer durchs Büro auf den Raum zu, in dem ihr Vorstellungsgespräch stattgefunden hatte, und klopfte laut an.

»Herein.«

»Mike?« Kerry steckte den Kopf durch die Tür. »Hast du eine Minute? Ich möchte dir jemanden vorstellen.« Sie schob Jessica in den Raum. »Das hier ist meine neue Assistentin Jessica Bender.«

Mike sah auf. »Jessica. Willkommen im Team.«

»Danke«, sagte diese. »Ich freue mich wirklich, hier arbeiten zu dürfen. Die Show letzte Woche mit Michael Sheen war großartig. Ein toller Gast.«

»Er war gut, nicht?«, sagte Mike und unterzog Jessica einer flüchtigen Musterung. »Also, von wo in den Staaten kommst du denn?« Er freute sich, dass Kerrys neue Assistentin so attraktiv war. Sie war nicht gerade bildhübsch, hatte aber das gewisse Etwas. Außerdem konnte man sofort sehen, dass sie auf sich achtete. Schöne stramme Beine.

»L. A.«, antwortete sie zögerlich. Je weniger sie über zu Hause sprach, desto besser.

»Ah, nicht schlecht. Kann mir gar nicht vorstellen, wieso du da weg wolltest. Welche Gegend von L. A. denn? Ich kenne mich ein bisschen aus.« Mike lehnte sich in seinem Stuhl zurück und kaute selbstvergessen auf einem Kugelschreiber herum.

»Äh, Santa Monica«, sagte Jessica und errötete bis zu den Haarwurzeln. Sie war nicht besonders gut im Lügen, aber die Wahrheit hätte nur noch weitere unangenehme Fragen zur Folge gehabt. Wenn er sich wirklich in L. A. auskannte, dann wusste er bestimmt, dass nur die sehr Reichen und Berühmten in Malibu lebten.

»Ach, Kerry, wo du gerade da bist«, meinte Mike in der geistesabwesenden Art eines Mannes, der viel um die Ohren hat, »hast du von Will Smiths Leuten schon die endgültige Zusage für August bekommen?«

»Ja, sofern nicht noch irgendwas Unvorhergesehenes passiert, sollte es klargehen. Natürlich habe ich ihnen zugesichert, dass Bradley ihm Fragen zu seinem neuen Film stellt und dass wir einen Ausschnitt zeigen.«

»Cool!«, rief Jessica spontan und voller Begeisterung aus. »*Pentagon* wird ein Mega-Blockbuster. Die Special Effects sind der Wahnsinn.« Es war seltsam zu hören, wie sich die Leute so weit weg von daheim über ein vertrautes Thema unterhielten. Will Smith war ein guter Freund ihres Vaters, und sie hatte schon einige Ausschnitte von *Pentagon* gesehen, weil Vincent zwei Songs für den Soundtrack geschrieben hatte.

Kerry warf ihr einen irritierten Blick zu, und Jessica wurde klar, dass sie sich verplappert hatte. Mike allerdings schien das gar nicht zu bemerken. »Sehr gut. Das wird eine Hammershow, und mit dem Line-up für diese Woche sollten wir quotentechnisch wieder obenauf sein.« Kaum hatte er den Satz beendet, als sich sein Gesicht zu einem Gähnen verzog. »Sorry, ihr müsst mich entschuldigen.«

»Sorgt das Baby immer noch für schlaflose Nächte?«, erkundigte sich Kerry.

Mike nickte.

»O wow! Sie haben ein Baby?«, fragte Jessica fasziniert.

»Hm, eigentlich sogar zwei. Grace ist drei und ein paar Monate, und Ava ist jetzt ungefähr sieben Wochen alt. Ziemlich anstrengend, das Ganze, aber trotzdem, alles im grünen Bereich. Du weißt ja, wie das ist.«

Jessica wusste es nicht, fand aber die Vorstellung, ein Baby zu haben, ungeheuer spannend.

»Na, hoffentlich kannst du im Urlaub mal richtig relaxen«, meinte Kerry.

Mike unterdrückte ein ungläubiges Schnauben. Er hatte den leisen Verdacht, sein Urlaub würde sicher alles andere als entspannend werden. In der Tat bereute er schon fast, ihn überhaupt gebucht zu haben. Doch alles, was er laut sagte, war: »Hoffentlich. Solange es hier im Büro nicht drunter und drüber geht, während ich weg bin.«

»Ach, Quatsch«, sagte Kerry und machte Jessica ein Zeichen, dass es an der Zeit sei, den Boss allein zu lassen.

Dessen Aufmerksamkeit war bereits wieder zu seiner Inbox gewandert. »Warte noch mal eine Sekunde«, meinte er. »Da wir gerade von meinem Urlaub sprechen – meinst du, es wäre sehr dreist, wenn ich einen der Büroboten bitten würde, unseren Garten zu wässern, während wir weg sind? Diane meinte, es soll die nächsten Wochen heiß bleiben.«

»Ich weiß nicht recht«, antwortete Kerry zögerlich, obwohl sie es in der Tat ziemlich dreist fand, von den armen unterbezahlten Büroboten zu verlangen, dass sie ihre knapp bemessene Freizeit für die Blumen des Chefs opferten.

»Ja, wahrscheinlich hast du recht«, sagte Mike rasch. Er spürte, dass Kerry von der Idee nichts hielt. »Dann frage ich eben einen der Nachbarn.«

»Ist Ihre Sprinkleranlage kaputt?«, erkundigte sich Jessica in aufrichtigem Mitgefühl.

»Äh … wir haben keine Sprinkleranlage.«

»Nein?« Jessica kam eine Idee. Wäre dies nicht eine ausgezeichnete Gelegenheit, ihrem Boss zu beweisen, wie wichtig ihr der Job war? »Ich könnte es machen«, sagte sie, was ihr einen ungläubigen Blick von Mike und Kerry einbrachte. Die beiden schienen sich zu fragen, ob sich die Neue einen Scherz erlaubte. Als Kerry klar wurde, dass Jessicas Angebot ernst gemeint war, schüttelte sie energisch den Kopf – so energisch, wie es eben ging, ohne dass Mike es mitbekam.

»Ganz ehrlich, Kerry, das macht mir nichts aus«, beteuerte Jessica, die die Geste völlig falsch interpretiert hatte. »Es wäre mir sogar eine Ehre.«

Kerry stöhnte. Was zum Geier faselte die Neue da?

»Im Ernst?«, fragte Mike. »Also, das wäre wirklich unheimlich nett von dir. Übrigens«, fuhr er fort, »kannst du mich gerne duzen, das halten wir hier im Team untereinander alle so. Aber zurück zum Gießen: In welcher Gegend von London wohnst du denn überhaupt? Wir wohnen in Chiswick.«

»Okay, also, ich wohne in …«

Mike und Kerry warteten auf eine Antwort, und in Jessica stieg Panik auf. Was sollte sie sagen? Nicht »im Dorchester«, so viel war klar. Sie versuchte sich daran zu erinnern, wie das Viertel hieß, in dem Pam wohnte, aber ihr Kopf war auf einmal ganz leer. Also sagte sie den ersten Namen, der ihr in den Kopf kam.

»Ich wohne in Walford.«

»Walford?«, wiederholte Mike. »Ich glaube, ich weiß gar nicht, wo das ist. Aber irgendwie kommt mir der Name bekannt vor …«

Kerry, ein glühender *EastEnders*-Fan, runzelte die Stirn. Jessica betete, dass Mike nicht die Verbindung zu der Serie ziehen würde. Warum hatte sie das bloß gesagt? Sie wusste nicht mal, ob es Walford überhaupt *gab*!

»Jedenfalls«, fuhr sie hastig fort, »ist es bis nach Chiswick nur ein Katzensprung, und es würde mir überhaupt nichts ausmachen. Am Wochenende habe ich nie viel vor, und ich fahre so gern mit der U-Bahn, deswegen …«

Erneut schüttelte Kerry den Kopf. Welcher normale Mensch fuhr gerne mit der U-Bahn? Und wie … komisch, sich beim Boss einzuschleimen und ihn gleichzeitig auf die Schippe zu nehmen. Und das am allerersten Arbeitstag.

»Okay, dann bespreche ich das mit Diane. Vielen, vielen Dank, Jessica. Ich weiß das wirklich zu schätzen.« Mike schenkte ihr sein strahlendstes Lächeln. Jessica war ungeheuer stolz auf sich, weil es ihr gleich am ersten Tag gelungen war, bei ihrem Boss Eindruck zu machen, indem sie sich als hilfreich und fleißig präsentierte – wie eine ganz normale junge Frau, die bereit war, sich im Job richtig ins Zeug zu legen. Das würde ihr sicher auch bei Kerry Pluspunkte einbringen.

Diese jedoch warf ihr beim Verlassen des Büros einen sehr seltsamen Blick zu.

»Was ist denn?«, fragte Jessica verunsichert. »Habe ich was falsch gemacht?«

»Nicht direkt, nur … du fährst nicht wirklich gerne U-Bahn, oder?«

»Doch«, versicherte Jessica eifrig. »Das macht viel Spaß! Man kann dabei so schön die Leute beobachten.«

»Verstehe«, sagte Kerry in einem Tonfall, bei dem Jessica etwas mulmig wurde. »Und was sollte das mit Walford? Zugegeben, es war ziemlich komisch, aber übertreib es nicht. Heute ist dein erster Tag, okay?«

»Ja …«, sagte Jessica betreten. »Natürlich nicht, das war auch gar nicht meine Absicht, ich …«

»Mach dir keinen Kopf deswegen. Wie gesagt: Jeder so, wie er mag. Aber jetzt sollten wir langsam mal ein bisschen arbeiten, einverstanden? Ich möchte mit dir die Shows der nächsten zwei Monate durchgehen – wen ich schon gebucht habe und wen noch nicht. Dann zeige ich dir meine Kontaktliste, und wir können ein paar Vorschläge besprechen. Alles klar?«

»Klar«, sagte Jessica bloß, eisern entschlossen, nicht schon wieder etwas zu sagen, was Kerry verärgern könnte.

»Und? Hast du Mike schon kennengelernt?«, erkundigte sich Natasha beiläufig, als sie zu ihren Schreibtischen kamen. Sie tippte eifrig auf ihre Computertastatur ein.

»Ja, er ist wirklich toll«, antwortete Jessica.

Natasha hörte auf zu tippen und sah auf. Ihr Blick wanderte zwischen Jessica und Kerry hin und her. »Meinst du toll im Sinne von ›sieht toll aus‹?«, fragte sie mit Unschuldsmiene.

»Du liebe Zeit, nein!«, sagte Jessica und wurde rot. »Ich meine toll im Sinne von nett. Er scheint ein echt netter Typ zu sein.«

»Wer ist ein echt netter Typ?«, fragte Paul, der gerade vorbeiging. Kerry spürte, wie sich reflexartig ihre Pobacken anspannten.

»Mike«, antwortete Jessica bereitwillig. »Ich darf sogar seine Blumen gießen, während er im Urlaub ist.«

Kerry zog die Schultern hoch und überlegte flüchtig, ob sie Jessica den Mund zuhalten sollte. Eine positive Arbeitseinstellung war im Büro nicht gern gesehen. Stattdessen waren die drei *-ismen* die Devise: Pessimismus, Zynismus, Fatalismus.

Paul erstarrte. Wie von Zauberhand tauchten Luke und Regisseur Julian auf. Sie schienen gespürt zu haben, dass in dieser Ecke des Großraumbüros gerade etwas passierte, das ungleich interessanter war als die Arbeit.

»Zieht euch das rein«, sagte Paul, an sie gewandt. Seine Stimme troff vor Verachtung. »Ihr ratet nie, was Mike gemacht hat. In seiner grenzenlosen Güte hat er Jessica erlaubt – du heißt doch Jessica, oder? Er hat ihr tatsächlich erlaubt, seine Blumen zu gießen, während er für vierzehn Tage in die Toskana verschwindet und uns alle hier im Dreck sitzen lässt. Das ist echt großzügig von ihm, findet ihr nicht?«

Luke warf den Kopf in den Nacken und lachte. »Ernsthaft?«, fragte er Jessica. »Jetzt musst du auch schon seine Blumen gießen? Hoffentlich bezahlt er dich wenigstens dafür.«

»Lass sie doch«, sagte Kerry matt.

»Nein, nein!«, rief Jessica, die irrigerweise annahm, die anderen würden denken, sie hätte die Aufgabe nur des Geldes wegen übernommen, und sie für hinterhältig und raffgierig halten. »Ich habe Kerry schon gesagt, dass ich es nur angeboten habe, weil es mir wirklich nichts ausmacht und weil ich so gerne mit der U-Bahn fahre …«

»Klar, du benutzt ja auch einen imaginären Bahnhof, der wahrscheinlich viel schicker ist als alle, die ich kenne«, bemerkte Kerry trocken.

»Hä?«, sagte Paul neugierig.

»Sie hat Mike gesagt, sie wohnt in Walford.«

Paul lachte. »Wie bei den *EastEnders*? Warum das denn?«

»Keine Ahnung«, gestand Jessica. »Es ist mir einfach so rausgerutscht ...«

»Und wo wohnst du wirklich?«

Inzwischen war ihr glücklicherweise der Name von Pams Wohnviertel wieder eingefallen. »In Hampstead«, sagte sie und klang ganz stolz, obwohl sie im Grunde genommen bloß wahnsinnig erleichtert war.

»Passt«, sagte Paul. Er hätte sich denken können, dass sie in einem der nobelsten Stadtteile von London wohnte. Aber musste sie deswegen so selbstgefällig klingen?

»Was soll das heißen?«, fragte Jessica, die bereits ernsthaft mit dem Gedanken spielte, ihre Kündigung einzureichen. Am liebsten wäre sie losgerannt und nicht eher stehen geblieben, als bis sie Heathrow erreicht hatte.

»Nichts.« Paul winkte ab. »Gott, ich weiß nicht, ob ich diesen amerikanischen Überschwang am Montagmorgen verkraften kann. Tag eins, und du hast dir schon zusätzliche Arbeit aufhalsen lassen. Als Nächstes machst du uns hier noch die Cheerleaderin. Gebt mir ein *M*, gebt mir ein *I* ...«

Jessica war betroffen. Sie kaute eine Weile ratlos auf ihrer Lippe herum, aber schließlich wurde ihr Unbehagen von Wut verdrängt. Für wen hielt sich dieser Widerling eigentlich? Woher nahm er das Recht, sie runterzumachen, nur weil sie Amerikanerin war? Hätte er sich über eine andere Volksgruppe so ausgelassen, hätte man ihn als Rassisten bezeichnet.

»Ich dachte immer, die Engländer wären bekannt für ihre Höflichkeit«, sagte sie leise, aber mit einem scharfen Unterton, der allerdings an Paul abprallte.

»Wenn du nicht aufpasst, wirst du die anderen Mike-Fans hier im Büro noch eifersüchtig machen«, mischte sich ein Mann ins Gespräch ein, der Jessica bislang noch nicht vorgestellt worden war. »Ich bin übrigens Julian, der Regisseur.

O mein Gott, dann hast du ja sogar Zugang zu Mikes Unterhosenschublade, wenn er nicht da ist! Ich wette, er trägt Jockeys.«

»Ich mache das doch nicht, weil ich ein *Fan* von ihm bin«, versuchte sich Jessica zu rechtfertigen.

Luke ging im Wiegeschritt zu Natasha. »Sie vielleicht nicht, Miss Bender«, sagte er mit übertrieben bedeutungsvoller Stimme. »Aber jemand anders ganz bestimmt.«

Natasha lachte bloß. »Hast du etwa ein Problem damit, Paul?«, fragte sie und klimperte mit den Wimpern. »Stört es dich, dass die Neue auch scharf auf Mike ist?« Sie wusste genau, dass sie ihren Ex damit reizen konnte.

Paul zog die Brauen zusammen.

»Jetzt haltet die Klappe, ihr zwei«, befahl Kerry. »Lasst Jessica in Ruhe. Heute ist ihr erster Tag, und ihr habt nicht mal anständig hallo gesagt.«

»Ich schon«, empörte sich Natasha. »Stimmt doch, oder, Jess?«

Jessica nickte artig. Schon jetzt war ihr klar, dass sie sich vor der hübschen Blondine in Acht nehmen musste.

»Du hast recht, Kezza«, lenkte Paul ein, und die Zornesfalte verschwand aus seinem markanten Gesicht. Jessica konnte sich nicht recht entscheiden, ob er unglaublich faszinierend oder unglaublich abstoßend war. Er hatte sehr dunkle Haare, von denen ihm eine Locke immer wieder in die blaugrünen Augen fiel. Er war durchschnittlich groß und hatte den typisch englischen Teint: blass mit einem Hauch Sonnenbrand. Trotzdem hatte er etwas sehr Charismatisches an sich.

»Wir benehmen uns wirklich unmöglich«, sagte er und streckte Jessica förmlich die Hand hin. »Willkommen bei der *Bradley Mackintosh Show*. Wir freuen uns, dich im Team zu haben, auch wenn du bereits dem Charme des Mike Connor erlegen bist. Wir gehen nach der Arbeit noch was trinken, wenn du möchtest, komm doch mit, dann können wir dir erklären, wie hier alles läuft. Und dir deinen Enthusiasmus austreiben.«

»Äh, ja, mal sehen«, stammelte Jessica unsicher. Sie war froh, dass Paul, der ganz offensichtlich im Büro den Ton angab, beschlossen hatte, nett zu ihr zu sein. Wenn der Tag allerdings so weiterging, wie er angefangen hatte, dann wäre sie nach der Arbeit zu nichts mehr in der Lage, außer sich unter der Bettdecke zu verkriechen. Insofern war es klüger, sich nicht festzulegen. »Ich schaue mal. Aber eigentlich trinke ich so gut wie keinen Alkohol.«

Paul verdrehte die Augen und zuckte, zu Kerry gewandt, die Schultern, als wollte er sagen: »Ich hab's versucht.«

Jessica seufzte. Sie musste noch viel lernen, und wenn sie in diesem Büro überleben wollte, dann fing sie am besten sofort damit an.

»Okay«, sagte Kerry wie aufs Stichwort. »Können wir jetzt vielleicht *bitte* mal ein bisschen arbeiten?«

12++++ Auch an diesem Abend gönnte sich Jessica einen schweißtreibenden Workout, bevor sie auf ihr Zimmer ging. Wie erwartet war ihr erster Arbeitstag so anstrengend gewesen, dass sie danach überhaupt keine Lust mehr auf einen Drink gehabt hatte. Die anderen würden sie garantiert nicht vermissen, und außerdem musste sie den Fitnessraum noch ausnutzen, bis sie am Wochenende zu Pam zog.

Als sie kurze Zeit später aus dem von Dampfschwaden vernebelten Bad trat, hörte sie ihr Handy piepsen. Sie hatte vier Anrufe bekommen, aber bevor sie nachsehen konnte, von wem sie waren, klingelte es erneut.

»Hallo?«, meldete sie sich.

»Jess? Ich bin's, Dulcie. Wo steckst du denn? Ich versuche schon seit Ewigkeiten, dich zu erreichen. Edward hat Dad gesagt, dass du weg bist. Warum hast du mir nichts davon erzählt, dass du verreisen wolltest?«

Endlich, dachte Jessica. Endlich hatte Dulcie lange genug aufgehört, über ihre Hochzeit nachzudenken, um zu merken, dass sie seit nahezu drei Wochen nichts mehr von ihrer angeblich besten Freundin gehört hatte.

»Ich hab's versucht, mehrmals sogar.«

»Und? Wo bist du denn jetzt?«, maulte Dulcie.

»London«, sagte Jessica und musste vor lauter Glück grinsen.

»Was machst du da? Urlaub? Ich dachte, du hasst Shoppingtouren.«

»Ich bin nicht auf Shoppingtour.« Jessica angelte sich den flauschigen Bademantel vom Haken an der Badezimmertür und schlüpfte hinein, bevor sie sich rücklings aufs Bett fallen ließ und es sich zwischen den großen Kissen bequem machte. Egal, wie seltsam es zwischen ihr und Dulcie in der letzten Zeit gewesen war, sie brannte darauf, ihrer Freundin endlich zu erzählen, was sich in ihrem Leben zugetragen hatte. »Ich bin für länger hier. Weißt du noch, wie ich dir neulich erzählt habe, dass ich in der Galerie gekündigt und mich von Shawn getrennt habe? Ich hatte einfach das Gefühl, dass ich dringend eine Luftveränderung brauche. Ehrlich gesagt war ich ja schon eine ganze Weile nicht mehr so richtig zufrieden mit allem und …«

»Kann ich dich was fragen?«, fiel Dulcie ihr ins Wort.

»Klar.«

»Hat es irgendwas damit zu tun, dass ich Kevin heirate? Das könnte ich nämlich total nachvollziehen – ich meine, das wäre ja nur natürlich, oder?«

Falsch, dachte Jessica und spürte den altbekannten Ärger in sich aufsteigen. Seit wann hatte alles, aber auch *alles* damit zu tun, dass ihre beste Freundin heiratete? Und überhaupt – wollte Dulcie damit etwa andeuten, dass Jessica eifersüchtig war? Nichts hätte weiter von der Wahrheit entfernt sein können. Jessica hatte nicht vor, jemals zu heiraten. Sie lehnte das ganze Konzept strikt ab.

»Nein, damit hat es nichts zu tun. Trotzdem glaube ich, dass wir im Moment einfach ganz unterschiedliche Dinge vom Leben wollen.«

Dulcie sagte nichts, und Jessica hätte am liebsten vor Frust geschrien.

»Was denn noch? Ich *schwöre* dir, dass ich nicht eifersüchtig bin«, wiederholte sie ein zweites Mal, fürs Protokoll.

»Ach so, nein, das meinte ich gar nicht. Ich habe bloß über deine Bemerkung nachgedacht, dass wir unterschiedliche Dinge vom Leben wollen. Ich versuche nämlich schon seit längerem, rauszufinden, ob du vielleicht einen besseren Plan hast als ich. Aber wenn der darin besteht, dich nach England zu verpissen und deine beste Freundin im Stich zu lassen, gerade wenn sie dich am meisten braucht, dann bin ich, ehrlich gesagt, ein bisschen enttäuscht. Du willst meine beste Freundin sein, aber seit ich dir gesagt habe, dass ich verlobt bin, benimmst du dich total komisch.«

»Das stimmt nicht«, verteidigte sich Jessica.

»Doch«, gab Dulcie zurück. »Ein Blinder kann sehen, dass du was gegen Kevin hast. Warum gibst du es nicht einfach zu?«

»Ich habe nichts gegen Kevin«, sagte Jessica wahrheitsgemäß. »Ich kann nur nicht nachvollziehen, wieso du unbedingt so früh heiraten musst. Du kennst ihn erst seit gut einem Jahr, woher weißt du überhaupt, ob er der Richtige ist?«

»Weil ich ihn liebe!«, schrie Dulcie. Ihre Stimme hatte etwas Hysterisches angenommen.

»Schon gut, schon gut«, sagte Jessica, die allmählich Angst bekam, dass ihr jeden Augenblick etwas herausrutschen könnte, das sich nicht so leicht würde zurücknehmen lassen. Sie schluckte ihren Unmut herunter. »Pass auf, alles, was ich sagen will, ist: Warum überstürzt du die Sache so? Reicht Liebe denn wirklich aus? Schau dir meine Eltern an. Alle sagen, dass sie früher mal wahnsinnig verliebt ineinander waren. Und was ist daraus geworden?«

»Darauf läuft's bei dir immer hinaus, oder?« Dulcie klang verletzt und wütend. »Kapierst du es nicht? *Natürlich* hat man keine hundertprozentige Garantie. Niemand kann vorher sagen, ob es gutgeht oder nicht. Vielleicht kommt Kevin eines Tages zu mir und sagt mir, dass er schwul ist. Vielleicht werde ich morgen von einem Auto überfahren. Oder vielleicht heiraten wir und werden sehr, sehr glücklich miteinander. Aber wie soll ich das jemals rausfinden, wenn ich mich nicht drauf einlasse?«

Jessica hielt dagegen. »Es ist nicht nur das. Du hast dich total verändert, Dulcie. Du bist so auf deine Hochzeit fixiert, dass du gar nicht mitbekommen hast, wie schlecht es mir geht. *Deswegen* bin ich in London, du warst bloß zu sehr mit deinen bescheuerten Servietten und Krawattennadeln beschäftigt, um irgendwas zu merken.« Jessica krampfte das Gesicht zusammen, um nicht loszuheulen. Es fiel ihr schwer, aber sie musste unbedingt die Nerven behalten. »Du fehlst mir, Dulcie, und ich freue mich für dich – aber was ist los mit dir?«

»Nichts«, murmelte Dulcie.

»Hör mal. Wenn ich dich nicht genug unterstützt habe, tut es mir leid. Kevin ist ein toller Typ, und ich hoffe so sehr, dass es mit euch beiden klappt. Aber eure Hochzeit ist nicht das Einzige, was in der Welt passiert, und du kannst nicht erwarten, dass alle anderen dafür alles stehen und liegen lassen.«

»Von *allen* kann gar keine Rede sein«, krächzte Dulcie, und in diesem Moment wurde Jessica mit Entsetzen klar, dass ihre Freundin angefangen hatte zu weinen.

Sie seufzte tief und blinzelte ihre eigenen Tränen weg. Was war hier los? Da musste doch mehr dahinterstecken. »Okay«, sagte sie geduldig und rieb sich heftig das Gesicht. »Ich habe zugegeben, dass ich wegen deiner Hochzeit ein kleines bisschen Panik schiebe. Jetzt bist du dran. Sag mir, was los ist. Ich weiß nämlich ganz genau, dass du dich nicht einfach ohne Grund in einen Brautzilla verwandelt hast. Also bitte. Sprich mit mir.«

Und endlich, nach all den Monaten, rückte Dulcie mit der Wahrheit heraus.

»Ach, Jess«, sagte sie mit einem Stimmchen, bei dem es Jessica fast das Herz zerrissen hätte. »Ich vermisse meine Mom. Ich vermisse sie so sehr, und dass ich ohne sie heiraten muss, ist so schrecklich unfair!« Sie brach in hemmungsloses Schluchzen aus.

Dulcies Mutter Loretta war gestorben, als Dulcie zwölf gewesen war. Ihrem Tod war eine lange Krankheit vorausgegangen, aber dennoch hatte das Ende alle wie ein Schlag getroffen. Vincent war am Boden zerstört und so sehr in seiner eigenen Trauer gefangen gewesen, dass er nicht in dem Maße für Dulcie hatte da sein können, wie sie es gebraucht hätte. In der Folge hatten sich Dulcie und Jessica noch stärker aneinander geklammert. Sie waren gemeinsam durch dick und dünn gegangen, und jetzt hatte Jessica – nicht zuletzt aufgrund ihrer eigenen unbewältigten Probleme – das Gefühl, Dulcie im Stich gelassen zu haben. Nicht nur als Freundin, sondern als Schwester oder in gewisser Weise sogar als eine Art Ersatzmutter. Meine Güte, zwischenmenschliche Beziehungen waren aber auch kompliziert.

Jessica kam sich richtig schäbig vor und wünschte sich, sie wäre daheim in den Staaten und könnte Dulcie ganz fest in den Arm nehmen. »Ach, Dulcie. Es tut mir ja so leid.«

»Ist schon gut«, schniefte Dulcie am anderen Ende. »Es ist nicht deine Schuld. Ich habe dich zu sehr unter Druck gesetzt. Und ich weiß, dass ich zu jung bin zum Heiraten, aber ich möchte unbedingt eine Familie haben.«

»Ich weiß«, sagte Jessica, die mittlerweile genauso heftig weinte wie ihre Freundin. Sie räusperte sich und holte tief Luft. Es gab Dinge im Leben, die wichtiger waren als alle Fragen der Selbstfindung. »Ich komme zurück. Ich kann gleich morgen früh den Flieger nehmen.«

»Nein«, sagte Dulcie entschieden. Zu ihrer eigenen Überraschung fing sie trotz ihrer Tränen an zu kichern. Die Erleichterung, endlich offen ausgesprochen zu haben, was sie die ganze Zeit über kaum zu denken gewagt hatte, war geradezu berauschend. »Du bleibst schön, wo du bist, du dummes Stück. Das ist ein Befehl. Ich will, dass du jede Menge Abenteuer erlebst. Das hast du dir verdient, und außerdem muss ich langsam auch mal alleine klarkommen …« Erneut kippte ihre Stimme um, und Jessica hatte das Gefühl, als würde ihr Herz jeden Moment dasselbe tun.

»Ich habe dich lieb, Jess. Es tut mir echt leid, wenn ich so ein Kotzbrocken war.«

»Das warst du nicht. Ein bisschen abgelenkt vielleicht. Ein klitzekleines bisschen übergeschnappt, aber kein Kotzbrocken. Außerdem hattest du ja allen Grund dazu.« Eine letzte Träne kullerte ihr übers Gesicht. Jessica wischte sie weg. Ihr schlechtes Gewissen quälte sie immer noch.

»Hey, wenn das mit der Selbstfindung da drüben länger dauert, könnte ich dich doch mal besuchen kommen, was hältst du davon? Mir mal eine kleine Auszeit vom Hochzeitsstress gönnen?«, meinte Dulcie plötzlich in einem Tonfall, bei dem Jessica sofort ein ungutes Gefühl bekam. Das hier war ihr Abenteuer. Sie fühlte sich wie ein kleines Kind, das sein Spielzeug nicht teilen will.

»Aha. Offensichtlich hältst du nicht so viel von der Idee«, stellte Dulcie fest.

»Doch, doch, natürlich«, beeilte sich Jessica zu beteuern. Wenn sie eins nicht wollte, dann gleich wieder einen neuen Streit zu provozieren. »Aber vielleicht gibst du mir noch ein bisschen Zeit, mich einzuleben, ja? Ich will unbedingt sehen, ob ich es hier allein schaffen kann. Ich glaube, das brauche ich gerade.«

»Von mir aus, aber sobald du dich eingelebt hast, komme ich rüber. Versuch ja nicht, mich davon abzuhalten.«

Jessica grinste, als ihr klar wurde, dass es durchaus spaßig werden könnte, mit ihrer besten Freundin London unsicher zu machen. »Abgemacht. Wir könnten aus deinem Besuch eine Art Junggesellinnenabschied machen – nur für uns zwei.«

»Cool«, stimmte Dulcie ihr zu.

Dann platzte Jessica plötzlich heraus: »Ich bin übrigens Economy geflogen!«

»Mach keinen Scheiß!«, kreischte Dulcie in abgrundtiefem Entsetzen. »Und? Geht's dir gut?«

Jessica lachte. »Ich hab's überlebt.«

»Hey, aber zur Geburtstagsparty von deinem Vater musst du auf jeden Fall wieder hier sein. Dad meinte, ohne dich geht Mr G auf dem Zahnfleisch.«

»Na klar«, sagte Jessica und nahm sich vor, Kerry so bald wie möglich mitzuteilen, dass sie im September Urlaub nehmen musste.

Aber erst einmal war sie unendlich dankbar, dass sie ihre beste Freundin wiederhatte.

13++++

Jessicas zweiter Tag bei der *Bradley Mackintosh Show* war im Wesentlichen genauso wie der erste. Soll heißen: beängstigend und nervenaufreibend. Es war ein ständiger Kampf, mit dem, was um sie herum passierte, Schritt zu halten, während sie gleichzeitig versuchen musste, sich an die Arbeitsweise und den Umgang ihrer Kollegen zu gewöhnen. Ihre Wortgefechte auch nur ansatzweise zu verstehen kostete sie all ihre Konzentration, und weil sie darüber hinaus auch noch höllisch aufpassen musste, dass sie sich nicht verplapperte, war sie bereits zur Mittagspause urlaubsreif.

Als daher die anderen nach unten in die Kantine gingen, blieb sie noch kurz im Büro zurück, um Dulcie eine E-Mail zu schreiben, ihre Gedanken zu ordnen und buchstäblich einmal tief Luft zu holen.

Hätte sie gewusst, dass sie ihren Kollegen damit die ideale Gelegenheit gab, über sie zu tratschen, hätte sie es sich vielleicht anders überlegt.

»Irgendwas an ihr stimmt nicht«, eröffnete Natasha das Gespräch.

»Was soll das denn heißen?«, fragte Vanessa. »Du kannst sie bloß nicht leiden, weil sie gut aussieht und du Angst vor der Konkurrenz hast.«

»Blödsinn, damit hat es überhaupt nichts zu tun«, widersprach Natasha. »So hübsch ist sie gar nicht. Wäre sie zumindest nicht, wenn sie nicht so … glänzen würde.«

»Was?«, sagte Kerry ungläubig. »Jessica hat perfekte Haut. Die glänzt kein bisschen.«

»Ich meine doch nicht ihre *Haut*. Ich meine ihr ganzes Auftreten. Sie sieht einfach ein bisschen zu frisch aus. Zu perfekt, wie Promis manchmal, aber bei denen weiß man ja ganz genau, dass sie ein ganzes Heer von Stylisten haben, die sich darum kümmern, dass die Person immer top aussieht. Jennifer Aniston zum Beispiel – bei der hat man doch den Eindruck, als wäre es ihr physisch unmöglich, nach Schweiß zu riechen, ganz egal, wie viel Sport sie treibt. Oder fettige Haare zu haben. Ich meine, ist niemandem sonst aufgefallen, was Jessica für teure Klamotten anhat?«

»Ihre Klamotten sind doch total unauffällig«, warf Luke dazwischen, der ansonsten damit beschäftigt war, Gabeln voller Reissalat in Kerrys Ärmel zu katapultieren.

»Ich weiß, dass sie nicht auffällig sind, aber von Top Shop hat sie ihre T-Shirts bestimmt nicht, und ich bin mir absolut sicher, dass ihre Jeans mindestens hundert Pfund gekostet hat.«

Vanessa verdrehte die Augen gen Decke.

»Was?«, fragte Natasha herausfordernd.

»Selbst wenn du recht hast und sie Geld hat – was kümmert's dich? Du bist doch einfach nur sauer, weil Paul zu Luke gesagt hat, dass sie einen geilen Arsch hat.«

»Schwachsinn!«, sagte Natasha hitzig, bevor sie den Mund zumachte, weil sie Jessica erspähte, die soeben die Kantine betreten hatte und ihren Kollegen zuwinkte. Immerhin besaß Natasha den Anstand, den Gruß zu erwidern, bevor sie sich wieder zu Vanessa umdrehte und über etwas anderes redete.

Auf der anderen Seite der Kantine stand Jessica und seufzte. Sie ahnte, dass über sie geredet wurde, wusste aber auch, wie ungemein wichtig es für ihr berufliches Überleben war, dass die anderen sie nett fanden. Also schnappte sie sich ein Plastiktablett und kam sich vor, als wäre sie wieder auf der Highschool – nur mit dem Unterschied, dass die *anderen* damals *sie* hatten beeindrucken wollen, nicht umgekehrt.

Während sie in der Schlange stand, sah sie Paul Fletcher, der, die Hände in den Hosentaschen, lässig in die Kantine geschlendert kam. Sie schenkte ihm ein Lächeln, das ihr allerdings gleich wieder vom Gesicht rutschte, als ihr klar wurde, dass er im Gegensatz zu allen anderen nicht die Absicht hatte, sich hinten anzustellen. Stattdessen spazierte er an der langen, sich nur schleppend vorwärtsbewegenden Schlange vorbei bis nach vorn, nahm sich ein Sandwich, etwas zu trinken und eine Tüte Chips aus der Auslage neben der Kasse und drängte sich zwischen die Wartenden. Dass diese murrten und empört die Köpfe schüttelten, schien ihn gar nicht zu kratzen. Erst als er bezahlt hatte, fiel sein Blick auf Jessica.

»Hey«, rief er zu ihr hinüber. »Und? Was nimmst du?«

»Weiß noch nicht«, antwortete sie wahrheitsgemäß. Auf

einmal hatte sie gar keinen Appetit mehr. Von all ihren Kollegen war Paul derjenige, vor dem sie am meisten Angst hatte.

»Na, komm trotzdem mit und setz dich zu uns«, bot Paul ihr an, und zwar in einem Tonfall, den man nur als herablassend bezeichnen konnte. Wie überaus großzügig von ihm.

Sie fühlte sich unsicherer und unbeholfener als jemals zuvor in ihrem Leben. Sie nickte vage, während sie überlegte, was sie jetzt machen sollte. Schließlich gab sie ihr Vorhaben, sich etwas zu essen zu holen, auf, legte ihr Tablett zurück und folgte Paul durch den Speiseraum.

Am Tisch war nicht mehr viel Platz. Paul quetschte sich kurzerhand neben Kerry. »Rutsch rüber, Fettklops«, sagte er nicht unfreundlich.

»Leck mich«, nuschelte Kerry, den Mund voller Lammcurry. Jessica hatte ebenfalls den Tisch erreicht, aber es gab keinen freien Stuhl, und sie war zu schüchtern, jemanden zu bitten, aufzurücken, also stand sie einfach nur da und hoffte, dass man sie bemerken würde.

Was Luke in diesem Moment zum Glück auch tat.

»Hey, Mädels, lasst Jess auch mit am Tisch sitzen«, sagte er. »Sie hat noch keinen Stuhl.«

»Oh, sorry«, sagte Kerry sofort. »Hier, setz dich neben mich. Vanessa, nimm mal deine Riesentasche da weg.«

»Danke«, sagte Jessica. Als Vanessa ihr ein freundliches Lächeln zuwarf, wäre sie um ein Haar in Tränen ausgebrochen. Sie kam sich jämmerlich vor und hasste sich dafür, aber für jemanden, der daran gewöhnt war, zum engsten Kreis dazuzugehören, war es ein entsetzliches Gefühl, plötzlich die Außenseiterin zu sein. Und beängstigend obendrein.

»Sind die Gäste noch dieselben für diese Woche?«, erkundigte sich Paul, während er sein Getränk schlürfte.

»Ausnahmsweise mal«, antwortete Kerry. »Ich glaube, es wird eine ganz gute Sendung, und wenn Mike erst mal weg ist, sitzt einem auch nicht mehr andauernd jemand im Nacken.«

»Gott sei Dank«, seufzte Paul aus tiefstem Herzen.

»Aber mal was anderes. Dreimal dürft ihr raten, was ich dabeihabe«, verkündete sie und bückte sich, um in ihrer Tasche zu kramen. »Die neue Ausgabe der *Heat*!«

Die anderen Frauen kreischten vor Begeisterung und lehnten sich quer über den Tisch, um besser sehen zu können. Ihre Aufregung war so lustig anzusehen, dass Jessicas Lachen zum ersten Mal an diesem Tag nicht gekünstelt war.

»Oooh, schaut euch die mal an!«, rief Vanessa genussvoll, und ihre haselnussbraunen Augen tanzten, während sie das Foto einer unseligen, mehr oder weniger berühmten Person in Augenschein nahm, die mit verzottelten Haaren und fahlem Teint von einem Paparazzo abgeschossen worden war. »Die sieht ja finster aus.«

Jessica machte ein unsicheres Gesicht, während sie zu enträtseln versuchte, was Vanessa gerade gesagt hatte. Ihr Dialekt war kaum zu verstehen.

»Der Fairness halber«, warf Paul ein, »muss man aber dazu sagen, dass sie gerade aus dem Krankenhaus entlassen wurde. Ich wäre auch nicht begeistert, wenn mir jemand direkt nach einer OP eine Kamera ins Gesicht halten würde.«

Die Frauen schenkten ihm keinerlei Beachtung. Über die Leute in der aktuellen *Heat* zu lästern war eine Beschäftigung, der nur Profis frönen durften.

»Die ist aber hübsch«, meinte Isy und zeigte auf das Foto einer leicht hochmütig aussehenden, aber wunderschönen jungen Erbin, die gerade aus einem Club trat.

»Hübsch dämlich«, korrigierte Paul, dem die Sache Spaß zu machen begann. »Ich würde gerne mal sehen, dass sie einen einzigen Tag in ihrem Leben einer normalen Arbeit nachgeht. Mal sehen, wie toll sie sich dann vorkommt. So jemand wie sie muss doch verwöhnt und dumm sein.«

»Was für ein dämliches Klischee«, sagte Jessica verärgert, bevor ihr klar wurde, was ihr da über die Lippen kam. Am

Tisch wurde es schlagartig still, und alle drehten sich zu Paul um, weil sie sehen wollten, wie er darauf reagieren würde.

»Ich glaube kaum«, sagte er ruhig und bedachte Jessica mit einem kühlen Blick.

Jessica errötete bis an die Haarwurzeln, gab aber nicht klein bei. »Du kennst sie doch gar nicht. Das Einzige, worauf deine Meinung basiert, ist das, was du über ihren Vater weißt.«

»Ihren Vater, der zufällig Multimillionär ist«, gab Paul zurück.

Jessica schielte zu Kerry hinüber, die aufmerksam zuhörte, aber augenscheinlich nicht vorhatte, sich einzumischen. Alle anderen entwickelten urplötzlich ein großes Interesse an ihrem Mittagessen. Jessica schluckte.

»Ihr Vater ist also reich, na und?«

»Man muss sich doch nur anschauen, wie sie da aus dem Club gestolpert kommt. Jeder Trottel kann sehen, dass sie total verzogen ist, weil ihr alles in den Hintern geschoben wird. Ich würde ja liebend gern in derselben heilen Welt leben wie du in Hampstead, aber das tue ich leider nicht. Ich lebe in der Realität.«

»Was soll denn das bitte heißen?«, fragte Jessica wütend. Sie konnte nicht fassen, wie unmöglich er sich benahm.

»Das soll heißen, dass Helena Davies' Daddy seiner kleinen Tochter ständig Puderzucker in den Allerwertesten geblasen hat und sie sich als Folge davon zu einer unausstehlichen, selbstsüchtigen Rotzgöre entwickelt hat. Das mag nicht ihre Schuld sein, aber es ändert nichts an den Tatsachen.«

»Du bist ja ziemlich schnell mit deinen Urteilen über andere Leute bei der Hand. Du weißt doch nicht mal, wo ich in Hampstead lebe.«

»Ich kann's mir vorstellen.«

»Ich wohne bei meiner Tante«, fuhr Jessica hitzig fort und fragte sich gleichzeitig, wieso es ihr überhaupt wichtig war, was Paul von ihr dachte. »In einem ganz gewöhnlichen Haus. Hübsch, aber gewöhnlich.«

»Du musst dich mir gegenüber nicht für dein Leben rechtfertigen«, sagte er.

Jessica machte den Mund auf, um etwas zu erwidern, aber irgendetwas an Pauls Augen, in denen ein seltsames Funkeln lag, ließ sie innehalten.

»Aber Helenas Schuhe sind geil«, stellte Isabel fest, während sie unter dem Tisch ganz leicht Jessicas Knie drückte.

»Leute, es ist schon fast zwei«, verkündete Natasha, die den Streit vollkommen unbewegt verfolgt hatte. »Wir sollten langsam mal wieder hochgehen.«

Widerstrebend begann die Gruppe, ihre Essensreste einzusammeln, bevor einer nach dem anderen aufstand. Jessica zögerte ihren Aufbruch absichtlich ein wenig hinaus. Sie war nach Pauls Wutausbruch noch immer aufgewühlt, fühlte sich gedemütigt und bereute, dass sie sich überhaupt auf eine Diskussion mit ihm eingelassen hatte. Von nun an würde sie ihm aus dem Weg gehen, zumal ihr jedes Mal, wenn er seinen vorlauten, verächtlichen Mund aufmachte, ganz unwohl wurde.

»Tut mir leid wegen eben«, entschuldigte sie sich bei Kerry, die als Letzte ihre Sachen nahm und aufstand.

»Ach, Quatsch«, meinte diese freundlich. »Du darfst sagen, was du willst. Und mach dir wegen Paul keinen Kopf. Er bellt, aber er beißt nicht. Wenn man ihn näher kennt, ist er ein ganz wunderbarer Mensch.«

Jessica nickte, war allerdings nicht überzeugt. Ihrer Meinung nach war er ein voreingenommenes Großmaul. Ihr Magen knurrte. Ohne Nahrung würde sie nie bis zum Feierabend durchhalten, sie würde also das Risiko einer Salmonelleninfektion in Kauf nehmen und sich eine Portion von dem welken Salat holen müssen, den alle anderen verschmäht hatten. Schicksalsergeben trottete sie los.

Unterdessen klappte Kerry ihre Illustrierte zu. Dabei fiel

ihr Blick zufällig auf die Bildunterschrift unter dem Foto der reichen Erbin.

Helena Davies, sichtlich erschöpft, am Ende einer langen Spendennacht. Über eine halbe Million Pfund kamen für ihr Entwicklungshilfeprojekt in Namibia zusammen. Ihr Vater, Immobilienmogul Damien Davies, habe ihr gedroht, sie zu enterben, sollte sie noch mehr Geld aus privater Tasche für wohltätige Zwecke stiften. Ihre Schuhe in Leoprint sind von Olivia Morris.

Kerry beschloss, sofort nach dem Meeting herauszufinden, ob Helena Davies einen Agenten hatte. Vielleicht wäre sie gar kein schlechter Gast für die Show. Kerry lächelte schief, während sie die *Heat* in ihrer Tasche verstaute und den anderen aus der Kantine folgte. Sie hatte oft genug mit berühmten Leuten zu tun gehabt, um zu wissen, dass Paul sich irrte. Es war ein Fehler, die Menschen nur nach dem zu beurteilen, was man auf den ersten Blick sah. Die wenigsten waren so wie das Bild, das die Medien von ihnen zeichneten. Außerdem konnte man Helena kaum dafür verantwortlich machen, wer ihre Eltern waren, denn das war eins der wenigen Dinge im Leben, auf die man absolut keinen Einfluss hatte.

14 ++++ Der Mittwoch begann grau, wolkenverhangen und so kühl, dass man eine Jacke brauchte. Solche plötzlichen Wetterumschwünge waren für Jessica immer noch neu. Trotzdem war sie voller Tatendrang aufgewacht. Sie konnte es gar nicht erwarten, in den Tag zu starten. Teil der arbeitenden Bevölkerung zu sein war aufregend. Teil der arbeitenden Bevölkerung in *England* zu sein, war noch aufregender. Und zusammen mit den Massen ins Büro zu fahren, war das Allergrößte. Als wäre sie eine ganz normale Frau.

Aber kaum hatte sie sich hinter ihren Schreibtisch gesetzt, da wurde ihr einmal mehr bewusst, dass sie alles andere als normal war – und dass es eventuell schwer werden könnte, weiterhin so zu tun.

»Morgen allerseits!«, rief Kerry fröhlich, als sie zur Tür hereinkam. »Wir müssen einen unserer Gäste für diese Woche rausschmeißen. Ich habe heute Morgen einen Anruf bekommen. Ein absoluter Knallergast hat gerade zugesagt!«

»Super«, meinte Jessica begeistert. »Wer denn?«

»Leonora Whittingston! Du weißt schon, die Komödienschauspielerin? Die musst du doch kennen, die ist in den Staaten gerade total angesagt.«

Jessica wurde bleich und erstarrte auf ihrem Stuhl. War das ein Scherz? Oder ein Test? War man ihr so schnell auf die Schliche gekommen?

»Was ist los?«, fragte Kerry. »Warum machst du so ein erschrockenes Gesicht?«

»Morgen.« Pauls Ankunft enthob Jessica einer Antwort und verschaffte ihr die dringend benötigte Gelegenheit, sich zu sammeln.

»Morgen, Paul. Ich weiß, du wirst mich hassen, aber du musst ein paar Überleitungen neu schreiben. Ich habe gerade Leonora Whittingston für die Show morgen bekommen«, verkündete Kerry mit stolzgeschwellter Brust.

»Wow.« Paul war beeindruckt. »Nicht schlecht. Aber hassen tue ich dich wirklich, vor allem wenn du wegen ihr Jeff Bates rauskickst, dessen Anmoderation ist nämlich wirklich phänomenal.«

»Nicht dass Eigenlob stinken würde oder so«, warf Luke ein.

»Ich glaube, es wird mir nichts anderes übrigbleiben. Kate Templeton kann ich auf keinen Fall rauswerfen, das ist klar, und Alan Carr möchte ich auch gerne behalten, weil ich schon seit Ewigkeiten versuche, ihn in die Show zu bekommen.

Bleibt also nur noch Jeff Bates. Aber wie ich gehört habe, soll er sowieso eine ziemliche Nassbirne sein.«

»Stimmt«, sagte Isy. »Ich war letztens auf seiner Geburtstagsparty im Movida, und keiner der Gäste war mit ihm befreundet. Alles nur Schnorrer wie ich.«

Das Wort »Geburtstagsparty« erinnerte Jessica daran, dass sie Kerry noch fragen musste, ob sie im September ein paar Tage freibekommen konnte. Es waren noch drei Monate bis dahin, aber je früher sie sich darum kümmerte, desto besser. Vielleicht sollte sie bei der Gelegenheit gleich fragen, ob sie sich morgen ebenfalls freinehmen durfte, damit sie Leonora nicht über den Weg lief?

»Kerry?«, begann sie. Die ganze Situation hatte sie in leise Panik versetzt. »Kann ich dich kurz sprechen?«

»Schieß los.« Kerry zwirbelte sich die lockigen Haare oben auf dem Kopf zusammen und steckte sie mit einem Kugelschreiber fest. Sofort schwenkten mehrere Ohrmuscheln in ihre Richtung ein. Das war der Nachteil eines Großraumbüros, wenngleich die meisten wenigstens so taten, als würden sie nicht lauschen. Anders Natasha. Sie hörte demonstrativ auf zu tippen und lehnte sich mit verschränkten Armen auf ihrem Bürostuhl zurück.

»Ich müsste im September für eine Woche nach Hause fliegen, geht das?«

»Äh – nein«, sagte Kerry, sichtlich irritiert. »Du hast gerade erst angefangen, und die Urlaubsanträge müssen lange im Voraus gestellt werden. Es können nicht mehrere aus dem Team zur gleichen Zeit freinehmen, was auch der Grund ist, weshalb Mike jetzt in Urlaub fahren darf, während die niederen Chargen ihren Sommerurlaub im November nehmen müssen. Außerdem fahren im September bereits zwei Leute zu den Ibiza Closing Partys«, schloss sie in der Annahme, dass die Sache damit erledigt sei.

Jessica fühlte sich, als hätte jemand ihr eine Ohrfeige verpasst. Der Tag ging rapide bergab. Dass sie nicht zur Geburtstagsparty ihres Vaters flog, war völlig undenkbar. Das würde ihm das Herz brechen. Außerdem wollte sie unbedingt Dulcie wiedersehen. Es war eine einzige Katastrophe. »Aha«, sagte sie. Ihr war ein bisschen übel. Hören zu müssen, dass sie irgendetwas *nicht* tun konnte, war eine ganz und gar neue Erfahrung. Bei keinem ihrer bisherigen Jobs war Urlaub jemals ein Problem gewesen. Seltsam.

»Wann kommt Mike noch gleich zurück?«, fragte sie und versuchte vergeblich, ganz beiläufig zu klingen.

»Übernächsten Montag, wieso? Willst du ihn fragen?« Erst jetzt fiel Kerry Jessicas verzweifelter Gesichtsausdruck auf. »Das kannst du natürlich gerne versuchen, aber ich würde mir keine großen Hoffnungen machen. Gibt es einen besonderen Anlass, weshalb du zurück willst?«

»Der fünfundsechzigste Geburtstag meines Dads«, sagte Jessica in der Hoffnung, dass Kerry dann ein Einsehen haben würde.

Weit gefehlt. »Ach so, dann ist es ja nicht so schlimm. Der arme Julian hat die Hochzeit seiner Schwester verpasst. Damit er die Regie für die Show überhaupt übernehmen durfte, musste er vertraglich zusichern, für jede einzelne Folge zur Verfügung zu stehen.«

»Das ist ja furchtbar!«, stieß Jessica ehrlich erschüttert hervor.

»Das ist Showbiz«, erwiderte Kerry ungerührt. »Und jetzt an die Arbeit. Wir müssen uns überlegen, was wir mit unserem überflüssigen Gast machen. Da ist Fingerspitzengefühl gefragt.«

Nicht halb so viel Fingerspitzengefühl wie morgen, dachte Jessica, wenn Leonora Whittingston, die beste Freundin ihrer Mutter und ihre eigene Patentante, in der Show zu Gast sein würde.

Eine Stunde war vergangen, und Jessica überlegte gerade, wie sie sich am nächsten Tag maskieren sollte, um unerkannt zu bleiben (bislang hatten es ein Gesichtsschleier und ein Sturzhelm in die engere Auswahl geschafft), als Leonora einen Rückzieher machte. Kerry kochte vor Wut, aber Jessica war überglücklich und hätte ihre Patentante vor Dankbarkeit am liebsten umarmt. Wenn sie sie das nächste Mal sah, würde sie das auf jeden Fall nachholen. Jetzt musste sie nur noch Kerry dabei helfen, einen neuen Gast zu finden.

»Diese scheißverdammten unzuverlässigen Promis!«, schimpfte Kerry, deren Laune mit jeder Minute schlechter wurde. »Denken die überhaupt mal drüber nach, wie viel Arbeit sie einem mit diesem ganzen Hin und Her machen? Was, wenn ich so kurzfristig niemanden finde? Der geschätzte Jeff Bates spielt jetzt natürlich die beleidigte Leberwurst und weigert sich, uns mit seiner stinköden Anwesenheit zu beglücken. Soll heißen, ich bin für alle Vorschläge offen«, schloss sie, an ihre leicht besorgten Kollegen gewandt.

Jessica dachte angestrengt nach. Sie wollte unbedingt jemanden finden, aber da sie bereits jeden Agenten unter der Sonne angefragt hatten, schien die Lage aussichtslos – es sei denn, sie rief bei Leonora an und bat sie, doch in die Sendung zu kommen, was natürlich vollkommen ausgeschlossen war.

»Was ist denn mit Helena Davies, dieser Erbin aus der Zeitschrift?«, schlug sie schließlich zaghaft vor. »Du hast ja gesehen, was ich gestern über sie recherchiert habe. Ich glaube, sie wäre echt toll, und mit ihrem Agenten hast du auch schon gesprochen.«

»Hmm«, machte Kerry. Jessica konnte sehen, dass ihr Gehirn auf Hochtouren arbeitete. »Eigentlich ist sie nicht bekannt genug. Andererseits wäre sie garantiert um Längen besser als ein leeres Sofa, zumal wir die beiden anderen Interviews auf keinen Fall über die gesamte Sendezeit in die Länge ziehen können. Ich lasse mir die Sache durch den Kopf gehen.«

Jessica verstand den Wink und machte sich wieder an ihre Arbeit. Sie sah erst auf, als ihr sechster Sinn ihr zuflüsterte, dass jemand sie anstarrte. Es war Paul, und als sie seinen Blick erwiderte, stand er auf und kam an ihren Schreibtisch.

»Du willst wohl was beweisen«, meinte er leichthin, aber seine Augen blitzten wie immer herausfordernd. Sie hatten diese ganz einzigartige blaugrüne Farbe. Bei bestimmten Lichtverhältnissen sahen sie fast silbern aus.

»Was meinst du damit?« In ihrem Magen begann es zu rumoren. Das schien ihre Standardreaktion auf ihn zu sein.

»Ich meine, dass du Kerry keinen Gefallen damit tust, wenn du sie dazu überredest, Helena Davies in die Show zu holen. Die Leute wissen nichts über sie, außer dass sie irgendein It-Girl mit einem reichen Daddy ist. Unsere Zuschauer sind ein bisschen mehr Niveau gewohnt.«

»Aber wir haben über sie recherchiert und ...«, begann Jessica.

»Pass auf«, unterbrach er sie, wobei er über ihre Schulter hinweg auf ihren Computerbildschirm spähte. »Genau genommen geht es mich ja nichts an, aber ich will nicht, dass Kerry Ärger bekommt. Erst recht nicht, wenn du gerade eine Mail von Lisa Wrights Agentin bekommen hast.«

»Das ist diese Seriendarstellerin, stimmt's?«, fragte Jessica und atmete ganz unauffällig tief durch die Nase ein. Paul war sehr anstrengend, aber er roch göttlich.

»Ja. Sie reißt niemanden vom Hocker, aber wenigstens haben die Leute schon mal von ihr gehört.«

»Ich nicht.«

»Du zählst nicht. Du bist Amerikanerin«, sagte er, bevor er ging.

»Was wollte er?« Kerry sah von ihrer Arbeit auf.

»Nichts«, behauptete Jessica. Ihr Herz klopfte wie wild. Warum musste er immer so gemein sein?

»Okay«, sagte Kerry, lehnte sich auf ihrem Stuhl zurück

und streckte sich. »Ich schiebe jetzt ganz offiziell Panik. Wenn wir also nicht bald von irgendjemandem eine positive Rückmeldung bekommen, werde ich Helena Davies buchen und beten, dass wir uns in ihr nicht geirrt haben. Aber erst rufe ich Mike an. Wenn die Sache in die Hose geht, will ich wenigstens behaupten können, ich hätte ihn gewarnt.«

»Gute Idee«, meinte Jessica, in deren Kopf sich die Gedanken überschlugen. Eigentlich hätte sie die E-Mail von Lisa Wrights Agentin erwähnen müssen – schließlich war Kerry diejenige, die in bezug auf die Gäste die Entscheidungen traf, nicht sie. Aber aus einem zwielichtigen Grund, der ihr selbst nicht ganz klar war (aber wohl ungefähr auf so etwas wie »Diesem Paul werd ich's zeigen« hinauslief), behielt sie es für sich und sah stumm zu, wie Kerry den Hörer abnahm.

»Mike? Hi, hier ist Kerry. Ich bräuchte mal kurz dein Feedback.«

Mike war erst vor zwanzig Minuten in seiner Villa in der Toskana angekommen und sehnte sich schon jetzt nach seinem Büro. Es herrschte eine Bullenhitze, Diane wartete nur auf die Gelegenheit, Streit anzufangen, das Baby schrie in einer Tour, Grace jammerte, Daddy solle endlich ihre Schwimmflügel aufblasen, und er war nackt und fand seine Badehose nicht.

Da er bei dem Geschrei nichts verstehen konnte, scheuchte er seine ältere Tochter aus dem Zimmer und bedeutete Diane, sie solle das Baby nehmen und ebenfalls verschwinden.

Eine Zornesfalte erschien auf Dianes Stirn. Sie hatte Ava gerade erst aus dem Auto geholt und hätte gern eine Minute Zeit gehabt, um ihre Flipflops zu suchen. Grace quengelte seit einer Stunde ununterbrochen herum, und Mike rührte keinen Finger. Es war eine lange Reise gewesen, und Diane war verschwitzt und gestresst und musste dringend ihre geschwollenen Füße auslüften. Sie hatte sich so darauf gefreut, im Urlaub ein bisschen Hilfe von ihrem Mann zu bekommen, aber der tat nichts, außer auf seinem iPhone E-Mails zu lesen. Wenn das so weiterging, würde ihr der Kragen platzen. Eine Abkühlung im Pool wäre jetzt genau das Richtige für alle gewesen, aber sie konnte nicht gleichzeitig die Badesachen suchen und zwei Kinder beaufsichtigen. Musste Mike wirklich mit dem Büro telefonieren, kaum dass sie angekommen waren? Diane wollte eine Konfrontation vermeiden, also holte sie tief Luft und nahm ihrem nackten Gatten die plärrende Ava ab. Gleich darauf knautschte die Kleine vor Anstrengung das Gesicht zusammen. Ein unverkennbarer Geruch breitete sich im Zimmer aus.

»Mummmmmy! Will *jetzt* schwimmen!«, quengelte Grace. »Mach schneller!«

»Eine Minute!«, keifte Diane. »Ich kann schließlich nicht hexen. Ich muss erst Ava wickeln, also musst du dich noch gedulden, bis dein Vater *mit Telefonieren fertig ist.*« Die letzten Worte formte sie lautlos mit den Lippen in Mikes Richtung. Mike wiederum machte eine ungehaltene Handbewegung, als wolle er eine lästige Mücke verscheuchen, was in Diane das starke Bedürfnis weckte, ihrem Ehemann das Knie in seine entblößten Weichteile zu rammen.

»Na ja, überglücklich bin ich nicht darüber, das muss ich ganz offen sagen«, meinte er, während er, die Hand in die Hüfte gestemmt, auf und ab tigerte, als wäre er in seinem Büro. »Ganz ehrlich, Kerry, wenn diese Helena Davies nicht die Bude rockt, dann ist es dein Kopf, der rollt, nicht meiner.«

15 ++++ Angelica Dupree befand sich in einer Zwickmühle. Sie war gerade in L. A., wo einige Szenen ihres neuen Films nachgedreht wurden. In der Filmbranche munkelte man bereits von einer grandiosen schauspielerischen Leistung. Sogar das Wort »Oscar« war mehrfach gefallen. Trotzdem dachte Angelica im Moment an alles Mögliche, nur nicht an die Arbeit.

Sie nahm Zigaretten und Feuerzeug und schob die Glastür zum Balkon ihrer Penthouse-Suite auf. Sie ließ den Blick über das sonnendurchflutete Beverly Hills schweifen und versuchte, sich zu entspannen. Es gelang ihr nicht. Seit einiger Zeit machte Graydon immer wieder Andeutungen, in ihrer Beziehung den nächsten Schritt tun zu wollen, was in ihr den unerwarteten, aber umso dringenderen Wunsch geweckt hatte, das Gespräch mit ihrem Exmann zu suchen. Sie hatte Edward seit Jahren nicht gesehen. Jegliche Vereinbarungen bezüglich Jessica waren über seine Agentin Jill gelaufen, aber nun, da sie mit dem Gedanken spielte, ein zweites Mal die Ehe einzugehen, schien die Zeit gekommen, mit ihrem Ehemann Nummer eins reinen Tisch zu machen.

Sie hatte Edward nie verziehen, dass er auf keinen der unzähligen Briefe geantwortet hatte, die sie ihm geschrieben hatte, nachdem sie fortgegangen war, aber nichtsdestotrotz wollte sie nun mit ihm gemeinsam zu einem Abschluss finden. Das musste einfach sein, bevor sie zum zweiten Mal heiratete. Sie hatte es tagelang vor sich hergeschoben, aber jetzt würde sie verdammt noch mal einfach hingehen und ihn anrufen. Gleich. In einer Minute.

Zur selben Zeit kam Edward in Malibu gerade aus einem Meeting mit Jill, seiner Assistentin Clare und Brendan, dem Produzenten seines nächsten Filmprojekts mit dem Titel *Soldier*.

»Also, Brendan, das war alles sehr aufschlussreich«, sagte Jill, während sie den Produzenten nach draußen begleitete. »Vielen, vielen Dank, dass Sie extra zu uns rausgefahren sind.«

»Sie hören dann von mir«, sagte Brendan, der, schon halb zur Tür hinaus, ins grelle Sonnenlicht blinzelte. »Und ich hoffe, dass Edward seine Meinung zur Besetzung der weiblichen Hauptrolle noch ändert«, fügte er hinzu, allerdings gerade so laut, dass nur Jill es hören konnte.

»Das wird er«, versprach sie und winkte ihm zum Abschied, bevor sie die Tür hinter ihm zumachte.

Edward stand mit grimmiger Miene im Hintergrund. »Hat diese Badeente nicht mehr alle Tassen im Schrank?«, ereiferte er sich. »Ich werde auf gar keinen Fall den Lover einer Zwanzigjährigen spielen. Juliana … wie auch immer … ist fünf Jahre jünger als meine eigene Tochter, verdammt noch mal! Wer bin ich, Gary Glitter?«

»Ruhig Blut«, mahnte Jill und folgte Edward, als dieser wütend durch die Eingangshalle in Richtung Küche davonmarschierte. »Juliana Sabatini steht kurz vor dem Durchbruch, und ich sage dir, in ein paar Monaten wirst du mir dankbar dafür sein, dass ich in dieser Sache nicht nachgegeben habe. Zugegeben, sie ist ein bisschen jung, aber sie hätten sie nicht gecastet, wenn sie nicht davon überzeugt wären, dass du mit ihr zusammen funktionierst. Außerdem – würde ich jemals zulassen, dass du vor der Kamera eine schlechte Figur abgibst?«

»Nein«, räumte Edward widerstrebend ein, auch wenn er noch immer vor Zorn kochte. »Aber selbst du musst zugeben, dass das Drehbuch von vorne bis hinten absoluter Müll ist. Trivial ist noch geschmeichelt. Ah, Consuela, da sind Sie ja«, sagte er, als er seine riesige Küche betrat. »Ich könnte einen kleinen Imbiss vertragen. Wäre es möglich, mir eins von Ihren legendären Hummersandwichs zu machen? Mit extra viel Mayo?«

»Kommt sofort, Mr G«, lautete die Antwort.

»Warum isst du nicht lieber ein schönes Eiweißomelett?«, schlug Jill heldenmutig vor, während sie daran dachte, dass sie dem Studio versprochen hatte, Edward würde bis zum Drehbeginn noch zehn Pfund abspecken.

»Wenn ich Lust auf eine absolut geschmacklose und unbefriedigende Mahlzeit hätte, würde ich das vielleicht tun, aber ich *habe* keine Lust darauf«, gab Edward unwirsch zurück und holte sich eine Dose Cola aus dem Kühlschrank.

Jill ignorierte Consuela, die sich das Lachen verkneifen musste, und sah Edward mahnend an.

»Mein Gott!«, rief dieser resigniert und hob in einer Geste der Kapitulation die Hände, bevor er die Cola gegen eine Cola light austauschte und sich an den Tresen setzte.

»Sieh mal, ich weiß ja, dass dir nicht jeder Aspekt des Films zusagt, aber du musst mir vertrauen. Denk dran, wie viele Bedenken du anfangs bei dem Drehbuch zu *Fifty Guns* hattest. Und was ist am Ende dabei rausgekommen?«

»Ein ziemlich guter Film«, brummelte Edward.

»Siehst du? Du musst dir also überhaupt keine Sorgen machen. Um Brendan kümmere ich mich schon. Wenn ich mit ihm fertig bin, ist das Drehbuch perfekt, das garantiere ich dir. Und was die Sache mit Juliana angeht – wir sind hier in Hollywood, wo ein attraktiver Mann wie du jede Frau haben kann, die er will. Je jünger und hübscher, desto besser. So sieht es jedenfalls das Publikum. Auch wenn *wir* natürlich wissen, dass ein Mann in Wahrheit mit einer etwas reiferen Frau viel besser fährt«, schloss sie mit einem Hauch Koketterie in der Stimme, gerade als Edward ein gewaltiger Rülpser entfuhr, weil er seine Cola zu schnell getrunken hatte.

»Tut mir leid«, sagte er. Er hatte gar nicht richtig hingehört, was Jill gesagt hatte, und jetzt fing auch noch sein Telefon an zu klingeln.

Consuela allerdings hatte es sehr wohl gehört, und als sie Edward jetzt das Sandwich hinstellte, bebten ihre Schultern vor unterdrücktem Lachen. Jills Wangen brannten.

Edward bekam von alldem nichts mit, sondern bellte brüsk »Hallo?« ins Telefon, verärgert darüber, dass ein Anruf ihn vom Verzehr eines wahrhaft göttlichen Sandwichs abhielt.

»Hallo, Edward«, meldete sich eine vertraute Stimme aus tiefster Vergangenheit. Er erkannte sie sofort wieder, obwohl er nicht recht glauben konnte, dass sie es wirklich war. »Ich bin's …«

»Warte kurz«, presste er hervor, während er quer durchs Haus in sein Arbeitszimmer floh. Dabei hielt er das Handy weit von sich weg und sah es an wie Superman einen Brocken Kryptonit. Als er endlich sein Arbeitszimmer erreicht hatte, schloss er die Tür hinter sich ab und räusperte sich. »Angelica, bist du das?«

»Oui, c'est moi«, lautete die Antwort, und prompt wurde Edward in der Zeit zurückversetzt und von Erinnerungen – guten wie schlechten – überschwemmt.

»Wie geht es dir?«, fragte er und kam sich gleich darauf unsagbar dämlich vor, eine solche Frage gestellt zu haben.

»Es geht mir … gut«, antwortete Angelica. »Und dir?«

»Ja … gut, würde ich sagen, aber … was willst du eigentlich?« Sein Ton wurde plötzlich barsch, als ihm einfiel, dass es weder angemessen noch zumutbar war, mit jemandem, der ihn so tief verletzt hatte, höfliches Geplänkel auszutauschen.

»Ich weiß nicht … reden. Es tut mir leid, ich wollte nur versuchen, mit dir zu sprechen. Über … alles.«

Ihre Stimme zu hören – etwas, das er sich all die Jahre über immer wieder gewünscht hatte – war eine Qual, und Edward fühlte sich, als hätte jemand in hohem Bogen eine Handgranate in sein Leben geworfen. *Warum jetzt?*, fragte er sich, während in seinem Kopf die Gedanken durcheinanderwirbelten. Warum rief sie jetzt an, nachdem er jahrelang vergeblich darum gebetet hatte?

In diesem Moment wurde laut an die Tür geklopft. Höchstwahrscheinlich war es Jill, die wissen wollte, was los war. Er beachtete sie nicht weiter. Er schluckte und wünschte sich, jemand hätte ihn vorgewarnt, dass Angelica anrufen würde. Dann hätte er sich seine Worte und sein Verhalten im Voraus zurechtlegen können. Jetzt war er wie vor den Kopf geschlagen. »Also … ich weiß nicht, ob es noch etwas zu sagen gibt«, begann er stockend. »Ich meine, vor zwanzig Jahren vielleicht … aber jetzt?«

»Ich habe es doch versucht …«

»Was hast du versucht?«

»Ich muss jetzt Schluss machen«, sagte Angelica plötzlich. Ihre Stimme war nicht viel mehr als ein Flüstern, und ein Gefühl durchzuckte Edward wie ein Schock: Er wollte nicht, dass sie auflegte – was sehr, sehr beunruhigend war, wenn man bedachte, dass er sich die letzten zwei Jahrzehnte krampfhaft einzureden versucht hatte, dass er sie aus tiefster Seele verabscheute. Plötzlich war von diesem Abscheu keine Spur mehr. Im Gegenteil, es tat unsagbar gut, ihre Stimme zu hören. Es war, wie nach Hause zu kommen. Aber dann musste er an all das denken, was sie weggeworfen hatte. Uralte Gefühle der Trauer und Wut stiegen in ihm hoch, und er musste erkennen, dass er die Trennung nie wirklich verarbeitet hatte. Der Schmerz und die Bitterkeit in seinem Innern hatten lediglich geschlafen, wie ein Drache in seiner Höhle, und Edward hatte keine Ahnung, ob er stark genug wäre, sie zu zähmen.

Jill hämmerte erneut gegen die Tür. »Edward, mach auf!«

»Ich glaube nicht, dass es Sinn macht zu reden, bevor du dich nicht mit Jessica ausgesöhnt hast«, sagte Edward schließlich. »Sie ist aufgewachsen, ohne zu wissen, warum du uns verlassen hast. Sie hat die Wahrheit verdient, Ange.«

Bei der vertrauten Anrede wurde Angelicas Herz ganz weit, dann zog es sich wieder zusammen, und sie spürte den dumpfen Schmerz der Sehnsucht. Wenn doch nur nicht alles so verworren gewesen wäre. Aber sie verstand ihn. Was sie nicht verstand, war, warum er ihrer Tochter nicht geholfen hatte, von allein darauf zu kommen. »Gut«, sagte sie. »Ich rede mit Jessica. Du hast recht.«

»Ja«, sagte Edward, der heftig blinzeln musste. »Und dann, na ja, dann können wir vielleicht …«

»Vielleicht …?«

»Du weißt schon … reden … vielleicht.«

»Mach's gut«, sagte Angelica und legte auf.

Edward schloss die Augen, holte tief Luft und packte alles, was er in diesem Moment empfand, in eine kleine Kiste im hintersten Winkel seiner Seele. Später würde er sich den Inhalt der Kiste noch einmal genauer ansehen. Aber nicht, während Jill an der Tür kratzte und wissen wollte, was los war.

»Edward, was soll das Theater? Lass mich rein!«

Als er den Schlüssel herumdrehte, kam eine wutschnaubende Jill mit der Tür ins Zimmer gestolpert. Nachdem sie jedoch einen Blick auf Edwards kreidebleiches Gesicht geworfen hatte, wich ihr Zorn ehrlicher Besorgnis.

»Was ist passiert? Edward, sag es mir.«

»Du glaubst nicht, wer gerade angerufen hat.«

»Raus mit der Sprache.«

»Angelica.«

Jill ächzte. Das war ein Schock. Und trotzdem glaubte sie es sofort.

16 + + + + Jessica hatte von Anfang an gewusst, dass der Tag ihrer ersten Aufzeichnung ein aufregender Tag werden würde. Wie viel jedoch für sie davon abhängen würde, das hätte sie niemals ahnen können. Der Gedanke, einfach zu Hause zu bleiben, war sehr verlockend, aber natürlich würde sie das nicht tun, allein schon, weil sie Kerry nicht hängenlassen durfte. Falls sich Helena Davies als Flop entpuppte, war sie vielleicht schneller wieder zu Hause, als ihr lieb war. Ihr vierter Arbeitstag – sie hoffte inständig, dass es nicht ihr letzter sein würde. Es *musste* einfach klappen.

Kerry hatte die Reihenfolge der Gäste für die Show festgelegt. Alan Carr war der Erste, gefolgt von Helena und schließlich Kate Templeton.

Da Mike nicht da war, war ein reibungsloser Ablauf besonders wichtig, und nachdem die Gäste gegen drei Uhr eingetroffen und in ihre jeweiligen Garderoben begleitet worden waren, schien dem auch nichts im Wege zu stehen. Helena Davies sah in natura noch hübscher aus als auf den Fotos, und sowohl Kerry als auch Jessica, die kurz mit ihr gesprochen und sie zum Ablauf der Sendung gebrieft hatten, waren erleichtert zu dem Schluss gekommen, dass die junge Erbin sehr viel mehr zu bieten hatte, als auf den ersten Blick zu vermuten war.

Im Studio, in dem bereits den ganzen Vormittag über geprobt worden war, sollte mit der Aufzeichnung von Alan Carrs Interview begonnen werden. Die vier Kameramänner hatten ihre Kopfhörer aufgesetzt und hinter ihren Kameras Position bezogen. Regisseur, Bildmischerin, Ingenieure und Tontechniker hatten ihre Plätze im Regieraum eingenommen, dem Nervenzentrum der Show, von dem aus alles gesteuert wurde. Sobald die Zuschauer vom Einheizer und Aufnahmeleiter in Stimmung gebracht worden waren, konnte die Aufzeichnung beginnen.

Das erste Interview lief wie am Schnürchen. Alan Carr war glänzend aufgelegt, und allmählich begann der Trubel Jessica Spaß zu machen. Erst als sie losging, um Helena aus ihrer Garderobe zu holen, kehrte ihre anfängliche Nervosität zurück.

Als sie gemeinsam den Gang entlangliefen, kam Paul an ihnen vorbei. Er war auf dem Weg in den Regieraum. Er tippte Jessica auf die Schulter und zog sie zu sich heran. »Na, wie geht's unserer Gräfin Rotz von Backe?«, flüsterte er ihr ins Ohr.

Statt einer Antwort warf Jessica ihm lediglich einen bösen

Blick zu. Innerlich betete sie nun nur noch inbrünstiger, Helena Davies möge sie nicht enttäuschen. Zugleich hatte der Umstand, dass Paul ihr so nahe gekommen war, allerdings noch ein ganz anderes Gefühl in ihr geweckt, und wenn sie es nicht besser gewusst hätte, hätte sie es glatt für Erregung halten können. Sie schüttelte sich. Sie saß einfach schon zu lange auf dem Trockenen, das war alles.

Sie erreichten das Set wenige Minuten vor Aufnahmebeginn. Kurz darauf konnte Jessica über ihren Kopfhörer vernehmen, dass die Kameras bereit waren, Julian bereit war und Bradley Mackintosh ebenfalls bereit war. Der Aufnahmeleiter gab dem Publikum das Zeichen zum Applaus, und Bradley las das Intro vor, das Paul für ihn geschrieben hatte.

»Und nun zu meinem nächsten Gast. Natürlich haben Sie alle schon mal von Damien Davies gehört, aber seine Tochter Helena ist Ihnen womöglich noch kein Begriff ... Ich entnehme dem betretenen Schweigen, dass ich recht habe. Also auf die Bühne mit ihr, damit wir sie fragen können, wo sie sich die ganze Zeit versteckt hat und wie es ist, die einzige Tochter eines der reichsten Männer des Landes zu sein. Ein harter Job, keine Frage, aber irgendjemand muss ihn ja machen. Meine Damen und Herren, bitte begrüßen Sie mit mir Helena Davies!«

Jessica hatte gerade noch Zeit, Helena viel Glück zu wünschen, bevor diese das Set betrat, um sich Millionen von Fernsehzuschauern zu stellen. Kerry trat neben Jessica, damit sie gemeinsam das Interview auf einem Monitor hinter der Bühne verfolgen konnten.

»Helena, zunächst einmal: Willkommen in der Show«, begann Bradley, sobald der Applaus verebbt war. »Lassen Sie mich als Erstes sagen, dass Sie eine ganz bezaubernde junge Dame sind. Tut mir leid, falls ich erstaunt klinge, aber könnten wir vielleicht mal ein Bild von Helenas Vater einblenden?«

Im Regieraum drückte Bildmischerin Penny einen Knopf,

und auf der Studioleinwand erschien ein besonders unschmeichelhaftes Konterfei von Helenas Vater.

Helena lachte. »Bradley, das ist wirklich gemein.«

»Ich weiß«, räumte er ein. »Es ist nicht gerade das vorteilhafteste Foto. Und wie ich sehe, sind seine Haare rot, während Ihre eher ins Bräunliche gehen. Ich vermute, Sie lassen sie färben, nicht wahr? Aber was rede ich, bestimmt brennen einige unserer Zuschauer darauf, zu erfahren, was Sie sonst noch so tun, *außer* zum Frisör zu gehen.«

Der Lacher, den er damit vom Publikum erntete, heizte Bradley nur noch mehr an. »Natürlich, es gibt ja noch Maniküre und Gesichtsbehandlungen … Aber mal ganz im Ernst: Mildtätigkeit ist Ihre einzige Tätigkeit, oder? Nicht, dass wir uns missverstehen: Ich würde es genauso halten, wenn ich Sie wäre.«

Helena errötete, lächelte aber tapfer weiter. Kerry kochte vor Empörung, und Jessica war die Situation nicht weniger unangenehm. Glücklicherweise meisterte Helena, die ihr ganzes Leben damit verbracht hatte, den Erwartungen anderer Leute nicht zu entsprechen, die Situation souverän.

»Es stimmt, ich war beim Frisör«, räumte sie ein. »Aber nur, weil ich zum ersten Mal in meinem Leben im Fernsehen bin. Außerdem war ich das letzte Jahr über so lange in Afrika, dass ich ganz grauenhaften Spliss hatte, es war also dringend nötig.«

Jessica stieß die Luft aus. Jetzt hatte Bradley doch keine andere Wahl, als sie wenigstens der Höflichkeit halber zu fragen, was sie in Afrika gemacht hatte? Sie hoffte es inständig, denn Helena sah so aus, als bereue sie bereits bitter, in die Show gekommen zu sein.

»Aha«, sagte Bradley. »Afrika, natürlich. Erzählen Sie uns ein bisschen was davon.«

»Wie Sie ja eben schon erwähnt haben, arbeite ich für eine Wohltätigkeitsorganisation. Das klingt jetzt wahrscheinlich so, als wäre es bloß ein kleines Hobby von mir, aber in Wirklichkeit ist es viel, viel mehr. Das Thema Namibia liegt mir sehr am Herzen, und ich würde sehr gerne ausführlicher darüber reden.« Sie klang beinahe entschuldigend.

»Das werden wir auch«, versprach Bradley. »Ich muss sagen, es klingt wirklich äußerst interessant – ganz zu schweigen davon, dass es Sie ins Rampenlicht katapultieren dürfte. Falls dem so sein sollte, wie sähe dann Ihr nächster Schritt aus? Werden wir Sie vielleicht bald im Dschungel sehen? Oder spielen Sie mit dem Gedanken, das Tanzbein zu schwingen?«

Helena lachte, allerdings durch zusammengebissene Zähne. »Keins von beidem, fürchte ich. Ich wollte nie ins Fernsehen. Ich bin ein ziemlich langweiliger Mensch. Im Ernst, mein Unterhaltungswert ist gleich null.«

»Tjaaa …«, machte Bradley gedehnt, um zu suggerieren, dass sie gerade in diesem Moment genau das unter Beweis stellte. Erneutes Gelächter aus dem Publikum.

Helena hatte es langsam satt. »Ich weiß, was die Leute von mir denken. Dass ich ein verwöhntes, dummes Püppchen bin, das nichts zu sagen hat und sich nie anstrengen musste. Aber mein Dad ist ein ganz normaler Mann aus dem Norden, der sehr viel Wert darauf gelegt hat, dass ich die Bodenhaftung nicht verliere. Ich bin mir bewusst, dass es ein ungeheures Privileg ist, im Luxus aufzuwachsen und eine erstklassige Schulbildung zu genießen, aber ich bin nicht in die Sendung gekommen, weil ich mich selbst so unwiderstehlich finde. Ganz bestimmt nicht.«

Jessica konnte Helenas Frust nachempfinden und hoffte, dass Bradley langsam anfing, sie ernst zu nehmen.

»Okay«, sagte Bradley und hob die Hände. »Dann sollten Sie uns vielleicht erzählen, *weshalb* Sie hier sind.«

Helena holte tief Luft, und Jessica fiel auf, dass sich ihre Hände zum ersten Mal seit Beginn des Interviews entkrampften. »Als ich zum ersten Mal in Namibia war, musste ich, als ich die Armut und die Krankheiten dort gesehen habe, vier Tage am Stück heulen. Aber als der erste Schock vorbei war, ist mir klar geworden, dass es vielleicht besser wäre, aufzuhören, mich andauernd wegen des Reichtums zu geißeln, in den ich hineingeboren wurde, und ihn stattdessen für einen guten Zweck zu nutzen. Deswegen bin ich heute hierhergekommen: um die Menschen auf die Not dort unten aufmerksam zu machen und Geld für eine Organisation zu sammeln, die dafür kämpft, die Sterblichkeitsrate bei Müttern und Neugeborenen zu reduzieren. Je mehr Menschen ich erreichen kann, desto mehr Geld können wir sammeln und desto mehr Leben können wir retten.«

Ihr leidenschaftlicher Appell schien Bradley überzeugt zu haben. Er nickte ernst, und jemand im Zuschauerraum begann zu applaudieren. Dann kam ein zweiter hinzu, und es dauerte nicht lange, da klatschte und jubelte das gesamte Publikum.

Kerry stieß einen Seufzer der Erleichterung aus, bevor sie sich umdrehte und Jessica verschwörerisch zuzwinkerte. Zu ihrem Entsetzen hatte diese Tränen in den Augen.

»Alles klar?«, fragte Kerry.

»Ach, beachte mich gar nicht weiter.« Jessica bemühte sich redlich, die Tränen wegzublinzeln. »Ich hab einfach nah am Wasser gebaut.«

»Sie ist wirklich spitze. Ich kann gut verstehen, wieso du so gerührt bist.«

Jessica war sich da nicht so sicher. Helena Davies' Auftritt hatte sie nicht nur gerührt, sondern auch zutiefst beschämt. Da war eine junge Frau, die wie Jessica im Überfluss aufgewachsen war, aber die beschlossen hatte, mit ihrer Zeit und ihrem Geld etwas Sinnvolles, Inspirierendes und Gutes zu tun. Ja, Helena Davies hatte Jessica schwer ins Grübeln gebracht – wenngleich eine eingehendere Innenschau warten musste, da in diesem Augenblick ihr Blick auf Paul fiel, der sich in der Nähe herumdrückte. Das war ihre Gelegenheit, ihn in seine Schranken zu weisen.

»Tja«, sagte sie und baute sich vor ihm auf, wobei sie versuchte, sich ihre Genugtuung nicht allzu sehr anmerken zu lassen. »So viel zu deiner Theorie, was?«

»Welche Theorie?«, fragte er und schenkte ihr ein schiefes Lächeln.

»Die Theorie, dass jemand, der einen reichen Vater hat, automatisch ein schrecklicher Mensch sein muss.«

Paul rümpfte die Nase, bevor er Jessica eine scheinbare Ewigkeit lang kühl musterte. »Sie war ein guter Gast, und niemanden hat das mehr überrascht als mich. Reicht dir das, oder willst du das meiste aus deinem Sieg rausholen?«

»Dann war das also eine Schlacht?«, sagte Jessica.

Paul öffnete den Mund, um etwas darauf zu erwidern, aber in diesem Moment kam Kerry dazu. »Sie war der Hammer, oder? Jessica, ich bringe Helena jetzt zum Wagen, und dann schaue ich bei Kate Templeton rein, ob bei ihr soweit alles okay ist.«

»Dann lasse ich euch mal machen.« Paul ergriff die Gelegenheit beim Schopf und trollte sich.

Jessica war traurig, dass er ging. »Wie findest du Kate denn so?«, wollte sie von Kerry wissen, während sie Paul hinterhersah. »Nett?«

»Erstaunlicherweise, ja.«

»Finde ich auch«, sagte Jessica, nur um hastig hinzuzufügen: »Ich meine – das sagt man sich ja über sie …«, sobald ihr klar geworden war, dass sie sich um ein Haar verplappert hätte.

»Stimmt. Aber meine Erfahrung hat mich gelehrt, dass Schauspielerinnen oft die Freundlichkeit in Person sind, bis irgendwas schiefgeht. Dann zeigen sie ihr wahres Gesicht. Hoffen wir also, dass weiterhin alles glatt läuft.«

Jessica schwieg. Es hätte keinen Sinn gehabt, Kerry zu versichern, dass Kate Templeton definitiv von der unkomplizierten Sorte war. »Soll ich Helena rausbringen?«, erbot sie sich. »Dann kannst du jetzt sofort nach Kate schauen.«

»Ausgezeichnet«, sagte Kerry. »Ich vergesse immer wieder, dass ich jetzt eine Assistentin habe. Durch dich ist mein Leben wirklich viel leichter geworden.«

Das Kompliment ließ Jessica erröten.

»Okay, dann beeile ich mich mal«, sagte Kerry und sprintete los.

»Nur keine Panik.« Jessica versuchte ein Schmunzeln zu unterdrücken. Was sollte Kate Templeton schon in den letzten zehn Minuten zugestoßen sein, das ihre Assistentin und ihre Managerin nicht hätten bewältigen können? Und wieso musste immer alles auf dermaßen hysterische Art und Weise kommuniziert werden? Jessica sah ein, dass Zeit beim Film kostbar war, aber sie hatte sich noch nie erklären können, wieso wegen der kleinsten Kleinigkeiten immer gleich ein Riesenaufstand gemacht wurde. Das war ihr schon als Kind aufgefallen, wenn sie ihren Dad hin und wieder bei Dreharbeiten am Set besucht hatte. Sie hatte nur ganz beiläufig erwähnen müssen, dass sie Lust auf ein Glas Milch hatte, und schon hatten die Leute mit vor Panik überschnappender Stimme in ihre Motorolas gebellt: »Mr Grangers Tochter will Milch! Können wir bitte ein Glas Milch bekommen, aber pronto!«

Sie war noch ganz in dieser unerwarteten Erinnerung versunken, als plötzlich ihr Walkie-Talkie verrückt zu spielen begann.

»Jessica, bitte kommen! Geh auf Kanal drei, Kerry für dich.«

»Na?«, meldete sich Jessica fröhlich, nachdem sie auf Kanal drei umgeschaltet hatte, damit sie sich unterhalten konnten, ohne dass die ganze Crew mithörte. »Was gibt's denn?«

»Wir haben hier ein kleines Problem. Kannst du bitte sofort kommen?«

»Schon unterwegs!« Jessica legte das kurze Stück durch die Gänge zu Kate Templetons Garderobe im Laufschritt zurück. Offensichtlich spielte sich dort gerade ein Drama ab.

Kate Templeton hatte ihre eigene Visagistin mitgebracht, eine spindeldürre, abgehetzt wirkende Frau in Skinny Jeans, einem Oversized-T-Shirt von Stella McCartney und Converse Chucks. Sie wühlte hektisch in ihrer riesigen Make-up-Tasche herum, als hätte sie etwas verloren.

»Ah, da bist du ja«, rief Kerry. »Jessica, das hier ist Ali, sie macht Kates Make-up, und das ist Vivienne, Kates Managerin.« Sie zeigte auf eine Frau, die perfekt gekleidet war, aber ein Gesicht machte, als könne sich das jeden Moment ändern, weil sie sich die Bluse vom Leib reißen und sich in den Hulk verwandeln würde. »Also«, fuhr Kerry fort. Sie war angespannt und hatte die Augen weit aufgerissen, um Jessica zu signalisieren, wie ernst die Lage war. »Du müsstest für mich den Fahrdienst anrufen, und zwar jetzt gleich. Die arme Ali glaubt nämlich, dass ihr im Taxi ein paar Sachen aus der Tasche gefallen sind, unter anderem auch Kates Lieblingslippenstift. Du musst ihnen sagen, dass der Wagen sofort umkehren und hierher zurückkommen soll. Kate bekommt im Moment die Haare gemacht, wir haben also noch ein bisschen Zeit, und vielleicht kann ich mir irgendeine Ausrede ausdenken, wieso sie das Briefing vor der Maske bekommen muss.«

»Kein Problem, ich mache das sofort«, sagte Jessica ruhig. »Aber, sag mal, Kerry?«

»Ja?«

»Bist du sicher, dass Robbie nicht den gleichen Lippenstift hat?«

»Ich hab schon nachgeschaut«, zischte Kerry ihr zu.

»Was haben Sie nachgeschaut?«, meldete sich eine Stimme von der Tür her, die alle auf Anhieb erkannten. Eine fix und fertig frisierte Kate Templeton betrat die Garderobe. Selbst ohne einen Hauch Make-up im Gesicht sah sie umwerfend aus.

»Nichts«, krächzte Ali, die kurz vor einem Herzinfarkt zu stehen schien.

Kerry sprang ihr bei. »Kate, darf ich Ihnen unseren Chefautor Paul Fletcher vorstellen …«

Jessica schlüpfte unterdessen auf den Gang hinaus und schüttelte kurz den Kopf. Was für ein Zirkus. Dann rief sie die Taxifirma an. »Hallo, vielleicht können Sie mir helfen …«

Fünf Minuten später hatte Jessica herausgefunden, dass der Taxifahrer den Lippenstift zwar gefunden, aber bereits Feierabend gemacht hatte und sich augenblicklich auf dem Weg nach Brighton befand. Falls er umkehrte, würde er zu spät zu einer eigenen Rubinhochzeit kommen, teilte man Jessica mit, woraufhin sie sofort sagte, der Mann solle sich keine Umstände machen. Schließlich ging es nur um einen Lippenstift. Man musste Prioritäten setzen. Sie kehrte in die Garderobe zurück, wo Kate Templeton sich angeregt mit Paul unterhielt. Er war der Charme in Person.

Kerry sah sie und machte ein Daumen-hoch-Zeichen, um zu fragen, ob alles geregelt sei. Jessica jedoch sah keinen Grund, den Stier nicht bei den Hörnern zu packen. Ein Lippenstift war verloren gegangen, und nach allem, was ihr Vater über Kate gesagt hatte, bestand überhaupt kein Anlass, deswegen nervös zu werden.

»Kate? Entschuldigen Sie bitte«, sagte Jessica selbstsicher. »Hi. Ich bin Kerrys Assistentin. Leider ist auf der Fahrt hierher Ihr Lieblingslippenstift aus Alis Tasche gefallen.«

»Oh«, machte Kate. Sie schien zunächst erstaunt, sogar ein wenig verstört, einfach so von einer wildfremden Person angesprochen zu werden. Seit sie berühmt geworden war, kam so etwas kaum noch vor.

»Also habe ich die Taxifirma angerufen …« Jessica merkte,

dass Kerry im Gesicht rot angelaufen war. Sie drehte sich ein bisschen, um zu sehen, wie es um Vivienne bestellt war. In deren Miene spiegelte sich die blanke Wut, und zum ersten Mal kamen Jessica Zweifel, ob sie das Richtige tat. Vielleicht hätte sie ohne Sattel nach Brighton reiten sollen, um den Lippenstift zurückzuholen oder bei der Mission zu sterben ... Sie versuchte, die Perspektive zu behalten. Und sich daran zu erinnern, dass Kate ein Mensch war wie jeder andere.

»Der Fahrer *könnte* natürlich zurückkommen ...«

»Ah, sehr gut«, sagte Kate.

»Allerdings ist er schon auf halbem Weg nach Brighton zu seiner eigenen Rubinhochzeit, deswegen habe ich gesagt, es muss nicht sein.«

Alle im Raum – bis auf Jessica und Kate – hielten den Atem an. Kerry stand mit weit aufgerissenen Augen da, Paul schien fassungslos, und Vivienne sah aus, als wollte sie jemanden mit bloßen Händen erwürgen. Alle warteten gespannt, wie die Schauspielerin reagieren würde.

»O ja, das war das einzig Richtige«, sagte Kate schließlich. »Alles andere wäre verrückt gewesen. Es ist ja nur ein Lippenstift. Meine Lieblingsfarbe, sicher, aber ich wette, Ihr Make-up-Artist hat Hunderte Farben. Warum schaust du dir seine Sachen nicht mal an, Ali?«

»Gut«, hauchte Ali, die so erleichtert war, dass sie fast angefangen hätte zu heulen.

»Super«, sagte Jessica, als wäre nicht das Geringste vorgefallen. »Kann ich dann noch irgendjemandem was zu trinken holen?«

17 ++++ Der nächste Tag, ein Freitag, war einer jener ungewöhnlich heißen, sonnigen Sommertage, an denen die Büroangestellten in ganz London beten, dass ihre Chefs ihnen erlauben mögen, ein wenig früher Feierabend zu machen. Es war ein Glück für das Produktions-Team der *Bradley Macintosh Show*, dass ihr Chef gar nicht da war und somit auch nichts erlauben oder verbieten konnte. So kam es, dass der Großteil der Mitarbeiter bereits um vier Uhr in den Pub umgezogen war. Da sie früh dran waren, hatten sie sogar im Boaters am Fluss in Hammersmith noch einige Tische im Freien ergattert. Besser hätte der Start ins Wochenende nicht sein können.

Paul war blendender Laune. Die Show am Vortag war großartig gelaufen. Auch ohne Mike hatte alles ausgezeichnet geklappt. Er wusste, dass es falsch war, sich darüber so sehr zu freuen, aber er konnte einfach nichts an seinen Gefühlen ändern. Wenn man sich jeden Erfolg im Leben so hart hatte erkämpfen müssen wie Paul, dann war es gelinde gesagt ärgerlich, einen Chef zu haben, der – dies war zumindest Pauls Auffassung – auf dem Weg nach oben nicht nur eine helfende Hand, sondern gleich mehrere helfende Arme gehabt hatte.

Er nippte an seinem kalten Bier und überlegte, ob er seiner guten Laune folgen und Natasha um ein Date bitten sollte. Die Signale, die sie die Woche über ausgesendet hatte, waren wie immer widersprüchlich gewesen, aber wenn er es nicht irgendwann einmal darauf ankommen ließ, würde er nie erfahren, ob sie es bereute, mit ihm Schluss gemacht zu haben. Ja, sie war kompliziert – aber war das nicht jeder Mensch auf seine Art? Sein bester Kumpel und Mitbewohner Luke hätte ihm mit Sicherheit geraten, die Finger von ihr zu lassen, aber Natasha sah einfach göttlich aus, und darüber hinaus war die Sache zwischen ihnen nie richtig beendet worden. Was sollte schon passieren? Schlimmstenfalls konnte sie nein sagen … was bei genauerer Betrachtung ziemlich niederschmetternd wäre …

Er sah sich um. Luke und Kerry waren ins Gespräch vertieft, so dass die Neue sich selbst überlassen war. Sie hatte ihn gestern wirklich überrascht. Die Prominenten hatten sie völlig kalt gelassen. Zuerst hatte er nicht gewusst, ob er ihren direkten Umgang mit Kate Templeton unsagbar lässig oder unsagbar dumm finden sollte, aber der Erfolg hatte ihr recht gegeben. Hübsch war Jessica natürlich auch. Nicht ganz so hübsch wie Natasha, aber sie hatte das gewisse Etwas. Vielleicht hätte er sie nicht so schnell als kalifornischen Hohlkopf abstempeln sollen. In ihr steckte definitiv mehr.

»Alles klar?«, fragte er sie, und sie errötete. Niedlich. Vielleicht sollten sie sie nicht mehr so oft auf den Arm nehmen. Sie wirkte ohnehin schon ganz eingeschüchtert von ihm und Luke. Es war nicht fair, sie ständig zu ärgern. »Und, hat's dir Spaß gemacht gestern? Ich hatte zumindest den Eindruck.«

»Ja, es war total super, danke«, antwortete Jessica, die sich freute, nach ihrer Meinung gefragt zu werden. Ihre Antwort kam von Herzen. Teil des organisierten Durcheinanders zu sein, hatte ihr einen richtigen Kick gegeben.

»Wie du mit den Promis umgegangen bist, fand ich ziemlich ungewöhnlich, aber immerhin haben wir dank dir eine tragische Oper in drei Akten verhindert. Ich wette, für Kate Templeton war es eine ganz neue Erfahrung, dass jemand so vernünftig mit ihr spricht.«

»Ich weiß«, stimmte Jessica ihm zu. »Eigentlich traurig, wenn man drüber nachdenkt. Ich fand, sie wirkte ganz bodenständig.«

»Trotzdem hat du Schwein gehabt«, mischte sich Kerry ins Gespräch. »Bei jemand anderem hätte das mächtig in die Hose gehen können.«

»Sicher«, räumte Jessica ein. »Aber Kate ist total in Ordnung. Keine Ahnung, wieso man bei ihr irgendwelche Berührungsängste haben sollte.«

Natashas Augen wurden zu Schlitzen. »Und ich habe keine Ahnung, wieso man *keine* haben sollte.«

»Wem sagst du das, Tash«, meinte Kerry nachdenklich.

Jessica wandte den Blick ab. Sie musste besser aufpassen. Wenn sie weiterhin eine ganz normale junge Frau sein wollte – ein Experiment, mit dem sie sich immer besser zurechtfand und das ihr langsam richtig Spaß zu machen begann –, war es von allergrößter Wichtigkeit, dass ihre Identität geheim blieb. Sie konnte sich lebhaft vorstellen, was für einen Aufruhr es geben würde, wenn die Wahrheit ans Licht kam. Außerdem war es wundervoll, dass die Menschen sie endlich einmal so nahmen, wie sie war.

Sie warf einen Blick zu Paul hinüber. Bis jetzt hatte sie in jedem Gespräch mit ihm den Eindruck gehabt, dass er sie abschätzte, aber er war ein gutaussehender Mann und noch dazu sehr intelligent. Wenn sie ehrlich war, fühlte sie sich mehr und mehr zu ihm hingezogen. Er hatte etwas an sich, das sie ... faszinierte, und wenn er lächelte, kniff er immer die Augen zusammen, das sah wirklich sexy aus. Sie hatte sich sogar schon dabei ertappt, dass sie sich oft bemühte, etwas zu sagen, das er interessant oder lustig finden würde, nur um ihn lächeln zu sehen. Jedenfalls war es gut nachvollziehbar, warum so viele Frauen im Büro für ihn schwärmten. Vanessa hatte ganz offensichtlich eine Schwäche für ihn, und Jessica vermutete, dass auch Natasha ihn im Visier hatte, obwohl das nicht so leicht einzuschätzen war. Wie auch immer, sie selbst war längst zu dem Schluss gekommen, dass es keinen Sinn hatte, sich näher auf ihn einzulassen. Er wäre garantiert wahnsinnig anstrengend, außerdem hätte die Sache sowieso keine Zukunft. Obwohl sie zu gerne gewusst hätte, ob seine Beine wirklich so stramm waren, wie sie unter seiner Jeans aussahen. Und als er sich gestern vorgebeugt hatte, um nach etwas zu greifen, hatte sie ganz kurz seinen herrlich flachen, muskulösen Bauch gesehen ...

Jessica verscheuchte das Bild aus ihrem Kopf. Bestimmt lag es nur an der Hitze, dass ihre Gedanken – und ihre Libido – mit ihr durchgingen. Darüber, dass sie daheim in L. A., wo jeden Tag die Sonne schien, solche Probleme nie gehabt hatte, dachte sie gar nicht erst nach.

»Ich hole uns noch eine Runde«, verkündete Paul und erhob sich. »Komm, ich gebe dir ein Bier aus, Jessica. Wenn ich dich mit deinem Bitzelwasser da sehe, werde ich ganz unruhig. Das ist einfach nicht das Richtige für einen Tag wie diesen.«

Sie lachte. »Danke, aber ich habe doch gesagt, ich trinke kein Bier, schon vergessen?«

»Du hast eine ganze Menge gesagt«, gab er zurück. »Und das meiste davon war kompletter Blödsinn. Du bist jetzt schon fünf Tage hier, es wird höchste Zeit, dass du lernst, dich unseren Gebräuchen anzupassen. Und das heißt: Bier trinken.«

»Ich möchte aber nicht«, sagte sie mit einer leichten Schärfe in der Stimme. Sie fühlte sich von ihm unter Druck gesetzt. »Ich will gleich noch joggen gehen, deshalb bleibe ich lieber bei Wasser, danke.«

»Du willst joggen gehen? Jetzt?«, rief Isy, der in fassungslosem Staunen die Kinnlade herunterfiel.

»Ja, ich habe mir vorgenommen, nach Hause zu joggen. Gestern bin ich nicht dazu gekommen, weil wir Sendung hatten.«

»Wow«, meinte Isy. Sie war so beeindruckt, als hätte Jessica ihr soeben mitgeteilt, sie hätte eine Goldmedaille bei den Olympischen Spielen gewonnen oder in der Mittagspause den Mount Everest bezwungen.

Luke verschluckte sich fast an seinem Lager. »Du bist echt der Abschuss, Bender. Du willst nach Hause *joggen*? Nach *Hampstead*?«

»Äh, also, eigentlich ist es bloß …« Jessica sagte das Erste, was ihr in den Kopf kam: »Ich treffe mich mit meiner Tante in der Stadt.« Sie fragte sich, was so grotesk an dem Gedanken war, joggen zu gehen – wohin auch immer. Aber sie wollte nicht, dass ihre Kollegen herausfanden, dass sie noch im Hotel wohnte. Sie ließ den Kopf hängen und blickte auf ihre Turnschuhe. Auf einmal war sie sehr müde. Es war anstrengend, die ganze Zeit auf der Hut zu sein. Besser, sie machte sich jetzt gleich auf den Weg. Sie musste ihre Sachen für den Umzug zu ihrer Tante packen, und bei Dulcie wollte sie auch noch mal anrufen, weil diese seit zwei Tagen vom Radarschirm verschwunden war.

»Na ja, warten wir ab, ob du im Winter immer noch die Sportskanone raushängen lässt. Falls du dann überhaupt noch da bist«, meinte Vanessa.

»Ist das denn wahrscheinlich?«, fragte Paul. Er wollte die Antwort unbedingt wissen.

»Was?«, fragte Jessica, die noch darüber nachgrübelte, was Vanessa gerade gesagt hatte.

»Dass du im Winter noch hier sein wirst?«

»Ich hoffe schon«, sagte Jessica höflich. »Ich mag London – es ist mal was anderes als …«

»Sonnenschein?«, sagte Luke.

»Strände?«, rief Julian vom Nebentisch herüber.

»Schöne Menschen?«, setzte Vanessa hinzu.

»Was genau machst du eigentlich in L. A.?«, wollte nun Natasha wissen. »Wo wohnst du?«

»Bei meinem Dad und meiner Stiefmutter«, antwortete Jessica, während sie ihren Rucksack aufhob und ihn sich auf den Rücken schwang. Definitiv Zeit zu gehen.

»Und wo ist deine Mum?«

»Sie ist weggegangen, als ich drei war.«

Natasha reagierte nicht, aber es war unschwer zu erkennen, dass es ihr peinlich war, so neugierig gewesen zu sein.

Paul spürte eine Welle des Mitgefühls für Jessica in sich aufsteigen. Vielleicht waren sie ja doch gar nicht so verschieden. Er beobachtete sie dabei, wie sie sich bückte, um sich zu vergewissern, dass die Schnürsenkel ihrer Turnschuhe richtig gebunden waren. Dann fischte sie ein Haargummi aus der Tasche ihrer Jeans-Shorts und band sich die feinen blonden Haare zu einem Pferdeschwanz zusammen.

»Was hast du denn am Wochenende so vor? Wird dir nicht langweilig?«, fragte Kerry mit echter Sorge. Sie hatte den Verdacht, dass Jessica mit ihrer freien Zeit nicht viel anfing, außer mit ihrer Tante herumzuhängen.

»Weiß noch nicht«, meinte Jessica, die sich auf zwei ruhige Tage freute, damit sie all das Neue verdauen konnte. »Irgendwann werde ich wohl rausfahren und Mikes Blumen gießen. Ansonsten – na ja, so dies und das.«

Kerry, die nicht begreifen konnte, dass es Leute gab, deren Freizeit nicht vollständig durchgeplant war, spürte eine Regung in sich, die an Mitleid grenzte. »Also, dieses Wochenende bin ich im Spa, aber nächste Woche gehen ein paar von uns tanzen, da solltest du unbedingt mitkommen. Nicht dass du dich unter Druck gesetzt fühlst, aber du hast ja gesagt, dass du gerne Musik hörst …«

»Wirklich?«, fragte Paul, der ein echter Musikfanatiker war.

»Klingt toll.« Jessica stand auf. Pauls Frage überging sie ganz bewusst. Das Letzte, worauf sie jetzt Lust hatte, war, sich von ihm über ihren Musikgeschmack grillen zu lassen. »Ich würde gerne mal in einen englischen Club gehen.«

Sie stand da, den Rucksack auf dem Rücken, und wartete auf eine gute Gelegenheit, sich zu verabschieden.

Kerry bemerkte ihre Unsicherheit. »Okay, Schatz«, meinte sie. »Dann ein schönes Wochenende, und mach dir wegen Mikes Garten bloß keinen Stress. Wir sehen uns am Montag um zehn. Danke noch mal für deine tolle Arbeit. Es war echt super, dich dabeizuhaben.«

Jessica hätte platzen können vor Stolz. »Bis dann«, sagte sie und winkte kurz, bevor sie in recht zügigem Tempo über den Weg davonlief.

Alle starrten ihr nach, fasziniert von ihrem absonderlichen Verhalten. Wieso um alles in der Welt wollte jemand, der noch alle Sinne beisammenhatte, an einem Tag wie diesem joggen gehen? Wo es doch viel wichtigere Dinge zu tun gab? Bier trinken zum Beispiel.

»Lauf, Forrest!«, rief Luke plötzlich aus vollem Hals. »Lauf!«, woraufhin alle, einschließlich Jessica, in wildes Gelächter ausbrachen. Sie war inzwischen nicht viel mehr als ein Punkt in der Ferne, sah sich aber noch mal um und winkte ihnen kurz über die Schulter hinweg zu.

Sie warteten, bis sie ganz verschwunden war. Natasha war die Erste, die danach das Wort ergriff. »Wetten, sie rennt nur bis um die Ecke und nimmt dann den Bus?«

»Wetten nicht?«, sagte Isy, die noch immer ganz starr war vor Ehrfurcht. »Sie ist der Hammer. Wenn sie ein Tier wäre, dann wäre sie eine Gazelle.«

»Aber eine mit ziemlich dicken Haxen«, gab Natasha gehässig zurück, und in dem Moment fragte sich Paul, ob er wirklich noch mal mit ihr ausgehen wollte.

18++++ Am Samstag zog Jessica zu ihrer Tante Pam nach Hampstead. Inzwischen war ihr klar geworden, wie dumm es gewesen war, im Dorchester abzusteigen. In einem richtigen Haus zu wohnen war viel normaler. Pams Haus war gemütlich, wenngleich im Vergleich zu dem, was Jessica aus L.A. gewohnt war, etwas klein und nicht übermäßig komfortabel. Pam hatte ihr erzählt, dass es zu Zeiten der Königin Victoria gebaut worden war – vor über hundert Jahren. Jessica hatte nicht schlecht gestaunt, obwohl das natürlich erklärte, warum das Haus so ungeheuer altertümlich und britisch wirkte. An der Inneneinrichtung war seit den Achtzigern nichts geändert worden, was aber in ihren Augen den Charme des Hauses nur noch erhöhte. Das Einzige, was sie nach wie vor kaum glauben konnte, war, dass es keine Waschküche gab – lediglich eine Waschmaschine in der Küche, von der

Pam behauptete, dass sie sowohl waschen als auch trocknen könne. Verrückt.

Als Jessica am Sonntag aufwachte, war sie froh, dass sie sich für den Tag nichts vorgenommen hatte. Der Humor ihrer Kollegen verlangte ihr alles ab, und ihr rauchte der Kopf, weil sie ständig darüber nachdenken musste, welche ihrer Bemerkungen ironisch gemeint waren und welche nicht. Immerhin hatte sie sich mittlerweile die meisten Namen gemerkt, und mit einigen der Frauen, insbesondere Kerry und Isy, verstand sie sich richtig gut.

»Je-hess!«, rief ihre Tante die Treppe hinauf und riss sie aus ihren Gedanken.

»Ja?«

»Besuch für dich, Liebes!«

»Was?«, rief Jessica, die sicher war, sich verhört zu haben.

»Besuch für dich!«

Jessica fuhr hoch. Wer sollte sie denn besuchen kommen? Ihre Mutter war in L. A. – nicht, dass sie miteinander gesprochen hätten, seit Graydon sie vom Frühstückstisch weggezerrt hatte. Jemand von der Arbeit würde garantiert nicht am Sonntagmorgen unangekündigt bei ihr vor der Tür stehen. Wehe, wenn es Edward war! Der konnte was erleben.

Plötzlich hörte sie jemanden die Treppe hochpoltern, also sprang sie eilig aus dem Bett. Sie war schrecklich nervös. Was hatte dieser Überfall zu bedeuten?

»Überraschung!«

Die Tür zu ihrem Zimmer flog auf, und im Türrahmen stand keine Geringere als …

»Dulcie!«, rief Jessica. »Was willst du denn hier?«

»Dasselbe wie du, Babe. London unsicher machen. Wie geht's dir?«

»Ich … ich bin total geschockt. Du liebe Zeit, es ist toll, dich zu sehen, aber …«

»Ach, halt die Klappe und drück mich!«, befahl Dulcie, und Jessica, der nichts Besseres einfiel, gehorchte.

»Wann bist du denn angekommen?«, fragte sie, immer noch völlig überrumpelt. Sie versuchte sich zu freuen, aber das Einzige, was sie im Augenblick empfand, war ein nagender Ärger, weil Dulcie ihr nicht gesagt hatte, dass sie kommen wollte.

»Gestern Abend. Ich bin gelandet und vom Flughafen direkt ins Berkeley, wo ich bis jetzt wie eine Tote geschlafen habe. Sobald ich wach war, habe ich meinem Fahrer gesagt, er soll mich hierherbringen.«

»Ich dachte, du würdest vorher Bescheid sagen, wenn du kommst«, sagte Jessica durch leicht zusammengebissene Zähne. »Wie lange willst du denn bleiben?«

»Bloß eine Woche.«

»Aber du weißt schon, dass ich arbeiten muss, oder?« Bei Jessica setzte langsam, aber sicher die Panik ein. »Ich kann mich nicht jeden Tag um dich kümmern.«

»Hey, hör auf, rumzustressen, okay? Wegen deinem Job fällt uns bestimmt eine Ausrede ein. Und überhaupt, wen interessiert's? Wir sind hier, um Spaß zu haben!«

»Aber ...«

»Nichts aber. Komm, zieh dich an, mein Fahrer wartet unten, und in einer Dreiviertelstunde habe ich einen Termin beim Hochzeitsausstatter im Harrods.«

»Na gut«, winselte Jessica, die bereits jetzt der Unabhängigkeit nachtrauerte, die sie so kurze Zeit genossen hatte. »Ich komme mit, aber ganz im Ernst, Dulcie, wir müssen uns unterhalten. Ich freue mich riesig, dich zu sehen, aber ich will heute auch noch Zeit mit Pam verbringen, und ich sage dir gleich, dass ich am Montag nicht blaumachen kann – und an den anderen Tagen auch nicht. Ich habe die Stelle erst seit einer Woche, und überhaupt, es ist das erste Mal in meinem ganzen Leben, dass ...«

»Komm runter«, sagte Dulcie. »Pam geht's gut, und keiner zwingt dich, freizunehmen, wenn du keine Lust hast. Ich weiß ja, dass du in Mission Aschenputtel unterwegs bist und genauso arm und miesepetrig und langweilig sein willst wie alle anderen. Ich werde dich bestimmt nicht davon abhalten.«

»Blöde Kuh«, sagte Jessica, musste aber lachen.

»Aber ich hoffe, du hast das mit der Party deines Dads geregelt. Mr G verzehrt sich nach dir. Wenn du nicht kommst, wird er dir das nie verzeihen.«

»Natürlich habe ich das geregelt«, log Jessica und nahm sich vor, die Sache so bald wie möglich in Angriff zu nehmen. »Okay, gib mir fünf Minuten zum Waschen und Anziehen, ja?«

Dulcie nickte fröhlich und machte es sich auf Jessicas Bett bequem. Sie kramte ihr iPhone aus ihrer Vuitton-Tasche, um eine SMS zu schreiben. In ihrem Pucci-Kleid und den Keilsandalen von Prada sah sie geradezu lächerlich glamourös aus.

»Was ist das überhaupt für ein Job, den du da machst?«, erkundigte sie sich ohne großes Interesse.

»Der ist ziemlich cool«, antwortete Jessica, während sie aus ihrem Pyjama schlüpfte und sich ein Handtuch um den Körper wickelte. »Ich meine, es ist nicht unbedingt das, was ich für den Rest meines Lebens machen will, aber Kerry, meine Chefin, ist echt nett. Dann ist da noch Isy, die ist ein bisschen schräg, aber auch total nett. Vanessa ist auch nett – *glaube* ich jedenfalls, leider verstehe ich kaum ein Wort von dem, was sie sagt. Dann gibt es noch Mike, der ist im Moment im Urlaub, aber er sieht ziemlich gut aus und ist *auch* total nett. Eigentlich gibt es nur einen, der nicht nett ist, das ist ein Typ namens Paul. Er *kann* nett sein, aber meistens ist er ziemlich aggressiv und stur.«

»Da ist wohl jemand verknallt«, stellte Dulcie, immer noch eifrig tippend, fest.

»Was, in Mike? So ein Quatsch«, widersprach Jessica. »Der ist verheiratet und überhaupt nicht mein Typ.«

»Nicht Mike. Paul.«

»Sei doch nicht bescheuert«, sagte Jessica und runzelte die Stirn. »Du hast mir überhaupt nicht zugehört.«

»Schon klar.« Dulcie grinste. Sie glaubte Jessica kein Wort. »Du hast mir noch nicht erzählt, was genau du da eigentlich machst.«

»Ich bin die Assistentin der Bookerin der *Bradley Mackintosh Show* bei der BBC«, erklärte Jessica, die bereits auf dem Weg ins Bad war.

Abrupt hörte Dulcie auf, an ihrem iPhone herumzuspielen.

»Was? Willst du mich verarschen? Warum hast du das nicht gleich gesagt? Ich *liebe* diese Show! Ich gucke sie immer auf BBC World. O mein Gott, Jess, du musst mich da reinbringen! Mein Dad war vor Jahren mal eingeladen, und am nächsten Tag haben sich seine Albumverkäufe praktisch verdoppelt. Das ist genau die Publicity, die ich brauche!«

Jessica rutschte das Herz in die Hose. Verdammt. Wenn Dulcie einmal eine Idee hatte, ließ sie nicht mehr davon ab, wie ein Hund mit seinem Knochen. Und dies war so ziemlich die schlechteste Idee, die sie jemals gehabt hatte.

Später am selben Abend fuhren eine schweigsame Jessica und eine unterschwellig gereizte Dulcie mit der U-Bahn nach Chiswick zu Mike. Der Termin bei Harrods war lustiger gewesen als erwartet. Weit weniger lustig allerdings war Dulcies ständige Bettelei, Jessica solle ihr einen Platz in der Show besorgen.

Mittlerweile zitterte Dulcies Unterlippe verräterisch. Sie konnte nicht verstehen, was so schlimm daran war, einfach nur zu *fragen*. Jessica hingegen wäre lieber gestorben, als einen Satz zu sagen wie: »Könnte meine Freundin, die in L.A.

ein bisschen berühmt ist, aber nicht, weil sie irgendwas geleistet hätte oder irgendwas Besonderes könnte, bei euch in der Show auftreten, weil sie bald einen Typen heiraten will, der bei *American Idol* Zweiter geworden ist?«

»Ich kapiere nicht, wieso ich deine Chefin nicht einfach direkt anrufen kann«, maulte Dulcie in einem letzten verzweifelten Versuch. »Auf diese Weise hättest du gar nichts mit der Sache zu tun.«

Jessica stieß einen tiefen Frustseufzer aus. »Weil sie so oder so nein sagen wird, und selbst wenn nicht, was komplett ausgeschlossen ist, würde sie früher oder später rausfinden, dass wir uns kennen, und dann wäre ich aufgeflogen.«

»Schön«, sagte Dulcie, die genau wusste, dass Jessica nicht von ihrer Haltung abweichen würde.

»Schön«, wiederholte Jessica säuerlich und starrte aus dem Fenster, als sie sich dem grünen Chiswick und schließlich der Station Turnham Green näherten. »Wir sind da.«

Sie stiegen aus. Als sie die Drehkreuze am Ausgang erreichten, hatte Dulcie offenbar beschlossen, einen Versöhnungsversuch zu starten. Sie schien sich damit abzufinden, den Kürzeren gezogen zu haben, und schlug eine gänzlich andere Tonart an.

»Tut mir leid, Jess. Ich rede nicht mehr drüber, versprochen. Ich sehe ja ein, dass dir der Job wichtig ist, also Schwamm drüber, okay?«

»Okay«, sagte Jessica. Sie war erleichtert, wenngleich nicht vollständig überzeugt, dass dies wirklich das Ende vom Lied sein würde.

»Und danke, dass du mich gezwungen hast, die U-Bahn zu nehmen«, fügte Dulcie hinzu. »Das hat echt Spaß gemacht. Ein bisschen unhygienisch, aber ansonsten ganz lustig«, sagte sie, während sie ein Fläschchen mit antiseptischem Gel aus ihrer Tasche fischte und sich die Hände damit einrieb. Als sie es sich danach auch noch in die Wangen einklopfte wie ein

Mann, der Aftershave auftrug, war Jessicas Sinn für Humor endgültig wiederhergestellt.

Unter Zuhilfenahme von Jessicas *A to Z* gelang es den beiden recht schnell, Mikes Haus zu finden. Als sie schließlich davor standen, waren sie erstaunt, wie unspektakulär es aussah. In L.A. lebten erfolgreiche Produzenten in riesigen Villen. Mikes Haus hingegen war nicht größer als das von Pam.

»Das ist es?«, meinte Dulcie ungläubig und sprach damit genau das aus, was Jessica gedacht hatte – allerdings in einem Tonfall, bei dem sie sich schämte, den Gedanken überhaupt gehabt zu haben.

»Ja«, sagte Jessica streng. »Was hast du denn erwartet? Nicht jeder kann sich einen Palast leisten wie die Produzenten, die wir kennen.«

Dulcie rollte hinter Jessicas Rücken mit den Augen und wartete geduldig, während Jessica mit dem Schlüssel, den Mike ihr gegeben hatte, die Tür aufschloss.

»O mein Gott«, sagte Dulcie, als sie drinnen waren. Sie rümpfte die Nase. »Das ist ja winzig hier drinnen – wie in einem Puppenhaus!«

»Halt den Mund«, schalt Jessica und gab ihrer Freundin einen freundschaftlichen Klaps auf den Arm. »Du klingst total versnobt. Außerdem ist es gar nicht sooo klein – nur ein bisschen kleiner als Pams Haus.«

»Ich bin kein Snob«, gab Dulcie zurück. »Ich meine ja nur.«

Jessica schloss die Glastüren auf, die von der offenen Küche in den Garten führten. Der Gartenschlauch lag neben der Hauswand, und sie drehte den Hahn auf.

»Darf ich auch mal?«, fragte Dulcie.

»Klar, aber erst bin ich dran.«

Abwechselnd wässerten sie den durstigen Garten. Beide genossen die ungewohnte körperliche Arbeit. Der Rasen schien vor ihren Augen lebendig zu werden, und die ausgedörrte Erde saugte gierig das Wasser auf.

Nach getaner Arbeit gingen sie ins Haus zurück, wobei Jessica darauf achtete, alle Türen wieder ordnungsgemäß zu verschließen. In der Küche fiel ihr ein gerahmtes Foto ins Auge. Sie ging hin, um es genauer zu betrachten, und Dulcie folgte ihr neugierig.

»Ist das Mike?«

»Ja«, sagte Jessica. Auf dem Foto war Mike mit einer attraktiven Frau zu sehen, von der Jessica annahm, dass es sich um seine Frau Diane handeln musste. Sie hatte ein drolliges kleines Baby mit Lockenkopf auf dem Arm. Alle drei strahlten vor Glück. Mikes Frau sah wunderschön aus. Sie hatte lange dunkelbraune Haare und trug ein hübsches geblümtes Kleid. Ihre Haut war sonnengebräunt, und sie lächelte in die Kamera. Vermutlich war das Foto im Urlaub aufgenommen worden.

»Ganz schön dick, die Frau, findest du nicht?«, meinte Dulcie unbekümmert.

In freundschaftlichem Schweigen fuhren die beiden Freundinnen danach zurück nach Hampstead – diesmal allerdings in Dulcies Wagen, den diese nach Chiswick bestellt hatte. Offenbar war die U-Bahn-Fahrt für sie doch keine so überwältigende Erfahrung gewesen, dass sie das Bedürfnis verspürt hätte, sie zu wiederholen. Jessicas Gedanken wanderten immer wieder zu dem Foto zurück, das sie in Mikes Küche gesehen hatten.

»Sie haben so glücklich ausgesehen«, sagte sie plötzlich in die Stille hinein.

Dulcie antwortete prompt, ohne fragen zu müssen, worauf Jessica sich bezog. »Die Kleine hat echt Glück. Die perfekte Familie.«

Später am Abend wurde die Luft heiß und drückend, so dass Jessica sich nicht weiter wunderte, als sie am Montagmorgen von Donnergrollen geweckt wurde. Als sie sich tiefer unter den Bettlaken verkroch, ging ihr auf, dass die Bewässerungsaktion in Mikes Garten vollkommen sinnlos gewesen war, weil er gerade in diesem Augenblick eine ausgiebige Regendusche abbekam. Einen Sekundenbruchteil lang war sie neidisch auf Dulcie in ihrer luxuriösen Hotelsuite, die keinerlei Verpflichtungen hatte, sondern aufstehen konnte, wann sie wollte, und den ganzen Tag lang machen durfte, wozu sie Lust hatte.

Doch nachdem sie aus dem Bett geklettert war, den Kampf gegen den launenhaften Boiler in Pams Gästebad gewonnen und geduscht hatte, war der Tatendrang in ihr erwacht, auch wenn ihre Vorfreude auf den öffentlichen Nahverkehr lange nicht mehr so groß war wie am Anfang. Tatsächlich war die Bahnfahrt an diesem Morgen ihre bislang anstrengendste. Sie musste die ganze Zeit stehen, und dementsprechend froh war sie, dass auf der Arbeit gute Neuigkeiten auf sie warteten.

Die Quoten für die letzte Show waren da, und jetzt war es amtlich: Helena Davies war ein Geniestreich gewesen.

»Ich schulde dir einen Drink, Jess«, sagte Kerry über ihren Schreibtisch hinweg, als Paul gerade zur Tür hereinkam.

Bei seinem Anblick erzitterte Jessicas Herz ein kleines bisschen. Er trug Jeans und einen grauen Pulli, nichts Besonderes also, aber aus irgendeinem Grund sah er umwerfend aus. Na toll, dachte sie trübsinnig, als sie sich an das erinnerte, was Dulcie ihr gesagt hatte. Sich in jemanden zu verlieben, der so unberechenbar war, hatte ihr gerade noch gefehlt.

»Hi, Paul«, grüßte Kerry. »Schönes Wochenende gehabt?«

»Schlecht bis mittelmäßig«, lautete seine nicht sehr erhellende Antwort. »Und du, Fettklops?«

»Gut, danke der Nachfrage«, sagte Kerry, während sie auf ihre Tastatur einhackte. »Das Spa war ein Traum.«

»Also, du siehst definitiv … genauso aus wie vorher«, meinte er lachend und rettete sich durch einen Sprung zur Seite, als Kerry ihm eins mit einer Zeitschrift überziehen wollte.

»So, Kinder«, verkündete sie. »Wie gern ich mich auch auf den Lorbeeren ausruhen möchte, die uns die Show von letzter Woche eingebracht hat, wir müssen uns auf die *nächste* Show vorbereiten. Es hat schon wieder ein Gast abgesagt.«

Im Büro wurde es still, und alle machten sich an die Arbeit.

Es war Nachmittag, etwa eine Stunde nachdem alle vom Mittagessen aus der Kantine zurückgekehrt waren. Jessica schrieb gerade auf Kerrys Geheiß hin eine E-Mail an einen Agenten. Sie war so in ihren Text vertieft, dass ihr, als plötzlich eine vertraute Stimme an ihr Ohr drang, zunächst gar nicht klar war, dass sie nicht ins Büro gehörte.

»Hi. Hi, wie geht's euch denn heute so? Wisst ihr zufällig, wo Jessica sitzt? Ach, lasst nur, ich sehe sie schon … hi …«

Jessica fuhr auf ihrem Stuhl herum, als hätte sie jemand mit einem glühenden Eisen gepikst.

»Dulcie!«, entfuhr es ihr. »Was zum Teufel machst du denn hier?«

Sie traute ihren Augen kaum. Mitten im Büro stand ihre beste Freundin und sah aus wie ein Pfau, der sich in der Tür geirrt hatte. Sie war aufgedonnert bis zum Gehtnichtmehr und trug eine wilde Mischung aus Versace, Alexander McQueen und Marc Jacobs. Das Dezenteste an ihrem Aufzug war ihr Nagellack in Neonorange.

»Hi, Babe – Überraschung die zweite!«, rief sie, als könne sie kein Wässerchen trüben. »Ich dachte, ich komme mal vorbei und schaue mir an, was du so treibst. Du wolltest ja auf keinen Fall blaumachen, also habe ich beschlossen, dich besuchen zu kommen!«

Jessica kochte innerlich vor Wut. Merkte Dulcie nicht, dass sie alles aufs Spiel setzte? Und sie konnte nicht mal etwas sagen, weil alle, einschließlich Paul, mit der Arbeit aufgehört hatten und Dulcie mit offenen Mündern anstarrten. Jessica war kurz davor zu hyperventilieren.

»Wer sind Sie denn?«, fragte Kerry und taxierte Dulcie von oben bis unten.

»Dulcie Malone. Eine Freundin von Jessica«, sagte Dulcie und stöckelte zu Kerry, um ihr die Hand zu schütteln. »Und du?«

»Jemand, der sich fragt, was Sie hier zu suchen haben«, antwortete Kerry knochentrocken.

»Das tut mir so leid, Kerry«, sagte Jessica im verzweifelten Bemühen, der Lage Herr zu werden. »Ich habe ihr extra gesagt, dass sie nicht herkommen soll«, fügte sie durch zusammengebissene Zähne hinzu, »weil ich arbeiten muss …«

»Ach, du bist Kerry!«, rief Dulcie. »Du meine Güte, Jess hat mir so viel von dir erzählt. Du buchst hier die Gäste, stimmt's?«

Mit plötzlicher Klarheit erkannte Jessica, was Dulcie zu diesem Überraschungsbesuch bewogen hatte. Das verstärkte ihren Drang, sie anzuschreien, nur noch.

»Ja«, sagte Kerry und sah Dulcie mit kaum verhohlener Verachtung an, während Natasha argwöhnisch in die Gegend blickte, als würde ihr jeden Moment ein Licht aufgehen. Jessica musste handeln.

»Dulcie, kann ich dich kurz draußen sprechen? Die Leute hier wollen arbeiten, und du lenkst sie ab«, sagte sie, sprang auf, lotste die verdatterte Dulcie am Arm durchs Büro und schubste sie zur Tür hinaus auf den Flur. »Es dauert keine Minute, Kerry«, rief sie über die Schulter zurück. »Tut mir total leid, ich bin sofort wieder da.«

Kaum waren sie draußen, platzte Jessica der Kragen. »Was zum Teufel hast du hier zu suchen? Du weißt doch genau, dass ich nicht will, dass irgendjemand mitkriegt, wer ich bin. Wie egoistisch kann man denn *noch* sein?«

»Tut mir leid«, sagte Dulcie und sah zum ersten Mal seit

ihrer Ankunft ein bisschen zerknirscht aus. »Ich dachte nur, wenn ich persönlich herkomme, könnte ich deiner Chefin klarmachen, dass ich der ideale Gast für die Show wäre. Du warst so … abweisend, was das anging, und auf diese Weise kriegen wir doch beide, was wir wollen, oder?«

»Nein!«, fauchte Jessica. »Das tun wir nicht, und was ich *will*, ist nur ein einziges Mal alleine etwas zu machen, ohne dass mein ganzes Gepäck mir in die Quere kommt! Dein Auftritt hier ist total daneben, jetzt schöpfen garantiert alle Verdacht. Schau dich nur mal an. Du siehst aus, als wolltest du zur Emmy-Verleihung oder weiß der Kuckuck!«

Immerhin besaß Dulcie den Anstand, ein wenig belämmert dreinzublicken. »Tut mir leid«, murmelte sie. »Mir war nicht klar, dass der Dresscode hier so leger ist, und ich wollte dich nicht in eine dumme Lage bringen. Ich habe wohl nicht genau drüber nachgedacht.«

»Allerdings.«

»Bin ich wirklich zu auffällig angezogen?«

»Aaarrghh!«, rief Jessica verzweifelt.

Dulcie sah sie in ernsthafter Sorge an. »Schon gut, schon gut, dann sag mir, was ich jetzt machen soll. Wenn ich einfach so verschwinde, sieht es doch erst recht verdächtig aus.«

Jessica hob die Schultern. Sie hatte absolut keine Ahnung. Sie ließ sich an der Wand zu Boden gleiten und ringelte sich zu einem Häufchen Elend zusammen.

»Jetzt sei doch nicht so, Jess«, versuchte Dulcie ihrer Freundin Mut zu machen. »Nicht aufgeben. Komm schon, wir kriegen das hin. Überlass einfach alles Weitere mir, und denk dran …« Sie machte eine dramatische Pause.

»Was?«, knurrte Jessica ungehalten.

»Ameri*kan*er kommt von *Können*.«

Damit stolzierte sie zurück ins Büro.

Jessica musste mit Gewalt die Tränen zurückhalten. Sie wusste, dass sie aufstehen musste, aber sie war wie gelähmt vor Angst, was Dulcie als Nächstes anstellen würde. Trotzdem, sie unbeaufsichtigt zu lassen, kam auch nicht in Frage. Also holte sie tief Luft, rappelte sich auf und zwang sich dazu, zurück ins Büro zu gehen, wo sich gleich ihr Schicksal entscheiden würde – so oder so.

»Na ja, wie auch immer …«, hörte sie Dulcie gerade zu Kerry sagen, als sie zur Tür hereinkam. Ihr Mut sank, als sie sah, dass Dulcie sich mitten auf Kerrys Schreibtisch gepflanzt hatte – eine Anmaßung, die Kerry hundertprozentig noch mehr in Rage bringen würde.

»… ich bin nicht nur die Tochter von Vincent Malone, sondern werde auch bald Kevin Johnson heiraten. Du weißt schon, der Typ, der in der letzten *American-Idol*-Staffel Zweiter geworden ist? Eigentlich fand ja jeder, dass er hätte gewinnen müssen. Das heißt also, abgesehen von meiner eigenen Persönlichkeit, hätte ich noch total viele andere Themen, die ich einbringen könnte.«

»Gehen Sie bitte von meinem Schreibtisch runter?«, fragte Kerry in deutlich genervtem Tonfall.

»Woher kennen Sie Jessica eigentlich?«, fragte Natasha, die sich in ihrem Stuhl zurückgelehnt hatte und die Szene beobachtete wie ein Löwe, der am Wasserloch eine einsame Antilope erspäht hat.

»Ach«, meinte Dulcie, drehte sich zu Jessica um und zwinkerte ihr zu, was offenbar als Aufmunterung gemeint war. »Dazu wollte ich gerade kommen. Also, das ist so – ihr Dad ist …«

»Ach, hör schon auf«, fiel Jessica ihr ins Wort. »Es interessiert doch niemanden, was mein langweiliger alter Dad macht. Der langweilige alte *Mr Bender*«, betonte sie.

»Also, ich weiß nicht«, widersprach Natasha. »Ich finde das alles höchst faszinierend.«

Luke hielt sich die Seiten, weil er versuchte, nicht laut loszuprusten. Paul schien nicht ganz so belustigt.

»Jetzt lass mich doch erzählen, Jess«, sagte Dulcie. »Ich wollte gerade sagen, dass dein Dad, *Mr Bender*, der Chauffeur von *meinem* Dad ist – daher kennen wir uns. Und nur weil er Chauffeur ist, ist er doch nicht langweilig«, schloss sie, ungemein zufrieden mit sich angesichts dieser genialen Stegreif-Einlage.

Hilfe, flehte Jessica im Stillen.

»Dein Dad ist der Chauffeur von Vincent Malone?«, sagte Kerry. »Davon hast du mir gar nichts gesagt.«

»Du hast mich nicht danach gefragt«, antwortete Jessica schwach.

»Wusstest du deshalb, dass er mal in der Show zu Gast war?«

»Er arbeitet schon seit Jahren für ihn«, sagte Dulcie, die Gefallen an ihrer kleinen Lügengeschichte gefunden hatte. »Kennt ihr den Film *Sabrina* mit Audrey Hepburn? So ähnlich ist Jessicas Leben. Wir sind sozusagen zusammen aufgewachsen, und trotzdem trennen uns Welten.«

In diesem Moment stand Luke auf und entschuldigte sich. Seine Schultern zuckten unkontrolliert. Natasha war die Einzige, die von Dulcie beeindruckt zu sein schien, wenngleich ihr kühles Äußeres nichts preisgab.

»Tolles Kleid«, meinte sie wie nebenbei. »McQueen, oder?«

»Genau!« Dulcie war hocherfreut.

»Dachte ich mir. Ich hab's in der *Elle* gesehen.«

Jessica sah, wie Paul die Augen verdrehte und eine angewiderte Grimasse schnitt. Er machte keinen Hehl daraus, dass er Dulcie furchtbar fand – so furchtbar, dass sie es nicht einmal wert war, sich über sie lustig zu machen. Heute wäre Jessica fast geneigt gewesen, ihm zuzustimmen. Irgendwie wirkte Dulcie in dieser Umgebung noch tausendmal überdrehter als zu Hause in L. A.

»Nun«, sagte Kerry, der die Verachtung aus jeder Pore

quoll, »obwohl ich nur vage erahnen kann, was für eine unvergleichliche Erfahrung es für Jessica gewesen sein muss, in einem dermaßen innigen Verhältnis zu Ihnen aufzuwachsen, Ms Malone, lautet die Antwort auf Ihre Frage, ob Sie bei uns Gast sein dürfen, trotz allem nein. Ich fürchte, Sie passen nicht in unser Profil, und wir laden grundsätzlich nur Menschen ein, die etwas Interessantes über sich selbst zu sagen haben, nicht über ihre Väter.«

»Bist du sicher?«, fragte Paul. Seine Stimme troff vor Sarkasmus. »Scarlett O'Hara hier wäre doch ideal für ein bisschen Trash-Fernsehen. Letzte Woche hatten wir ein It-Girl, das die Erwartungen der Zuschauer übertroffen hat, da könnten wir diese Woche doch eins nehmen, das den Erwartungen voll und ganz gerecht wird.«

»Entschuldigung«, sagte Dulcie indigniert, und Jessica spielte kurz mit dem Gedanken, aus dem Fenster zu springen. »Keine Ahnung, was du dich so aufspielst, aber ich bin im Raum, okay? Wer ist der Typ überhaupt?«, fragte sie und drehte sich zu Jessica um.

»Paul«, nuschelte diese und wünschte, er wäre nicht ganz so grob gewesen.

»Im Ernst?«, quietschte Dulcie. »Der?« Ihr fassungsloser Blick sagte alles.

Jessica funkelte sie warnend an und hasste sich zugleich dafür, dass ihre älteste Freundin ihr weniger wichtig war als das, was Paul über sie dachte.

»Ich werde wahrscheinlich ohnehin Lisa Wright für diese Woche buchen. Sie ist im Moment ziemlich angesagt«, meinte Kerry gepresst.

»Lisa wer?«, fragte Dulcie, die ziemlich geknickt wirkte, aber immer noch nicht begriffen zu haben schien, dass es Zeit war, die Segel zu streichen.

»Wright«, seufzte Kerry, der Julians zweifelnder Blick nicht entgangen war. »Ich weiß, ideal ist sie nicht gerade, aber glaub mir, das kriegen wir hin. Außerdem kann ich ihr immer noch absagen, falls wir in letzter Minute jemand Besseren finden sollten.«

»Äh, hallo?« Dulcie zeigte mit übertriebener Geste auf sich selbst.

»Bestimmt nicht Sie!«, schnappte Kerry.

Jessica ließ den Kopf in die Hände sinken wie ein kleines Kind, das *Doctor Who* anschaut, aber gleichzeitig Angst hat, richtig hinzusehen. Erst als Dulcie *endlich* ihre Niederlage eingesehen und verkündet hatte, sie werde jetzt gehen, wagte sie wieder, aufzublicken.

»Ich bring dich noch raus«, sagte sie.

»Pass aber auf, dass sie auch wirklich das Gebäude verlässt«, meinte Paul trocken.

»Keine Sorge«, sagte Jessica.

19 ++++ Den Rest des Tages nach Dulcies Blitzbesuch verbrachte Jessica mit Schadensbegrenzung, während sie sich gleichzeitig Sorgen darüber machte, was Natasha wohl über sie dachte. Sie schien endgültig zu dem Schluss gekommen zu sein, dass irgendetwas mit Jessica nicht stimmte, und beobachtete alles, was ihre neue Kollegin tat und sagte, mit Argusaugen. Immer wieder stocherte sie nach Informationen über Jessicas Leben in den Staaten und stellte eine Frage nach der anderen, fast als habe sie es darauf angelegt, Jessica in Widersprüche zu verwickeln. Die aber blieb eisern bei Dulcies Geschichte, wobei sie allerdings kaum ins Detail ging. Je weniger sie log, desto weniger würde sie im Kopf behalten müssen. Dennoch gab es eine Frage, auf die sich nicht so leicht eine Antwort finden ließ, und sie kam nicht von Natasha.

Es war am nächsten Tag nach der Arbeit, und die Gruppe war noch auf einen schnellen Feierabenddrink in den Pub gegangen. Jessica unterhielt sich gerade mit Luke, als Paul unvermittelt fragte: »Wie kannst du bloß mit so jemandem befreundet sein?«

Obwohl sie mit einer ähnlichen Reaktion gerechnet hatte, fand Jessica es völlig unangebracht, dass er ihr vor allen anderen so eine Frage stellte. Ehrlich gesagt war sein Verhalten auch ein bisschen lächerlich. Er klang regelrecht beleidigt, als wäre ihre Freundschaft mit Dulcie für ihn ein persönlicher Affront.

»So schlimm ist sie gar nicht«, gab Jessica zurück, »man muss sie bloß richtig kennenlernen. Eigentlich ist sie total nett.«

Paul sah sie verständnislos an. »Ach ja? Also, nach dem, was ich von ihr mitbekommen habe, würde ich sagen, sie ist ein einziger Alptraum. Verzogen und egoistisch – und das waren noch ihre guten Seiten.«

Jessica ahnte, dass Pauls Enttäuschung vor allem daher rührte, dass er von ihr Besseres erwartet hatte. Gewissermaßen war es also ein unterschwelliges Kompliment – allerdings eins, auf das sie gut hätte verzichten können. Wieso glaubte er, dass er das Recht hatte, über ihre Freundin zu urteilen – selbst wenn der erste Eindruck zugegebenermaßen vernichtend gewesen war?

Am Abend nach dem Debakel hatte Jessica bei ihrer Heimkehr eine reumütige Dulcie in Pams Küche vorgefunden. Sie hatte sich ihre Aktion noch einmal durch den Kopf gehen lassen, und inzwischen tat es ihr aufrichtig leid. Jessica konnte sehen, dass der lauwarme Empfang, den ihre Kollegen Dulcie bereitet hatten, dieser einen gehörigen Dämpfer verpasst hatte. Außerdem schien er ihr vor Augen geführt zu haben, wie mutig das war, was Jessica hier in London versuchte, und sie hatte sich ein für alle Mal damit abgefunden, dass Jessica nicht freinehmen würde. Nachdem dies geklärt war, hatte sie allerdings darauf hingewiesen, dass sie nur für eine Woche in der Stadt sei und daher jeden Abend etwas mit Jessica unternehmen wolle.

Dieser wiederum war bisher gar nicht klar gewesen, wie leicht sie es im Leben gehabt hatte. Die anstrengende Arbeit, die Aktivitäten nach Feierabend, das zeitraubende Pendeln – ihr neues Leben als Normalsterbliche forderte allmählich seinen Tribut. Am Mittwoch war Jessica bereits so erschöpft, dass sie ablehnte, als Kerry sie fragte, ob sie über Mittag mit nach Hammersmith kommen und ein bisschen shoppen gehen wolle. Stattdessen machte sie sich alleine und tief in Gedanken versunken auf den Weg in die Kantine. Zehn Minuten später war sie in der wie üblich im Schneckentempo vorwärtskriechenden Schlange fast bei der Kasse angelangt.

»Na, woran denkst du gerade?«, hörte sie eine Stimme an ihrem Ohr.

Jessica fuhr zusammen und drehte sich um. Da stand Paul und musterte sie forschend mit seinen unglaublichen Augen.

»Oh, hi, ich ... ach, nichts Besonderes«, stammelte sie. »Ich habe mich nur gerade gefragt, was ihr Briten gegen frisches Obst und Gemüse habt.«

Paul sah sie an. Jessica Bender hatte etwas ganz Besonderes an sich. Etwas Faszinierendes, das ihn einerseits dazu verleitete, sich über sie lustig zu machen, und andererseits, sie zu ... beschützen. Wäre er nicht in Natasha verliebt gewesen, so hätte er sich glatt zu der Aussage hinreißen lassen können, dass er sich zu ihr hingezogen fühlte, und das obwohl sie so viele Eigenschaften besaß, die er normalerweise nicht ausstehen konnte. Doch das, was ihn bei anderen in den Wahnsinn getrieben hätte – ihre Naivität, diese typisch amerikanische Mädchen-von-nebenan-Attitüde, ihre gelegentliche Begriffsstutzigkeit –, ergab bei ihr eine durchaus reizvolle Mischung. Jessica Bender war ein wandelndes Rätsel.

»Pass auf«, meinte er. »Wenn du keine Lust hast, ist es okay, aber ich wollte mir schnell einen Latte holen und dann ein paar der Texte für morgen durchgehen. Vielleicht könntest du sie dir anhören und mir ein bisschen Feedback geben?« Er fragte sich, warum er sich plötzlich so unsicher fühlte.

»Klar«, sagte Jessica überrascht. »Total gern. Aber ich weiß nicht, ob ich dir eine große Hilfe wäre …«

»Komm«, sagte Paul und grinste breit. »Und vergiss den Latte, ich kann mir im Büro einen Löslichen machen.«

»Okay«, sagte Jessica und ließ bereitwillig ihr Tablett stehen.

Paul schlug den Weg zurück zum Produktionsbüro ein, und Jessica folgte ihm mit einem Lächeln im Gesicht. Sie war ungeheuer stolz, dass er sie nach ihrer Meinung gefragt hatte, aber dann mahnte sie sich zur Besonnenheit. Sie hatte es hier mit Paul zu tun, man konnte also nie wissen, wie lange es dauern würde, bis er ihr die nächste Beleidigung an den Kopf warf. Trotzdem, sie machten definitiv Fortschritte. Wann immer sie in seiner Nähe war, fühlte sie sich ganz kribbelig vor Verlangen. Er war sexy, hatte sie sich inzwischen unumwunden eingestehen müssen. Wahnsinnig sexy.

Im Büro angelangt, ging Paul als Erstes zum Wasserkocher. »Du auch einen?«, fragte er.

»Nein, danke, ich habe noch Wasser in meiner Tasche.«

»Ich vergaß«, sagte Paul und sah sie von der Seite an. »Dein Körper ist dein Tempel, stimmt's? Kein Bier, kein Alk, kein Koffein. Bei dir zu Hause muss ja richtig die Post abgehen.«

Jessica zuckte bloß mit den Schultern. Wenn er auch nur ansatzweise eine Ahnung davon gehabt hätte, was – und wer – bei ihr zu Hause abging, hätte er den Mund nicht mehr zugekriegt.

»Aber ein schöner Tempel«, sagte er, schnappte sich seine Tasche und strebte auf Mikes Büro zu.

Jessica fragte sich, ob sie ihn richtig verstanden hatte. Sie wurde rot bis an die Haarwurzeln und hasste ihn dafür, dass er sie immer wieder aus der Fassung brachte. Warum flirtete er mit ihr? Wusste er etwa, dass sie ihn attraktiv fand? Wieso hatte sie ständig das Gefühl, dass er sie aufs Glatteis führen wollte?

Nachdem er sich vergewissert hatte, dass niemand anderes den Raum benutzte, ging Paul mit Jessica in Mikes verwaistes Büro, damit sie ihre Ruhe hatten. Kaum hatte er die Tür hinter ihnen geschlossen, war sich Jessica mit einem Mal deutlich bewusst, dass sie allein waren. Sie hatte das Gefühl, dass es ihm genauso ging.

»Es ist toll, ausnahmsweise mal kein Produktionsmeeting zu haben«, meinte er schließlich, um das unbehagliche Schweigen zu brechen. »Hoffen wir, dass es ihm in der Toskana so gut gefällt, dass er beschließt, dazubleiben.« Er legte seine Sachen auf Mikes Schreibtisch, einschließlich seiner Füße, die er – ein wenig respektlos, wie Jessica fand – auf die Tischplatte schwang.

»Was hast du gegen Mike?«, fragte sie vorsichtig. »Ich finde ihn ganz nett.«

Paul blickte zu ihr auf, und prompt schlugen Jessicas Herz und Magen einen kleinen Purzelbaum. Er musterte sie nachdenklich. Bei ihm hatte man immer den Eindruck, als gingen ihm doppelt so viele Gedanken im Kopf herum wie anderen Menschen. Sie hätte zu gern gewusst, was das für Gedanken waren.

»Ich habe nicht gesagt, dass ich ihn nicht mag«, antwortete er schließlich. »Ich traue ihm bloß nicht über den Weg. Ich kann es nicht leiden, wenn Leute einem nicht die ganze Wahrheit sagen.«

Jessica schluckte. »Was kann an Mike schon so schlimm sein?«

»Nicht was, wer«, lautete die kryptische Antwort. Dann schaltete Paul den Rechner ein. »Okay, ich lese dir jetzt ein paar Übergänge vor, aber keine künstlichen Lacher. Wenn sie Mist sind, ist es besser, ich erfahre es gleich.«

»Okay«, sagte Jessica, bevor die Neugier sie übermannte. »Hat er eine Affäre?«

»Wer, Mike? Nein. Wie kommst du darauf?«

»Weiß nicht.« Sie zuckte die Achseln. »Ich dachte, vielleicht mit … Natasha?«

Ein seltsamer Ausdruck huschte über Pauls Gesicht. »Nein, das Einzige, was an Mike nicht ganz koscher ist – zumindest soweit ich informiert bin –, ist die Tatsache, dass sein Boss, David Bridlington, zugleich sein Schwiegervater ist.«

»Aha«, sagte Jessica, die nicht verstand, was daran so weltbewegend sein sollte.

»Soll heißen, er muss sich um seinen Arbeitsplatz keine Sorgen machen«, erklärte Paul in leicht herablassendem Ton, bevor er das Thema wechselte. »Wie ist es eigentlich so, in London zu arbeiten? Im Vergleich mit L. A., meine ich?«, erkundigte er sich, während er sein Passwort in Mikes Computer eingab. »Du hast gesagt, du hättest bei Fox Films und in einer Schauspieleragentur gearbeitet. Was genau hast du da gemacht?«

Inzwischen hatte Jessica genug Übung mit solchen Fragen, daher konnte sie schnell und überzeugend antworten.

»Bei Fox habe ich ein Praktikum gemacht, und dann habe ich einige Zeit als Assistentin bei einem Agenten gearbeitet, was wohl auch der Grund ist, weshalb ich bei den Agenten hier keine allzu großen Berührungsängste habe.« Dann drängte ihre offene und ehrliche Natur sie dazu, hinzuzufügen: »Außerdem habe ich noch in einer Galerie am Empfang gearbeitet, und eine Zeitlang habe ich Wohltätigkeitsveranstaltungen organisiert.«

Paul schien überrascht. »Du hast ja eine ganze Menge gemacht. Ein richtiges Arbeitstier, was?«

»Ja, so in der Art«, erwiderte Jessica und schämte sich insgeheim für das unverdiente Kompliment. Sie wagte nicht mal zu denken, was Paul davon halten würde, wenn er wüsste, dass ihr jeder Job, den sie bisher in ihrem Leben gehabt hatte, auf einem Silbertablett serviert worden war – und dass die anderen nur Ausgeburten ihrer Phantasie waren.

In dem Moment klingelte ihr Handy. Die Nummer war unterdrückt.

»Hallo?«

»Jessica, ich bin so froh, dass ich dich erreiche«, meldete sich eine Stimme mit unverkennbar französischem Einschlag.

Mist. Ihre Mutter.

Offenbar war ihr die Überraschung anzusehen, denn Paul hob fragend die Brauen.

»Oh, hi, also ... es passt jetzt gerade nicht so gut.«

»Das tut mir leid, aber ich versuche schon seit Ewigkeiten, dich zu erreichen. Ich habe dir Tausende von Nachrichten hinterlassen, und als du nicht zurückgerufen hast, dachte ich mir, dass ich dich vielleicht gekränkt habe. Es tut mir so furchtbar leid, dass wir neulich im Hotel so schnell verschwunden sind. Ich glaube, Graydon hat sich bloß Sorgen um mich gemacht. Ich muss gestehen, es war ein ziemlicher Schock, Pamela nach all der Zeit wiederzusehen, aber ich hätte dir gerne erklärt ...«

»Ja, ja«, fiel Jessica ihr ins Wort. Sie wollte ihre Mutter so schnell wie möglich loswerden. »Danke, dass du angerufen hast. Können wir uns später unterhalten?«

»Gut«, sagte Angelica und klang verletzt dabei. Sie merkte genau, dass Jessica versuchte, sie abzuwimmeln. »Also, im Moment bin ich noch in L.A., aber nächste Woche bin ich wieder zurück, vielleicht können wir uns dann treffen. Ich rufe dich heute Abend im Hotel an.«

»Nein, ruf mich auf dem Handy an. Ich wohne jetzt bei Pam«, sagte Jessica und unterdrückte gewaltsam den entschuldigenden Unterton, der sich in ihre Stimme schleichen wollte.

»Oh …«, meinte Angelica. »Verstehe. Also, dann melde ich mich später. Es gibt nämlich so viel, worüber ich mit dir sprechen –«

»Super, dann bis später«, sagte Jessica betont fröhlich und legte auf. Sie hatte ein schlechtes Gewissen, aber die Schuldgefühle waren mit Ärger vermischt. Warum musste das Timing ihrer Mutter immer so lausig sein? Zugegeben, sie hätte zurückrufen können, aber wenn man nicht wusste, was man sagen sollte, gab es einfach keinen guten Zeitpunkt.

»Alles klar?«, fragte Paul beiläufig.

»Alles super«, antwortete Jessica ein klein wenig zu munter.

»Kannst du dich konzentrieren, wenn ich Musik anmache?« Paul fischte eine CD aus seiner Tasche, schwang die Füße vom Tisch und streckte sich, um Mikes Stereoanlage zu erreichen.

»Sogar besser.«

»Geht mir genauso«, sagte er und bedachte sie mit einem Lächeln, bei dem sich ihre Eingeweide auf eine beunruhigend angenehme Weise ineinander verknoteten.

»Wer ist das?«, fragte Jessica, als ein Lied mit einem sehr ungewöhnlichen, aber charakteristischen Sound einsetzte.

»Äh … Elbow?«, sagte Paul, der es offenbar nicht fassen konnte, dass sie die Band nicht kannte.

»Schau mich nicht so an«, sagte Jessica. Er sah so erschüttert aus, dass sie lachen musste. »Ich höre für mein Leben gern Musik, aber es gibt so viele Bands auf dieser Welt, wieso sollte ich genau dieselben kennen wie du?«

»Hast recht«, räumte Paul ein, bevor er es sich, die Arme hinter dem Kopf verschränkt, wieder in Mikes Drehsessel bequem machte. Seiner entspannten Sitzhaltung nach zu urteilen, war ihm eher nach Reden als nach Arbeiten zumute. »Also, dann mal raus damit, Miss Bender. Was hörst du denn so? Was für Musik hast du zum Beispiel auf deinem iPod?«

Eine flüchtige Sekunde lang spielte Jessica mit dem Gedanken, eine leicht geschönte Antwort zu geben und das zu sagen, was alle Leute hören wollten: die Beatles, Mozart, die Stones, dazu noch jede Menge angesagte Bands (wie Elbow) und die obligatorische Prise Kitsch-Pop, durch den man demonstrierte, dass man sich nicht zu wichtig nahm. Aber dann entschied sie sich anders. Sie hatte Paul gern, und von den notwendigen Lügen einmal abgesehen, wollte sie, dass er sie kennenlernte, so wie sie wirklich war.

»Na ja«, begann sie, während sie sich zögerlich im Stuhl vor dem Schreibtisch niederließ. Der Sitzplatz verstärkte das Gefühl noch, verhört zu werden. »Ich war immer schon ein Fan von Motown, aber der Großteil von dem, was ich höre, ist ganz normaler Mainstream-Pop aus den Achtzigern und Neunzigern. Ich mag Elektropop-Gruppen wie die Pet Shop Boys und Erasure. Und Madonna, Michael Jackson, Duran Duran, George Michael, Abba, Stevie Wonder, Diana Ross, die Eurythmics. Keine Ahnung ... alles Mögliche ... alles, was gute Laune macht. Ich liebe House und, oh ... Coldplay und die Killers«, schloss sie leidenschaftlich.

Paul legte den Kopf schief. Jessica wartete auf eine Reaktion und ärgerte sich darüber, dass sie sich so durcheinander fühlte. Früher hatte sie sich nie darum gekümmert, was andere von ihrem Musikgeschmack hielten, warum also jetzt? Sie konnte Pauls forschendem Blick nicht länger standhalten und starrte stattdessen auf ihre Hände.

Paul lachte. »Was?«

Jessica runzelte die Stirn. »Nichts.«

»Du bist knallrot geworden. Bin ich wirklich so unausstehlich, dass du mir nicht mal sagen kannst, was für Musik du gerne hörst?«

»Nein«, sagte Jessica, aber ihre glühenden Wangen straften ihre Worte Lügen, und sie sah sich genötigt, es genauer zu erklären. »Ich habe nur das Gefühl, dass du einer von denen bist, die andere Leute nach ihrem Musikgeschmack beurteilen, das ist alles.«

Paul sah sie leicht gekränkt an. »Echt? Gott, ich weiß ja, dass ich manchmal eine Pest sein kann, aber so schlimm ist es doch nun auch wieder nicht, oder? Außerdem würdest du das garantiert nicht sagen, wenn du meine Schwester kennen würdest. Die hat nämlich *wirklich* einen fragwürdigen Musikgeschmack. Bei meiner Mum zu Hause dreht sich alles um Take That, Girls Aloud und Katy Perry. Und das sind noch die ausgefallenen Sachen.«

»Klingt wie eine Frau nach meinem Geschmack.«

»Sie ist fünfzehn«, sagte Paul lachend.

»Siehst du?«, meinte Jessica. Jetzt war ihre Unsicherheit verflogen, und der Ärger regte sich in ihr. »Du beurteilst die Leute wirklich nach ihrem Musikgeschmack, und ich bin in deinen Augen eine … wie sagt ihr noch mal immer … ach ja, eine *Nassbirne*, weil ich höre, was ich nun mal gerne höre.«

»Ich meine es nicht so«, meinte Paul beschwichtigend und lehnte sich in seinem Stuhl zurück. Ihm machte es nichts aus, kritisiert zu werden, und er fand es zum Totlachen, wie Jessica »Nassbirne« gesagt hatte. »Wenn es dir damit bessergeht – ich selbst hege eine heimliche Schwäche für Neil Diamond.«

Neil Diamond war ein gutes Friedensangebot. Sie lächelten sich an, und plötzlich fragte sich Jessica, ob Paul vorhatte, ihr in nächster Zeit seine Moderationstexte vorzulesen.

Aber der schien es damit nach wie vor nicht eilig zu haben. »Ganz im Ernst«, meinte er und legte die Arme auf dem Tisch ab, »mir sind Leute tausendmal lieber, die einfach ehrlich sind, als solche, die das sagen, wovon sie glauben, dass andere es hören wollen. Wie es der Zufall will, habe ich einfach nur einen exzellenten Geschmack.«

»Schon klar«, sagte Jessica und zwinkerte. Sie war froh, kein Mittagessen gekauft zu haben, denn im Moment hätte sie garantiert keinen Bissen herunterbekommen. Plötzlich wanderte ihr Blick zu Pauls Armen. Seine alte silberne Armbanduhr gefiel ihr. Sie war klobig und verkratzt und sah toll aus an seinem Handgelenk – das ihr übrigens noch besser gefiel. Du liebe Zeit, sie musste sich wirklich in den Griff bekommen.

Paul hatte sich dem Computerbildschirm zugewandt und die Augen vor Konzentration zusammengekniffen, während er etwas überflog, das er geschrieben hatte.

»Weißt du, worüber ich mich jedes Mal total aufregen könnte?«, nahm Jessica den Faden der Unterhaltung wieder auf.

Paul schüttelte den Kopf, während er etwas eintippte.

»Wenn man in einen Club geht und der DJ legt einen langweiligen Track nach dem anderen auf – Zeug, das keiner kennt. Niemand tanzt, und dann irgendwann spielt er einen bekannten Song, und plötzlich können die Leute gar nicht schnell genug auf die Tanzfläche kommen. In solchen Momenten denke ich mir immer, es ist gar nicht so schlimm, dass ich Pop so sehr mag. Es heißt nicht ohne Grund ›Popular Music‹, und wenn die Leute nur nicht so versnobt wären, würde das Tanzengehen viel mehr Spaß machen.«

»Danke für den Vortrag, Miss Bender«, sagte Paul gutmütig und drehte sich wieder zu ihr um. »Erinnere mich dran, dass ich bald mal mit dir in den Hyde Park gehe. Ich kann dir die Speaker's Corner zeigen, und wir nehmen ein bisschen Underground-Trance-Music mit, um dich richtig in Rage zu versetzen. Dann lassen wir dich von der Leine, und du kannst nach Herzenslust über das Übel der nichtpopulären Musik vom Leder ziehen.«

Jessica musste wider Willen lachen.

Paul schnappte sich den Kugelschreiber, der hinter seinem Ohr steckte, und kaute nachdenklich darauf herum. »Wieso bist du eigentlich nach England gekommen?«

Jessica überlegte, was sie darauf antworten sollte. Schließlich entschied sie sich für die Wahrheit. »Zu Hause lief es nicht so gut, und irgendwann ist mir klar geworden, dass ich, von ein paar Leuten mal abgesehen, eigentlich nichts hatte, was mich dort gehalten hat.«

»Kein Freund?«, fragte Paul betont beiläufig.

»Nein, kein Freund.«

»Und was ist mit deinem Vater? War der nicht traurig, dass du einfach abgehauen bist?«

»Doch«, sagte Jessica aufrichtig. Bei dem Gedanken an ihren Dad musste sie schmunzeln. Er war der Beste, und sie würde ihn immer vergöttern, wie sehr er sie auch manchmal zur Weißglut trieb. Er fehlte ihr schon jetzt ganz furchtbar. »Er war ziemlich geknickt, aber er weiß ja, dass ich wiederkomme … irgendwann.«

»Habt ihr ein gutes Verhältnis?«

»Ja«, sagte Jessica. Die Richtung, die die Unterhaltung eingeschlagen hatte, behagte ihr nicht ganz. »Aber lass uns von was anderem reden. Ich würde gerne mehr über deinen exzellenten Musikgeschmack erfahren. Was ist deiner Meinung nach der beste Song aller Zeiten?«

Bei dieser Frage lehnte sie sich über den Schreibtisch – im selben Moment wie Paul. Plötzlich waren sich ihre Gesichter so nah, dass sie sich unwillkürlich vorstellte, wie es wohl wäre, diesen göttlichen Mund zu küssen. Die Luft zwischen ihnen knisterte, aufgeladen mit einer außergewöhnlichen Spannung, die sich über die letzte Woche hinweg immer weiter aufgebaut hatte. Sie sahen einander so tief in die Augen, dass sie zunächst gar nichts davon mitbekamen, als Kerry den Kopf zur Tür hereinsteckte. Als sie sie schließlich bemerkten, bekamen beide einen Riesenschreck und fuhren augenblicklich auseinander.

»Sorry, Jess, ich habe nach dir gesucht«, meinte Kerry, die genau gesehen hatte, was zwischen den beiden passiert war. »Bist du beschäftigt, oder kann ich dich entführen? Die Obstkörbe für unsere Gäste müssen noch fertiggemacht werden, ich dachte, das könnte ich dir aufhalsen. Außerdem wollte ich dir zeigen, was ich bei Primark gekauft habe. Strings für ein Pfund, und mehr sollte man für ein Kleidungsstück, das sein gesamtes Dasein in deiner Poritze fristet, meiner Meinung nach auch nicht ausgeben. Habe ich recht?«

Paul schnitt eine übertrieben angewiderte Grimasse, und Jessica kicherte. »Klar«, sagte sie lachend. »Tut mir leid, dass du nach mir suchen musstest, wir haben bloß –« Sie verstummte. Um ein Haar hätte sie gesagt, dass sie Pauls Moderationstexte durchgegangen waren, aber das stimmte ja gar nicht.

»Ehrlich gesagt, habe ich sie hierhergelockt, damit sie mir bei meinen Texten hilft, aber dann habe ich sie stattdessen über ihren unfassbar schlechten Musikgeschmack ausgefragt«, erklärte Paul.

Kerry sah zwischen ihm und Jessica hin und her und lächelte in sich hinein. Wie es aussah, war Jessica das jüngste Opfer, das dem unglaublich komplizierten, aber liebenswerten Paul zu verfallen drohte. Seinem belämmerten Gesichtsausdruck nach zu urteilen, schien das Gefühl allerdings auf Gegenseitigkeit zu beruhen.

»Jess war sehr offen zu mir, aber vielleicht etwas ehrlicher, als ratsam gewesen wäre«, meinte er mit einem albernen Grinsen im Gesicht. »Sie steht auf George Michael, aber was soll man machen?«

»Lieber George als Elbow«, sagte Jessica und senkte kokett den Blick.

»Jetzt sind wir also schon bei ›Jess‹, ja?«, neckte Kerry.

Schlagartig fiel Paul wieder in seine alte Rolle zurück. Es war, als hätte man einen Schalter umgelegt. »Ist ja auch egal«, sagte er schroff. »Verpisst euch jetzt, ihr zwei, ich habe zu arbeiten.«

Jessicas Mut sank. Was hatte sie sich überhaupt dabei gedacht? Gott sei Dank war Kerry rechtzeitig reingekommen.

Paul Fletcher verhieß nichts als Ärger. Sie stand auf und kam sich einigermaßen dämlich vor, aber Kerry, der es leidtat, sich über die beiden lustig gemacht zu haben, beschloss, ihnen eine Chance zu geben. »Ach übrigens, Paul«, meinte sie. »Jess geht am Samstag mit uns in den Club. Du musst unbedingt mitkommen. Jessica bringt sogar ihre entzückende Freundin Veruca Salt mit, die, so hat sie uns versichert, sich tadellos benehmen wird. Lass dich dadurch also nicht abhalten.«

Paul sah nicht auf. Auf einmal war er ganz in seine Moderationstexte vertieft. Trotzdem murmelte er nach ein oder zwei Sekunden geistesabwesend: »Klingt ganz gut, mal sehen.«

Jessica, die schon halb zur Tür hinaus war, konnte nicht verhindern, dass sich auf ihrem Gesicht ein Grinsen breitmachte. Auch Kerry schmunzelte. Paul ging *nie* mit ihnen tanzen, es sah also ganz so aus, als hätte sie mit ihrer Vermutung recht gehabt – eine Tatsache, über die sie sich sehr freute, auch wenn das mal wieder verdammt typisch war. Warum konnte *sie* eigentlich im Büro nicht den Mann fürs Leben finden? Manchen Leuten fiel aber auch alles in den Schoß.

20 + + + + Der Samstag kam, und während Jessica sich ausgehfertig machte, rief erneut Angelica an.

»Mom, hi«, sagte Jessica, das Telefon zwischen Ohr und Schulter eingeklemmt, weil sie gleichzeitig versuchte, Eyeliner aufzutragen.

»Hallo. Schön, dass ich dich endlich erwische.«

»Ich weiß, ich hatte einfach so viel um die Ohren. Es tut mir wahnsinnig leid, aber jetzt gerade bin ich auch ziemlich in Eile. Ich gehe heute Abend mit ein paar Kollegen aus, und ich bin schon spät dran, deswegen …«

»Von mir aus. Aber bevor du mich wieder abwürgst«, sagte Angelica in ungewohnt strengem Ton, »lass uns wenigstens einen festen Termin ausmachen. Am Montag hätte ich Zeit. Sollen wir uns treffen und vielleicht eine Kleinigkeit zu Abend essen gehen? Ich möchte dich wirklich gerne sehen, danach muss ich nämlich gleich wieder weg, möglicherweise für länger, vielleicht sogar für ein paar Monate wegen –«

»Prima«, sagte Jessica, deren Hauptsorge im Moment der Tatsache galt, dass sie sich mit der Mascarabürste ins Auge gestochen hatte. »Dann können wir ganz in Ruhe reden. Also, Mom, ich muss jetzt – es hat geklingelt, Dulcie ist hier. Bis nächste Woche!«

Sie legte auf, warf einen letzten prüfenden Blick in den Spiegel, schnappte sich ihre Handtasche und polterte die Treppe hinunter. Ihr war bewusst, dass sie ihre Mutter ziemlich unhöflich abgefertigt hatte, aber vielleicht würde die es sich dann beim nächsten Mal gründlicher überlegen, bevor sie sich wieder von ihrem Lebensgefährten herumkommandieren ließ. Dieser Gedanke konnte Jessicas schlechtes Gewissen jedoch nicht vollständig beruhigen. Ihre Mutter hatte es so oft bei ihr versucht, und sie wäre es ihr wirklich schuldig gewesen, zurückzurufen. In letzter Zeit hatte sie einfach so furchtbar viel zu tun gehabt. Außerdem spürte ihre Mutter so wenigstens mal am eigenen Leib, wie es war, ignoriert zu werden.

Jessica hatte sich mit Kerry und den anderen im Toucan in Soho verabredet. Sie und Dulcie waren um Punkt halb neun dort. Obwohl Jessica ihrer Freundin extra eingeschärft hatte, sie solle sich leger kleiden, trug Dulcie ein recht gewagtes Ensemble. Wild entschlossen, aus ihrem letzten Abend in London das Beste herauszuholen, hatte sie sich einen Overall im Leopardenlook von Alexander Wang ausgesucht, in dem sie ziemlich scharf aussah – und auffiel wie ein bunter Hund. Erst als sie sich zur Theke durchschlängelten, merkte Jessica, dass bis auf Kerry noch niemand da war.

»Ach du grüne Neune«, sagte Kerry trocken zu Dulcie, als sie die beiden Freundinnen kommen sah. »Du hättest dir wirklich ein bisschen mehr Mühe geben können.«

Jessica, die Kerry bislang nur in ihren Büro-Outfits zu Gesicht bekommen hatte, war erstaunt, wie verändert ihre Chefin aussah. Sie trug ein streckendes schwarzes Kleid und dazu rote Keilsandalen mit Korksohle. Ihre wilde Lockenmähne war ausnahmsweise geglättet.

»Wow«, sagte Jessica. »Das Kleid ist toll. Du siehst ganz anders aus.«

»Stimmt«, meinte auch Dulcie. »Ich habe dich gar nicht wiedererkannt.«

»Gut«, gab Kerry zurück. »Dann nervst du mich vielleicht nicht wieder damit, dass du bei uns in der Show auftreten willst.«

»Also, ehrlich gesagt …«, begann Dulcie, brachte den Satz dann aber nicht zu Ende. Jessica warf ihr einen derartig mordlüsternen Blick zu, dass sie es vorzog, den Mund zu halten. Sie hatte keine Lust auf eine weitere Gardinenpredigt von ihrer Freundin.

»Du siehst auch toll aus, Jess«, meinte Kerry mit einem Blick auf Jessicas violettes Minikleid, das ihre trainierten Gliedmaßen perfekt zur Geltung brachte. »Paul wird begeistert sein.«

Obwohl Jessica es natürlich genau darauf angelegt hatte, dankte sie Kerry nicht für das Kompliment, sondern antwortete lediglich mit einem nicht minder bedeutungsvollen »Ich glaube, Luke wird heute Abend auch angenehm überrascht sein«.

»Luke?«, sagte Kerry fassungslos. »Soll das ein Witz sein? Als ob Luke mich auch nur mit dem Hintern anschauen würde. Oder ich ihn mit meinem, wenn ich es mir recht überlege. Wir sind beide gleich groß, aber er hat wahrscheinlich schmalere Hüften als ich. Ich würde ihn erdrücken.«

»Er hätte bestimmt nichts dagegen, sich von dir erdrücken zu lassen.«

Dulcie verkniff sich ein Kichern, und Kerry wollte Jessica gerade sagen, sie solle sich ihre lächerlichen Bemerkungen sonst wo hinstecken, als Isy, Vanessa und Natasha, dicht gefolgt von Luke und Paul, zur Tür hereinkamen. Bei Pauls Anblick machte Jessicas Herz einen Purzelbaum in ihrer Brust. Sie seufzte, als sie merkte, dass ihre Hände schwitzten und ihr Mund auf einmal staubtrocken war. Was für ein blödes Klischeebild einer Verliebten sie doch abgab. Dass Dulcie sie vielsagend in die Rippen stieß, machte die Sache auch nicht besser. Sie *wollte* diese Gefühle gar nicht haben.

Die anderen Frauen gesellten sich zu ihnen, und Jessica war ganz gerührt, als sie merkte, dass sie ihr zuliebe auch Dulcie freundlich begrüßten. Wenngleich ihr Argwohn sofort erwachte, als Natasha Dulcie mit Fragen zu bombardieren begann. In der Zwischenzeit konnte sie nicht widerstehen und schielte erneut zu Paul hinüber. Er unterhielt sich gerade mit Kerry, aber genau in dem Moment, als sie zu ihm hinschaute, sah er auf, und ihre Blicke trafen sich. Ertappt, mussten beide lächeln, und da wusste Jessica, dass sie sich die Sache nicht bloß eingebildet hatte. Da war etwas zwischen ihnen, wie ein köstliches Geheimnis, das nur sie beide kannten. Dann fiel Pauls Blick auf Dulcie, und er blinzelte heftig, als hätte er sich erschreckt. Dabei sah er so komisch aus, dass Jessica laut lachen musste.

»Kommst du alleine klar?«, fragte sie ihre Freundin. »Ich gehe nur kurz zum Tresen.«

»Mach dir keine Sorgen, Babe, ich genieße diese zutiefst englische Erfahrung. Ich war noch nie in einer Bar, die Teppichboden hat oder in der es nach Hund riecht. Das ist total faszinierend.«

Jessica ließ Dulcie in Isys Obhut, kippte den letzten Schluck ihres Wodka Tonic hinunter und ging an die Bar, um sich

Nachschub zu holen. Sie hatte Paul den Rücken zugewandt, spürte aber seine Blicke auf sich und ertappte sich sogar dabei, wie sie sich, in der Hoffnung, ihn anzulocken, die Haare zurückwarf und aufreizend an ihrem Finger knabberte. Unter anderen Umständen hätte sie bei einem solchen Verhalten sicher das Speien bekommen, aber jetzt kam es ihr ganz natürlich vor. Sie drehte sich erneut nach ihm um, und wieder trafen sich ihre Blicke.

»Da ist jemand scharf auf dich, Mädel«, verkündete Kerry, die Pauls Seite verlassen hatte und sich zu Jessica an die Theke stellte. »Er zeigt sich heute von seiner besten Seite. Das letzte Mal, dass ich ihn in gebügelten Klamotten gesehen habe, war, als er noch mit Natasha zusammen war.«

Diese letzte Bemerkung traf Jessica wie ein Schlag und löste eine Lawine von Fragen in ihr aus, die sie jedoch notgedrungen herunterschlucken musste, da Luke gerade hinter ihnen auftauchte.

»Alle Achtung«, meinte Luke lässig, dem der Trilby heute in einem besonders kecken Winkel auf dem Kopf saß. »Du hast dich ja ganz nett aufgerüscht, Kezza. Willst du was aufreißen?«

»Maul halten, Scherzkeks«, gab Kerry zurück, allerdings etwas weniger aggressiv als üblich. So sehr sie sich auch bemühte, Jessicas Bemerkung ging ihr einfach nicht aus dem Kopf. Sie wusste natürlich, dass die Vermutung ihrer Kollegin, Luke könnte etwas von ihr wollen, komplett aus der Luft gegriffen war, und was ihre eigenen Gefühle für Luke anging – nun, der Gedanke war ihr nie auch nur in den Sinn gekommen. Gleichzeitig jedoch hatte sie festgestellt, dass es quasi unmöglich war, nicht auch wenigstens ein klein wenig Interesse zu zeigen, wenn man zu hören bekam, jemand *anders* sei an einem interessiert. Vor allem, wenn es schon so lange her war. Mittlerweile war sie an einem Punkt angekommen, an dem sie nicht einmal Oberst Gaddafi von der Bettkante gestoßen hätte. Sie schielte zu Luke hinüber, der mit einem Grinsen antwortete und ihren Blick eine Idee länger als nötig festhielt. Ach, verdammt. Jessica und ihre Hirngespinste. Luke war einfach nur der Büroclown, der sich bei jeder Gelegenheit über sie lustig machte und sie in einer Tour nervte wie ein kleiner Junge, der auf dem Spielplatz immer das Mädchen mit den Zöpfen ärgert und ihr sagt, dass er sie nicht leiden kann, obwohl er in Wirklichkeit …

»Was kann ich euch bringen?«, fragte die Frau hinter dem Tresen endlich in einer lebensüberdrüssigen Art, die Jessica jedes Mal wahnsinnig komisch fand. In den Staaten war die Dienstleistungsbranche ein wichtiger Wirtschaftszweig, und man nahm Kundenzufriedenheit sehr ernst. In London hingegen vermittelten Kellner oder Barkeeper oft den Eindruck, als müsse man ihnen dankbar sein, wenn man bekam, was man bestellt hatte. Oft fühlte man sich regelrecht schuldig, sie überhaupt mit seinen Wünschen belästigt zu haben.

»Was wollt ihr trinken?«, fragte sie Kerry und Luke.

»Lass stecken, Bender«, meinte Luke. »Die Runde geht auf mich. Ich lasse sogar einen für deine Freundin Scary Spice springen – und natürlich für die liebreizende Kerry.«

»Wow, danke«, sagte Jessica, suchte Kerrys Blick und zwinkerte ihr zu. »Ich nehme einen Wodka Tonic.«

»Für mich ein Bier«, sagte Kerry, und Jessica musste schmunzeln. Lukes Miene sprach Bände: eine Frau, die Bier trank. Was wollte man mehr?

»Sag mal, Kerry«, meinte Jessica, wobei sie sich vergeblich bemühte, ganz unverfänglich zu klingen. »Ich habe mich gerade gefragt – als Paul und Natasha zusammen waren, hat er sie da wirklich geliebt? Nur so interessehalber«, fügte sie hastig hinzu. Insgeheim verachtete sie sich dafür, die Frage überhaupt gestellt zu haben.

Kerrys Antwort war gewohnt direkt. »Ja, hat er. Aber sie haben überhaupt nicht zueinander gepasst, und sie hat ihn nur unglücklich gemacht. Deswegen brauchst du dir keine Sorgen zu machen.«

»Im Ernst«, pflichtete Luke ihr grinsend bei. »Paul glaubt vielleicht, dass er noch mal bei ihr landen kann, aber ganz tief drinnen will er eigentlich was anderes. Oder vielmehr: jemand anderen«, fügte er vielsagend hinzu. »Bei uns in der WG ist in der letzten Zeit des Öfteren dein Name gefallen.«

Jessica lächelte matt. Die Beteuerungen ihrer Kollegen hatten sie beruhigt, aber nur ein bisschen. Ihr war ja wirklich nicht mehr zu helfen. Wenn Paul allen Ernstes noch Gefühle für eine Göttin wie Natasha hegte, was für Chancen hatte sie dann schon bei ihm? Außerdem konnte eine Sache zwischen ihnen keine Zukunft haben, ermahnte sie sich, auch wenn dieses Argument mit jedem Mal weniger überzeugend klang.

Ihre Drinks wurden gebracht, und Jessica trank gerade einen großen Schluck, um ihre Nerven zu beruhigen, als Paul zu ihr herübergeschlendert kam.

»Alles klar?« Er begrüßte sie mit einem kleinen Nicken. Sie erhaschte eine Nase voll von seinem Duft. Er roch himmlisch. Es war eine ganz eigene Mischung aus Zigarettenrauch, Waschpulver und irgendeinem zitronigen Eau, das er aufgelegt hatte. »Willst du was trinken?«

»Nein, danke«, sagte Jessica steif und setzte erneut das Glas an die Lippen. »Luke hat mir gerade einen ausgegeben.«

»Na ja, wenn ich mir so anschaue, wie schnell du dir den da in den Hals gießt, wird er nicht lange vorhalten. Deswegen würde ich sagen, ich hole dir schon mal einen neuen – auf Vorrat sozusagen.«

»Von mir aus«, sagte sie muffig, während sie innerlich mit ihrer albernen Eifersucht auf Natasha kämpfte. Der Wodka, den sie getrunken hatte, trug auch nicht gerade dazu bei, ihre Gefühle in Schach zu halten. Sie hatte noch nie viel vertragen, selbst verglichen mit ihren Freundinnen in L.A.

Just in diesem Moment kam Natasha auf sie zugeschlendert. »Habe ich gerade richtig gehört? Du gibst einen aus? Ich nehme das *Übliche*«, sagte sie, wobei sie jedes einzelne Wort betonte und Jessica vielsagend ansah, um ganz sicherzugehen, dass ihre Botschaft angekommen war. Sie wollte nichts mehr von Paul, aber das hieß nicht, dass sie zulassen würde, dass eine andere ihn sich krallte.

Aber Paul war nicht dumm und dank der Gefühle, die er zwischenzeitlich für Jessica entwickelt hatte, auch nicht mehr ganz so blind wie früher, was seine Ex betraf.

»Du musst mir auf die Sprünge helfen«, sagte er. Er wusste genau, was sie mit ihrer Bemerkung bezweckt hatte. »Was trinkst du noch mal? Ich hab's total vergessen.«

Natasha kochte, aber weil sie vor Jessica nicht das Gesicht verlieren wollte, begnügte sie sich damit, Paul als Geizkragen hinzustellen.

»Stimmt, ja. Ich hatte ganz vergessen, wie wenig spendabel du bist. Warum solltest du dich daran erinnern?«

»Ich gebe dir gerne einen aus«, bot Jessica an. Das Letzte, was sie wollte, war, sich Natasha zur Feindin zu machen.

»Meinetwegen«, sagte diese großmütig. »Ich nehme eine Weinschorle, und dann will ich langsam weiterziehen. DJ Delish legt das zweite Set auf, und ich habe gehört, er soll seinem Namen alle Ehre machen. Eine phänomenale Ausdauer, wie man sich erzählt.«

Paul verdrehte die Augen, schüttelte den Kopf – und stutzte. Unglaublich. Zum ersten Mal seit langer, langer Zeit hatte das, was Natasha sagte, keinerlei Wirkung auf ihn gehabt. Sollte DJ Delish ruhig mit ihr glücklich werden. Ein großartiges Gefühl.

Während Natasha zurück zu den anderen ging, lächelte Jessica Paul zu. Für den Augenblick waren ihre Ängste in Bezug auf ihre Rivalin verflogen. Er sah atemberaubend aus, so wie leicht verwegene Männer immer aussehen, wenn sie sich besonders viel Mühe mit ihrem Äußeren gegeben haben. Als hätte er eine ganze Stunde unter der Dusche gestanden und sich geschrubbt, bis er glänzte. Seine dunklen, fast schwarzen Haare waren frisch gewaschen, und seine Kleider hatten diesen herrlichen, sauberen Geruch. Er trug ein T-Shirt und darüber einen sehr schönen Pullover. Sein göttlicher Hintern steckte wie üblich in Jeans, und er trug seine ausgelatschten Turnschuhe. Sie verspürte den Drang, sich in seinen Hals zu vergraben und an ihm zu schnuppern, aber natürlich gab sie dem nicht nach.

Kerry erlöste sie aus dem unbehaglichen Schweigen, indem sie verkündete, dass es Zeit sei, auszutrinken und sich auf den Weg in den Club zu machen. Jessica war bereits ziemlich beschwipst, kippte aber trotzdem den Rest ihres Drinks hinunter.

»Und wie ist dieser Club so, wo wir jetzt hingehen?«

»Ich war noch nie da«, gestand Paul. »Aber ich vermute, dass es ungefähr so sein wird, wie ich mir die Hölle vorstelle. Du weißt, dass er ›Guilty Pleasures‹ heißt, oder?«

»Äh, klar«, sagte Jessica und fragte sich, ob das womöglich bedeutete, dass ihre Abendunterhaltung Auspeitschungen, Fesselspiele oder Hinternversohlen beinhalten würde.

»Was sich auf die Musikauswahl bezieht«, setzte Paul erklärend hinzu. »Sie spielen nur Songs, die normale Menschen als unzumutbar bezeichnen würden. Zeug wie Take That, Abba, die Spice Girls, Cheese …« Er grinste. »Mit einem Wort: genau dein Ding.«

»Super«, sagte Jessica glücklich. Inzwischen hatte sie gelernt, seine spitzen Bemerkungen nicht allzu ernst zu nehmen. Im Gegenteil, sie freute sich sogar darüber, dass er sich an ihr Gespräch über Musik erinnerte. »Das klingt irgendwie, wow, total cool«, kicherte sie. Ihr war ganz schwummrig vor Alkohol und Verlangen.

»Ja, wow, total«, echote Paul.

»Ach, leck mich doch«, sagte sie, gab ihm einen Klaps auf

den Arm und wurde knallrot. »Wenn du die Musik so furchtbar findest, warum kommst du dann überhaupt mit?«

»Dreimal darfst du raten«, antwortete er und sah sie auf eine dermaßen verführerische Art und Weise an, dass ein Schauer der Sehnsucht vom Kopf bis zu den Zehen durch ihren Körper rieselte. »Auch wenn ich keine Ahnung habe, wieso du unbedingt deine Freundin mitbringen musstest«, fügte er hinzu, was die Wirkung ein wenig ruinierte.

»Weil heute ihr letzter Abend in London ist und sie meine beste Freundin ist«, sagte Jessica streng. »Ich weiß, dass du sie nicht leiden kannst, und zugegeben, sie hat sich neulich nicht gerade von ihrer besten Seite gezeigt, aber ich kann dir versichern, unter der Oberfläche ist sie ein total nettes, bodenständiges Mädchen.«

»Genau den Eindruck habe ich auch«, meinte Paul mit einem Kopfnicken in Dulcies Richtung. Jessica folgte seinem Blick und sah, wie Dulcie ihr Glas mit etwas abwischte, das verdächtig nach einem Desinfektionstüchlein aussah.

21 ++++

Das letzte Mal waren Jessica und Dulcie einige Monate zuvor in Los Angeles tanzen gewesen. Paris Hilton hatte sie in ihren legendären Partykeller eingeladen, der eigentlich ein komplett ausgestatteter Club war, inklusive Tanzfläche und Stange. Es war ein toller Abend gewesen, und alle hatten richtig die Sau rausgelassen – zumindest so weit, wie es die Sorge ums eigene Aussehen erlaubte. Die Frauen hatten gerade genug getrunken, dass sie ein klein wenig lockerer waren als sonst, aber nicht so viel, als dass sie die Kontrolle über Handtasche oder Lipgloss verloren hätten. Kam ein Song, der ihnen gefiel, hatten sie affektiert gekiekst, einen matten Arm in die Luft gereckt und angefangen, von einem Fuß auf den anderen zu trippeln. Selbstverständlich hatten sie alle Schuhe getragen, die das Tanzen zu einer einzigen Qual machten, aber die Waden schlank aussehen ließen.

Zuerst war es Jessica gar nicht aufgefallen, aber als die Gruppe – mittlerweile recht gut geölt – den Pub verließ, sah sie, dass die britischen Frauen zwar auch High Heels trugen, deren Absätze aber nur so hoch waren, dass man nach Herzenslust darin abtanzen konnte. Und dies schien nur einer von vielen Unterschieden zwischen den Briten und Jessicas überprivilegierten Bekannten aus Hollywood zu sein.

Sie zogen durch Soho, und an einem Samstagabend war allein das bereits ein Erlebnis. Als sie beim Club ankamen, mussten sie draußen in der Schlange warten, obwohl sie auf der Gästeliste standen, und als sie endlich die Absperrung passieren durften, konnte sich Dulcie eine Bemerkung nicht verkneifen. »Ich kann nicht glauben, dass ich das hier gerade wirklich erlebe. Ich hab in meinem ganzen Leben noch nie auf irgendwas warten müssen!«

»Tja, irgendwann ist immer das erste Mal«, meinte Paul scharf, bevor er an ihnen vorbei im Club verschwand.

»Bitte«, flehte Jessica ihre Freundin an. »Kannst du nicht wenigstens *versuchen*, ein bisschen normaler zu sein?«

»Schon gut. Flipp bloß nicht aus. Du weißt doch, dass ich meistens einfach sage, was mir gerade in den Kopf kommt.«

Sie stiegen die Treppe hinunter und hörten Musik wummern. Isy, die direkt hinter ihnen ging, erkannte das Lied als Erste. Sie stieß einen Schrei des Entzückens aus und drängelte sich an ihnen vorbei.

»Was ist denn?«, fragte Jessica. »Was spielen sie gerade?«

Die Nächste, bei der der Groschen fiel, war Dulcie, aber auch sie blieb nicht stehen, um Jessica aufzuklären, sondern rannte wortlos hinter Isy her.

Endlich erkannte Jessica den Song: Es war »Girls just wanna have fun« von Cyndi Lauper. Sie war den beiden dicht auf den Fersen, und es dauerte nicht lange, bis die drei ausgelassen und lauthals singend über die Tanzfläche wirbelten.

Paul, der aus naheliegenden Gründen nicht mit dem gleichen Maß an Begeisterung auf den Song reagiert hatte, betrat den Club in etwas gemessenerem Tempo, musste aber dennoch schmunzeln, sobald er Jessica und ihre Freundinnen entdeckte. Es überraschte ihn, dass Dulcie sich so gehen ließ. Andererseits hatte er in letzter Zeit ja so manche Überraschung erlebt. Er blieb am Rand stehen und sah zu, wie Jessica sang und tanzte und dabei so viel Glück ausstrahlte, dass ihm ganz leicht ums Herz wurde. Wenn das so weiterging, war es das mit seinem Ruf als grüblerischer Zyniker. Wie fit sie in dem Kleid aussah …

Luke gab ihm ein Zeichen. Er hatte ein paar Sitzplätze ergattert, von wo aus sie bequem ihren Kolleginnen beim Tanzen zuschauen konnten.

»Leck mich«, sagte Luke. »Was macht Isy denn da? Hat sie ihre Tabletten vergessen?«

Paul grinste. »Sie sieht aus wie in einem dieser Schauspielseminare. Du weißt schon, wenn man sich ganz durch Bewegung ausdrücken muss. Ich bin ein Baum!«

»Na, wenigstens macht Scary Spice auch mit«, rief Luke, als der DJ zum nächsten Track überleitete. »Und wie die Bender so mit dem Popöchen wackelt, ist auch ganz amtlich, oder?«

Paul zeigte seinem Freund grinsend den erhobenen Mittelfinger. Die Musik war so laut, dass es auf Dauer zu mühsam war, sich zu unterhalten, also saßen sie einfach nur da und genossen den Ausblick, wobei sich jeder auf die Frau konzentrierte, die ihm besonders am Herzen lag. Wobei man bei Luke, wenn man nicht ganz genau hinsah, gar nicht hätte erkennen können, wer das eigentlich war.

Luke war schon seit Ewigkeiten in Kerry verliebt, hatte sich aber daran gewöhnt, seine Gefühle zu verbergen. Kerry hatte eine Liste von Eigenschaften zusammengestellt, die der

Mann ihrer Träume haben bzw. nicht haben sollte, und an dieser Liste hatte sie das gesamte Büro teilhaben lassen. Daher wusste Luke, dass Kerry jemanden wollte, der sie zum Lachen brachte. Was das anging, war er zuversichtlich. Außerdem wollte sie jemanden, der Geld hatte, freundlich und ehrlich war und der sie mehr liebte als sie ihn. Check.

Was sie *nicht* wollte, war jemand, der keine Hunde mochte. Luke liebte Hunde. Außerdem wollte sie keinen Rassisten, keinen Snob und keinen Lackaffen. So weit, so gut. Allerdings wollte sie *unbedingt* jemanden, der viele Haare auf dem Kopf hatte und größer war als sie. Diese beiden Punkte hatte sie mehr als einmal betont. Tja. Luke würde bestimmt nicht mehr wachsen, und es gab einen guten Grund, weshalb er stets seinen geliebten Trilby trug.

Darüber hinaus wollte Kerry nicht mit jemandem zusammen sein, der in der gleichen Branche arbeitete wie sie, weil sie sich Sorgen machte, dass sie dann immer nur ein Gesprächsthema hätten. Und sie wollte auf keinen Fall ein Muttersöhnchen. Luke arbeitete beim Fernsehen und liebte seine Mutter abgöttisch. Wenn er die Grippe hatte, wollte er nur von ihr gepflegt werden. Kurzum: In den anderthalb Jahren ihrer Bekanntschaft hatte Kerry genügend Dinge gesagt, die ihn nachhaltig abgeschreckt hatten, ihr seine Gefühle zu offenbaren. Also beschränkte er sich darauf, sie von ferne anzuhimmeln, verbrachte viel Zeit mit Gebeten, dass sie keinen anderen kennenlernen möge, und hatte sogar einen sehr nervenaufreibenden Tag lang mit dem Gedanken gespielt, sich Schuhe mit Absätzen zuzulegen.

Jessica war derweil in ihrer ganz eigenen Welt. Dieser Club war ihre Vorstellung vom Paradies. Die Atmosphäre war einmalig, völlig anders als in den Clubs, die sie aus L. A. kannte. Und sie war nicht die Einzige, der das auffiel.

»O mein Gott, Jess!«, schrie Dulcie, deren Augen vor Aufregung strahlten. »Das ist sooo cool! Ich habe richtig … Spaß! Ich kann mich gar nicht mehr dran erinnern, wann ich das letzte Mal so abgegangen bin! Ich muss zugeben, allmählich kann ich ein bisschen nachvollziehen, warum du es hier so toll findest.«

»Ja, die Musik ist der Hammer.«

»Das meine ich nicht. Ich meine hier, in London, bei deinen Kollegen. Die sind echt nett, weißt du? Und du bist so glücklich. Wenn man dich hier so sieht, versteht man sofort, wieso du abgehauen bist.« Die beiden Freundinnen fielen sich in die Arme. »Aber sag mal, du musst nicht den Babysitter für mich spielen. Ich kann mich an deine Freundinnen halten, wenn du zu deinem Loverboy gehen möchtest.«

»Sei doch nicht blöd«, protestierte Jessica.

»Bin ich nicht. Er ist ein absolutes Ekel, aber ich sehe doch, dass du ihn magst, und anzusehen ist er ja auch ganz passabel.«

Jessica schüttelte den Kopf. »Ich gebe ja zu, dass da was ist … vielleicht. Aber es hat doch gar keinen Sinn, sich auf ihn einzulassen. Ich weiß ja nicht mal, wie lange ich überhaupt hier sein werde.«

Genau in diesem Moment tauchte eine völlig zerrupfte Isy aus der Menge auf. »Dulcie, meine Leopardenschlange, komm und tanz den Wolfstanz mit mir!«

»Ich komme!«, rief Dulcie. »Weißt du was?«, sagte sie zu Jessica, und ihre dunklen Augen blitzten. »Ich finde es wahnsinnig mutig, dass du allein nach England bist, aber sobald es ans Eingemachte geht, kriegst du Schiss. Das kapiere, wer will.« Sie zuckte hilflos mit den Schultern.

»Komm schon!«, sagte Isy und schleifte Dulcie mit sich fort.

»Ich verehre diese Frau!«, rief Dulcie über die Schulter zurück. »Wir müssen sie unbedingt nach L. A. einladen. Sie ist der absolute Hammer. Paris würde sie lieben!«

Jessica schwieg. Sie ärgerte sich über das, was Dulcie gerade gesagt hatte. Sie mochte Paul, das stimmte, und sie war schwer versucht, es auf eine Affäre ankommen zu lassen. Aber sie wollte nicht verletzt werden.

»Na, du?«, ertönte eine Stimme an ihrem Ohr. Sie wusste, wer es war, auch ohne sich umzudrehen.

»Willst du dich hinsetzen?«, fragte Paul.

Ihren guten Vorsätzen zum Trotz, nickte sie. Nicht einmal die Tatsache, dass gerade »Dancing Queen« lief, konnte sie davon abhalten, mit ihm zu gehen – ein klares Zeichen dafür, wie sehr sie ihn mochte.

Jessica ließ sich neben Paul auf die Bank fallen. »Hi«, sagte sie scheu. Plötzlich war ihre anfängliche Unsicherheit wieder voll da.

»Und? Amüsierst du dich gut?«, erkundigte er sich bei ihr.

»Und wie!«, sagte sie, fassungslos, dass er das nicht sehen konnte. »Der Laden hier ist total – oh ... du veräppelst mich, stimmt's?«

»Ja, Miss Bender, ich veräpple Sie«, sagte er.

Ihre Blicke trafen sich, und während Jessica Paul in die Augen schaute, fiel ihr – nicht zum ersten Mal – auf, dass er die unglaublichsten Wimpern hatte. Ein komisches Gefühl grummelte in ihrem Magen. Paul beugte sich zu ihr und strich ihr eine lose Haarsträhne hinters Ohr. Sie schluckte. Noch nie hatte sie so sehr von jemandem geküsst werden wollen wie in diesem Augenblick von Paul Fletcher. Was wäre denn so schlimm an einer kleinen Romanze? Aber typisch: Gerade als Paul anscheinend zu demselben Schluss gekommen war wie sie, kam Kerry angewalzt. Sie hatte einen sehr betrunkenen Luke im Schlepptau, und die beiden waren ganz klar auf einer Mission: Beide trugen Tabletts mit gefährlich aussehenden Schnäpsen vor sich her.

»So, ihr beiden«, sagte Kerry. Dann brüllte sie »Isy, Tash,

Scary Spice!« in solch ohrenbetäubender Lautstärke, dass die Frauen sie tatsächlich auf der anderen Seite der Tanzfläche hören konnten.

»Wow«, meinte Paul. »Deine Stimme ist wie eine Hundepfeife – nicht dass ich damit sagen will, dass sie Hunde wären oder so«, fügte er hastig hinzu, als die drei herbeigewirbelt kamen. Jessica fiel auf, dass Dulcie den Blick gar nicht von Isy abwenden konnte. Die junge Engländerin schien es ihr schwer angetan zu haben.

»O mein Gott!«, kreischte Isy atemlos. »Ich habe gerade mit einem japanischen Touristen geknutscht, der meinte, ich wäre die beste Tänzerin, die er je in seinem Leben gesehen hat!«

»Dann möchte ich mal die schlechteste sehen«, meinte Luke, und alle fingen an zu lachen, als Isy ihnen eine Kostprobe gab. Der Reihe nach nahmen sich alle einen brennenden Sambuca von Kerrys Tablett, und Jessica war ganz überwältigt von dem Gefühl des Zusammenhalts und der Liebe zwischen den neuen Freunden, die sie hier gefunden hatte. Mein Gott, sie war wirklich ganz schön angeschädelt.

Dulcie aber auch.

»Ich möchte euch allen gerne was sagen«, verkündete sie mit leicht schleppender Stimme.

»Schieß los«, ermunterte Kerry sie gutmütig.

»Okay, also. Ich weiß, unsere erste Begegnung war nicht gerade die beste, und ich weiß inzwischen auch, dass ihr mich niemals in eure Show einladen werdet. Aber ich finde euch trotzdem alle ziemlich cool. Natürlich macht ihr einen Fehler, weil ich ein absolut phänomenaler Gast wäre, aber cool seid ihr trotzdem. Danke also, dass ich heute Abend mitkommen durfte, und bitte passt auf Jess auf, wenn ich wieder in den Staaten bin.«

»Wird gemacht«, sagte Kerry.

»Ich denke, Jessica kann ganz gut auf sich selbst aufpassen«, meldete sich Paul zu Wort. In seiner Stimme schwang ein Hauch von Aggression mit.

Dulcies Augen verengten sich zu Schlitzen. »Wie du meinst«, sagte sie. »Aber du hast keine Ahnung, mit wem du es zu tun bekommst, wenn du ihr irgendwie weh tust. Ich kann dir sagen, Mr G sieht rot, wenn –«

»Ich glaube, damit müssen wir hier niemanden langweilen, Dulcie!«, fiel Jessica ihrer Freundin laut ins Wort.

»Oh … klar«, sagte Dulcie, die sich gerade noch rechtzeitig gefangen hatte.

»Ich werde das Gefühl nicht los, dass du uns irgendwas verheimlichst, Jessica«, meldete sich Natasha über das Dröhnen der Musik hinweg.

Jessica überlegte fieberhaft, was sie darauf antworten sollte. Zum Glück wurde sie durch den DJ gerettet, der gerade eine neue Scheibe aufgelegt hatte. Es war »Baby, one more time« von Britney Spears, und kaum ertönten die allseits bekannten ersten Takte aus den Boxen, kamen alle Frauen in der Runde spontan zu dem Schluss, dass Tanzen wichtiger war, als Jessica einer weiteren Befragung zu unterziehen. Sie stürmten die Tanzfläche. Jessica war hin- und hergerissen. Sollte sie mitgehen? Aber dann ergriff Paul ihre Hand, und sie setzte sich wieder hin.

»Meine Doppelgängerin«, rief sie. »Habt ihr nicht mal gesagt, ich würde wie Britney klingen?«

Paul grinste. »Wir sind abscheulich zu dir, oder?«

»Ein bisschen«, sagte sie und zuckte die Achseln. »Aber im Grunde eures Herzens seid ihr alle ganz nett.«

»Gut«, sagte Paul. »Dann bleibst du uns also noch ein Weilchen erhalten?«

Jessica dachte an ihr Zuhause, an ihren Vater und daran, dass Dulcie morgen zurückflog. Plötzlich hatte sie Heimweh. Trotzdem wusste sie, dass sie noch eine ganze Zeit bleiben würde.

»Ja, ich denke schon. Ich mag England.« Der Alkohol hatte ihr die Zunge gelockert. »Auch wenn es ein echt komisches Land ist.«

»Wohl kaum komischer als ein Land, das sich jahrelang von einem Idioten wie Bush hat regieren lassen«, sagte Paul wenig einfallsreich. Auch er war nicht mehr nüchtern.

»Das haben mir schon so viele Leute gesagt«, meinte Jessica und lachte. »Und trotzdem: Schau dir mal an, was für großartige Sachen mein Land hervorgebracht hat und wie viel von unserer Kultur ihr übernommen habt. Was spielt der DJ denn gerade für einen Song? Und der Typ, den wir nach Bush gewählt haben, ist doch ganz in Ordnung, findest du nicht? Ihr müsst echt alle mal damit klarkommen.«

Paul lachte. »Du bist zum Totlachen, Jessica Bender. Es gibt so viele Sachen an dir, die ich furchtbar finde, aber trotzdem mag ich dich irgendwie.«

»Wirklich?«, sagte sie und entblößte ihre geraden, weißen, kieferorthopädisch perfektionierten Zähne.

»Ja, wirklich«, erwiderte er und entblößte seine eigenen, leicht schiefstehenden.

»Das ist nett von dir«, sagte sie nur, woraufhin Paul lächelte. Eine Zeitlang saßen sie in einvernehmlichem Schweigen nebeneinander und amüsierten sich über die Verrenkungen ihrer Kollegen auf der Tanzfläche. Vanessa hatte Isy bei den Fußknöcheln gepackt und schob sie wie eine Schubkarre durch den Club, bis beide schließlich lachend am Boden zusammenbrachen. Der japanische Tourist hielt sich die Seiten und knipste ein Foto nach dem anderen.

»Meine Freunde zu Hause würden so was nie machen«, meinte Jessica irgendwann.

Paul sah sie fragend an, als wäre eine Welt, in der die Menschen nicht in Clubs Schubkarre fuhren, für ihn unvorstellbar.

»Im Ernst, ihr Briten seid viel lockerer. Zum Beispiel, was

euer Aussehen angeht. Ich habe neulich mit meiner Tante eine Serie im Fernsehen angeschaut. Hieß die *Coronation Street*? Jedenfalls konnte ich gar nicht glauben, wie normal die Darsteller alle aussahen – was im Grunde genommen ja gut ist, weil die Zuschauer so nicht immer mit unerreichbaren Schönheitsidealen konfrontiert werden, und … langweile ich dich?«

»Ich genieße deine Ansprache«, sagte Paul. »Red nur weiter.«

Jessica wurde rot und zog die Nase kraus.

»Ich mein's ernst«, sagte Paul, und ausnahmsweise klang er auch so. »Ich höre dir gerne zu. Verrat mir, zu welchen Erkenntnissen über unser grünes und blühendes Land du sonst noch gekommen bist.«

»Im Ernst?«

»Im Ernst.«

»Okay«, sagte Jessica, die sich bemühen musste, gegen die Lautstärke der Musik anzuschreien. »Ich finde es toll, dass es hier in London so viel Geschichte gibt – ein Klischee, ich weiß. Und ich liebe die englische Aussprache, vor allem die der Nachrichtensprecher. Die klingen so majestätisch. Vielleicht ist das nicht weiter verwunderlich, schließlich habt ihr ja eine Königsfamilie. Allein schon der Name klingt toll: Vereinigtes *König*reich. Großartig. Das ist für mich gewissermaßen die Quintessenz der Briten und des Britischen. Hier ist alles so ungemein stilvoll.«

»Bist du dir da ganz sicher?«, fragte Paul mit unbewegter Miene. Jessica folgte seinem Blick und sah, wie Kerry gerade auf sehr undamenhafte Weise versuchte, eine der riesigen Lautsprecherboxen zu erklimmen. Kaum war sie oben – eher durch pure Hartnäckigkeit denn durch athletisches Können –, brüllte sie: »Na los! Ich will eure Hände sehen!«

Ein stämmiger Rausschmeißer erschien und zerrte sie vom Lautsprecher herunter, wobei er dem gesamten Club einen Blick auf Kerrys Slip bescherte.

Jessica verzog das Gesicht. »Okay«, räumte sie ein. »Das war jetzt vielleicht nicht gerade ein Paradebeispiel von britischem Understatement, aber …«

»Ach, halt den Mund und komm her«, sagte Paul, der es keine Sekunde länger aushielt. Seine Hand fand ihren Nacken, und er zog sie sanft zu sich heran. Dann fing er an, sie so unvorstellbar gut zu küssen, dass Jessica allen Ernstes dachte, sie würde ohnmächtig werden. Während seine Zunge ihren Mund erkundete, breitete sich ein Kribbeln zwischen ihren Beinen aus und wanderte durch ihren Bauch nach oben bis ins Hirn. Ihn zu küssen fühlte sich so unglaublich richtig an, und sie hätte liebend gern für die absehbare Zukunft nichts anderes gemacht, nur dass in diesem Augenblick Isys schrilles Johlen von der Tanzfläche zu ihnen drang. Das schien den Bann zu brechen. Paul hielt abrupt inne, und ebenso schnell, wie er Jessica an sich gezogen hatte, ließ er sie auch schon wieder los.

Jessica war ganz schwindlig vor Enttäuschung und Unsicherheit. Wäre es denn so schrecklich für Paul, wenn man ihn dabei sehen würde, wie er sie küsste? Aber sie konnte nichts sagen, denn in diesem Moment kamen ihre Kolleginnen zurück.

Paul war ganz offensichtlich durcheinander. Er fuhr sich mit der Hand durchs Haar und musste sich sichtlich zusammenreißen. »Valerie« von Mark Ronson setzte ein, und der ganze Club brach in lauten Jubel aus.

»Endlich mal ein gutes Lied«, meinte Paul sarkastisch. Seine Stimme war verräterisch heiser.

Wenigstens ist er genauso erregt wie ich, dachte Jessica wehmütig. Wollte Paul nicht, dass man sie zusammen sah, weil es ihm peinlich war? Oder weil er sich Sorgen machte, was Natasha denken würde? Oder war er einfach bloß vorsichtig? Sie wusste es nicht und war auch zu betrunken, um noch einen klaren Gedanken zu fassen.

»Was geht?«, kreischte Isy und riss Jessica aus ihren Grübeleien.

»Hey«, sagte Jessica und lächelte sie an.

»O mein Gott, ich habe so einen Brand!«, rief Isy. »Ich könnte dem Rausschmeißer dahinten seine schwitzige Stirn abschlecken, so trocken ist mein Mund!«

»Nicht nötig«, sagte Natasha, die mit einem Krug Leitungswasser und mehreren Gläsern an den Tisch trat. Plötzlich fiel Jessica auf, wie umwerfend sie in ihrem Hosenanzug von French Connection und den Plateausandalen aussah.

»Na, tanzt du nicht, Paul?«, erkundigte sich Natasha, als Isy ihr den Krug aus der Hand riss, um direkt daraus zu trinken.

»Du weißt doch, dass ich nicht tanze«, lautete Pauls Antwort an seine Ex.

»Stimmt. Ich dachte nur, für den Song machst du vielleicht eine Ausnahme.«

Diese letzte Bemerkung klang regelrecht bedeutungsschwanger, und Jessica wurde ganz schlecht dabei. Paul und Natasha hatten gemeinsame Songs. Sie hatten eine gemeinsame Geschichte. Sie selbst kannte ihn erst seit ein paar Wochen und bildete sich schon wer weiß was ein. Sie war hoffnungslos naiv. War ihr überhaupt noch zu helfen?

»Also, mir reicht's noch lange nicht!«, verkündete Vanessa, nachdem sie ein großes Glas Wasser heruntergestürzt hatte.

»Mir auch nicht«, sagte Isy, stellte den Krug auf dem Tisch ab und verschwand zusammen mit Natasha und Vanessa wieder auf der Tanzfläche.

Sobald sie weg waren, drehte sich Paul zu Jessica um, aber sie erwiderte seinen Blick nicht, denn jetzt kam Dulcie angetänzelt. Diesmal war Jessica sogar ganz froh über die Unterbrechung. Sie musste unbedingt in Ruhe über diesen Paul Fletcher nachdenken. Auf einmal war sie sich gar nicht mehr so sicher, ob es eine gute Idee war, sich Hals über Kopf in eine Büro-Romanze zu stürzen. Auf keinen Fall wollte sie Natasha ins Gehege kommen.

Sie lächelte Dulcie an. Dulcie fiel wirklich auf in ihrem Outfit, aber auf eine gute Art. Selbst Paul konnte sich bei ihrem Anblick ein Schmunzeln nicht verkneifen.

»Rutscht mal rüber!«, befahl Dulcie und quetschte sich zwischen sie. »Keine Panik, ich bleibe nicht lange. Ich wollte mich nur kurz mit Loverboy unterhalten, weil ich ja morgen schon wieder fliege.«

Jessica zog die Brauen zusammen und stieß Dulcie warnend in die Rippen, doch die kiekste bloß laut, statt die Drohung zu beherzigen: »Aua!«

»Falls du noch eine Warnung loswerden willst, spar dir die Mühe. Ich passe schon auf Jess auf«, sagte Paul.

Jessicas Herz wäre ihr fast aus der Brust gesprungen und hätte einen kleinen Freudentanz hingelegt. Leider konnte sie nicht eine Sekunde länger ignorieren, dass sie dringend zur Toilette musste.

»Ich gehe kurz aufs Klo«, sagte sie mit einem gewissen Unbehagen. Sie hatte Angst, die beiden allein zu lassen, weil sie nicht wusste, worüber sie sich unterhalten würden. Aber ihre Blase war kurz vor dem Platzen. Musste wohl an dem gefühlten Liter Alkohol liegen, den sie intus hatte.

»So«, sagte Dulcie, kaum dass Jessica verschwunden war. »Ich weiß genau, dass du wild entschlossen bist, mich nicht zu mögen. Trotzdem solltest du wissen, dass ich eigentlich ganz okay bin.«

»Ich habe nie was anderes behauptet«, antwortete Paul. »Ich kenne dich ja nicht mal. Wir sind bloß … verschieden.«

»Einstein«, lautete Dulcies Kommentar. »Aber ich finde, das heißt nicht, dass wir nicht trotzdem miteinander auskommen können. Außerdem – wenn du was mit meiner besten Freundin anfangen willst, müssen wir uns ein bisschen locker machen. Das wäre sowieso ganz gut für dich. Du bist so verschlossen.«

»O Gott«, stöhnte Paul. »Samstagnächtliche Psychogespräche. Ein Traum. Und wer hat behauptet, dass ich mit Jessica ›was anfangen‹ will?«

Dulcie reagierte mit einem Blick, der Bände darüber sprach, wie albern sie diese Frage fand. »Habe ich Augen im Kopf? Okay, Paul, du trägst diesen riesigen, unheimlich schweren Granitblock auf deinen Schultern, aber irgendwas Gutes muss an dir dran sein, weil Jessica dich nett findet, also bin ich bereit, dir einen Vertrauensvorschuss zu geben.«

»*Du* bist bereit, *mir* einen Vertrauensvorschuss zu geben?«, wiederholte Paul fassungslos, musste aber trotzdem lachen. »Andersrum wird ein Schuh draus. Jessica mag dich, also musst du wohl in Ordnung sein. Aber deswegen müssen wir nicht gleich beste Freunde werden. Ich bin mir sicher, dass du total nett bist, unter all dem … Leopardenfell, aber wir haben einfach nicht das Geringste gemeinsam. Nicht wie Jess und ich.«

»Ach ja?«, sagte Dulcie hitzig. »In welcher Hinsicht bin ich denn so anders als Jess?«

»Ich sage ja gar nicht, dass es deine Schuld ist«, meinte Paul ernst. »Es ist nur so: Im Gegensatz zu dir hat sich Jessica im Leben jeden Erfolg hart erarbeiten müssen. Sie musste sich alles selbst aufbauen, während man dir alles auf einem Silbertablett serviert hat. Dein Dad lässt sich von ihrem Dad im Auto rumfahren – das sagt doch alles.«

»Paul«, seufzte Dulcie und schüttelte den Kopf. »Hast du schon mal drüber nachgedacht, dass du vielleicht deshalb so gut mit Jessica auskommst, weil sie ein toller *Mensch* ist? Und ich lege dir sogar noch gratis was obendrauf: Wenn jemand Geld hat, dann heißt das noch lange nicht, dass sein ganzes Leben ein einziger Spaziergang ist.«

Paul sah sie eine Weile an. »Pass auf, ich wollte dich nicht angreifen. Du hast recht, eigentlich *sollte* das alles keine Rolle spielen. Aber das tut es nun mal. Trotzdem möchte ich dir gerne einen Waffenstillstand anbieten.«

»Waffenstillstand«, stimmte Dulcie zu und entblößte ihre strahlend weißen Zähne zu einem breiten Lächeln.

»Wahrscheinlich sind wir alle bloß das Produkt unseres Umfelds und unserer Erziehung«, meinte Paul philosophisch. »Die Summe der Fehler unserer Eltern.«

»Amen«, sagte Dulcie, während ihr der Gedanke durch den Kopf schoss, dass Jessica starke Nerven brauchen würde, wenn sie es mit Paul wirklich ernst meinte. Denn von allem anderen abgesehen, würde sie ihm früher oder später ihren Schwindel beichten müssen, und bestimmt würde Paul ihr das nicht so leicht verzeihen. Aber Mann, sie würde zu gerne sein Gesicht sehen, wenn er die Wahrheit erfuhr!

In diesem Moment kam Jessica von der Toilette zurück.

»Alles klar, ihr zwei?«

»Jawohl«, sagten Dulcie und Paul im Chor.

»O mein Gott!«, schrie Jessica völlig unvermittelt.

»Was denn?«, sagte Paul.

»Da!«, rief sie und hätte platzen können vor Glück. Das war einfach grandios.

Pauls Blick folgte ihrem ausgestreckten Arm zur Tanzfläche. Dort hatte Luke offenbar beschlossen (oder war betrunken genug), Kerry seine Gefühle zu offenbaren, ob es ihr nun passte oder nicht. Mit grimmig entschlossener Miene marschierte er auf sie zu. Jessica wusste sofort, was er vorhatte. Kerry hingegen ahnte nichts von dem bevorstehenden Überfall und wirbelte zu den süßen Klängen von Amy Winehouse – und unter den wachsamen Blicken eines Rausschmeißers – über die Tanzfläche.

Kurz darauf hatte Luke sie erreicht. Seine Nervosität war ihm deutlich anzusehen. Seine Schultern waren so verkrampft, dass es aussah, als steckte ihm ein Kleiderbügel hinten in der

Jacke. Jessica drückte stumm die Daumen. Paul, der ebenfalls begriffen hatte, was sich auf der Tanzfläche abspielte, verfolgte das Geschehen so gebannt wie ein Fußballfan einen Elfmeter bei der Weltmeisterschaft. Luke tippte Kerry von hinten auf die Schulter. Er schielte fast vor Angst. Jessica betete, dass sie ihn nicht abweisen würde.

Kerry drehte sich um, hörte aber nicht auf zu tanzen. Sie schien nicht sonderlich überrascht, Luke vor sich zu sehen, bis dieser sich zu ihr beugte und ihr etwas ins Ohr flüsterte. Urplötzlich machte Kerrys glücklich entspannte Miene einem Ausdruck nackten Erstaunens Platz, und noch bevor sie Gelegenheit hatte, irgendwie auf Lukes Worte zu reagieren, hatte dieser sie gepackt, sie nach hinten gebeugt und begann ihr leidenschaftlich das Gesicht abzuschlecken.

»Krass!«, rief Paul, der es kaum fassen konnte. Er begann laut zu lachen, allerdings eher aus Schock. »Hol sie dir, Lucky Luke!«

»Mann, ich vermisse Kevin«, seufzte Dulcie wehmütig, bevor sie aufstand, um Isy zu suchen.

Als Luke endlich von Kerry abließ, sah diese einen Moment lang so aus, als wolle sie ihrem Kollegen eine Maulschelle verpassen, aber dann dämmerte ihr langsam, dass ihr der Kuss durchaus gefallen hatte. Luke fackelte nicht lange, sondern griff erneut nach ihr, und die beiden begannen sich zu küssen, als hätte man ihnen gerade mitgeteilt, dass das Ende der Welt bevorstand. Eine Menge von Schaulustigen scharte sich um sie, und DJ Delish bewies seine Geistesgegenwart, indem er die Scheibe vom Plattenteller riss und stattdessen »Young hearts run free« auflegte. Die Leute jubelten, weil alles so schrecklich romantisch war, und als Kerry und Luke sich schließlich voneinander lösten, um Luft zu holen, war Kerry ausnahmsweise einmal sprachlos. Luke hingegen, der so lange auf diesen Moment gewartet hatte, reckte vor lauter Freude über seinen Triumph die Faust in die Luft, was Kerrys normalerweise so abweisende Fassade vollends zum Einsturz brachte. Als die Leute auf sie zukamen, um dem »glücklichen Paar« zu gratulieren, sah sie richtig gerührt aus.

Jessica klatschte begeistert in die Hände. »Das ist der Hammer!«, quietschte sie.

»Luke und Kerry«, meinte Paul, der noch immer nicht ganz fassen konnte, was er da eben mit angesehen hatte. »Wer hätte das gedacht?«

»Also, ich hab's die ganze Zeit gewusst«, sagte sie und zwinkerte ihm zu.

Pauls Miene wurde wieder ernst. »Sag mal, ich wollte nachher vielleicht noch ein paar Leute zu uns nach Hause einladen. Hast du Lust, mitzukommen?«

Jessica wusste nicht, was sie sagen sollte. Es war ein sehr, sehr verlockendes Angebot. Vielleicht nicht ganz so verlockend, wenn Natasha auch mitkam, trotzdem freute sie sich, dass er sie gefragt hatte. Leider legte der DJ genau in diesem Augenblick »Holiday« von Madonna auf, was in Jessicas Hirn eine gänzlich andere Assoziationskette in Gang setzte. *Holiday* … wieso schrillten da bei ihr die Alarmglocken? Dann machte es klick. Mike kam am Sonntagnachmittag aus dem Urlaub zurück. Sonntag, das war … *heute*! Sie griff nach Pauls Handgelenk und sah auf seine Armbanduhr.

»Mist!«

»So schrecklich ist die Idee doch auch wieder nicht, oder?«

»Mike!«

Paul zuckte zurück. Das war so ziemlich der letzte Name, den er jetzt hören wollte.

»Nein, nein, nicht was du denkst«, sagte Jessica hastig. »Es ist zwei Uhr morgens, das bedeutet, es ist Sonntag, und *das* bedeutet, Mike kommt heute zurück, und ich habe die ganze Woche lang seinen Garten nicht gegossen. Nicht ein einziges Mal. Er wird mich umbringen!«

Paul machte den Mund auf, um zu widersprechen. Wen interessierte schon Mikes Garten? Aber er spürte, dass seine Chance vertan war.

»Na ja, vielleicht können wir ja bald mal was trinken gehen«, meinte er, wobei er sich Mühe gab, ganz beiläufig zu klingen.

Jessica nahm seine Hand. In ihrem Blick lag Bedauern. »Ja, vielleicht«, sagte sie. »Aber ich glaube, du musst dir erst mal darüber klarwerden, wie du zu Natasha stehst. Ich will mich nicht zwischen euch drängen.«

Diese Ansage war ein Schock für Paul. Prinzipiell hatte sie natürlich recht – aber er hätte niemals erwartet, dass sie es so unverblümt aussprechen würde.

Jessica hingegen spürte, wie eine riesige Welle der Enttäuschung über ihr zusammenschlug. Sie hatte Natasha nur aus einem einzigen Grund erwähnt: weil sie von Paul hören wollte, dass seine Ex in seinem Leben überhaupt keine Rolle mehr spielte.

»Also«, sagte sie und setzte ein tapferes Gesicht auf. »Ich gehe dann mal und sage Dulcie Bescheid, und dann mache ich mich auf den Weg. Wenn ich jetzt gleich fahre, kriege ich vielleicht noch ein bisschen Schlaf, bevor ich nach Chiswick rausfahren muss.«

»Okay. Aber das mit dem Drink machen wir trotzdem.«

Jessica antwortete nicht. Sie stand auf, winkte Paul noch einmal kurz zu und tauchte in der Menge unter.

So kam es, dass Paul es an diesem Abend ausgerechnet Mike Connor zu verdanken hatte, dass er Jessica Bender nicht mit nach Hause nehmen konnte – etwas, das er, wie ihm inzwischen klargeworden war, wirklich sehr gern getan hätte.

22 ++++ Einige Stunden später in Malibu. Es wäre nicht übertrieben gewesen zu behaupten, dass Edward Grangers Samstagabend nicht so gut verlaufen war wie der seiner Tochter. Er warf einen Blick auf seinen Wecker, der fünf Uhr dreißig anzeigte. Einer Kombination aus zu viel Alkohol, zu üppigem Essen und nervöser Unruhe hatte er es zu verdanken, dass an Schlaf nicht zu denken war. Genau wie Jessica waren auch er und Betsey am vergangenen Abend tanzen gewesen. Dass dies nicht seine Idee gewesen war, verstand sich von selbst. Dennoch hatte er sich darauf eingelassen, weil er wusste, dass seine Frau hoffte, ein vergnüglicher gemeinsamer Abend könne vielleicht ihre Ehe wieder ins Lot bringen.

Es entbehrte nicht einer gewissen Ironie, dass er stattdessen ihrer Beziehung den Todesstoß versetzt hatte.

Edward vergrub das Gesicht tiefer im Kissen, als könne er sich dort vor der Schande des Abends verstecken. Wie um sich selbst zu martern, erlebte er in Gedanken erneut den Moment, in dem einer der Paparazzi vor dem Club Betsey für seine Tochter gehalten hatte. Danach hatte er sich seine Frau einmal gründlich angesehen – das taufrische Gesicht, den schwarzen Fummel, die Killerabsätze –, und ihm war klargeworden, was andere Leute bei ihrem Anblick denken mussten. Aber statt Stolz oder Dankbarkeit zu empfinden, wie andere Männer es an seiner Stelle vielleicht getan hätten, war er sich bloß armselig vorgekommen. Was wollte dieses junge Ding von ihm? Und was zum Kuckuck dachte er sich eigentlich bei dieser Farce?

Dieser Gedanke war genau mit dem Betreten des Clubs zusammengefallen. Es war sein letzter, denn kurz darauf wurde Denken zur absoluten Unmöglichkeit. Die Musik war lauter als ein Gewittersturm, und als Betsey sich bereitmachte, die Tanzfläche zu stürmen, dauerte es einen Moment, bis Edward begriff, dass sie seine Hand festhielt und vorhatte, ihn mitzuschleifen.

Er war zu müde, um gegen den dröhnenden Lärm anzuschreien, und folgte ihr widerstandslos. Befangen trat er von einem Fuß auf den anderen. Ob er wie einer der alternden Männer aussah, über die junge Leute sich immer lustig machten? Männer, die sich die Haare färbten und sich weigerten, in Würde alt zu werden, stattdessen in Cabrios durch die Gegend brausten und Basecaps trugen?

Bei dieser Frage angekommen, beschloss Edward, dass es Zeit war, nach Hause zu gehen. Zwischenzeitlich war Betsey ihm im Gewimmel abhandengekommen. Nicht, dass er lange gebraucht hätte, um sie zu finden. Sie befand sich in der Mitte der Tanzfläche und rieb ihren Schritt an dem eines jungen Muskelprotzes. Und während Edward ihr dabei zusah, wie sie das vollführte, was in einschlägigen Etablissements gemeinhin als Lapdance bezeichnet wurde, konnte er an nichts anderes denken als an den Mitternachtsimbiss, den er sich zubereiten würde, sobald er zu Hause war.

Nun, während er sich grübelnd und von Sodbrennen geplagt im Bett wälzte (er hatte es mit der Mayonnaise ein wenig zu gut gemeint), wurde ihm klar, dass er Betsey ziehen lassen musste, solange sie noch Zeit hatte, sich ein neues Leben aufzubauen. Er liebte sie auf eine gewisse Weise – nur nicht auf die richtige. Er hatte sie *gern*. Sie würde die Wände hochgehen, wenn sie das hörte, aber es fasste ihre Beziehung exakt zusammen. Sie hatten einander gern, aber füreinander geschaffen waren sie definitiv nicht.

Verflucht. Jetzt musste er auch noch auf die Toilette. Definitiv eine der unbequemsten Begleiterscheinungen seines fortschreitendes Alters. Ganz egal, wann er aufwachte, sein Harndrang war immer da. Vorsichtig, um Betsey nicht zu wecken, schlüpfte Edward aus dem Bett, tappte ins Bad, leerte seine Blase und griff sich seinen dunkelblauen Ralph-Lauren-Bademantel vom Haken an der Tür, bevor er nach unten schlich.

Edwards Arbeitszimmer war sein Zufluchtsort. Der ausladende Schreibtisch, der aus dem Holz eines Mangobaums geschnitzt war, nahm die Mitte des Raums ein. Die Wand dahinter war mit gerahmten Plakaten und Fotos von seinen zahlreichen Filmen behängt, wobei die aus den Bond-Filmen selbstverständlich die Ehrenplätze einnahmen. Auf dem Plakat von *Die Welt in deiner Hand* trug Edward seinen Smoking – sein Markenzeichen – und sah über den Lauf seiner Pistole hinweg zu Angelica (alias Heavenly Melons), die in ihrem in die Annalen der Filmgeschichte eingegangenen schwarzen Bikini rittlings auf einer riesigen Weltkugel saß. Sie sah sexy und verrucht aus – der fleischgewordene Traum eines jeden Mannes.

An einer Seite des Raumes befand sich eine gläserne Schiebetür, durch die, wenn sie offen stand, die salzige Seeluft hineinwehte. Zu dieser frühen Stunde allerdings wirkte das Meer grau und unwirtlich.

In der hinteren Ecke des Arbeitszimmers hatte Edward seinen Vorführbereich eingerichtet. Eine riesige Leinwand nahm den Großteil der Wand ein, rechts und links daneben standen Regale, die vom Boden bis zur Decke reichten und seine umfassende Filmsammlung enthielten. Edward war nicht durch Zufall zur Schauspielerei gekommen. Schon als kleiner Junge hatte er Filme geliebt und sie in jedem erdenklichen Format gesammelt.

An diesem Morgen wusste er bereits genau, was er anschauen wollte, und da Betsey im Obergeschoss friedlich schlummerte, stand dem auch nichts im Wege. Er spürte bereits das Kribbeln der Vorfreude, als er zu seinem Schreibtisch eilte. Er holte einen winzigen Schlüssel aus der Zigarrenkiste, schloss eine Schublade auf der rechten Seite auf und nahm einen braunen Luftpolsterumschlag heraus, der eine DVD enthielt. Nach einem raschen Blick zur Tür, ob auch niemand kam, pirschte er durchs Zimmer, legte die DVD ein und machte es sich in seinem Lieblingssessel bequem. Er drückte einen

Knopf auf der Fernbedienung, woraufhin die Verdunkelungsrollos mit leisem Surren herunterfuhren. Der Raum war in tiefe Dunkelheit getaucht.

Los geht's, dachte er, und ein Schauer lief ihm über den Rücken.

Vierzig Minuten später war Edward Granger ein emotionales Wrack. Er sah sich den Rohschnitt einer Szene aus Angelicas neuestem Film an, den sie kurz zuvor in Marokko abgedreht hatte. Ihre Leistung raubte ihm schier den Atem. Der Film war auf Französisch, und obwohl Edward der Sprache nur in Ansätzen mächtig war, verstand er doch genug, um ohne Untertitel auszukommen.

In der Szene, die Edward gerade ansah, eröffnete Angelica, die in einer unglücklichen, lieblosen Ehe gefangen war, ihrem Geliebten, dass sie sich niemals wiedersehen dürften, weil Anstand und Sitte es ihr geböten, bei ihrem brutalen Schweinehund von Ehemann zu bleiben. (Die Gründe dafür leuchteten Edward nicht ganz ein, aber er hatte die vorangegangenen Szenen ja auch nicht gesehen.) Es war ein Beweis ihrer schauspielerischen Fähigkeiten, dass es ihr gelang, ihn sofort zu packen, obwohl er so gut wie nichts über die Handlung des Films wusste. Ihr Spiel war wunderbar nuanciert, und sie verstand es, ihre großen aquamarinblauen Augen sprechen zu lassen.

Edward kramte in der Tasche seines Bademantels nach einem Taschentuch und schnäuzte sich lautstark. Er war bei Filmen immer schon leicht in Tränen ausgebrochen – etwas, worüber Angelica sich früher gnadenlos lustig gemacht hatte, obwohl sie es in Wirklichkeit liebenswert fand. Wenn sie unter sich waren, hatte sie ihn oft als »ihre kleine Heulsuse« bezeichnet. Schulaufführungen, Krippenspiele oder Vorführungen, bei denen kleine Kinder sangen, waren ähnlich schlimm gewesen, und Edward hatte immer versucht, sentimentale Stoffe zu meiden. Schließlich ging es nicht an, dass ein James Bond im Flugzeug in Tränen ausbrach, weil er gerade *Im Dutzend billiger* mit Steve Martin ansah. Das war wirklich peinlich gewesen … In seinem Privatkino jedoch konnte er seinen Gefühlen freien Lauf lassen. Und das tat er auch.

Auf der Leinwand hatte sich Angelica soeben von ihrem Liebhaber abgewandt. Jahrelang angestaute Schmerzen und Bitterkeit zeichneten sich auf ihren Zügen ab, während sie zur Tür floh. Sie war grandios – was Edward nicht weiter überraschte, denn anders als die meisten hatte er schon immer gewusst, was für eine herausragende Schauspielerin in ihr steckte. Der einzige Grund, weshalb dies sonst noch niemand gemerkt hatte, war, dass sie einfach so atemberaubend schön war und es daher vollkommen irrelevant schien, ob sie darüber hinaus auch noch schauspielern konnte. In sämtlichen Filmen hatte ihr Aussehen ihre schauspielerische Leistung vollkommen überschattet. Erst jetzt, nach zwei Jahrzehnten, war sie an einem Punkt angelangt, an dem sich ihre außerordentliche Schönheit nicht mehr ganz so sehr in den Vordergrund drängte und ihr wahres Talent hervorschien. Edward war sich sicher, dass diese fulminante Leistung ihr endlich die Anerkennung einbringen würde, die sie verdient hatte. Wer weiß, vielleicht hatte sie sogar Chancen auf den Oscar?

Wie sie wohl reagieren würde, wenn er sie anriefe und ihr persönlich sagte, wie großartig er sie fand? Seit ihrem Telefongespräch hatte er nach einer Ausrede gesucht, sich bei ihr zu melden, aber zugleich hatte er auch zu viel Angst vor all dem Unausgesprochenen, das zwischen ihnen stand. Noch immer konnte er kaum glauben, dass sie wirklich angerufen hatte. Er hatte fast jede Sekunde jedes Tages damit verbracht, sich zu fragen, ob sie schon mit Jessica gesprochen hatte und wieso sie ihn dann nicht zurückrief. Er hatte gehofft, dass sie sich mit ihm versöhnen wollte, aber offenbar hatte er sich geirrt. Vielleicht war es ja auch das Beste so. Er wusste ohnehin nicht, ob er ihr jemals würde verzeihen können.

Edward warf einen Blick auf die Uhr. Betsey würde bald aufwachen. Er wollte gerade den DVD-Player ausschalten, als die nächste Szene anfing. Die Kamera schwenkte langsam durch ein wunderschön ausgeleuchtetes Zimmer und blieb schließlich auf Angelica stehen, die auf dem Bett saß – splitterfasernackt, wie Edward mit einem Schock bewusst wurde. Ihr Gesicht leuchtete, selbst mit achtundvierzig Jahren war sie noch atemberaubend schön. Vielleicht sogar schöner denn je. Edward starrte sie wie hypnotisiert an. Er kam sich wie ein Voyeur vor, aber sein Körper hörte einfach nicht auf sein Gehirn, das ihm immer wieder befahl, den Film abzuschalten. Gebannt sah er zu, wie Angelica aufstand und ans Fenster trat. Die Kamera war hinter ihr, so dass man ihre Kehrseite in all ihrer lieblichen Pracht sehen konnte. Die Kehrseite, die Edward, obwohl er sie seit vielen Jahren nicht mehr gesehen hatte, immer noch vertraut war. Vielleicht war sie nicht mehr ganz so straff wie früher, aber das machte sie umso echter und wundervoller. Was Nacktszenen anging, waren die Franzosen wirklich nicht zimperlich, dachte er wehmütig. Trotzdem hatte die Szene nichts Schmutziges an sich. Sie war sehr dezent gefilmt. Plötzlich drehte Angelica sich um. Überraschung spiegelte sich auf ihrem Gesicht, als jemand den Raum betrat.

»Jean Paul«, sagte sie atemlos, als ihr Liebhaber sie in seine Arme riss. Dann begann Jean Paul, dieser Mistkerl, zu Edwards großem Entsetzen Angelica leidenschaftlich zu küssen. Sein Mund bedeckte ihr Gesicht, ihren Hals, ihre Haare mit Küssen, während seine Hand auf einer immer noch prallen Brust ruhte. Edward konnte nicht anders, er musste hinschauen. So gebannt und überwältigt war er von der verwirrenden Mischung aus Gefühlen, die in seinem Innern tobte, dass er kaum atmen konnte. Bis …

»Was ist denn hier los?«

Das Deckenlicht ging an. Edward fuhr herum und sah eine verwirrte und entrüstete Betsey im Türrahmen stehen. Ihre

Haare standen nach allen Seiten ab, und am Leib trug sie nichts als eins seiner Hemden sowie ein Paar Ugg Boots.

»Betsey … du bist schon auf. Ich mache das gleich aus, ich habe nur ein bisschen für meinen nächsten Film recherchiert und –«

»Schaust du dir etwa *Pornos* an?«, rief Betsey schrill. Ihr Gesicht zitterte vor Wut, während sie die Szene auf der Leinwand verfolgte. Peinlich berührt, aber zugleich unendlich erleichtert, dass Betsey nicht sehen konnte, wer die Schauspielerin war, weil diese kurz zuvor von ihrem Liebhaber gegen eine Wand gedrückt worden war und sich nun ausgiebig von hinten betasten ließ, fummelte Edward an der Fernbedienung herum und schaltete die anstößigen Bilder aus. Erschrocken stellte er fest, dass seine Wangen brannten. Es war noch schlimmer als damals, als seine Mutter ihn mit den Händen unter der Bettdecke erwischt hatte.

»Wie kommst du denn darauf?«, protestierte er. »Ich weiß, es sah ein bisschen freizügig aus, aber ich kann dir versichern, es war kein Porno.«

»Ich fasse es nicht!«, keifte Betsey und zeigte anklagend mit dem Finger auf ihn. »Edward, du Schweinehund! Du weigerst dich, mit deiner eigenen Ehefrau Sex zu haben, aber sobald man dir den Rücken zudreht, schiebst du dir schmutzige Filmchen rein und spielst an dir rum!«

Edward war empört. »Jetzt mach aber mal halblang, Betsey.«

Doch Betsey ließ sich nicht beruhigen. »*Halblang?* Du willst, dass ich halblang mache, Edward? Vielleicht machst du *den* da mal *halblang*!«, wobei sie erneut auf Edward zeigte, diesmal in die Gegend seines Schritts.

Edwards Blick wanderte nach unten. Angesichts dessen, was er dort zu sehen bekam, war er noch erstaunter als Betsey: Er hatte das größte Zelt in der Hose, das er seit Jahren gesehen hatte. Er wusste nicht recht, was er davon halten sollte.

Betseys Standpunkt zu dem Thema hingegen hätte klarer nicht sein können. Sie knipste das Licht aus und knallte die Tür hinter sich zu. Edward blieb im Stockfinstern zurück.

23 + + + + Der Montagmorgen dämmerte über London herauf, und Mike Connor genoss die Gewissheit, wieder in seinem eigenen Bett zu liegen. Noch nie im Leben war er so glücklich gewesen, zur Arbeit gehen zu müssen. Das war genau die Erholung, die er jetzt brauchte. Der Urlaub war von vorne bis hinten eine Katastrophe gewesen, und er hatte sich geschworen, nicht mehr mit den Kindern in Urlaub zu fahren, bis diese mindestens zwölf Jahre alt waren. Falls Diane darauf bestand, würde er sich *eventuell* dazu überreden lassen, in einen dieser Ferienclubs zu fahren, in denen es Animation für Kinder gab, Heerscharen von Babysittern und Fischstäbchen mit Pommes auf der Speisekarte – alles Dinge, die er zuvor aus tiefster Seele verabscheut hatte, deren Sinn er mittlerweile aber einsah. Die Realität eines Villenaufenthalts in der Toskana hatte nämlich rein gar nichts mit dem friedlichen Idyll gemein gehabt, das sie sich vorgestellt hatten.

Er drehte sich auf die Seite – ganz vorsichtig, um ja nicht Diane zu wecken und ihren Zorn auf sich zu ziehen. Davon hatte er in den letzten vierzehn Tagen wahrlich genug abbekommen. Den ganzen Urlaub über hatten sie nichts anderes gemacht, als Grace aus dem Pool zu retten und sich zu streiten – so lange, bis er irgendwann nicht mehr gewusst hatte, wer öfter heulte, die kleine Ava oder Diane. Ohne die Arbeit als Ausrede war er überdies gezwungen gewesen, Ava hin und wieder ihr Drei-Uhr-früh-Fläschchen zu geben, obwohl Dianes Brüste so prall waren, dass sie ohnehin jedes Mal selbst aufgestanden war, den Blick voll stummer Anklage, weil seine unberührten, nicht aufgesprungenen Brustwarzen keine eigene Milch produzieren konnten.

Diese Nacht hatte er auch nicht so gut geschlafen wie erhofft. Er war zu unchristlicher Zeit aufgewacht, weil draußen ein verdammter Fuchs die Mülltonnen durchwühlte, und seitdem lag er da, starrte an die Decke und sah zu, wie es langsam heller wurde. Diane, die neben ihm lag, war offenbar so erschöpft von ihrem »Urlaub«, dass sie den Krach, den das räudige Tier veranstaltet hatte, gar nicht mitbekommen hatte. Irgendwann hatte sie sogar angefangen zu schnarchen. Gott, wann war sein Leben nur so zutiefst unsexy geworden?

Er seufzte. Er machte sich schon seit geraumer Zeit Sorgen um Diane, und der Urlaub hatte sie nur noch vergrößert. In dieser neurotischen, dauergestressten Person war kaum noch die Frau wiederzuerkennen, die er einst geheiratet hatte. Und statt ihrer Beziehung neuen Schwung zu verleihen – was sie wirklich bitter nötig gehabt hätte –, hatte der Urlaub ihm nur in schonungsloser Klarheit vor Augen geführt, wie schwer sich Diane mit ihrer Mutterrolle tat. Außerdem ärgerte es ihn, dass sie in letzter Zeit so wenig Lust auf ihn hatte. Manchmal kam es ihm so vor, als würde sie alles tun, nur um Sex mit ihm zu vermeiden: Fliesen verfugen, das Klo putzen, die Steuererklärung machen – alles, solange sie dabei nicht in körperlichen Kontakt zu ihm kam.

Er warf einen Blick auf den Digitalwecker neben dem Bett. Fünf Uhr fünfundvierzig. Die Mädchen würden bald wach werden. Vielleicht war es besser, jetzt gleich zu duschen, dann würde er sie hören, wenn sie wach wurden, und Diane konnte noch ein bisschen länger schlafen. Als kleinen Gefallen, bevor er sie wieder sich selbst überließ …

Einige Stunden später stand die Sonne bereits hoch am Himmel, und in Hampstead lief Jessica zum allerersten Mal Gefahr, zu spät zur Arbeit zu kommen. Sie war gewohnt früh aufgewacht und hatte sich sogar noch Zeit für ihre morgendliche Joggingrunde genommen. Was sie aufgehalten hatte, war die Auswahl ihrer Kleider – was einigermaßen lächerlich war, wenn man bedachte, dass Paul sie seit zwei Wochen tagtäglich im Büro sah. Aber seit dem Kuss war irgendwie alles anders, und von der Frage, was sie anziehen sollte, schien enorm viel abzuhängen. In ihrem Bauch flatterten die Schmetterlinge nicht einfach nur herum, sie machten Loopings, und zwar mit Flügeln so groß wie die Ohren von Dumbo, dem Elefanten. Bäh, was für ein Vergleich, dachte sie und schnitt eine Grimasse, während sie sich mit dem Kamm durch die Haare fuhr. Denk an was anderes. Denk wieder an den Kuss, diesen unglaublichen Kuss, der in ihr ein derartiges Gefühlschaos ausgelöst hatte, dass sie sich ständig fragte, was er Paul wohl bedeutete. Falls er ihm überhaupt etwas bedeutete.

Wenn sie weiter so trödelte, würde sie sich noch mehr verspäten. So, Jeansrock, Flipflops von Havaianas und das blauweiß gestreifte Top. Fertig.

In Chiswick war Mike unterdessen zur Arbeit gefahren, und Diane Connors Tag hatte begonnen. Der Urlaub, der all ihre Probleme hatte lösen sollen, war vorbei. Gebracht hatte er nichts. Falls überhaupt, fühlte sie sich noch elender als vorher. Vermutlich wäre es besser gewesen, sie wäre zu Hause geblieben.

Sie sah auf Ava herab, die an ihrer Brust trank, und unternahm den Versuch, sie anders anzulegen. Aber davon wollte die Kleine nichts wissen. Die Kraft ihres Saugreflexes war unvorstellbar, wie wenn man auf einem Sofa staubsaugte und Angst haben musste, dass der Bezug abriss. Es fühlte sich an, als würde jemand heiße Nadeln durch ihre Brustwarzen stechen, aber sobald die Kleine ihren Rhythmus gefunden hatte, wurde der Schmerz erträglich.

Dann klingelte es an der Haustür.

»Mist, verdammter«, fluchte Diane und versuchte aufzustehen, ohne dass dem Baby dabei die Brustwarze aus dem Mund fiel. Indem sie ganz vorsichtig einen Fuß vor den anderen schob, schaffte sie es bis zur Tür. Sie war so stolz auf ihre Leistung, dass es ihr gar nicht in den Sinn kam, den Besucher – wer auch immer es sein mochte – vor dem Anblick ihrer geschwollenen, blaugeäderten Euter zu schützen.

»Äh … Blumen für Mrs Connor?« Der Kurier klang ein wenig benommen.

»Ah, wie schön. Danke«, sagte Diane, bevor ihr klar wurde, was für einen Anblick sie bot, und sie rasch hinter der Tür in Deckung ging. Bei diesem Manöver verlor Ava den Halt, die Warze rutschte ihr aus dem Mund, und Milch spritzte in hohem Bogen aus Dianes Brust. Entzückend.

Mit der freien Hand nahm Diane den Blumenstrauß entgegen, setzte ihre Unterschrift auf den Lieferschein (wobei selbige keine Buchstaben im engeren Sinne enthielt), murmelte ein erneutes Dankeschön und schloss hastig die Tür. Der Kurier entschwand den Gartenweg entlang, so schnell ihn seine Beine trugen.

Ava fing an zu schreien, so dass Diane sich zunächst darauf konzentrieren musste, ihr die Brustwarze wieder in den Mund zu stecken, bevor sie zurück in die Küche schlurfte. Ein schiefes Lächeln erschien auf ihrem Gesicht, als sie an den Gesichtsausdruck des Kuriers dachte. Vermutlich war es würdelos, sich ihm so zu präsentieren, aber alles war relativ. Wenn man wenige Wochen zuvor ein Kind entbunden und dabei nackt im Vierfüßlerstand »Muuuh!« gebrüllt hatte, während ein Medizinstudent dabei zusah, fiel eine einzelne nackte Brust nicht weiter ins Gewicht.

Wenige Minuten später hatte Ava sich sattgetrunken und war an der Schulter ihrer Mutter eingeschlafen. Diane schloss ebenfalls die Augen und war kurz davor, einzudämmern, als das Telefon schrillte. Sie fuhr zusammen. Hoffentlich hatte das Klingeln Grace nicht geweckt, die, noch müde von der langen Reise, oben in ihrem Zimmer ein Nickerchen machte. Diane riss den Hörer hoch. »Ja?«, zischte sie ungehalten.

»Ich bin's«, sagte Mike.

Diane schluckte. Sie wollte nicht schon wieder streiten, hatte aber Mühe, ihre Wut im Zaum zu halten. »Ich habe dir doch gesagt, du sollst tagsüber nicht auf dem Festnetz anrufen!«, sagte sie und versuchte vergeblich, die Mahnung freundlich klingen zu lassen.

»Oh, Mist, tut mir leid, hast du geschlafen? Hast du dich noch mal hingelegt?«

»Nein, aber wenn, dann hättest du mich jetzt sowieso aufgeweckt.«

»Ja, danke für die Standpauke. Ich habe doch gesagt, es tut mir leid. Eigentlich wollte ich fragen, ob du die Blumen bekommen hast.«

Sofort hatte Diane ein schlechtes Gewissen. »Ja, habe ich. Sie sind wunderschön, danke.«

»Hast du die Karte gelesen?«

»Ja«, log Diane. »Das war wirklich ... lieb von dir.« Sie widerstand dem Drang, ihm zu sagen, dass die Blumen die Arbeit, die sie mit ihnen haben würde – sie aus der Zellophanumhüllung befreien, die Stiele anschneiden, sie ins Wasser stellen –, gar nicht wert waren.

Mike zögerte. »Hör mal, ich weiß, dass es im Moment für dich nicht einfach ist, aber du machst das ganz großartig.«

Diane musste ein paar Tränen wegblinzeln, bevor sie ungläubig antwortete: »Wirklich? Mir kommt es aber nicht so vor. Ich bin ständig müde, und manchmal habe ich das Gefühl, ich drehe durch.«

Mike holte tief Luft. Warum musste sie aus allem immer so ein Drama machen? »Okay, also ich gehe nach der Arbeit noch kurz einen trinken, aber zur Gutenachtgeschichte müsste ich wieder da sein.«

Diane öffnete den Mund, um zu protestieren, aber es kam kein Ton heraus. Die Vorstellung, dass ihr Mann derartig spontan sein konnte, war zu viel für sie. Sie hatte das Gefühl, an der Ungerechtigkeit der Situation zu ersticken.

»Mummy …«, kam eine kleine Stimme durchs Babyfon.

»Ich muss jetzt«, sagte Diane und legte auf.

»Mummy!«, kam die Stimme erneut, diesmal deutlich ungehaltener.

»*Muuummmy!*«, brüllte Grace, die inzwischen aus dem Bett geklettert war und oben an der Treppe stand, außer sich vor Zorn, weil das Treppengitter ihr den Weg versperrte.

»Ich komme«, rief Diane matt und übersah dabei eine von Graces Puppen, die auf dem Boden lag. Sie trat mit dem rechten Fuß darauf und verlor das Gleichgewicht.

»Ahrgh!«, ächzte sie, während sie krampfhaft versuchte, sich auf den Beinen zu halten und die kleine Ava nicht fallen zu lassen. »Verdammte Mistkacke!«, fluchte sie, als ein Schmerz in ihren immer noch empfindlichen Unterleib fuhr.

»Mummy!«, meldete sich eine entrüstete Stimme von oben. »Das ist ein Pfui-Wort!«

»Welches Wort denn, Schätzchen?« Diane war entsetzt, dass ihre Tochter sie gehört hatte.

»Mistikack ist ein Pfui-Wort, Mummy.«

Diane ließ sich auf die unterste Treppenstufe sinken. Angst breitete sich wie ein Spinnennetz in ihr aus, und ihr wurde bewusst, dass irgendetwas mit ihr ganz und gar nicht in Ordnung war. Normalerweise hätte Graces Bemerkung sie zum Lachen gebracht, und sie hätte sich fest vorgenommen, Mike davon zu erzählen (wobei sie die Tatsache, dass sie geflucht hatte, ein wenig heruntergespielt hätte). Doch heute hatte sie das Gefühl, als würde sie nie wieder im Leben über etwas lachen können. Sie erhob sich und stapfte nach oben.

Was hätte sie nicht für einen einzigen freien Tag gegeben. Sie war so erschöpft, dass sie beim Gedanken daran, wie sie es mit ihren zwei kleinen Tyrannen durch den Tag schaffen sollte, am liebsten losgeheult hätte.

Und das tat sie auch. Sie setzte sich mitten auf die Treppe und weinte stille, große, salzige Tränen, die auf Avas Gesicht platschten. Milchtrunken und schläfrig klappte das Baby ein blaues Auge auf und warf ihrer weinenden Mutter einen verwunderten Blick zu, als wolle es sagen: »Was ist eigentlich dein Problem?«

24 ++++ Als Kerry, an diesem Morgen im Achtziger-Look mit einem um die Taille geknoteten Männer-T-Shirt, das Büro betrat, deutete Jessica auf die geschlossene Tür zu Mikes Büro.

»Er ist wieder da.«

»Hast du ihn schon gesehen?«, fragte Kerry und legte ihre Clutch auf den Schreibtisch.

»Nein.« Jessica musterte ihre Vorgesetzte argwöhnisch. »Moment mal, ist das nicht dieselbe Tasche, die du am Samstag im Club mithattest? Und dasselbe Kleid?«

Kerry konnte sich nicht eine Sekunde länger zurückhalten. Sie *musste* es einfach sagen, sonst würde sie platzen.

»O mein Gott, Jess, eigentlich wollten wir uns ja nichts anmerken lassen, aber das ist sowieso idiotisch, weil Paul ja Bescheid weiß, und außerdem habe ich keine Ahnung, ob ich körperlich überhaupt dazu in der Lage wäre. Ich war das ganze Wochenende über bei Luke! Ich hatte den besten Sex meines Lebens, und nicht nur, weil ich total notgeil war, was ich natürlich *auch* war, sondern weil er einfach völlig unglaublich ist!«, sprudelte sie hervor und sah dabei so glücklich aus, dass es fast zum Lachen war.

Jessica freute sich riesig für Kerry, die sich mit einem verträumten Gesichtsausdruck auf ihren Stuhl fallen ließ.

»Wer hätte das gedacht«, neckte Vanessa, die herübergekommen war, um guten Morgen zu sagen.

»Mein Gott, was er mir alles im Bett gesagt hat!«, rief Kerry mit großen Augen.

»Das ist so romantisch!«, schwärmte Jessica.

»Ich weiß!«, quietschte Kerry. »Mein Höschen kriegt einen Knoten, wenn ich nur an ihn denke.«

»Weniger romantisch«, meinte Vanessa, und Jessica lachte.

Genau in diesem Moment betrat die Ursache von Kerrys verknotetem Höschen das Büro, gefolgt von Paul. Jessica hörte sofort auf zu lachen und spürte, wie ihr Inneres zu Pudding wurde. Dann klingelte ihr Handy. Es war Angelica. Verflixt, warum vergaß sie ständig, ihre Mutter zurückzurufen? Aber jetzt war auch nicht der richtige Zeitpunkt, also schaltete sie das Handy kurzerhand aus.

»Guten Morgen, alle miteinander«, verkündete Luke überschwänglich.

»Scheiße«, sagte Julian. »Ist das ab jetzt immer so? Sind wir hier bei *Friends* oder was?«

»Hast wohl wieder mal den Mund nicht halten können, was?«, sagte Luke, an Kerry gewandt, und verdrehte in gespielter Verzweiflung die Augen. Allerdings konnte jeder sehen, dass es ihm nicht das Geringste ausmachte, seine Eroberung in alle Welt hinausposaunt zu wissen. Er küsste Kerry zärtlich auf die Stirn, bevor er zwei Kaffeebecher auf ihrem Tisch abstellte.

Währenddessen hatte Paul sich unauffällig an Jessica herangeschlichen. »Na, du?«, sagte er leise.

»Na?«, antwortete Jessica schüchtern und sah zu ihm auf.

»Was macht Mikes Garten?«

»Nicht mehr durstig«, sagte sie mit einem Lächeln.

»Der Glückliche«, sagte Paul. »Ich hoffe übrigens, dir ist klar, dass du mich ganz übel im Stich gelassen hast. Wegen dir musste ich das ganze Wochenende lang bei den Frischverliebten da drüben fünftes Rad am Wagen spielen.«

Genau in diesem Moment kam Natasha zur Tür herein. Sie wirkte gehetzt, weil sie spät dran war, allerdings nicht zu gehetzt, um auf dem Weg zu ihrem Tisch neben den zwei Turteltäubchen stehen zu bleiben und sich demonstrativ den Finger in den Hals zu stecken.

»Ich bin sicher, du hast es überlebt«, sagte Jessica brüsk. Pauls Ex war gerade zur rechten Zeit aufgetaucht. Sie war eine lebende Warnung, sich nicht auf einen Flirt einzulassen.

»Ist Dulcie gut weggekommen?«, erkundigte sich Paul, dem nicht entgangen war, wie sich Jessicas Miene bei Natashas Anblick verdüstert hatte. Bereits im Club hatte er vermutet, dass jemand ihr von ihm und Natasha erzählt haben musste, und dieser Blick bestätigte seinen Verdacht. Er konnte – um seines Selbstwertgefühls willen – nur hoffen, dass sie nicht wusste, wie es zu Ende gegangen war.

Jessica nickte. »Ja, alles gut gelaufen.«

»Hör mal«, meinte Paul. »Wenn du mich dreist findest, sag es ruhig, aber ich würde dich wirklich gerne ein bisschen besser kennenlernen, und obwohl es mir vollkommen egal ist, was der Rest denkt, ist es vielleicht trotzdem das Beste, ihnen keine Gelegenheit zum Tratschen zu geben, zumindest nicht in diesem frühen Stadium, und deswegen …«

»Deswegen?«, echote Jessica.

»Was ich sagen will, ist: Wir sollten mal zusammen ausgehen. Ich meine: *Ich* würde gerne mal mit dir ausgehen.«

»Dir ist egal, was irgendwer darüber denkt, aber trotzdem willst du es geheim halten?«, fragte Jessica verwirrt. Musste sie sich nun wegen Natasha Sorgen machen oder nicht? Auf eine Rivalin wie sie konnte sie nämlich gut verzichten.

»Ja«, sagte Paul, der sich das Lachen verkneifen musste. »Also gut, noch mal von vorn. Nur für den Fall, dass du das glaubst – und ich könnte natürlich auch total danebenliegen: Es interessiert mich nicht, was *Natasha* darüber denkt, okay? Am Samstag im Club dachte ich, dass du dir deswegen vielleicht Sorgen machst, aber es ist mir wirklich egal. Trotzdem fände ich es besser für uns beide, wenn wir erst mal abwarten würden, wohin das mit uns führt, ohne dass wir uns durch das Gerede der anderen unter Druck setzen lassen.«

»Verstehe«, sagte Jessica, die bei dem Wort »uns« knallrot geworden war. »Na klar, ich meine, ja, finde ich auch.« Ihr Herz fing an zu klopfen, als sie Paul in die Augen sah.

»Also, wann darf ich dich ausführen?«, fragte er, wobei er das Gewicht von einem Fuß auf den anderen verlagerte.

Er war nervös. Wie süß, dachte Jessica.

»Also …«, sagte sie, um Zeit zu gewinnen. Sie wusste, dass sie es ihm nicht zu leicht machen durfte. Ihm sagen musste, dass sie heute Abend schon etwas vorhatte und morgen Abend auch. Dass sie sich vielleicht am Mittwoch treffen könnten … oder sogar erst am Wochenende. »Wie wär's mit heute?«

Paul strahlte. »Das passt perfekt. Sollen wir direkt von hier aus losgehen, oder soll ich dich zu Hause abholen?«

Jessica ließ sich die zwei Möglichkeiten durch den Kopf gehen. »Warum holst du mich nicht ab?«, meinte sie schließlich. »Wenn das für dich okay ist.«

»Klar. Dann kann ich endlich mal sehen, wo du wohnst.«

Zur selben Zeit lauschte Mike aus der Sicherheit seines Büros den Unterhaltungen seines Teams nebenan. Es beruhigte ihn. So klang die Normalität, Menschen, die sich in der Gesellschaft anderer Menschen wohl fühlten … glücklich waren.

Sein Telefon klingelte.

»Mike Connor.«

»Mike, David hier.«

»David.« Mike zwang sein Gehirn zurück in den Arbeits-Modus.

»Und? Hattet ihr einen schönen Urlaub?«

»Ganz gut, danke, ganz gut«, antwortete er. »Nicht *phantastisch*, aber auch nicht schlecht.«

»Diane kommt zurecht?«

»Ähmmm«, meinte Mike gedehnt.

»Verstehe. Nun, Wendy und ich haben uns unterhalten, und wir sind zu dem Schluss gekommen, dass sie Hilfe braucht. Eine Nanny oder wie auch immer man diese Leute heutzutage nennt. Wenn sie sich zum Märtyrer macht, ist keinem damit geholfen, habe ich recht?«

»Also …«

»Ich überlasse es dir, dich darum zu kümmern. In der Zwischenzeit schicke ich dir ein Memo zu einem Special, das wir irgendwann im Herbst senden wollen.«

»Super«, sagte Mike. »Klingt interessant. Ich schaue es mir gleich an. Aber was die andere Sache angeht – ich weiß nicht recht, ob …«

»Unsinn!«, rief David streng und erstickte damit jede Diskussion im Keim.

»Gut, dann …«, sagte Mike matt – aber sein Schwiegervater hatte bereits aufgelegt.

Herrischer alter Mistkerl, schäumte Mike innerlich. Gott, manchmal war es wirklich die Hölle, den eigenen Schwiegervater zum Boss zu haben. Diane ging nicht arbeiten, also wollte sie auch kein Kindermädchen. Er hatte ihr den Vorschlag schon mehrmals gemacht, und sie hatte jedes Mal abgelehnt. Damit würde sie sich eingestehen, dass sie versagt hatte, oder so ähnlich. Dennoch hatte David nicht ganz unrecht. Irgendetwas musste geschehen – und zwar schnell, wenn er an das jüngste Telefonat mit seiner Frau dachte.

In diesem Moment steckte jemand den Kopf zur Tür herein. »Kerry, wie geht es dir? Wie läuft's so? Ich wollte mir gerade die Show von letzter Woche anschauen, die, wie ich gehört habe, ganz ausgezeichnet gewesen sein soll.«

»Ja, sie war ordentlich. Aber wir haben keine Zeit, uns auszuruhen. Die nächste Sendung kommt bestimmt.«

»Hilf mir auf die Sprünge.«

»Marisa Tomei, Michael McIntyre und Jonny Lee Miller.«

»Ausgezeichnet«, sagte Mike, beeindruckt von dem Staraufgebot. »Jonny hast du erst kurzfristig gebucht, oder?«

»Stimmt«, sagte Kerry und verkniff sich ein Grinsen, weil Mike wie üblich nur den Vornamen gebraucht hatte. »Du müsstest dann noch ein paar Belege gegenzeichnen.«

»Sicher«, sagte Mike und nahm ihr die Unterlagen aus der Hand. »Ach, übrigens, wie klappt es mit der Neuen?«

»Sehr gut«, sagte Kerry aufrichtig. »Super.«

»Gut. Kannst du sie gleich reinschicken, ich möchte mich bei ihr bedanken, dass sie sich um unseren Garten gekümmert hat.«

Dreißig Sekunden später klopfte Jessica an seine Tür.

»Hi, Mike«, sagte sie freundlich. »Willkommen zurück. Schön, dass du wieder da bist.«

»Danke«, sagte Mike, der sich fragte, wieso sie so glücklich aussah. »Ich wollte mich nur bei dir bedanken, dass du –« Sein Handy klingelte. »Warte kurz, es dauert nur eine Minute – meine Frau … Hallo, Schatz? … Alles in Ordnung? Was ist denn jetzt schon wieder?«

Jessica zeigte zur Tür, um zu fragen, ob sie später wiederkommen solle, damit er in Ruhe telefonieren könne, aber Mike schüttelte den Kopf und hob die Hand, um ihr zu bedeuten, dass sie bleiben solle. Also blieb Jessica nichts anderes übrig, als dem sehr persönlichen Gespräch zuzuhören, während sie sich im Raum vergeblich nach einer Ablenkung umsah. Es gab nichts, was ihre Aufmerksamkeit hätte fesseln können, also starrte sie angestrengt an die Decke, als wäre sie ein Bauhandwerker, der überlegte, was alles renoviert werden musste.

»Sag mir doch einfach, was los ist«, flehte Mike. »Also gut … in Ordnung, beruhig dich erst mal. Dann gehe ich eben nicht in den Pub, wenn das so eine große Sache ist … okay … wir reden, wenn ich nach Hause komme … in Ordnung, Schatz. Ja … ja, bis nachher. Nein, ich habe nicht vergessen, dass wir noch Calpol brauchen.«

Mike legte das Handy weg. Nicht einmal die Sonnenbräune konnte die Anspannung in seinem Gesicht verbergen.

»Alles in Ordnung?«, fragte Jessica.

»Ja, ja«, meinte er abwesend. »Das war nur meine Frau. Sie hat's im Moment nicht leicht, das ist alles.«

»Verstehe«, sagte Jessica, obwohl sie es nicht verstand. Die Frau auf dem Foto in Mikes Küche hatte ausgesehen, als hätte sie allen Grund, glücklich zu sein.

»Weißt du, sie hat es sich in den Kopf gesetzt, alles alleine zu machen«, sagte Mike, der aus unerfindlichen Gründen das Bedürfnis verspürte, sich seiner jungen Mitarbeiterin anzuvertrauen. »Ich glaube, sie braucht einfach ein bisschen Zeit für sich, aber jedes Mal, wenn ich ihr einen Vorschlag mache, sagt sie, sie sei zu müde, um darüber nachzudenken. Ich suche nach einem Babysitter für Mittwochabend, damit wir wenigstens an ihrem Geburtstag mal zusammen ausgehen können, aber …«

Mike hielt inne, als ihm klar wurde, dass er einer Fremden sein Herz ausschüttete – noch dazu einer, die erst kürzlich ihre Freizeit dafür geopfert hatte, seinen Garten zu bewässern. »Wie auch immer, du bist ja nicht hergekommen, um dir mein Gejammer anzuhören. Ich wollte mich bei dir bedanken, dass du dich während unserer Abwesenheit um unseren Garten gekümmert hast. Ich hoffe, du musstest nicht allzu oft rausfahren?«

»Nein, gar nicht«, beteuerte Jessica, während sie schuldbewusst daran dachte, dass der Garten eine brütend heiße Woche lang ohne einen Tropfen Wasser hatte ausharren müssen. »Ich bin bloß froh, dass alles noch am Leben ist.«

»O nein, die Kübel sind alle eingegangen.«

Jessica schluckte und wartete auf einen Rüffel, aber es kam keiner. Mike war ganz offensichtlich mit seinen Gedanken woanders. Er machte sich Sorgen um seine Frau. Jessica fühlte mit ihm.

»Vielleicht könnte ich ja babysitten?«, bot sie zögerlich an.

Mike horchte auf. »Wie bitte?«

»Vielleicht könnte ich für dich und deine Frau babysitten? Ich meine, falls ihr mir eure Kinder überhaupt anvertrauen möchtet. Ich habe nicht viel Erfahrung mit kleinen Kindern, aber wenn ihr abends ausgeht, sind sie ja wahrscheinlich sowieso schon im Bett, oder?«

»Ja«, sagte Mike und wandte Jessica seine volle Aufmerksamkeit zu. »Ja, natürlich. Aber … du liebe Zeit, nein, ich kann nicht erwarten, dass du mir schon wieder einen Gefallen tust. Nicht, dass es ein Gefallen *wäre*, ich würde dich selbstverständlich dafür bezahlen. Was auch immer du verlangst. Fünf Pfund die Stunde? Nein, das ist zu wenig – sechs? Sieben vielleicht? Ich habe keine Ahnung, wie viel Babysitter heutzutage kosten. Normalerweise kümmert sich meine Frau um solche Sachen, aber trotzdem würde ich dich in jedem Fall angemessen bezahlen.« Mike kaute nachdenklich auf seinem Daumennagel herum. »Pass auf, ich will ganz ehrlich sein: Ich wäre überglücklich, wenn du einspringen könntest, im Moment haben wir nämlich sonst niemanden. Meine Eltern sind zu alt, die von Diane sind ein hoffnungsloser Fall, und sie weigert sich, jemanden in Betracht zu ziehen, der ihr nicht persönlich empfohlen wurde.« Er sagte dies, als wäre die Weigerung seiner Frau, ihre Kinder jedem x-beliebigen Fremden zu überlassen, in keinster Weise rational nachvollziehbar. »Aber ich will nicht, dass du dich zu irgendwas verpflichtet fühlst – das bist du nämlich nicht«, fügte er hinzu, während er zugleich immer euphorischer wurde. »Natürlich muss ich das noch mit meiner Frau besprechen – sie überzeugen, dass du keine Kinderschänderin bist und so weiter. Aber wenn du es wirklich ernst meinst, dann wäre das ein Traum.«

»Klar«, sagte Jessica und fragte sich, worauf sie sich da eingelassen hatte.

»Nur noch ein Gedanke: Vielleicht ist es besser, es den anderen gegenüber nicht zu erwähnen? Nur wegen der Trennung von Beruf und Privatem, du verstehst schon? Außerdem weißt du inzwischen ja bestimmt, was für schreckliche Klatschweiber die Leute hier sind.«

»In Ordnung«, sagte Jessica. Sie hatte absolut nichts dagegen, die Sache geheim zu halten. Sie wusste noch genau, wie ihre Kollegen reagiert hatten, als sie Mike Hilfe mit seinem Garten angeboten hatte.

»Also gut, dann rufe ich Diane jetzt sofort an.«

»Super«, sagte Jessica und wandte sich zum Gehen.

»Und, Jessica?«

»Ja, Mike?«

»Danke«, sagte er und legte dabei die Stirn in Falten. Vermutlich wollte er damit signalisieren, wie ernst es ihm war, allerdings hatte es eher den gegenteiligen Effekt.

»Absolut keine Ursache«, beteuerte Jessica. Mike und seine Frau schienen ein Paradebeispiel von Menschen zu sein, die »öfter unter Leute gehen« sollten.

Mike war glücklich und wandte seine Aufmerksamkeit wieder seinem Posteingang zu. Ah, da war ja die angekündigte E-Mail von David zum Herbst-Special. Hervorragend, jetzt hatte er endlich einen Aufhänger für das Meeting am nächsten Tag. Es ging wieder aufwärts. Der guten Miss Bender sei Dank.

25 + + + + Um Punkt acht Uhr an diesem Abend klingelte es bei Pam an der Haustür.

»Liebes, er ist da!«, trompetete Pam die Treppe hinauf. Ihre Nichte frisch verliebt zu sehen hatte Pam in ihre eigene Vergangenheit zurückversetzt, damals, als Bernard um sie geworben hatte. In den vergangenen Tagen hatte sie sich erlaubt, hemmungslos in romantischer Wehmut zu schwelgen. Inzwischen machten die Erinnerungen an die Vergangenheit ihr nicht mehr ganz so sehr zu schaffen, was sie auf Jessicas Gesellschaft zurückführte. Ihre Nichte hatte sie daran erinnert, dass das Leben da war, um gelebt zu werden, und es war wundervoll, mit anzusehen, wie glücklich ihre Nichte war. Am Sonntag, als innerhalb von vierzig Minuten dreimal der Name Paul gefallen war, hatte Pam sich dazu hinreißen lassen, von einer Märchenhochzeit in Weiß zu träumen.

Jessica kam die Treppe heruntergerannt. Sie war nervös und unsicher, ob sie womöglich für ein Abendessen an einem Wochentag zu schick angezogen war. Wie sie Paul kannte, würde er mit ihr höchstwahrscheinlich in den Pub gehen. Aber egal. Wahrscheinlich würde ihm ohnehin nicht auffallen, dass ihr cremefarbenes Kleid (ein Geschenk von ihrer Mutter) ein Vintage-Stück von Chloé war.

»Sehe ich gut aus?«, fragte sie ihre Tante aufgeregt.

»Wunderhübsch. Der junge Mann hat wirklich Glück. Ich lasse euch dann mal allein.«

Jessica umarmte ihre Tante dankbar, dann hielt sie kurz inne, um noch einmal tief Luft zu holen, bevor sie die Tür öffnete. Als sie das allerdings tat, bekam sie einen Riesenschreck.

»Mist!«, entfuhr es ihr. »Was machst du denn hier?«

Auf der Schwelle stand ihre Mutter und sah aus wie ein Hollywoodstar (was sie ja auch war).

»Du trägst das Kleid, das ich dir gekauft habe«, sagte Angelica glücklich. »Der Schnitt steht dir wirklich ausgezeichnet.«

Als Jessica endlich begriffen hatte, dass das, was sie sah, keine Fata Morgana war, sickerte ihr wie ein Strahl Eiswasser ganz langsam eine Erinnerung ins Bewusstsein: dass sie sich mit ihrer Mutter lose (sehr lose) für diesen Abend verabredet hatte. Sie wusste, dass Schadensbegrenzung angesagt war, gleichzeitig jedoch galt ihre große Sorge dem Umstand, dass Paul jede Sekunde um die Ecke biegen konnte und dass es ziemlich knifflig werden würde, ihm zu erklären, wieso sich Heavenly Melons in ihrem Vorgarten herumtrieb.

»Mom, bitte«, flehte sie. »Es tut mir so leid, aber ich habe heute ein Date.«

»Ein Date? Heute Abend? Oh, Jessica, ich freue mich so für dich! Hat er nichts dagegen, mit uns zum Abendessen zu kommen?«

»Komm rein«, befahl Jessica, als ihr klar wurde, dass es auf die feinfühlige Tour nicht funktionieren würde.

»Ich weiß nicht, ob das Pamela recht –« Doch Angelica konnte ihren Satz nicht zu Ende bringen, denn Jessica sah hastig rechts und links die Straße hinunter, packte ihre Mutter am Arm und zerrte sie in den Hausflur, gerade als Pamela aus dem Wohnzimmer kam, um zu sehen, was los war.

»Was machst du denn hier?«, fragte sie indigniert. Sie stemmte die Hände in die Hüften und hatte einen derart drohenden Ausdruck im Gesicht, dass einem angst und bange werden konnte. Zum ersten Mal verstand Jessica, warum ihre Mutter sich vor Pamela fürchtete.

»Ich bin mit meiner Tochter verabredet«, sagte Angelica und straffte die Schultern.

Jessica fühlte sich schrecklich. Das war alles ihre Schuld.

»Mom, pass auf. Es tut mir wahnsinnig leid, ich hätte dich anrufen sollen, aber das war kein Witz, ich habe heute Abend wirklich ein Date, und zwar eins, das mir sehr wichtig ist.«

»Aber das ist doch wunderbar!«, rief Angelica und schenkte ihr ein strahlendes Lächeln. »Ich freue mich so für dich, Liebling, wirklich.«

O Mann, dachte Jessica. Sie hatte jahrelang darauf gewartet, ein bisschen Aufmerksamkeit von ihrer Mutter zu bekommen, aber jetzt wünschte sie sich nichts sehnlicher, als dass diese den Wink mit dem Zaunpfahl verstand und sich in Luft auflöste.

»Nein.« Es half nichts. Ihr würde nichts anderes übrigbleiben, als es ganz ungeschminkt zu sagen. »Wir können heute nicht zusammen essen gehen. Ich habe aus Versehen zwei Verabredungen auf denselben Termin gelegt, und ich will nicht, dass er dich sieht. Er weiß nicht, wer meine Eltern sind, und es ist enorm wichtig, dass das auch so bleibt. Endlich kann ich mal mein eigenes Leben leben, ohne ständig von euch verfolgt zu werden. Du glaubst gar nicht, wie gut das tut. Das verstehst du doch, oder? Deswegen bin ich ja schließlich nach England gekommen.«

Angelica war so tief verletzt, dass sie unter ihren Kleidern regelrecht zusammenzuschrumpfen schien, wie ein Ballon, in den man eine Nadel gestochen hat.

»Verstehe«, sagte sie.

Jessica wurde rot vor Scham und Wut auf sich selbst. »Es tut mir leid, so war es nicht gemeint, es ist nur …«

Angelica blickte stumm zu Boden. Sie war es leid, immer wieder auf ihre Tochter zuzugehen und jedes Mal abgewiesen zu werden. »Ich weiß, dass unsere Beziehung nicht die beste ist, Jessica, und das tut mir aufrichtig leid, aber wie oft soll ich mich noch bei dir entschuldigen, wenn du mir sowieso nicht verzeihen willst?«

Jessica sah ihre Mutter wie vom Donner gerührt an. Noch nie hatte sie solche Worte aus ihrem Mund gehört.

Auf Pam allerdings hatten sie eine gänzlich andere Wirkung.

»Na, das ist aber stark«, brauste sie auf. »Ich würde sagen, du hast dich noch lange nicht genug entschuldigt! Weder bei ihr noch bei Teddy. Jahrelang hat er darauf gewartet, auch nur ein Wort von dir zu hören. Er hat sich das Hirn zermartert, warum du getan hast, was du getan hast …«

»Aber das stimmt nicht, ich …«

Es klingelte.

»Mist!«, rief Jessica.

»Da siehst du, was du angerichtet hast!«, zischte Pam, deren Zurechtweisung angesichts der Tatsache, dass sie flüstern musste, nicht ganz so bedrohlich klang wie beabsichtigt. »Jetzt hörst du mir mal gut zu, Ange. Wenn du bei deiner Tochter überhaupt weiterkommen willst, dann vermassle ihr das hier jetzt nicht, verstanden? Dieser junge Mann bedeutet ihr sehr viel, und sie soll ihr Date haben – so, wie sie es will.«

»Gut«, sagte Angelica mit einem Ausdruck leiser Panik im Gesicht. »Aber was soll ich machen? Mein Fahrer wendet nur schnell den Wagen, er wird gleich wieder da sein.«

In der Zwischenzeit stand Paul draußen vor der Tür und begann sich zu fragen, ob er sich vielleicht in der Haustür geirrt hatte. Er drückte erneut auf die Klingel. Genau zur gleichen Zeit fing Angelicas Handy in ihrer Handtasche an zu vibrieren.

»Das ist mein Fahrer«, flüsterte sie verzweifelt. »Das heißt, er fährt jeden Augenblick vor dem Haus vor.«

»Hallo?«, kam Pauls Stimme durch den Briefschlitz.

Pam, die seine Augen sah, die durch den Schlitz ins Haus spähten, sah sich zum Äußersten gezwungen. »Rein da!«, befahl sie und schubste die völlig verdatterte Angelica in Richtung Garderobenschrank.

Sobald ihr klar wurde, was Pam vorhatte, wollte Angelica – die enge Räume nicht ausstehen konnte – protestieren, aber Pam schenkte ihr keinerlei Beachtung. Sie stieß sie in den Schrank und knallte die Tür zu. Gedämpft drang Angelicas Flehen durchs Holz. Um für Ruhe zu sorgen, schlug Pam noch einmal mit der Faust gegen die Schranktür. »Sei ja still. Wir lassen dich so schnell wie möglich wieder raus.«

Angelica ergab sich ihrem Schicksal und verstummte.

Inzwischen war Jessica kurz davor, durchzudrehen. Zum Glück bewies Pam die nötige Geistesgegenwart. Als sie sah, dass ihre Nichte vor Angst wie gelähmt dastand, ging sie selbst zur Tür und öffnete.

»Hallo«, sagte sie und klang dabei wie ein unerfahrener Fernsehmoderator, der vom Teleprompter abliest. »Sie sind bestimmt Paul. Kommen Sie doch rein.«

»Danke«, sagte er, und Jessica trat vor, um ihn zu begrüßen. Es war unmöglich zu sagen, wer verstörter aussah, sie oder Pam. Paul fragte sich, warum die beiden sich so seltsam benahmen. »Dann sind Sie bestimmt Pam. Jessica hat mir schon viel von Ihnen erzählt.«

»Ooh!«, rief Pam wesentlich lauter, als nötig gewesen wäre. »Nur Gutes, hoffe ich!«

»Nur das Beste«, bestätigte er.

Genau in diesem Moment hörte man laut und deutlich den Klingelton eines Handys. Er kam aus dem Schrank.

Jessica und Pam strahlten um die Wette und taten so, als hätten sie nichts gehört. Angelica bemühte sich, das Handy zu finden und auszuschalten, was die Situation allerdings nur noch schlimmer machte, da nun der gesamte Schrank zu wackeln begann.

»Ist da jemand im Schrank?«, fragte Paul.

»Was?«, sagte Jessica, weil ihr nichts anderes einfiel.

»Der Schrank«, wiederholte Paul. »Da ist doch jemand drin.«

»Äh ...«

»Seien Sie nicht albern. Warum sollte denn jemand in unserem Schrank sein?«, rief Pam mit überschnappender Stimme. Ihre Lüge wurde dadurch entlarvt, dass genau in diesem Moment die Tür des Schranks knarrend aufschwang und Angelica, die es keine Sekunde länger in dem engen Raum aushielt, ins Freie gestolpert kam, wobei sie allerdings in einem letzten verzweifelten Versuch, unentdeckt zu bleiben, hinter der offenen Schranktür stehen blieb.

»Bis auf diese eine Person da«, meinte Pam und schoss einen wütenden Blick in Angelicas Richtung ab. »Tja, in diesem Haus haben wir viel Spaß, stimmt's, Jess? Oh, jetzt müssten Sie aber Ihr Gesicht sehen, Paul. Ein Bild für die Götter. Da haben wir Sie aber hübsch reingelegt, was?«

Paul sah sich verunsichert um.

»Also«, begann Jessica, der klargeworden war, dass irgendjemand mit einer Erklärung dafür aufwarten musste, wieso Angelica Dupree dem Garderobenschrank ihrer Tante entstiegen war. Es war Zeit für eine Beichte. Ihr vorherrschendes Gefühl war Traurigkeit, weil sie aufgeflogen war. Sie wollte nicht schon wieder in Jessica Grangers Haut schlüpfen. Aber was nützte es?

Als sie sich umwandte, um ihre Mutter vorzustellen, sah sie, dass Angelica sich eins von Pams Seidentüchern um den Kopf geschlungen und einen Regenmantel übergezogen hatte. Beides musste sie im Schrank gefunden haben. Jessica wusste den Einsatz ihrer Mutter zu schätzen, allerdings hatte die Verkleidung lediglich den Effekt, dass sie jetzt nicht mehr aussah wie ein Filmstar, sondern wie ein Filmstar, der nicht erkannt werden will.

Trotz allem schien Paul noch nicht gemerkt zu haben, wen er da vor sich hatte. Hoffnung keimte in Jessica auf. Bestand vielleicht die Möglichkeit, dass sie irgendwie damit durchkamen?

»Also, Paul, das ist … eine alte Kollegin von meinem Dad, und … da ist auch schon ihr Wagen!«

Ein verdutzt aussehender Paul drehte sich zur Tür und sah, wie ein riesiger Bentley mit getönten Scheiben vor dem Haus hielt.

»Wow, was für ein Schlitten. Aber … wenn sie der Fahrer ist, wer sitzt denn dann hinterm Steuer? Und was haben Sie im Schrank gemacht?« Eine durchaus vernünftige Frage, die Angelica jedoch nutzte, um an ihm vorbeizuschlüpfen. Eine Antwort bekam er nicht.

»Ciao, ciao!«, rief sie so undeutlich wie möglich, um ihren französischen Akzent zu kaschieren. Als sie die Stufen vor der Haustür hinunter und durch den Vorgarten zum Wagen eilte, trat eine lange Stille ein, in der Pam und Jessica Paul mit festgefrorenem Grinsen anblickten, bis Jessica irgendwann klar wurde, dass sie ein ziemlich unheimliches Bild abgeben mussten.

»Also«, meinte sie und klatschte in die Hände wie ein Animateur im Ferienlager. »Wollen wir dann los?«

»Äh, ja«, sagte Paul. »Aber ich verstehe immer noch nicht, warum ein zweiter Fahrer aussteigt, um –«

»Sie bringen sie mir doch wohlbehalten zurück, nicht wahr?«, fiel Pam ihm ins Wort, als wäre es die Lösung aller Probleme, alles möglichst laut zu sagen.

»Natürlich«, sagte Paul. Hoffentlich war sein Trommelfell noch heil.

»Na, dann seid brav, und wenn ihr nicht brav sein könnt, seid wenigstens vorsichtig«, sagte Pam mit einem – diesmal echten – Schmunzeln, so erleichtert war sie, als der gigantische Bentley endlich aus ihrer Einfahrt verschwunden war.

»Pam!«, rief Jessica entrüstet, aber auch ihr fiel ein Stein vom Herzen, als sie die Stufen hinuntergingen. Das war knapp gewesen – und sie war selber schuld. Ihre Mutter gab sich so viel Mühe, sie hatte wirklich Besseres verdient. Es war bloß so schwierig, alles unter einen Hut zu bekommen, wenn man noch so viele andere Sachen im Kopf hatte. Dennoch nahm sie sich fest vor, sich zu bessern.

»Das war ziemlich seltsam«, meinte Paul, als sie nebeneinander die Straße entlanggingen. »Und außerdem hast du mich angelogen.«

»Was!«, quietschte Jessica, und ihr Herz begann erneut zu rasen. Hatte er Angelicas Gesicht etwa doch gesehen?

»Du hast gesagt, das Haus deiner Tante wäre nichts Besonderes.«

Jessica lächelte unsicher, weil sie nicht wusste, was sie dazu sagen sollte. Vermutlich wäre es das Klügste, einfach den Mund zu halten, bis sie herausgefunden hatte, worauf er hinauswollte.

»Warum hast du die ganze Zeit erzählt, wie ›gewöhnlich‹ ihr Haus ist, wenn sie in Wirklichkeit in einer riesigen viktorianischen Villa auf einem der teuersten Hügel in ganz London lebt?«, fragte er. »Wolltest du damit irgendwas beweisen, oder hältst du mich einfach nur für genauso intolerant, wie Dulcie es tut?«

»Äh, ja … nein!«, antwortete Jessica völlig verwirrt. Sie hatte ihren Kollegen erzählt, dass ihre Tante in einem Haus wohnte, das gemütlich, aber einfach war, und hatte das für eine ziemlich akkurate Beschreibung gehalten. Paul sah das offensichtlich anders.

»Wenn du ernsthaft der Meinung bist, dass ein Haus, das mehr als eine Million gekostet haben muss, nichts Besonderes ist, dann nehme ich dich besser nicht so schnell mit zu mir nach Hause.«

»Oh«, machte Jessica.

»War nur Spaß«, beeilte sich Paul zu sagen. »Du bist bei mir jederzeit willkommen. Aber ab jetzt keine Lügen mehr, okay?«

»Natürlich nicht«, sagte Jessica, in deren Kopf sich die Gedanken überschlugen. War das Haus ihrer Tante wirklich so viel Geld wert? Ihr Haus in L. A. war so groß, dass sie ein Haustelefon brauchten, um zu wissen, wann das Essen fertig war. Vielleicht hatte sie einfach keine besonders realistische Vorstellung von solchen Dingen. Sie machte den Mund auf, um sich erneut zu entschuldigen, aber Paul winkte ab.

»Also, was wollen wir heute Abend machen? Hast du Lust auf Abendessen, oder wollen wir vorher noch was trinken gehen?«

Zum ersten Mal an diesem Abend sah Jessica ihn richtig

an. Er trug wie üblich T-Shirt und Jeans, sah aber wieder so geschrubbt aus. Er hatte sich die Haare aus dem Gesicht gekämmt, was ihm unheimlich gut stand. Jessica verspürte den plötzlichen Drang, das zu erforschen, was unter seinen Kleidern steckte.

»Lass uns erst mal was trinken gehen, und dann sehen wir weiter«, schlug sie vor, und allmählich, während sie weiter durch die Straßen schlenderten, verflüchtigte sich ihre Nervosität. Wen interessierte es schon, wo sie wohnten oder wer sie waren? Mit Paul fühlte sie sich wohl. Ein Gefühl, das lediglich von den Wellen körperlichen Verlangens gestört wurde, die sie überschwemmten, wann immer sie daran dachte, wie göttlich er aussah. Wie hatte sie jemals Angst vor ihm haben können?

Etwas später, in einem Pub, den sie ein paar Straßen weiter entdeckt hatten, spielte Jessica erneut mit dem Gedanken, die Karten auf den Tisch zu legen. Vielleicht sollte sie ihm beichten, wer ihre Eltern waren, bevor noch mehr zwischen ihnen passierte. Aber sie fürchtete sich so sehr davor, die Sache anzusprechen – sie wollte keine schlafenden Hunde wecken –, dass sie sich schließlich dagegen entschied. Paul war so beeindruckt, weil sie ganz alleine nach England gekommen war und selbst für ihren Lebensunterhalt sorgte, und sie wollte das Bild, das er von ihr hatte, nicht zerstören. Außerdem sah sie nicht ein, wieso sie sich auf ihrem allerersten Date mit ihm von Edward und Angelica die Show stehlen lassen sollte. Nein, das hier gehörte ihr ganz allein. Für ein Geständnis wäre später noch genug Zeit.

»Weißt du was?«, meinte sie, nachdem sie eine Weile über dies und das geredet hatten. »Ich weiß gar nichts über dich. Du bist ziemlich gut im Fragenstellen, aber nicht so gut im Antworten, dabei will ich doch alles über dich wissen.«

»Okay«, sagte Paul und beugte sich vor, um sein Glas abzustellen. Dabei streifte sein Arm Jessicas Oberschenkel, und ein Schauer der Erregung durchlief sie. »Ich bin in Staines geboren, ein Ort, der ungefähr genauso aufregend ist wie sein Name. Da bin ich auch zur Schule gegangen, habe mich aber nicht sonderlich reingehängt – zumindest nicht, bis mein Dad abgehauen ist. Das war der Punkt, an dem sich für mich was Entscheidendes geändert hat. Wahrscheinlich ist mir klargeworden, dass ich in genau denselben geisttötenden Jobs enden würde wie meine Mutter. Allerdings war der Zug mit der Schule zu dem Zeitpunkt schon abgefahren, also habe ich angefangen zu arbeiten und nebenbei versucht, mich ein bisschen weiterzubilden. Im Großen und Ganzen hatte ich ein absolut durchschnittliches Leben. Oder anders formuliert: Ich glaube kaum, dass es den Stoff für eine sonderlich spannende Biographie abgeben würde.«

»Du liebe Zeit«, sagte Jessica, die sich von Pauls Sarkasmus eine Scheibe abgeschnitten hatte. »Da badet aber jemand im Selbstmitleid.«

Paul lachte. »Überhaupt nicht. Ich glaube nur – ich *hoffe* –, dass das Beste noch kommt.« Die Art, wie er das sagte, ließ Jessicas Eingeweide schmelzen. Es fühlte sich an, als befände sich in ihrem Magen ein Aufzug, der fünf Stockwerke in die Tiefe raste. »Obwohl es in den letzten fünf Jahren ziemlich gut gelaufen ist. Seit ich beim Fernsehen arbeite.«

»Hast du ein gutes Verhältnis zu deiner Mom?«, fragte Jessica.

»Sehr«, sagte Paul schlicht. »Sie ist die Beste.«

»Und lebt sie noch in Staines?«

»Ja, meine Mutter und meine Schwester leben noch da, sogar noch im selben Haus.«

»Was war dein erster Job?«, fragte Jessica, die förmlich an seinen Lippen hing.

»Mmm, der war richtig sexy. Ich habe bei Safeway Regale eingeräumt. Als ich achtzehn war, wurde ich an die Kasse befördert. Mein zweiter Job war tausendmal besser. Ich habe bei Our Price gearbeitet – das war eine Plattenladenkette, die gibt's inzwischen nicht mehr. Ich habe mein ganzes Gehalt für Musik ausgegeben, es war eine Katastrophe.«

Jessica lächelte ihn an und hoffte, dass er ihr nicht dieselbe Frage stellen würde.

Was er aber natürlich doch tat.

»Und was war dein erster Job?«

Jessica schluckte. Wahrheit oder Lüge? Lügen oder die Wahrheit sagen? Würde sie zu viel verraten und zu viele weitere Fragen provozieren, wenn sie zugab, dass sie ihren ersten Nebenjob überhaupt erst mit zweiundzwanzig gehabt hatte? Dass sie nur mit dem Finger hatte schnippen müssen, wann immer ihr der Sinn danach gestanden hatte, etwas anderes zu tun, als in Malibu abzuhängen? Dass die »Arbeit«, die ihr Vater ihr ein ums andere Mal besorgt hatte, ihr eigentlich gar nicht wie Arbeit vorgekommen war?

Schließlich entschied sie sich für: »Ich habe für … ich habe auch in einem Laden gearbeitet.« Wieder einmal war sie zu feige, die Wahrheit zu sagen.

»Aha. Was denn für ein Laden?«

»Ein …« Jessicas Kopf war wie leergefegt. Sie war nie gut im Lügen gewesen. Es gab Gründe, weshalb sie nicht denselben Beruf ergriffen hatte wie ihre Eltern. »Ob du es glaubst oder nicht, ich kann mich gar nicht dran erinnern«, sagte sie lahm, nachdem sie sämtliche Vorschläge verworfen hatte, die ihr in den Sinn gekommen waren. Ein Fahrradladen? Ein Surfshop? Ein Uhrengeschäft? (Ein Uhrengeschäft??)

»Du kannst dich nicht an deinen ersten Job erinnern?«, fragte Paul ungläubig. »Und ich dachte immer, der allererste Job prägt einen fürs Leben. Aber nach allem, was ich von dir weiß, hast du wahrscheinlich so viele verschiedene Sachen gemacht, dass du sie gar nicht mehr auseinanderhalten kannst. Also vergiss die Frage. Erzähl mir mehr über deinen Vater. Arbeitet er gerne für Vincent Malone?«

»Ja.« Jessica musste sich ein Kichern verkneifen. Die Vorstellung ihres Vaters mit einer Chauffeursmütze auf dem Kopf, wie er seinen besten Freund durch die Gegend kutschierte, war einfach zu absurd.

»Und wie ist er so als Mensch?«

Wie James Bond …

Jessica sah Paul an. Ein paar ehrliche Antworten hatte er verdient, fand sie, während sie seine aufmerksame Miene und seine wunderbar starken, männlichen Hände betrachtete, die nur Zentimeter von ihren entfernt waren. »Mein Dad ist der beste Mensch auf der ganzen Welt«, sagte sie, und die Wahrheit machte sie plötzlich ganz schüchtern. »Ich vergöttere ihn, vor allem, weil wir die meiste Zeit alleine waren. Deswegen ist er eigentlich mehr als nur mein Dad. Er ist gleichzeitig auch meine Mom. Mit Haaren an den Beinen, aber trotzdem. Als ich klein war, hat er mich ins Bett gebracht – na ja, er oder das Kindermädchen, wenn er arbeiten musste. Er hat meine Geburtstagspartys organisiert und hat dafür gesorgt, dass ich genau die Torte bekomme, die ich haben will. Er musste es ertragen, wenn meine Freundinnen ständig bei uns übernachtet haben, und er hat mit mir geschimpft, wenn ich mich danebenbenommen habe oder – wie neulich – eine Delle in seinen Wagen gefahren habe. Er hat ein großes Herz, ist total lustig und eine richtige Heulsuse. Wenn ich dir sagen würde, dass er bei *Im Dutzend billiger* geweint hat …«

Paul sah sie verdattert an, dann lachte er.

»Im Ernst! Ich musste ihm verbieten, *Marley und ich* anzusehen, weil er es einfach nicht verkraftet hätte. Aber die Kehrseite ist«, fuhr Jessica fort, »dass er meistens nicht zuhört, wenn ich ihm was sagen will. Er mischt sich zu sehr in mein Leben ein, das ist ziemlich erdrückend. Und manchmal habe ich das Gefühl, als wären unsere Rollen vertauscht. Als wäre ich diejenige, die sich um ihn kümmern muss. Das macht mir nichts aus, ich finde nur …«

»Was?«, ermunterte Paul sie weiterzusprechen.

»Ach, ich weiß auch nicht ... er ist verheiratet, eigentlich wäre das jetzt die Aufgabe seiner Frau.«

»Wie ist deine Stiefmutter so?«

»Soll ich ehrlich sein?«

»Nein, lüg mir was vor«, sagte er lachend.

»Okay, stell dir Pamela Anderson vor oder ... manchmal wird sie auch mit Heather Locklear verglichen. In jedem Fall einfach eine hübsche junge Frau, die keinen blassen Schimmer hat, was sie vom Leben will. Sie will niemandem was Böses, aber sie hat eine Stimme, die Asphalt zum Kochen bringen könnte.«

»Echt? So habe ich sie mir gar nicht vorgestellt. Sie klingt doch lustig ... und wie eine richtige Bombe.«

Jessica gab ihm einen Klaps auf die Hand. »Hey, wir reden hier von meiner Stiefmutter! Aber wahrscheinlich könnte ich dir nicht mal einen Vorwurf machen, wenn du sie attraktiv fändest. Sie ist gar nicht viel älter als wir.«

»Und siehst du deine Mum noch manchmal?«

»Ja«, sagte Jessica mit neutraler Stimme. »Hin und wieder. Sie ist oft unterwegs, aber sie kommt mich drei-, viermal im Jahr besuchen. Manchmal öfter, manchmal seltener.«

Paul fiel ein Ausdruck in Jessicas Gesicht auf, der schwer zu deuten war. Er beschloss, das Thema nicht weiter zu vertiefen.

»Jetzt bist du dran. Erzähl mir von deiner Mom, wie ist sie so?«

Genau wie Jessica zuvor, hatte auch Paul das Bedürfnis, aufrichtig zu sein. Das, was da gerade zwischen ihnen passierte – was auch immer es genau war –, schien totale Ehrlichkeit zu fordern, und er wollte sich Dinge von der Seele reden, über die er normalerweise nie sprach.

»Meine Mum ist großartig. Sie arbeitet seit Jahren bis zum Umfallen in einem Pub, nur damit wir ein Dach über dem

Kopf haben. Meine Schwester und ich standen bei ihr immer an erster Stelle. Sie ist ein toller Mensch, der ziemlich viel Pech im Leben hatte. Sie hat sich nie viel leisten können, aber sie hat sich nicht beschwert. Meine Schwester ist auch toll. Sie ist fünfzehn, und am Wochenende fahre ich oft nach Hause, um ihr Gesellschaft zu leisten. Natürlich ist sie alt genug, um auf sich selbst aufzupassen, aber wenn meine Mutter arbeiten muss, ist es manchmal ein bisschen einsam für Lucy. Mein Dad ist abgehauen, als wir noch klein waren, und hat nie auch nur einen Penny Unterhalt bezahlt. Er ist ein Arschloch erster Güte, und ich hasse ihn.« Er sagte dies leichthin, ohne dass sich sein Tonfall auch nur ein kleines bisschen verändert hätte. »Bevor er gegangen ist, hat er noch ihr gemeinsames Konto leer geräumt. Er ist zu irgendeiner Alkie-Braut gezogen, die er im Pub kennengelernt hat, und hat das ganze Geld versoffen. Er ist letztes Jahr gestorben, seine Leber hat den Geist aufgegeben.«

Jessica blinzelte und versuchte sich ein Leben vorzustellen, das so unendlich weit von ihrem entfernt war. Schuldgefühle plagten sie, weil sie sich so leid getan hatte, und außerdem wurde ihr klar, dass sie Angelica unrecht tat, indem sie ihre Annäherungsversuche permanent zurückwies.

»Das tut mir leid«, sagte sie.

»Muss es nicht«, meinte Paul. »So ist halt das Leben. Außerdem hatte es auch sein Gutes, dass ich früher erwachsen geworden bin als andere. Ich habe mehr Ehrgeiz. Ich bin entschlossen, irgendwann mal so viel zu verdienen, dass Mum nicht mehr arbeiten muss. Ich zahle ihre Hypothek, das ist schon mal ein Anfang, und außerdem spare ich, damit Lucy aufs College gehen kann. Mum legt auch jeden Penny zurück.«

Jessica wusste gar nicht, was sie sagen sollte. Das Leben war manchmal so unglaublich ungerecht. Wenn sie an einige der verwöhnten, reichen It-Girls dachte, die sie aus L. A. kannte, fragte sie sich, nach welchen Regeln überhaupt gespielt wurde. Sie selbst war immer klug genug gewesen, zu begreifen, dass es mehr gab als die Seifenblase namens Hollywood, in der sie existierten, aber die meisten ihrer Freunde hatten nicht einmal eine Ahnung davon. Spontan fielen ihr eine ganze Handvoll Leute ein, die von einem Ausflug ins wahre Leben und einer Begegnung mit »normalen« Menschen sehr profitiert hätten. Nicht, dass sie Paul für normal hielt. Er war etwas ganz Besonderes. Der erste Mann, von dem sie etwas wollte und den sie tatsächlich bewunderte. Und sie *wollte* etwas von ihm, daran bestand schon längst kein Zweifel mehr.

»Hör uns zu, wie wir in Sentimentalitäten schwelgen«, meinte er mit einem schiefen Grinsen. »So schlimm ist das Leben ja nun auch wieder nicht, oder? Ich hole uns noch was zu trinken. Oder möchtest du lieber was essen gehen?«

»Noch ein Drink wäre super.«

Während er zur Theke ging, ließ sich Jessica alles, was Paul ihr erzählt hatte, durch den Kopf gehen. Je besser sie ihn kennenlernte, desto mehr mochte und schätzte sie ihn. Seltsamerweise war sie sich ganz sicher, dass er ihrem Dad ebenfalls gefallen würde. Aber das Problem mit ihrer wahren Identität machte ihr allmählich zu schaffen. Wann sollte sie ihm die Wahrheit sagen? Wenn sie zu lange wartete, würde das Lügen nur immer schwerer werden und ihr irgendwann so vorkommen, als würde sie ihn bewusst hinters Licht führen. *Sie* wusste ja, dass sie nur deshalb schwieg, weil sie sich selbst schützen wollte und damit sie so viel wie möglich aus ihrem England-Aufenthalt herausholen konnte, aber Paul würde das vermutlich anders sehen. Andererseits war es so unglaublich erfrischend, sich nicht mit den Vorurteilen und der Scheinheiligkeit der Leute herumschlagen zu müssen. Diese Freiheit wollte sie unbedingt noch ein Weilchen genießen.

Paul kehrte mit den Drinks und zwei Chipstüten zurück. »Tut mir leid, falls das eben ein bisschen heftig war«, sagte er und riss die Chipstüten auf. Seit Jahren hatte er niemandem so viel von sich preisgegeben, und jetzt war es ihm fast unangenehm, Jessica in die Augen zu sehen.

»Unsinn.« Sie winkte ab, bevor sie die Hand in die Chipstüte steckte. »Mir tut es leid, weil ich so selbstmitleidig geklungen habe. Eigentlich habe ich sogar ein schlechtes Gewissen. Meine Mom bemüht sich wirklich um mich, und – na ja, tief in meinem Herzen mag ich sie echt gern. Sie hat ihre Fehler, aber immerhin weiß ich, dass sie mich liebt.«

»Gut«, sagte Paul. »Dann ab jetzt keine deprimierenden Gespräche über unsere kaputten Familien mehr – obwohl du jetzt immerhin weißt, wieso ich unehrliche Leute nicht ausstehen kann. Muss wohl an meinem Dad liegen.«

»Äh, ja«, sagte Jessica, die sich bemühte, den großen Kloß herunterzuwürgen, der plötzlich in ihrer Kehle saß.

Einige Drinks später verließen sie den Pub und schlenderten durch die baumbestandenen Straßen, bis sie zum Primrose Hill kamen. Die Sonne war lange untergegangen, und die Lichter der Stadt blinkten ihnen durch die Dunkelheit zu. Paul blieb stehen und legte den Arm um sie.

»Wie schön das ist«, sagte Jessica.

»Genau wie du«, flüsterte er, zog sie an sich und küsste sie.

Es war ein unglaublicher Kuss, und die Macht der Gefühle, die sich dahinter verbarg, war schier überwältigend. Jessica erwiderte den Kuss, und ihre Hände wanderten seinen Rücken hinauf in sein Haar. Sie wühlte sich mit den Fingern hinein und zog sein Gesicht noch dichter zu ihrem heran.

»O mein Gott«, hauchte sie, als sie sich eine ganze Zeit später voneinander lösten. »Das war –«

Aber Paul war noch nicht fertig. Er küsste sie erneut, wobei er sanft mit den Zähnen an ihrer Unterlippe entlangglitt und winzige Küsse um ihre Lippen herumtupfte, bevor seine Zunge wieder in ihren Mund glitt. Jessica war im siebten Himmel und ertappte sich dabei, wie sie sich an ihn presste und mehr wollte. Sie konnte sich keinen Ort auf der Welt vorstellen, an dem sie jetzt lieber gewesen wäre als in seinen Armen. Die letzten Zweifel, die vielleicht noch in ihr geschlummert hatten, lösten sich endgültig in Luft auf. Nicht, dass ihr Verstand noch ein Mitspracherecht gehabt hätte. Ihr Mund konnte gar nicht genug von ihm bekommen. Seine Lippen waren die vollkommene Mischung aus fest und weich. Als sie sich schließlich voneinander lösten, hatte Jessica ein breites Grinsen im Gesicht.

Paul, trunken vor Glück und Verlangen, sehnte sich so sehr danach, mit ihr zu Hause in seinem Schlafzimmer zu sein, dass es ihn all seine Selbstbeherrschung kostete, nicht einfach ein Taxi anzuhalten und sie hineinzuschubsen. »Kommst du noch mit zu mir, Jess?«

Und entgegen all ihrer Instinkte hörte Jessica sich sagen: »Noch nicht.«

»Wirklich nicht?« Paul sah unsagbar enttäuscht aus, aber dann beugte er sich vor und gab ihr erneut einen sanften Kuss.

Jessica seufzte. Im Licht des beinahe vollen Mondes und dem Schein der Straßenlaternen konnte sie in seinen tiefen, wunderschönen Augen sehen, wie sehr er sie begehrte. Fühlen konnte sie es auch, als er sich an sie schmiegte. In dem Moment war sie froh, dass Frauen sich nicht mit verräterischen Erektionen herumschlagen mussten. Ihre wäre nämlich so stark gewesen, dass sie Paul rückwärts den Hügel hinuntergestoßen hätte. Und trotzdem war da etwas (etwas sehr Lästiges), das sie mahnte, besser noch ein Weilchen zu warten. Vermutlich hatte es damit zu tun, dass sie tief in ihrem Herzen mehr wollte als nur eine Affäre. Bislang hatte sie geglaubt, dass zwischen ihnen gar nicht mehr passieren *konnte*, und somit hätte es keinen Grund gegeben, es langsam angehen zu lassen. Andererseits: Wenn er sie nur halb so sehr mochte wie sie ihn, warum sollte er dann schlecht von ihr denken, wenn sie mit zu ihm kam? War sie darauf programmiert worden, es frühestens nach dem dritten Date zum Äußersten kommen zu lassen? Gott, wen kümmerte das schon? Sie war ganz atemlos vor Sehnsucht, schwindlig vor Verlangen und wollte nichts lieber, als nackt neben ihm im Bett zu liegen. Sie wusste, dass es atemberaubend sein würde. Worauf also wartete sie noch?

Erneut presste Jessica sich an ihn, als wolle sie es ihrem Becken überlassen, ihn zu bitten, sie umzustimmen. Aber zu ihrer großen Enttäuschung war nun er derjenige, der sich zurückzog.

»Obwohl ich zugeben muss, dass ich dich unbedingt mit zu mir nehmen will – wahrscheinlich hast du recht«, meinte er widerstrebend.

»Findest du?«, sagte Jessica gepresst. Dennoch war sie eisern bemüht, sich nicht anmerken zu lassen, dass sie am Boden zerstört war. Warum hatte sie nein gesagt? Wie dämlich konnte man sein? Enttäuschung und Frust überschwemmten sie, aber einen kleinen Trost gab es immerhin: Sie wollten beide, dass es eines Tages passierte.

Nachdem sie ihre Niederlage akzeptiert hatte, sagte sie, um die aufgeladene Atmosphäre zu lockern: »Na ja, wahrscheinlich ist es sowieso besser, wenn wir morgen fürs Produktionsmeeting fit sind.«

Sie hatte recht gehabt. Der Name »Mike« wirkte wie eine kalte Dusche. Im Nu war die erotische Anspannung verflogen. Paul musste lachen, bevor er antwortete: »Ich versuche, nicht beleidigt zu sein, weil du mich abweist, damit du für ein Meeting mit Mike in Form bist. Obwohl ich nach wie vor glaube, dass es mit mir interessanter wäre.« Damit beugte er sich zu ihr herab, um ihr einen letzten verschlingenden Kuss zu geben.

26 ++++ »So. Und jetzt zu euch, ihr Nervensägen«, scherzte Mike, der sich sichtlich darüber freute, endlich wieder sein heißgeliebtes Produktionsmeeting leiten zu dürfen. Er war an diesem Tag richtiggehend aufgeräumt. Am Tag zuvor war es ihm gelungen, die skeptische Diane zu überreden, sich am Abend mit Jessica zu treffen, damit sie sich ein Bild von ihr machen und entscheiden konnte, ob sie als Babysitterin akzeptabel war. Er hatte absichtlich ein weißes Hemd angezogen, um seine gebräunte Haut zur Geltung zu bringen, und damit bereits einige anerkennende Blicke geerntet. Der Löwe war zurück in seinem Revier.

»Erstens möchte ich mich dafür bedanken, wie gut ihr während meiner Abwesenheit gearbeitet habt.« Paul schnaubte lautstark, aber Mike fuhr ungerührt fort. »Und zweitens möchte ich, dass ihr mir jetzt gut zuhört. Ich habe nämlich große Neuigkeiten. Gigantische, um genau zu sein.«

Das Team horchte auf. Isy ging sogar so weit, den Kopf vom Schreibtisch zu heben.

»Mir ist es endlich gelungen, David Bridlington davon zu überzeugen, dass es an der Zeit ist, das Rad neu zu erfinden«, verkündete Mike und bewies dabei einen etwas kreativen Umgang mit der Wahrheit. »Es war nicht leicht, wie ihr euch vermutlich vorstellen könnt, aber ich habe es geschafft. Nun freue ich mich außerordentlich, verkünden zu dürfen, dass wir im September ein zweistündiges Special machen werden, das mit einem wahren Megaereignis im Showbusiness zusammenfällt.« Er hielt inne und begann hinter seinem Stuhl auf und ab zu gehen. »Um es gleich vorwegzunehmen, wir betreten hier unbekanntes Terrain. Das wird unser allererstes Themen-Special, und es muss frisch, aber professionell werden, denn wenn alles glattgeht, könnten sich *die da oben*«, Letzteres sagte er mit leichtem Cockney-Akzent, wodurch er ein Viertel der Anwesenden vor den Kopf stieß, »*eventuell* davon überzeugen lassen, noch weitere Specials ins Programm aufzunehmen. Also, hat irgendjemand eine Vermutung, was das Thema der Show sein könnte?«

Zwanzig Augenpaare starrten zurück, in einigen lag unheilvolle Ahnung, in anderen Neugier – aber die meisten waren leer und gleichgültig. Maureen hatte die Augen geschlossen.

Mike runzelte die Stirn. »Maureen!«, blaffte er die Garderobiere an, woraufhin diese einen Satz in die Luft machte.

»Was?«, sagte sie, nachdem sie sich gefangen hatte. »Äh, also, ich dachte mir, Bradley diesen Donnerstag in Royalblau, und ich habe eine Rabattkarte von River Island bekommen, falls jemand sich die borgen möchte.« Das brachte ihr eine Runde Applaus ein.

Mike seufzte. »Kommt schon, Leute. Hat irgendjemand, der sich nicht gerade im Halbschlaf befindet, *irgendeine* Idee, was das Thema der Show angeht?«

Jessica, die direkt hinter Paul saß, starrte sehnsuchtsvoll auf dessen Nacken, wünschte sich, sie könnte ihn küssen, und ließ das gestrige Date noch einmal Szene für Szene in ihrem Kopf Revue passieren. Sie liebte seine dunklen Haare und sehnte sich danach, ihre Finger hineinzuwühlen. Dann fuhr sie zusammen, als Paul sich plötzlich zu ihr umdrehte. »Kann er nicht einfach mit einer Information rausrücken, statt jedes Mal so einen Zirkus zu machen?«

Sie unterdrückte ein Kichern, aber gleichzeitig tat Mike ihr auch ein bisschen leid. Sie wusste genau, dass er nur versuchte, Interesse bei seinem Team zu wecken. Sie hatte mit ihm vereinbart, dass sie am Nachmittag nach Chiswick fahren würde, um seine Frau und die Kinder kennenzulernen. Sie hatten abgemacht, vorerst niemandem etwas davon zu sagen. Ihr einziges Problem war, dass sie, falls sie vor den Augen seiner Frau Gnade fand, morgen würde babysitten müssen und somit keine Zeit für Paul haben würde. Am Donnerstag wäre dann die Aufzeichnung … Gott, wie frustrierend.

»Die Fashion Week ist es nicht, oder?«, sagte Natasha und erntete ein dankbares Lächeln von ihrem Boss, der die ganze Zeit geduldig auf eine Antwort gewartet hatte.

»Nein, aber danke. Sonst noch jemand?«

Einige zuckten die Achseln, andere verzogen das Gesicht, um zu demonstrieren, dass sie zumindest darüber nachdachten. Wieder andere stierten weiterhin ausdruckslos vor sich hin.

»Also gut«, sagte Mike schließlich. »Ich gebe euch einen Tipp. Welcher Film kommt im Herbst in die Kinos? Ein Film, der gleichzeitig Teil einer Marke ist?«

Plötzlich gab es eine Person im Raum, die wusste, wie die Antwort auf die Frage lautete.

»Jessica?«, sagte Mike, der bemerkt hatte, wie sie zusammengezuckt war. »Du vielleicht?«

Sie wagte nicht zu sprechen, also schüttelte sie lediglich heftig den Kopf. Sie war puterrot geworden.

»Ah, jetzt hab ich's!«, meldete sich Luke, der sich zum ersten Mal an diesem Morgen für etwas anderes begeistern konnte als dafür, unter dem Tisch Kerrys Bein zu befummeln. »Du meinst James Bond, oder? Kommt der neue mit Daniel Craig nicht um diese Zeit raus? Bond wäre der Knaller.«

»Endlich jemand, der mir zugehört hat«, rief Mike und tat so, als würde er seinen Kopf durch eine Schlinge stecken und den Knoten festziehen. »Wir haben Liftoff!«, verkündete er, nachdem er den imaginären Galgenstrick losgelassen hatte. »Bond!« Er sprach so laut, dass Jessica, deren Nerven ohnehin schon kurz vor dem Zerreißen waren, zusammenschrak. »Null null sieben! Der beliebteste Spion aller Zeiten. Der neue Craig kommt am siebenundzwanzigsten September in die Kinos, und wir werden James Bond eine ganze Sendung widmen. Kerry und Jessica, uns bleiben nur noch etwa sieben Wochen, um geeignete Gäste zu finden, deshalb würde ich jetzt gerne an Ort und Stelle in der großen Runde kurz brainstormen, wen wir idealerweise dabeihaben wollen. Natürlich müssen wir wenigstens einen James Bond haben, damit es überhaupt Sinn macht, dazu ein Bondgirl –«, er unterbrach seinen Redefluss, um ein lüsternes Grinsen in die Runde zu werfen, »sowie einen Bösewicht, das wäre gut. Also – irgendwelche Ideen?«

Jessica hatte eine Idee. Ihre Idee war es, aufzustehen, hinauszugehen und sich vom Dach des Gebäudes zu stürzen. Verzweifelt suchte sie nach einer Ausrede, um aus dem Meeting zu fliehen …

»Also, ganz spontan würde ich sagen, ich fange bei Daniel Craig an und arbeite mich dann zurück«, sagte Kerry. »Die Chancen, dass er zusagt, stehen ziemlich gut, schließlich ist er wegen der Premiere ohnehin in der Stadt, und eine bessere Möglichkeit, für den Film zu werben, gibt es für ihn doch gar nicht.«

»Oooch, können wir nicht Edward Granger einladen?«, jammerte Natasha.

»Edward Granger, hm?«, sagte Mike und stemmte die Hände in die Hüften.

»O ja«, antwortete sie, wobei sie schamlos mit ihm flirtete. »Er ist der Beste. Alle tun immer so, als wäre Daniel Craig das Nonplusultra, aber tief im Innern finden sie eigentlich Edward besser … oder Pierce. Der dürfte mir gerne mal seinen Schalldämpfer zeigen.«

»Böses Mädchen«, sagte Mike und setzte ein geschocktes Gesicht auf, obwohl er in Wahrheit jede Sekunde genoss.

»Meine Mutter hat Edward Granger mal getroffen«, meldete sich Paul zu Wort. Jessica starrte ihn an, als hätte er soeben verkündet, er wolle das Gebäude in die Luft sprengen. »Das ist schon Jahre her«, fuhr er fort. Von dem Aufruhr, den er in Jessica ausgelöst hatte, merkte er nichts. »Sie hat bei einem Preisausschreiben gewonnen und durfte auf eine Premiere gehen. Er war mit Angelica Dupree da. Meine Mutter schwärmt heute noch davon, wie ›steil‹ Edward Granger war. Angeblich haben bei Heavenly Melons noch am selben Abend die Wehen eingesetzt.«

»Woraufhin man sie in Milky Melons umbenannte«, scherzte Luke.

»Wow«, sagte Natasha. »Das ist so cool.«

»Wir werden definitiv bei ihm anfragen«, sagte Kerry. »Wir werden bei *allen* Bonds anfragen. Je mehr wir haben, desto lustiger wird's. Aber ich kann euch gleich sagen«, fuhr sie fort, während sie sich wunderte, weshalb Jessica so elend aussah, »dass Grangers Agentin, Jill Cunningham, eins der gemeinsten Biester in ganz Hollywood ist, und da er im Moment keinen Film zu promoten hat, braucht er auch die Publicity nicht. Ich wette, sie wird sich tierisch darüber aufregen, dass er den Platz im Rampenlicht mit anderen Gästen teilen soll.«

Jessica sank immer tiefer in ihren Stuhl – so tief es ging, ohne ganz auf den Boden zu rutschen. Ihr war übel, und das Herz hämmerte laut in ihrer Brust. Das war buchstäblich das Schlimmste, was ihr hätte passieren können. Jetzt würde sie kündigen müssen. Auf keinen Fall konnte sie dasitzen und sich anhören, wie andere über ihren Vater sprachen … und womöglich auch noch über ihre Mutter … o Gott, nein.

»Schande«, meinte Vanessa wie aufs Stichwort. »Ich finde Edward Granger so scharf. Er ist ein echter Hengst, und die Szene, in der er dem verrückten afrikanischen Despoten entkommt und dann diesen hohen Turm raufklettert, um Heavenly Melons zu retten, ist einfach der Wahnsinn. Wie er sie dann für einen Quickie aufs Bett wirft, bevor sie gemeinsam abhauen, das macht mich jedes Mal ganz wuschig.«

Ausnahmsweise war Jessica dankbar, dass sie nicht viel von dem verstand, was ihre Kollegin von sich gab. Sie wollte sich die Finger in die Ohren stecken und singen. Das Blut pochte in ihrem Kopf.

Julian meldete sich erneut zu Wort. »Keine Ahnung, wie

ihr Mädels hier sitzen und euch über diese lahmen Hausfrauen-Bonds unterhalten könnt, ohne das Original zu erwähnen. Tut mit leid, aber der beste Gast – abgesehen von Craig –, den wir überhaupt für die Show bekommen können, ist doch wohl eindeutig Sean Connery. Wer was anderes behauptet, ist ein Ketzer.«

Zustimmendes Gemurmel erhob sich. Mike steckte die Hände in die Taschen und kaute nachdenklich auf seiner Lippe herum. Er genoss die Diskussion, die er angestoßen hatte.

»Also«, meinte Paul. »Ich stimme Julian darin zu, dass Connery der beste Bond aller Zeiten ist.« Julian bedankte sich mit einem erhobenen Daumen. »Trotzdem würde ich sagen, wenn wir Daniel Craig bekommen könnten und dazu noch Heavenly Melons als Bondgirl, dann wäre uns eine gute Quote garantiert. Ich kenne keinen Mann, der sich nicht nach *Die Welt in deiner Hand* in sie verliebt hat – aus zwei naheliegenden Gründen. Ich würde sogar so weit gehen zu behaupten, dass sie – mit Ausnahme von Ursula Andress und vielleicht Halle Berry – das sexieste Bondgirl überhaupt ist. Und abgesehen davon wäre sie auch noch aus einem anderen Grund ein interessanter Gesprächspartner. Schließlich hat sie ja nicht nur in einem Bond mitgespielt, sie hat auch einen geheiratet.«

»Ja, sie war nicht nur in einem Bond, Bond war auch in ihr«, fügte Luke hinzu, was ihm einige Lacher einbrachte.

Jessicas Verzweiflung kannte keine Grenzen. Ihr war klar, dass es keine James-Bond-Diskussion geben konnte, ohne dass früher oder später die Sprache auf ihre Eltern kam – aber hatte es so schnell passieren müssen? Außerdem konnte sie sich etwas Schöneres vorstellen, als anzuhören, wie ihr Freund gestand, dass er scharf auf ihre Mutter war. Sie hielt es nicht länger aus und sprang auf. Sie hatte das Gefühl, sich jeden Augenblick übergeben zu müssen.

»Entschuldigung«, murmelte sie und bückte sich nur kurz,

um ihre Tasche aufzuheben, bevor sie, die Hand vor den Mund gepresst, aus dem Raum stürzte.

27 ++++ Kerry klopfte an die Tür der Toilettenkabine. »Alles in Ordnung?«

»Mir geht's gut«, krächzte Jessica, die vornübergebeugt auf der Kloschüssel saß, während ihr die Tränen über die Wangen liefen.

»Bist du krank? Was ist denn los?«, fragte Kerry voller Anteilnahme. Sie alle kannten Jessica nur als fröhlichen, heiteren Menschen. Sie so zu erleben war ein regelrechter Schock.

»Es geht mir gut, ehrlich. Mir war bloß ein bisschen übel, mehr nicht«, sagte Jessica, während sie verzweifelt versuchte, den Tränen Einhalt zu gebieten.

»Hat Paul irgendwas gemacht?«

Paul. Jessica lächelte ein kleines, trauriges Lächeln. »Nein, mit Paul hat es nichts zu tun.«

Es war nicht seine Schuld, dass er – so wie der Rest der männlichen Weltbevölkerung – mit seiner Mutter schlafen wollte. Und es war auch nicht seine Schuld, dass Mike beschlossen hatte, dieses dämliche Bond-Special zu machen, das höchstwahrscheinlich dazu führen würde, dass es mit ihrem Abenteuer vorbei war – genau wie mit jeder Hoffnung auf eine dauerhafte Beziehung mit Paul. Denn selbst wenn sie ihm jetzt alles gestand, würden ihre Lügen ultimativ schwerer wiegen. Sie war seit eineinhalb Monaten in England, dies war erst ihre dritte Arbeitswoche, und schon jetzt flog ihr alles um die Ohren. Es war so unfair.

»Gut«, sagte Kerry. »Er lungert nämlich vor dem Klo rum wie George Michael, und ich muss ihm sagen, dass mit dir alles in Ordnung ist. Er macht sich wirklich Sorgen«, fügte sie sanft hinzu.

Jessica holte tief Luft und sah zur Decke, damit die Tränen endlich aufhörten. Sie wollte nicht, dass Paul sich Sorgen machte, aber sie konnte ihm im Moment nicht gegenübertreten. Unglaublich, dass seine Mutter tatsächlich ihre Eltern kennengelernt hatte. Du liebe Zeit, seine Mutter hätte um ein Haar *sie* kennengelernt. Die Welt war wirklich klein.

»Sag ihm, mir ist ein bisschen schlecht, aber ansonsten ist alles in Ordnung. Ich komme gleich, okay?«

»Okay«, sagte Kerry. Sie war immer noch besorgt, aber zuversichtlich, dass Jessica keine Dummheiten machen würde, wie sich in der WC-Schüssel zu ertränken oder dergleichen.

Der Klang von Kerrys Schritten wurde leiser, und die Tür zur Damentoilette fiel quietschend ins Schloss. Jessica atmete aus. In der eingetretenen Stille verspürte sie auf einmal den heftigen Drang, mit ihrem Vater zu sprechen. Wann immer sie unglücklich war, war er es, der ihr half, die Dinge wieder in einem positiveren Licht zu sehen. Seine ruhige, begütigende Stimme war es, die sie wieder ins Gleichgewicht brachte. Sie war in der letzten Zeit so sehr mit Paul beschäftigt gewesen, dass sie ihre Telefonate vernachlässigt hatte, und jetzt sehnte sie sich nach seiner bärenstarken Umarmung, durch die irgendwie immer alles wieder gut wurde. Das entbehrte nicht einer gewissen Ironie, wenn man bedachte, dass er – wie so oft – die Wurzel allen Übels war. Ihre Mutter anzurufen war nicht möglich. Nachdem sie sich endlich dazu durchgerungen hatte, sich bei ihr zu melden, hatte sie zu ihrer großen Enttäuschung erfahren müssen, dass Angelica im Begriff war, zu einer Promotion-Tour durch Europa aufzubrechen, und wochenlang nicht in London sein würde. Sie wollten sich sehen, sobald sie wieder zurück war – ein Treffen, das zweifellos unangenehm werden würde. Jessica seufzte. Sie musste sich zusammenreißen und die Kabine verlassen, bevor Paul einen Suchtrupp losschickte.

Sie entriegelte die Tür und trat zögernd vor den Spiegel. Ihre blauen Augen waren geschwollen und immer noch tränenfeucht. In ihrem Gesicht prangten rote Flecken. Eine überaus attraktive Mischung.

Als sie sich endlich auf den Flur hinauswagte, stand Paul noch immer vor der Tür Wache.

»Na?«, sagte er mit besorgter Miene. »Was ist denn los? Kerry meinte, es geht dir nicht gut.«

»Es ist schon okay, wahrscheinlich habe ich mir bloß eine Erkältung eingefangen oder so«, meinte sie lahm.

»Bist du sicher? Ich dachte schon, ich habe dich vielleicht verletzt ...«, sagte er zögerlich. »Ich meine, kaum erwähne ich Heavenly Melons, ergreifst du die Flucht. Ich hoffe, du dachtest nicht –«

Jessica hob die Hand. »Ich bin bloß nicht so ganz auf der Höhe. Wenn ich jetzt nach Hause fahre, geht's mir morgen bestimmt schon wieder besser«, nuschelte sie.

Paul schien das nicht zu überzeugen. Seine Besorgnis machte es ihr nur noch schwerer. Es war einfach alles viel zu viel.

»Na gut«, meinte er zögernd. »Aber ruh dich aus, hörst du? Ich warte auf unser nächstes Date. Wenn das also bloß ein Trick ist, um mich nicht mehr sehen zu müssen, dann ...«

Jessica brachte ein mattes Lächeln zustande. »Blödmann«, sagte sie und nahm seine Hand. »Natürlich nicht.«

»Ich wollte nur sichergehen.«

Jessica schluckte. Verdammt sei diese furchtbare, gemeine Wende des Schicksals. Alles, was sie wollte, war, mit Paul zusammen zu sein.

Sie riss sich zusammen. »Gut«, sagte sie. »Könntest du Mike vielleicht ausrichten, dass ich nach Hause gegangen bin, aber morgen wiederkomme?« Sie war sich nicht ganz sicher, ob das der Wahrheit entsprach. Sie hatte über einiges nachzudenken.

»Sicher«, sagte Paul, der das ungute Gefühl nicht loswurde, dass Jessica ihm etwas verschwieg. »Ich begleite dich noch nach draußen und halte dir ein Taxi an. Wenn du krank bist, solltest du lieber nicht die U-Bahn nehmen.«

»Mir geht's gut«, protestierte Jessica, die kurz davor war, erneut in Tränen auszubrechen. Sie musste weg hier, so schnell wie möglich. »Ich nehme mir ein Taxi, aber du musst mich nicht nach unten begleiten, wirklich nicht.«

Paul musterte sie. Er versuchte, abzuwägen, wie lange er noch darauf bestehen konnte, bevor es nervig wurde. Der springende Punkt war: Er *wollte* sie nach unten begleiten.

»Bis morgen«, sagte sie fest, da sie sein Zögern spürte. Dann verschwand sie so schnell sie konnte in Richtung Aufzug.

Zehn Minuten später saß sie auf der Rückbank eines Taxis, als ihr Handy klingelte.

»Jessica«, sagte Mike. »Alles in Ordnung?«

»Mir geht's gut«, beteuerte sie zum gefühlten tausendsten Mal, bevor ihr siedendheiß einfiel, dass sie einen Vorstellungstermin bei seiner Frau hatte. »Ach herrje, Mike, es tut mir so leid. Ich bin einfach gegangen, ohne noch mal zu Ihnen zu kommen. Es war nur, dass ...«

»Nein, nein, mach dir deswegen keine Sorgen. Wenn du krank bist, bist du krank«, antwortete er und versuchte vergeblich seine Enttäuschung zu verbergen. »Fahr nach Hause und leg dich hin und ... Natürlich ist das überhaupt nicht wichtig, aber ich nehme mal an, dass du dann heute Abend nicht kommst?«

Jessica dachte nach. Sie wollte Mike nicht im Stich lassen. Der Abend mit seiner Frau bedeutete ihm sehr viel. »Also, ich bin nicht *richtig* krank. Ich meine, ich glaube nicht, dass es ansteckend ist«, begann sie.

»Wirklich?«, sagte Mike, der wieder Hoffnung schöpfte. »Wenn das so ist ... also, ich will auf keinen Fall, dass du das Gefühl hast, du müsstest dich mit dem Kopf unter dem Arm hier rausschleppen ... wahrscheinlich könnte ich auch Isy fragen, obwohl ich mir dann wahrscheinlich die ganze Zeit über Sorgen machen würde, dass sie das Haus abfackelt oder so …«

»Es ist kein Problem«, beteuerte Jessica, die angesichts der absurden Situation fast hätte lachen müssen. »Wenn ich mich den Tag über ausruhe, bin ich heute Abend bestimmt wieder fit. Ich will nicht, dass du denkst, ich mache blau. Mir geht's wirklich nicht so gut, aber ich bin mir ziemlich sicher, dass ich bis heute Abend wieder in Ordnung bin, und ich würde wirklich gerne deine Töchter kennenlernen«, fügte sie hinzu. Dann verstummte sie, bevor sie sich vollends um Kopf und Kragen redete.

»Gut. Phantastisch. Dann fahr einfach nach Hause und komm vorbei, wenn du dich besser fühlst.«

»Okay«, sagte Jessica. »Dann bis nachher. Du hast gesagt, ich soll nicht zu spät kommen, damit sie noch wach sind. Ist sechs Uhr in Ordnung?«

»Das ist perfekt. Ich sehe zu, dass ich so früh wie möglich Schluss mache, dann können wir uns noch sehen.«

Mike legte auf und lehnte sich in seinem Stuhl zurück. Er war erleichtert, kam sich aber zugleich ein wenig schäbig vor. Hatte er gerade eine kranke Frau zu etwas überredet, wozu sie eigentlich nicht in der Lage war? Er bemerkte Natasha gar nicht, die in sein Büro gekommen war, um etwas mit ihm zu besprechen, und die ihn mit unverhohlenem Argwohn ansah.

Kurz vor sechs war Jessica auf dem Weg nach Chiswick, als ihr Handy klingelte. Sie war überrascht – allerdings nicht positiv –, als sie feststellte, dass es Graydon war.

»Gut, dass ich dich erwische«, begann er unheilvoll.

»Okay …«, sagte sie und klang dabei genauso unsicher, wie sie sich fühlte.

»Wir sind ja bald für längere Zeit weg, obwohl deine Mutter dir das ja bestimmt schon erzählt hat.«

»Ja, das hat sie«, sagte Jessica eine Spur zu aggressiv. Es mochte sein, dass sie Angelica nicht viele Fragen über ihre bevorstehende Reise gestellt hatte, aber das war wohl kaum eine große Sache. Schließlich war sie andauernd unterwegs.

»Gut«, sagte er aalglatt. »Ich wollte an ihrer Stelle noch mal mit dir reden, bevor wir fahren. Wie ich gehört habe, wart ihr am Montag verabredet, und du hast deine Zusage ihr gegenüber nicht eingehalten.«

Deine Zusage nicht eingehalten? Was zum Kuckuck faselte er da? »Das war ein Missverständnis. Ich habe mich vertan, aber –«

»Wie auch immer«, schnitt Graydon ihr das Wort ab. »Die Sache war ein schwerer Schlag für deine Mutter, und angesichts ihrer geistigen Verfassung mache ich mir große Sorgen darüber, was passieren wird, wenn so etwas noch einmal vorkommt.«

»Was soll das heißen, angesichts ihrer geistigen Verfassung? Worauf willst du hinaus?«

»Hör zu«, sagte Graydon, als spräche er zu jemandem, der ein wenig begriffsstutzig war. »Deine Mutter hat eine überaus zarte, empfindsame Konstitution, also ist es meine Pflicht, sie zu schützen und dafür zu sorgen, dass sie nicht mit Situationen konfrontiert wird, die sie überfordern. Deine Abfuhr am Montag hat sie schwer getroffen, und ich werde keinesfalls zulassen, dass sich dergleichen wiederholt.«

Selbst wenn dies der beste Tag ihres Lebens gewesen wäre, hätte Jessica angesichts der Unverschämtheiten aus seinem Mund die Beherrschung verloren. Und dies war *nicht* der beste Tag ihres Lebens. Ganz eindeutig nicht.

»Bei allem Respekt, Graydon«, sagte sie. »Was zwischen mir und meiner Mutter läuft, geht dich einen Dreck an.«

»Nun, da irrst du dich. Es geht mich sehr wohl etwas an, und wenn alles nach Plan läuft, werden wir das auch bald offiziell machen.«

Jessica fühlte sich elend. »Ich glaube, dass Mom es nicht lustig findet, wenn sie erfährt, dass du mir gedroht hast, Graydon, also lass mich in Ruhe.«

»Es gibt keinen Grund, überzureagieren. Ich drücke lediglich meine Sorge darüber aus, wie du mit deiner Mutter umspringst«, sagte er ungerührt. »Außerdem wäre ich mir an deiner Stelle nicht so sicher, dass du am längeren Hebel sitzt. Man kann eure Beziehung wohl kaum als besonders innig bezeichnen, habe ich recht?«

Jessica fühlte sich, als hätte sie einen Schlag in den Solarplexus bekommen. Der Mistkerl. »Es interessiert mich nicht, was du denkst«, sagte sie und musste sich bemühen, nicht loszuheulen. »Halt dich einfach aus meinen Angelegenheiten raus.« Innerlich kochend, legte sie auf. Diese Dreistigkeit! Was für ein Schweinehund. Und wie konnte er es wagen, sich einzumischen? Er wusste nichts, aber auch rein gar nichts von der komplizierten Vergangenheit zwischen ihr und ihrer Mutter, und wenn Angelica allen Ernstes zu diesem haarigen Primaten rannte und sich bei ihm darüber ausweinte, wie Jessica mit ihr »umsprang«, dann konnten sie ihr beide gestohlen bleiben.

Mittlerweile war sie fast bei Mikes Haus angelangt. Jessica verbannte die letzten unangenehmen fünf Minuten aus ihrem Gedächtnis, straffte die Schultern und drückte auf die Klingel von Nummer sechsundzwanzig. Sie hatte heute schon so viel durchgemacht, dass sie gar nicht sonderlich nervös war. Im Wesentlichen wusste sie ja, was sie erwartete. Von den Fotos aus der Küche erinnerte sie sich daran, dass Diane eine attraktive Frau mit langen dunkelbraunen Haaren war. Sie hatte eine kurvenreiche, etwas üppige Figur und ein hübsches, offenes Gesicht. Umso erstaunter war Jessica, als ein weiblicher Neandertaler in fleckigem T-Shirt und Bademantel die Tür öffnete. Ihre Haut hatte die Farbe von Kitt, die Haare hingen ihr fettig und zerzaust herunter.

»Äh, hi«, sagte Jessica und spähte an dem furchteinflößenden Wesen vorbei, in der Erwartung, Diane würde jeden Moment auftauchen und ihr erklären, was dieser Höhlenmensch in ihrem Flur zu suchen hatte. »Ist Diane da?«

»Ich bin Diane. Du bist bestimmt Jessica?«

»Ja«, sagte Jessica etwas zu laut, als könne sie so ihren Fauxpas ausbügeln. »Freut mich. Ich hoffe, ich bin nicht zu früh dran. Mike hat gesagt, ich soll kommen, wenn die Kinder noch wach sind.«

»Nein, nein, ist schon in Ordnung. Komm rein. Es ist wirklich nett von dir, dass du gekommen bist. Es ist gerade Badezeit, deshalb ist es ein bisschen hektisch, aber bitte komm doch mit nach oben.«

Jessica hörte ein schrilles Lachen aus dem ersten Stock und war auf einmal ganz aufgeregt. In ihrem bisherigen Leben hatte sie selten mit Kindern zu tun gehabt, aber wenn, dann war sie in der Regel sehr gut mit ihnen ausgekommen. Diane stapfte müden Schrittes die Treppe hinauf, während Jessica, die den Schock über ihre ungepflegte Erscheinung immer noch nicht ganz überwunden hatte, sie von hinten musterte. Ihr Hinterteil war ziemlich breit, aber in L. A. ließen sich die Frauen wahrscheinlich den übriggebliebenen Schwangerschaftsspeck chirurgisch entfernen.

»So«, sagte Diane, als sie oben angekommen waren. Sie klang, als koste es sie schier übermenschliche Anstrengung, mit einem anderen Menschen Konversation zu betreiben. »Das ist Grace. Grace, Schätzchen, komm her und sag hallo. Jessica aus Daddys Büro ist hier.«

Ein kleiner Wirbelwind in Schlüpfer und Unterhemd und mit einem Schopf lockiger Haare kam aus einem der Zimmer geschossen. Jessica musste schmunzeln. Die Kleine sah so süß aus. Sie hatte ein spitzbübisches Gesicht mit Stupsnase und hoher Stirn. Ihre klaren, neugierigen Augen musterten Jessica kritisch, dann ging das Verhör los.

»Wer heißt du?«

»*Wie* heißt du«, korrigierte Diane, während sie ihrer Tochter das Unterhemd über den Kopf zog. »Komm her, dein Bad ist fertig.«

»Ich bin Jessica. Und du bist Grace, stimmt's?«, sagte Jessica, die in die Hocke gegangen war, um mit dem Mädchen zu sprechen.

»Wir waren im Urlaub«, sagte diese. »Abends sind wir immer essen gegangen.«

»Wirklich?«, fragte Jessica, fasziniert von der ungeahnten Wendung, die die Unterhaltung genommen hatte. »Und was hast du gegessen?«

»Hm.« Grace dachte nach, während ihre Mutter ihr den Schlüpfer auszog, sie hochnahm, ins Badezimmer trug und in die Wanne setzte. »Pizza und Paghetti«, lispelte sie.

»Spaghetti, Schatz«, sagte Diane, während sie mechanisch diverse Plastikspielzeuge aus einer Kiste nahm und sie ins Wasser warf. Plötzlich wandte sie sich fragend an Jessica. »Ich weiß, du bist gerade erst gekommen, aber würde es dir was ausmachen, kurz auf Grace aufzupassen? Ich gehe nur schnell Ava holen. Ich habe sie in ihr Bettchen gelegt, wo sie ihr Mobile anschauen kann, aber sie fängt bestimmt jeden Moment an zu quengeln, weil sie Hunger hat.«

Wie aufs Stichwort drang ein langgezogener Schrei aus dem Babyzimmer zu ihnen.

»Aber klar«, sagte Jessica. »Kein Problem.«

»Danke«, murmelte Diane.

Kaum hatte ihre Mutter das Badezimmer verlassen, sah Grace zu Jessica und verdrehte demonstrativ die Augen. Das hatte sie sich ganz offensichtlich von Erwachsenen abgeguckt. Jessica musste lachen.

»Mummy sagt böse Wörter«, flüsterte sie, und ihr Gesicht spaltete sich zu einem diebischen Grinsen.

»Grace«, warnte Diane, als sie mit einem kleinen grunzenden Bündel im Strampler zurück ins Bad kam.

»O mein Gott!«, rief Jessica, die es unglaublich fand, dass ein Mensch so klein sein konnte. »Sie ist ja total süß!«

Diane setzte sich auf die Toilette und betrachtete die kleine Ava, als hätte sie bis jetzt noch nie darüber nachgedacht. »Ja, stimmt wohl«, meinte sie, wenngleich ihr Tonfall signalisierte, dass sie sich ihrer Sache nicht ganz sicher war. Jessica konnte nachvollziehen, wieso Mike sich Sorgen um seine Frau machte. Sie sah todmüde aus, als könnte sie sich jeden Moment auf dem Badezimmerfußboden zusammenrollen und einschlafen. Darüber hinaus wirkte sie ein wenig geistesabwesend, was Jessica nicht unangenehm war, jedoch in ihr das Bedürfnis weckte, ihr irgendwie zu helfen.

Grace begann in der Badewanne zu singen. Zu Jessicas großer Belustigung versuchte sie sich nicht an einem Kinderlied, sondern an »The winner takes it all«.

»Sie liebt *Mamma mia*«, klärte Diane sie auf.

»Wer tut das nicht?«, sagte Jessica, an Grace gewandt.

»Ich bin dir so dankbar, dass du kommen konntest«, sagte Diane. Es war der erste direkt an Jessica gerichtete Satz. Jessica wollte gerade antworten, dass es ihr ein Vergnügen sei, als sie davon abgelenkt wurde, wie Diane mit einer Hand unter ihrem T-Shirt herumnestelte. Nachdem sie dort erreicht hatte, was auch immer sie hatte erreichen wollen, schob sie das T-Shirt hoch und entblößte einen schlaffen, faltigen Bauch. Als Nächstes fiel eine riesige, milchpralle Brust heraus. So schnell wie sie gekommen war, verschwand ein Teil von ihr auch schon wieder in Avas Mund, der zuvor fieberhaft danach gesucht hatte. Jessica staunte. Sie hatte noch nie jemandem beim Stillen zugesehen und wusste gar nicht, wo sie hinschauen sollte. Ihr Blick wurde geradezu magnetisch von Dianes riesiger brauner Brustwarze angezogen. Oder vielmehr: nicht direkt von ihrer Brustwarze, denn die steckte fest zwischen den saugnapfartigen Lippen der kleinen Ava, sondern vom Bereich um die Brustwarze *herum*, der aus einer der seltsamsten BH-ähnlichen

Apparaturen heraushing, die Jessica je gesehen hatte. Er war groß und braun wie ein Schokoladenkeks.

»Es macht dir doch nichts aus, oder?«, sagte Diane unvermittelt, als sei ihr eben erst aufgegangen, dass sich eine Fremde in ihrem Badezimmer befand, die sie, wenigstens der Höflichkeit halber, um Erlaubnis hätte fragen müssen.

»Aber nein, kein bisschen«, beteuerte Jessica hastig und versuchte, sich ganz europäisch abgeklärt zu geben. Sie erinnerte sich daran, wie Angelica ihr einmal erzählt hatte, dass die prüde amerikanische Einstellung zum Stillen sie immer geärgert hatte. Es war eine unerwartete Erinnerung, die in ihr eine Welle der Zuneigung für ihre durch und durch kontinental geprägte Mutter auslöste, gefolgt von einem Stich der Wut, als sie daran dachte, was Graydon kurz zuvor zu ihr gesagt hatte.

»Entschuldige«, meinte Diane. »Manchmal vergesse ich einfach, dass nicht jeder in einer Welt existiert, in der sich alles um Stillen, volle Windeln und schlaflose Nächte dreht.«

Jessica schenkte ihr ein beruhigendes Lächeln, und als Diane dieses Lächeln erwiderte, erhaschte sie zum ersten Mal einen flüchtigen Blick auf die Frau von den Fotos in der Küche.

»Ich will mehr Spielzeug«, verlangte Grace plötzlich mit durchdringender Stimme. Offenbar war es ihr langweilig geworden, zu singen und ihren Frosch unterzutauchen.

Diane, die es sich gerade erst einigermaßen bequem gemacht hatte, verdrehte die Augen, wie um zu sagen, dass es absolut typisch sei, dass Grace zum denkbar ungünstigsten Zeitpunkt mit einer solchen Forderung ankam. Nichtsdestotrotz machte sie Anstalten aufzustehen. Doch kaum hatte sie sich bewegt, begann Ava vor Wut zu brüllen, weil sie in ihrer Mahlzeit gestört wurde. Jessica war ziemlich verdutzt, dass ein so winziger Körper einen derart lauten Schrei produzieren konnte. Zur selben Zeit legte auch Grace los und begann sich zu beschweren, dass sie *jetzt sofort* mehr Spielzeug haben wolle, bis die Kakophonie der beiden Kinderstimmen zu einem beeindruckenden Crescendo angeschwollen war. Als sie Diane vornübergebeugt herumstolpern sah wie den Glöckner von Notre-Dame im Bademantel, sprang Jessica auf.

»Lassen Sie, ich mache das schon. Kümmern Sie sich nur weiter um die Kleine«, sagte sie über den Lärm hinweg, weil sie Dianes verzweifelte Bemühungen nicht länger mit ansehen konnte. »Also«, sagte sie zu Grace. »Was hättest du denn gern? Hier in der Kiste sind noch ein Boot, ein Bagger und ein paar Fische.«

»Nein, die nicht. Die sind doof«, lamentierte Grace, die allerdings über Avas Geschrei kaum zu verstehen war. Das Gesicht der Dreijährigen hatte mittlerweile eine seltsame purpurrote Farbe angenommen, und ihre Unterlippe bebte bedrohlich.

»Grace«, bellte Diane, die es endlich geschafft hatte, Ava wieder an ihre Brustwarze anzudocken. »Mach jetzt kein Theater, verstanden? Mehr haben wir nicht, also hör auf zu quengeln. Mummy ist müde und hatte einen langen Tag. Und man sagt ›Bitte‹, wenn man etwas haben möchte.«

»Weißt du was, deine Mummy hat recht«, meinte Jessica ruhig, jedoch mit einem freundlichen Lächeln im Gesicht. »Aber wie wäre es, wenn ich mal nachschaue, ob ich in deinem Zimmer etwas finde, womit wir spielen könnten?« Sie wollte die Situation unbedingt entschärfen.

»In meinem Zimmer?«, wiederholte Grace, fassungslos angesichts dieses in ihren Augen ganz und gar abwegigen Vorschlags. Der Trotzanfall war vergessen, obwohl Jessica ahnte, dass ein falsches Wort ausreichen würde, um die Flammen erneut anzufachen.

»Klar«, sagte Jessica und eilte aus dem Bad ins Zimmer des kleinen Mädchens. Sie hoffte, dass Diane es nicht anmaßend fand, dass sie die Sache ungefragt in die Hand genommen hatte, aber wahrscheinlich war es ihr lieber, wenn Jessica einfach half, statt vorher tausend höfliche Fragen zu stellen.

Sekunden später kehrte sie mit einem Teeservice aus Plastik ins Badezimmer zurück. Es erwies sich als Volltreffer, und die Harmonie war wiederhergestellt.

»Danke«, sagte Diane kurze Zeit später, während sie zusah, wie Grace und Jessica einander Tee servierten.

»Kein Problem«, sagte Jessica. »Übrigens – ich hoffe, Sie haben nichts dagegen, dass ich es vorschlage –, aber ich bin ja hier, wieso gehen Sie nicht und suchen sich mit Ava ein etwas bequemeres Plätzchen zum Stillen? Ich kann Grace waschen und noch ein bisschen mit ihr spielen.«

»Ach, nein, es geht schon«, wiegelte Diane ab und sah Jessica von ihrem Platz auf der Toilette aus verunsichert an. Damit Ava nicht abrutschte, musste sie die Beine übereinanderschlagen – eine Körperhaltung, die zweifellos eine jahrelange Behandlung beim Osteopathen nach sich ziehen würde. »Du bist ja nur zum Kennenlernen gekommen, wahrscheinlich hast du gar keine Lust, sie zu baden und dergleichen.«

»Wenn Sie es nicht möchten, dann verstehe ich das natürlich. Aber ich würde es wirklich gerne machen.«

»Äh, gut, wenn das so ist«, meinte Diane, »dann gehe ich vielleicht wirklich. Aber nur, wenn es dir ganz bestimmt nichts ausmacht. Und übrigens, sag doch bitte nicht Sie zu mir, ich habe dich ja auch gleich ungefragt geduzt«, bat Diane.

»Gerne«, erwiderte Jessica erfreut.

»Geh weg, Mummy, Jessica soll mich baden«, befahl Grace, der das höfliche Geplänkel allmählich zu bunt wurde.

»Sei nicht so frech«, sagte Diane, gab sich aber geschlagen und schlurfte in Richtung Schlafzimmer davon. Ava nuckelte unverdrossen weiter.

Zehn Minuten später hatte Ava sich sattgetrunken und entließ die Brust ihrer Mutter aus dem Klammergriff ihrer zahnlosen Kiefer. Diane setzte sich bequemer auf dem Bett zurecht und hob Ava an die Schulter, damit sie ihr Bäuerchen machen konnte. Während sie ihrer kleinen Tochter über den Rücken rieb, lauschte sie auf die Geräusche von nebenan. Grace hatte beim Baden noch nie so viel Spaß gehabt.

Mike hatte recht gehabt. Jessica schien wirklich ein sehr nettes Mädchen zu sein. Sie war liebevoll und verantwortungsbewusst, und Dianes Instinkt sagte ihr, dass sie ihre Töchter ruhigen Gewissens in ihrer Obhut lassen konnte. Wahrscheinlich hatten sie es bei ihr sogar besser, dachte sie traurig.

Kurze Zeit später fielen Ava die Äuglein zu, und Diane stand auf, um sie in ihr Bettchen zu legen. Zur selben Zeit hob Jessica eine quietschsauber geschrubbte Grace aus der Wanne und wickelte sie in ein Handtuch.

»Wo ist denn ihr Schlafanzug?«, fragte sie.

»In unserem Schlafzimmer auf dem Bett«, sagte Diane voller Staunen, wie selbstverständlich sich Jessica in ihre Routine einfügte. Durch ihre Anwesenheit wurde alles gleich viel einfacher. »Normalerweise mache ich sie bei uns im Zimmer bettfertig, damit wir vor der Gutenachtgeschichte noch ein bisschen den Kinderkanal im Fernsehen anschauen können.«

»Okay«, sagte Jessica, die sich nicht noch weiter aufdrängen wollte, indem sie das Schlafzimmer ihres Chefs betrat. Grace hingegen, die ahnte, dass ihre Mutter wieder das Kommando übernehmen würde, meldete sich mit aller Entschiedenheit zu Wort. »Jessica soll mir den Schlafanzug anziehen!«

»Schhh, Liebes, Mummy kann das auch machen«, sagte Diane fest, aber leise, während sie die Tür zu Avas Zimmer hinter sich schloss.

»Nein!«, heulte Grace auf, und es war sonnenklar, dass das übermüdete Kind drauf und dran war, sich in einen weiteren Trotzanfall hineinzusteigern. In der Hoffnung, dem zuvorzukommen, sagte Jessica: »Also, wenn du nichts dagegen hast – mir macht es nichts aus.«

Diane stieß langsam die Luft aus, während sie über die Alternative nachdachte: ein Schreiduell mit Grace.

»Gut, wenn es dir wirklich nichts ausmacht, komm ruhig mit«, meinte sie schließlich. Sie konnte nur hoffen, dass Jessica nicht jetzt schon genug von ihr und Grace hatte.

Jessicas einzige Sorge derweil war, dass Diane sie vielleicht als übergriffig empfinden könnte. Doch dann dachte sie bei sich, dass eine Frau, der es nichts ausmachte, dass man sie in einem ungewaschenen T-Shirt sah und die fünf Minuten nach der Begrüßung ihren Busen entblößte, vermutlich kein allzu großes Problem damit haben würde, wenn man ihr unaufgeräumtes Schlafzimmer betrat. Als Diane sich bückte, um ein Höschen vom Boden aufzuheben, tat Jessica allerdings höflich so, als hätte sie es nicht bemerkt.

Eine zufriedene Grace ließ sich von Jessica abtrocknen und anziehen, ohne wie sonst zu quengeln. Diane sank derweil in der Ecke des Zimmers in ihren Sessel. Sie war sogar zu erschöpft, um den Berg Wäsche beiseitezuschieben, der seit drei Tagen dort lag und darauf wartete, weggeräumt zu werden. Grace ließ sich widerstandslos von Jessica die feuchten Haare auskämmen, woraufhin Diane kurz aufblicken und sich vergewissern musste, dass dieses Kind, das dort auf dem Bett saß, tatsächlich ihre Tochter war. Es war erstaunlich, wie schnell Grace Zutrauen zu dieser wildfremden jungen Frau gefasst hatte. Aber eigentlich überraschte es Diane nicht weiter. Jessica war jung, hübsch, freundlich, lächelte viel und machte jeden Spaß mit. Während die beiden munter miteinander plauderten, genoss Diane die ungewohnte Szene häuslicher Eintracht. Normalerweise gab es um diese Zeit nur wütendes Geschrei – und nicht nur von Grace. Als Diane klar wurde, wie wenig Freude ihre Tochter in letzter Zeit an ihr gehabt hatte, drohte die inzwischen altbekannte Traurigkeit sie zu überwältigen.

Mike hatte recht. Sie brauchte wirklich Hilfe. Wenn schon nicht um ihrer selbst willen, dann für Grace, die es nicht verdient hatte, den ganzen Tag in der Gesellschaft eines Menschen zu verbringen, der so … depressiv war.

War das etwa des Rätsels Lösung?, fragte sie sich in einem Augenblick plötzlicher Klarheit. Die Erkenntnis war ein Schock. Falls es stimmte, dann musste sie einen Weg finden, wieder zu sich zu kommen, und zwar schnell. Sie erkannte sich gar nicht mehr wieder. Nein, so durfte es nicht weitergehen.

28 + + + + Jessicas Stimmung am nächsten Tag war sehr seltsam. Im Büro wurde über nichts anderes geredet als über James Bond. Es war grauenhaft.

»Aber Daniel Craig ist genial«, beharrte Luke gerade. »Die Art, wie man Bond als emotionslosen Killer neu erfunden hat, der sich aber gleichzeitig unsterblich in eine Frau verliebt. Das Racheszenario in *Ein Quantum Trost* war brillant. Ich mag Filme mit ein bisschen Vorgeschichte.«

»Das glaube ich gern«, erwiderte Kerry, als hätte er etwas Schmutziges gesagt.

»Trotzdem kapiere ich immer noch nicht, warum niemand von euch einsieht, dass George Lazenby der Beste war«, sagte Isy verständnislos.

»Ich für meinen Teil vermisse die gute alte Zeit. Die Witze und Anspielungen«, meinte Julian, den Einwurf seiner Kollegin komplett ignorierend. »Eine Figur Pussy Galore oder Heavenly Melons oder Honey Ryder zu nennen – das würde die Gleichstellungspolizei heutzutage doch gar nicht mehr durchgehen lassen. Traurig ist das.«

»Traurig?«, fragte eine zunehmend indignierte Isy. Manchmal hatte sie das Gefühl, dass niemand auf ihrer Wellenlänge war. (Vermutlich stimmte das auch.) »Wieso ist es *traurig*, wenn Frauen nicht länger erniedrigt werden? Die männlichen Figuren heißen ja auch nicht Willy Cannon oder … Hugh Bulge, oder?«

»Oder Dick Fudgenudger?«, schlug Kerry vor.

»Du hast recht, Isy«, pflichtete Vanessa ihr bei. »Dafür mussten die Männer kostümtechnisch einiges über sich ergehen lassen. Erinnert ihr euch noch an den bananengelben Skianzug, den Roger Moore getragen hat?«

»Klar!«, rief Luke. »*Der Spion, der mich liebte*, die vermutlich beste Anfangssequenz aller Bondfilme. Diese unheimliche Stille, der Fallschirm mit der britischen Flagge drauf – Wahnsinn.«

»Quatsch!«, widersprach Natasha. »Einverstanden, die Szene war genial – aber was ist mit der ersten Szene aus Grangers *Die Welt in deiner Hand*? Das war ganz großes Kino. Wisst ihr noch – die Verfolgungsjagd quer durch den arabischen Basar? Und wie ihm dann am Ende Angelica Dupree aus dem Perserteppich vor die Füße kullert, und man sieht nichts als Busen und weiße Zähne?«

Jessica seufzte.

»Die Stelle habe ich mir als Junge zigmal hintereinander angeschaut«, meinte Hassan. »Und die mit dem schwarzen Bikini natürlich.«

»Natürlich«, sagte Luke mit einem lasziven Grinsen, was ihm einen bösen Blick von seiner Freundin einbrachte.

»Also, ich finde, der erotischste Bond-Moment aller Zeiten war, wie Daniel Craig in *Casino Royale* aus dem Meer kommt«, erklärte sie, fest entschlossen, das Gespräch von Angelica Duprees Brüsten wegzulenken. »Im Übrigen stehen die Chancen nicht schlecht, ihn in die Show zu bekommen. Sein Agent muss es noch bestätigen, aber so weit sieht es gut aus.« Sie grinste. »Trotzdem hätte ich gerne noch einen zweiten Bond. Connery und Moore haben beide nein gesagt, du hast also vielleicht Glück, Natasha. Der Nächste, bei dem ich anfragen werde, ist Granger.«

»Wahnsinn. Wenn er ja sagt, Jess, können wir dann unsere Jobs tauschen? Ich glaube, ich bin genau sein Typ. Habt ihr mal Bilder von seiner Frau gesehen? Die ist eine echte Barbie. Riesige falsche Titten und alles.«

»Er wird's ohnehin nicht machen«, knirschte Jessica durch zusammengebissene Zähne, nur um gleich darauf feuerrot anzulaufen.

»Woher willst du das wissen?«, fragte Kerry. »Ich habe doch extra gesagt, ich will Jill Cunningham selbst anrufen. Sag nicht, du hast schon mit ihr gesprochen?«

»Nein«, beteuerte Jessica hastig, die schon wieder das Gefühl hatte, sich jeden Moment übergeben zu müssen. »Ich … ich habe ihn bloß gegoogelt, und die Show ist kurz vor seinem Geburtstag, den wird er ja höchstwahrscheinlich feiern wollen …«

Es war eine merkwürdige, nicht sehr überzeugende Antwort. Kerry sah sie prüfend an. »Aha. Na ja, trotzdem kann ein Anruf nicht schaden. Vielleicht haben wir Glück und seine Agentin spielt mit. Schließlich hat er in letzter Zeit nicht viel gedreht, womöglich freut er sich über ein bisschen Publicity. Brosnan dreht gerade, an den kommen wir nicht ran, und will irgendjemand allen Ernstes Dalton oder Lazenby sehen? Außer Isy, meine ich. Nein, Granger ist der einzige andere Bond, der überhaupt in Frage kommt.«

Kerry lächelte Jessica zu, aber diese saß stocksteif da, als hätte ihr soeben jemand eröffnet, dass ihr Rocksaum den ganzen letzten Monat über in ihrem Schlüpfer eingeklemmt gewesen war. Dann stand sie auf, verkündete »Ich gehe in die Kantine« und verließ das Büro, ohne sich umzuschauen.

Paul blickte ihr hinterher. Als er sie am Morgen gesehen hatte, hatte er sofort gewusst, dass das, was ihr Kummer bereitete, noch nicht aus der Welt war. Obwohl er gerade an einer Rede für Bradley schrieb, die dieser anlässlich einer Preisverleihung halten musste, ließ er seine Arbeit liegen und ging ihr nach.

»Jess!«, rief er, als er ihren blonden Schopf weit entfernt auf dem Gang erspähte. Sie hatte es sehr eilig und schien ihn nicht gehört zu haben. Oder doch? Sie beschleunigte ihre Schritte. Er fiel in Laufschritt, während Jessica vor ihm davonhetzte. Wenn sie sich so komisch benahm, musste es schlimmer sein, als er vermutet hatte. Was zum Teufel war los mit ihr? Endlich hatte er sie eingeholt. Er drehte sie zu sich herum. »Was ist denn?«

»Nichts«, sagte sie, während ihr Tränen übers Gesicht kullerten.

»Bitte, sag es mir«, flehte Paul, auch wenn er sich mittlerweile vor der Antwort fürchtete. »Um Himmels willen, Jess, was hast du denn? Was ist passiert? Hat es mit mir zu tun? Ich weiß, dass du nicht krank bist, also fang nicht wieder damit an.«

»Es ist nichts«, wiederholte Jessica störrisch.

»Das glaube ich dir nicht. Es war so schön am Montagabend, und zwei Tage später kannst du mir nicht mal mehr in die Augen schauen. Was hat sich seitdem geändert?«

Jessica starrte auf ihre Zehenspitzen. Sie konnte ihn nicht ansehen.

»Bitte triff dich heute Abend mit mir«, beharrte Paul. »Ich weiß nicht, was los ist, aber ich kann es nicht ertragen, dass es dir so schlecht geht. Ich hoffe …«

Jessica sah auf.

»Ich hoffe, dass ich nicht irgendwas falsch gemacht habe«, schloss er zögernd. Er wirkte sehr verletzlich.

Jessica blinzelte heftig, während sie sich zum hundertsten Mal fragte, ob sie ihm nicht die Wahrheit sagen sollte. Aber sie fand keine Worte. »Heute Abend kann ich nicht«, antwortete sie schließlich.

»Okay«, sagte Paul. Es war ein Gefühl, als hätte ihm jemand einen Faustschlag verpasst. »Wieso nicht? Was hast du denn vor?«

Jessica seufzte. Sie wollte die Absprache mit Mike nicht verletzen, indem sie Paul verriet, dass sie auf seine Kinder aufpasste. Normalerweise hätte sie sich liebend gern mit Paul getroffen, aber bei allem, was gerade auf der Arbeit los war, kam ihr die Aussicht, den Abend mit Grace und Ava zu verbringen, unendlich viel angenehmer vor. Wenigstens musste sie von ihnen keine unangenehmen Fragen befürchten. Darüber hinaus hatte Diane ihr am Vorabend, sobald die Kinder im Bett waren, das Herz ausgeschüttet, und Jessica wollte sich unbedingt vergewissern, dass es ihr gutging.

»Ich ... ich bin mit Pam verabredet«, sagte sie und fühlte sich unendlich müde. Das ständige Lügen war so aufreibend.

»Was denn?«, fragte Paul so sanft, dass Jessicas Herz einen Knacks bekam.

»Ich habe einfach nur versprochen, dass wir heute Abend was zusammen machen, mehr nicht«, sagte Jessica und sah ihn flehentlich an.

»Aha«, sagte Paul, sichtlich gekränkt.

»Aber wie wäre es mit morgen?« Sie wollte nicht, dass das, was sich gerade zwischen ihnen entwickelte, schon wieder vorbei war. »Ich weiß, es wird wahrscheinlich spät, aber vielleicht könnten wir nach der Show noch was trinken gehen?«

Schlagartig erhellte sich Pauls Miene. Er lächelte vor Erleichterung. »Na klar, ich habe Zeit. Aber nur unter einer Bedingung.«

»Welche denn?«, schniefte Jessica.

»Dass du mir morgen sagst, was dich so bedrückt. Was auch immer es ist, ich werde es verstehen. Vertrau mir.«

Jessica überlegte eine Sekunde. »Einverstanden«, sagte sie schließlich – und meinte es ernst. Morgen würde sie ihm alles beichten. Nicht, dass sie als Babysitterin für Mike und Diane arbeitete. Das war etwas anderes. Diane hatte sich ihr gestern Abend anvertraut, und sie würde ihr Vertrauen nicht missbrauchen, indem sie Paul davon erzählte. Aber sie würde ihm endlich sagen, wer ihre Eltern waren, und damit auch erklären, weshalb der Gedanke an das Bond-Special für sie so unerträglich war. So viel war sie ihm schuldig. Sie konnte nur beten, dass er sie wirklich verstehen würde.

»Dann also am Donnerstag«, sagte er mit ernster Miene. Er hasste es, Jessica so traurig zu sehen. In diesem Moment wurde ihm bewusst, wie gern er sie hatte.

Zögernd machte er einen Schritt auf sie zu, und nachdem er sich vergewissert hatte, dass sie nichts dagegen einzuwenden hatte, nahm er sie in die Arme.

Genau das hatte sie gebraucht. Es war das erste Mal, dass eine Berührung zwischen ihnen nichts Sexuelles an sich hatte. Als Jessica ihr Gesicht an seiner Brust vergrub, fühlte sie sich so sicher und geborgen, dass sie ohne weiteres den ganzen Tag so hätte stehen bleiben können. Natürlich driftete die Umarmung, die als tröstend und freundschaftlich begonnen hatte, schon nach wenigen Sekunden in andere Gefilde ab, als ihr zum Beispiel auffiel, wie breit seine Brust war und wie stark sich seine Arme anfühlten. Paul wiederum spürte, wie sich Jessicas Brüste an seine Brust drückten, und stellte sich zum millionsten Mal vor, wie es wäre, mit ihr nackt im Bett zu liegen.

Genau in diesem Moment kam Jeremy Paxman an ihnen vorbei und erinnerte sie daran, dass sie in der BBC-Zentrale auf dem Gang standen – ein ganz und gar unpassender Ort, um sexuelle Erregung zu empfinden.

Paul löste sich widerstrebend von ihr. »Wir gehen besser wieder rein«, meinte er, und eine emotional ausgelaugte und verwirrte Jessica folgte ihm zurück ins Produktionsbüro.

Etwas später bat Mike sie zu einem kurzen Gespräch in sein Büro.

»Hi«, sagte er, sobald sie die Tür hinter sich geschlossen hatte. »Alles klar für heute Abend?«

»Ja«, sagte Jessica. »Keine Sorge, ich hab's nicht vergessen.«

»Nein, nein, natürlich nicht«, sagte Mike und machte ein belämmertes Gesicht. »Also gut, ich werde nicht lange drum herumreden. Bestünde eventuell die Möglichkeit, dass du heute etwas früher Schluss machst? Wie du weißt, geht es Diane ja seit einiger Zeit nicht so gut, und ich war vorhin kurz zu Hause, damit sie zum Arzt gehen kann. Wie es aussieht, leidet sie an einem ziemlich schweren Fall von Babyblues, vielleicht sogar an einer Wochenbettdepression.«

»Das tut mir so leid.«

»Ist schon gut«, wiegelte Mike ab. »Ich meine, natürlich ist es nicht *gut*, es ist ziemlich beängstigend, aber wenigstens wissen wir jetzt, was es ist. Vielen Dank, dass du ihr geraten hast, zum Arzt zu gehen. Ich glaube, das Gespräch mit dir gestern hat ihr wirklich gutgetan, und ich weiß, wie hilfreich es für sie war, dass sie zur Badezeit ein wenig Unterstützung hatte. Deswegen wäre es absolut phantastisch, wenn du heute etwa zur gleichen Zeit vorbeikommen könntest. Ich würde es ja selber machen, aber da ich heute schon mal weg war ...«

»Ich komme gerne früher«, sagte Jessica, die sich freute, dass sie helfen konnte. Arme Diane.

Einen Moment lang sah Mike todunglücklich aus. »Ich hätte es wissen müssen«, meinte er leise. »Sie war schon so lange in schlechter Verfassung, aber ich habe es immer auf den Schlafmangel geschoben. Nun ja, jetzt müssen wir alles tun, damit es ihr bald wieder bessergeht.«

In dem Augenblick war ihr Mike richtig sympathisch. Sie hatte von Anfang an das Gefühl gehabt, dass Pauls Verachtung für ihren Chef ein wenig überzogen war. Es war deutlich zu erkennen, dass er seine Frau über alles liebte.

»Ich freue mich, wenn ich helfen kann«, sagte sie. »Außerdem würde ich Grace sehr gern wieder baden.« Das war keine Lüge. Sie hatte ihren kurzen Ausflug in das Chaos namens Familienleben durchaus genossen.

»Toll«, sagte Mike. »Du bist ein Engel, und bitte sag es niemandem aus dem Team, ja? Ich möchte, dass es unter uns bleibt.«

»Selbstverständlich.« Jessica nickte mit Nachdruck.

»Ich denke mir irgendeinen Grund aus, weshalb du früher gehen musst. Warum sagen wir nicht, um sechs bei uns?«

»Von mir aus auch um fünf«, schlug sie vor. Das war ihre Chance. Womöglich konnte sie sich noch eine weitere Stunde James-Bond-Gespräche ersparen. »Dann könnte ich mit Grace zusammen zu Abend essen. Diane hat gesagt, dass es um diese Zeit oft ein bisschen hektisch ist.«

»Wirklich? Gott, ich weiß gar nicht, was ich sagen soll. Bald muss ich dich wohl Jessica Poppins nennen, hm?«

Am Ende entkam Jessica dem Bondfieber im Büro sogar noch früher, sehr zu Natashas und Kerrys Unmut. Selbst schuld. Hätten sie nicht angefangen »Klippe, Bett, Altar« zu spielen und ihren Vater in ihre geschmacklosen Scherze mit hineinzuziehen, wäre sie vielleicht etwas länger geblieben.

»Aber warum will Mike, dass *du* zu dem Showcase gehst, nicht ich?«, beklagte sich Kerry, die zu Jessicas großem Erstaunen zugegeben hatte, dass sie es lieber mit Piers Morgan treiben würde als mit ihrem Vater. Sie wusste nicht recht, ob sie erleichtert oder beleidigt sein sollte. »Wenn dieser neue Comedian so gut ist, warum schickt Mike dann nicht mich? Nimm's mir nicht übel.«

»Tue ich nicht«, sagte Jessica trübsinnig. Sie hasste diese Geheimniskrämerei, aber inzwischen wäre ihr jede Lüge recht gewesen, um schnellstmöglich nach Chiswick zu entkommen.

»Vielleicht denkt Mike, dass sie ein bisschen Aufmunterung brauchen kann«, mutmaßte Luke und drückte Jessica den Arm.

»Oder er denkt, dass deine Arbeit zu wichtig ist, als dass er mich damit allein lassen könnte«, improvisierte Jessica – eine Erklärung, die Kerry eher zu gefallen schien.

Natasha jedoch drehte sich zu Jessica um und raunte: »Ich hoffe, es gibt keinen *anderen* Grund, weshalb du mit Mike so viele Privatgespräche führst.«

Jessica hatte nicht die Kraft, sich darauf eine Erwiderung einfallen zu lassen, daher tat sie einfach so, als hätte sie nichts gehört, schnappte sich ihre Tasche und ging. Sie wusste genau, dass Paul sie vom anderen Ende des Büros aus beobachtete.

29 ++++ Der Abend verlief ohne Zwischenfälle. Ava und Grace waren bester Laune, und ihre kindliche Einfalt bot eine willkommene Abwechslung zu den komplizierten Verwicklungen, von denen Jessicas Leben im Moment beherrscht war. Die einfachen Verrichtungen, die gefordert waren, um die Bedürfnisse der Kleinen zu erfüllen, waren Balsam für ihre Seele. Es machte ihr Spaß, bei der Zubereitung von Graces Abendessen zu helfen und dafür zu sorgen, dass die Bissen abgekühlt waren, bevor sie in ihren Mund wanderten. Sie passte auf, dass Grace ihr Saftglas nicht umstieß, und ermahnte sie, ihr Gemüse zu essen. Durch Jessicas Zureden schaffte sie es sogar, ihren Teller ganz leer zu essen, worüber sich Diane so sehr freute, dass sie der Kleinen zum Nachtisch ein Eis erlaubte. Fasziniert sah Jessica ihr beim Essen zu. Noch nie zuvor hatte sie jemanden gesehen, der sich so vollkommen auf eine einzige Sache konzentrierte. In diesem Augenblick kam es ihr so vor, als wüssten Kinder viel besser darüber Bescheid, was im Leben zählte. Sie lebten ganz im Augenblick und konnten sich an kleinen Dingen erfreuen. Als Jessica mit Grace am Küchentisch saß, empfand sie einen seltenen Moment tiefen Glücks. Es war halb sechs, und während der Rest der Welt sich irgendwo da draußen abhetzte, zählte für Grace nichts als ihr Eis. Avas einzige Sorge wiederum galt der Frage, wie viel von ihrer winzigen Faust sie in den Mund stecken konnte.

»Sie war die halbe Nacht wach. Ich glaube, die Zähne drücken«, erklärte Diane. Sie sah noch erschöpfter aus als am Tag zuvor, trotzdem war sie regelrecht aufgekratzt, weil sie endlich mal wieder abends ausgehen konnte. Als Jessica früher als erwartet vor der Tür gestanden und verkündet hatte, sie wolle Grace ihr Abendessen machen, war sie in Tränen der Dankbarkeit ausgebrochen.

Das Zubettgehen verlief einigermaßen chaotisch. Grace war wegen der ungewohnten Situation vollkommen überdreht, und Ava schrie wie am Spieß, aber sobald das Baby im Bettchen lag und Mike und Diane gegangen waren, beruhigte sich Grace sofort. Jessica las ihr vier Geschichten vor, dann brachte sie sie ins Bett.

Sie war gerade auf dem Weg nach unten, als das Handy in ihrer Hosentasche vibrierte. Erwartungsgemäß war es Diane, die wissen wollte, wie sie zurechtkam.

»Beide schlafen tief und fest«, flüsterte Jessica, während sie ins Wohnzimmer ging und das Babyfon einschaltete. »Ich wollte dir gerade eine SMS schreiben.«

»Grace hat sich ohne Probleme ins Bett bringen lassen?«

»Brav wie ein Lämmchen.«

»Du bist ein Goldstück. Vielen Dank, und denk dran, wenn du mich brauchst, ruf einfach an. Du hast ja die Nummer vom Restaurant, für den Fall, dass wir kein Netz haben, oder?«

»Ja«, versicherte Jessica. »Und jetzt genießt euren Abend.

Macht euch keine Sorgen. Den beiden geht es gut, und ich verspreche, mich sofort zu melden, falls was sein sollte.«

Nun, da Diane sich endlich entspannen konnte, tat sie das, was Jessica ihr geraten hatte: Sie sprach ganz offen und ehrlich mit ihrem Ehemann über ihre Situation. Als sie beim Dessert angelangt waren, hatte sie zum ersten Mal seit Avas Geburt das Gefühl, ein wenig Klarheit gewonnen zu haben.

»Verstehst du, ich glaube nicht, dass es eine Depression ist. Jedenfalls keine schwere. Ich habe keine Selbstmordgedanken oder so …«

»Diane, mein Gott!«, rief Mike.

»Was ist denn? Es tut mir leid, wenn du es nicht gerne hörst, aber ich habe im Internet recherchiert, und glaub mir, manchen Frauen geht es so. Aber was ich sagen will, ist, dass ich nicht *so* schwer krank bin«, fuhr sie fort. »Wahrscheinlich ist es bloß ein postnatales Stimmungstief, weil ich permanent übermüdet bin. Und weißt du noch, wie viel Blut ich bei der Geburt verloren habe? Der Arzt hat mir heute gesagt, dass Anämie solche Stimmungsschwankungen begünstigen kann.«

»Ich kann nur nicht nachvollziehen, dass du dich die ganze Zeit schon so schlecht fühlst und mir nichts davon gesagt hast«, meinte Mike.

Diane fragte sich, ob Mike wirklich so schwer von Begriff war. Es hätte doch offensichtlicher nicht sein können: die täglichen Weinkrämpfe, das ständige Gefühl, überfordert zu sein, die ungewaschenen Haare. An diesem Abend hatte sie zum ersten Mal seit Monaten den Bronzer herausgeholt – allein das war wie Medizin.

Immerhin kannte Mike seine Frau gut genug, um zu erahnen, was ihr durch den Kopf ging. »Es tut mir leid, Di«, sagte er zerknirscht. »Ich greife dir ab jetzt mehr unter die Arme, versprochen. Sag mir einfach, was ich tun soll, und ich tue es.«

»Ach, es ist nicht deine Schuld«, wehrte Diane ab und kämpfte mit den Tränen. »Und ich weiß ja selbst, dass ich im Moment unausstehlich bin, aber vielleicht würde es schon helfen, wenn ich einmal die Woche ausschlafen könnte? Und die Pillen natürlich. Außerdem muss ich ernsthaft darüber nachdenken, ob ich nicht wieder arbeiten gehen will, sobald Ava ein bisschen älter ist. Ich weiß, ursprünglich habe ich gesagt, dass ich zu Hause bleiben will, aber ich glaube nicht, dass ich zur Hausfrau tauge.«

»Wofür auch immer du dich entscheidest, ich unterstütze dich dabei. Und heute Nacht schläfst du im Gästezimmer. Ich kann Ava nachts die Flasche geben«, erbot sich Mike – ein paar Wochen zu spät, aber immerhin – und ergriff die Hand seiner Frau.

»Okay«, sagte Diane mit einem Kloß im Hals. »Gott, ich kann dir gar nicht sagen, wie gut es mir getan hat, ein bisschen Hilfe zu haben. Das ist geradezu peinlich. Ich weiß, dass Jessica bei euch in der Show arbeitet, aber vielleicht könnte sie ja einen Nachmittag in der Woche zu uns kommen? Oder sogar zwei, bis ich die Dinge wieder besser im Griff habe.«

»Warum rufen wir morgen nicht einfach bei einer Agentur an? Bestimmt gibt es jede Menge gute Babysitter«, schlug Mike vor. Er war erleichtert, dass Diane endlich bereit war, Hilfe anzunehmen. Damit würde auch für ihn das Leben leichter werden.

»Ich weiß nicht«, meinte Diane zweifelnd. Vielleicht war es ein bisschen kleinlich, aber sie wollte niemand anderen als Jessica. »Ich mag Jessica so gern. Vielleicht machen wir dann einfach so weiter wie gehabt. Bestimmt wird sie irgendwann wieder für uns babysitten, dann können wir noch mal ausgehen. Das war wirklich schön.«

»Stimmt«, sagte Mike, der wusste, worauf seine Frau in Wahrheit hinauswollte. Aber wie sollte er Jessica dazu überreden, ohne dass es so aussah, als würde er ihr gegenüber seine Position als Chef ausnutzen? »Na, was ist? Kaffee?«

»Genau, ich brauche unbedingt etwas, das mich die ganze Nacht wach hält«, antwortete Diane sarkastisch. »Dafür habe ich die Kinder, danke. Ich glaube sowieso, wir sollten uns allmählich auf den Weg machen –« Genau in diesem Moment piepste ihr Handy und signalisierte den Eingang einer SMS. Als sie sah, dass sie von Jessica war, wollte sie schon vom Stuhl aufspringen. »O nein«, sagte sie und sah auf einmal ganz wild aus vor Panik. Dann machte sie »Oh …«, und ihr Gesichtsausdruck veränderte sich. Ihre Hand flog an ihre Brust. »Ach, sie ist wirklich einmalig. Hier, Mike. Lies mal.«

Mike nahm das Handy und las:

ALLES OK HIER. AVA IST KURZ AUFGEWACHT, HAB SIE GEWICKELT UND IN DEN SCHLAF GEWIEGT. KANN IHR GERNE UM 11 FLÄSCHCHEN GEBEN. HABS BIS JETZT NOCH NICHT GEMACHT, WEIL ICH IHREN RHYTHMUS NICHT DURCHEINANDERBRINGEN WOLLTE. VIEL SPASS NOCH UND KEINE SORGE. DIE BEIDEN SCHLAFEN WIE … BABYS!

Mike sah Dianes Gesicht und wusste Bescheid: Seine Frau war verliebt. Aber nicht in ihn, sondern in die tüchtige, kinderliebe, unvergleichliche Jessica Bender.

30 **+ + + +** Aus Pauls und Jessicas zweiter Verabredung wurde nichts. Am darauffolgenden Tag rief Pauls Mutter an, um ihm mitzuteilen, dass seine Schwester Lucy an Pfeiffer'schem Drüsenfieber erkrankt sei. Zum Glück war das Schuljahr bereits um, dennoch machte sich die Mutter Sorgen, weil sie arbeiten musste und sich eine solche Krankheit über viele

Wochen hinziehen konnte, so dass Lucy die ganze Zeit über zu Hause allein sein würde. Es war nicht gerade der unbeschwerte Sommer, den das Mädchen sich ausgemalt hatte.

Eine Folge dieser Entwicklung war, dass Jessicas eigene Probleme für Paul vorerst in den Hintergrund traten. Jessica nahm dies mit einer gewissen Erleichterung zur Kenntnis, wenngleich Paul ihr leidtat, weil er sich so um seine Schwester sorgte und sie nicht wusste, wie sie ihm helfen sollte. Natürlich konnte Paul nicht sofort nach Hause fahren. Es war Donnerstag, also blieb ihm nichts anderes übrig, als die Angelegenheit fürs Erste beiseitezuschieben und sich auf die Arbeit zu konzentrieren. Sobald jedoch die Aufzeichnung beendet war, kam er zu Jessica und fragte sie – wie sie bereits geahnt hatte –, ob sie etwas dagegen hätte, ihr Date zu verschieben.

»Ich bin ein bisschen im Stress«, gestand er und fuhr sich mit einer Hand durchs Haar. »Ich hoffe, es macht dir nichts aus, aber ich möchte gut drauf sein, wenn wir uns treffen. Nicht so angespannt wie jetzt.«

»Klar«, sagte Jessica. Es schmerzte sie, ihn so besorgt zu sehen. »Ist doch kein Problem.«

»Danke, Jess. Ich wusste, dass du es verstehst. Du kommst ja selbst aus einer Familie mit nur einem Elternteil. Du weißt, wie es ist, wenn man einen Teil der Verantwortung übernehmen muss.«

»Ja«, sagte sie und wünschte sich, es wäre wirklich so. Dann hätte sie sich in diesem Moment vielleicht nicht ganz so minderwertig gefühlt. »Ich laufe dir ja nicht weg«, fügte sie leise hinzu.

Zum Glück, denn Pfeiffer'sches Drüsenfieber konnte eine sehr langwierige Angelegenheit sein. In den darauffolgenden Wochen verbrachte Paul viel Zeit damit, zwischen London und Staines hin- und herzufahren, um der bettlägerigen Lucy Gesellschaft zu leisten und seiner Mutter im Haushalt zu helfen. Infolgedessen lag die noch junge Romanze zwischen ihm und Jessica vorerst auf Eis.

Nicht dass sich dadurch ihre Gefühle abgekühlt hätten – im Gegenteil. Manchmal war es regelrecht eine Qual, so eng zusammenzuarbeiten und sich – der Kollegen wegen – nichts anmerken zu lassen. In anderer Hinsicht jedoch brachte die Beziehungspause eine gewisse Erleichterung für Jessica (auch wenn sie es nur ungern zugab), weil sie ihr die Gelegenheit bot, ein wenig zur Ruhe zu kommen und sich auf diese ganze elende James-Bond-Situation einzustellen. Bislang hatte niemand Wind davon bekommen, wer sie war, und allmählich erschien ihr das Problem auch gar nicht mehr so weltbewegend. Selbst gegen die ständigen Anspielungen auf ihre Eltern – die im Übrigen etwas nachgelassen hatten – war sie mittlerweile fast immun.

Da Paul so eingespannt war und sie beide auf der Arbeit viel zu tun hatten, merkte Jessica gar nicht, wie schnell die Zeit verging. An den wenigen Abenden, an denen Paul Zeit hatte, war sie zum Babysitten bei Diane. Immerhin schafften sie es hin und wieder, gemeinsam in der Kantine zu Mittag zu essen oder mit den anderen nach der Arbeit etwas trinken zu gehen. Insgesamt verhielt sich Jessica zurückhaltend, weil sie wusste, dass Paul eine anstrengende Zeit durchmachte, und sie es ihm nicht noch schwerer machen wollte, indem sie ihn unter Druck setzte, wann sie sich denn nun das nächste Mal treffen würden.

Sie vermisste ihn schrecklich, aber gleichzeitig genoss sie ihren Nebenjob als Babysitter und sagte zu, wann immer Diane oder Mike sie fragten. Sie hatte entdeckt, dass sie wirklich gut mit Kindern umgehen konnte, und auch Diane schien ihre Gesellschaft zu genießen. Nicht nur, weil sie sich über die Hilfe freute, sondern weil sie das Gefühl hatte, sich ihr in vielen Dingen anvertrauen zu können. Sie hatte bereits mehrmals angedeutet, dass sie es begrüßen würde, wenn Jessica öfter für sie arbeiten könnte – ein Vorschlag, der Jessica zwar gefiel, über den sie aber nicht weiter nachdachte, zumal sie ja bereits einen Job hatte.

Bevor Jessica es sich versah, war der Juli vorbei, und mit ihm das unbeständige Wetter. Plötzlich war es August, London steckte mitten in einer Hitzewelle, und in Jessicas Leben standen – ohne dass diese etwas davon ahnte – einige große Veränderungen bevor.

Es war der erste Donnerstag im Monat, und Mike strich auf der Suche nach Jessica durchs Studio. Diane lag ihm nun schon seit Ewigkeiten damit in den Ohren, und kürzlich hatte sich die Sache zu einer regelrechten Zermürbungskampagne ausgewachsen, die nun endlich Früchte getragen hatte: Mike hatte klein beigegeben und versprochen, die Sache irgendwie zu regeln.

Es dauerte nicht lange, bis er das Objekt von Dianes Begierde gefunden hatte. Jessica stand neben dem Klapptisch mit dem großen Wasserkessel und bereitete einen Tee für Davina McCall zu, die in der heutigen Show zu Gast war. Kerry hatte die Betreuung von Will Smith und seiner Entourage übernommen. Das ganze Studio war angesichts seines Besuchs in heller Aufregung.

»Danke noch mal, dass du neulich wieder auf die Kinder aufgepasst hast«, raunte Mike ihr zu, nachdem er sich vergewissert hatte, dass niemand ihre Unterhaltung belauschte.

»Es war mir ein Vergnügen«, antwortete Jessica, während sie sich fragte, wie sie das Thema ansprechen sollte, das ihr bereits den ganzen Tag im Kopf herumspukte. Sie musste unbedingt für die Geburtstagsparty ihres Vaters Urlaub bekommen. Sie hatte die Angelegenheit immer noch nicht geklärt und machte sich langsam Sorgen, weil die Zeit knapp wurde.

Am Abend zuvor hatte sie zum ersten Mal seit langem wieder mit ihrem Vater telefoniert. Es war wunderbar gewesen, mit ihm zu sprechen, obwohl er über nichts anderes geredet hatte als darüber, wie sehr er sich freute, sie auf seiner Party wiederzusehen. Nicht hinzufliegen stand völlig außer Frage. Notfalls würde sie eben kündigen müssen.

»Hör zu«, sagte Mike nun. »Ich rede nicht lange um den heißen Brei herum. Wie stehst du zu der Idee, Diane regelmäßig an einigen Nachmittagen die Woche mit den Kindern zu helfen? Natürlich müsste ich das irgendwie mit Kerry regeln, und vielleicht findest du die Vorstellung, dich mit meiner verrückten Brut und meiner leicht depressiven Frau herumzuschlagen, ja auch grauenhaft …«

Jessica hob erstaunt eine Braue.

»Ein Scherz«, versicherte Mike rasch und fragte sich, wie er es schaffte, immer genau das Falsche zu sagen. »Wie auch immer – sag ruhig, wenn ich mir zu viel rausnehme, aber du bist ein Naturtalent, und Grace ist ganz vernarrt in dich.«

»Wirklich?«, fragte Jessica überglücklich.

»Und ob. Diane übrigens auch. Seit Wochen sagt sie mir, ich soll dich endlich fragen, aber ich war ein bisschen unsicher. Ich wollte nicht, dass du dich unter Druck gesetzt fühlst. Du liebe Zeit, du weißt ja selbst, wie Diane ist – wenn es nach ihr ginge, müsste ich meine Sachen packen, und du würdest bei ihr einziehen …«

Jessica ließ den Teebeutel in den großen schwarzen Mülleimer fallen und musste schmunzeln. Mike besaß wirklich die einzigartige Begabung, sich um Kopf und Kragen zu reden.

»Ich würde wirklich gerne …«, antwortete sie wahrheitsgemäß. Ihr war jede Ausrede recht, dem Büro zu entkommen. Wenn sie ganz ehrlich war, verbrachte sie ihre Zeit inzwischen viel lieber mit den Kindern. Am Abend zuvor war ihr eine Unterhaltung wieder eingefallen, die sie kurz nach ihrer Ankunft mit Pam gehabt hatte – darüber, dass sie etwas Sinnvolles mit ihrem Leben anfangen wolle. Mikes Kinder zu hüten war vermutlich nicht gerade das, was die meisten Leute unter einer erfüllenden Tätigkeit verstanden, aber ihr machte es Spaß. Endlich einmal eine Arbeit, für die sie Talent hatte. Und *dass* sie Talent hatte, sah sie daran, wie verzweifelt Mike sich wünschte, sie möge ja sagen. In diesem Moment wurde Jessica klar, dass sie es sich vermutlich leisten konnte, etwas härter zu verhandeln.

»Ich bräuchte im September aber eine Woche frei«, platzte sie heraus. »Ich weiß, das Timing ist schlecht, aber ich muss nach dem Special unbedingt zurück in die Staaten. Wenn ich fliegen darf, helfe ich dir.«

Sie errötete. Wenn Erpressung der einzige Weg war, an der Geburtstagsfeier ihres Vaters teilnehmen zu können, dann musste es eben so sein. »Und du musst dir für die anderen irgendeine Erklärung ausdenken.«

Noch eine Lüge mehr würde den Kohl auch nicht fett machen.

»Abgemacht«, sagte Mike sofort.

»Wirklich?« Jessica war erstaunt, dass der allererste Erpressungsversuch ihres Lebens gleich so gut funktioniert hatte. Wenn sie gewusst hätte, dass man damit solche Erfolge erzielen konnte, hätte sie viel früher damit angefangen. »Ganz sicher?«

»Hundertprozentig.« Mike nickte. »Du bist mir eine so große Hilfe, da kann ich schon mal eine Ausnahme machen. Flieg, wohin du willst, solange du versprichst, wiederzukommen. Und was das andere angeht –« Er senkte die Stimme, da er Natasha erspäht hatte, die genau auf sie zuhielt. »Vielleicht sage ich Kerry einfach, dass du mittwoch- und montagnachmittags für eine andere Show recherchieren musst.«

»Wie du meinst«, sagte Jessica. »Aber jetzt gehe ich mal lieber. Davinas Tee wird kalt.«

Dass Drehtag war, hatte auch sein Gutes: Niemand hatte Zeit, sich über James Bond zu unterhalten, was Jessica mit

Erleichterung zur Kenntnis nahm. Auch die Tatsache, dass sich hoher Besuch aus Hollywood im Gebäude befand, erwies sich als gute Ablenkung. Will Smith schien seinem Ruf als umgänglicher Star ohne Allüren voll gerecht zu werden. Als Jessica für ein Mitglied seiner Entourage eine Besorgung erledigte, konnte sie sich ein Schmunzeln nicht verkneifen. Ihr Dad spielte oft mit Will zusammen Golf, und sie stellte sich die Gesichter ihrer Kollegen vor, hätte sie sich ihm als Jessica Granger zu erkennen gegeben.

Der Tag verging wie im Flug, und Jessica erhaschte nur hin und wieder einen kurzen, sehnsuchtsvollen Blick auf Paul – einmal in der Mittagspause und dann noch einmal, als er ans Set gestürmt kam, um etwas mit Bradley zu besprechen.

Sofort nach Aufnahmeschluss jedoch tauchte er an ihrer Seite auf.

»Na?«

»Na?«, sagte sie. Noch nie in ihrem Leben hatte sie auf einen Menschen körperlich so stark reagiert. Kaum war sie in seiner Nähe, wallten in ihr alle möglichen Gefühle hoch. »Wie geht's dir? Wie geht's deiner Schwester? Es kommt mir so vor, als hätten wir uns diese Woche kaum gesehen.«

»Ich weiß«, sagte Paul entschuldigend. »Die ganze Situation zehrt allmählich ein bisschen an Mums Kräften, deswegen habe ich sie diese Woche häufiger besucht. Aber Lucy geht es endlich ein bisschen besser, Gott sei Dank. Mein Leben hat sich also hoffentlich bald wieder normalisiert.«

»Und was ist mit dir? Du musst doch völlig erschöpft sein, bei dem, was du alles am Hals hast.«

»Mir geht's gut«, sagte er und lächelte, wobei sich die Haut um seine Augen in winzige Fältchen legte. In dem Moment sah er so umwerfend aus, dass Jessica im Innern einen heftigen Stich des Verlangens spürte. »Es ist bloß schade, dass ich keine Zeit für dich hatte. Wahrscheinlich hast du mich inzwischen schon aufgegeben.«

»Quatsch«, sagte Jessica und wurde rot.

»Wirklich nicht? Weil du nämlich jedes Mal mit Pam verabredet bist, wenn ich ausnahmsweise doch Zeit habe. So langsam beschleicht mich das Gefühl, du hast keine Lust mehr auf mich.«

»Sag mal«, meinte sie, da ihr das Thema ihrer Lügen zutiefst unangenehm war. »Vielleicht bist du ja zu müde, aber wie wäre es, wenn wir jetzt was zusammen unternehmen? Ich weiß, es ist schon spät, aber –«

»Sehr gern«, unterbrach Paul sie. Er wirkte erstaunt, aber froh. »Super. Auf jeden Fall. Worauf hast du Lust? Zum Essengehen ist es ja schon ein bisschen spät – oder möchtest du?«

»Nein, nein, es ist schon halb elf und ich habe vorhin Pizza gegessen. Aber ein Glas Wein wäre schön.«

»Super«, sagte Paul erneut. »Sollen wir … irgendwo bei mir in der Nähe hingehen?«

»Okay.« Jessica versuchte sich ihre Aufregung nicht anmerken zu lassen. *Irgendwo bei mir in der Nähe.* Konnte es sein, dass nach all der Zeit die Nacht aller Nächte gekommen war?

Sie hielten auf der Wood Lane ein Taxi an, und kaum waren sie auf die lederne Rückbank gesunken, als Jessica das wahre Ausmaß ihrer Erschöpfung bewusst wurde. An Aufnahmetagen bestand ihre Arbeit größtenteils darin, von Pontius zu Pilatus zu hetzen. Ihre Beine und Füße lechzten nach einem warmen Bad.

»Paul?«

»Ja?«

»Würde es dir was ausmachen, wenn wir uns einfach eine Flasche Wein besorgen und gleich zu dir fahren? Ich bin so müde, ich glaube, eine laute Bar wäre jetzt nichts für mich. Außerdem haben wir uns so lange nicht gesehen. Es wäre doch schön, wenn wir uns einfach in Ruhe unterhalten könnten.« Letzteres fügte sie hinzu, nachdem sie spontan entschieden hatte, dass dies der Abend war, an dem sie ihm endlich reinen Wein einschenken würde. Es wurde höchste Zeit, außerdem hatte sie das Versprechen nicht vergessen, das sie ihm gegeben hatte.

Paul küsste sie federleicht auf die Nase. »Es muss ja nicht beim Reden bleiben«, raunte er, und Jessica spürte einen Schauer der Erregung.

»Es tut mir übrigens furchtbar leid, dass ich in der letzten Zeit so mit mir selbst beschäftigt war«, fuhr er fort und legte den Arm um sie. »Es war unmöglich, dich alleine zu erwischen, und ich habe jetzt erst gemerkt, dass du nie dazu gekommen bist, mir zu sagen, weswegen du neulich so traurig warst. Ist jetzt wieder alles in Ordnung?«

»Ähm …« Sie genoss das Gefühl seines Arms auf ihrer Schulter. Es war so schön und beruhigend. Dann begann er ihr Gesicht zu streicheln, was sich auch ziemlich gut anfühlte. Sehr gut sogar. »Na ja, es gab da gewisse Dinge, aber nichts wirklich Wichtiges …« Sie verstummte. Solange er sie berührte, brachte sie nichts Vernünftiges zustande. Trotzdem wollte sie nicht, dass er aufhörte.

Nun begann Pauls andere Hand ihr Bein zu streicheln, was sich einfach sagenhaft anfühlte und sie noch mehr aus dem Konzept brachte. Bevor sie wusste, wie ihr geschah, hatte sie sich zu ihm umgedreht, und Sekunden später beugte er sich vor, um sie zu küssen. Spätestens zu diesem Zeitpunkt waren all ihre Bedenken wie weggeblasen, und ihm irgendetwas zu gestehen kam ihr geradezu lächerlich unwichtig vor. Sie konnte es gar nicht erwarten, dass das Taxi endlich sein Ziel erreichte, und als sie vor Pauls Haus hielten, brach die ganze Spannung, die sich während der letzten zwei Monate zwischen ihnen aufgebaut hatte, urplötzlich aus ihnen heraus. Kaum hatten sie den Taxifahrer bezahlt, begannen sie sich so wild zu küssen und aneinander herumzuzerren, dass Jessica nur vage die schwarze Haustür wahrnahm, durch die sie stolperten. Irgendwie stiegen sie zwei Stockwerke hoch, und Paul fummelte einen Schlüssel ins Schloss, um eine weitere Tür aufzuschließen. Wundersamerweise war sie inzwischen kein bisschen müde mehr. Im Gegenteil, sie fühlte sich ungeheuer lebendig, als stünde ihr Inneres unter Hochdruck. Sie taumelten in die Wohnung, und bevor Jessica Gelegenheit hatte, irgendwelche Einzelheiten des kleinen Flurs wahrzunehmen, hatte Paul sie bereits leidenschaftlich in Richtung Wohnzimmer geküsst.

»Luke und Kerry«, japste Jessica irgendwann.

»Was ist mit denen?«, fragte Paul heiser und küsste sie auf den Hals, während er eine Hand vorn unter ihr Top schob.

»Kommen sie heute noch zurück?«

»Nein.« Er hatte sich bereits vergewissert. Die beiden wollten bei Kerry übernachten, allerdings hätte es ihn auch nicht gestört, wenn sie genau in diesem Moment zur Tür hereingekommen wären.

Während Paul ihr Gesicht, ihren Hals und ihren Mund mit unzähligen Küssen bedeckte, hörte Jessica auf zu denken und überließ sich ganz ihrer Sehnsucht. Sie fielen aufs Sofa, und Paul drehte sich mit ihr, so dass sie auf ihm lag. Erst als seine Hände ihren BH-Träger ertasteten, entzog sie sich ihm.

»Eigentlich wollten wir uns doch unterhalten«, sagte sie atemlos und setzte sich auf. Die Gefühle, die er in ihr auslöste, machten ihr regelrecht Angst. Noch nie in ihrem ganzen Leben war sie so wild auf jemanden gewesen.

Paul hielt inne. »Okay«, sagte er, nahm seine Hände weg, setzte sich hin und zog sein T-Shirt zurecht. »Wenn du reden möchtest, dann reden wir. Erzähl mir, was bei dir los war. Ich möchte es wirklich wissen, und es tut mir leid, falls ich zu stürmisch war. Es ist ganz schön hart, dich den ganzen Tag im Büro zu sehen. Es gab Momente in den letzten Wochen, da hätte ich dringend eine kalte Dusche gebraucht und …«

Aber Jessica hörte nur mit halbem Ohr zu. Sie konnte nicht fassen, dass sie ihn schon wieder ausgebremst hatte. Alles in ihrem Innern schrie danach, sie solle endlich damit aufhören, alles zu analysieren, und sich einfach kopfüber hineinstürzen. Wenn sie ihm jetzt von ihrem Geheimnis erzählte, würde sie nur alles verderben.

»Vergiss es«, sagte sie entschieden, glitt wieder auf ihn und machte sich an seinem Gürtel zu schaffen. Paul half ihr bereitwillig, und Sekunden später hatte er nur noch seine Boxershorts an. Jetzt konnte Jessica mit eigenen Augen sehen, wie sehr er sie wollte. Sie schluckte, und ein paar Sekunden lang sahen sie einander einfach nur in die Augen, als könnten sie gar nicht glauben, dass es den anderen wirklich gab.

»Jess«, sagte Paul. Seine Stimme klang ganz kratzig.

»Nicht.« Zu ihrem Entsetzen füllten sich ihre Augen mit Tränen. »Mist. Tut mir leid.« Gleich darauf musste sie über sich lachen. »Es ist nur …«

»Ist schon gut«, sagte er. Er schien zu begreifen, dass sie genau wie er von ihren Gefühlen völlig überwältigt war. Er legte ihr einen Finger auf die Lippen und strich ihr das Gesicht entlang, bevor er sie wieder an sich zog. Sie küssten und küssten und küssten sich, und es fühlte sich so unglaublich richtig an, dass sie beide zufrieden gewesen wären, für den Rest ihres Lebens nichts anderes mehr zu tun als mit ihren Zungen erst zaghaft, dann immer wilder den Mund des anderen zu erkunden. Küssen hatte sich noch nie so gut angefühlt. Paul streichelte ihr Gesicht, das mittlerweile nass war vor Tränen, die sie nicht länger zurückhalten konnte.

»Alles in Ordnung?«, flüsterte er ihr ins Ohr.

»Ja«, schniefte Jessica, und beide lachten, weil ihre Stimme vor lauter Gefühlen ganz gepresst klang. Sie war einfach nur so unfassbar glücklich, endlich hier zu sein, bei ihm.

Paul schlängelte sich unter ihr hervor und stand vom Sofa auf. Dann beugte er sich vor, um ihre Hand zu nehmen, und gab ihr zu verstehen, dass sie ins Schlafzimmer überwechseln sollten. Sie folgte ihm, und ihr Blick glitt flüchtig über die hunderten von Büchern und DVDs, die sich auf seinen Regalen drängten, bevor sie erneut in einem Kuss versanken.

Danach hörte sie auf zu denken, denn Paul berührte sie auf eine Weise, die sie vor Verlangen erschauern ließ. Sie steuerten auf sein Bett zu. In einem Wirrwarr aus Ellbogen, Küssen und aneinanderstoßenden Knien setzten sie sich beide gleichzeitig hin.

»Nicht ganz wie im Film«, sagte er atemlos und grinste. Eine Locke dunkler Haare war ihm in die Augen gefallen, so wie sie es liebte. »Leg dich hin«, wisperte er.

Jessica ließ sich aufs Bett sinken und fühlte sich dabei befangen wie ein Teenager. Paul zog sie aus, und kurz darauf waren sie beide nackt. Zum ersten Mal in ihrem Leben fand Jessica sich schön.

Hinterher lagen sie noch lange da, redeten, hörten Musik und küssten sich. Dann hatten sie ein zweites Mal Sex. Diesmal war es langsamer und nicht so wild, aber genauso atemberaubend wie beim ersten Mal. Danach blieb Paul auf ihr liegen, immer noch in ihr. Er war außer Atem, wollte sich aber nicht von ihr lösen. Jessica lachte.

»Du siehst glücklich aus«, sagte er und sah sie an.

»Bin ich auch.«

»Vorhin hast du gesagt, du willst mit mir reden. Ging es um was Bestimmtes?«

Sie schüttelte den Kopf. Der Moment war nicht der richtige. Sie tröstete sich damit, dass Paul ein Mann war, es würde ihm also garantiert nichts ausmachen, ein ernstes Gespräch auf später zu verschieben.

Er drückte ihr einen Kuss auf die Nase. »Ich freue mich so, dass du hier bist. Ich habe dich vermisst. Ich finde dich echt klasse.«

Erneut musste Jessica lachen. Paul konnte so gut mit Worten umgehen – nur dann nicht, wenn es wirklich darauf ankam. Und trotzdem bedeutete ihr ein einfaches »Du bist klasse« unendlich viel mehr als alle Schmeicheleien, die sie bisher von Männern zu hören bekommen hatte.

»Was denn?«, fragte Paul misstrauisch.

»Nichts«, sagte sie unschuldig.

Paul kniff die Augen zusammen, und sie kicherte. »Blöde Kuh«, sagte er, woraufhin sie nur noch lauter lachen musste.

»Falls es dich tröstet, ich finde dich auch ziemlich klasse«, sagte sie und vergrub das Gesicht an seinem Hals.

»Echt?«, fragte er und hielt sie fest in den Armen.

»M-hm.«

»Das trifft sich gut, ich finde dich nämlich umwerfend, Jess. Ich bewundere dich so dafür, wie du ganz allein nach England gekommen bist, um dein schwieriges Leben hinter dir zu lassen und ganz neu anzufangen. Von dir könnten sich viele eine Scheibe abschneiden, ganz ehrlich.«

»Also, das ist vielleicht ein bisschen übertrieben«, meinte Jessica unbehaglich. »Ich würde nicht behaupten, dass ich ein schwieriges Leben hatte.«

»Bescheiden bist du auch noch«, fügte Paul hinzu und lächelte sie an. »Du stehst zu deinen Gefühlen und bist immer offen und ehrlich. Manchmal werde ich nicht schlau aus dir, aber ich weiß genau, dass du keine Spielchen mit mir spielst. Bescheiden, sexy, ehrlich, lustig, *und* du hast einen Wahnsinnsarsch. Was will ein Mann mehr?«

Jessica war ein bisschen in Panik und wusste nicht recht, was sie sagen sollte. Daher war sie froh, als Paul die Frage selbst beantwortete …

»Außer vielleicht einer Wertschätzung für die Smiths.«

31 ++++ Es dauerte nicht lange, bis der Rest des Büros begriffen hatte, dass Jessica und Paul ein Paar waren. Erstens fand Luke einen von Jessicas Armreifen hinter den Sofakissen, zweitens standen ihnen ihre Gefühle für jedermann gut lesbar im Gesicht geschrieben. Daher kamen Paul und Jessica überein, dass weitere Geheimhaltung unnötig sei, und bis auf Natasha, die die eine oder andere gehässige Bemerkung fallenließ, schienen sich alle aufrichtig für sie zu freuen.

Jessica war so glücklich, dass sie beschlossen hatte, sich selbst gegenüber Nachsicht zu üben und das Geheimnis ihrer Identität noch ein wenig länger zu wahren. Auf diese Weise konnte sie die erste Zeit mit Paul in vollen Zügen genießen. Wozu die ganze Sache unnötig verkomplizieren? Außerdem hatte sie mit ihren zwei Jobs, ihrer nagelneuen Beziehung und ihrer Tante Pam schon genug zu tun.

Natürlich war ihr klar, dass sie damit den Kopf in den Sand steckte. Denn auch wenn sie es hartnäckig auszublenden versuchte, tief in ihrem Herzen wusste sie eins: In dem Moment, in dem ihre Beziehung zu Paul offiziell geworden war, hatte das Netz aus Geheimnissen, in das sie sich verstrickt hatte, den Charakter eines Verrats angenommen. Was angesichts der schieren Masse an Lügen, die sie mittlerweile im Kopf behalten musste, nicht weiter verwunderte. Da war einerseits die Sache mit ihrer Identität, dazu kam noch das Märchen, das Mike den anderen aufgetischt hatte, damit sie seine Kinder hüten konnte. Im September wollte sie für eine Party nach Hause fliegen, über die sie ebenfalls nicht die Wahrheit sagen konnte, und sie musste sich nach wie vor mit James-Bond-Witzen und Kommentaren zu ihren Eltern herumschlagen. Jessica Bender zu sein war zu einem wahren Minenfeld geworden, woran sich auch den ganzen August hindurch nichts änderte. Allerdings hatten ihr aus allen Nähten platzender Terminplan sowie ihre hartnäckige Entschlossenheit, den Status quo aufrechtzuerhalten, zur Folge, dass im Laufe der Wochen die Lügen zu einer Art Wirklichkeit wurden. Irgendwann fühlten sie sich so normal an, dass sie sie gar nicht mehr hinterfragte.

Mike hatte Kerry gegenüber behauptet, dass er Jessica

für zwei Nachmittage in der Woche von der Show abziehen müsse, weil sie für die BBC Marktforschung betreiben solle. Der Sender wolle wissen, was junge Amerikaner von seiner Programmgestaltung hielten. Kerry hatte die Lüge geschluckt, aber vermutlich nur, weil sie durch Luke abgelenkt war.

Die Beziehung zu Paul jedoch hätte besser nicht sein können, und als schließlich der September anbrach, war sie so weit gediehen, dass Jessica es vollkommen natürlich fand, ihn als ihren Freund zu bezeichnen. In gewisser Hinsicht versuchten beide nach wie vor, die Sache nicht allzu intensiv werden zu lassen, weil sie wussten, dass Jessica eines Tages nach Hause zurückkehren würde. Aber damit machten sie niemandem etwas vor außer sich selbst. Sie konnten die Hände gar nicht voneinander lassen, und jede Minute, die sie nicht zusammen waren, betrachteten sie als verlorene Zeit. Kurzum: Sie waren verrückt nacheinander.

Nur zu den seltenen Gelegenheiten, zu denen Jessica sich bequemte, über all die Dinge nachzudenken, die Paul nicht von ihr wusste, wurde ihr mulmig zumute. Sie wusste, wenn sie nicht im Wahnsinn enden wollte wie Regan in *Der Exorzist*, musste sie handeln. So kam es, dass sie eines Tages Anfang September, als sowohl das Bond-Special als auch ihre Heimreise in greifbare Nähe gerückt waren, beschloss, Paul zumindest von ihrem geheimen Nebenjob als Babysitter zu erzählen. Gewissermaßen wie eine kleine Vorspeise, bevor sie den schwer verdaulichen Hauptgang servierte. Die Nachmittage bei den Kindern hatten sich rasch zum liebsten Teil ihrer Arbeitswoche entwickelt, und sie war sich ziemlich sicher, dass Diane, solange sie die Sache vorher mit ihr besprach, nichts dagegen haben würde, dass sie Paul einweihte. Die James-Bond-Beichte würde noch warten müssen. Jedes Mal, wenn die Gelegenheit genau richtig schien, ihm endlich die Wahrheit zu sagen, blieben ihr die Worte im Halse stecken.

Also fuhr Jessica, als sich eine weitere Woche bei der *Bradley*

Macintosh Show ihrem Ende zuneigte, zu Diane und Mike nach Chiswick. Es war einer jener herrlichen Septemberabende, die noch richtig warm sind, deren Licht aber bereits etwas Herbstliches hat, so dass man meint, das letzte bisschen Sommer riesle aus dem Himmel auf die Erde herab. Jessica hatte sich fest vorgenommen, mit Diane zu sprechen. Ausnahmsweise hatte sie kein Date mit Paul absagen müssen, denn der musste noch ein Drehbuch für eine andere Show fertig schreiben. Sie hatten sich für Sonntag verabredet, den letzten freien Tag vor dem Bond-Special. Gleich danach würde sie in die Staaten fliegen, und nach ihrer Rückkehr wollte Paul sie dann mit nach Staines nehmen, um sie seiner Familie vorzustellen.

»Hallo!«, rief Jessica, als sie die Haustür aufschloss.

»Wir sind in der Waschküche!«, rief Diane. »Ich stecke schon den ganzen Tag bis zu den Ellbogen in Kacke und Pipi.«

»Wie schön«, sagte Jessica schmunzelnd. Kaum war sie zur Tür hereingekommen, setzte Diane zu ihrem Lamento an. Wahrscheinlich war sie froh, endlich einen Erwachsenen zum Reden zu haben.

»Mein Tag war die Hölle, und er hat schon um halb sechs angefangen, weil Grace der Ansicht war, ich müsste unbedingt sofort ihre Buzz-Lightyear-Aufkleber finden. Wie dem auch sei, weil sie in aller Herrgottsfrühe aufgestanden ist, war sie natürlich die ganze Zeit quengelig und hat einen monumentalen Trotzanfall geschoben, weil wir kein Knuspermüsli mehr hatten, und deshalb sind wir viel zu spät in den Kindergarten gekommen. Wie man zu spät kommen kann, wenn das Kind erst um halb zehn da sein muss und seit halb sechs wach ist, weiß ich nicht, aber gut. Dann war ich bei Waitrose, und Ava hat sich dermaßen eingeschissen, dass das Zeug an den Seiten rausgelaufen ist. Es war eine unglaubliche Sauerei – und das sage ich als ihre Mutter. Zum Glück durfte ich die Personaltoilette benutzen, aber da gab es fast kein Klopapier mehr. Ich hatte gerade festgestellt, dass ich keine Feuchttücher dabeihatte, als ich einen Anruf aus dem Kindergarten bekam, Grace habe sich in die Hose gemacht, ihre Wechselsachen seien unauffindbar und sie trage im Moment nichts außer einem Paar Gummistiefel und einem hinten offenen Spielkittel.«

»Klingt nach jeder Menge Spaß«, sagte Jessica, die von Ava mit einem himmlischen zahnlosen Lächeln begrüßt worden war, sobald sie die Küche betreten hatte.

»Jessica!«, jubelte Grace und warf sich auf sie.

»Hi, mein Engel. Was muss ich hören, du hattest heute im Kindergarten nur einen Spielkittel an?«, sagte sie und drückte sie fest.

»Sie sah aus, als hätte man sie gerade für eine OP fertig gemacht, als ich ankam«, sagte Diane. »Aber ihr hat es nichts ausgemacht.«

»Alle konnten meinen Popo sehen«, verkündete Grace feierlich.

»Tut mir leid, dass du so einen stressigen Tag hattest. Ich kann nicht glauben, dass das kleine Fräulein schon wieder so früh wach war«, sagte sie zu Diane. »Hey, Grace, weißt du, was wir nach dem Abendessen machen könnten?«

»Was denn?«

»Malen.«

»Jaaa!«, jubelte Grace und warf die Arme in die Luft. »Aber kann ich auch kneten?«

»Man sollte sie in den Nahen Osten schicken. Sie würde eine erstklassige Verhandlungsführerin abgeben«, meinte Diane trocken, während sie ein Schälchen mit püriertem Apfel aus dem Kühlschrank holte, um es für Ava aufzuwärmen.

»Nur wenn deine Mom es erlaubt«, sagte Jessica.

»Von mir aus. Aber achte darauf, dass sie die Knete nicht durchs Haus schleppt.«

»Keine Sorge«, sagte Jessica, die in den Schränken nach den Zutaten für Graces Abendessen suchte.

»Was würde ich nur ohne dich machen?«, meinte Diane

unvermittelt. Mit einem Mal sah sie ganz gerührt und zerschlagen aus, obwohl man sagen musste, dass sich ihr Zustand in letzter Zeit enorm gebessert hatte. Einige Tage zuvor hatte sie sich sogar zu einem Scherz über ihr Erscheinungsbild hinreißen lassen: Es sei schön, nicht länger wie eine Cracksüchtige auszusehen. Was ihren Humor anging, passten sie und Mike ausgezeichnet zusammen, fand Jessica. Sie freute sich zu sehen, wie Diane sich ganz allmählich wieder in einen Menschen zurückverwandelte. Natürlich hatte sie noch einen weiten Weg vor sich. Sie war nach wie vor oft müde, und daran würde sich wohl auch nichts ändern, bis Ava die Nächte durchschlief. Aber dass sie jetzt Hilfe bekam und mehr Zeit für sich hatte – von den Antidepressiva einmal abgesehen –, schien Wunder zu wirken.

»Ich wollte noch mit dir sprechen, Jess«, meinte Diane nun, während sie Ava Apfelbrei in den Mund löffelte, von dem allerdings das meiste wieder an ihrem Kinn herunterlief.

»Ach ja?«, sagte Jessica. »Grace, bitte hau nicht mit der Gitarre gegen den Schrank.«

»Ich habe beschlossen, wieder halbtags arbeiten zu gehen. Die Arbeit fehlt mir so, und im Vergleich zu dem, was ich hier zu Hause bewältigen muss, ist es wahrscheinlich wie bezahlter Urlaub.«

»Okay«, sagte Jessica neutral, während sie Karotten schnippelte. »Grace, lass die Schublade zu, du klemmst dir sonst die Finger. Komm mal her und setz dich hier hin«, sagte sie und hob die Kleine auf den Küchentresen.

»Ich weiß, nur Hausfrau und Mutter zu sein ist ein Privileg, um das viele Frauen mich beneiden würden«, fuhr Diane fort. Offenbar spürte sie, dass Jessica ihre Entscheidung nicht billigte, und wollte sich rechtfertigen. »Aber wenn sie noch so klein sind, ist es wirklich anstrengend … und manchmal auch ganz schön einsam. Niemand lobt einen, wenn man etwas richtig macht, und die Bezahlung ist ein Witz«, sagte sie scherzhaft. »Du weißt doch, dass ich meine Kinder mehr als alles andere auf der Welt liebe, oder? Hoffentlich hältst du mich jetzt nicht für eine Rabenmutter.«

Jessica schüttelte nur stumm den Kopf. Sie wusste, dass sie etwas Ermutigendes hätte sagen sollen, doch statt zu antworten, gab sie Grace ein Stück Karotte zum Knabbern. Sie hatte stets sehr genaue Vorstellungen von Kindererziehung gehabt, was zweifellos damit zu tun hatte, dass sie selbst ohne Mutter aufgewachsen war. Sie hatte sich geschworen, dass sie, sollte sie einmal Kinder haben, jede freie Sekunde mit ihnen verbringen würde. Dass sie alles für sie aufgeben und ihre eigenen Bedürfnisse komplett hintanstellen würde. Von Diane allerdings hatte sie gelernt, dass die Sache nicht ganz so einfach war, wie sie immer gedacht hatte. Inzwischen begriff sie, dass Kinder keine Märtyrerin als Mutter brauchten, sondern jemanden, der sie liebte, ihnen Sicherheit und Geborgenheit gab und mit sich selbst glücklich war. Sie dachte an Angelica und war ratloser und trauriger denn je. Wie hatte ihre Mutter sie vor all den Jahren einfach so verlassen können? Denn ganz egal, wie schwer Diane sich manchmal mit ihrer Rolle als Mutter tat, es bestand nicht der geringste Zweifel, dass sie immer für ihre Kinder da sein würde, auch wenn sie wieder arbeiten ging. Erst jetzt wurde Jessica bewusst, dass ihre Wut und Enttäuschung sie die ganze Zeit davon abgehalten hatten, ihre Mutter zu fragen, *warum* sie damals weggegangen war. Alles, was sie je getan hatte, war, sie dafür zu verdammen.

»Diane, du musst dich nicht vor mir rechtfertigen«, meinte sie schließlich. »Ich sehe doch, wie sehr du deine Kinder liebst. Du bist eine tolle Mutter.«

»Da gäbe es nur ein Problem«, fuhr Diane zögernd fort. »Ich weiß nicht, wie es ohne dich funktionieren soll. Sosehr ich auch davon überzeugt bin, dass es die richtige Entscheidung ist, wieder arbeiten zu gehen, der Gedanke jagt mir eine Heidenangst ein. Also, was ich eigentlich damit sagen will, ist … Könntest du dir vorstellen, deinen Job zu kündigen und vier Tage die Woche als Nanny für uns zu arbeiten, sobald ich wieder in den Beruf einsteige?«

Jessica, die gerade Graces Essen zum Tisch trug, stellte den Teller hin, hob Grace auf ihren Stuhl und sah Diane an. Ein Grinsen breitete sich auf ihrem Gesicht aus. »Ich kann mir nichts Schöneres vorstellen«, antwortete sie, und ihr wurde klar, dass sie die reine Wahrheit sprach.

»Im Ernst?«, quietschte Diane.

»Im Ernst«, sagte Jessica. Verglichen mit der Arbeit als Nanny schien ihr »richtiger« Job mittlerweile vollkommen bedeutungslos geworden zu sein. Sie liebte Kinder, und jedes Mal, wenn sie zu Diane ging, war sie erleichtert, dem Büro entfliehen zu können. In den letzten Wochen hatte sie immer stärker das Gefühl gehabt, dass sich aus der Arbeit eine Art Berufung für sie herauskristallisierte.

Als Kerrys Assistentin hatte sie bewiesen, dass sie sich in ein Team einfügen konnte, dass sie selbst bei heiklen Telefonaten souverän blieb und dass sie Eigeninitiative besaß – aber was hatte sie im Endeffekt *gelernt*? Sie war kein kreativer Typ wie Paul und hatte sich aus naheliegenden Gründen nie für die Welt der Stars und Sternchen interessiert, daher war die Arbeit beim Fernsehen für sie weder eine große Herausforderung noch besonders interessant. Im Gegensatz dazu verschaffte ihr das, was andere vermutlich für eine stumpfsinnige und geistlose Tätigkeit hielten, unglaubliche Befriedigung. Sie hatte sich Hals über Kopf in Grace verliebt, die manchmal recht schwierig sein konnte, jedoch ausgezeichnet auf Jessicas strenge, aber faire Art ansprach. Und die kleine Ava war einfach ein Schatz – ein zufriedenes, gieriges Baby mit den allerweichsten kleinen Füßchen und Bäckchen, die von Tag zu Tag runder wurden.

Einige Zeit später, Diane und Mike waren bereits ausgegangen, deckte Jessica lächelnd die kleine Grace zu. Sie hatten eine ziemlich hitzige Auseinandersetzung darüber gehabt, was sie mit ins Bett nehmen durfte und was nicht, aber am Ende hatte Jessica sich durchgesetzt. In gewisser Weise jedenfalls. Nach zähen Verhandlungen hatte Grace zugestimmt, die leere Evian-Flasche sowie ihren Fahrradhelm wieder herzugeben. Im Gegenzug hatte Jessica ihr den Plastikbauernhof gelassen, den sie nun besitzergreifend im Arm hielt. Natürlich hatte Jessica vor, ihn ihr wieder wegzunehmen, sobald sie eingeschlafen war.

Mist. Genau in diesem Moment fiel Jessica ein, dass sie schon wieder vergessen hatte, Diane zu fragen, ob sie Paul von ihrem Nebenjob als Nanny erzählen durfte. Wo hatte sie nur ihren Kopf? Sie überlegte gerade, ob es wohl zu spät wäre, die Sache anzusprechen, wenn die beiden wiederkämen, als ihr Handy klingelte.

»Hallo?«, flüsterte sie.

»Jessica«, meldete sich eine samtige französische Stimme. »Ich bin's.«

»Mom! Bist du wieder in London?«

»Ja, und ich möchte dich gerne sehen. Wann hast du Zeit?«

Während Jessica über einen Termin nachdachte, wurde ihr schmerzhaft bewusst, dass sie Paul schon wieder würde belügen müssen. Trotzdem war nach der Konfrontation mit Graydon unbedingt ein klärendes Gespräch nötig. Es gab da so manche Frage, auf die sie eine Antwort brauchte.

Am nächsten Abend fuhr Jessica zu ihrer Mutter ins Claridge's. Kurz zuvor hatte sie noch mit Paul telefoniert, aber der war so in seine Arbeit vertieft gewesen, dass er gar nicht auf die Idee gekommen war, sie zu fragen, was sie vorhatte. Gut. So hatte sie ihm ausnahmsweise nichts vorlügen müssen.

Der Mann an der Rezeption rief bei ihrer Mutter auf dem Zimmer an, und Sekunden später war Jessica im Lift auf dem

Weg nach oben. Angelica erwartete sie bereits im Flur, als sich die Türen öffneten. Sie trug ein elegantes Stella-McCartney-Kostüm und wunderschöne Stiefel von Louboutin und war ganz aufgeregt.

»Jessica!«, rief sie und küsste ihre Tochter herzlich auf beide Wangen.

»Hi, Mom«, sagte Jessica, der wieder einmal auffiel, wie wunderschön ihre Mutter war. »Wie geht's dir?«

»Mir geht es gut, Liebes. Komm.« Angelica hakte sich bei ihr unter und führte sie in ihre Suite. »So«, meinte sie, als sie die Tür hinter ihnen geschlossen hatte. »Wie geht es dir?«

»Gut«, antwortete Jessica. »Und es tut mir wirklich leid, dass ich das letzte Mal unsere Verabredung vergessen habe. Ich hoffe, du warst deswegen nicht allzu enttäuscht.«

»Ach was«, meinte Angelica tapfer. »Die Sache ist komplett vergessen. Ich freue mich, dich jetzt zu sehen.«

»Wirklich? Graydon hat nämlich was ganz anderes gesagt.«

»Graydon?«, fragte Angelica verdutzt.

»Bevor ihr weggefahren seid, hat er mich angerufen, um mir zu sagen, wie sehr ihm mein Verhalten dir gegenüber missfällt. Er hat mir gesagt, es hätte dich in eine Krise gestürzt, und du würdest das alles nicht ›verkraften‹. Ehrlich gesagt, überrascht es mich, dass er nicht versucht hat, dir zu verbieten, dich mit mir zu treffen.«

Angelica errötete und wich Jessicas Blicken aus.

»Ich fasse es nicht! Er hat es *wirklich* versucht! Mom, wie kannst du mit jemandem zusammen sein, der dich daran hindern will, deine eigene Tochter zu sehen?«

»Sei doch nicht albern«, sagte Angelica schnell. »Niemand kann oder wird mich jemals daran hindern, dich zu sehen.«

»Aber er hat es versucht, gib's zu«, beharrte Jessica. Es war zum Haareraufen. Wieso begriff ihre Mutter nicht, was für ein Kontrollfreak Graydon war?

»Graydons Beschützerinstinkt geht manchmal mit ihm durch, Jessica, das ist alles. Ich bin mir sicher, dass ihr zwei einfach nur ein bisschen mehr Zeit braucht, um euch richtig kennenzulernen. Und ich kann dir versichern, dass er allmählich merkt, dass ich nicht so zerbrechlich bin, wie er es gerne hätte. Was auch immer, genug von ihm. Ich möchte wissen, was du so treibst – und alles über diesen neuen Mann in deinem Leben erfahren!«

Jessica machte es sich auf der himmlisch bequemen Couch gemütlich, während Angelica ihnen beiden ein Glas Wasser einschenkte. Vielleicht war es wirklich besser, das Thema zu wechseln, sonst verlor sie noch die Beherrschung. Außerdem klang es so, als hätte Angelica ihm bereits gehörig den Marsch geblasen. Gut so.

»Ich arbeite ziemlich viel.«

»Ja, erzähl mir unbedingt, was du machst.«

»Ich arbeite für die *Bradley Mackintosh Show*, als Assistentin der Bookerin.«

»Nein!«, rief Angelica, eine Hand an der Brust. »Das ist ja drollig. Meine Agentin hat mir erst vorgestern von der Show erzählt, weil sie mich dort als Gast haben wollen. War das deine Idee?«, fragte sie und wirkte geschmeichelt. »Du weißt ja, normalerweise mache ich so was nicht, aber wenn du es gerne möchtest, dann …«

»Das war ganz bestimmt *nicht* meine Idee«, versicherte Jessica und schüttelte nachdrücklich den Kopf. »Die Arbeit hat mir richtig Spaß gemacht – bis sie beschlossen haben, ein Bond-Special zu machen. Jetzt heißt es nur noch ›Bond dies‹, ›Bond das‹, außerdem muss ich mir ständig irgendwelche Bemerkungen über dich und Dad anhören, das ist grauenhaft. Aber das war ja mal wieder typisch, dass die eine Sache, der ich unbedingt entkommen wollte, mich sofort wieder einholt … sorry«, fügte sie betreten hinzu, als ihr aufging, wie gemein sie geklungen hatte. Ihre Mom konnte schließlich nichts dafür. »Jedenfalls … ist es toll, dich zu sehen.« Ihr war ganz unbehaglich zumute. Manchmal kam es ihr so vor, als wäre sie darauf programmiert, ihrer Mutter das Leben schwerzumachen. Sie zuckte unbeholfen die Achseln. »Also, du wolltest mehr über meinen Freund wissen?«

»Ja. Wie heißt er denn?«

»Paul«, sagte Jessica und musste automatisch lächeln. »Paul Fletcher, und er ist unglaublich. Er ist intelligent, wahnsinnig nett und gutaussehend.«

»Mon dieu«, meinte Angelica. »Du bist verliebt.«

Sie stritt es nicht ab.

»Herzlichen Glückwunsch. Ich freue mich für dich und hoffe, dass ich ihn eines Tages kennenlernen werde.«

Seltsamerweise kam Jessica die Vorstellung gar nicht so schrecklich vor, obwohl es unter den gegebenen Umständen leider völlig undenkbar war.

»Stell dir nur vor, wenn ihr heiratet, heißt du genauso wie Angela Lansbury in *Mord ist ihr Hobby*«, merkte Angelica an. »Jessica Fletcher.«

Jessica brach in Gelächter aus. »O mein Gott, stimmt! Wie lustig. Nicht dass ich heiraten werde, nicht in einer Million Jahren, aber das muss ich unbedingt Pam erzählen – die wird sich gar nicht mehr einkriegen.«

»O ja«, fiel Angelica ein, und auf ihrem bildschönen Gesicht erschienen unzählige Lachfältchen. »Pamela Anderson – das hat bei deinem Vater und mir immer wieder für Heiterkeit gesorgt.«

Jessica nahm ihr Wasserglas vom Tisch. »Weißt du, Paul hat erzählt – das ist wirklich ein total merkwürdiger Zufall –, er hat erzählt, dass seine Mom dich und Dad mal auf einer Premierenfeier getroffen hat. Du warst damals hochschwanger, also muss es der Abend gewesen sein, an dem bei dir die Wehen eingesetzt haben.«

»Du liebe Zeit«, meinte Angelica. »Wie bizarr.«

»Kannst du dich noch daran erinnern, dass du an dem Abend jemanden namens Anita Fletcher getroffen hast?«

»Hm … *non*, ich glaube nicht … mag sein … Aber uns wurden immer so viele Leute vorgestellt, weißt du?«

Jessica nickte, war aber trotzdem ein klein wenig enttäuscht.

»Beängstigend, nicht wahr?«, meinte Angelica nach ein paar Sekunden.

»Was?«

»Verliebt zu sein.«

Im ersten Moment war Jessica überrascht. Ihre Mutter sprach ganz eindeutig aus Erfahrung. Wie seltsam, dachte sie. Es fiel einem immer irgendwie schwer, sich vorzustellen, dass Eltern Menschen mit ganz eigenen Fehlern, Schwächen und Gefühlen waren. Normalerweise definierten sie sich einfach dadurch, dass sie Eltern waren.

»Seit ein paar Wochen arbeite ich außerdem noch nebenher als Nanny«, berichtete sie weiter. »Für die Frau meines Chefs, Diane. Sie ist wirklich nett, aber seit der Geburt ihrer zweiten Tochter leidet sie unter Depressionen.«

»Ach, wirklich? Wie alt sind ihre Kinder denn?«

»Fünf Monate und dreieinhalb Jahre. Sie sind total süß. Grace kann ganz schön anstrengend sein, aber nur weil sie so aufgeweckt ist. Wir verstehen uns prima.«

»Und die Mutter?«, fragte Angelica leise.

»Mit Diane verstehe ich mich auch gut. Man merkt, wie sehr ihr die Kinder am Herzen liegen, aber seit der Geburt der Kleinen ist sie ständig müde, und es fällt ihr schwer, sich damit abzufinden, dass sie nur Hausfrau und Mutter ist. Sie hatte eine Wochenbettdepression, aber jetzt nimmt sie Medikamente dagegen, und neuerdings greift ihr Mann ihr auch mehr unter die Arme. Außerdem überlegt sie gerade, wie sie wieder in den Beruf einsteigen könnte …«

Jessica verstummte, weil ihre Mutter sie auf eine Art und

Weise ansah, bei der sich ihr unwillkürlich die Nackenhaare aufstellten. »Was ist los?«, fragte sie und verspürte tief im Innern eine seltsame Ahnung.

»Nichts«, sagte Angelica mit belegter Stimme. »Es ist nur … wenn es ihr schon wieder bessergeht, dann kann sie wohl kaum eine richtige Depression gehabt haben … Aber ich finde es bewundernswert, dass du ihr hilfst. Ich kann mir vorstellen, dass du großartig mit Kindern umgehen kannst und sehr geduldig bist.«

Jessica schluckte. Ihr war gerade ein schrecklicher – eigentlich undenkbarer – Gedanke gekommen. Wenigstens *dachte* sie, dass er ihr gerade erst gekommen war, bis sie nach genauerer Überlegung feststellte, dass er wahrscheinlich schon länger irgendwo im hintersten Winkel ihres Verstandes gelauert hatte – seit sie angefangen hatte, für Diane zu arbeiten. Plötzlich erkannte sie mit absoluter Klarheit, dass sie nie eine halbwegs normale Beziehung zu ihrer Mutter haben würde, wenn sie nicht eine Erklärung dafür bekam, weshalb Angelica sie damals verlassen hatte. Bislang hatte sie das Thema immer gemieden, weil sie nicht sicher war, ob sie die Antwort ertragen konnte. Aber jetzt musste sie einfach Bescheid wissen.

»Mom, warum bist du damals weggegangen? Warst du depressiv?«

Das Schweigen, das auf diese unvermeidbar direkte Frage folgte, schien sich endlos zu dehnen. Dann, nach den nervenaufreibendsten Sekunden in Jessicas Leben, hatte eine todtraurig aussehende Angelica schließlich genügend Mut zusammengenommen, um das auszusprechen, was sie selbst seit Wochen schon mit sich herumtrug.

»Ja, ich war depressiv. Mir ging es sehr, sehr schlecht, Jessica, nur wusste ich das damals noch nicht. Ich dachte … ich dachte, es ist meine Schuld …« Sie saß stocksteif da, die Hände im Schoß ineinander verkrampft, und kämpfte mit ihren Gefühlen. Anders als Edward neigte sie nicht dazu, ihre Emotionen offen zu zeigen, aber Jahre und Jahre voller Schmerz und unbewältigter Trauer brodelten auf einmal gefährlich nahe unter der Oberfläche.

Jessica hatte sich stets gewünscht, ihre Mutter möge wegen dem, was sie getan hatte, Reue zeigen oder wenigstens mit einer Erklärung aufwarten. Aber nun, da es endlich so weit war, musste sie erkennen, dass es ihr keinerlei Genugtuung verschaffte. Im Gegenteil: Das Geständnis ihrer Mutter hatte nur noch mehr Fragen aufgeworfen. »Warum hast du es mir nicht gesagt?« Sie fühlte sich schuldig, weil sie ihre Mutter all die Jahre über für etwas gehasst hatte, was sie für krassen Egoismus gehalten hatte. Sie hatte sich geirrt, aber andererseits war das wohl kaum ihre Schuld. Wie hätte sie es wissen sollen? »Warum bist du nicht bei uns geblieben und hast dir Hilfe gesucht? Warum hast du mir nie erzählt, dass du krank warst? Warum hat Dad es mir nie erzählt?«

»Ach, Jessica«, seufzte Angelica und betupfte sich die Augen. »Ich weiß gar nicht, wo ich anfangen soll.« Sie holte tief Luft. »Als ich erfuhr, dass ich mit dir schwanger war, Jessica, war ich so glücklich. Ich war glücklich, aber ich hatte auch Angst. Ich war so jung – noch jünger als du jetzt bist, und ich glaube, auch viel unreifer. Zur selben Zeit wurde ich als nächste große Hoffnung Hollywoods gehandelt, und eigentlich wollte ich nichts anderes tun als schauspielern. Ich habe mir Sorgen wegen meiner Karriere gemacht. Aber eins muss ich dir sagen, und das ist sehr wichtig –«

Jessica sah ihrer Mutter in die Augen und war überrascht über die Aufrichtigkeit, die sie darin sah.

»Ich habe niemals auch nur eine Sekunde lang darüber nachgedacht, dich nicht zu bekommen. Ich habe deinen Vater geliebt. Seine Frau zu sein war alles für mich. Ich habe diesen kleinen Menschen in meinem Bauch, den wir gemeinsam geschaffen hatten, von Anfang an geliebt. Aber ich war so naiv …« Angelicas Miene verdüsterte sich bei der Erinnerung an das Durcheinander der Gefühle, das damals in ihr getobt hatte. »Ich hatte nicht die geringste Ahnung, was es bedeutet, ein Baby zu haben. Ich dachte, es würde sich schon alles irgendwie regeln. Wir waren verliebt, und ich war der festen Überzeugung, dass das genug war.«

Sie wandte den Kopf ab, als fiele es ihr leichter, unangenehme Wahrheiten auszusprechen, wenn sie ihre Tochter dabei nicht ansehen musste. Zum millionsten Mal fragte sich Jessica, wie ein Mensch so schön sein konnte.

»Als du auf die Welt kamst, warst du ein wunderschönes Baby. Ich weiß noch genau, wie ich dich im Krankenhaus angeschaut habe und gar nicht glauben konnte, dass ich eine Tochter hatte – eine wunderschöne Tochter, die mich brauchte. An alles, was danach kam, kann ich mich kaum noch erinnern.«

Jessica versuchte, sich ihre Verletztheit nicht anmerken zu lassen.

»Bitte nimm das, was ich sage, nicht persönlich«, sagte Angelica. »Wenn du wissen willst, was damals vorgefallen ist, dann muss ich absolut ehrlich sein, *oui*?«

Jessica nickte.

»Inzwischen ist mir klargeworden, dass ich von der Minute deiner Geburt an krank war. Die Entbindung selbst war schon traumatisch genug gewesen, obwohl ich nicht beurteilen kann, ob das irgendwie dazu beigetragen hat. Alles, was ich weiß, ist, dass mit einem Mal alles schwarz war – im wahrsten Sinne des Wortes. Ich sage dir, Jessica, ich hatte noch nie zuvor solche Traurigkeit empfunden, und ich hoffe auch, dass ich sie nie wieder empfinden werde. Ich war verzweifelt und kam mir so nutzlos vor. Oh, ich hatte auch manische Phasen. Es war nicht die Art Depression, bei der man nicht einmal die Kraft hat, aus dem Bett aufzustehen, *au contraire*. Ich war immer beschäftigt, habe versucht, so zu tun, als wäre alles beim Alten, obwohl in Wahrheit nichts mehr beim Alten war. Ich hatte furchtbare Angst davor, Edward zu verlieren, das Studio hat Druck gemacht, und ich konnte einfach nicht fassen, dass ich über nichts in meinem Leben mehr die Kontrolle hatte. Weißt du, wenn man ein Kind bekommt, dann ist auf einmal alles neu und anders. Eigentlich ist das natürlich eine wundervolle Erfahrung, aber ich bin einfach nicht damit klargekommen. Mir kam es so vor, als wäre mitten in meinem Leben eine Bombe explodiert.«

Angelica hielt inne, um sich eine Zigarette anzuzünden. Jessica wagte kaum zu atmen, aus Angst, dass ihre Mutter sonst vielleicht nicht weitersprechen würde.

»Ich habe wirklich geglaubt, dass du ohne mich besser dran bist. Natürlich hatten wir Kindermädchen. Sie waren vom ersten Tag an zur Stelle und haben einfach das Ruder übernommen. Ich denke, das hat das Problem nur noch verschärft. Und Edward konnte so wunderbar mit dir umgehen. Er war der geborene Vater und hatte überhaupt keine Berührungsängste. Die Verbindung zwischen euch war unzerreißbar«, fügte sie wehmütig hinzu.

So schlimm konnte es ja wohl kaum gewesen sein, bei all der Unterstützung und dem Geld, das ihre Mutter zur Verfügung gehabt hatte, durchfuhr es Jessica, und im selben Moment hasste sie sich für den Gedanken. Angelica rauchte eine Zeitlang schweigend und blickte mit tränenschimmernden Augen ins Leere.

»Okay, Mom, ich verstehe ja, dass es dir nicht gutging«, sagte Jessica schließlich, »aber du bist meine *Mutter*. Hast du mich denn nicht liebgehabt? Diane würde ihre Kinder niemals im Stich lassen, ganz egal, was passiert.«

Die Frage schien Angelica gekränkt zu haben. »Jessica, nach allem, was du erzählt hast, ging es mir sehr, sehr viel schlechter als Diane«, sagte sie unverblümt. »Ich will dich nicht beunruhigen, aber es gab Zeiten, in denen ich daran gedacht habe, mich umzubringen. Ich habe mich dafür verabscheut und kam mir minderwertig vor. Ich glaube, im Endeffekt bin ich weggegangen, gerade weil ich dich so sehr geliebt habe, verstehst du? Damals wusste man noch nicht so gut über postnatale Stimmungsschwankungen Bescheid. Man war für die Problematik nicht so sensibilisiert wie heutzutage. Edward hatte keine Ahnung, was mit mir los war, und ich habe auch nicht mit ihm darüber gesprochen. Er hat sich Sorgen gemacht, natürlich. Ich wurde immer dünner und stand völlig neben mir, aber er dachte eben, es läge daran, dass mir alles über den Kopf wuchs. Und seine Antwort bestand darin, mir die Arbeit abzunehmen und dafür zu sorgen, dass du rund um die Uhr betreut wurdest. Das hat meinen Selbsthass nur noch vergrößert. Es lief viel besser ohne mich, und ich wusste einfach nicht, was ich tun sollte, damit alles wieder in Ordnung kommt. Ich habe geglaubt, dass ich nie lernen würde, dich richtig zu lieben oder die Mutter zu sein, die du verdient hattest. Also bin ich gegangen, und ich werde nie aufhören, mich für diesen Fehler zu bestrafen.«

Angelica hatte zu weinen angefangen, und auch Jessica liefen Tränen über das Gesicht. Tränen der Trauer für sich selbst und ihre Mutter. Tränen der Reue wegen all der vergeudeten Jahre. Aber vor allem Tränen der Erleichterung.

»Ich dachte, du bist weggegangen, weil du mich nicht liebhattest«, schluchzte sie.

Angelica sprang auf und war mit wenigen Schritten beim Sofa, wo sie ihre Tochter in die Arme nahm und ihr übers Haar strich. »Ich habe dich immer geliebt – so sehr, dass ich es gar nicht in Worte fassen kann. Vielleicht konnte ich es am Anfang nicht richtig spüren, aber irgendwann kam das Gefühl, und da wusste ich, dass es eigentlich schon immer da gewesen war. Es tut mir so unendlich leid, Jessica. Ich schwöre dir, es vergeht kein Tag, an dem ich meine Entscheidung nicht in Frage stelle. Wie konnte ich mein eigenes Kind verlassen? Aber ich war nicht ich selbst. Ich war sehr krank.«

»Wann ist es denn besser geworden?«, erkundigte Jessica sich schniefend. »Warum bist du nicht später zu uns zurückgekommen? Warum hast du Dad nie was davon gesagt? Er hat dir jahrelang hinterhergetrauert und hat sich mit keiner anderen Frau getroffen. Du hättest zurückkommen können. Wir hätten eine richtige Familie sein können.«

Angelica hörte auf, Jessicas Haare zu streicheln, und blickte traurig zu Boden. »Ich weiß nicht«, antwortete sie bloß. Sie hatte beschlossen, dass es für einen Tag genug der bitteren Wahrheiten war. Ihre Tochter hatte viel zu verarbeiten. »Außerdem hat es Jahre gedauert, bis es mir besserging. Irgendwann wurde die Depression einfach zum Teil meines Lebens. Ohne Diagnose gab es auch keine Behandlung, also habe ich angenommen, dass diese furchtbaren Gefühle die gerechte Strafe dafür waren, dass ich so eine schlechte Mutter war. Ich habe wie besessen gearbeitet. Ich habe mich in die Schauspielerei gestürzt, weil es unendlich viel besser war, jemand anderes zu sein als ich selbst. Aber irgendwann, vielleicht zehn Jahre später, gab es einen Tag, an dem sich die Depression ein klein wenig gelichtet hat, und da habe ich angefangen, mir Gedanken zu machen. Ich habe mir Rat geholt und ganz allmählich aufgehört, mich selbst zu geißeln, und stattdessen akzeptiert, dass ich krank war. Aber ich möchte, dass du eins weißt«, sagte sie und nahm das tränenüberströmte Gesicht ihrer Tochter in beide Hände. »Ich habe nie aufgehört, dich zu lieben.«

»Und was ist mit Dad?«, schluchzte Jessica. »Hast du aufgehört, *ihn* zu lieben?«

Angelica zuckte zusammen. Dann begann sie erneut, die Haare ihrer Tochter zu streicheln, wandte den Blick ab und sagte leise: »Ja.«

In dem Augenblick wusste Jessica, dass ihre Mutter ihr zum ersten Mal an diesem Tag nicht die Wahrheit gesagt hatte.

32 ++++

Am Sonntag traf sich Jessica wie vereinbart mit Paul, wünschte aber schon bald, sie hätte es nicht getan. Sie war noch so sehr mit dem Geständnis ihrer Mutter beschäftigt, dass sie das Gefühl hatte, gar nicht richtig anwesend zu sein. Außerdem wollte sie unbedingt mit ihrem Vater sprechen. Sie wusste, dass sie behutsam vorgehen musste, aber sie wollte ergründen, wie weit er über Angelicas Krankheit Bescheid gewusst hatte. Wenn er die ganze Zeit über genauso ahnungslos gewesen war wie sie, würde die Wahrheit das Geschehene für ihn dann nicht in einem vollkommen anderen Licht erscheinen lassen?

Ihre Geheimnisse belasteten sie inzwischen immer mehr, und sie wünschte sich nichts sehnlicher, als Paul endlich alles sagen zu können. Aber sie war bei dem Entschluss geblieben, dass es klüger wäre, bis nach dem Bond-Special zu warten. Der Aufnahmetermin stand unmittelbar bevor, und im Büro war das Bond-Fieber erneut voll ausgebrochen. Ihm jetzt von ihren Eltern zu erzählen wäre so gewesen, als würde man Salz auf eine Wunde streuen – zusammen mit Zitronensaft, Essig und ein paar Spritzern Nagellackentferner. »Noch viermal schlafen«, wie Grace es formuliert hätte – dann wäre es überstanden. Mittlerweile brannte sie regelrecht darauf, ihm alles zu beichten, damit der Spuk endlich ein Ende hatte.

Der Montag und Dienstag waren anstrengende Tage im Büro. Umso mehr freute sich Jessica, dass sie am Mittwoch früher Schluss machen konnte, um zu Diane zu fahren und endlich das dringend notwendige Gespräch mit ihr zu führen. Diane war eine vernünftige Frau, daher konnte sie Jessicas Sicht der Dinge nachvollziehen. Sie sah ein, dass es mit der Heimlichtuerei nicht so weitergehen konnte – vor allem da sie vorhatte, Jessica vollständig mit Beschlag zu belegen, sobald das Bond-Special vorbei war.

»Wenn du die Idee nicht gut findest, sag es ruhig«, meinte

sie, »aber ich hatte mir gedacht, dass du mit Paul mal zum Essen kommen könntest, wenn du wieder aus den Staaten zurück bist. Wir könnten auch Luke und Kerry einladen, vielleicht sogar Natasha. So hättest du Gelegenheit, es allen zu sagen, und falls es Probleme gibt, kann ich dich ein bisschen unterstützen und ihnen in Ruhe beim Essen alles erklären.«

»Das ist wirklich lieb«, sagte Jessica. »Aber das musst du nicht machen.«

»Ich weiß, aber ich würde gerne. So kann ich wenigstens mal ein paar von Mikes Kollegen kennenlernen. Ganz unter uns, ich glaube, er denkt, sie halten ihn für einen ziemlichen Armleuchter …«

Die Gästeliste für die Show stand fest und konnte sich sehen lassen. Geladen waren Daniel Craig (sogar Jessica war deswegen ein bisschen aufgeregt), Christopher Walken, der in *Im Angesicht des Todes* den Bösewicht Max Zorin gespielt hatte, Dame Judi Dench (die Legende), John Cleese sowie das russische Filmsternchen Nadia Vladinokova, das jüngste in der Reihe der Bondgirls. Es versprach eine bombastische Show zu werden.

Doch als der Donnerstag endlich gekommen war, musste Kerry zu ihrem Leidwesen feststellen, dass sich selbst trotz sorgfältigster Vorbereitung gewisse Fiaskos nicht immer verhindern ließen.

Um halb zwölf war sie in der Maske, um Robbie, den Visagisten, zu briefen. »Also, Daniel Craig hat gesagt, du kannst ihn gerne machen. Dasselbe gilt für Dame Judi.«

»O mein Gott!«, quietschte Robbie aufgeregt. »Hoffentlich zittern meine Hände nicht.«

»Bradley wird sich heute nicht hier rumtreiben wie sonst. Er bekommt seine eigene Garderobe, damit die Gäste ungestört sind. Ach, und übrigens, falls wir je einen Beweis für die Theorie gebraucht haben, dass der größte Star nicht unbedingt das größte Ego hat, dann wäre der hiermit erbracht: Die Einzige, die mit ihrer Entourage anreist, ist Ms Vladinokova. Außerdem besteht sie darauf, dass wir Geld für ihren eigenen Visagisten, einen Stylisten *und* eine Masseuse lockermachen – was, wenn du mich fragst, einfach nur krank ist.«

»Affig«, pflichtete Robbie ihr bei.

In dem Moment klingelte Kerrys Handy zum hundertsten Mal an diesem Morgen. Sie nahm den Anruf an, und Robbie sah besorgt zu, wie ihr alles Blut aus dem Gesicht wich.

»Das soll wohl ein Witz sein«, sagte sie. »Bei allem Respekt, es ist mir egal, wie krank sie ist. Sie soll sich irgendwas einwerfen, und dann tragen Sie sie her –«

Jessica kam herein, den Arm voller Mineralwasserflaschen für die Gäste. Ihr fiel sofort auf, wie gestresst die normalerweise unerschütterliche Kerry aussah, und sie formte mit den Lippen ein »Was ist?« in Robbies Richtung. Der aber hob lediglich die Schultern. Dass Robbie ausnahmsweise mal wusste, wann es klüger war, den Mund zu halten, konnte nur eins bedeuten: Es gab Ärger.

»So ein Verhalten ist absolut unprofessionell«, blaffte Kerry ihren Gesprächspartner an. »Ich werde deswegen sofort mit meinem Produzenten sprechen, im Vertrag steht schwarz auf weiß – also, das war jetzt wirklich nicht nötig. Die Sache steht seit Ewigkeiten fest und – also gut, rufen Sie mich zurück.« Kerry legte auf, sank in einen Stuhl und legte den Kopf in die Hände, bevor sie mit düsterer Miene zwischen ihren Fingern hindurch in den von Glühbirnen eingerahmten Spiegel spähte. »Scheiße, Scheiße, Scheiße!«, fluchte sie.

»Was ist denn? Doch nicht Dame Judi, oder?«, fragte Jessica.

»Geh und hol Mike«, befahl Kerry mit vor Panik irrem Blick. »Sag ihm, ich muss ihn sprechen, sofort.«

Jessica war klug genug, keine weiteren Fragen zu stellen, und spurtete los.

Zwei Minuten später – sie hatte ihren Boss noch nicht gefunden – stieß sie mit Paul zusammen, der mit Bradley den Gang entlanggeschlendert kam.

»Na, na, na. Auf dem Gang wird nicht gerannt«, tadelte dieser sie. »Wir wollen doch nicht, dass Sie auf Ihren hübschen Knackpopo fallen.«

Hinter Bradleys Rücken signalisierte Paul mit einer Geste, dass er dieser Beschreibung von Jessicas Hinterteil zustimmte, aber Jessica war so sehr auf ihre Mission fixiert, dass es ihr gar nicht einfiel, zu lachen oder beleidigt zu sein oder ihn als Sexisten zu beschimpfen.

»Wo ist Mike?«, wollte sie wissen.

»In der Regie, er bespricht gerade irgendwas mit Julian«, sagte Paul. »Ich würde sie nicht stören, wenn ich du w…«

Aber Jessica war schon weitergerannt. Mike war tatsächlich verärgert, von Jessica unterbrochen zu werden – bis diese ihm klarmachte, dass es ein Problem mit einem der Gäste gab.

»Bitte, lass es nicht Daniel Craig sein«, flehte er, sprang auf und lief in Richtung Maske davon.

Jessica heftete sich an seine Fersen. Wieder einmal fragte sie sich, wieso die Leute beim Film immer so tun mussten, als ginge es bei jedem kleinen Problem um Leben und Tod. Mit der Hysterie des Showgeschäfts war sie noch nie klargekommen. Sicher, es war ärgerlich, wenn ein Gast absagte, aber das rechtfertigte doch wohl kaum ein solches Drama. Ihren Job zu kündigen, um Vollzeit für Diane zu arbeiten, war definitiv die richtige Entscheidung gewesen. So viel Spaß ihr die Arbeit beim Fernsehen auch machte, es war ihr unmöglich, sie ernst zu nehmen. Dennoch achtete sie darauf, eine angemessen unheilvolle Miene aufzusetzen, als sie hinter Mike hereilte. Jetzt war nicht der richtige Zeitpunkt, sich über den Zirkus lustig zu machen, vor allem, weil Kerry diejenige war, die den Kopf würde hinhalten müssen, falls etwas schieflief. Und für Kerry war die Show *tatsächlich* ihr Leben.

Als sie in der Maske ankamen, führte sie gerade erneut eine hitzige Diskussion am Telefon. »Das ist absolut indiskutabel. Sie wissen, wie wichtig diese Show für uns ist …«

Jessica und Mike konnten hören, wie ihr Gesprächspartner am anderen Ende die Stimme erhob. Sie konnten nicht verstehen, was er sagte, hörten aber sein lautes Gequäke, das wie die Telefonstimme aus einem Cartoon klang.

»Hören Sie«, sagte Kerry, eisern bemüht, die Fassung zu wahren. »Unser Make-up-Artist Robbie Baines ist einer der besten in der Branche. Ich bin mir sicher, dass er es wegzaubern kann –« Was auch immer sie sagen wollte, stieß auf taube Ohren. Der andere hatte aufgelegt. »Scheiße«, knurrte sie und drehte sich zu Mike um.

»Nadia?«, sagte er.

»Ja, die gottverdammte Nadia Vladinikova. Ihr Management hat mir gerade versucht klarzumachen, dass sie *krank* ist. Aber ich habe Cherie, die Assistentin ihrer Londoner Agentin, unter einem falschen Vorwand angerufen, und sie hat mir gesagt, dass die eitle Zicke nichts weiter hat als ein Fieberbläschen. Sie ist kein bisschen krank, nur fertig von all den Partys, die sie hier in London feiert.«

»Lass mich mit ihren Leuten reden«, schlug Mike vor. »Wo ist Bradley?«, fragte er dann, gewissermaßen als Nachsatz.

»Bei Paul«, gab Jessica Auskunft. »Keine Ahnung, wo sie hinwollten.« Inzwischen redeten sie allesamt wie Armeeoffiziere.

»Gut. Tür zu und Zeichen geben, sobald er auftaucht.«

Jessica war beeindruckt von Mikes Ruhe. Auch Kerry schien dankbar zu sein. So war das mit Produzenten: Die meiste Zeit sah es so aus, als würden sie bloß herumsitzen und in der Nase bohren, aber wenn wirklich Not am Mann war, übernahmen sie sofort das Kommando.

Mikes Gespräch mit Nadias »Leuten« dauerte zwanzig Minuten. Er schmeichelte, flehte, drohte sogar – sie ließen sich nicht erweichen. Ihrer Ansicht nach war es beruflicher Selbstmord für eine Schauspielerin, die gerade ihr Debüt als Bondgirl gefeiert hatte, mit schorfigem, nässendem Lippenherpes an die Öffentlichkeit zu treten.

»Es tut mir so leid, Mike«, sagte Kerry voller Verzweiflung. Sie identifizierte sich so sehr mit ihrer Arbeit, dass sie die Absage als ihr eigenes Verschulden ansah.

»Du kannst nichts dafür«, sagte Mike, der sich bereits die Miene saurer Enttäuschung auf dem Gesicht seines Schwiegervaters vorstellte und an die Gardinenpredigt dachte, die er von ihm zweifellos bekommen würde.

»Es wird doch trotzdem eine gute Show«, meinte Jessica zaghaft. »Wenn Daniel Craig abgesagt hätte, wäre es viel schlimmer gewesen.«

»Stimmt, aber jetzt fehlt uns der weibliche Sex-Faktor«, sagte Mike müde. »Kerry, ich weiß, du hast vermutlich schon alle Möglichkeiten ausgeschöpft, aber denk nach. Welches andere Bondgirl könnte in wenigen Stunden hier auf der Matte stehen und würde sich vielleicht von einem dicken, fetten Scheck locken lassen?«

Kerry schüttelte den Kopf. »Keins. Na ja, eins vielleicht, aber es ist so gut wie unbekannt. Und dann noch eins, das ist aber ziemlich öffentlichkeitsscheu. O Gott, was für ein Alptraum. Bradley wird ausrasten!«

»Um den kümmere ich mich schon«, sagte Mike schicksalsergeben. Die beiden klangen so angefressen und sahen so geschlagen aus, dass es Jessica in der Seele weh tat. Unbeobachtet schlüpfte sie aus dem Raum. Sie vergewisserte sich, dass ihr Handy in der Hosentasche steckte, dann ging sie den Flur entlang zum Aufzug, fuhr nach unten und verließ das Gebäude.

War das wirklich die richtige Entscheidung? Ihre Hände waren schweißfeucht vor lauter Nervosität, aber ganz tief im Innern wusste sie, dass sie es tun würde. In erster Linie

Kerry zuliebe, der sie viel zu verdanken hatte, aber auch wegen Mike, der trotz aller Vorbehalte, die die anderen gegen ihn hatten, zu ihr immer nett gewesen war. Darüber hinaus hatte eine Idee in ihrem Kopf Gestalt angenommen – auch wenn sie sie noch nicht ganz bis zu Ende gedacht hatte. Es war eine ziemlich verrückte Idee, die vermutlich nichts weiter beweisen würde, als dass sie eine naive Versagerin mit ernsthaften psychischen Problemen war. Aber sie würde sie nichtsdestotrotz in die Tat umsetzen. Es bestand die Möglichkeit, dass im Zuge dessen ihr Geheimnis ans Licht kommen würde, aber das Risiko musste sie eingehen. Außerdem wusste sie ja noch gar nicht, ob sie überhaupt ja sagen würde.

Sie wählte die Nummer.

»Mom, ich bin's. Ich muss dich um einen Riesengefallen bitten.«

33 ++++

»Wie hast du das nur geschafft?«, fragte Kerry zum dritten Mal hintereinander.

»Na ja … ich glaube, du hast einen sehr guten Eindruck bei ihren Leuten hinterlassen, als du neulich mit ihnen telefoniert hast«, improvisierte Jessica. Warum konnte Kerry sich nicht einfach darüber freuen, dass Angelica Dupree sich bereit erklärt hatte, in der Show aufzutreten?

»Und sie will nicht mal Geld haben?«, wiederholte Mike. »Das begreife ich nicht. Ihre Agentin muss doch gewusst haben, dass sie am längeren Hebel sitzen.«

»Ich weiß«, sagte Jessica, die ihre spontane Hilfsbereitschaft allmählich zu bereuen begann. »Es war ein Schuss ins Blaue, aber sie kommt. Eigentlich war es gar keine große Sache, sie zu überreden. Wie gesagt, Kerry hatte bereits die Grundlage geschaffen. Der Rest war Glück.«

In den Gesichtern der anderen spiegelte sich ungläubige Verwunderung.

»Sollten wir jetzt nicht den anderen Bescheid sagen? Sie … also, ihre Agentin will, dass wir sie so bald wie möglich aus dem Claridge's abholen lassen, wenn das in Ordnung geht?«

»Wenn das in *Ordnung* geht?«, rief Mike. »Meine Güte, wenn sie will, gehe ich höchstpersönlich hin und nehme sie huckepack!«

Jessica sah zu Boden und unterdrückte ein Schmunzeln. Die Vorstellung, wie ihre elegante Mutter rittlings auf Mikes Rücken saß, war einfach zu komisch.

»Paul! Natasha!«, rief Kerry, als der Schock langsam nachließ. »Sie müssen sich über die neue Anmoderation und neue Interviewfragen Gedanken machen. Mike, könntest du Bradley und Paul Bescheid sagen? Ich briefe ihn, sobald wir hier alles geregelt haben.«

Danach hieß es wieder Volldampf voraus. Alle machten sich an die Arbeit, einschließlich Jessica. Ihre Gedanken wirbelten wild durcheinander. Sie kümmerte sich um die anderen Gäste und überlegte gleichzeitig fieberhaft, wie sie die Situation am geschicktesten zu ihrem Vorteil nutzen konnte. Eine halbe Stunde später schlich sie, einen ziemlich unausgegorenen Plan im Hinterkopf, in Richtung von Bradleys Garderobe davon. Sie war angespannt wie eine Sprungfeder, als sie an seine Tür klopfte.

»Herein.«

»Äh, hallo«, sagte sie nervös und steckte den Kopf durch den Türspalt.

»Hallo«, sagte Bradley, der von der Hüfte aufwärts tadellos gekleidet war, aber sich die Hose noch nicht angezogen hatte, damit sie keine Falten bekam. Glücklicherweise trug er wenigstens seine Unterwäsche. »Was kann ich für Sie tun, junges Fräulein?«

»Äh, also, Sie haben ja vielleicht von der Änderung der Gästeliste gehört«, begann sie zaghaft.

»Ja, so seltsam das auch klingt, man hat es für nötig befunden, mich darüber in Kenntnis zu setzen.«

»Natürlich«, sagte Jessica, die sich noch immer nicht ganz im Klaren darüber war, was sie da eigentlich tat. »Ich habe mich nur gefragt, ob ich vielleicht ein paar Fragen für –« Mitten im Satz hielt sie inne. Kerry und Paul kamen den Flur entlang. Ganz offensichtlich wollten sie zu Brad.

»Raus damit«, ermunterte Bradley sie. »Fragen für wen? Für unsere Himmlischen Milchtüten?«

»Äh … nein, vergessen Sie's«, stammelte Jessica. Sie starrte Bradley an, der ein wenig nervös wirkte, als frage er sich, ob sie womöglich ein Sicherheitsrisiko darstelle. »Ich lasse Sie dann mal in Ruhe«, sagte sie, bevor sie aus dem Raum schlüpfte und vor ihrem Freund und ihrer Chefin den Flur hinab floh.

Verdammt. Na ja. Vielleicht war es ja auch besser so. Sie ärgerte sich, dass sie überhaupt auf so eine Idee gekommen war.

Seit der Aussprache mit ihrer Mutter war sie felsenfest davon überzeugt, dass Angelica noch Gefühle für Edward hegte, und von diesem Gedanken hatte sie sich hinreißen lassen. Was würde passieren, wenn Angelica live im Fernsehen mit dem Thema ihres Exmannes konfrontiert würde? Würde sie – wie Jessica vermutete – unter Druck offenbaren, wie es wirklich um ihre Gefühle bestellt war? Falls sie tatsächlich gestand, dass sie ihn noch liebte, dann konnte dieser das doch unmöglich ignorieren, oder? Dann würden sie miteinander reden *müssen*. Oder existierte die Vorstellung, ihre Eltern müssten unbedingt ihre gemeinsame Vergangenheit aufarbeiten, nur in ihrem Kopf?

Ihrer Mutter in aller Öffentlichkeit die Pistole auf die Brust zu setzen war höchstwahrscheinlich eine sehr, sehr dumme Idee – ganz abgesehen davon, dass ihre Motive dafür bei näherer Betrachtung ziemlich dubios waren. Sie hatte sich immer gewünscht, eine richtige Familie zu haben, aber wahrscheinlich war es dafür zu spät. Sie war sechsundzwanzig Jahre alt – viel zu alt, um Vater, Mutter, Kind zu spielen. Außerdem war da noch ein kleines Detail namens Betsey. Ihre Stiefmutter mochte nervtötend sein und viel zu jung für ihren Dad, aber sie wollte niemandem etwas Böses. Auf alle Fälle war sie erträglicher als Graydon.

Bei diesem Gedanken stieß Jessica einen frustrierten Seufzer aus. Wie es aussah, würde sie in Zukunft öfter mit Affenfinger zu tun bekommen, vielleicht wäre es also das Beste, die Situation einfach zu akzeptieren und einzusehen, dass man die Vergangenheit nicht ändern konnte. Sie atmete tief durch und machte sich auf den Weg ins Produktionsbüro.

Dort war niemand außer Natasha, die gerade Bradleys neue Fragen abtippte.

»Spuck's aus, Jess. Wie hast du das gedeichselt? Kerry glaubt dir nicht, und wenn du meine Meinung hören willst – ich vermute, dass du irgendwo ein paar Strippen gezogen hast. Wahrscheinlich hast du Freunde da oben, wenn du verstehst, was ich meine.«

Jessica stellte sich taub. In Natashas Gegenwart war sie immer ein bisschen nervös, aber wenn sie jetzt einfach wieder ging, würde das die Sache nur noch schlimmer machen. Also ignorierte sie die Frage ihrer Kollegin und setzte sich an ihren Schreibtisch, um ihre E-Mails zu überfliegen.

Natasha hörte auf zu tippen und streckte die Finger. »Ich hasse es, so was auf den letzten Drücker machen zu müssen. Was hältst du von den Fragen? Ich dachte, als Erstes könnte Bradley die Dupree darauf ansprechen, warum sie so lange nicht in einer Talkshow war. Danach können sie über ihren neuen Film reden. Dann kann er ihr noch ein paar Fragen über die Unterschiede zwischen der amerikanischen und der europäischen Filmbranche stellen. Dann ihr Lieblings-James-

Bond-Film aller Zeiten – logisch – und ein paar Anekdoten aus ihrer Zeit als Bondgirl.«

»Klingt gut«, sagte Jessica neutral.

»Ich weiß, es fehlt ein bisschen die Würze, aber Kerry hat gesagt, sie will keine persönlichen Fragen beantworten. Langweilige alte Kuh.«

»Nur weil man nicht über sein Privatleben sprechen möchte, ist man noch lange keine langweilige alte Kuh«, gab Jessica frostig zurück.

»Reg dich ab«, sagte Natasha ungerührt. »Okay, das muss reichen. Wie ich Bradley kenne, wird er sowieso sagen, was ihm gerade in den Kopf kommt, oder eine halbe Stunde lang von ihren Titten schwärmen.«

»Er sollte sie fragen, wie sie zu Edward Granger steht. Ob sie noch Kontakt haben, und wenn nicht, warum«, platzte Jessica, einem plötzlichen Impuls folgend, heraus. Offenbar hatte sie mit ihrer hirnrissigen Idee doch noch nicht ganz abgeschlossen.

»Hast du was an den Ohren, Bender?«, fragte Natasha und sah sie an, als wäre sie geistig zurückgeblieben. »Ich habe gerade gesagt, sie *will* nicht über Privates reden.«

»Also, mir hat sie was anderes gesagt, als ich mit … ihrer Agentin gesprochen habe«, gab Jessica herausfordernd zurück.

»Na los, sag schon«, meinte Natasha und verengte die Augen zu Schlitzen.

»Was?«

»Was du uns die ganze Zeit verheimlichst. Ich sehe dich ständig bei irgendwelchen kleinen Privatgesprächen mit Mike, und ich scheine die Einzige hier zu sein, die es ein *bisschen* seltsam fand, als aus heiterem Himmel deine kleine Promifreundin aufgetaucht ist. Und jetzt willst du auch noch deinen Job riskieren, indem du Bradley dazu animierst, persönliche Fragen zu stellen. Was steckt dahinter?«

»Nichts«, sagte Jessica trotzig, aber ihre angstvolle Miene strafte sie Lügen.

»Hmm, vielleicht sollte ich mal ein bisschen nachforschen. Oder Paul fragen, wieso es dir so wichtig ist, welche Fragen Bradley der Dupree stellt. Die im Übrigen doch bestimmt mit Vincent Malone bekannt ist, oder? Ja, natürlich ist sie das«, sagte sie fast wie zu sich selbst, als wäre sie gerade dabei, im Kopf zwei und zwei zusammenzuzählen. »Irgendwo gibt es da eine Verbindung …«

Nicht zum ersten Mal an diesem Tag galoppierten Jessicas Gedanken einfach davon, ohne sie vorher um Erlaubnis zu fragen. Sekunden später kehrten sie mit einer Lösung zurück: Bestechung. »Pass auf, Natasha, es gibt kein Geheimnis, das kann ich dir versichern, aber wenn du versprichst, dich rauszuhalten, kannst du das hier haben. Schau.« Sie wühlte hektisch in ihrer Handtasche und zog eine Karte hervor, die sie seit Wochen mit sich herumtrug. Es war die Einladung zum Erlebnis-Shopping bei Jimmy Choo.

Natasha krallte sich die Karte. »O mein Gott«, hauchte sie und hielt sie hoch, als wäre sie der Heilige Gral. »Ist die echt?«

»Selbstverständlich«, sagte Jessica mit Nachdruck.

Natashas Augen wurden groß vor Verlangen. »Wehe, du verscheißerst mich, Bender. Wo hast du das überhaupt her?«

Jessica schluckte. »Von … Dulcie«, sagte sie aufs Geratewohl.

»Hmm«, schnurrte Natasha nachdenklich. »Also, vielen Dank – obwohl mich das eigentlich nur noch neugieriger macht. Ich meine, wieso sollte Dulcie dir so eine Einladung geben? Wenn jemand auf Schuhe steht, dann doch wohl sie.«

Jessica zuckte die Achseln. »Sie hat genug Geld, um sich welche zu kaufen.«

Endlich ließ Natasha das Fragen lange genug sein, um zu

überlegen, welcher Kurs für sie – zumindest modetechnisch gesehen – von Vorteil war. »Also schön. Wenn du mir die Karte gibst, ist es mir schnuppe, ob du ein Alien kurz vor der Gesichts-OP bist, der mit Drogen dealt, einen gesuchten Verbrecher bei sich zu Hause versteckt, eine Affäre mit dem Boss hat und ohne Pass ins Land gereist ist.«

»Okay ...«, sagte Jessica unsicher. »Also, das bin ich nicht – und ich habe einen Pass.«

»Umso besser. Pass auf, ich muss mit Kerry noch was wegen einem der anderen Gäste abklären. Kannst du die Fragen für mich auf Stichwortkarten ausdrucken?«

»Klar, mache ich!«, rief Jessica Natashas verschwindendem Rücken hinterher. Die Tür fiel krachend ins Schloss, und auf einmal war es im Büro geradezu unheimlich still. Jessica saß da und fragte sich, was sie gerade getan hatte. Sie würde so schnell wie möglich die PR-Frau von Jimmy Choo anrufen müssen, um ihr zu sagen, dass Natasha jetzt die Einladung hatte, sonst würde sie ihr gar nichts nützen. Sich das Schweigen ihrer Kollegin mit Jimmy Choos zu erkaufen war vermutlich so, als würde man ein Pflaster auf eine Wunde kleben, die eigentlich genäht werden musste. Es war eine Notlösung, aber auf die Schnelle war ihr nichts anderes eingefallen. Außerdem würde die Wahrheit sowieso früher oder später ans Licht kommen, und solange Paul nur der Erste war, der sie erfuhr, spielte der Rest keine Rolle. Sobald die Show vorbei und sie vom Geburtstag ihres Vaters zurückgekehrt war, würde sie Paul alles beichten.

Dieser Gedanke zockelte gerade im gemächlichen Tempo eines Sonntagsfahrers davon, als er von einer Idee überholt wurde, die ihr wie ein Crashkid bei einem Wendemanöver mit angezogener Handbremse in den Kopf geschlittert kam. Jessica sprang auf. Die Fragen! Das musste Schicksal sein. Trotzdem zauderte sie. Vermutlich hatte sie kein Recht, sich in das Gefühlsleben ihrer Mutter einzumischen.

Angelica war ihre Privatsphäre heilig, und wer wusste, ob sie es überhaupt verkraften würde, mit dermaßen persönlichen Fragen konfrontiert zu werden – noch dazu von jemandem wie Bradley. Dann dachte Jessica an ihren Vater und an all die vergeudeten Jahre, die sie sich mit der Frage »Was wäre wenn?« gequält hatten. Sie hatten nichts zu verlieren, wenn jetzt endlich die Wahrheit auf den Tisch kam, aber alles zu gewinnen. Oder?

Zehn Minuten später hatte Jessica ein paar eigene Fragen zu Natashas hinzugefügt. Sie druckte alle Fragen aus und rannte nach unten zum Studio eins, wo sie sie persönlich in Bradleys Garderobe ablieferte. Auf dem Rückweg stieß sie mit Natasha zusammen.

»Was machst du denn hier?«, wollte diese wissen. »Ich habe schon nach dir gesucht. Du solltest die Fragen nur ausdrucken, ich wollte sie Bradley selbst geben. Das ist meine Aufgabe.«

»Sorry«, sagte Jessica und betete, dass Natasha nicht darauf bestehen würde, die Fragen noch einmal durchzugehen. »Bradley findet sie übrigens super«, fügte sie hinzu. »Aber er möchte jetzt fünf Minuten Ruhe haben, bevor er ans Set muss … Wusstest du eigentlich, dass Jimmy Choo nicht nur Schuhe macht, sondern auch ganz tolle Handtaschen?«

Damit eilte sie weiter, quer durchs Studio und nach oben in die Regie, wo Techniker Ross damit beschäftigt war, die Clips und Filmausschnitte bereitzulegen, die während der Show gezeigt werden sollten.

»Sag mal, Ross, bestünde eventuell die Möglichkeit, dass du mir eine DVD von der heutigen Show aufnimmst?«

»Eigentlich darf ich das nicht«, antwortete er. »Aber weil du es bist … Wozu brauchst du sie denn?«

»Ach, bloß als Erinnerungsstück.« Diese Antwort schien Ross zufriedenzustellen. Nach vollendeter Geheimmission kehrte Jessica in etwas zivilisierterem Tempo ins Studio zurück. Auf halbem Weg dorthin ging ihr auf, dass es vielleicht ratsam wäre, wieder weiterzuatmen.

Eine Stunde später war Angelica Dupree eingetroffen. Jessica hatte beschlossen, sich unsichtbar zu machen. Sie wusste, dass sie auf ihre Mutter zählen konnte. Angelica würde niemals durchblicken lassen, dass sie sich kannten. Von ihren eigenen schauspielerischen Fähigkeiten allerdings war Jessica weit weniger überzeugt. Darüber hinaus starb sie fast vor Angst, weil sie nicht wusste, wie Angelica auf Bradleys Fragen reagieren würde oder was sie machen sollte, falls die anderen merkten, dass die Fragen manipuliert worden waren.

Kerry hatte es sich nicht nehmen lassen, persönlich für Angelicas Wohl zu sorgen. Daniel Craig war bereits am Set, und Jessica war für die Betreuung der übrigen Gäste zuständig. Sobald allerdings die Aufzeichnung begonnen hatte, waren alle dermaßen auf den berühmten Talkgast fixiert, dass Jessica Gelegenheit hatte, kurz bei ihrer Mutter in der Garderobe vorbeizuschauen.

»Pssst! Mom«, zischte sie.

»Liebes!«, sagte Angelica. Wie sie so alleine vor dem großen Schminktisch saß, sah sie sehr zerbrechlich aus. Dennoch freute sie sich sichtlich, ihre Tochter zu sehen. »Alles klar?«

»Ja«, sagte Jessica. »Aber ich kann nicht lange bleiben. Ich wollte mich nur bei dir bedanken. Du hast Kerry den Hals gerettet, das weiß ich wirklich zu schätzen.«

»Pas de problème«, antwortete Angelica, die froh war, ihrer Tochter helfen zu können, auch wenn wegen des Interviews ihre Nerven blanklagen. »Ach, übrigens, ich habe Paul vorhin getroffen.«

Jessica sah sie auffordernd an. Sie brannte darauf zu erfahren, was ihre Mutter von ihm hielt.

»Er hat einen *très, très* netten Eindruck gemacht«, sagte Angelica aufrichtig. »Er war sehr professionell und charmant und scheint überaus klug zu sein. Attraktiv ist er selbstverständlich auch.«

Jessica lächelte. Sie freute sich, dass Paul ihrer Mutter gefiel. Aber dann erinnerte sie sich daran, was sie mit Bradleys Fragen gemacht hatte, und das Lächeln rutschte ihr aus dem Gesicht wie ein Pullover von der Rückenlehne eines Stuhls. »Also, dann viel Glück, Mom«, sagte sie nervös und trat den Rückzug an. »Ich sollte jetzt besser gehen, bevor mich jemand sieht.« Sie schenkte ihrer Mutter noch ein dankbares, wenngleich etwas schuldbewusstes Lächeln, winkte kurz und schlüpfte zurück auf den Flur. Nachdem sie sich vergewissert hatte, dass niemand in der Nähe war, schloss sie die Tür hinter sich.

Es war eine grandiose Show. Daniel Craig erwies sich als idealer Gast: Er war unterhaltsam, geistreich und ein Leckerbissen fürs Auge. Ausnahmsweise einmal hielt sich Bradley ans Skript, vermutlich aus Ehrfurcht vor seinem Gesprächspartner, und alles klappte wie am Schnürchen.

Nach Daniel Craig war Christopher Walken an der Reihe, dann kamen Dame Judi Dench und John Cleese. Mit Angelica würde Bradley zuletzt sprechen. Während die Show mit gelegentlichen Unterbrechungen für Ton oder Kamera und einigen Pausen für Bradley ihren Lauf nahm, wurde Jessica immer nervöser. Bei dem Gedanken daran, dass ihre Mutter für ihre Großzügigkeit mit einem Kreuzverhör würde bezahlen müssen, kam sie sich richtig schäbig vor. Wenn sie jemals einen Beweis dafür gebraucht hätte, dass ihre öffentlichkeitsscheue Mutter sie aufrichtig liebte, dann hatte sie ihn mit ihrer Zusage für die Show ein für alle Mal erbracht.

Durch das Knistern im Walkie-Talkie hörte Jessica, wie Kerry die Anweisung erhielt, Angelica aus der Maske zu holen. In diesem Moment gingen die Nerven endgültig mit ihr durch, und ihr wurde klar, dass sie unmöglich weiter vom

Set aus zusehen konnte. Einer plötzlichen Eingebung folgend, schlich sie aus dem Studio zu Bradleys verwaister Garderobe. Hier wäre sie ungestört. Sie schlüpfte hinein. Kerry würde sich über ihr Verschwinden ärgern, aber das war ihr egal.

Nachdem sie etwas beiseitegeräumt hatte, das verdächtig wie ein Strapsgürtel aussah, ließ sie sich auf Bradleys Stuhl nieder und wandte ihre Aufmerksamkeit dem Geschehen auf dem Monitor zu.

»Und jetzt, meine Damen und Herren, erwartet Sie ein weltexklusives Interview«, verkündete Bradley soeben, begleitet von den erwartungsvollen Ooh's der Zuschauer. »Über meinen nächsten Gast«, las er von der in aller Eile verfassten Stichwortkarte ab, »freue ich mich ganz besonders. Sie ist das Bondgirl, mit dem ich persönlich einige sehr schöne Erinnerungen verbinde … genau wie meine rechte Hand –«

»Schnitt!«, brüllte Julian über Funk. »Verdammt noch mal, Bradley, halt dich an deinen Text, verstanden? Okay, alle auf Stand-by, Kamerawechsel und … noch mal.«

Jessica runzelte die Stirn. Bradley konnte so pubertär sein.

Bradley räusperte sich, noch immer wild entschlossen, die in seinen Augen fade Anmoderation ein wenig auszuschmücken. Er rückte seinen Schlips zurecht und begann von neuem. »Sie ist das Bondgirl, das man auf ewig mit den Worten ›schwarzer Bikini‹ in Verbindung bringen wird. Meine Damen und Herren, ich bin sehr erregt, sie heute hier begrüßen zu dürfen: Ms Angelica Dupree!«

Das Studiopublikum tobte. Lauter Jubel brach los, die Leute klatschten und johlten wie verrückt, und dann betrat eine sichtlich nervöse, aber hinreißend schöne Angelica die Bühne. Jessicas Herz machte einen Satz. Der begeisterte Empfang, den die Zuschauer ihrer Mutter bereiteten, rührte sie, und sie war erfüllt von einem Gefühl stolzer Zuneigung.

Für den besonderen Anlass hatte sich Angelica von Kopf bis Fuß in Armani gehüllt. Sie trug ein Seidenkleid mit passenden Highheels aus Satin in Austerngrau. Sie sah unheimlich elegant aus. Wie eine Göttin.

»Willkommen in der Show«, sagte Bradley, der Mühe hatte, nicht zu sabbern.

»Danke, dass ich hier sein darf«, antwortete Angelica, die ein wenig verschreckt wirkte.

Erst jetzt ging Jessica die Tragweite dessen auf, was ihre Mutter getan hatte. Wie schwer würde der Auftritt für sie werden? Was hatte sie bloß angerichtet?

»Also, zunächst einmal möchte ich sagen, Ms Dupree, dass Sie – wie ein guter Wein – mit dem Alter noch exquisiter geworden sind. Ich bin sicher, die Zuschauer stimmen mir zu?«

Selbige reagierten pflichtschuldig mit weiteren Ooh's und Aah's sowie einem kurzen Applaus. Angelica schickte ein höfliches Lächeln in den Zuschauerraum.

»Stimmt es, dass dies Ihr erster Auftritt in einer Talkshow seit mehr als zwanzig Jahren ist?«

»Das ist richtig, ja.«

»Was hat Sie dazu bewogen, uns heute zu beehren – nach all der Zeit?«

Angelica schwieg kurz, während sie überlegte, wie sie auf die Frage antworten sollte. Zu Jessicas immenser Erleichterung entschied sie sich nicht für die Wahrheit. »Nun, Bradley, normalerweise rühre ich nicht gerne die Werbetrommel, aber vor kurzem habe ich einen Film abgedreht, auf den ich sehr stolz bin. Einen Film, mit dem ich, so hoffe ich zumindest, endlich beweisen werde, dass ich eine ernstzunehmende Schauspielerin bin.«

»Faszinierend«, sagte Bradley. »In einer Minute werden wir auf diesen neuen Film zu sprechen kommen, aber zuerst – und ich muss mich entschuldigen, weil Sie wahrscheinlich ständig danach gefragt werden – möchte ich wissen, was aus dem berüchtigten schwarzen Bikini geworden ist. Bitte sagen Sie mir, dass Sie ihn noch von Zeit zu Zeit tragen?«

Jessica schnitt eine Grimasse, als sich plötzlich die Tür zu Bradleys Garderobe knarrend öffnete. Sie fuhr zusammen. Es war Paul.

»Ich habe nach dir gesucht. Was machst du hier?«, fragte er neugierig.

»Ich, äh ... wollte kurz schauen, ob Bradley noch was braucht, und dann bin ich hängengeblieben ...«, stammelte sie. Paul bedeutete ihr, ein Stück aufzurücken, aber in dem ledernen Sessel war nicht genug Platz für beide, also setzte sie sich schließlich auf seinen Schoß.

»Und? Wie läuft's bis jetzt?«, erkundigte er sich.

»Gut«, sagte sie ungehalten. Sie wollte kein Wort verpassen.

Auf dem Bildschirm sagte Angelica gerade: »Ich bin mir nicht hundertprozentig sicher, aber ich glaube, er hängt irgendwo in einem Hard Rock Café. Leider weiß ich nicht mehr, wo. Um also Ihre Frage zu beantworten: Nein, ich trage ihn nicht mehr. Ich glaube auch nicht, dass er mir noch passen würde. In *Die Welt in deiner Hand* war ich noch blutjung, und kurz darauf habe ich ja ein Kind bekommen. Außerdem gehe ich inzwischen stramm auf die fünfzig zu.«

»Respekt«, meinte Bradley. »Eine Schauspielerin, die sich nicht scheut, ihr wahres Alter preiszugeben! Das ist mal was Neues – wobei ich sagen muss, dass Ihre Figur immer noch dieselbe ist wie damals. Sie sehen phantastisch aus, Angelica, finden Sie nicht auch, meine Damen und Herren?«

Angelica schien sichtlich missgestimmt angesichts dieser erneuten Anspielung auf ihr Äußeres, brachte aber dennoch ein höfliches Lächeln zustande. Jessica wusste, dass das Thema Schönheit ihre Mutter zu Tode langweilte.

»Verraten Sie uns Ihr Geheimnis?«, fragte Bradley im Flirtmodus. »Treiben Sie viel Sport? Sind Sie ständig auf Diät? Ich habe einen faszinierenden Artikel über Sie gelesen, in dem behauptet wurde, dass Sie, anders als die meisten Schauspielerinnen in Ihrem Alter, sich noch nie Botox haben spritzen lassen. Ist das wahr?«

»Ach du meine Güte«, erwiderte Angelica leicht gereizt. »Unter ›faszinierend‹ verstehe ich nun wirklich etwas anderes. Mir ist im Übrigen nicht aufgefallen, dass Sie Daniel Craig danach gefragt haben, wie er sich in Form hält, oder Christopher und John irgendwelche Komplimente über ihr Aussehen gemacht hätten.«

»Das stimmt, aber mit denen wollte in den Achtzigern auch nicht jeder Mann im Lande ›Versteck die Wurst‹ spielen«, gab Bradley zurück, was ihm prompt einen wütenden Aufschrei aus der Regie einbrachte, unmittelbar gefolgt von dem Befehl: »Cut!«

»O Gott«, hauchte Jessica matt. Sie konnte nicht länger hinsehen. »Wenn er so weitermacht, wird sie ausflippen.«

Paul sah sie verdattert an, und Jessica versuchte, ein Gesicht zu machen, als hätte sie das nur so dahergesagt.

Zwischenzeitlich war Julian in der Regie damit beschäftigt, Bradley eine Standpauke zu halten und das Studio zu instruieren, was als Nächstes zu tun sei. Jessica sah, wie Kerry ans Set kam und die ziemlich aufgewühlte Angelica beschwichtigte. Robbie flitzte auf die Bühne, um Bradley und Angelica kurz abzupudern, dann liefen die Kameras wieder. Der Kontinuität wegen wurde Brad angewiesen, seine Bemerkung zu Angelicas Gesicht kurz zu wiederholen, allerdings unter der Voraussetzung, dass er sofort danach zu vernünftigeren Fragen übergehen würde. Sprich: denen, die auf seinen Stichwortkarten standen.

»Also, Angelica, Sie erwähnten eben, dass Sie ein Kind haben, deshalb macht es Ihnen sicher nichts aus, wenn ich Ihnen eine Frage dazu stelle. Als seinerzeit Ihre Ehe mit Edward Granger in die Brüche ging, war das ein kleiner Skandal, nicht wahr? Eher ungewöhnlich war ja auch, dass nach Ihrer Trennung, wenn ich mich recht entsinne, Ihr

Mann das Sorgerecht für Ihr gemeinsames Kind bekommen hat.«

Angelicas Hände umklammerten die Armlehnen ihres Sessels, so dass ihre Knöchel weiß hervortraten. Oben in der Regie war man kurz vor der Kernschmelze.

»Was zieht er denn da ab?«, tobte Julian. »Irgendjemand soll Natasha holen und rausfinden, ob sie wusste, dass er so was fragen würde – aber Kameras laufen lassen«, fügte er hinzu, für den Fall, dass sich irgendjemand nicht ganz sicher war.

»Wie kam es dazu?«, bohrte Bradley, der von dem Tumult oben nichts mitbekam. Er stellte nur die Fragen, die man ihm gegeben hatte.

Angelica erstarrte, und für eine grauenhafte Sekunde lang sah es so aus, als würde sie in Tränen ausbrechen. Genauso schnell allerdings hatte sie sich wieder gefangen. Sie raffte ihre Würde zusammen und machte sich daran zu antworten. Im Studio wurde es mucksmäuschenstill. Jessica litt Höllenqualen. Am liebsten hätte sie sich wie Tarzan an einem Kabel ins Set geschwungen, Angelica in die Arme gerissen und gerettet. Doch zugleich verspürte sie den heftigen Drang, ihre Mutter bei den Schultern zu packen, sie zu schütteln und ihr laut ins Ohr zu brüllen: »So antworte doch endlich, um Himmels willen!«

»Wenn es Ihnen nichts ausmacht«, sagte Angelica, die von der Frage so geschockt war, dass es ihr gar nicht in den Sinn kam, eine Szene zu machen oder die Unterbrechung der Aufzeichnung zu verlangen, »würde ich lieber nicht darüber sprechen. Das ist lange her, und es ist eine sehr persönliche Angelegenheit.«

In der Regie warf Julian einen fragenden Blick zu Mike hinüber, ob dieser fand, die Aufzeichnung solle unterbrochen werden. Mike schüttelte den Kopf. Es war nicht gerade ideal, wie Bradley mit seinem Gast umging, und er würde nachher noch ein ernstes Wörtchen mit Natasha reden, aber das hier konnte eine Sternstunde des Unterhaltungsfernsehens werden.

»Ich möchte dazu nur eins sagen: Ich bin auch nur ein Mensch«, fuhr Angelica tapfer fort. »Ich habe im Laufe der Jahre Fehler gemacht, aber manche Dinge gehen nur mich, Edward und meine Tochter etwas an.«

»Ah«, sagte Bradley. »Nun, ich entschuldige mich, falls ich Ihnen in irgendeiner Weise zu nahe getreten sein sollte. Ich habe angenommen, dass es Ihnen nichts ausmacht, darüber zu reden, zumal die Trennung ja schon eine ganze Weile her ist. Aber ich sehe ein, dass es ein sensibles Thema ist, also lassen Sie uns mit etwas anderem weitermachen und –«

»Sie sind mir nicht zu nahe getreten«, widersprach Angelica leicht aggressiv. »Kein bisschen. Meine Ehe ist eine Sache der Vergangenheit. Ich ziehe es bloß vor, sie nicht in der Öffentlichkeit zu diskutieren.«

»Selbstverständlich«, sagte Bradley versöhnlich.

Oben drückte Julian den Knopf, der eine Sprechverbindung zu ihm herstellte. »Themawechsel. Wir haben den Ausschnitt aus ihrem neuesten Film hier, bitte frag sie dazu, bevor sie in die Luft geht.«

»Nur noch eine klitzekleine Frage« – Bradley warf einen Blick auf seine Stichwortkarten –, »dann machen wir weiter. Sind Sie heute noch mit Edward befreundet? Ich frage das nur deshalb, weil diejenigen unter uns, die alt genug sind, um sich noch an Sie beide erinnern zu können, damals den Eindruck hatten, dass das zwischen Ihnen eine echte Liebesgeschichte war. Die Romanze des Jahrzehnts, möchte ich fast sagen. Das Scheitern Ihrer Ehe war für Tausende Fans ein Schock, und ich denke, es wäre ein großer Trost für uns alle, zu wissen, dass Sie beide sich noch immer freundschaftlich verbunden fühlen.«

Jessica wand sich beim Anblick ihrer Mutter, die im Scheinwerferlicht gefangen war wie ein Insekt unter einem Vergrößerungsglas. Es war grauenhaft – und es war alles ihre Schuld.

Trotzdem wollte sie unbedingt die Antwort hören.

»Bradley«, sagte Angelica ruhig. Zu ruhig. »Es gibt so viel, worüber ich gerne sprechen würde. Ich habe im Laufe meiner Karriere in einigen großartigen Filmen mitgewirkt, habe *incroyable* Orte gesehen, viele talentierte und faszinierende Menschen kennengelernt. *Enfin*, ich könnte hier sitzen und ein interessantes Gespräch mit Ihnen führen. Warum sollte ich über Privatangelegenheiten aus meiner Vergangenheit sprechen wollen, die ich kaum selbst begreife?«

»Aha«, sagte Bradley. »Es ist also kompliziert?«

»Natürlich ist es kompliziert«, brauste Angelica auf, mit deren Contenance es langsam, aber sicher vorbei war. »Edward ist die Liebe meines Lebens, aber das war damals, und heute ist heute. Ich habe inzwischen einen neuen Mann kennengelernt, insofern ist all das hier wirklich nicht angemessen.«

»*Ist* die Liebe Ihres Lebens?«

»*Pardon?*«

»Ist … Sie haben *ist* gesagt …«

»Das habe ich nicht.«

»Aber ja«, beharrte Bradley. »Nicht dass ich Ihnen widersprechen wollte, aber Sie haben tatsächlich ›ist die Liebe meines Lebens‹ gesagt.«

»Falls dem so ist, dann war es ein Versprecher«, sagte Angelica aufgebracht. »Hören Sie, wenn Sie es unbedingt wissen wollen, dann werde ich es Ihnen sagen. Edward und ich sind nicht in Kontakt geblieben. Ich habe es versucht, aber … Wie dem auch sei, der Punkt ist, dass ich den Vater meines Kindes immer lieben werde, eben weil er der Vater meines Kindes ist. Er war ein wichtiger Teil meines Lebens, das kann man nicht einfach so wegwischen. Aber wenn jemand *partout* nicht zuhören will, dann muss man irgendwann mit ihm abschließen.«

»Ich dachte, *Sie* hätten *ihn* verlassen?«, fragte Bradley, der eine Sensation witterte.

»Ja, ich habe ihn verlassen«, sagte Angelica sichtlich erregt. »Aber es war nicht so einfach, wie es damals vielleicht ausgesehen hat. Ich habe geschrieben. Jede Woche habe ich ihm geschrieben, über einen langen, langen Zeitraum hinweg. Ich habe versucht, die Angelegenheit zu klären, aber ich glaube, er war zu verletzt …« Angelicas große aquamarinblaue Augen schimmerten feucht. Dann schien ihr plötzlich wieder einzufallen, dass Millionen Menschen – einschließlich Graydon – dieses Interview sehen würden. »Wie dem auch sei«, sagte sie plötzlich mit erzwungener Heiterkeit. »All das spielt keine Rolle mehr, denn wie es der Zufall will, habe ich wundervolle Neuigkeiten.«

»Tatsächlich?«, sagte Bradley, der das Skript zu dem Interview selbst nicht besser hätte schreiben können.

»Jawohl. Eigentlich wollte ich es meiner Tochter zuerst sagen, aber da ich ja weiß, dass sie dies hier sehen wird, freue ich mich, bekanntgeben zu dürfen, dass ich mich verlobt habe.«

»Das ist ja phantastisch!«, sprudelte Bradley hervor. Dies war das Interview des Jahres. Es würde ihm sicher den begehrtesten Fernsehpreis einbringen. »Wer ist denn der Glückliche?«

»Graydon Matthews.«

Jessicas Herz rutschte ihr bis in die Schuhspitzen.

»Und wann ist es so weit?«

»Nun, das werde ich natürlich nicht verraten«, antwortete Angelica. »Aber so viel kann ich sagen: Es dauert nicht mehr lange. In meinem Alter hat es keinen Sinn, zu warten, wenn man sich einmal entschieden hat.«

Genau dieselben Worte hätte man vermutlich aus Graydons Mund hören können, dachte Jessica. Er konnte es ja gar nicht abwarten, alles unter Dach und Fach zu bringen, bevor

Angelica Gelegenheit hatte, ihren schrecklichen Irrtum einzusehen.

»Okay«, sagte Bradley, der spürte, dass er seinem Gast genug zugesetzt hatte. »Dann würde ich sagen, sehen wir uns jetzt einen Ausschnitt aus Ihrem neuesten Film an, der von Kritikern bereits als Anwärter auf den Oscar gehandelt wird …«

»Mann«, sagte Paul, als Bradley den Clip anmoderierte. »Was für ein Gast. Ausschnitte davon werden noch die nächsten fünfzig Jahre im Fernsehen laufen. Sie war phänomenal. Einerseits total zugeknöpft, aber dann auch wieder viel … wie sagt man das am besten? … authentischer als die meisten Stars.«

Jessica nickte bloß. Fassungslosigkeit hatte sie stumm gemacht. Sie war vollkommen überwältigt von dem, was ihre Mutter gesagt hatte. Was für Briefe hatte sie gemeint? Wie konnte sie auch nur in Erwägung ziehen, diesen haarigen Affen zu heiraten? Warum hatte ihr Vater nie etwas von irgendwelchen Briefen gesagt?

Sie sprang auf. Sie musste unbedingt zu ihrer Mutter, um sie zu fragen, was zum Teufel sie sich dabei gedacht hatte. Und sie musste schnellstmöglich die DVD der Show bei Ross abholen. Als sie losspurtete – ohne sich von Paul zu verabschieden, was diesen nicht wenig irritierte –, schoss ihr das Wort durch den Kopf, nach dem Paul zuvor vergeblich gesucht hatte. Ihre Mutter war nicht authentisch gewesen, sondern ehrlich.

Vielleicht sollte sie sich davon eine Scheibe abschneiden.

34

++++ Am nächsten Tag hatte Edward Granger einen Termin wegen seiner bevorstehenden Geburtstagsparty. Mit dabei war, unter anderem, Partyplaner Pierre.

»Also«, meinte Pierre in seiner manierierten Art. »Ich hatte an Arumlilien gedacht, in drei verschiedenen Rottönen, miteinander verflochten, unter riesigen Glasglocken, die auf goldenen Säulen thronen. Was meinen Sie?«

Edward hatte absolut keine Meinung zu dem Thema. Er wollte etwas antworten und kratzte all seinen Enthusiasmus zusammen. Viel war es nicht. »Ich weiß nicht genau, aber wenn Sie meinen. Diese Ar… diese … Lilien sind bestimmt schön. Ja, bestimmt.« Er wollte die Diskussion nicht in die Länge ziehen, sonst hätte er Pierre gesagt, wo er sich seine Lilien hinschieben konnte, nämlich in den Ar…

»*Arum*, mein Lieber, Arum«, sagte Pierre in unglaublich herablassendem Tonfall.

Edward seufzte. Er konnte sich auf nichts konzentrieren. Alles, was er tun wollte, war, sich noch einmal die DVD anzuschauen, die Jessica ihm per FedEx geschickt hatte, und Angelicas Gesicht nach Hinweisen abzusuchen. Als Jessica ihn angerufen und ihm befohlen hatte, er müsse sich Angelicas Interview auf der Stelle ansehen, hatte sie außerdem noch jede Menge völlig unverständliches Zeug gestammelt, und jetzt wusste er gar nicht mehr, wo oben und unten war. Sein Kopf fühlte sich an, als würde er jeden Augenblick platzen. Sie wollte heiraten. Eine schier unerträgliche Vorstellung. Nicht nur das. Sie schien endlich seiner Bitte nachgekommen zu sein und mit Jessica darüber gesprochen zu haben, warum sie damals weggegangen war. Jessicas Aussagen zufolge waren Angelicas Gründe durchaus stichhaltig gewesen. Und dann war da plötzlich noch dieses Gerede über irgendwelche Briefe. Für ihn ergab das alles keinen Sinn. Seine Augen wurden feucht, und er musste mit den Tränen kämpfen. Er hatte beinahe ein Drittel seines Lebens damit zugebracht, Angelica hinterherzutrauern. Er hatte keine Ahnung, wie er damit umgehen würde, sollte sich herausstellen, dass alles ganz anders hätte ausgehen können.

Plötzlich bemerkte Edward, dass Betsey ihn anstarrte. Ihr

Blick holte ihn in die Gegenwart zurück. »Äh, worum ging es?«, fragte er zerstreut. »Ach so, ja, die Blumen.«

Zwischen ihm und Betsey lief es im Moment nicht so gut. Sie waren zu der Erkenntnis gelangt, dass ihre Ehe am Ende war, und hatten gemeinsam beschlossen, sich zu trennen. Was beide überrascht hatte, war das Ausmaß der Traurigkeit, das auf den Entschluss gefolgt war. Als Betsey dann auch noch darauf bestanden hatte, sich mit dem Minimum an Unterhalt zufriedenzugeben, hatte Edward einen Stich echter Reue empfunden, obwohl er tief im Herzen wusste, dass sie das Richtige taten. Um alles ein wenig sacken zu lassen, hatten sie sich darauf geeinigt, erst nach der Party damit an die Öffentlichkeit zu gehen.

Während Pierre sich über Lüster und Lichtdesign ausließ, fragte sich Edward, ob es auf der ganzen Welt überhaupt noch jemanden gab – abgesehen von seiner entfremdeten ersten Frau und seiner Schwester Pam –, der sich daran erinnerte, dass er früher, bevor aus ihm ein reicher, berühmter Hollywoodstar wurde, Teddy Bender aus Pinner gewesen war. Dass er in einem kleinen Bungalow gehaust hatte und dass als Teenager für ihn ein Spritzer Brut Aftershave, ein Abendessen in Bernies Steakhouse und eine Party, auf der sich niemand prügelte, der Inbegriff von Luxus gewesen waren. Angelica war die Einzige, der es je gelungen war, all die unterschiedlichen Facetten seiner Persönlichkeit ans Licht zu bringen und zu lieben. Sie hatte verstanden, wieso er sich manchmal im eigenen Haus wie ein Fremder vorkam, und gleichzeitig war es für sie das Natürlichste von der Welt gewesen, dass er sich so leicht an seinen neuen, dekadenten Lebensstil gewöhnt hatte. Sie hatte ihm nicht vorgehalten, dass er Teile seiner alten Identität einfach ausgelöscht hatte, und sie hatte mit ihm über so manche albernen und haarsträubenden Auswüchse des Starlebens lachen können. Gott, wie er das vermisste. Es hatte ihm so weh getan, als Jessica ihn angefleht hatte, nach England zu kommen und Angelica von ihrer Heirat mit Graydon abzuhalten. Als würde sie auf ihn hören! Und selbst wenn – den Aussagen seiner verzweifelten Tochter zufolge fand die Hochzeit schon morgen statt. Angelica hatte sich für eine kleine Feier im privaten Kreis entschieden und alles ganz schnell organisiert. Offenbar konnte sie es gar nicht abwarten, Teenwolfs Cousin zu ehelichen. Außerdem hatte sie ihn nicht wie verabredet zurückgerufen, nachdem sie mit Jessica gesprochen hatte. Wenigstens *glaubte* er, dass sie das verabredet hatten … das hatten sie doch, oder?

»Edward, Pierre braucht deine Entscheidung wegen des Lichts«, sagte Clare und riss ihn aus seinen Gedanken.

»Ich zeige Ihnen, was ich meine«, säuselte Pierre und gestikulierte theatralisch mit den Händen. »Kommen Sie, wir ziehen mein Moodboard zu Rate.«

»Moodboard?«, murmelte Edward trübsinnig in Clares Richtung, während Pierre seinen Untergebenen Anweisungen zubellte.

»Hier«, sagte Pierre, als sein überarbeiteter Assistent eine Staffelei aufbaute. Schwungvoll blätterte er ein A3-Blatt um. »Was meinen Sie?«, fragte er und stach mit einem reich beringten Finger auf das Bild eines in rotgoldenes Licht gebadeten Raums ein.

Da er spürte, dass Edward auch dazu keine Meinung hatte, wandte sich Pierre an Betsey, die eine willigere Komplizin abzugeben schien.

»Ich bin begeistert«, sagte sie. »Oder, Edward?«

»Was? Ja, wahrscheinlich hast du recht«, gab er geistesabwesend zurück. »Aber ehrlich gesagt mache ich mir mehr Gedanken darum, ob auch die entsprechenden Leute hier sein werden, um das alles mit mir gemeinsam zu erleben.«

»Wen meinst du?«, fragte Betsey und kniff die Augen zusammen.

»Meine Tochter«, sagte Edward schlicht. »Wenn die Menschen nicht da sind, die einem am meisten bedeuten, spielt es da überhaupt eine Rolle, was für Blumen man hat? Was für Musik gespielt wird, was es zu essen gibt, wie die Einladungen aussehen? Natürlich nicht. Weil *nichts* anderes dann noch eine Rolle spielt.« Inzwischen war er den Tränen des Selbstmitleids nahe. Hastig biss er sich auf die Finger, um dieses potentiell karrieregefährdende Debakel abzuwenden.

Pierres Lakaien hatten in ihrer Arbeit innegehalten, auf ihren Gesichtern stand blanke Verwunderung. Fing James Bond etwa wegen einer Geburtstagsparty an zu flennen?

Edward gab sich einen Ruck. Er schluckte und straffte die Schultern. Dann sagte er, so wie man es von einem berühmten Schauspieler erwartet hätte, mit sonorer Stimme: »Betsey, warum übernimmst du nicht das Ruder? Jill, kann ich dich kurz sprechen?«

»Wirklich?«, strahlte Betsey, die die einmalige Gelegenheit witterte, diesem Haus noch einmal ihren ganz persönlichen Stempel aufzudrücken, bevor sie auszog. »Oh, Pierre, wir werden so viel Spaß zusammen haben!« Bei der Trennung von Edward hatte Betsey Vernunft und Würde bewiesen, aber das hieß nicht, dass sie seine Kreditkarte nicht ein klein wenig zum Glühen bringen konnte. Pierre, der erkannte, dass diese Wende der Ereignisse auch in seinem Sinne war, klatschte vor Begeisterung in die Hände.

Edward zog sich mit Jill in die Küche zurück.

»Ich fliege nach London«, verkündete er.

»Was?« Jill stöhnte. »Nicht das schon wieder. Ich habe es dir schon mal gesagt, Jessica kommt in ein paar Tagen her, es ist also völlig unsinnig.«

»Ich fliege nicht wegen Jessica. Ich muss mit Angelica reden, und zwar sofort.«

Jill fiel die Kinnlade herunter. »Edward, bist du völlig übergeschnappt? Wieso denn das?«

»Weil es schon viel zu lange viel zu viele offene Fragen

zwischen uns gibt und ich bestimmte Dinge einfach wissen *muss*, sonst sterbe ich als Wahnsinniger. Sie sagt, sie hat mir Briefe geschrieben, Jill. Jede Woche. Wieso sollte sie so was behaupten?«

»Weil sie krank ist«, sagte Jill sofort. »Vergiss nicht, mit wem du es hier zu tun hast, Edward. Wir reden von der Frau, die dich eiskalt hat sitzenlassen. Die Frau, die beinahe deine Karriere zerstört hätte.«

»Aber was ist, wenn es einen Grund dafür gab? Was, wenn sie mir geschrieben hat, warum sie weggegangen ist, und ich habe ihre Briefe bloß nicht bekommen?«

»Das ist doch völlig unrealistisch. Sie ist eine Lügnerin, Edward, und als die Frau, die seit dreißig Jahren als Agentin an deiner Seite steht, flehe ich dich an, es nicht zu tun. Bitte. Was ist nur in dich gefahren? Das ist doch Irrsinn.«

Aber Edwards Entschluss stand fest. »Es ist zu spät. Ich fliege. Wo steckt Clare? Ich brauche einen Flug.«

35

\+ + + + Jessica konnte kaum fassen, dass ihr unausgegorener Plan tatsächlich aufgehen sollte – wenngleich auf eine ziemlich hektische, konfuse und waghalsige Art.

Sie stand am Terminal eins des Flughafens Heathrow und wartete auf ihren Vater. Er bekam eine Sonderbehandlung, das hieß, er würde die Passkontrolle getrennt von den übrigen Passagieren durchlaufen, aber danach würde er wie alle anderen im Ankunftsbereich ankommen.

Die Anspannung war nervenraubend. Für Edward und Angelica ging es jetzt um alles oder nichts. Das Einzige, was Jessica an der Sache ein wenig störte, war, dass sie nicht genau wusste, ob ihre Motive bei dem Ganzen nicht vielleicht von ihrem eigenen tiefsitzenden Wunsch überschattet waren, ihre Eltern wieder zusammenzubringen. Doch dann erinnerte sie sich daran, wie ihre Mutter versucht hatte, sie davon zu überzeugen, dass sie nichts mehr für Edward empfand, obwohl ihr die Wahrheit doch ganz deutlich im Gesicht gestanden hatte. Ihr Vater war sogar noch leichter zu durchschauen. Ihr ganzes Leben lang hatte Jessica gespürt, wie schwer es für ihn war, auch nur Angelicas Namen zu hören, daher hatte sie immer schon den Verdacht gehegt, dass ihm noch etwas an seiner Exfrau lag. Jede Freundin, die Edward je gehabt hatte, war eifersüchtig auf Angelica gewesen, obwohl sich die beiden nach der Trennung nie mehr gesehen hatten. Das sagte doch alles.

In Jessicas Augen war Graydon lediglich ein Hindernis, das es zu beseitigen galt. Es war völlig ausgeschlossen, dass ihre Mutter den Rest ihres Lebens mit jemandem verbringen wollte, der so durch und durch verabscheuungswürdig war. Aber selbst wenn sie recht hatte und ihre Eltern tatsächlich noch ineinander verliebt waren – wäre es dann nicht besser, sie fänden aus eigenem Antrieb wieder zusammen und nicht nur, weil ihre Tochter es wollte? In diesem Moment allerdings erspähte sie ihren Vater, dessen entschlossener Gesichtsausdruck ihr ein für alle Mal signalisierte, dass das Ganze kein Hirngespinst war: Hier kam ein Mann, der seine Frau nie vergessen hatte. Ein Mann auf einer Mission.

»Jessica!«, rief er laut. Er kam auf sie zugeeilt, aufgeregt wie ein junger Hund und gefolgt von einer übernächtigt wirkenden Clare, und mit einem Mal waren all ihre Zweifel verflogen. Ihren Vater nach so langer Zeit wiederzusehen gab ihr denselben Kick wie ein dreifacher Espresso.

Sie vergaß alle Vorsicht. »Daddy!«, kreischte sie und warf sich in seine ausgestreckten Arme. Der Rest der Begrüßung versank im Chaos. Ganz in der Nähe warteten einige Fotografen auf die Ankunft von Victoria Beckham, und erst einer, dann ein zweiter, dann ein dritter wurde auf die beiden aufmerksam, bis schließlich ein wahres Blitzlichtgewitter über sie niederging. Jessica erschrak. Auf keinen Fall wollte sie, dass ihr Gesicht in irgendwelchen Klatschblättern abgedruckt wurde, wo sämtliche Kollegen – einschließlich Paul – es sehen konnten. Sie zog sich die Jacke über den Kopf, packte ihren Vater fest bei der Hand und hoffte auf ein Wunder.

Irgendwann musste der Sicherheitsdienst alarmiert werden, um den Tumult aufzulösen, und Clare gelang es, Edward und Jessica in ein wartendes Taxi zu bugsieren. Sobald sie darin saßen und die Menge sich zerstreut hatte, brach Jessica in übermütiges Gelächter aus, während Clare so heftig mit den Augen rollte, dass es aussah, als würden die Augäpfel jeden Moment aus ihren Höhlen fallen. »Ich habe dir doch gesagt, du sollst *dich unauffällig verhalten.*«

»Hihi«, gluckste Edward vergnügt. »Ach, ein bisschen Chaos dann und wann hat noch niemandem geschadet, oder? Jetzt schau nicht so finster, Clare. Davon kriegst du Falten. Und was dich angeht«, wandte er sich an Jessica, die neben ihm auf der Rückbank saß, »komm her und drück deinen alten Vater.« Er umfing sie mit seinen starken, vertrauten Armen. »Du hast mir so gefehlt.«

»Du mir auch, Dad«, sagte Jessica. »Ich hoffe nur, sie haben mich nicht erwischt.«

»Bestimmt nicht«, beruhigte Clare sie. »Du hast sofort reagiert. Aber wahrscheinlich wird man dich jetzt für Edwards geheimnisvolle neue Flamme halten.«

»Igitt!«, lachte Jessica.

»Bäh«, pflichtete Edward ihr bei.

Kaum dass sie losgefahren waren, begann Edward seine Tochter mit einer ganzen Flut an Fragen zu überschütten. »Also, du Rabenaas, ich will alles wissen. Was hast du angestellt? Wieso glaubst du, dass deine Mutter überhaupt mit mir reden wird? Hat sie dir irgendwas Näheres über die Briefe erzählt? Wer ist dieser Paul, von dem du ständig redest? Würde ich ihn mögen, und wann kommst du denn nun endlich zurück nach Hause? Was ist?«, fragte er, als Jessica resigniert den Kopf schüttelte. »Mach nicht so ein Gesicht. Hast du überhaupt eine Ahnung, was dein armer alter Herr in den letzten Monaten wegen dir alles durchgemacht hat? Ich habe kaum geschlafen. Ich hasse es, wenn du weg bist, und ich hasse es, wenn ich nicht weiß, was Sache ist.«

»Wem sagst du das«, meinte Jessica. »Pass auf, alles, was ich weiß, ist, dass Mom auf keinen Fall Graydon heiraten darf. Sie liebt ihn nicht. Aber wir haben nicht viel Zeit. Zu dumm, dass du keine frühere Maschine erwischen konntest. Die Hochzeit ist um drei, und wir müssen noch bis nach Chelsea. Mom hat mich heute Vormittag schon viermal angerufen, und ich musste ihr irgendein Lügenmärchen auftischen, weshalb ich nicht früher bei ihr sein konnte.«

»Okay.« Edward sah auf einmal schrecklich nervös aus. »O Gott, ich bin mir immer noch nicht sicher. Woher willst du wissen, dass sie mit ihm nicht glücklich ist?«

»Dad, der Mann ist ein Hornochse. Er kann nicht mal ein Ei legen, ohne sich dabei komplett auszuziehen. Außerdem hast du die Show doch selbst gesehen. Hör auf deinen Instinkt.«

»Was soll das heißen, er kann kein Ei legen, ohne –«

»Außerdem hat Mom mir gesagt, er bringt sie nicht zum Lachen.«

»Wirklich?« Plötzlich war Edwards Stimme wieder voller Hoffnung.

Der Verkehr floss zäh dahin, aber da sie so in ihre Wiedersehensfreude versunken waren, dauerte es eine Weile, bis sie merkten, wie langsam sie vorwärtskrochen. Irgendwann jedoch ließ sich diese Erkenntnis nicht länger vermeiden.

»O Mann, ich weiß nicht, ob wir es überhaupt rechtzeitig schaffen werden«, sagte Jessica beunruhigt, als sie erneut an eine Baustelle kamen. Es war zwanzig vor drei, und sie hatten gerade erst die King's Road erreicht.

Edward saß wie auf glühenden Kohlen. Er war nicht den ganzen weiten Weg geflogen, um so kurz vor dem Ziel zu scheitern. Er *musste* Angelica sehen und sie nach den Briefen fragen. Jessica hatte recht, sie durfte diesen Graydon nicht heiraten, wenn auch nur die geringste Möglichkeit bestand, dass er nicht der Richtige für sie war. Diskret zupfte er den Schritt seiner Hose zurecht. Der Gedanke daran, seine Exfrau nach all den Jahren leibhaftig wiederzusehen, stellte komische Dinge mit ihm an – genauer gesagt mit seinem Blut, das sich entschlossen auf den Weg in Richtung Lendengegend gemacht hatte. Es war wirklich erstaunlich. Das Telefonat mit Angelica schien diverse Körperteile aus dem Winterschlaf geweckt zu haben. Als die Ampel vor ihnen auf Rot umsprang, hielt er es nicht länger aus.

»Ich glaube, ich sollte aussteigen«, meinte er voller Ungeduld.

»Und dann?«, fragte Jessica.

»Schlage ich mich zu Fuß durch.«

Der Fahrer drehte sich um. »Hab schon drauf gewartet, dass James Bond so was sagt.«

»Bist du sicher?«, warf Clare dazwischen. »Vielleicht sieht man dich, oder du wirst von Fans belästigt, und außerdem trägst du *Slipper*.«

Edward hatte mit seinem Jetlag zu kämpfen, und das Flugzeugessen stieß ihm sauer auf, aber er war Schauspieler und hatte einen Ruf zu verlieren. Der Fahrer hatte recht: Er war James Bond, Teufel noch mal. Seit wann hockte 007 in einem Taxi und ließ sich von einem Verkehrsstau davon abhalten, die Liebe seines Lebens zurückzuerobern?

»Los geht's«, sagte Edward entschlossen, nicht zuletzt um sich selbst von der Richtigkeit seines Tuns zu überzeugen. Zugegeben, es würde ein wenig knifflig werden, auf dem überfüllten Gehsteig einen Sprint hinzulegen, außerdem hatte er nach der langen Reise ungefähr so viel Lust darauf wie auf einen rostigen Nagel im Auge – aber was sein musste, musste sein. Jessica und Clare sahen besorgt zu, wie Edward die Tür aufstieß und sich zwischen den anderen Autos hindurchschlängelte, um auf den Gehsteig zu gelangen.

»Dad!«, rief Jessica aus dem Fenster. Sie war sich nicht sicher, ob seine Entscheidung wirklich klug gewesen war.

»Bezahlst du den Fahrer, Jess, oder soll ich das machen?«, rief er. Inzwischen war er in einen leichten Trab gefallen. Die Ampel war auf Grün umgesprungen, so dass er nun neben dem Taxi herrannte, das immer noch im Scheckentempo vorwärtskroch. Edward war hin- und hergerissen. Vielleicht sollte er doch wieder einsteigen? Das wäre wirklich Pech, wenn der Stau sich jetzt auflöste und das Taxi am Ende schneller war als er. Als er sein Tempo beschleunigte, musste er rülpsen und bereute, vorher nicht noch schnell ein Rennie genommen zu haben. Darüber hinaus entfuhr ihm aufgrund der Anstrengung ein leiser Darmwind. Dann noch einer und noch einer, bis er klang wie ein mit Luft geladenes Maschinengewehr. »Vielleicht sollte ich doch lieber wieder einsteigen?«, rief er Jessica zu.

»Nein, lauf weiter!«, schrie sie zurück, da sie gesehen hatte, dass ein Stück weiter vorn der Verkehr erneut zum Stehen gekommen war.

Also gut, dachte Edward und ignorierte die Blicke, die einige der Passanten ihm zuwarfen. Ganz offensichtlich hatte man ihn erkannt. Zehn vor drei. Es ging um die Wurst. Genau in dem Moment schoss ein Bus die freie Busspur entlang, bevor er an der Haltestelle etwa hundert Meter vor Edward zum Stehen kam. Es war die Linie vierzehn, und wenn er sich recht erinnerte, fuhr sie genau bis zum Rathaus von Chelsea. »Halt!«, schrie er und setzte zum Sprint an. Der letzte Fahrgast stieg gerade ein.

»Haaaaalt!«, rief er – vergebens. Gerade als er den Bus erreicht hatte, fuhr dieser an.

»Verflucht«, japste Edward. Er war bereits völlig außer Atem, aber so schnell würde er sich nicht geschlagen geben. Er mobilisierte seine letzten Kraftreserven und nahm die Verfolgung auf. Der Bus war nicht weit gekommen, da er sich in den fließenden Verkehr einfädeln musste. In einem schier übermenschlichen Kraftakt kam Edward bis auf Haaresbreite an die weiße Haltestange auf der hinteren Plattform heran, aber dann fuhr der Bus erneut los. Wenn er nur … ein Stückchen … weiter … Edward streckte die Finger aus und hätte es fast geschafft. Er war so dicht dran, so dicht. Mit einer letzten unglaublichen Anstrengung gelang es ihm schließlich, die Stange zu packen, aber gerade als er die Finger darum schloss, beschleunigte der Bus. Er kam nicht mehr dazu, sich auf die Plattform zu schwingen, sondern verlor den Halt und stürzte, so dass er vom Bus über den Asphalt geschleift wurde.

»Aaaaarghhh!«, brüllte er vor Schmerz.

Währenddessen musste Jessica, die nur wenige Meter weiter hinten im Taxi saß, alles hilflos mit ansehen. Ihr armer Vater. Wie … *peinlich*. Inzwischen war ihr Taxi ein gutes Stück an den Bus herangekommen und holte immer weiter auf, so dass die ganze Tortur darüber hinaus auch noch vollkommen unnötig war. Clare schien in eine Schockstarre gefallen zu sein, also war es an Jessica, sich aus dem Fenster zu lehnen und zu schreien: »Jemand sag dem Fahrer, er soll anhalten! Mein Dad! Mein Dad!«

Hören konnte sie keiner der Fahrgäste, aber zum Glück besaß eine alte Dame die Geistesgegenwart, endlich den Busfahrer darüber in Kenntnis zu setzen, dass er einen Mann mitschleifte. Entsetzt trat dieser auf die Bremse – und zwar so heftig, dass der geschundene Edward unter den Bus geschleudert wurde. Jessica, Clare, der Taxifahrer, die Buspassagiere sowie hunderte von Passanten hielten den Atem an. Einige hatten vor Schreck die Hände vors Gesicht geschlagen, während sie darauf warteten, ob der arme Mann wieder unter dem Bus hervorkriechen würde.

»O mein Gott, Dad«, hauchte Jessica. Der Taxifahrer hielt auf der Busspur an, und Jessica sprang aus dem Wagen. Als sie auf den Bus zurannte, dicht gefolgt von Clare, betete sie inbrünstiger, als sie je zuvor in ihrem Leben gebetet hatte. Glücklicherweise wurde sie erhört. Als sie noch etwa zehn Meter entfernt war, sah sie Edwards Hände unter dem Bus auftauchen. Taumelnd kam er auf die Beine. Die Schaulustigen brachen in Jubel aus. Ganz der Profi, nickte Edward huldvoll und verbeugte sich in die Runde. Dabei hielt er seine aufgeschürften Hände hoch, wie um zu sagen »Das sind nur Kratzer«. Erst jetzt wurde den Leuten klar, wer da vor ihnen stand. Ein Raunen ging durch die Menge.

Edwards rechte Seite war staubverkrustet, sein Hemd hing in Fetzen, und sein Körper war mit Schürfwunden übersät. Er fühlte sich, als wäre er in einen Häcksler gefallen, aber weitaus beunruhigender als alle Schmerzen war die Erkenntnis, dass er jetzt vielleicht nicht mehr rechtzeitig kommen würde, um Angelicas Hochzeit zu verhindern.

»Geht's Ihnen gut?«, erkundigte sich der Busfahrer. Er war von seinem Fahrersitz geklettert und nach hinten gekommen, um sich ein Bild von der Lage zu machen, aus Angst, man könne ihn verklagen.

»Alles bestens«, log Edward und klopfte sich mit schmerzverzerrtem Gesicht den Staub ab.

»Ich werd verrückt, das ist ja Pierce Brosnan! Wieso fahren Sie überhaupt mit dem Bus? Freut mich sehr, Sie kennenzulernen, kann ich ein Autogramm haben?«

»Ich fürchte, ich habe keinen Stift bei mir, und außerdem bin ich nicht … Ich meine, es freut mich auch außerordentlich«, korrigierte Edward sich hastig. Sollte Pierce die Suppe hier ruhig für ihn auslöffeln. »Also, wenn Sie nichts dagegen haben, ich muss noch was erledigen.«

»Na klar. Dann viel Glück. Sie wissen ja, wir stehen hinter Ihnen.«

Erneut jubelten die Buspassagiere. Die Leute klebten förmlich an den Scheiben und filmten alles mit ihren Handys. Als Clare endlich dazukam, stöhnte sie laut auf. Jessica wusste, warum. In einigen Stunden würde man die Szene in ihrer ganzen Herrlichkeit auf YouTube sehen können.

Edward allerdings hatte dringendere Sorgen. Er raffte das, was noch von seiner Würde übrig war, zusammen und humpelte den Gehsteig entlang die Stufen zum Rathaus hoch. (Der einzige Vorteil des Debakels war, dass ihn der Bus direkt vor seinem Ziel abgesetzt hatte.) Sollte er Angelica nach zwanzig Jahren allen Ernstes in diesem Zustand gegenübertreten? Aber für solche Gedanken war jetzt keine Zeit.

Jessica knöpfte sich erneut die Jacke über dem Kopf zu, überließ es Clare, sich um das Chaos auf der Straße zu kümmern, und rannte hinterher.

»Wahrscheinlich hättest du doch im Auto bleiben sollen. Geht es dir gut?«, japste sie durch den Stoff ihrer Jacke.

»Ich hatte noch nie in meinem Leben so große Schmerzen, und ich glaube, meine Rippen sind gebrochen. Aber das Schlimmste ist, ich fürchte, meine ganzen Bemühungen waren umsonst. Schau auf die Uhr.«

Jessica linste oben aus dem Kragen hervor auf Edwards Rolex, deren Glas einen dicken Kratzer hatte.

Es war zehn nach drei. Immer mehr Schaulustige versammelten sich, also zog Jessica die Tür zum Gebäude auf, und sie schlüpften hinein.

»Was jetzt?«, fragte Jessica und zog sich die Jacke herunter. Sie war bitter enttäuscht und bemühte sich, nicht zu weinen.

»Tja, du solltest jetzt wohl besser gehen und dem Brautpaar deine Glückwünsche aussprechen. Ich werde warten, bis sich die Lage draußen etwas beruhigt hat, bevor ich mir Clare schnappe und sie bitte, in die nächste Apotheke zu gehen und mir eine Flasche Desinfektionsmittel zu besorgen«, sagte Edward. Er klang gefasst, aber sein niedergeschmettertes Gesicht drückte seine wahren Gefühle aus.

Genau in diesem Augenblick trat ein Mann aus einer Tür zu ihrer Rechten. Es war Graydon in vollem Hochzeitsstaat, inklusive haariger Knöchel. Von der Braut allerdings war weit und breit nichts zu sehen.

»Was zum Geier macht ihr denn hier?«, fragte Graydon, der ähnlich schlechter Laune zu sein schien wie Edward, nur sah er dabei wesentlich besser aus.

»Ich war … gerade in der Gegend«, sagte Edward. Trotz ihrer Enttäuschung musste Jessica über diese unmögliche Antwort lachen.

»Wo ist denn Angelica?«, fragte Edward. »Ich wollte … Ihnen beiden gratulieren.«

»Gratulieren, mein Arsch«, brodelte Graydon. »Wagen Sie es ja nicht, sich über mich lustig zu machen!«

»Im Ernst, wo ist Mom?«, fragte Jessica, die sich plötzlich ernsthafte Sorgen um das Wohl ihrer Mutter machte. Graydons aalglatte Art war verschwunden, und er sah geradezu ein bisschen wahnsinnig aus.

»Im Claridge's«, knurrte er und funkelte die beiden hasserfüllt an.

»Was soll das heißen?«

»Sie hat mich sitzenlassen! Und tut gar nicht erst so, als wüsstet ihr nicht, weshalb«, fauchte er.

»Ganz ehrlich, ich habe keine Ahnung«, sagte Edward. »Also, warum erzählen Sie mir nicht alles von Anfang an, ich würde wirklich gerne Ihre Meinung zu der Sache hören …«

»Tja, Jessica, dass du nicht gekommen bist, war schon schlimm genug – aber das war nur die Spitze des Eisbergs. Ihre Tochter hat Angelica einen Floh ins Ohr gesetzt und sie völlig durcheinandergebracht«, fügte er, an Edward gewandt, hinzu. Er sprach, als wäre Angelica senil.

Jessica unterbrach ihn. »Hör mal, ich will mich nicht mit dir streiten, aber wir wissen beide, dass du Mom zu der Hochzeit gedrängt hast. Deswegen kann ich auch nicht behaupten, dass es mir leidtäte, dass nichts draus geworden bist.«

»Deine Ansichten interessieren mich nicht im Geringsten«, erwiderte Graydon eisig.

»Ach, jetzt mach nicht so ein Drama«, sagte Jessica wegwerfend. Sie hatte langsam genug von Graydon, und ihr war klargeworden, dass es nun, da die Hochzeit vom Tisch war, keinen Grund mehr gab, nett zu ihm zu sein. »Du tust gerade so, als hätte dich die Liebe deines Lebens verlassen, dabei stimmt das doch gar nicht. Du hast immer noch dich. Du solltest dich selbst heiraten.«

»Du kleines Miststück«, spie Graydon, der vor Wut regelrecht Zuckungen bekam. »Was fällt dir ein?«

»So redet niemand mit meiner Tochter, du Scheißkerl«, drohte Edward.

»Leck mich«, gab Graydon zurück.

»Leck dich gefälligst selbst«, sagte Edward, bevor er ihm die Faust gegen die Nase rammte.

36 + + + + Eine halbe Stunde später stand Edward Granger vor der Tür zu Angelicas Penthouse-Suite. Dies war der Augenblick, von dem er seit mehr als zwei Jahrzehnten geträumt hatte, und nun wagte er kaum zu glauben, dass er tatsächlich gekommen war. Er hatte Todesangst. Sein Mund war trocken, und das Herz hämmerte in seiner Brust, aber am allerschlimmsten war die Unsicherheit über sein Aussehen. Bei ihrer letzten Begegnung war er ein junger Mann gewesen, blond mit nur einem Hauch von Grau in den Haaren und zwanzig Pfund leichter. Er hatte voll im Saft gestanden. Außerdem hatte er nicht ausgesehen, als wäre er von einem Bus mitgeschleift worden. Er hatte die Hand bereits zum Klopfen erhoben, doch dann ließ er sie wieder sinken. »Ich weiß nicht. Was, wenn …?«, sagte er an Jessica gewandt, die hinter ihm stand.

»Also, jetzt reicht's mir aber«, zischte diese, gerade als ein Zimmermädchen über den Flur kam. Sie blieb vor Angelicas Tür stehen und sah die beiden fragend an.

»Edward Granger«, sagte Jessica, als würde das alles erklären.

»Oh!«, antwortete das Zimmermädchen aufgeregt. »Möchten Sie hier rein?«

»Ja, das möchte er. Aber es soll eine Überraschung sein. Dürften wir uns daher vielleicht Ihren Schlüssel ausborgen?«

»Also, ich weiß nicht recht«, meinte das Zimmermädchen zögerlich.

Edward schenkte der Frau sein bestes Filmstarlächeln, woraufhin die prompt zu dem Schluss kam, dass die berühmte Bewohnerin der Suite diesen mit Rollsplitt panierten Mann liebend gern empfangen würde. Ruhm öffnete einem alle Türen, dachte Edward, als sie ihm die Schlüsselkarte aushändigte.

»Na los«, drängte Jessica. »Ich warte hier draußen.«

Edward holte tief Luft, steckte die Schlüsselkarte in den Schlitz und öffnete die Tür.

»Hallo«, sagte er.

Angelica stand mit dem Rücken zu ihm vor einem mannshohen Spiegel. Beim Klang seiner Stimme fuhr sie herum. Edward wurde klar, dass sie sich gerade kritisch im Spiegel betrachtet hatte, und seine Unsicherheit verflog.

»Edward! Ich wollte gerade …« Sie errötete.

Edwards Herz klopfte, als sie sich zum ersten Mal seit mehr als zwanzig Jahren gegenüberstanden. Gott, sie war schön. Es tat so gut, sie zu sehen. Sie sah immer noch genauso umwerfend aus wie früher.

»Falls es dich tröstet, ich habe Ewigkeiten gebraucht, um mich zu entscheiden, welches Hemd ich heute anziehen soll, und dann habe ich es ruiniert, weil ich von einem Bus mitgeschleift wurde.«

Angelicas Haltung entspannte sich. Sie sah scheu zu ihrem Exmann auf und schenkte ihm ein Lächeln, bei dem er vor lauter Wehmut ganz zittrig wurde. Sie hatte keine Ahnung, von welchem Bus er redete, aber er schaffte es immer noch spielend, ihr die Befangenheit zu nehmen. Eine bewundernswerte Eigenschaft.

»Wie seltsam«, meinte sie verhalten in ihrem französisch gefärbten Englisch. »Ich habe dich seit so vielen Jahren nicht gesehen, und doch fühlt es sich an, als wäre es erst gestern gewesen.«

»Ich weiß genau, was du meinst«, sagte Edward. »Ach, übrigens, darf ich reinkommen?«

»Du bist doch schon drin«, erwiderte sie.

Ein gehemmtes Schweigen folgte, wie es so oft der Fall war, wenn es viel zu sagen gab.

Irgendwann brach Angelica es und sagte: »Du blutest ja.«

»Ach, wirklich?«, fragte Edward erschrocken. »Du hast recht«, meinte er schließlich, nachdem er die Tropfen gesehen hatte, die auf den hellen Teppichboden fielen. »Halb so schlimm. Nur ein Kratzer«, fügte er hinzu, obwohl in Wahrheit nur noch das Adrenalin in seinem Körper zwischen ihm und einer Fahrt zur Notaufnahme stand.

»Ah«, machte Angelica und sah ihn unschlüssig an. »Also, vielleicht solltest du wenigstens das zerrissene Hemd ausziehen? Es ist voller Splitt. War das dein Ernst mit dem Bus?«

»M-hm«, sagte Edward und errötete bis an die Haarwurzeln. Mit einem Mal fühlte er sich nicht mehr wohl in seinem Körper. Auf keinen Fall durfte sie seine schlaffe Brust zu sehen bekommen.

Angelica nahm den Telefonhörer ab, um das Housekeeping

anzurufen. »Hallo? Könnten Sie bitte ein Männerhemd in meine Suite bringen lassen? Kragenweite zweiundvierzig.«

»Achtundvierzig«, warf Edward voller Scham ein. War sein Kinn mit den Jahren wirklich so viel breiter geworden?

»Achtundvierzig. *Merci.*« Sie legte auf. »Möchtest du solange einen Bademantel überziehen?«

»Einen Bademantel«, wiederholte Edward, der diesen Vorschlag ganz ausgezeichnet fand. »Im Badezimmer hängt einer, nicht wahr? Ich hole ihn«, sagte er und eilte ins Bad. Kurze Zeit später tauchte er wieder auf. »Ich habe mir diesen Moment so oft vorgestellt, aber einen Damenbademantel hatte ich dabei nie an«, meinte er trocken.

Angelica unterdrückte ein Lachen.

»Es ist schön, dich zu sehen, Ange«, sagte er, und seine Miene war plötzlich ganz ernst.

»Warum hast du nicht auf meine Briefe geantwortet?«, wollte sie wissen. Es war die eine Frage, über deren Antwort sie den Großteil ihres Lebens nachgedacht hatte.

Edward schüttelte den Kopf. »Ich habe nie einen Brief von dir bekommen.«

»Nicht *einen* Brief«, sagte Angelica, deren Stimme vor unterdrückten Gefühlen bebte. »Viele Briefe, Edward. Ich habe dir hunderte Briefe geschrieben, *hunderte*. Darin habe ich dir alles erklärt und dich um Verzeihung angefleht.«

»Schwöre bei Jessicas Leben, dass du sie geschrieben hast.«

In Angelicas Augen blitzte der Zorn. »Wie kannst du es wagen, mich zu beleidigen? Reicht es nicht, dass ich all die Jahre mit deinem Schweigen leben musste? Mit dem Gedanken, dass ich dich so sehr verletzt hatte, dass du mir nicht vergeben konntest? Mit dem Wissen, dass ich das Einzige, was mir je etwas bedeutet hat, zerstört hatte? Natürlich schwöre ich es bei Jessicas Leben. Und bei meinem eigenen.«

»Hast du mir nicht zugehört? Ich habe sie nicht bekommen«, wiederholte Edward. »Und stell dir vor, Ange, du bist nicht die Einzige, die verletzt ist. *Du* hast einfach deine Sachen gepackt und bist abgehauen. In einer Minute warst du noch da – meine ganze Welt –, und in der nächsten warst du weg. Du hast es nicht mal für nötig befunden, vorher mit mir zu reden. Jessica hat behauptet, du seist krank gewesen. Ist das wahr? Denn wenn es wahr ist, dann begreife ich nicht, warum du es mir nicht einfach gesagt hast.«

»Das habe ich doch!«, entgegnete Angelica, die jeden Rest an Selbstbeherrschung über Bord geworfen hatte. »Oder wenigstens habe ich es versucht, aber du hast immer nur gemeint, das würde schon werden, ich solle mir keine Sorgen machen, ich würde mehr Hilfe bekommen. Ich solle nicht alles so schwarz sehen. Nur dass das nicht die Hilfe war, die ich gebraucht hätte, Edward. Ganz ehrlich, ich war ernsthaft psychisch krank. Mit ›Sieh nicht alles so schwarz‹ war es da nicht getan.«

»Also gut«, sagte Edward, dem eine einsame Träne übers Gesicht lief. »Das verstehe ich. Aber wie konntest du unser Kind im Stich lassen? Ange, sie war drei. Ich habe mich jahrelang abgerackert, um ihr Vater *und* Mutter zu sein, und konnte mich an niemanden wenden, weil der eine Mensch, der mir hätte helfen können, mich im Stich gelassen hatte. Du warst nicht die Einzige, der es dreckig ging, lass dir das gesagt sein. Ich habe dich so sehr vermisst, dass es weh getan hat. Es hat höllisch weh getan.«

Angelica ließ beschämt den Kopf hängen. Die Wut schien aus ihrem Körper gewichen, und sie sank niedergeschlagen auf dem Bett zusammen. »Es tut mir leid«, sagte sie mit einer Stimme, die so dünn war, dass Edward sie nur mit Mühe verstehen konnte.

»Und warum hast du nicht angerufen?«, wollte er wissen.

»Weil du deutlich gemacht hast, dass du nicht mit mir sprechen wolltest. Also habe ich es irgendwann seinlassen.«

»Nein, nicht damals. Ich meine heute – neulich. Ich dachte, du wolltest dich melden, sobald du mit Jessica gesprochen hast, aber das hast du nicht getan.«

»Ich hatte nicht das Gefühl, dass du es wolltest.«

Edward schüttelte frustriert den Kopf. Wie hatten sie nur alles so vermasseln können?

»Noch mal zu diesen Briefen«, meinte er schließlich. »Was glaubst du, warum sind sie nie bei mir angekommen?«

Zunächst zuckte Angelica lediglich mit den Schultern, aber sie hatte Jahre damit zugebracht, über genau diese Frage nachzugrübeln, also konnte sie schließlich der Versuchung nicht widerstehen, Edward an ihrer Vermutung teilhaben zu lassen. »Ich dachte … vielleicht Pam?«

»Pamela? Aber warum sollte sie –«

»Sie hat mich nie gemocht«, fiel Angelica ihm ins Wort. »Und sie konnte einfach nicht begreifen, warum es mir so schlecht ging, obwohl ich alles hatte, was man sich nur wünschen konnte. Außerdem hat sie sich immer ein Baby gewünscht und konnte keins bekommen …«

Edward schüttelte energisch den Kopf. Was Angelica da sagte, war völlig undenkbar. »Nein, ich kann nicht glauben, dass Pam so hinterhältig sein könnte.«

»Fällt dir sonst jemand ein?«

»Ich weiß nicht, aber Pam war es bestimmt nicht. Sie hat doch gesehen, wie dreckig es mir ging. So was hätte sie mir niemals angetan.«

Angelica hob kaum merklich die Schultern. Wenn er ihre Theorie nicht einmal in Erwägung ziehen wollte, hatte ihr Gespräch vielleicht doch keinen Sinn.

Edward sah Angelica unterdessen einfach nur an. Jede Einzelheit nahm er in sich auf. Sie war umwerfend, im wahrsten Sinne des Wortes.

»Was ist?«

»Nichts. Es ist bloß so merkwürdig, dich nach all den Jahren wiederzusehen. Ich fühle mich fast wieder jung.«

»Jetzt fang bloß nicht an, dich über dein Alter zu beschweren.« Angelica musste wider Willen lächeln. »Du bist ein Mann. Für euch ist das Altern doch viel unkomplizierter als für uns Frauen.«

Aber Edward ließ sich von ihren Worten nicht täuschen. »Unsinn, Ange. Ich habe deine neuen Filme gesehen. Du fühlst dich wohler in deiner Haut als jemals zuvor. Und du bist immer noch wunderschön.«

Angelica erschauerte. Zu hören, wie er sie ›Ange‹ nannte, war aufregend und löste eine Woge der Wehmut in ihr aus. Ebenso aufregend war es zu hören, dass er ihre Filme gesehen hatte. Sie war immer davon ausgegangen, dass er sie komplett aus seinem Leben getilgt hatte, als hätte es sie nie gegeben. Anscheinend war dem nicht so. Sie schenkte ihm ein zaghaftes Lächeln.

»Aber warte, über so was reden wir ja nicht, stimmt's?«, sagte er nun. »Ich berichtige mich: Du bist immer noch ungemein klug und ein interessanter Gesprächspartner.«

Angelica warf den Kopf in den Nacken und lachte tief aus dem Bauch heraus. Es war eine Anspielung auf einen uralten gemeinsamen Scherz. Kurz nachdem sie zusammengekommen waren, hatte Edward auf einer Party in Hollywood einmal verkündet, er wolle zählen, wie oft die Leute seiner bildhübschen neuen Freundin ein Kompliment über ihr Aussehen machten. Das Ergebnis: Man attestierte Angelica unfassbare neunundfünfzig Mal, sie sei »wunderschön«, »atemberaubend«, »hinreißend« und »bezaubernd«. Kein Wunder also, dass solche Komplimente sie nie sonderlich beeindruckt hatten. Später am selben Abend, als sie schon im Bett lagen, hatte Angelica ihm gestanden, sie habe sich in ihn verliebt, weil er ihr eines Tages am Set gesagt habe, wie witzig er sie finde. Daraufhin sei sie vor Dankbarkeit fast in Tränen ausgebrochen.

»Verstehst du?«, hatte sie gesagt und sich eng in Edwards Arme gekuschelt. »Wenn man schön ist, will man nichts so sehr, wie dass jemand einem sagt, dass man klug ist oder geistreich oder eine tolle Persönlichkeit hat. Nur ein wirklich intelligenter Mann versteht, dass er, um bei einer schönen Frau Eindruck zu machen, ihre Klugheit loben muss. Umgekehrt möchte eine unscheinbare Frau, die alle mit ihrem Witz und ihrem Tiefsinn besticht, in Wirklichkeit nur hören, dass sie schön und begehrenswert ist. So einfach ist das.«

Lachend meinte sie nun: »Das Traurige ist, dass ich genau weiß, dass meine Schönheit schwindet, weil ich mich inzwischen über jedes Kompliment freue, das ich bekomme.«

Auch Edward musste lachen. »Das Gefühl kenne ich.«

Angelica sah ihn an, und als sich ihre Blicke trafen, wurden ihre Mienen ernst. Eine Spannung lag zwischen ihnen in der Luft. Ohne nachzudenken, griff Angelica nach seiner Hand. »Du musst dir keine Sorgen machen, Edward. Du bist immer noch der schönste Mann, den ich je gekannt habe.«

Die Berührung war wie ein elektrischer Schlag. Edwards Nervenenden prickelten. Er fühlte sich wie der König der Welt. Und das obwohl er einen Damenbademantel trug …

Gefühle, die er sich seit Jahren verboten hatte, durchfluteten jeden Winkel seines Körpers, obgleich sie durchmischt waren mit einer tiefen Traurigkeit über alles, was sie verloren hatten. Außerdem verspürte er eine plötzliche, wenngleich nicht völlig unerwartete Regung in der Lendengegend. Als er in Angelicas mandelförmige grüne Augen blickte, kämpfte er gegen den fast unbeherrschbaren Drang an, die Hand auszustrecken und ihr Gesicht zu streicheln. Die Kontur dieser unvergleichlichen Wangenknochen mit dem Finger nachzuzeichnen. Sie zu küssen.

Er schluckte schwer, und bevor die Versuchung zu stark wurde, zog er die Hand zurück. Angelica entzog ihm ihre Hand genau zur gleichen Zeit, und der Augenblick war ebenso schnell vorüber, wie er gekommen war.

»Warum hast du ihn nicht geheiratet?«, fragte Edward.

»Ich liebe ihn nicht«, antwortete Angelica schlicht. Sie hatte Jahre und Jahre mit unbeantworteten Fragen gelebt, jetzt würde sie keine Zeit mehr mit Halbwahrheiten verschwenden. »Ich habe überhaupt niemanden wirklich geliebt seit dir«, gestand sie, und Edwards Magen machte einen Satz, als er erneut von dem Verlangen überwältigt wurde, sie in seine Arme zu ziehen. Es gab nichts, was er mehr wollte.

»Im Gegensatz zu mir hattest du damit ja keine Probleme«, fügte sie mit einer Spur Bitterkeit hinzu.

»Wenn du es wissen willst: Meine Ehe ist am Ende. Betsey und ich haben uns getrennt. Wir sind damit nur noch nicht an die Öffentlichkeit gegangen.«

»Oh«, sagte Angelica, die grünen Augen voller Erstaunen. »Nun ja«, fügte sie hinzu, während sie sich gleichzeitig über ihre eigenen Gefühle ärgerte. »Wahrscheinlich war sie zu jung für dich. Es tut mir leid, das geht mich nichts an.«

»Stimmt, es geht dich nichts an. Aber wahrscheinlich hast du recht. Sie ist wirklich sehr jung – allerdings nicht so jung wie die Frauen, die sie mittlerweile als meine Partnerinnen casten. Erst neulich hatte ich ein grauenhaftes Meeting mit einem Produzenten. Der Mann war absolut unausstehlich, und du glaubst nicht, wen er als meine Geliebte gecastet hat.«

»Wen?«, fragte Angelica neugierig.

»Juliana Sabatini.«

»Nein!«, rief Angelica. »Sie ist noch ein Kind!«

»Wem sagst du das? Der Blödmann hat gemeint, wir wären das perfekte Paar.« Bei der Erinnerung daran verdrehte Edward die Augen. »Ich würde liebend gerne absagen, aber Jill besteht darauf, dass ich es mache.«

»Hast du denn über deine Bedenken gesprochen?«

»O ja«, sagte Edward trocken. »Vor ein paar Tagen haben wir uns zum zweiten Mal getroffen, und der Produzent meinte bloß: ›Juliana ist eine Bombe, du solltest dankbar sein.‹ Kannst du dir das vorstellen? Dankbar! Wie ein alter geiler

Bock bei der Weihnachtsfeier? Wie ein fetter Sextourist, der junge Prostituierte aufgabelt und sich vorstellt, dass es ihnen gefällt, sich von jemandem bespringen zu lassen, der alt genug ist, um ihr Vater zu sein?«

Schockiert schlug Angelica die Hand vor den Mund.

»Ist doch so.«

»Ja, so ist es wohl«, pflichtete Angelica ihm bei und musste ein Lachen unterdrücken. Schweigen senkte sich erneut über sie.

»Na ja«, sagte Edward.

»Na ja«, echote Angelica.

»Komm zu meiner Party«, sagte Edward völlig unvermittelt.

Angelica sah ihn unsicher an.

»Hör zu.« Edwards Miene war ernst und eindringlich. »Ich sage nicht, dass zwischen uns wieder alles in Ordnung ist. Aber unsere Tochter musste jahrelang darunter leiden, dass wir nicht miteinander geredet haben, und mir ist erst vor kurzem überhaupt klargeworden, dass das nicht spurlos an ihr vorübergegangen ist. Meinst du nicht, wir sollten ihretwegen versuchen, Freunde zu sein? Oder wenigstens höflich miteinander umzugehen? Komm zu meiner Party. Ich feiere am Donnerstagabend bei mir zu Hause. Ich würde mich wirklich sehr freuen.«

Angelica schwieg. Es war eine folgenschwere Entscheidung. Der Gedanke, Leute wie Vincent und Jill wiederzusehen, jagte ihr eine Heidenangst ein, aber wie konnte sie nein sagen? Sie war es ihrer Tochter schuldig.

»Ich werde da sein«, sagte sie nur.

37 ++++ Am nächsten Morgen fielen Jessica und Paul sich in die Arme. »Ich kann gar nicht glauben, dass ich dich verlassen muss«, sagte sie und verzweifelte fast bei dem Gedanken daran. »Ich rufe dich jeden Tag an.«

»Das klingt verlockend, aber ich will nicht, dass du am Ende deine Telefonrechnung nicht bezahlen kannst«, meinte Paul und küsste zärtlich ihre Wange.

Bis es dazu kam, würde sie monatelang nonstop mit Australien telefonieren müssen, aber natürlich konnte sie seinem Einwand nicht viel entgegensetzen. Dass er aber auch immer so vernünftig sein musste!

»Ich finde es toll, dass Pam mitkommt. Mein Dad wird sich riesig freuen.« Ihr wurde ganz schwindlig, wenn sie daran dachte, was sich in den letzten Tagen alles verändert hatte. Nicht zu fassen, dass ihr Plan aufgegangen war. Ihre Mutter würde tatsächlich zu Edwards Geburtstagsparty kommen! Ihre Hoffnung, die beiden könnten irgendwann wieder mehr als nur Freunde sein, war naiv gewesen, das hatte Jessica mittlerweile eingesehen, aber sie wäre schon überglücklich, wenn sie es nur für längere Zeit miteinander im selben Raum aushielten. Es war ein Anfang, und es würde ihr Leben so viel einfacher und schöner machen.

»Wie hat Pam denn jetzt eigentlich ihre Flugangst überwunden?«, wollte Paul wissen.

»Na ja«, sagte Jessica leicht verlegen. »Sie meinte, die habe wohl damit zu tun gehabt, dass sie immer Angst hatte, irgendwas ohne Bernard zu machen, aber seit ich da bin, fühlt sie sich viel stärker. Sie sagt, dass sie das Leben jetzt wieder richtig genießen kann. Ich freue mich so für sie.«

»Das verstehe ich, und übrigens weiß ich genau, wie es ihr geht. Du wirst mir so fehlen«, sagte Paul mit belegter Stimme. Er versuchte verzweifelt, seinen Vorsatz einzuhalten und sich nicht zu fest an sie zu binden. Schließlich war dieser Abschied gewissermaßen die Generalprobe für den Tag, an dem sie wirklich einmal Lebewohl sagen müssten.

»Du mir auch«, sagte Jessica aus vollem Herzen.

Erst als sie sich im Flieger auf ihrem Platz einrichtete, merkte Jessica, wie müde sie war. Der ganze Stress der vergangenen Wochen schien sie endlich eingeholt zu haben. Sie und ihre Tante verschliefen den gesamten Flug, obschon das in Pams Fall weniger mit körperlicher Erschöpfung zu tun hatte als mit der Valiumtablette, die sie vor dem Einsteigen geschluckt hatte. Als die beiden in L. A. durch die Ankunftshalle gingen, waren sie immer noch ganz benommen vom Schlaf, aber sobald sie in der Limousine Platz genommen hatten, die Edward für sie geschickt hatte, machte die Vorfreude sie wieder munter.

»Ooh«, rief Pamela, als sie auf den Freeway einbogen. Der Sonnenschein blendete, und der blaue Himmel erstreckte sich endlos bis zum smogverhangenen Horizont. »Bin ich froh, dass ich mein Unterziehjäckchen nicht eingepackt habe.«

Jessica grinste. Es tat gut, wieder zu Hause zu sein.

Die nächsten Tage vergingen wie im Flug. Edward freute sich so sehr, seine Schwester endlich einmal auf heimischem Territorium zu sehen, dass er bei ihrer Ankunft in Tränen ausbrach (nicht, dass das irgendjemanden überrascht hätte). Ihre Anwesenheit sei das beste Geschenk, das man ihm überhaupt hätte machen können, verkündete er.

Im Laufe der nächsten Tage lief Edward geschäftig im Haus umher. Er strotzte förmlich vor Energie und organisierte auf die letzte Minute noch tausend Dinge für die Feier, und nicht einmal Pierre, der tuntigste Partyplaner, dem Jessica je begegnet war (und das wollte etwas heißen), konnte seine Laune trüben. Es war schwer, sich nicht von Edwards Ausgelassenheit anstecken zu lassen.

Nach allem, was Jessica in den letzten Wochen erlebt hatte, war es Balsam für ihre Seele, wieder im sonnigen Malibu zu sein. Zum ersten Mal seit langer Zeit fühlte sie sich wirklich sorgenfrei, auch wenn Edward sie ständig damit löcherte, wann sie denn nun gedachte, endgültig nach Hause zu kommen.

»Ich weiß noch nicht, Dad«, sagte sie zum ungefähr neunzehnten Mal beim Mittagessen. Edward hatte Consuela den Tag freigegeben und den Grill angeworfen. »Das kommt drauf an, was mit Diane wird. Und mit Paul.«

»Ah«, sagte Edward, während er ein Hähnchenbrustfilet etwas zu brutal mit seiner Grillzange bearbeitete. »Der berühmte Paul, der nicht mal weiß, dass es mich gibt. Ist dir eigentlich klar, wie weh das tut?«

»Nimm's nicht persönlich«, sagte Jessica und versuchte, nicht über Edwards Schmollmund zu lachen. »Ich werde es ihm bald sagen. Andererseits werden wir uns in absehbarer Zukunft wahrscheinlich sowieso trennen. Fernbeziehungen sind meist zum Scheitern verurteilt.« Sie erschauerte innerlich bei diesen Worten und weigerte sich, in Betracht zu ziehen, dass sie tatsächlich wahr sein könnten. »Aber falls ihr euch doch mal kennenlernen solltet, hoffe ich, dass du ihn genauso sehr magst wie ich.«

»Ich dachte, dass du inzwischen vielleicht genug hast vom Leben als Normalsterbliche.«

»Ganz ehrlich? Es gibt Dinge, dir mir richtig auf den Wecker gehen. Das Wetter in London ist vollkommen unberechenbar, und jeden Tag mit der U-Bahn zu fahren macht auch nicht mehr so viel Spaß wie am Anfang. Ich kann mir gar nicht mehr vorstellen, dass ich das mal aufregend fand. Ich fühle mich so ungesund wie seit Jahren nicht und war noch nie so urlaubsreif wie jetzt. Ich habe acht Pfund zugenommen und bin mit meinen Kräften völlig am Ende, aber weißt du was? Zum ersten Mal in meinem Leben habe ich das Gefühl, ausgefüllt zu sein. Und dass Urlaub etwas ist, was man *braucht*, ist eigentlich der Normalfall, oder?«

»Wenn man es so sieht …«, meinte Edward zweifelnd.

»Im Ernst, Dad, nach England zu gehen war das Beste, was ich je gemacht habe. Endlich habe ich einen Plan. Allein eine Arbeit zu haben, bei der man jeden Tag erscheinen muss, gibt meinem Leben Sinn. Zugegeben, manchmal ist es ziemlich anstrengend, und mir ist klar, dass ich immer noch nicht weiß, wie es ist, es wirklich schwer zu haben im Leben, aber wenigstens habe ich bewiesen, dass ich mehr kann als nur deine Tochter zu sein. Außerdem weiß ich jetzt endlich zu würdigen, wie hart du gearbeitet haben musst, um dir das alles hier leisten zu können.«

»Hühnchenkebab?«, fragte Edward gerührt. Mit einem Mal war er schrecklich stolz auf seine Tochter.

Den nächsten Tag verbrachte Jessica mit Dulcie. Es tat gut, endlich wieder von Angesicht zu Angesicht sprechen zu können, obwohl es – wie bei allen wahren Freunden – so war, als hätten sie sich erst gestern gesehen. Nicht zuletzt, weil Jessica sofort wieder für diverse Brautjungferntätigkeiten eingespannt wurde.

»Als wäre ich nie weg gewesen«, neckte sie Dulcie lachend, während sie darauf wartete, dass ihre Freundin der Umkleidekabine der Brautmodenabteilung von Saks Fifth Avenue in Beverly Hills entstieg. Als die Verkäuferin dann endlich den Vorhang beiseitezog und Dulcie heraustrat, verging Jessica allerdings das Lachen. Sie war sprachlos vor Staunen. Dulcies Kleid von Reem Acra war ein Traum aus Spitze und Seide. Jessica schlug sich eine Hand vor den Mund, schnappte nach Luft und brach vor Freude und Stolz in Tränen aus.

»O mein Gott, es ist zwar ein totales Klischee, aber Dulcie, du siehst wunderschön aus!«, stieß sie mit gepresster Stimme hervor.

»Findest du?«, fragte ihre Freundin scheu.

»Verdammt, ja! Ich halte ja nichts vom Heiraten, aber wenn ich dabei so ein Kleid tragen könnte, würde ich es mir glatt noch mal überlegen. Du siehst aus wie eine Prinzessin. Deine Mom wäre so stolz auf dich.«

Genau das hatte Dulcie hören wollen.

Um sie herum herrschte so viel Trubel, dass Jessica zu ihrer großen Schande erst nach zwei Tagen bemerkte, dass sie nicht die Einzige war, in deren Leben es entscheidende Umwälzungen gegeben hatte. Natürlich war ihr Betseys Abwesenheit aufgefallen, aber sie hatte angenommen, ihre Stiefmutter sei bei einem Yogaseminar oder Ähnlichem.

»Wir haben uns getrennt«, klärte Edward sie auf, nachdem Consuela die Katze aus dem Sack gelassen hatte.

»O nein«, rief Jessica. Es tat ihr ehrlich leid.

»Halb so schlimm«, meinte Edward ruhig. Er war vor Pierres theatralischem Getue in sein Arbeitszimmer geflüchtet und schaute sich gerade *Die Brücke am Kwai* an. »Es hatte sich schon länger abgezeichnet. Seit wir nicht mehr zusammen sind, verstehen wir uns viel besser. Ich glaube, das Ende war für uns beide eine Erleichterung. Ihr werdet euch jedenfalls auf der Party sehen. Sie kommt, weil wir ausgemacht haben, es bis nach meinem Geburtstag geheim zu halten.«

»Gibt es jemand anderen?«

»Nein«, beteuerte Edward hastig und wurde puterrot dabei. Jessica hakte nicht weiter nach, hoffte aber, dass das Ego ihres Vaters nicht allzu sehr gelitten hatte. Sie hatte immer schon befürchtet, dass Betsey ihren Vater eines Tages für einen jungen Muskelprotz verlassen würde, allerdings bereitete es ihr keinerlei Genugtuung zu wissen, dass sie recht behalten hatte.

Jessica hatte ganz vergessen, wie angenehm das Leben in L.A. war, wenn man den lieben langen Tag am Pool in der Sonne liegen konnte und sich nicht um Alltäglichkeiten kümmern musste. Es war ein Beweis für ihre Liebe zu Paul, dass sie ihn trotz allem schmerzlich vermisste. Er war die eine Zutat, die ihren Aufenthalt perfekt gemacht hätte. Seit ihrer Ankunft hatte sie ihm bereits unzählige SMS geschrieben. Sie war traurig, dass er nicht bei ihr sein konnte, um alles mit ihr zusammen zu erleben, und ihr wurde das Herz schwer, wann immer sie an die Trennung dachte, zu der es eines Tages kommen würde. Sie liebte ihn und hoffte, dass es ihm genauso ging, obwohl bisher keiner von beiden es ausgesprochen hatte, weil sie sich über die Zukunft ihrer Beziehung zu unsicher waren. Es war besser, sich einfach treiben zu lassen und die Sache zu genießen, solange sie dauerte.

Als Jessica am Donnerstagabend in das nagelneue Phillip-Lim-Kleid schlüpfte, das sie vormittags am Rodeo Drive gekauft hatte, lächelte sie ihr Spiegelbild an und fragte sich, was Paul wohl davon halten würde, dass sie sich so herausgeputzt hatte. Ihre Haare waren geföhnt, ihre Nägel pink lackiert, und an den Füßen trug sie ein umwerfendes Paar Manolos. Auch das Haus war einer kompletten Verwandlung unterzogen worden. Ein Heer von Caterern, Floristen, Musikern, Kellnern, Barmixern und Sicherheitsleuten hatte es in Beschlag genommen, und es war schon jetzt klar, dass man von dieser Party noch lange sprechen würde.

Um acht Uhr sollte es losgehen, und um sieben Uhr dreißig kam Betsey – absichtlich zu früh, damit niemand merkte, dass sie ausgezogen war. Jessica musste sich ein schockiertes Lachen verkneifen, als sie das unmögliche Outfit ihrer Exstiefmutter sah.

»Hallo, Betsey. Wow, das ist mal ein Kleid.«

»Danke«, sagte Betsey, machte dabei aber ein Gesicht, als frage sie sich, ob sie es nicht vielleicht doch ein wenig übertrieben hatte. Oder *unter*trieben. Was sie am Leib trug, war weniger ein Kleid im engeren Sinne als ein Stofffetzen. Es war weiß, rückenfrei und sehr, sehr kurz. Falls sie nicht schon einen Neuen gefunden hatte, wollte sie offenbar nicht lange solo bleiben, dachte Jessica. Aber welchen Typ Mann würde sie damit anlocken? Oder vielmehr: Welchen Typ Mann würde sie damit *nicht* anlocken? Gott sei Dank würde Paul ihr nicht so bald begegnen.

Genau in diesem Moment kam Edward die Treppe herunter. Er trug ein blassrosa Hemd, Leinenhose und Schuhe von Tods. Um seine Schultern hatte er einen Ralph-Lauren-Pullover drapiert.

»Hey, Grandpa, wie ich sehe, bist du modetechnisch zu deinen Wurzeln zurückgekehrt«, rief Betsey. Entsetzt schielte Jessica zu Edward, um zu sehen, wie er die Bemerkung aufnehmen würde.

Doch er schien nicht im Geringsten gekränkt. »Ah, hallo, Betsey. Ich wollte dich ursprünglich fragen, ob du später noch mit mir tanzt, aber wenn ich deinen Aufzug so sehe, wird dein einziger Tanzpartner des Abends wohl die Stange sein«, lautete seine schlagfertige Antwort, bevor er auf sie zutrat, sie auf beide Wangen küsste und ihr durchs Haar strubbelte.

Als Jessica den beiden dabei zusah, wie sie sich freundschaftlich unterhielten, wurde ihr klar, dass ihr Vater nicht gelogen hatte. Es schien tatsächlich eine Trennung in beiderseitigem Einvernehmen gewesen zu sein. Selbst als Betsey einen Witz darüber machte, wie sie sich an diesem Abend einen neuen Filmstar angeln würde – nur ein jüngeres Modell –, zuckte Edward mit keiner Wimper. Im Gegenteil: Er brüllte vor Lachen. Wie … modern, dachte Jessica.

Schon bald trudelten die ersten Gäste ein, unter ihnen auch Angelica, die ungewöhnlich pünktlich kam. Sie sah wunderschön aus in apricotfarbenem Chiffon, Diamanten und silbernen Jimmy Choos.

»Hi, Mom«, sagte Jessica und nahm ihre Mutter zur Begrüßung in die Arme. »Nicht zu glauben, dass du tatsächlich hier bist! Und noch mal danke schön, dass du letzte Woche bei uns in der Show warst.«

»Ja«, meinte Angelica trocken. »Da hast du mich schön reingelegt, aber das macht nichts. Es ist gut, dass dein Vater und ich wieder miteinander reden.«

»Ich bin so froh, dass du Graydon nicht geheiratet hast.«

»Ich auch, Jessica. Allerdings nicht so froh wie meine Kosmetikerin, die jetzt nur noch mich epilieren muss«, sagte sie und zwinkerte ihrer Tochter spitzbübisch zu. »Also, wo steckt Edward? Ich möchte ihm hallo sagen.«

»Dahinten irgendwo.« Lachend zeigte Jessica in Richtung des lautesten Raums im Haus, wo sie Edward zuletzt gesehen hatte, wie er mit Vincent die Köpfe zusammensteckte und tuschelte, als wären sie zwei Schuljungen, die einen Streich ausheckten.

Es war ein rauschendes Fest. Dulcie und Jessica mussten laut lachen, als sie sahen, wie ihre Väter, eingequetscht zwischen lauter Brüsten, die allesamt jünger waren als ihre Besitzerinnen, einen Jive aufs Parkett legten. Später sang Vincent dann noch ein phänomenales Live-Duett mit Will Smith, und als Edward im Anschluss Will und Jessica einander vorstellte, sah dieser sie forschend an, als versuche er sich daran zu erinnern, wo er sie schon einmal gesehen hatte. Jessica lachte, vom Champagner beschwingt, verriet es ihm aber nicht. Stattdessen ging sie hinaus in den Garten, um frische Luft zu schnappen, wünschte allerdings gleich darauf, sie wäre im Haus geblieben, als sie auf Angelica und Pam stieß, die sich lautstark stritten.

»Warum sollte ich meine Zeit damit verschwenden, deine Briefe zurückzuhalten? Ja, du hast recht, ich habe dich für eine lausige Mutter gehalten«, sagte Pam gerade hitzig. »Aber das heißt nicht, dass ich so tief sinken würde.«

»Mom! Pam!«, rief Jessica, die auf die beiden Frauen zueilte und sich zwischen sie drängte. »Hört auf damit.«

Angelicas Augen sprühten Funken. Jessica hatte ihre Mutter noch nie so wütend erlebt. Sie war so auf Pam fixiert, dass sie ihre Tochter gar nicht wahrnahm.

»Ich wusste von Anfang an, dass du mich nicht leiden konntest. Du wolltest deinen kleinen Bruder immer für dich haben und hast es nicht ertragen, dass er einmal in seinem Leben wirklich tiefe Gefühle für eine andere Frau empfindet. Weil du ihn nämlich auf einmal nicht mehr herumkommandieren konntest!«

»So ein ausgemachter Unfug! Ich habe keine Ahnung, wovon du sprichst, und im Übrigen …«

Jessica sah von einer Frau zur anderen. Sie sahen aus wie zwei Raubkatzen, die kurz davor waren, sich anzuspringen. Ihr wurde klar, dass sie Verstärkung brauchte. Sie überließ die beiden ihrem Streit und rannte zurück ins Haus, um ihren Vater zu holen.

Minuten später hatten sich die Truppen versammelt. Edward, Vincent, Jill und Jessica versuchten, sich über Angelicas und Pams Gekreische hinweg Gehör zu verschaffen.

»Ruhe!«, befahl Edward – ohne Erfolg. Mittlerweile hatten die Beschimpfungen der beiden Frauen ihren Gipfel erreicht.

»Du tauchst hier auf und glaubst, du kannst nach mehr als zwanzig Jahren einfach alles ungeschehen machen!«, keifte Pam.

»Aufhören!«, brüllte Jessica.

»Wenn Bernard dich hören könnte, würde er sich schämen!«, gab Angelica zurück, woraufhin Pam die Beherrschung verlor und ihr eine schallende Ohrfeige verpasste.

»Wage es ja nicht, meinen Bernard da mit reinzuziehen!«, zischte sie. Ihre Augen waren hart, und ihr ganzer Körper bebte vor Zorn.

»Pam, Mom, hört auf, SOFORT!«, schrie Jessica. »Es reicht jetzt!«

Zitternd hielt sich Angelica die Wange, dann begann sie leise zu weinen.

»Hört mir zu«, sagte Jessica. »Alle. Ich habe langsam genug davon. Bis vor kurzem habe ich noch gedacht, Mom hätte mich verlassen, weil ich ihr egal war, aber das stimmte nicht. Mom war krank, schwer krank, also lasst sie in Ruhe. Ich finde es sehr mutig von ihr, dass sie heute Abend gekommen ist.«

Die Umstehenden traten von einem Fuß auf den anderen. Pam sah beschämt drein. »Ich hätte dich nicht schlagen dürfen. Das war unverzeihlich«, murmelte sie.

»Und Mom, Pam hätte niemals deine Briefe versteckt, das weiß ich ganz genau. Sie ist einer der nettesten Menschen, die ich kenne, und absolut ehrlich. Wenn sie es getan hätte, hätte sie es dir längst gesagt. Also hör auf, dich damit verrückt zu machen.«

»Na schön«, schluchzte Angelica. »Aber ich wüsste wirklich gerne, wer es war, weil der- oder diejenige unser ganzes Leben verändert hat.«

»Tja, vermutlich werden wir es nie erfahren«, meinte Jessica. »Wir sollten uns einfach auf das Hier und Jetzt konzentrieren.«

In diesem Augenblick trat Consuela aus dem Haus. Sie hatte den Abend freibekommen und war als Gast auf der Party eingeladen. Als sie die Gruppe auf dem Rasen erblickte, winkte sie ihnen zu und rief höflich: »Hi, Mr G. Tolle Party.«

»Freut mich, dass Sie sich amüsieren. Sie haben es sich verdient«, rief Edward zurück. Consuela winkte erneut, dann ging sie unsicheren Schrittes zurück in Richtung Haus. Das Feiern hatte bereits Spuren bei ihr hinterlassen.

»Sie«, sagte Pam, die der Haushälterin hinterherstarrte. Ihr Gesicht war eine Maske des Erstaunens. »Das ist es. Wer sonst hätte Zugang zu Edwards Post gehabt? Es muss Consuela gewesen sein. Ich habe mir immer schon gedacht, dass sie heimlich in dich verliebt ist, Teddy.«

»Also wirklich, Pam, ich bitte dich«, sagte Jill. »Wann hörst du endlich mit diesen lächerlichen Theorien auf?«

»Wieso?«, meinte Angelica. »Ich finde, da ist was dran.«

»Sie hat wirklich eine Schwäche für dich, Ed«, meldete sich Vincent zu Wort, der bereits leicht schwankte.

»Also, jetzt reicht es aber«, sagte Edward. »So was Schreckliches würde sie nie tun. Oder ...?« Er dachte kurz nach, dann rief er in seinem besten, volltönenden Bariton über den Rasen: »Consuela! Könnten Sie mal bitte kurz herkommen?«

Jessica schluckte. Sie liebte Consuela. Sollte sich herausstellen, dass die Haushälterin ihrer aller Vertrauen missbraucht hatte, würde es ihr das Herz brechen. Die Vorstellung war einfach zu schrecklich.

Consuela drehte sich um und kam auf sie zu. »Was gibt's denn, Mr G?«

»Wir hätten da bloß eine Frage. Als Angelica damals ausgezogen ist, haben Sie da je irgendwelche Briefe von ihr in der Post gesehen? Wir können uns nicht erklären, wo sie abgeblieben sein könnten.«

»Nein, Mr G. Wenn welche dabei gewesen wären, hätte ich sie selbstverständlich für Sie beiseitegelegt, aber normalerweise kümmert sich ja Jill um die Post, weil nur ein kleiner Teil überhaupt hier im Haus ankommt. Das meiste landet im Büro.«

»Oh. Stimmt«, sagte Edward. »Natürlich.«

Eine Sekunde lang herrschte Schweigen, während alle sich damit abzufinden versuchten, dass sie vermutlich nie erfahren würden, was aus den Briefen geworden war. Augenblicke später jedoch hatten ihre alkoholvernebelten Gehirne zwei und zwei zusammengezählt und waren beim einzig logischen Ergebnis angelangt.

»Moment mal«, sagte Edward und drehte sich zu seiner Agentin um. »Ich dachte, nur die Fanpost geht ans Büro.«

»Das stimmt ja auch«, sagte Jill und machte eine fahrige Geste mit den Händen. »Ihr steigert euch da in etwas hinein. Lasst uns bitte einfach wieder ins Haus gehen und weiterfeiern, Edward. Na, kommt schon.«

»Einen Augenblick, Jill«, sagte Jessica. »Jetzt, wo ich drüber nachdenke – eigentlich kriegen wir ja *nie* Post hierher. Normalerweise bringst du sie immer mit. Wieso eigentlich?«

»Ja, wieso eigentlich?«, echote Angelica, die kreidebleich und verwirrt aussah.

»Warum mache ich überhaupt *irgendetwas* für deinen Vater?«, gab Jill ungehalten zurück. »Du lieber Himmel, wenn ich ihm nicht immer alles hinterhergetragen hätte, würde er immer noch als Kellner arbeiten!«

»Wie bitte?«, sagte Edward.

»Jill«, sagte Jessica ruhig. »Wenn du irgendwas damit zu tun hast, dann solltest du es jetzt zugeben. Wenn dir diese Familie auch nur ein kleines bisschen am Herzen liegt, dann sag uns, was los ist. Diese Ungewissheit macht uns kaputt.«

»Ich habe nichts mit irgendwelchen …« Jill verstummte. Das Spiel war aus. »Also schön«, sagte sie und probierte es mit einer anderen Taktik. »Ja, ich habe die Briefe vor Edward zurückgehalten. Aber ich habe es nur für seine Karriere und für sein Wohl getan. Ich habe Ewigkeiten gebraucht, ihn aus dem Loch zu holen, in das du ihn gestoßen hast.« Letzteres spie sie in Angelicas Richtung. »Und als dann auf einmal alle fünf Minuten ein Brief von dir ankam, hatte ich Angst, dass alles wieder von vorne losgehen würde. Er war gerade erst wieder auf die Beine gekommen. Wenn er von dir gehört hätte, hätte er dich sofort wieder mit offenen Armen aufgenommen. Das hätte seinen Ruf ruiniert. Wie kann jemand, der solche Rollen spielt wie Edward, die Frau zurücknehmen, die ihn gedemütigt hat? Begreift ihr denn nicht? Das hätte das Ende seiner Karriere bedeutet!«

»Glaubst du nicht, dass das meine Entscheidung gewesen wäre?«, fragte Edward mit eisiger Stimme.

»Nein, eigentlich nicht«, lautete Jills trotzig hervorgestoßene Antwort. »Als deine Agentin ist es meine Aufgabe, mich um dich zu kümmern, dich zu beschützen und dafür zu sorgen, dass du das tust, was deinem Image dienlich ist.«

»Ich hole mir einen Drink und gehe zurück auf die Party«, verkündete Vincent, dem man ansehen konnte, wie unangenehm ihm alles war. »Edward, ich denke, du solltest dasselbe machen. Wir haben genug gehört.«

»Ich komme gleich«, sagte Edward mit versteinerter Miene, ohne den Blick von Jill abzuwenden, die von Sekunde zu Sekunde unbehaglicher dreinblickte.

»Wie konntest du nur?«, sagte Jessica.

»Es war ein Kinderspiel. Und außerdem bin ich bis heute überzeugt davon, dass ich richtig gehandelt habe.«

»In dem Fall bist du gefeuert«, sagte Edward.

Jill fiel aus allen Wolken. »Wegen so einer Kleinigkeit?«

»Erst kannst du noch diesem Produzenten Brendan ausrichten, dass er sich sein Filmprojekt in den Allerwertesten schieben kann. Ich mache da nicht mit, und wenn er mich deswegen verklagen will, nur zu. Danach will ich nichts mehr mit dir zu tun haben.«

Jill warf ihm einen vernichtenden Blick zu, aber sie wusste, dass sie verloren hatte, also drehte sie sich um und stakste wutschnaubend zum Haus zurück.

»Es tut mir so leid, Pam«, sagte Angelica plötzlich.

»Ist schon gut«, tröstete Pam sie. Sie sah todunglücklich aus, aber ihre Worte klangen aufrichtig. »Wir haben alle eine Menge durchgemacht. Es ist an der Zeit, die Vergangenheit ruhen zu lassen.«

Jetzt wandte sich Edward an Angelica. »Verzeih mir.«

»Was denn?«

»Dass ich an dir gezweifelt habe. Und all die verlorenen Jahre.«

Angelica wusste nichts zu sagen, also ging Jessica zu ihr, schlang die Arme um ihre Mutter und drückte sie. Noch nie in ihrem Leben hatte Angelica so sehr eine Umarmung gebraucht.

38 ++++

Später, als die Party langsam ihrem Ende zuging – früh für britische Verhältnisse, spät für amerikanische –, saß Jessica auf der Treppe in der Eingangshalle und sah Dulcie zu, die eng umschlungen mit ihrem Bräutigam in spe tanzte. Nachdem sie sich Zeit genommen hatte, Kevin besser kennenzulernen, musste Jessica eingestehen, dass er ein sehr lieber Kerl war. Ein Möchtegern, daran ließ sich nicht rütteln, darüber hinaus ziemlich naiv und etwas zu sehr vom Starrummel besessen. Aber es war klar, dass er Dulcie aufrichtig liebte. Die zwei hatten nur Augen füreinander.

Auf einmal war Jessica sehr müde. Sie warf einen Blick auf ihr Handy, um zu sehen, ob Paul sich gemeldet hatte. Sie vermisste ihn so sehr, dass es fast weh tat. Es war Zeit, sich zurückzuziehen und ins Bett zu gehen.

Die Füße taten ihr weh, also streifte sie sich die Schuhe ab und tappte barfuß in die Küche, wo die Catering-Mitarbeiter gerade die Essensreste und hunderte schmutziger Gläser wegräumten. Sie goss sich ein Glas Wasser ein, wünschte allen eine gute Nacht und ging nach oben. Dort angekommen, hörte sie ein verdächtiges Geräusch aus dem Schlafzimmer ihres Vaters. Igitt, dachte sie und rümpfte die Nase, als ihr klar wurde, worum es sich handelte: Irgendjemand tollte gerade durch die Kissen. Eklig. Sie überlegte kurz und beschloss dann, der Sache nachzugehen. Besser, sie stellte die

Übeltäter als ihr Vater. Der würde ihnen am Ende Vor Wut nur die Lichter ausknipsen. Sie schlich auf die Tür zu. Voller Empörung lauschte sie, als eine Frau erst aufschrie und dann ekstatisch zu stöhnen begann. Was fiel den Leuten ein, hier heraufzuschleichen? Das obere Stockwerk war für Gäste tabu. So etwas Unhöfliches. Sie stand vor der verschlossenen Tür und war hin- und hergerissen, bis das Stöhnen und Keuchen immer lauter und drängender wurde. In diesem Augenblick fasste sie einen selbstherrlichen, vom Champagner beseelten Entschluss: Sie würde die Übeltäter rauswerfen. Von allem anderen abgesehen, war bei dem Lärm an Schlaf nicht zu denken.

Energisch stieß sie die Tür auf – und sah sich mit einem Anblick konfrontiert, auf den sie gerne verzichtet hätte: Es war ihr Vater, der sich mit einer Unbekannten (höchstwahrscheinlich mit Betsey, dieser verschlagenen Nymphomanin) durch die Laken wühlte. In flagranti erwischt, fuhr Edward schuldbewusst in die Höhe. Die Frau hingegen schrie kurz auf und ging unter der Bettdecke in Deckung.

»Jessica!«, rief Edward mit glühendem Gesicht.

»Tut mir leid«, nuschelte Jessica und wäre am liebsten weggerannt. Vorzugsweise aus dem Haus direkt ins Meer.

»Es ist nicht so, wie du denkst«, sagte Edward.

»Ich denke gar nichts«, gab Jessica zurück. »Glaub mir, ich will nicht auch nur eine Minute lang darüber nachdenken.« Ihr war ein bisschen übel. Den eigenen Vater *dabei* zu sehen war einfach nur widerwärtig. Ganz egal, wie alt man war, es war immer angenehmer, sich vorzustellen, dass der Storch einen gebracht hatte oder man das Ergebnis einer unbefleckten Empfängnis war. Eltern hatten keinen Sex. *Durften* keinen Sex haben.

Dann machte die Scham Stück für Stück einer heißen Wut Platz. Was zum Teufel sollte dieses Versteckspiel überhaupt? Sie trieben es hier wie Teenager, während unten die Party noch im Gange war und die Gäste darauf warteten, sich von ihrem Gastgeber zu verabschieden. Das war einfach nur respektlos. Und was für ein jämmerlicher Trottel ihr Vater doch war, auf diesen billigen Schrei nach Aufmerksamkeit reinzufallen, den Betsey am Leib getragen hatte. Blöde Idioten, alle beide.

»Wir reden morgen früh darüber, Jessica«, sagte Edward streng.

»Schön. Ich gehe jetzt ins Bett, also sei bitte etwas leiser, wenn es dir nichts ausmacht, Betsey«, sagte sie angewidert, bevor sie sich abwandte.

»Ach, verdammt, Edward, hatten wir uns nicht darauf geeinigt, keine Geheimnisse mehr zu haben?«, kam eine vertraute Stimme von unter der Bettdecke. Eine vertraute Stimme mit französischem Akzent.

»Mom?«

»Jessica«, sagte Angelica und schlug langsam die Decke zurück. Sie setzte sich auf und zog sich die Decke eng um den Oberkörper. Die Haare standen ihr wild vom Kopf ab, aber wenigstens besaß sie den Anstand, ein beschämtes Gesicht zu machen.

»Es tut mir so leid, dass du es auf diese Weise erfahren musstest. Wir haben beide zu viel Champagner getrunken, aber ich finde, wenn deine Eltern schon eine Affäre haben, dann doch am besten miteinander, *non*?«

»Na ja«, meinte Jessica muffig. Nun, da sie wusste, mit wem ihr Vater sich da vergnügte, war ihrer Wut ein bisschen die Luft ausgegangen. »Wenigstens kann ich jetzt endlich mal sagen, was ich schon seit Jahren sagen wollte.«

»Was denn?«, wollte Edward wissen.

»Nacht, Mom, Nacht, Dad.«

»Gute Nacht, Jessica«, sagten ihre Eltern im Chor.

Sie schloss die Tür hinter sich.

39 ++++ Als Jessica am Freitagabend zurück nach England flog, fragte sie sich, was die nächsten Tage wohl bringen würden. Sie war froh, dass sie das ganze Wochenende Zeit haben würde, um mit Paul zusammen zu sein und sich vom Jetlag zu erholen, auch wenn ihr die Babysitting-Beichte vor ihren Kollegen, die Kündigung bei der BBC und das Abendessen bei Mike und Diane bevorstanden – allesamt Dinge, die sie nicht gerade mit freudiger Erwartung erfüllten. Sie dachte über alles nach, was sie in L.A. erlebt hatte. Was sollte sie Paul erzählen? Ihre Eltern waren jetzt wieder offiziell ein Paar, und obwohl Jessica immer noch bereute, es auf diese Art und Weise herausgefunden zu haben (la la la la la), freute sie sich riesig für die beiden. Angst hatte sie selbstverständlich auch – davor, was passieren würde, wenn es nicht funktionierte. Aber sie war überglücklich, dass sie es überhaupt wieder miteinander versuchten.

In gewisser Weise tat es ihr leid, schon wieder abreisen zu müssen. Sie hätte gerne noch mehr Zeit mit ihren Eltern verbracht. *Ihre Eltern* – das Wort war noch ganz ungewohnt. Andererseits war sie auch stolz, dass es nach wenigen Monaten in einem fremden Land schon so viel gab, für das es sich zurückzukehren lohnte. Ihre Zeit in England war noch lange nicht zu Ende, aber jetzt wusste sie ganz sicher, dass sie eines Tages nach Hause zurückkehren würde. Die Frage war nur, wann. Ein- oder zweimal hatte sie sich erlaubt, davon zu träumen, dass Paul mit ihr kommen würde, obwohl sie wusste, dass er seine Familie niemals verlassen würde. Was dieses Thema anging, zog sie es weiterhin vor, den Kopf in den Sand zu stecken.

Kaum war die Maschine am frühen Samstagmorgen in Heathrow gelandet, kannte Jessica nur ein Ziel: Sie wollte so schnell wie möglich zu Paul. Umso enttäuschter und verwirrter war sie, als sie nach einer langen U-Bahn-Fahrt endlich vor seiner Wohnungstür stand und er sie nur verhalten begrüßte.

»Was ist los? Alles in Ordnung?«, fragte sie, als sie die Besorgnis in seinem Gesicht sah.

»Ja, alles klar. Kommt rein – du und dein Monsterkoffer.«

Aber Jessica war zu weit gereist und hatte zu viel erlebt, als dass sie die Sache auch nur eine Sekunde lang auf sich hätte beruhen lassen.

»Nein«, sagte sie, und Angst wallte in ihr hoch. Sie blieb wie angewurzelt im Hausflur stehen. »Sag mir erst, was los ist. Ich merke doch, dass was nicht stimmt, und ich will mich nicht den ganzen Tag fragen, was es ist. Also sag's mir einfach. Bitte.«

Paul sah regelrecht gequält aus, und da wusste Jessica mit absoluter Gewissheit, dass ihm irgendetwas Kopfzerbrechen bereitete. Eine der Eigenschaften, die sie von Anfang an so an ihm gemocht hatte, war seine unterschwellige Verletzlichkeit. Im Moment bewegte sie sich gefährlich nah an der Oberfläche.

»Bitte sag's mir«, flehte sie erneut mit zittriger Stimme.

Paul seufzte. »Es ist nichts, Jess. Nur … während du weg warst, hat Natasha ein paar komische Bemerkungen gemacht. Wahrscheinlich alles totaler Quatsch.«

»Was denn für Bemerkungen?«, wollte sie wissen. Kalte Angst machte sich in ihrem Bauch breit.

»Nur Kleinigkeiten«, sagte Paul ausweichend. Er sah Jessica einen Moment lang nachdenklich an, bevor er einlenkte. Die Wahrheit zu erfahren wäre allemal besser, als sich von Ungewissheit auffressen zu lassen. »Also gut, Natasha hat behauptet, du hättest ihr irgendeinen Wisch gegeben, mit dem sie Designerschuhe umsonst bekommt oder so was. Jedenfalls ist sie dann zu dem Laden hingegangen, aber sie durfte nichts mitnehmen, weil die Karte unter einem anderen Namen registriert war. Sie war richtig stinkig deswegen, und dann hat sie gesagt, dass du dich andauernd mit Mike in seinem Büro getroffen hast, bevor du in die Staaten geflogen bist.«

Jessica öffnete den Mund, aber Paul redete weiter. »Sie hat in seinem Terminkalender nachgesehen und einen Zettel gefunden, auf dem stand ›Jessica fragen, ob sie am 14. Zeit hat‹ … oder so was Ähnliches.« Er sagte es bemüht obenhin, um sich den Anschein zu geben, als würde er sich nicht mehr an den Wortlaut der Notiz erinnern, obwohl er in Wahrheit jedes Wort auswendig kannte. »Wie auch immer, bestimmt gibt es irgendeine ganz banale Erklärung dafür. Vielleicht kennt er noch eine andere Jessica. Ich meine, dass zwischen dir und Mike was laufen könnte, ist doch völlig absurd. Oder?«

»Wieso hat Natasha in Mikes Kalender rumgeschnüffelt?«, empörte sich Jessica. Sie fand es abscheulich, dass Natasha völlig zu Unrecht einen Verdacht in Paul geweckt hatte. Das musste ihm furchtbar zugesetzt haben. Außerdem war sie wütend auf sich selbst. Wie hatte sie nur vergessen können, bei Jimmy Choo anzurufen, um ihnen Bescheid zu sagen, dass nicht sie, sondern Natasha kommen würde? Sie musste unbedingt mit Natasha reden, bevor die noch mehr Unheil anrichtete.

»Was interessiert's mich?«, blaffte Paul, dessen Unsicherheit und Frust plötzlich in Wut umschlugen. Er hatte sich eine ganze Woche gequält, und seine Geduld war am Ende.

»Okay«, sagte Jessica, der es wirklich lieber gewesen wäre, nicht jetzt damit herausrücken zu müssen. Sie fühlte sich matt und klebrig nach dem langen Flug, sah aber ein, dass die Angelegenheit keinen Aufschub duldete. »Zuerst mal, ja, es *gibt* eine Erklärung, und wenn du sie hörst, wirst du auch verstehen, warum ich dir bis jetzt nichts sagen konnte.«

»Ich höre«, sagte Paul. Nun, da sie zugegeben hatte, dass es in der Tat etwas zu erklären gab, klang seine Stimme auf einmal ganz kalt.

»Ich habe auf Mikes Kinder aufgepasst.«

Damit hatte Paul nicht gerechnet. Er machte ein Gesicht, als hätte sie ihm soeben eröffnet, dass sie in ihrer Freizeit als Elvis-Imitator arbeitete.

»Er und Diane, seine Frau, waren in einer Zwangslage, deswegen habe ich ihnen schon vor einer ganzen Weile angeboten, mit den Kindern zu helfen. Und es hat sich herausgestellt … wenn du das irgendjemandem weitererzählst, dann bin ich wirklich sauer. Versprichst du mir, dass du es für dich behältst?«

»Versprochen«, sagte Paul wie betäubt.

»Es hat sich herausgestellt, dass Diane krank ist. Seit der Geburt ihres zweiten Kindes, Ava, leidet sie an einer Wochenbettdepression, und deswegen habe ich regelmäßig nachmittags auf die Kinder aufgepasst, und manchmal auch abends. Die beiden Kleinen sind total süß, und es hat mir Riesenspaß gemacht«, sagte sie, als müsse sie sich verteidigen. »Es tut mir leid, dass ich es dir nicht erzählt habe, aber ich hatte es Diane und Mike versprochen. Sie wollten nicht, dass im ganzen Büro über sie getratscht wird.«

»Aha«, sagte Paul erstaunt und auch ein wenig verärgert. »Und du hattest wirklich das Gefühl, dass du mir nichts davon sagen konntest? Ich meine, okay, wenn Diane krank ist, dann verstehe ich das. Ich kann nachvollziehen, dass sie nicht will, dass alle Welt davon erfährt – aber dass du für sie babysittest, hättest du mir doch wohl sagen können, oder?«

Jessica schluckte.

»Ah, verstehe. Diese Marktforschungs-Geschichte ist totaler Quatsch, oder?«, sagte er, als ihm das Ausmaß ihrer Lügen klar wurde. »Und wegen der Abende, an denen du nicht konntest, hast du auch gelogen.«

Paul sah inzwischen ziemlich sauer aus, und Jessica suchte händeringend nach einer Erklärung, die ihn besänftigen würde. Sie hatte sich schon so an ihre Heimlichtuerei gewöhnt, dass sich alle Lügen zu einer einzigen großen Lüge vermischt hatten. Vermutlich war ihr dabei der Sinn für die Realität ein bisschen abhandengekommen. Was hätte es geschadet, Paul zumindest teilweise einzuweihen? Sie wusste doch, dass sie ihm vertrauen konnte.

»Mike war dagegen, dass irgendjemand davon erfährt, aber ich wollte es dir trotzdem sagen. Ich musste es bloß vorher mit Diane besprechen«, erklärte sie wahrheitsgemäß. »Ich hatte es schon seit Ewigkeiten vor, aber jedes Mal war ich so mit den Kleinen beschäftigt, dass es sich einfach nicht ergeben hat.«

Paul zuckte die Achseln, als wolle er sein Unbehagen abschütteln. Genaugenommen hatte Jessica recht. Sie hatte nichts Schlimmes getan. Im Gegenteil, sie hatte anderen geholfen und einfach keine Gelegenheit gehabt, es ihm zu sagen. Er machte einen Schritt auf sie zu.

»Vergessen wir die Sache einfach, okay? Ich habe keine Lust, noch einen Gedanken an Mike zu verschwenden. Es reicht schon, dass wir heute Abend bei ihm essen müssen. Außerdem haben wir einiges nachzuholen.«

»Stimmt«, kicherte Jessica. Sie war ganz überwältigt vor Erleichterung. Widerstandslos ließ sie zu, dass Paul sie an sich zog und sie küsste, zuerst zärtlich, dann immer heftiger, als ihre Gefühle sie übermannten.

»Solange du nicht noch mehr dunkle Geheimnisse hast«, sagte Paul lachend und zog sie ins Schlafzimmer.

40 ++++

»Na, alles ruhig an der Front?«, fragte Mike, als Diane in die Küche kam, nachdem sie die Kinder ins Bett gebracht hatte.

»Ich denke schon. Aber ich musste Grace versprechen, dass wir ihr was vom Nachtisch aufheben.«

»Das dürfte kein Problem sein.« Mike grinste breit. Mit dem

Essen hatte er es ein wenig übertrieben, aber er freute sich einfach so darauf, heute Abend seine jungen Kollegen zu bewirten. Es sollte ein schöner Abend werden, außerdem wollte er ihnen beweisen, dass er kein schlechter Kerl war und gar nicht so anders als sie. Doch Mike war Mike, weshalb er nicht eine Sekunde lang darüber nachgedacht hatte, ob Spaghetti bolognese und ein paar Bier dazu nicht geeigneter gewesen wären als ein Dreigänge-Menü mit gefüllten Rinderlendchen, hausgemachter Mousse au Chocolat und mehreren Flaschen teurem Wein. Zur Begrüßung würde es Champagner geben, und er hatte Oliven, Chips und Käsestangen zum Knabbern bereitgestellt.

Dies war das erste Mal seit Avas Geburt, dass Mike und Diane Gäste hatten, und es war eine enorme Herausforderung gewesen, das Haus aufzuräumen, den Tisch zu decken und das Essen zu kochen, während sie gleichzeitig zwei Kinder füttern, waschen und ins Bett bringen mussten. Aber gemeinsam hatten sie die Sache gut gemeistert, fand Mike. Er war ungeheuer stolz auf seine Frau. Sie hatte den ganzen Tag über genauso hektisch mit Vorbereitungen verbracht wie er, und solange niemand in den Schränken nachschaute (in die sie den ganzen Plastikkram der Kinder gestopft hatten), würde es ihr Geheimnis bleiben, was für ein Kraftakt es gewesen war, rechtzeitig fertig zu werden.

»Wenn du hier alles unter Kontrolle hast, dann würde ich kurz ins Bad gehen und Lippenstift auflegen«, sagte Diane.

»Mach nur, Liebling. Ich frage mich bloß, welche Weingläser wir nehmen sollen. Die normalen oder die Kristallgläser von unserer Hochzeit?«

»Definitiv die normalen«, antwortete Diane. »Es ist ja nicht Weihnachten, außerdem sollten wir nicht zu dick auftragen.«

Mike ging zum Ofen, um das selbstgebackene Ciabatta herauszuholen. »Du hast wie immer recht«, räumte er ein.

»Komm mal her. Das Top steht dir ausgezeichnet. Dein Busen sieht toll aus.«

»Danke.« Diane umarmte ihren Mann. Er musste ja nicht wissen, dass sie ihn mit Hilfe eines Wonderbras in Form gebracht hatte. Nach zwei Kindern sahen ihre Brüste – einst ihr ganzer Stolz – aus wie zwei Ballons, aus denen man die Luft herausgelassen hatte. Oder wie die Ohren eines Cockerspaniels.

»Ich fühle mich auch gut«, gab sie zurück. »Ich freue mich richtig auf den Abend. Noch vor ein paar Monaten wäre die bloße Vorstellung ein absoluter Horror gewesen.«

»Hmm«, sagte Mike, der sich auf einmal ein bisschen verwegen fühlte. Diane hatte Ava abgestillt, und obwohl ein moderner Mann wie er es niemals offen zugegeben hätte, freute er sich, wieder in Besitz nehmen zu können, was rechtmäßig ihm gehörte. »Na ja«, meinte er bedeutungsvoll. »Wenn du brav bist, könnten wir später ja vielleicht noch was anderes machen, was wir seit Monaten nicht gemacht haben.«

Diane kicherte. »Vielleicht«, sagte sie, gerade als es an der Tür klingelte. »Sie sind da!« Sie freute sich vor allem darauf, Jessica wiederzusehen. Sie hatte ein köstliches Geheimnis, das sie schon den ganzen Tag mit sich herumtrug und unbedingt mit ihr teilen wollte.

Vierzig Minuten später saßen Kerry, Luke, Natasha, Paul und Jessica um den Esstisch der Connors herum. Die Konversation, die etwas stockend begonnen hatte, während alle sich in der unbekannten Umgebung umsahen und den Anblick von Mike in einer Schürze auf sich wirken ließen, floss inzwischen reibungslos. Sie hatten Mikes delikaten Salat aus Avocado und Krebsfleisch gegessen, und nun trug er köstlich duftendes Rindfleisch, Herzoginkartoffeln und Gemüse auf.

Diane beschloss, dass der Zeitpunkt gekommen war, die Katze aus dem Sack zu lassen. Sie hatte bereits mit Jessica telefoniert und erfahren, dass inzwischen alle über deren Nebentätigkeit im Bilde waren. Sie wusste auch, dass Kerry die Information nicht besonders wohlwollend aufgenommen hatte, also wandte sie sich zuerst an sie.

»Kerry, ich weiß wirklich nicht, was ich in den letzten Monaten ohne Jessica gemacht hätte, aber ich möchte versichern, dass ich nie die Absicht hatte, sie euch abspenstig zu machen. Stimmt's, Mike?«

»Äh, ja«, antwortete ihr Mann zögerlich.

»Und Jessica hat es nur deshalb für sich behalten, weil ich sie darum gebeten habe«, fügte Diane hinzu. »Weißt du, mir ging es nicht besonders gut. Ich hatte eine Wochenbettdepression. Es war kein besonders schwerer Fall, aber schlimm genug. Und Jessica war mir in vielerlei Hinsicht eine unschätzbare Hilfe …«

Jessica schielte nervös zu Kerry. Die ließ nicht gerade vor Freude die Korken knallen, schenkte ihr aber immerhin ein kleines Lächeln. Nachdem Jessica ihre Kollegen telefonisch über ihren Nebenjob in Kenntnis gesetzt und Kerry mitgeteilt hatte, dass sie ihre Stelle kündigen würde, sobald sie gemeinsam eine neue Assistentin gefunden hätten, hatte sie entschieden, dass ein Geheimnis fürs Erste genug war. Auch Natashas Misstrauen war durch die Erklärung, dass hinter Jessicas Verhalten nichts Suspekteres steckte, als dass diese heimlich für Mike gearbeitet hatte, vorerst besänftigt. Anstatt also Paul die Wahrheit über ihre Eltern zu sagen, hatte sie wieder einmal geschwiegen. Ein Tag mehr oder weniger würde keinen Unterschied machen. So hatten sie wenigstens ungestört Zeit miteinander verbringen können. Sie hatten faul im Bett gelegen, DVDs geguckt, Sex gehabt und geschlafen. Das »andere Gespräch« würde sie mit ihm am Sonntag führen. Morgen.

»Kerry«, sagte Jessica. »Du warst ein toller Boss, und es hat mir viel Spaß gemacht, für dich zu arbeiten, aber ich wette, deine nächste Assistentin wird viel besser sein als ich. Ich weiß nicht, ob ich fürs Showbusiness geeignet bin, aber ich weiß ganz genau, dass ich unheimlich gerne mit Kindern arbeite. Zum ersten Mal habe ich eine Idee, was ich mit meinem Leben anfangen will. Außerdem bleibe ich dir ja noch zwei Wochen erhalten. Ich kann dir helfen, die Vorstellungsgespräche zu organisieren.«

Kerry zuckte die Achseln. »Also, ich persönlich fand, du warst ideal für den Job. Ich glaube kaum, dass eine andere Assistentin in der Lage gewesen wäre, eine Katastrophe wie letzte Woche mit Nadia Vladinikova abzuwenden.«

Jessica errötete und wollte gerade etwas antworten, als Diane ihr zu ihrer großen Verwirrung bedeutungsvoll zuzwinkerte.

»Was willst du denn jetzt stattdessen machen«, fragte Paul. »Das hast du uns noch gar nicht verraten.«

»Na ja, eigentlich möchte ich es lieber noch nicht sagen«, meinte Jessica scheu. »Nicht, bis ich mich gründlicher informiert habe.«

»Kommt nicht in Frage!«, protestierte Diane. »Du kannst uns jetzt nicht in der Luft hängen lassen. Gib uns wenigstens einen Hinweis.«

»Genau, spuck's aus«, pflichtete Luke ihr bei.

»Okay.« Jessica zögerte. »Ich hatte mir gedacht, dass ich, während ich für Diane arbeite, am College Kinderpsychologie belegen könnte. Ich glaube, ich würde eines Tages gerne als Kinder- und Jugendpsychologin arbeiten.«

»Das wäre der perfekte Beruf für dich«, rief Diane begeistert. »Du kannst dich so gut in Kinder einfühlen.«

»Das glaube ich auch«, sagte Paul. »Ich habe dich zwar noch nicht mit den Kindern gesehen, aber du hast ja selbst gesagt, dass du die Arbeit beim Fernsehen nicht sonderlich erfüllend findest. Ich finde es toll, dass du herausgefunden hast, was du wirklich machen willst.«

Natasha verdrehte die Augen. Allmählich wurden ihr die Jessica-Huldigungen ein wenig langweilig. »Also, ich bin bloß froh, dass diese ganzen Geheimaktionen im Büro jetzt ein Ende haben«, meinte sie. »Es gab eine Zeit, da habe ich ernsthaft gedacht, du hättest eine Affäre mit Mike.«

Diane funkelte Natasha empört an.

»Ich meine … keine *Affäre* … das war natürlich ein Witz … bloß irgendwas Dubioses … Wie habt ihr zwei euch eigentlich kennengelernt?«, fragte sie hastig, um sich aus dem Fettnäpfchen zu befreien, in das sie getreten war.

»Sag du es ihnen«, grinste Mike und drückte liebevoll Dianes Hand.

»Auf einem Rave«, verkündete Diane, wobei sie Natasha immer noch wütend ansah.

Paul traute seinen Ohren nicht. »Habe ich richtig gehört? Du hast *Mike* auf einem *Rave* kennengelernt? Ein Rave in einem Club?«

»Genau«, sagte Mike. »Genauer gesagt war es ein Lagerhaus. Stimmt's, Liebling?«

»Ja.« Ein wehmütiges Lächeln umspielte Dianes Lippen. »Ich werde nie vergessen, wie du mir deine Telefonnummer auf den Bauch geschrieben hast.«

Paul wirkte so geschockt, dass Jessica lachen musste. Luke war ähnlich fassungslos. Kerry und Natasha hatten beide aufgehört zu kauen, obwohl sie den Mund noch voll hatten.

»Und ich habe dich immer für einen James-Blunt-Typ gehalten«, meinte Luke irgendwann.

»Oh, das bin ich auch. Ich verehre James Blunt. Du nicht?«

Luke antwortete nicht. All seine Vorurteile über Mike waren auf den Kopf gestellt worden: Mike, der Golf spielte und die ganze Zeit von Immobilien sprach, wie er mit weißen Handschuhen auf einem riesigen Lautsprecher abhottete? Vielleicht war sein Boss doch nicht von der Schuluniform geradewegs zu Bundfaltenhosen und Dinnerpartys übergegangen. Was für ein außergewöhnlicher Abend.

»Mein lieber Mann«, meinte auch Paul beeindruckt.

»Ich könnte ja ein paar alte House-Tracks auflegen, was meint ihr?«, schlug Mike eifrig vor. Er ging zu seinem iPod, schaltete die extra für den Abend zusammengestellte Playlist aus und suchte in seinen Songs, bis er ein Stück von Utah Saints gefunden hatte.

»Tja«, rief Diane über den wummernden Bass hinweg. »Die Leute sind selten so, wie sie auf den ersten Blick scheinen.« Dabei sah sie erneut mit wissendem Blick zu Jessica hinüber, so dass diese ganz unruhig wurde.

Der Abend nahm seinen Lauf. Alle mussten schreien, um sich über die laute Musik Gehör zu verschaffen, aber Mike spürte zum ersten Mal, dass seine Kollegen ihm – wenngleich widerwillig – einen gewissen Respekt zollten. Er war wild entschlossen, sein neues Image als Raver bis zum Letzten auszuschlachten, leider jedoch war es damit jäh vorbei, als Diane beim Dessert wild mit den Armen zu fuchteln begann, um ihm zu bedeuten, er möge die Musik ausstellen. Durchs Babyfon hörte man Grace nach ihrer Mummy schreien.

»Mach den Krach aus!«, rief Diane. »Du hast Grace aufgeweckt.«

»O nein«, sagte Mike belämmert und sprang zum iPod, um die Musik leiser zu drehen.

»Ich würde so gerne zu ihr gehen«, meinte Jessica sehnsuchtsvoll. »Ich habe sie wirklich vermisst.«

»Dann gehen wir zusammen«, sagte Diane. »Komm.«

Graces Freude war groß, als ihre Mutter mit Jessica im Zimmer auftauchte, allerdings war sie so müde, dass es nicht lange dauerte, bis sie sich wieder zum Schlafen hinlegte.

»Mach das Licht an«, befahl sie, während ihr bereits die Augen zufielen. »Streichel mir die Haare.«

»Zu Befehl, Madam«, flüsterte Diane zärtlich und nickte

Jessica zu, sie könne gehen. Jessica wollte gerade aus dem Zimmer schleichen, als Grace prompt ein Auge aufschlug und jammerte: »Jessica soll dableiben!«

»Also gut, Liebes, dann bleiben wir beide hier«, sagte Diane und strich ihrer kleinen Tochter über die Locken. Jessica ging zum Sessel in der Ecke und setzte sich. Wenige Minuten später war Grace wieder eingeschlafen, und Diane drehte sich zu Jessica um. »Geht es dir gut?«

»Ja, es ist ein toller Abend, danke«, flüsterte Jessica zurück. »Das Essen ist köstlich. Mike ist ein hervorragender Koch.«

»Hör mal, bevor wir wieder runtergehen, muss ich dir noch was sagen.« Diane hatte ein diebisches Grinsen im Gesicht.

»Okay …«

»Ich glaube, ich weiß Bescheid.«

»Bescheid worüber?«, fragte Jessica verwirrt.

»Dass du die Tochter von Edward Granger und Angelica Dupree bist. Stimmt das?«

Jessica starrte mit offenem Mund auf Diane, die sie erwartungsvoll ansah. Es war ein Schock zu hören, wie jemand die Wahrheit plötzlich laut aussprach. Ihr Geheimnis war in England bisher so sicher gewesen. Sie hatte absolut keine Ahnung, wie sie aufgeflogen war.

»Es stimmt, oder? Na los, mir kannst du es doch sagen.«

»Woher weißt du das?«, brachte Jessica schließlich heraus, nachdem ihr klargeworden war, dass es keinen Zweck hatte zu leugnen. Diane hatte es nicht einfach nur aufs Geratewohl gesagt.

»Ich hatte neulich die *Hello!* in der Hand«, sagte Diane selbstzufrieden. »Und da war dieses riesige Paparazzifoto von Edward Granger am Flughafen mit einer Frau, die ganz offensichtlich nicht erkannt werden wollte. Sie hatte sich eine Jacke über den Kopf gezogen. Wie auch immer, aus irgendeinem Grund sind mir ihre Beine aufgefallen, und – du hältst mich jetzt bestimmt für verrückt – sie kamen mir irgendwie bekannt vor. Je länger ich das Bild angeschaut habe, desto mehr hat mich diese Frau an dich erinnert. Ich hätte nämlich schwören können, dass du genau dieselbe Jacke hast. Zuerst habe ich es für einen Zufall gehalten und mir gedacht: Selbst wenn es Jess wäre, was sollte sie denn mit Edward Granger zu tun haben? Dann bin ich ins Internet gegangen und habe Edward Granger gegoogelt, und irgendwann bin ich auf ein Foto von dir gestoßen. Du warst mit einer Freundin – Dulcie heißt sie, glaube ich – bei irgendeiner Benefizgala.«

Jessica nickte stumm, und Diane klatschte begeistert in die Hände. »Ich kann nicht glauben, dass du mir kein Sterbenswörtchen davon gesagt hast!«

»Ich habe es niemandem gesagt.« Jessica war aufgesprungen, ihr Körper im Kampf-oder-Flucht-Modus. »Nicht mal Paul.«

Dianes Hand flog an ihren Mund. »Du machst Witze. Warum nicht?«

»Das ist eine lange Geschichte.« Jessica war schrecklich nervös. Es behagte ihr gar nicht, dass sie nicht länger die Kontrolle über die Situation hatte. Das Ende einer Ära, dachte sie traurig. Das Ende von Ruhe und Anonymität.

»Ich bin mir sicher, du hattest deine Gründe. Ich wollte dir übrigens noch sagen, dass ich ein glühender Fan von deinem Dad bin. Er ist mit Abstand mein Lieblings-James-Bond. Na ja, vielleicht mit Ausnahme des göttlichen Pierce Brosnan. Das erklärt natürlich, wie du es geschafft hast, Angelica Dupree zu überreden, in der Show aufzutreten. Du siehst deinem Dad wirklich sehr ähnlich. Sobald ich Bescheid wusste, ist es mir sofort ins Auge gesprungen.«

Genau das war der Grund, weshalb Jessica niemandem etwas gesagt hatte …

»Diane, bitte behalte es noch für dich, ja? Paul weiß noch nichts davon, und ich will nicht, dass er es von jemand anderem erfährt.«

»Ich werde schweigen wie ein Grab«, beteuerte Diane, bevor sie Jessica ein aufmunterndes Lächeln schenkte und ihr bedeutete, dass es wahrscheinlich besser wäre, wieder nach unten zu gehen. Grace schlief, und die anderen fragten sich vermutlich schon, wo sie blieben.

»Eins wollte ich noch schnell sagen«, wisperte Diane, als sie oben an der Treppe angekommen waren. »Natürlich ist das eine unglaubliche Geschichte, aber abgesehen davon ist es mir vollkommen egal, wer deine Eltern sind. In meinen Augen bist du der Star der Familie.«

Genau das hatte Jessica jetzt gebraucht. Das von Herzen kommende Kompliment rührte sie so sehr, dass sie Diane spontan umarmte, bevor sie ihr zurück nach unten folgte.

»So. Grace schläft?«, fragte Mike übertrieben heiter.

»Tief und fest«, sagte Diane. »Und, wie schmeckt die Mousse? Möchte noch jemand Nachschlag?«

»Nein, danke«, sagte Mike, und erst jetzt fiel Jessica auf, dass irgendetwas nicht stimmte. Es war totenstill im Raum, und alle starrten sie an. Paul hatte einen Ausdruck tiefster Verachtung in den Augen und noch etwas anderes, das sie nicht deuten konnte. Er war kreidebleich im Gesicht.

»Geht es dir gut?«, fragte sie zaghaft, bevor sie wieder an ihren Platz schlüpfte.

»Ausgezeichnet«, sagte er in einem Tonfall, der das Gegenteil nahelegte. »Es ist erstaunlich, was man mit den Mitteln moderner Kommunikationstechnologie so alles herausfinden kann.« Seine Stimme troff vor Sarkasmus und war kaum wiederzuerkennen.

Jessica hatte keine Ahnung, was mit ihm los war. Im Gegensatz zu Diane. Mit wild klopfendem Herzen folgte Jessica dem Blick ihrer Gastgeberin, bis er auf dem Empfänger des Babyfons hängenblieb, der unschuldig in der Ecke stand.

Nein!

»Ich kann alles erklären«, begann sie.

»Kein Bedarf«, gab Paul kalt zurück. »Ich will einfach nur, dass du abhaust und mich in Ruhe lässt. Oder nein, *ich* haue ab. Mike, Diane, vielen Dank für das Abendessen, aber ich gehe jetzt lieber. Mir ist der Appetit vergangen.«

Damit schob er seinen Stuhl zurück und ging seine Jacke holen.

Jessicas Blick huschte auf der Suche nach Unterstützung hilflos im Raum umher, aber niemand konnte ihr in die Augen sehen. Natasha sah so aus, als bemühe sie sich krampfhaft, einen Lachanfall zu unterdrücken, aber nicht aus Schadenfreude, sondern eher aus Nervosität, so wie man manchmal auf einer Beerdigung lachen muss. »Ich kann nicht fassen, dass ich nicht selbst drauf gekommen bin«, meinte sie schließlich. »Edward Grangers Tochter. Irgendwie habe ich von Anfang an gewusst, dass du was Besonderes an dir hast, Jess.«

Jess? Das war selbst für Natashas Verhältnisse ziemlich durchsichtig.

»Ich bin sicher, du hattest deine Gründe, warum du uns nichts gesagt hast«, meinte Kerry versöhnlich. Es tat ihr leid, Jessica so untröstlich zu sehen. Sie wusste, wie viel Paul ihr bedeutete. Andererseits hatte sie auch Mitleid mit Paul, denn eine Sache wie diese war genau das, was ihn zur Weißglut brachte. Frustrierend. Warum hatte Jessica es ihnen nicht einfach *gesagt*?

»Also«, versuchte Luke die Unterhaltung wieder in Gang zu bringen. »Kanntest du Mike schon vorher? War das mit dem Bond-Special irgendwie abgesprochen?«

»Nein«, sagte Jessica matt.

Mike schüttelte den Kopf und setzte gerade zu einer Antwort an, als Paul mit seiner Jacke zurückkam. Er war immer noch stinksauer. »Also, danke noch mal für den schönen Abend«, sagte er, an seinen Boss gewandt.

»Ja … keine Ursache«, meinte dieser abwesend. Er selbst war eher beeindruckt als wütend. Bonds Tochter, mitten unter ihnen! Es war unglaublich – und im Übrigen absolut kein Grund, an die Decke zu gehen.

»Bleib doch hier«, bat Jessica, aber ihre Stimme war kaum mehr als ein Flüstern. Paul sah sie nicht einmal an, bevor er sich umdrehte und ging.

Jessica begann zu weinen. Sie schob ihren Stuhl zurück und lief hinter Paul her in die Eingangshalle. Ob sie dabei auch noch den letzten Rest an Würde verlor, war ihr vollkommen egal. »Bitte, Paul«, flehte sie. »Du bist mir so wichtig. Ich hätte es dir gesagt.«

»Ach ja?«, sagte Paul. Seine Augen glänzten verräterisch, in seiner Miene jedoch spiegelten sich nichts als Abscheu und Enttäuschung. Jessica wusste, dass sie mit einer Erklärung aufwarten musste – einer aufrichtigen, *nachvollziehbaren* Erklärung –, aber ihr fiel keine ein. Sie war noch immer müde vom Jetlag, angetrunken und völlig verzweifelt. Wie sollte man da die richtigen Worte finden?

»Ich hätte … es dir gesagt … morgen«, war alles, was sie herausbrachte.

»Das sagt sich leicht.«

»Aber es stimmt! Ich wollte es dir vorher auch schon sagen, aber es war einfach nie der richtige Zeitpunkt!« Tränen strömten Jessica übers Gesicht, und ihre Nase begann zu laufen. »Wenn ich von Anfang an gewusst hätte, dass ich dich kennenlernen würde, dann hätte ich doch nie –«

»Spar dir den Bullshit, Jessica«, fiel Paul ihr wütend ins Wort. »Du weißt genau, wie wichtig mir Ehrlichkeit ist. Ich habe keine Ahnung mehr, ob überhaupt irgendwas an unserer Beziehung echt war. Wenn ich nur an den Mist denke, den du verzapft hast.« Er fuhr sich frustriert mit den Fingern durchs Haar. »Mein Gott. *Im Dutzend billiger*!«, brüllte er so unvermittelt, dass Jessica zusammenfuhr. »Du hast mir gesagt, dein Dad hätte bei *Im Dutzend billiger* geweint! Da hast du dir richtig einen abgelacht, oder? Als ob *Edward Granger* beim Filmeschauen flennen würde. Du musst dir in die Hose gemacht haben vor Lachen.«

»Nein«, beteuerte Jessica. »Das war die Wahrheit.« Sie konnte es nicht ertragen, Paul so zu sehen. Sie hatte ihm so weh getan, dabei war er doch der letzte Mensch auf der Welt, den sie unglücklich sehen wollte. Wie hatte sie es nur so weit kommen lassen können?

Pauls Mund öffnete sich, und einen kurzen Moment lang sah es so aus, als würde er etwas erwidern wollen, aber dann überlegte er es sich anders. Ein Ausdruck tiefer Verletztheit trat in sein Gesicht, und Jessica lief es kalt den Rücken hinunter. Paul wiederum hielt es nicht eine Sekunde länger in Jessicas Gegenwart aus. Er zog den Reißverschluss seiner Jacke hoch und ging zur Tür hinaus, die er ihr vor der Nase zuknallte, bevor er, so schnell ihn seine Füße trugen, die Straße hinunter davoneilte. Auf keinen Fall würde er ihr zeigen, wie tief sie ihn getroffen hatte. Er hatte sich ihr geöffnet, wie er sich noch nie zuvor einem Menschen gegenüber geöffnet hatte, dabei war sie nichts weiter als eine Lügnerin und Betrügerin.

Im Gegensatz zu ihm hatte Jessica kein Problem damit, andere sehen zu lassen, wie sehr sie litt. Ganze fünf Minuten lang stand sie schluchzend im Flur, bevor ihr aufging, dass sie wahrscheinlich zurück in die Küche gehen und sich den Fragen der anderen stellen sollte. Obwohl sie durch den Tränenschleier nichts Genaues erkennen konnte, schienen die Gesichter, die ihr entgegenblickten, größtenteils voller Mitgefühl.

»Ah, da bist du ja«, sagte Mike, dessen Stimme man in keinster Weise anmerkte, dass er soeben Zeuge geworden war, wie ihr Freund mit ihr Schluss gemacht hatte. »Ich wollte gerade Wasser aufsetzen. Wer hat Lust auf Pfefferminztee?«

41 ++++ Nach dem Streit zwischen Paul und Jessica war der Abend gelaufen. Alle saßen um den Tisch herum und sahen betreten in die Gegend.

Mike war der Erste, der das Schweigen brach. »Ach, übrigens«, meinte er, wobei er einen vielsagenden Blick auf das Babyfon und dann auf Diane warf. »Der *göttliche* Pierce Brosnan, hm?«

»Ach, halt den Mund«, herrschte Diane ihn an. Im Gegensatz zu ihrem Mann war sie am Boden zerstört. Sie machte sich schwere Vorwürfe, weil sie, wenngleich unwissentlich, Jessica alles verdorben hatte. Sie wünschte sich, sie könnte die Zeit zurückdrehen oder wenigstens Jessica ein wenig Trost spenden, aber wahrscheinlich wollte die Arme sie jetzt nicht in ihrer Nähe haben. Trotzdem konnte sie nicht einfach tatenlos zusehen, wie Jessica sich die Augen ausweinte, also stand sie schließlich auf und ging zu ihr, um sie in die Arme zu nehmen.

»Es tut mir so leid«, sagte sie immer und immer wieder und strich Jessica über die Haare, genau wie sie es kurz zuvor bei Grace getan hatte.

»Nein, mir tut es leid«, schniefte Jessica. »Ich habe allen den Abend verdorben. Ich hätte es euch schon viel früher sagen müssen, aber ich …« Sie verstummte. Sie war zu aufgewühlt, um zu sprechen.

»Ich glaube, ich rufe uns dann mal ein paar Taxis«, verkündete Natasha, die sich fragte, warum alle Jessica so bemitleideten. Sie hatten gerade erfahren, dass sie stinkreich war. Hallo? Ihr Vater war Edward Granger, das Problem war also … *was* genau? Darüber hinaus war sie auch ein bisschen stolz auf sich. Sie hatte von Anfang an gewusst, dass irgendetwas mit Jessica nicht stimmte. Sie bereute nur, nicht netter zu ihr gewesen zu sein …

Sehr unangenehme fünfundvierzig Minuten später war Lukes und Kerrys Taxi endlich da. Natashas Taxi war natürlich innerhalb weniger Minuten gekommen, so dass Luke und Kerry allein zurückblieben und gezwungen waren, Smalltalk mit den Connors zu machen, was aufgrund der Tatsache, dass alle reichlich Alkohol getrunken hatten und müde waren und dass Jessica in der Ecke leise vor sich hin weinte, keine besonders ersprießliche Angelegenheit war.

»Danke für den … wirklich netten Abend«, sagte Kerry und sprang von ihrem Stuhl auf, sobald sie das Klingeln an der Haustür vernahm.

»Ja, danke, es war echt nett. Und macht euch wegen ihr keine Sorgen«, rief Luke betont fröhlich, wie um Jessicas Elend zu kompensieren. »Morgen geht's ihr bestimmt schon wieder besser.« Damit wollte er vor allem Diane trösten, die immer noch dasaß und schuldbewusst die Hände rang.

»Mann, du bist aber auch eine Heulsuse, Jess«, schnaufte Kerry, als sie zu dritt auf die Straße stolperten. Kerry und Luke hatten Jessica in die Mitte genommen und stützten sie. Noch nie in ihrem ganzen Leben war Kerry über den Anblick eines Taxis so froh gewesen.

»Ich habe Kopfweh«, lallte Jessica.

»Wen wundert's?«, sagte Kerry, während sie ihre Kollegin auf den Rücksitz hievte. »Warte, ich glaube, ich habe noch ein paar Aspirin in der Tasche. Willst du eins?«

»Nein«, sagte Jessica, deren Stimme vor Verzweiflung zitterte. Der pochende Schmerz in ihrem Kopf war bloß ihre gerechte Strafe. Sie würde ihn ertragen wie ein Mönch sein härenes Hemd. Auch wenn die Möglichkeit bestand, dass er sich ohne Gegenmaßnahmen zu einer waschechten Migräne inklusive Erbrechen auswachsen würde.

Kerry und Luke stiegen ein, und als der Fahrer fragte, wohin es gehen solle, hätten sie um ein Haar ihren ersten richtigen Streit gehabt. Sie konnten sich nicht einig werden, was sie mit dem menschlichen Wrack namens Jessica Bender, geborene Granger, anstellen sollten, das zwischenzeitlich erneut in Tränen ausgebrochen war.

»Wir können sie auf keinen Fall mit zu dir nehmen«, zischte Kerry, die allmählich genug von dem Gejammer hatte – und von Jessica und diesem ganzen verfluchten Abend. »Das wäre Paul gegenüber nicht fair. Sie ist die Letzte, die er jetzt sehen will.«

»Sie kann doch auf der Couch schlafen«, widersprach Luke. »Wir haben gar keine andere Wahl. Ich zahle jedenfalls nicht für eine Fahrt nach Hampstead, und hierlassen können wir sie ja wohl auch nicht.«

»Dann soll sie halt das Taxi hier nehmen, und wir rufen ein neues«, sagte Kerry, am Ende ihrer Geduld.

»Klar, weil ich jetzt unbedingt wieder reingehen und noch eine köstliche Stunde lang peinlichen, gelallten Smalltalk mit Mike machen will.«

»Lasst mich einfach hier«, schnaufte Jessica plötzlich und begann hektisch am Türgriff zu zerren. Sie sah zum Gotterbarmen aus. Ihre Haut war fleckig und rotzverschmiert, und ihre Augen hatten schwarze Ränder, weil ihre Mascara verlaufen war. »Mir ist egal, was aus mir wird. Ich will einfach nur allein sein.«

»Siehst du?«, sagte Luke, verschränkte die Arme vor der Brust und warf Kerry einen Blick zu, als wolle er sagen: »Sag ich doch. Sie ist eine selbstmordgefährdete Irre.«

»Wie du willst«, meinte Kerry eingeschnappt. »Dann eben zu dir.«

»Gott sei Dank«, stöhnte der Fahrer. »Also Tufnell Park, ja? Sind Sie auch sicher, dass sie sich nicht übergeben muss?«, fügte er hinzu und zeigte auf Jessica, die gerade versuchte, sich in Embryonalstellung zusammenzurollen. Keine leichte Übung bei drei Personen auf der Rückbank.

Wie sich herausstellte, war Kerrys Sorge unbegründet. Als sie kurz nach Mitternacht in der Wohnung ankamen, war Paul nicht da, wenngleich Jessica dies erst glaubte, nachdem sie unter seinem Bett nachgesehen und seinen Kleiderschrank durchwühlt hatte. In die Erleichterung, dass er sie nicht in ihrem aufgelösten Zustand sehen würde, mischten sich Enttäuschung und nackte Panik. Was, wenn sie ihn nie wiedersähe? Sich in dem Zimmer aufzuhalten, in dem sie so viele intime Momente erlebt hatten, war fast zu viel für sie. Sie sank auf seinem Bett zusammen und schnupperte an seiner Decke, damit sie ihm wenigstens auf diese Weise nahe sein konnte.

»Du liebe Zeit«, sagte Luke leicht verstört, als er zusammen mit Kerry dem Treiben vom Türrahmen aus zusah. »Na, wenigstens wissen wir jetzt, dass ihr wirklich viel an ihm liegt. Was das angeht, hat sie nicht gelogen.«

»Nein«, sagte Kerry und schloss die Tür, damit Jessica in Ruhe ihrer Verzweiflung freien Lauf lassen konnte. »Aber irgendwie ist das schon ziemlich verrückt, oder? Ich muss immer wieder dran denken, was wir im Büro alles über ihren Vater gesagt haben. Keine Ahnung, wie sie es geschafft hat, so lange den Mund zu halten.«

»Ich weiß«, sagte Luke, der sich erschöpft auf das Sofa im Wohnzimmer fallen ließ und Kerry neben sich zog. Er nahm sie in die Arme.

»Tut mir leid wegen eben. Ich wollte nicht streiten.«

»Ist schon gut.«

»Kerry?«

»Ja?«

»Die Tochter von James Bond ist in meiner Wohnung.«

»Die Tochter von James Bond ist in deiner Wohnung und schnuppert an Paul Fletchers Bettwäsche.«

»Tja, so ist das eben, wenn man der Mann mit dem goldenen Colt ist«, sagte Luke.

»Obwohl er heute Abend eher geschüttelt als gerührt wirkte«, fügte Kerry hinzu und gackerte.

»Auf alle Fälle hat er ihr einen ordentlichen Feuerball unterm Hintern gemacht.«

»Der war Mist«, meinte Kerry, lachte aber trotzdem. »Armer Paul. Bestimmt könnte er jetzt ein Quantum Trost gut gebrauchen.«

»Nicht übel, Miss Moneypenny. Gar nicht übel.«

42 ++++ Als Jessica nach einer unruhigen Nacht die Augen aufschlug, kam es ihr eine wundervolle Sekunde lang so vor, als wäre nichts passiert – was vermutlich daran lag, dass sie in Pauls Bett aufgewacht war. Doch dann kehrte die Erinnerung zurück. Es war sehr wohl etwas passiert. Etwas ganz und gar Verheerendes.

Ihr Kopf tat weh, ihre Arme und Beine taten weh, aber vor allem tat ihr Herz weh. Trotzdem, in Pauls Schlafzimmer herumzuliegen würde ihr auch nicht weiterhelfen, also machte sie sich, nachdem sie geduscht hatte, trübselig auf den Heimweg zu Pam. Sie ging davon aus, dass Paul einen oder zwei Tage brauchen würde, um etwas herunterzukühlen. Ans Telefon ging er jedenfalls nicht. Aber sie würde ihn ja am Montag auf der Arbeit sehen.

Doch als sie am nächsten Tag ins Büro kam, war Paul zu ihrer großen Verzweiflung nicht da. Er hatte sich krankgemeldet, und Mike war so klug gewesen, dies nicht zu hinterfragen. Nachdem sie festgestellt hatte, dass sie sich völlig umsonst seelisch für einen Showdown gerüstet hatte, fiel Jessica sofort wieder in ihren jammervollen Ausgangszustand zurück. Der Tag kam ihr endlos vor, sie konnte sich auf nichts konzentrieren und hatte das Gefühl, dass alle im Büro über sie redeten (was auch stimmte). Daher dauerte es nicht lange, bis sie im Internet nach Flügen zurück in die Staaten suchte. Sie buchte allerdings keinen. Abgesehen davon, dass sie Diane gegenüber eine Verpflichtung eingegangen war, wusste sie tief im Innern, dass sie nirgendwohin gehen würde, bis die Sache mit Paul nicht geklärt war.

Irgendwann verließ sie, um den neugierigen Blicken der anderen zu entkommen, mit einer Ausrede das Büro und ging in die Kantine, von wo aus sie Dulcie anrief, die nicht so verständnisvoll reagierte, wie Jessica es sich erhofft hatte.

»Mal ehrlich, Jess, du hast doch von Anfang an gewusst, was für ein Typ Paul ist. Er hat seine Prinzipien, und es interessiert ihn – aus was für Gründen auch immer – nicht die Bohne, wenn jemand reich oder berühmt ist. Du hättest dir doch an zehn Fingern abzählen können, dass er austicken würde, wenn er davon erfährt. Aber du stehst auf ihn, also sitz nicht einfach rum und suhl dich im Selbstmitleid. Fahr zu ihm und sprich dich aus.«

»Meinst du?«

»Ja, meine ich«, sagte ihre Freundin mit Nachdruck.

Am nächsten Tag war Paul wieder da. Er wusste, dass Mike ihm nur einen Tag krankfeiern durchgehen lassen würde. Er war ein Bild des Jammers. Übernächtigt, ausgelaugt – und immer noch stinkwütend.

»Hi«, sagte Jessica, die sich an seinen Schreibtisch herangeschlichen hatte. Die Erleichterung, ihn einfach nur zu sehen, war riesengroß, aber Paul blickte nicht einmal auf.

»Habe zu tun«, brummte er. »Muss die Arbeit von gestern nachholen.«

»Ja«, sagte sie und schlich davon. Sie kam sich so klein und unbedeutend vor wie eine Mücke und fragte sich, was um alles in der Welt sie tun sollte, um ihren Fehler wiedergutzumachen.

Auch dieser Tag schleppte sich dahin, lediglich unterbrochen vom wöchentlichen Produktionsmeeting und von Kollegen, die zu ihr an den Schreibtisch kamen, um sie über ihre Eltern auszufragen. Das konnte sie genauso wenig ertragen wie Pauls anklagende Blicke, die dieser immer wieder in ihre Richtung abschoss. Als endlich der Feierabend gekommen war und er aufstand, um zu gehen, folgte Jessica ihm auf den Gang. »Paul!«, rief sie, aber er drehte sich nicht einmal um.

Niedergeschlagen schlurfte Jessica zurück ins Büro, wo nur noch wenige Kollegen bei der Arbeit waren, und hockte sich hinter ihren Schreibtisch.

»Redet er immer noch nicht mit dir?«, fragte Kerry, die sich gerade mit Luke auf den Heimweg machen wollte.

Jessica schüttelte den Kopf. »Er ist so wütend.«

»Was hast du erwartet?«, fragte Luke nicht unfreundlich. »Du kennst ihn doch. Paul ist die Sorte Mann, die Leute wie ich sein wollen. Solide, durch und durch anständig – und unfähig zu begreifen, warum manche Leute nicht hundertprozentig ehrlich sind.«

»Aber ich wollte ihm doch nicht weh tun!«, jammerte Jessica. »Ich habe einen Fehler gemacht, aber deswegen bin ich doch kein schlechter Mensch. Ich war einfach nur dumm. Dumm und egoistisch, weil ich einfach nur mal ich sein wollte, ohne den ganzen Zirkus, den alle immer um meine Familie machen!«

»Keine Ahnung, warum du uns das alles erzählst. Du solltest es *ihm* sagen«, meinte Kerry unverblümt.

Jessica sah auf. »Du hast recht«, sagte sie, und ein Ausdruck wilder Entschlossenheit trat in ihr Gesicht. »Wo wollte er denn jetzt hin?«

»Zu seiner Mum«, sagte Luke, was ihm einen strafenden Rippenstoß von Kerry einbrachte, die sich nicht sicher war, ob Paul überhaupt wollte, dass Jessica dies erfuhr.

Zehn Minuten später war Jessica Bender alias Granger auf dem Weg in ein unbekanntes Land namens Staines. Es war ein gutes Gefühl, die Sache endlich in die Hand zu nehmen. Es schien ihre erste vernünftige Handlung seit Ewigkeiten zu sein – obwohl sie die Weisheit ihrer Entscheidung zu hinterfragen begann, sobald sie merkte, dass sich die Fahrt über Stunden in die Länge zog. Buchstäblich. Erst musste sie Ewigkeiten auf die U-Bahn warten, dann stand der Zug, in den sie an der Waterloo Station eingestiegen war, jahrhundertelang einfach nur auf den Gleisen herum. Aber all das kam ihr wie eine Art Buße vor, außerdem zögerte sich der Augenblick der Wahrheit auf diese Weise noch ein bisschen hinaus. Der Augenblick, in dem sie erfahren würde, ob Paul ihr jemals würde vergeben können.

Gefühlte Jahre später kam sie endlich in dem unscheinbaren Örtchen Staines an. Sie musste mehrere Passanten nach dem Weg fragen. Einige halfen ihr bereitwillig, aber andere waren entweder schwer von Begriff oder wollten sie absichtlich in die falsche Richtung schicken. Als sie ihr Ziel endlich erreicht hatte, war sie fix und fertig. Ihr fiel auf, dass das Haus von Pauls Mutter dreimal in Pams Villa gepasst hätte. Es war eine Doppelhaushälfte aus rotem Backstein – hübsch, aber in keinster Weise bemerkenswert. Einfach nur ein quadratischer Ziegelkasten mit Vorgarten. Kein Wunder, dass er sie hasste, dachte sie kummervoll. Sie hasste sich ja selbst.

Sie drückte auf die Klingel.

Ein sechzehnjähriges Mädchen, von dem Jessica annahm, dass es sich um Lucy handeln musste, öffnete die Tür.

»Hi«, sagte Jessica leise. Sie war furchtbar nervös, und das Lächeln auf ihren Lippen war verkrampft.

»Hi«, sagte Lucy.

»Schön, dich mal kennenzulernen«, sagte Jessica. »Ich bin Jessica.«

»Habe ich mir schon gedacht«, sagte Lucy. »Na ja, du siehst

ziemlich fertig aus«, fügte sie hinzu, als Jessica sie fragend ansah. »Und Paul ist die ganze Zeit schlecht drauf, von daher …« Sie verstummte, weil sie nicht wusste, was sie noch sagen sollte. Sie liebte ihren Bruder und stand selbstverständlich auf seiner Seite. Aber genau wie Mike konnte auch sie nicht ganz nachvollziehen, was für ein abscheuliches Verbrechen Jessica denn nun eigentlich begangen haben sollte. Sie war die Tochter eines Filmstars – na und? Außerdem wollte Lucy unbedingt, dass die beiden sich wieder versöhnten, damit sie jede Menge Hollywoodklatsch abgreifen und vielleicht eines Tages James Bond persönlich kennenlernen konnte.

»Ist Paul da?«

»Äh … nein?«, antwortete Lucy, während sie gleichzeitig nickte.

»A… ha«, sagte Jessica, die nicht wusste, was sie als Nächstes tun sollte.

»Ach, scheiß drauf«, seufzte Lucy nach einem kurzen Zögern und trat beiseite, um Jessica hereinzulassen. »Das Leben ist so kurz.« Sie zeigte in die Richtung eines Raums, der das Wohnzimmer sein musste.

Jessica holte tief Luft und wappnete sich. »Danke«, murmelte sie und ging an Lucy vorbei durch den schmalen Flur. Okay, jetzt kommt's. In Todesangst stieß sie die Tür auf und sah sich einem sehr deprimiert wirkenden Paul gegenüber, der auf dem Sofa saß und Fußball schaute.

»Hi«, sagte sie vorsichtig.

»Was machst du denn hier?«, fragte er, ohne den Blick vom Spiel abzuwenden. »Ich dachte, ich hätte mich klar ausgedrückt.«

»Hast du auch. Aber ich möchte es dir trotzdem erklären. Verstehst du –«

»Nein, ich verstehe nicht, und ich will es auch gar nicht verstehen. Ich habe kein Interesse an dem, was du zu sagen hast.«

»Aber –«

»Wie konntest du nur?«, fragte er in direktem Widerspruch zu seiner vorherigen Behauptung. »Hat es denn wirklich nie einen Moment gegeben, in dem du gedacht hast, dass es vielleicht an der Zeit wäre, mir die Wahrheit zu sagen?«

»So war es doch gar nicht«, protestierte Jessica, aber Paul hatte offenbar keine Lust, ihr zuzuhören.

»Und jetzt kommst du einfach in mein Haus, das du, nebenbei bemerkt, wahrscheinlich für ein erbärmliches kleines Dreckloch hältst. Für dich ist ja sogar der protzige Schuppen deiner Tante *total klein und putzig*«, sagte er, wobei er auf gehässige Weise ihren amerikanischen Akzent nachäffte.

»Jetzt mach aber mal halblang –«, begehrte Jessica auf, die mit ihrer Geduld allmählich am Ende war.

Zum ersten Mal, seit sie gekommen war, sah Paul sie an. »Du hast mir gar nichts zu sagen. Zu Hause musst du wahrscheinlich nur mit den Fingern schnippen, und alles tanzt nach deiner Pfeife, aber bei mir funktioniert das nicht.«

In diesem Moment riss Jessicas Geduldsfaden. Sie wusste nicht, was sie noch versuchen sollte, außerdem war sie enttäuscht und wütend über seine Reaktion. Und das, nachdem sie wegen ihm durch ganz London gepilgert war! Wutschnaubend drehte sie sich um und stapfte aus dem Zimmer. Dabei kam sie an Lucy vorbei, die auf der Treppe saß und sich nicht mal die Mühe machte, so zu tun, als hätte sie nicht gelauscht.

»Jetzt gib ihn doch nicht so schnell auf!«, rief sie ihr nach.

»Und warum nicht?«, fragte Jessica, die zu ihrem Entsetzen feststellte, dass sie schon wieder kurz davor war, in Tränen auszubrechen.

»Ich weiß ja, dass er sich benimmt wie der letzte Trottel, aber er liebt dich definitiv. Er war so glücklich, seit ihr euch kennengelernt habt.«

»Ach, Lucy, er ist so sehr mit seinem Selbstmitleid beschäftigt, dass er nicht mal eine Sekunde darüber nachgedacht hat, wie unangenehm das alles für mich gewesen sein muss.«

»Er hatte eben einiges zu verdauen«, gab Lucy zu bedenken. »Und ich bin mir ziemlich sicher, dass er im Grunde genommen einfach nur einen Riesenschiss hat, dass du nicht mehr mit ihm zusammen sein willst. Dass du einfach wieder nach Hollywood abdampfst, sobald der Reiz des Neuen weg ist und du dich mit einem Normalo wie ihm langweilst.«

Im Wohnzimmer stieß Paul einen Seufzer aus. Er konnte genau hören, was draußen gesprochen wurde. In seinem Kopf tobte ein heftiger Widerstreit. Sein Stolz verlangte von ihm, den Fernseher lauter zu drehen und zu vergessen, dass Jessica Be… – wie auch immer sie hieß – überhaupt existierte. Sein Herz und sein Kopf hingegen befahlen ihm genau das Gegenteil. Sie drängten ihn, sich wenigstens anzuhören, was sie zu sagen hatte. Sie sagten ihm, dass es ein Ding der Unmöglichkeit wäre, sie zu vergessen, und dass er eigentlich sowieso nichts anderes wollte, als dass zwischen ihnen wieder alles in Ordnung kam.

Es stand zwei gegen einen. Schicksalsergeben stand er auf und trat in den Flur, gerade als Jessica zur Haustür hinausging.

»Also schön«, rief er ihr hinterher. »Wenn du etwas erklären willst, dann bitte. Ich glaube allerdings nicht, dass du irgendwas Überzeugendes zu sagen hast.«

Jessica, bereits auf halbem Weg zum Gartentor, fuhr herum. Ihre Augen blitzten vor Empörung.

»Bitte?«, fügte Paul hinzu.

»Also gut«, sagte sie mit vor Wut ganz leiser Stimme. »Wenn du willst.«

»Gut.«

»Gut«, echote sie. »Also … erstens. Wenn ich genauer drüber nachdenke, hast du wahrscheinlich recht.«

»Womit?«

»In gewisser Weise war es bei dir wirklich der Reiz des Neuen.«

Paul blitzte sie entrüstet an und wollte etwas erwidern, aber Jessica ließ ihn nicht zu Wort kommen.

»Du bist was Neues, weil du der erste Freund in meinem Leben bist, der mich mag, weil ich *ich* bin, und der nicht mit mir ausgehen will, weil ich reich bin oder beim Film arbeite oder weil er meine Eltern kennenlernen will. Du bist was Neues, weil ich noch nie so empfunden habe wie bei dir – bei niemandem. Und obwohl ich dir vielleicht einige Sachen verschwiegen habe«, sagte sie mit wackliger Stimme, »habe ich dich nie angelogen.«

»Schwachsinn«, knurrte Paul und schielte nach oben, damit seine Tränen nicht überliefen.

»Lass mich gefälligst ausreden! Ich bin nach England gekommen, um mich selbst zu finden. Ich weiß, klischeehafter geht's nicht, aber es stimmt. Mir ist klar, dass ich in vielerlei Hinsicht ein sehr privilegiertes Leben geführt habe, aber ich kann dir sagen, es ist kein Zuckerschlecken, die Tochter zweier lebender Legenden zu sein. Bevor ich hierhergekommen bin, war ich vollkommen planlos. Mein Dad hat sich ständig in meine Angelegenheiten eingemischt, und ich hatte wirklich das Gefühl, von ihm erdrückt zu werden. Das war keine Lüge. Ich wollte irgendwo ganz von vorne anfangen, und ehrlich gesagt finde ich es ziemlich traurig, dass du nicht mal ein Stück weit nachvollziehen kannst, warum ich mich so gefühlt habe.«

Paul sagte nichts, aber immerhin hörte er zu.

»Mein ganzes Leben lang war es dasselbe: Kaum finden die Leute raus, wer ich bin, benehmen sie sich komplett anders. Manchmal haben sie Mitleid mit mir, weil ich nicht so schön bin wie meine Mutter – was ziemlich grotesk ist, weil ich ja aus nächster Nähe miterlebt habe, wie unglücklich meine Mutter war, und sie ist die schönste Frau der Welt. Sobald das Thema dann durch ist, gibt es in der Regel zwei Möglichkeiten. Entweder die Leute glauben, dass ich ein schrecklich talentierter, ehrgeiziger Mensch bin, der einmal Unglaubliches vollbringen wird, oder – was vermutlich häufiger vorkommt – sie denken, dass ich nichts in der Birne habe. Ich werde als Dummkopf abgestempelt, nur weil meine Eltern reich und schön sind, und ehrlich gesagt ödet mich das mittlerweile ziemlich an. Zweitens will ich nicht berühmt sein, und ich wollte es auch nie. Was ist so schlimm daran, normal zu sein? Normale Menschen stehen nicht so unter Druck und haben insgesamt ein ruhigeres, glücklicheres Leben. So weit, so gut.« Jessica hob die Hand, um Paul davon abzuhalten, sie zu unterbrechen, als er Anstalten dazu machte. »Ich bin *kein* Dummkopf, ich habe *kein* Problem damit zu arbeiten, und ich will etwas tun, was mich ausfüllt. Und wenn ich nicht nach England gekommen wäre, hätte ich immer noch keine Ahnung, was das sein könnte. Wenn du mich also fragst, ob es mir leidtut, dass ich hergekommen bin – ob es mir leidtut, dass ich ausnahmsweise mal ohne die Vorurteile der Leute leben durfte –, dann lautet die Antwort nein. Tut es mir leid, dass ich dir weh getan habe und dir nicht viel früher die Wahrheit gesagt habe? Ja, natürlich tut mir das leid. Aber, Paul, ich konnte doch nicht wissen, dass das mit uns passieren würde. Ich wusste nicht, dass wir uns begegnen würden. Obwohl ich nach wie vor heilfroh bin, dir als Jessica Bender begegnet zu sein und nicht als Tochter eines Filmstars, weil du mich dann garantiert nicht mal mit dem Hintern angesehen hättest.«

»Das ist nicht wahr!«, widersprach Paul, der nicht verstand, wie es dazu gekommen war, dass auf einmal er derjenige war, dem Vorhaltungen gemacht wurden.

»Doch, ist es«, gab Jessica zurück.

Eine Zeitlang standen sie einfach nur da und sahen sich an. Beide kämpften mit ihren Gefühlen.

»Finde ich nicht«, sagte Paul schließlich.

»Paul, ich bin nach England gekommen, um *ich* zu sein. Macht mich das zu einem schlechten Menschen?«

Paul war hin- und hergerissen. Nachdem er sich ihre Erklärung angehört hatte, konnte er ihre Motivation für die Heimlichtuerei durchaus verstehen. Trotzdem kränkte es ihn, dass sie ihn für so intolerant hielt. Andererseits wiederum war er intelligent genug zu erkennen, dass in ihren Anschuldigungen zumindest ein Fünkchen Wahrheit stecken musste, da er sonst nicht gekränkt, sondern entrüstet gewesen wäre. Nichtsdestotrotz kam er sich veralbert vor, und das sagte er ihr auch.

»Ich finde es mies, wenn andere hinter meinem Rücken über mich lachen«, sagte er eine Spur zu aggressiv, bevor er höflich nickte und sie beide einen Schritt zur Seite traten, um einer Frau mit Kinderwagen Platz zu machen.

»Wer hat über dich gelacht?«, fragte Jessica verständnislos.

»Du. Du hast so getan, als hättest du kein Geld. Dann diese Sache mit deinem Dad – dass er eine totale Heulsuse ist und ständig weinen muss. Warum hättest du so was erzählen sollen? Und dann der falsche Name. Bender. So heißt doch niemand.«

»Mein Dad heißt mit richtigem Namen Teddy Bender«, sagte Jessica leise. »Und wenn du irgendjemandem davon erzählst, dann bringt er mich um. Er kommt aus Pinner und ist da auf die Gesamtschule gegangen. Er hatte Sprechunterricht, um seinen Akzent loszuwerden.«

Paul runzelte ungläubig die Stirn, aber dann wurde ihm klar, dass Jessica tatsächlich die Wahrheit sagte. Wer hätte sich so etwas schon ausdenken können? Teddy Bender. Unbezahlbar.

»Und was das andere angeht – das mit dem Weinen –, das war auch nicht gelogen.«

Paul musste gewaltsam ein Grinsen unterdrücken. Er *durfte* nicht lachen. Sonst würde sie glauben, dass er ihr verziehen hatte, und das ging nicht – nicht bis er sich Gewissheit verschafft hatte, dass sie ihn nicht einfach sitzenlassen und in ihre eigene, ungleich glamourösere Welt entwischen würde.

»Okay«, sagte er. »Trotzdem kann ich auf keinen Fall mit den Typen mithalten, die dir in Hollywood über den Weg laufen. Das können ja nicht alles Arschlöcher sein, die nur hinter Geld und Ruhm her sind. Das mit dem Lügen verzeihe ich dir also, aber ich finde es besser, wenn wir jetzt gleich einen Schlussstrich ziehen, bevor ich mich noch weiter auf dich einlasse. Soweit ich es sehe, ist es sowieso unvermeidlich, und wir sollten die Sache nicht künstlich in die Länge ziehen. Ich bin nicht dumm. Ich weiß, dass du was Besseres finden kannst als mich mit meinem durchschnittlichen Leben und unterdurchschnittlichen Kontostand.«

Er hielt inne und hoffte verzweifelt, dass Jessica jetzt etwas Tröstendes und Beruhigendes sagen würde, das ihn von seiner Unsicherheit befreien würde. Er wurde herb enttäuscht.

»Du müsstest dich mal hören!«, rief Jessica. »Gott, manchmal bist du so ein blöder Penner! Paul, du bist ein wunderbarer Mensch, aber wenn du nach allem, was ich dir gerade erklärt habe, so reagierst, dann hast du wirklich ernsthafte Probleme. Das zwischen uns gehört mit zum Besten, was mir je in meinem Leben passiert ist. Warum sollte ich das einfach wegwerfen? Ich *hasse* die Vorstellung, das hier könnte nur eine kleine Affäre sein, und wenn du auch nur ein paar der Schwachköpfe getroffen hättest, mit denen ich ausgegangen bin, dann wüsstest du auch, warum. Und wie kannst du mich für so oberflächlich halten? Nein, falsch: Wie kannst *du* so oberflächlich sein? Wieso beurteilst du mich nicht danach, wie ich mich dir gegenüber verhalten habe? Ich kann nichts dafür, wer meine Eltern sind. Das geht doch wohl allen so.«

»Schon klar, Einstein«, sagte Paul leicht beschämt.

»Dann solltest du vielleicht mal anfangen, dich entsprechend zu verhalten«, sagte Jessica indigniert. »Weißt du, jeder kriegt vom Leben ganz unterschiedliche Dinge mit, und das Einzige, was zählt, ist, was man daraus macht. Ein Glück, dass Barack Obama nicht die ganze Zeit rumgesessen und über seine Hautfarbe gejammert oder sich irgendwelche Hindernisse zusammengesponnen hat, die ihn davon abgehalten haben, etwas in seinem Leben zu erreichen.«

»Wahrscheinlich nicht ganz fair, mich mit einem der größten Politiker zu vergleichen, den die Welt je gesehen hat, aber hey ...«, versuchte sich Paul an einem Scherz.

Jessica jedoch hörte gar nicht zu. Sie hatte sich heißgeredet. »Ist das Leben fair? Nein. Ist es fair, dass ich mir um Geld keine Gedanken machen muss? Nein. Ist es fair, dass ich in einer Villa in Malibu wohne? Nein. Aber ich bin auch nicht *schuld* dran, und ich habe es so –«, sie schluckte, aber es half nichts, die Tränen begannen erneut zu fließen, »ich habe es so *satt*, dass ich mich ständig dafür entschuldigen muss, wer ich bin!«

»Also ... ja, du hast recht. Das ist nicht in Ordnung«, wagte Paul einzuwerfen.

»Schade nur, dass mir das nicht viel nützt, weil ich immer im Hinterkopf habe, was Leute wie du über Leute wie mich denken.«

»Ich denke gar –«

»Du trägst so ein fettes Kreuz auf den Schultern, Paul. Verdammt, komm mal klar. Ich weiß, mein Leben ist ziemlich perfekt, aber wenn ich mich wirklich anstrengen würde, könnte ich garantiert auch ein paar schlechte Dinge finden, auf denen sich rumreiten lässt. Ich könnte meine Unsicherheit darauf schieben, dass meine Mutter mich mit drei Jahren verlassen hat, oder meinen Mangel an Zielstrebigkeit darauf, dass ich mit vier Jahren nur ein spanisches Kindermädchen als Bezugsperson hatte. Es war ziemlich seltsam, mit meinem Dad und einer Stiefmutter zusammenzuleben, die nicht viel älter ist als ich. Und habe ich mich drum gerissen, meinen

Dad dabei zu erwischen, wie er auf seiner Geburtstagsparty meine Mutter bumst? Ganz sicher nicht!«, schloss sie nachdrücklich.

Paul sah sie mit offenem Mund an. Eine Fußgängerin flüchtete auf die andere Straßenseite.

»Ach, Mist«, sagte Jessica, als ihr klar wurde, was ihr da gerade entschlüpft war. Aber sich die Dinge von der Seele zu reden tat so gut. Es war wie eine Entgiftungsbehandlung. »Vergiss das Letzte. Der springende Punkt ist, dass man in neun von zehn Fällen selbst an seiner Misere schuld ist.«

»Was genau willst du damit über mich sagen?«, fragte Paul, der zugleich gekränkt und ergriffen war.

Jessica seufzte. »Du wirst es nicht glauben, aber in gewisser Hinsicht beneide ich dich. Wenn ich höre, wie du über Lucy und über deine Mom redest – ihr steht euch so nahe. Eine richtige Familie ist alles, was ich je gewollt habe, und wenn du aus Staines kommst und ich aus L. A., wenn dein Dad ein Versager war und meiner ein Filmstar ist – was zum Geier hat das mit *uns* zu tun?«

Paul blinzelte, dann musste er schlucken. Sie hatte ganz klar erkannt, mit welchen Dämonen er zu kämpfen hatte, noch bevor er selbst sich dessen bewusst geworden war. Er hatte tatsächlich die Angewohnheit, seinem Vater für alles die Schuld zu geben und die Menschen nach ihren Lebensumständen zu beurteilen, bevor er ihnen eine Gelegenheit gab, ihm zu zeigen, wie sie wirklich waren.

»Tut mir leid«, sagte er zerknirscht. »Du hast recht. Ich war ein Idiot, und ich weiß, dass ich manchmal dazu neige, mich selbst zu geißeln.« Zögernd machte er einen Schritt auf sie zu. »Ich glaube, ich habe einfach nur ein bisschen … na ja, Angst, dich zu verlieren«, gestand er.

Jessica zog die Nase hoch und schenkte ihm ein zittriges Lächeln. »Das musst du nicht.«

Paul wandte den Blick ab, die Hände tief in den Hosentaschen vergraben, bevor er ihr ein Lächeln schenkte, bei dem ihr Herz jubilierte. Er nahm ihre Hände, und als er sie ansah, wurde sein Gesicht wieder ernst.

»Ich liebe dich, Jessica.«

Jessica schnappte nach Luft und starrte in den Himmel, weil ihre Augen überzuquellen drohten. Sie hatte so lange darauf gewartet, diese Worte zu hören, und einen Moment lang hatte es so ausgesehen, als hätte sie ihre Chance ein für alle Mal verspielt.

»Ich liebe dich auch«, antwortete sie. »Und wie.«

»Danke, dass du gekommen bist«, sagte Paul und zog sie in seine Arme.

»Gern geschehen«, sagte Jessica und vergrub kurz das Gesicht an seiner Schulter, bevor sie sich von ihm löste, um ihm in die Augen zu schauen. »Hey, weinst du etwa?«

»Quatsch«, sagte Paul sofort. »Ach, Mist. Ich heule nie. Was hast du mit mir gemacht?«

»Keine Sorge. Du musst nicht versuchen, es zurückzuhalten«, sagte Jessica lachend. Sie war so glücklich, dass sie dachte, platzen zu müssen, und drückte ihn ganz fest. »Lass es einfach raus. Glaub mir, mit weinenden Männern habe ich Erfahrung.«

Epilog

Sieben Monate später

»Alles klar?«, fragte Jessica.

»Nein«, sagte Paul. »Ich mache mir in die Hosen vor Angst.«

»Keine Ahnung, wieso du im Flugzeug *Meine Braut, ihr Vater und ich* sehen musstest. Das kann ja nicht geholfen haben«, tadelte Jessica. Auch ihre Nerven flatterten ein wenig.

»Das ist einer meiner Lieblingsfilme«, protestierte Paul. »Eine der besten Komödien aller Zeiten. Außerdem glaubst du doch nicht, dass es so laufen wird, oder?«

Aber Jessica hatte keine Zeit zu antworten, denn in diesem Augenblick öffnete Consuela die Tür und gab den Blick auf die größte, prächtigste Eingangshalle frei, die Paul je gesehen hatte.

»Jessica!«, rief die Haushälterin. »Es ist so schön, dich zu sehen, mein Schatz.«

»Dich auch, du hast mir gefehlt!« Jessica umarmte die Haushälterin herzlich, bevor sie ihr ihren Freund vorstellte. »Das ist Paul.«

»Ah, Paul, ich habe schon so viel von Ihnen gehört. Kommen Sie rein, kommen Sie rein, und herzlich willkommen.«

»Danke«, sagte Paul befangen und trat über die Schwelle. Im selben Moment kam der Mann, der ihm so manchen zweiten Weihnachtsfeiertag versüßt hatte, durch eine Flügeltür hereingeschritten. Paul schluckte. Er hatte sich fest vorgenommen, in Edward Granger einfach nur Jessicas Vater zu sehen, aber als er ihn jetzt leibhaftig vor sich sah, war es mit allen guten Vorsätzen vorbei. Es war James Bond! Natürlich hatte Paul damit gerechnet, dass er eine attraktive und imposante Erscheinung war und sich freuen würde, seine geliebte Tochter wiederzusehen. Womit er nicht gerechnet hatte, war, dass der weltberühmte Schauspieler in einen Galopp fiel, Jessica packte, hochhob und durch die Luft wirbelte, als wäre sie zwölf Jahre alt.

»Es ist so schön, dich zu sehen, Kätzchen«, sagte er gerührt, und seine Augen schimmerten. »Ich habe dich so sehr vermisst, meine kleine Sternschnuppe.«

»Ich dich auch, Dad, ich dich auch«, antwortete Jessica lachend und wand sich aus seinem Schraubstockgriff. »So, und jetzt möchte ich, dass du Paul Fletcher kennenlernst.«

»Aha, Sie sind also der berühmte Paul, von dem wir seit Monaten zu hören bekommen«, sagte Edward galant und klang dabei viel eher nach James Bond, als wenn er mit Worten wie »Kätzchen« und »Sternschnuppe« um sich warf. »Ich freue mich, dass wir uns endlich mal treffen.« Er streckte Paul die Hand hin.

»Gleichfalls«, sagte Paul und gab ihm ein wenig steif die Hand. Jessica grinste die beiden glücklich an, und ihr Herz pochte in einer Mischung aus Stolz und nervöser Erwartung.

Eine halbe Stunde später hatten die drei es sich mit kühlen Drinks auf der riesigen Terrasse im Schatten bequem gemacht. Paul sah sich in seiner Umgebung um und versuchte so zu tun, als wäre es für ihn völlig normal, zusammen mit einem Hollywood-Superstar im Garten eines Anwesens in Malibu zu sitzen.

»Was macht das Studium?«, erkundigte sich Edward bei seiner Tochter.

»Es läuft super«, sagte Jessica glücklich. »Es macht mir Riesenspaß, und ich kann dir gar nicht sagen, wie erleichtert ich bin, dass ich endlich was gefunden habe, worin ich gut bin. Natürlich wird es noch Jahre dauern, bis ich die Ausbildung zur Therapeutin abgeschlossen habe, aber ich lerne unheimlich viel, und ich weiß genau, dass es die Mühe wert ist. In der Zwischenzeit arbeite ich weiter für Diane, obwohl es ihr schon viel besser geht. Gott sei Dank, so weiß ich wenigstens, dass sie später auch ohne mich klarkommen wird.«

»Mir kommt es ein wenig umständlich vor, dass du erst nach England gehen musstest, um deine Berufung zu finden«, neckte Edward sie. »Finden Sie nicht auch, Paul? Man könnte glatt meinen, es gäbe hier keine Therapeuten.«

Paul und Jessica lachten. Er hatte nicht ganz unrecht.

»Ah, da ist Ange«, rief Edward unvermittelt und beschattete die Augen mit der Hand. »Hier, Liebling!«, rief er quer durch den Garten. »Ist es gut gelaufen?«

»Ja, ja«, sagte Angelica, die, so schnell es ihre hochhackigen Schuhe erlaubten, über den Rasen geeilt kam. Sie war bei einem wichtigen Treffen mit Universal Studios gewesen, hatte aber die meiste Zeit des Meetings damit verbracht, sich zu ärgern, weil sie die Ankunft ihrer Tochter verpasste.

Sie freute sich so sehr darauf, Jessica zu sehen, dass sie sich schließlich die Schuhe von den Füßen streifte und losrannte. Jessica kam ihr entgegen, und sie trafen sich auf halbem Weg. »Es ist so schön, dass du da bist, *ma chérie*«, sagte Angelica, als sie sich in den Armen lagen. »Und Paul – wie wundervoll, Sie zu sehen«, fügte sie hinzu, als dieser nervös hinzutrat. »Es tut mir so leid, dass ich nicht da war, um euch zu begrüßen, als ihr angekommen seid.«

Paul wollte ihr die Hand schütteln, aber Angelica winkte

sie beiseite und küsste ihn stattdessen auf beide Wangen. »Es freut mich, Sie endlich richtig kennenzulernen. Heute Abend werden wir alle gemütlich zusammen essen – es sei denn, ihr habt bereits Pläne mit Dulcie gemacht?«

»Nein«, antwortete Jessica. »Wir gehen ihr aus dem Weg, nicht wahr, Paul? Es sind nur noch zwei Tage bis zur Hochzeit, und sie läuft rum wie ein aufgescheuchtes Huhn. Es reicht, wenn wir uns beim Essen nach der Hochzeitsprobe sehen.«

Nach der Begrüßung schlenderte Angelica zu Edward hinüber und drückte ihm einen Kuss auf die Lippen. Edward streckte träge einen Arm aus, schlang ihn ihr um die Taille und zog sie auf seinen Schoß.

»Hallo, mein Liebling«, raunte er.

»Hallo, mein Schatz«, schnurrte sie.

Jessica verdrehte die Augen. Ihre Eltern waren schlimmer als sie und Paul. »Sag mal, Dad, wir holen morgen unsere Freunde vom Flughafen ab, und ich wollte fragen, ob es in Ordnung ist, wenn wir dann alle am Nachmittag hierherkommen? Sie wollen euch unbedingt kennenlernen, und es wäre schön, ein bisschen am Pool zu liegen.«

»Natürlich ist das in Ordnung«, sagte Edward. »Ich wäre sogar beleidigt, wenn sie nicht kämen. Wer ist noch gleich alles mit dabei?«

»Isy, oder, wie Dulcie sie nennt, die kleine Gebirgskatze. Ich sage euch, die beiden sind wie geschaffen füreinander. Isy ist eine der Brautjungfern. Natasha ist die Einzige, die nicht eingeladen wurde. Sehr zu ihrer Empörung.«

»Also, ich bin froh darüber«, sagte Angelica, die von Edwards Schoß aufgestanden war, um ihre Tochter erneut zu umarmen. »Das, was du von ihr erzählt hast, klang nicht sehr angenehm.«

Während die Frauen sich in eine lange Diskussion über Dulcies bevorstehende Hochzeit stürzten, wandte Edward sich an Paul. »So«, meinte er und räusperte sich umständlich. »Ich nehme an, Ihre Mutter und meine Schwester haben Spaß zusammen?«

»Und ob«, sagte Paul. »Vegas, wir kommen.«

»Die Bekanntschaft mit Ihrer Mutter scheint Pam sehr gut getan zu haben.«

Paul nickte. Sie hatte beiden Frauen gutgetan. Im Laufe der letzten Monate waren seine Mutter und Pam unzertrennlich geworden, und als Edward darauf bestanden hatte, Pam einen wohlverdienten Urlaub zu spendieren, hatte diese sofort Anita eingeladen, mitzukommen. »Als sie am Flughafen ihren Mietwagen abgeholt haben, war es wie eine 50-plus-Version von *Thelma und Louise*.«

Edward lachte schallend. »Der war wirklich gut. Ich kann verstehen, warum Sie als Autor so gefragt sind.«

Paul freute sich enorm über das Kompliment, versuchte jedoch, ein bescheidenes Gesicht zu machen.

»Also, was sind denn so Ihre Pläne für L. A.?«, wollte Edward als Nächstes wissen.

»In erster Linie bin ich natürlich wegen der Hochzeit hier, aber ich habe die Gelegenheit genutzt und ein paar Termine gemacht. Ich weiß, dass Jessica früher oder später hierher zurückkehren möchte, deshalb kann es ja nicht schaden, die Fühler auszustrecken.«

»Verstehe«, sagte Edward und widerstand dem Drang, triumphierend die Faust in die Luft zu recken. Pauls Worte waren Musik in seinen Ohren. Er konnte den Mann nur in sein Herz schließen, wenn dieser sein kleines Mädchen nicht davon abhielt, nach Hause zurückzukommen. »Mit wem wollen Sie sich denn treffen?«, fragte er beiläufig.

»Mit Produzenten von verschiedenen Fernsehsendern. Aber auf einen freue ich mich ganz besonders, das ist Bob Chambers.«

»Zu Recht«, meinte Edward beeindruckt. Bob Chambers

war der Kopf hinter einigen der erfolgreichsten Shows bei einem der größten und renommiertesten Sender Amerikas. Sofort begann Edwards Gehirn fieberhaft zu arbeiten. »Hm, ich kenne Bob nicht persönlich, aber ich kenne jemanden, der ihn kennt. Wenn ich mal bei meinem alten Freund Steve durchklingle, bin ich ziemlich sicher, dass wir das Meeting in die richtige Richtung lenken könnten …«

»Äh, also …«

»Was soll das heißen, Dad?«, warf Jessica argwöhnisch ein, die den letzten Teil des Gesprächs mitbekommen hatte.

»Nichts«, beteuerte Edward hastig.

»Edward?«, sagte Angelica streng. »Was führst du im Schilde?«

»Nichts«, wiederholte dieser.

»Edward, wir kennen dich. Wenn du vorhast, Paul irgendwie unter Druck zu setzen, dann raus mit der Sprache.«

»Zum Kuckuck!«, ereiferte sich Edward. »Wieso muss sich ein Mann in seinem eigenen Haus ins Kreuzverhör nehmen lassen?«

Paul verkniff sich ein Schmunzeln. Edward hatte von Natur aus etwas Komödiantisches an sich.

»Weil besagter Mann offenbar nicht begreift, dass er seine Nase nicht in anderer Leute Angelegenheiten zu stecken hat«, lautete Jessicas zurechtweisende Antwort.

»Ich stecke meine Nase nirgendwo rein«, verteidigte sich Edward, erkannte aber dennoch, dass er aufgeflogen war. »Also schön, Paul hat einen Termin bei Bob Chambers, und ich dachte nur, ich könnte ihm helfen, indem ich ein gutes Wort für ihn einlege.«

Jessica zögerte. Einerseits würde sie sich riesig freuen, wenn Paul in den Staaten einen Job bekäme. Das würde ihnen einige sehr schwierige Entscheidungen abnehmen. Andererseits wollte sie, dass er es aus eigener Kraft schaffte. Er hatte genug Talent und brauchte die Hilfe ihres Vaters nicht. Aber es war seine Entscheidung. Vielleicht freute er sich über ein wenig Hilfestellung, zumal er sich bisher in seinem Leben alles ganz allein hatte erarbeiten müssen.

»Du liebe Güte«, sagte Edward und lachte, als er ihre ernsten Mienen sah. »Man müsste ja meinen, ich zwinge ihn dazu, für mich als Drogenkurier zu arbeiten oder sonst was.«

»Sei still, Dad. Mir ist es wichtig, dass Paul nicht das Gefühl hat, du würdest dich einmischen. Ich weiß nämlich zu gut, wie das ist.«

Plötzlich ruhten alle Augen auf Paul. Der ahnte, dass es Zeit war, seine Meinung kundzutun. Zeit, ehrlich zu sein, auch wenn er dadurch Gefahr lief, jemanden vor den Kopf zu stoßen.

»Also gut«, meinte er. »Wenn ich ganz ehrlich sein soll, kommt es mir wirklich ein bisschen so vor, als würden Sie sich einmischen. Obwohl ich weiß, dass Sie es natürlich nur machen, weil Sie hoffen, dass Jessica früher nach Hause kommt, wenn ich hier einen Job finde.«

Edward bemühte sich, so auszusehen, als wäre die Vermutung völlig aus der Luft gegriffen, scheiterte aber kläglich.

»Ich hoffe, Sie nehmen es mir nicht übel, aber ich finde es besser, wenn Sie nicht anrufen. Wenn Sie für mich ein gutes Wort einlegen und ich den Job bekomme, werde ich immer denken, dass ich ihn nur deswegen bekommen habe. Ich möchte es gerne allein schaffen. Trotzdem weiß ich das Angebot sehr zu schätzen.«

Jessica hätte platzen können vor Stolz, aber gleichzeitig hielten sie und Angelica gespannt den Atem an. Es war nicht abzusehen, wie Edward auf die Abfuhr reagieren würde. Eine Sekunde lang sah es so aus, als sei er ernsthaft gekränkt, aber dann breitete sich ein Grinsen auf seinem Gesicht aus, er stand auf und streckte Paul die Hand hin. »Gut gemacht«, sagte er und schüttelte Pauls Hand heftig auf und ab. »Sie sind ein anständiger Kerl, und obwohl ich es nur ungern zugebe: Das war die richtige Entscheidung.«

Jessica quietschte vor Freude. Dann stürzte sie sich auf Paul, sprang an ihm hoch und schlang die Beine um ihn, wobei sie ihn mit Küssen überschüttete.

»Ruhig Blut«, mahnte Edward. »Vergiss nicht, deine alten Herrschaften sind anwesend.«

Jessica löste sich eine Sekunde von Paul und lachte. »Wie ging noch dieser Spruch mit dem Glashaus und den Steinen?«

»Danke für dein Verständnis«, sagte Paul.

»Endlich!«, rief Jessica frech, bevor sie fragte: »Hey, Dad, weinst du etwa?«

»Natürlich nicht«, sagte Edward unwirsch, während er in der Hosentasche fieberhaft nach seinem Taschentuch suchte.

»Meine kleine Heulsuse. Immer noch so ein Sensibelchen wie damals«, lachte Angelica.

»Ach, sei still.« Edward wischte sich hastig über die Augen und räusperte sich. »Ich weine nicht. Das ist das Gras, davon tränen meine Augen. Und wagen Sie ja nicht, das weiterzuerzählen«, sagte er, an Paul gewandt.

»Keine Sorge, Mr Granger. Versprochen.«

»Und ›Mr Granger‹ will ich auch nicht mehr hören. Nennen Sie mich –« Edward hielt inne. Er wollte zu gerne Pauls Gesicht sehen …

»Nennen Sie mich Bond. James Bond.«

Er hatte sich nicht zu viel versprochen. Pauls Miene war ein Bild des Erstaunens. Es war ein wunderbar surrealer Moment. Angelica lachte leise, und auch Jessica musste schmunzeln. Ihr Vater war einfach unbezahlbar.

Wie sie so im warmen Sonnenschein stand, im Kreis der Menschen, die sie liebte, wurde sie auf einmal von einem überwältigenden Gefühl des Glücks, der Hoffnung und purer

Freude erfüllt. Sie küsste Paul auf die Wange, und ihr Optimismus musste ansteckend gewesen sein, denn Paul zog sie an sich, beugte sich zu ihr herab und flüsterte ihr ins Ohr: »Wer weiß? Vielleicht wird aus dir ja eines Tages eine Fletcher. Jessica Fletcher.«

»Wer weiß«, meinte sie.

Danksagung Ein großes Dankeschön geht an alle bei Penguin, die an dieses Buch geglaubt und seine Veröffentlichung möglich gemacht haben. Insbesondere an Kate Burke, Mari Evans, Anthea Townsend und Karen Whitlock.

Danke an meine wundervolle Agentin Eugenie Furniss. Ich hoffe, der Schreck war nicht allzu groß, als du in der easyJet-Maschine gesessen und dich gefreut hast, einfach mal allem entkommen zu können, und auf einmal kam von irgendwoher ein lautes: »Huhu, ich bin's!« Es war kein Stalking, Ehrenwort. Danke auch an die unglaublich effiziente und nette Claudia Webb. Ein ganz besonderes Dankeschön an dich, Debi Allen, eine Frau, mit der man rechnen muss und die mit mir durch dick und dünn gegangen ist. (Das ist wörtlich gemeint. Als ich nach Lilys Geburt wieder arbeiten gegangen bin, musste ich diese Bridget-Jones-mäßigen Bauch-weg-Miederhöschen tragen.) Du bist eine Wucht, und ich kann mich glücklich schätzen, dich zu kennen.

Dank geht auch an meine phantastische Familie. An Mum und Mauro, die ein hartes Jahr durchmachen mussten, aber dabei ihren Humor nicht verloren haben. Und an meine Leser. Vergesst die Ritter der Tafelrunde an König Artus' Hof. Die Leser vom Ecktisch in der Madrid Road – das sind die wahren Helden. Als da wären: Dad, Sally, Imogen, Isabel und Jessica. Harry, du musst auch erwähnt werden, obwohl du es noch gar nicht gelesen hast. Das haben Lily und Freddie ja auch nicht (obwohl man der Fairness halber sagen muss, dass ihre Ausrede besser ist).

Danke an meine wunderbare Schar genialer, lustiger, großzügiger Freundinnen, die mich unterstützt haben. Ihr wisst, wer gemeint ist. Ich weiß wirklich nicht, was ich tun (oder wen ich vollquatschen) würde, wenn ich euch nicht hätte. Ein besonderes Dankeschön geht an Alessia, Anna und Fi, die mich durch die wirklich spaßige Keine-Küche-keine-Waschmaschine-Phase meines Lebens begleitet haben.

Und schlussendlich: Danke an Charlie. Auch nach all den Jahren bist du immer noch mein ganz persönlicher James Bond (wenn auch vielleicht eher einer à la Austin Powers). Ich liebe dich über alles, und ich weiß nicht, wo ich ohne dich wäre.

Conni Lubek

Entlieben für Fortgeschrittene

Roman

Originalausgabe

ISBN 978-3-548-26808-8
www.ullstein-buchverlage.de

Curd ist wieder da! In *Anleitung zum Entlieben* liebte Lpunkt einen Mann, der ihre Gefühle nicht erwiderte. In *Entlieben für Fortgeschrittene* ist der Fall schon diffiziler. Dick, der Holländer, liebt Lpunkt. Problem diesmal: Er ist verheiratet. Mit einer anderen. Was nun?
Eine neue Herausforderung für Lchen und Curd Rock, die wie gewohnt tapfer kämpfen, wenn es um den Menschen ihres Herzens geht. Und so aussichtslos ist es diesmal gar nicht – oder doch?

»Tolles Lesefutter mit Suchtgefahr. Liebeskummer kann so schön sein ...« *Young* über *Anleitung zum Entlieben*